台港澳及海外华人文学

TAI-GANG-AO JI HAIWAI HUAREN WENXUE

主　编　王淑芝
副主编　赵　燕　王子龙

东北师范大学出版社

长　春

图书在版编目(CIP)数据

台港澳及海外华人文学/王淑芝主编. —2 版. —长春:东北师范大学出版社,2015.3(2024.8重印)
ISBN 978 - 7 - 5681 - 0623 - 8

Ⅰ.①台… Ⅱ.①王… Ⅲ.①华人文学—文学研究—世界—高等学校—教材 Ⅳ.①I106

中国版本图书馆 CIP 数据核字(2015)第 012332 号

□策划编辑:魏 昆
□责任编辑:吴永彤　　□封面设计:曹 涛 刘 萌
□责任校对:吴应明　　□责任印制:刘兆辉

东北师范大学出版社出版发行
长春净月经济开发区金宝街 118 号(邮政编码:130117)
网址:http:∥www.nenup.com
东北师范大学出版社激光照排中心制版
河北省廊坊市永清县晔盛亚胶印有限公司
河北省廊坊市永清县燃气工业园榕花路 3 号(065600)
2015 年 3 月第 2 版　　2024 年 8 月第 3 次印刷
幅面尺寸:185 mm×260 mm　印张:16　字数:388 千

定价:62.00 元

自　序

　　《台港澳及海外人文学》是我讲授台港澳及海外华人文学这门课程的集大成的产物。是我多年来多方收集讲课资料，经过课堂讲授，认真筛选之后整理出来的书稿 。

　　如果说中国文学是一座五彩缤纷的锦绣花园，那台港澳及海外华人文学就是散发着芬芳的一簇簇鲜花。可事实上，绝大多数的中国人对这些地区的文学历史和现状一无所知或者知之甚少。于是需要我们这些从事研究和教学的人们做一些拓荒般的劳动。虽然以往有很多同行在这个园地栽种过不少奇花异草，但真正把这些地区和海外华人们的浸透着血泪的一簇簇鲜花植于一园的劳动，还比较鲜见，于是便有了一种想法，想写一本稍有新意、简明扼要且较为全面的关于台港澳及海外华人文学的书，于是就有了这本《台港澳及海外人文学》。

　　该书首先是作为我院汉语言文学专业和新闻专业的试用教材使用了 2 年，而后在学院的大力支持下，现得以正式出版。

　　因为我对台湾文学的偏爱，更因为台湾文学的成就，本书关于台湾文学所占比例偏大，这也是情理之中的事情。台港澳及海外华人文学，在其充满悲情的特定历史长河中，或为了对抗强权，或为了民族回归，或为了文化认同，自始至终做着不懈的努力。正如余光中在《白玉苦瓜》中所言："不幸呢还是大幸这婴孩/钟整个大陆的爱在一直苦瓜/皮靴踩过，马蹄踩过/重吨战车的履带踩过/一丝伤痕也不曾留下"。所以，这本书就是一次特别的精神之旅，对文化的一次特别的书写。

　　本书第一编《台湾文学篇》为王淑芝主编；第二编《香港文学篇》为王子龙主编。第三编《澳门文学篇》、第四编《海外华人文学》为赵燕主编；

　　本书在写作过程中得到了田青、周艳华教授和隋玉英老师等的大力支持，在此致谢。

王淑芝

【目　录】

第一编　台湾文学篇

第一编　台湾文学篇

【导　论】

第一节　台湾新文学百年历史扫描

　　台湾的中华民族属性是毋庸置疑的。最早于《三国志·吴书二》中就有记载：孙权为"普天一统"，"遣将军卫温、诸葛直以甲士万人浮海求夷洲（今台湾）及宣洲"。至隋，陈棱率兵万余抵流求，身后被祀为台湾"开山祖"。《隋书·东夷列传》记载："流求国居海东，当建安郡东，水行五日而至。"此之流求，风土习俗、方位和文化系统皆与三国夷洲颇多相似之处，所以学者多认为即为台湾。宋以后历代王朝均在台设置行政机构。至明（1662），郑成功率兵驱逐荷兰殖民者，他在致荷兰驻台末任殖民总督揆一的"谕降书"中严正指出："然台湾者，早为中国人所经营，中国之土地也……今余既来索，则地当归我。"郑成功率兵成功收复台湾后，按明朝政体在台湾建立各种军事、政治、经济、文化、教育机制，使台湾地区中华民族的传统价值体系、思想文明得以建构和向前发展。1895年，甲午战败，清廷将台湾、澎湖割让给日本，至1945年8月日本无条件投降，台湾重新回到祖国怀抱，"家家户户，欢欣无比，家家户户，祭祖谢神，向先民冥中告知台湾已归回祖国"。正是宝岛台湾这一特殊的地理位置，造成了她多劫的命运，也由此凝成了一部独特的"血泪史"。而台湾的新文学便是以其沉重的步履和民族回归的浩然正气开启了波澜壮阔的民族文学之途，并始终行进在中华民族文学的森森大川之中。

　　导源于祖国五四运动的台湾新文学运动，是以反日爱国精神和文学革新意识双轨并行的。1895—1945年这整整50年的日本侵占时期，在残暴的日本殖民统治下，台湾地区从人身的抗争到文学的抗争就一直没有停止过。腐败的清廷于1895年4月17日与日本签订了丧权辱国的《马关条约》。"闻之道路，有割弃全台与倭之说，不胜悲愤！……数千百万生灵皆北向恸哭，间巷妇孺莫不欲食倭人之肉，各怀一不共戴天之仇，谁肯甘心降敌？"

　　于是，整整半个世纪的日本侵占时期，不堪忍受亡国奴生活的台湾同胞为了维护中华民族的尊严，保疆卫国，光复失地，与日本侵略者进行了长期的、不屈不挠的英勇斗争，从而在中国人民抗战史上谱写了光辉而壮丽的篇章。

与前仆后继的抗击日本殖民统治的斗争相呼应，反对日本殖民文化、保卫民族传统文化与应和祖国大陆新文学革命的运动则犹如地火运行，顽强悲壮，势不可当。

20世纪20年代，不论是在日本留学还是到祖国大陆求学或者是留在本土的台湾爱国青年，都纷纷以不同方式投入捍卫民族精神、革新文言旧体的运动当中。1920年，在东京的台湾留学生组织成立以"研究台湾革新，谋求文化向上"为宗旨的"新民会"，创办《台湾青年》月刊，号召爱国青年"反抗横暴、服从正义"、"自新自强"，并在该刊载文指出，祖国大陆新近倡导的白话文学，负有传播文明思想、改造社会之使命，呼吁有光荣历史的台湾文坛应循此方向努力。1921年，台湾本岛一批富有民族意识的知识者组建台湾文化协会，推进以启迪民智、灌输民族思想为宗旨的新文化运动。而台湾青年张我军则在北平接受到五四运动的洗礼和鲁迅的教诲，将五四文学精神引进台湾，并严正宣布："台湾的文学乃中国文学的一支流。本流发生了什么影响、变迁，则支流也自然而然的随之而影响、变迁，这是必然的道理。"台湾新文化运动的展开和深入，不但接续和传播了五四新文化运动的精神，更培养和造就了一批具有强烈爱国精神的文学勇士，这是台湾新文学运动中最有血性的力量所在。当时，涌现出如张我军、赖和、杨云萍、林越峰、杨华、杨逵、龙瑛宗、张文环、吕赫若等一大批作家及其写就的大量以歌当哭的作品。而针对战争期（1937—1945）臭名昭著的"皇民化运动"，台湾作家在极端恶劣的环境下挣扎苦斗，或潜渡祖国大陆从事救亡文化活动，或介绍古典名著以保全民族意识，或冒着生命危险秘密从事汉文学创作。其中，吴浊流的《亚细亚的孤儿》就是一部最有典范意义的爱国主义泣血之作。

1945年抗日战争胜利，台湾得以光复并回归祖国。随着与文化母体的重新衔接和语言断层的重新熔续，台湾新文学如经烈火锻造的钢铁般愈发坚强挺立。一批因在日本侵占时期被迫接受使用日语写作的作家，宁愿给自己留下创作的空白也坚决摒弃日文写作，而顽强努力地学习母语；大批祖国大陆作家（指从祖国大陆来到台湾的作家，下同），如许寿棠、台静农、李何林、黄荣灿、姚一苇、田野、谢冰莹、孙达人、袁珂、雷石榆等则渡海赴台，和以杨逵为代表的台湾爱国作家（指生长在台湾的作家，下同）一起携手重新建设台湾新文学，并因此而掀起了以振兴民族文化为核心的台湾文学的光复热潮。

1949年，中国政治格局发生了巨大变动，一大批文人随着国民党去了台湾，由此虽然实现了两个文学球根和文学精神的结合，也改变了台湾文坛的原有结构和创作队伍，台湾的文学发展在传统价值理性上与大陆母体也存在着深层次的深刻勾联，但此后却形成了相当特殊的文学景观。

台湾国民党当局在1949年困守台湾后，出于政治上统治和思想上钳制的需要，首先在全岛颁发了"戒严令"，随后则对全台湾进行了包括意识、文化、教育、外交等在内的全面"整改"；同时，客观地说，他们还出于稳定社会、安抚民众的需要，在经济举措上也做了较为切实的努力。当然，还由于其间获得了大量的"美援"和"日援"。因此，至20世纪60年代中期，台湾社会基本完成了由静态的农业社会向现代工商业社会的转型，也完成了偏狭的政治取向和民族意识的驯化。随后，台湾国民党当局70年代遭到以美国为首的西方社会的"遗弃"而警醒，80年代受到世界政治风云的冲击和回归思潮的驱动而"解严"。至此，台湾社会体制虽未发生根本性的变化，但已经形成的偏狭的政治和民族观念则受到了来自全岛认同和回归潮流的审视和质疑，并由此而形成了一定的开放局势。

在这一社会历史条件下，台湾主流文学则经历了一个由偏狭到拓展的发展过程。

20世纪50年代，台湾国民党当局为了摆脱困境，同时为了把台湾建成所谓牢固的"反共"基地，实现他们"反共复国"的梦想，对文艺提出了"臣服"于其特定历史困境需要的规范和要求，把文艺纳入了他们"反共复国"的轨道。就在1950年初春，国民党退守台湾惊魂未定，蒋介石就指示国民党"文运会"主委、台湾文化界的领导人张道藩：要创设"中华文艺奖金委员会"，奖励富有时代性的文艺创作，以激励民心士气，发挥反共抗俄的精神力量。随后，台湾文化当局以张道藩为首成立了若干个文艺机构，并通过几乎所有的舆论、传媒手段，"号召"文学要"反共"，文艺要"战斗"。在台湾当局的直接操纵下，"反共复国"被视为台湾文艺家的"神圣"任务。一时间，以赤裸裸的政治功利为目的的"反共文学"以及在思想内容上看似比"反共文学"有所扩展而在本质上也是一致的"战斗文艺"如洪水般泛滥。明显的逆历史潮流而动的意识偏执，对文学的残暴造成了文学背离民族传统、背离社会现实的滥觞。

在具体创作上，诸如陈纪滢的《荻村传》、姜贵的《旋风》等，虽不乏细节描写的生动，但那些被随意歪曲了的历史真相，那些被概念化处理了的作品人物，那些被模式化定格了的情节结构等的组合，充其量是一幅政治挂图。

不必赘言，"反共复国"自然成为梦呓。而且，为配合"反共文学"、"战斗文艺"，台湾当局还开展了所谓的"清除三害运动"，其中的"赤色的毒"，不仅包括了马克思、恩格斯、列宁、斯大林、毛泽东的著作，还包括了五四、20世纪30年代以来的现实主义文学。令台湾当局始料不及的是，人为地隔绝与祖国传统文化和文学，尤其是20世纪30年代以来进步文艺的联系，最终却使文学陷入了断层的尴尬，乃至催生了文学的反叛。正是这样，台湾文学在20世纪60年代沐浴了"欧风美雨"之后，不少文学青年对那些脱离了台湾社会现实生活的拙劣的"反共八股"，对那些政治挂图式的公式化、概念化、标语化的倾向产生了极度的厌恶。和祖国大陆的母体文化联系已完全断绝，剩下的似乎就只有诉求于西方。于是，长达10年甚至更长的时间，"现代派文学"则忽如千树万树领一时风骚。正如余光中所说，弄潮儿们"甚至对一切直接反映社会现实的文学都起了反感，至少起了怀疑。余下的一条路，似乎就只有向内走，走入个人的世界、感官经验的世界、潜意识和梦的世界。弗洛伊德的泛性说和心理分析、意识流手法的小说、反理性的诗等等，乃成为年轻作者刻意追摹的对象"。当然，也正是因为这样，此间的文学西化大多成为了陈映真所批评的"西方现代主义的亚流"。一些现代派创作恶性西化，走火入魔，晦涩难懂，逃避现实，也缺乏对西方现代派文学所应有的批判。但是，毕竟它的反现实的姿态无疑造成了对"反共文学"、"战斗文艺"的一种拒绝，而且对于台湾正处在由静态的农业社会向现代工商业社会转型的各阶层人们的形形色色的心态，它们所作的投射和艺术观照，无疑具有一种独特的史学意义和审美价值。像白先勇、於梨华以及欧阳子、王文兴等人的现代派文学创作，对于冲击荒原般的台湾文坛、丰富其艺术表现力还是有着不同寻常的积极意义。诚如他们所言，"我们不想在'想当年'的瘫痪心理下过日子"，"我们有感于旧有的艺术形式和风格不足于表现我们作为现代人的艺术感情，所以我们决定试验、摸索和创造新的艺术形式和风格"。

不过，面对特定时期的政治和民族的意志力，"艺术至上"的文学守望是难以为继的。

20 世纪 70 年代，台湾面临再度孤悬海外的危机，台湾当局则"在中华文化复兴的虚伪口号下疯狂地将中国人的心灵出卖为外国人心灵"。这样，高扬民族意识的乡土文学思潮蓬勃兴起，有如混浊太空中刮来的一阵春风，给原是出于追寻自我实则已失却自我的文坛注入了一股勃勃生机。"若干年轻人所提倡的'乡土文学'，要使文学在自己土生土长的、血肉相连的乡土上生根，由此而充实民族文学国民文学的内容，不准自己的灵魂被出卖"，并以一批坚实的"乡土文学"创作取代了现代主义文学在文坛的位置。这样，20 世纪 70 年代的台湾得以从狭小的个人空间跨入了广阔的社会领域。作为"乡土文学"中坚力量的黄春明、王桢和等人的创作，表现出了鲜明的社会倾向和对传统现实主义文学精神的继承。尤其是享有"台湾的杜甫"之称的陈映真，此间的创作更是一个从现代主义到现实主义相互渗透和突进的最好文本。其《华盛顿大楼》系列小说，如《夜行货车》的意象、象征、意识流等现代派文学技巧的稔熟，正是表明文学对外来文化的一种超越。我们透过刘小玲和詹奕宏在迷蒙夜色中踏上回归乡土的"夜行货车"的决然，获得了极为丰富的启示。这里包括了文学创作如何处理继承与借鉴的意义，更彰显了回归乡土，高扬民族精神的意志。

所谓"春江水暖鸭先知"，应当说，发生于 20 世纪 70 年代的乡土文学思潮及其创作，实际上已经在演练并张扬着传统的民族的文学所应具有的自觉和使命感。即便是"拿现代派作家来说，他们正是在批评声中开始认识到认同传统的迫切性和关怀现实的重要性，以此来调整自己的创作路线……尤其是自 1950 年以来受内战及世界冷战结构影响形成'反共抗俄'思想垄断。两种不同的创作路线，给 80 年代以后作家的成长提供了一个新的艺术参照系。他们以后从事艺术革新，多半吸收现代艺术的不同长处建立自己的风格"。

20 世纪 80 年代以来，全球政治动荡，台湾社会则充满了激变，尤其是在中国共产党和中国政府向台湾发出了实现台湾和祖国和平统一大业的热烈呼吁下，炎黄子孙认同回归的潮流已然日甚一日。于是，台湾文坛上原已形成或各执一词的种种文学流派，主要是乡土和现代两大流派，经过排斥、吸收和融聚，都取得了各自的发展空间和态势，以往那种由某一文学流派固守一方、独霸一时的成规已轰然倒塌，代之而起的则是空前的开放景观。

首先是伴随着"政治解严"而来的"书禁"、"报禁"以及"史禁"等的解冻给文坛所带来的兴奋。鲁迅的《阿 Q 正传》着实让不少台湾当代文化人叹为观止。陈映真就不无感慨："没有想到早在（20 世纪）30 年代我们祖国就有了如此杰出的作品。"随后，社会由主流意识形态为统领转而进入一个多元繁复的社会状态，整个文坛则形成了以直接描写台湾当代或历史上重大政治斗争和政治事件的政治小说和以关注社会、关注民生、关注变革的社会问题小说为主，又兼容其他文学思潮及其创作，譬如新女性主义文学、怀乡思亲文学、都市文学、新历史主义文学、后现代主义文学以及以娱乐功能为目的的休闲文学等在内的文学格局。

进入 20 世纪 90 年代，虽然在 80 年代中期由于"解严"而释放出来的政治能量已经逐渐衰退，但是台湾的社会历史和现实生存仍然吸引着文学的主要目光，时政小说的现实感、历史意识和批判意识更为突出；女性写作随着台湾妇女运动的高涨和学院派女性主义学者的涌现，其主体意识则更增强了自我反省的色彩，特别是深受"解构男性神话"、"身体政治"、"边缘反抗"等女性主义学理批评的影响，女性写作的政治视野更为活泛，情欲书写亦显"胆识";而都市文学、后现代主义文学等文学思潮则更以"新世代"作家为创作主体，其创作意旨在传承一般意义上的现实意识和民族意识的基础上，表现出更为实际的、具体的问题意识，社会转趋富裕后的"富贵病"、后现代社会人性的驳杂与诡谲往往被他们所津津乐道；同时，伴随着社会消费文化的弥漫，文学的消费性也日趋明显，严肃文学与通俗文学的界限逐渐消弭。随着世界文化交流和碰撞趋势的日益深化，新旧世纪交替时期的丰富的文学发展态势正以其旺盛的生命力走向 21 世纪，进入一个更为繁复、更为多元、更为平实的文学环流。

质言之，台湾新文学的百年历史始终贯穿着对抗强权、民族回归、文化认同的文学精神，并因此而极大地丰富了"一个中国"的文学历史，"一个中国"的文学精神。

第二节　海峡两岸文学关系辩证

或许是台湾在文化地理上的极其特殊性，决定了她命运的多劫；同样，又恰恰是台湾文化地理上的极其特殊性，锻造了她特别坚忍、特别顽强、特别具有民族意志的品格，乃至在历经了无数的历史劫难，对民族融合的企盼，对中华文化的坚决认同，仍表现出"九死而不悔"的执著。于是，在这一历史前提下进入两岸文学关系的辩证思考，我们就有了一种血浓于水却又充分现代的理性。

无疑，两岸文学的关系最凸显的当集中于两岸在根本对立的意识形态下所发生和发展的 1949 年以后的文学。那么，我们应该如何看待两岸当代文学的意识形态关系？

一般来说，建立在一定社会经济基础之上的上层建筑包括法律设施、政治设施以及同这些设施相适应的法律的、政治的、宗教的、艺术的或哲学的等形式的意识形态。因此，文学的意识形态性质是毫无疑义的；而"作为观念的上层建筑，意识形态既具有对一定的社会经济、政治制度及社会生活与矛盾的认识功能，又具有基于一定的立场、信念、理想和实践目的而对社会生活的思想、情感进行价值性评判"。而如果它恰恰代表了一定社会的话语权力对一定的社会经济、政治制度及社会生活与矛盾的认识功能，并且是以一定社会的权力话语的立场、信念、理想和实践目的而对于社会生活的思想、情感上进行价值性评判，那么它便是一定社会的主流意识形态也同样是毫无疑义的。

如此说来，主流意识形态作为一种现实的政治权力，表现在社会结构的重组或者"新秩序"的建设这样的特定的社会历史情境，必然会构成对整个社会历史空间的强有力的覆盖和制约。比如 20 世纪 40 年代末中国政治格局的巨大变动所造成的两岸不同的特定的社会历史局面，以及都面临着社会结构的重组或者"新秩序"的建设这一特定的历史语境，它们无疑都受到了代表一定社会权力话语的主流意识形态的强有力地覆盖和制约。而从某种意义上说，处于这一特定的社会历史语境下的文学，它不可能不是一定社会的话语权力对社会生活矛盾的认识功能、情感上价值评判的精神代表。正是它与主流意识形态这种特别暧昧的关系，有时甚至达到了难以剥离的胶着状态，自然就充当了这一政治权力的意志的体现者。

处于 20 世纪 40 年代末 50 年代初的台湾当局，风声鹤唳，草木皆兵。诚如白先勇所言，从火车站到啤酒瓶商标都贴满了"反共复国"的标语。而浸淫于此间的台湾当局主流意识形态的文学，所谓的"战斗文艺"、"反共文学"，其本质能指几近被阉割，自觉不自觉地服从于台湾这一特定历史情境下的社会规定性，进而成为了政治权力的"代言人"。这当然已经是台湾当局逆历史潮流而动的政治意志的物态表现。因此，它最终被作为"反共八股"而遭到唾弃也就不奇怪了。

新中国成立伊始的祖国大陆文学，诸如"工农兵文学"，如果说也服从于社会的规定性的话，毕竟其社会的规定性顺应了历史的发展；而这股"工农兵文学思潮"被作为政治权力的"代言人"，其审美价值固然因此在一定程度上受到了忽略，但它毕竟表现出了在"新秩序"建构之时的一定意义的积极性。而且，处于这一历史语境中的文学，与主流意识形态的关系无疑更多的是关联与缝合。这种关联与缝合则表现在适应和满足主流意识形态的积极地、直接地、明快地、通俗地展示要求。因此，新中国成立初期的"工农兵文学"，其"良好愿望"无疑是显而易见的。当然，非常痛心的是，随着极"左"思潮的愈演愈烈，社会的进程逐渐背离了富国强民的历史渴望，文学最终也无法幸免遭至"奴役"。

至此，如果说海峡两岸的当代文学虽然发生于不同的历史背景，服从于不同的社会（地区）意识形态的规定性，但是它们都表现出了某些相同所在。那就是，当我们完全剥离了两者不同的政治的、权力意志的，甚至是情感态度的相关层面，它们最后所裸露出来的都同样的只是功利的、工具的、物态的意义了。进言之，从意识形态应有的内涵来说，政治意识形态只是其中之一，哲学意识、宗教意识、审美意识等同样是构成文学历史话语的意识形态内容。但在"工农兵文学思潮"和"反共文学思潮"历史文本中，除了被党史、社会科学史或权力意志已经证明或"命名"的政治结论以外，哲学意识、宗教意识、审美意识这样的提法则显得十分奢侈；而且，构成特定社会特定时代的意识形态也应该是多层次多向度的，有官方的主流意识形态，也有知识分子的精英意识形态，还有民间意识形态。三者应该构成一种多维的、有序的对话关系。但遗憾的是，在"工农兵文学思潮"与"反共文学思潮"历史话语中，我们几乎听不到严格意义上的知识分子和民间的声音。这些无疑都曾给两岸的文学造成了深刻的创伤。

诚然，文学作为一种精神活动，在某种特定的历史条件下固然有服从于一定的社会规定性的一面，但是这并不等于说，一定历史条件下的文学就仅仅是那个历史条件下的权力话语的反映。就整体而言，一个时代的文学所反映的应该是整个时代所有阶级的意识，即普列汉诺夫所说的"一个时代的社会精神"，"它随着人们的生活条件、人们的社会关系、人们的社会存在的改变而改变"。而且，文学毕竟是"更高地悬浮于空中的思想领域"。这就使得它作为人类掌握现实的一种特殊方式，作为反映并作用于社会存在的一种特殊形式的意识形态，又是应该有其特殊规定性的。从根本上说，其特殊规定性就在于形象化方式的审美性及其自由性和超越性。因此，作为观念的上层建筑，主流意识形态随着社会秩序基本排定、生产关系和生产力的关系不断相互适应和协调，它便不再是以一种强权的姿态出现，相反，与经济基础是相互作用、相互促进、相互协调的。这样，在此社会历史语境中，文学的本质功能、文学的特殊规定性便获得了一个释放的空间，以形象或意境来表征真实的现实生活关系，把一般意识形态所隐蔽的现实生活关系揭示出来，对社会、对思维、对情感，或曰对真善美与假丑恶实现其任何一种社会意识形态都不可能实现的启蒙意义。祖国大陆文学在一场空前的政治浩劫"文化大革命"结束之后，台湾地区则在20世纪80年代中期"政治解严"之后便是如此。

我们当然不能模糊海峡两岸意识形态的对立，这也不是历史的态度。但是，台湾文学经过对"反共八股"和所谓的"战斗文艺"的反动以及一度"西化"的迷误，在"乡土文学"的论争中重新自省。就整体而言，终于回归文学主体，在现代与传统的交融中，在对现实的关注与发言中实现文学精神的"软着陆"；而祖国大陆文学则在极"左"思潮发展到极端之后，以社会改革为先导，也终于走向了开放，在主体与价值理性的思辨与重构中，趋向文学的人文终极。海峡两岸当代文学经由背离和历史挫动，在文学的意识形态对立性的逐渐淡化中，以主体回归的意义互相关怀，互相趋近，其殊途同归的动人态势毕竟是令人兴奋和期待的。

质言之，祖国大陆就是深厚博大的中华民族文化的源之所在、根之所在。尤其是1949年政治格局的大变动，祖国大陆的历史抉择，从根本上说顺应了历史的潮流，代表了民族的意志。如果说在文化意义上海峡彼岸是祖国大陆历史文化的拓展和延续的话，那么表现在文学上，彼此的关系无疑就是支流与主流的关系。事实上，作为中华民族文学主流的祖国大陆文学，从来都表现出了她所具有的海纳百川的气度。五四时期、新文化运动对台湾地区的星火传播，就从整体上深化了台湾地区的反殖民主义文学运动；20世纪50年代以后，虽然随着政治体制的根本对立，彼此在意识形态、社会心理、价值观念等诸多方面日渐深刻背离，但如果我们不怀任何偏见地正视历史，就会看到，民族文化的超越力、融合力、包容力仍高高地悬浮于万物之上又深深地潜流于"一个中国"的历史文化版图和两岸手足的心田之间；进入20世纪80年代，特别是新旧世纪交替，世界文化交流和碰撞趋势日益深化，文化认同与精神寻根深入人心的世界浪潮中，作为中华民族文学的根本代表，祖国大陆文学又以她开放的胸怀吸纳了台湾地区文学，从而使彼岸文学在对中国文学的承传中改变了偏狭之见，也为中国文学新秩序的重构展示了深刻的可能。诚如台湾一批当代文学的先行者所言："我们从冬蛰中苏醒；用炽热的、渴望家园的情怀，从海峡此岸，张望彼岸；从海峡彼岸，张望此岸。亿万年前，大陆与台湾本是相连的，本是一体；后因地壳变动，把它们分了开来。地壳有一天也许再度滚动，把它们连在一起；现在，让我们用爱心、用互信，增加共识，促进交流。"

【第一章】

日本侵占时期的台湾文学

第一节　祖国大陆移民文学与台湾新文学的萌芽

　　远古时代的台湾与大陆本为一体，地壳的运动使部分陆地成为海峡，从而形成了海岛台湾。台湾考古学者在台南县左镇发现的以"左镇人"命名的古人类化石，与北京周口店的"山顶洞人"同属 3 万年以前的古人类，台湾陆续出土的石器、骨器、黑陶、彩陶等，也与大陆各地发掘出土的古遗物相似，远古时代的台湾与祖国大陆在文化根脉上同为一体。移入台湾列岛诸屿的居民，最初是南岛语系的高山族（共 12 个族群），中期是操古代河洛地区方言的闽南人和从中原一路南迁的粤东客家人，晚近还有小批陆续来自中国港澳、南洋及世界各处的华侨、难胞，近期是大量来自祖国大陆的各族同胞。

　　中国内政与外交的兴衰利弊，直接关系到台湾一隅的悲欢荣辱。1662 年，台湾人民配合民族英雄郑成功的大军赶走荷兰侵略者，收复了台湾。其后，台湾在郑成功等人的大力经营下，经济和文化各方面都有了很大发展。1683 年，清朝进军澎湖，控制台湾。次年，清廷在台湾设一府三县，台湾府隶属于福建省。这一时期，海峡两岸联系密切，政治、经济、文化等各个方面息息相通，由祖国大陆移居台湾的同胞也不断增多。到 1811 年，不包括高山族同胞在内，台湾居民就达 200 万人，较郑氏父子统治时期增加近 10 倍。随着生产的发展和人口的增长，清廷陆续在台湾增设行政机构。1885 年，正式将台湾省划为当时中国的一个行省，任命刘铭传为第一任巡抚。刘铭传广招闽粤沿海居民移居台湾，进行大规模的开发，为台湾的现代化奠定了基础。

　　台湾文化源自唐宋文化传统，千百年以来闽粤人民无比顽强地捍卫并较完整地携至这块东南海疆悉心培植。自 19 世纪后半叶始，台澎列岛的社会形态逐渐由移垦社会演进到与祖国大陆各地相同的文治社会。台湾文化在内地化的过程中成为了中国历史传统的有机组成部分。台湾人民和祖国大陆诸省人民信奉相同的神祇，遵守相同的道德标准，士子们一样投身于科举制度，采用同一水平的生产技术和方法。但是，这一时期的台湾在内地化的同时，面对列强的竞相侵扰也在积极地寻求革新自救。

　　1895 年，日本帝国主义强迫无能的清廷签订丧权辱国的《马关条约》，全面霸占了台湾省。翌年，日本以法律第 63 号，发布《关于施行于台湾之法律》（即所谓《六三法》），赋予"台湾总督"以"所颁布的命令，具有法律效力"的特权。日本殖民者对台湾实行封建独裁的总督统治，台湾同胞陷入空前的劫难。面对入侵与统治，不愿做奴隶的台湾同胞揭竿而起，组织义军保家卫国。燃遍全岛的武装抗日战火，虽被日本殖民者逐一扑灭，但各种形式的起义暴动依旧此伏彼起。占据台湾的日本侵略者同所有殖民主义者一样，试图从根本上铲除台湾同胞的民族意识。他们一面挥舞战刀任意杀戮台湾人民，一面宣扬"大和文化"，强制推行野蛮的同化政策。他们定日语为"国语"，实行不平等的差别教育，推广日本服饰，强制信奉"天照大神"……台湾地区的本土文化陷入了极为险恶的境地，中华民族的传统文化面临着殖民文化的野蛮践踏与毁灭性打击。

捍卫民族传统文化、开展文化战线上的反同化斗争是台湾同胞的首要任务。日军占据台湾伊始，台胞在组织义军掀起武装抗日斗争的同时，展开了声势浩大的汉学运动。为了有效地延续中华文化，彰显民族精神，抵制日本同化教育，台湾同胞创办了大量的私塾（或义塾）。据查，1897 年全台共有私塾 1127 所，5 年后又增至 1822 所。台湾新文学运动中的早期先锋人物赖和、张我军等人都是在私塾里接受了民族传统与汉文学的启蒙教育。私塾运动在培育民族文化战士方面做出了可贵却又鲜为人知的贡献。与此同时，台湾知识界兴起了汉诗热。在那个"无泪可挥唯说诗"的年代，爱国知识分子纷纷组织诗社，唱和联吟，互诉衷曲，借以"希延汉学于一线"、"维系斯文于不坠"。吴浊流在《回顾日据时代的台湾文学》一文中，忆到诗社活动时说："我入栗社之后才知旧读书人""骨子里，汉节凛然"，从他们那里"学习不少爱国诗词"。汉诗运动在延续民族文化、培养民族气节、教育子孙后代方面所起的历史作用于此可见一斑。

民族意识渗透在社会生活的各个方面，因而同化与反同化斗争也表现在社会生活的各个领域。日本殖民者定日语为"国语"，可千万台胞仍坚持终身说汉语，穿汉装，赖和就是其中的典型之一。日本人执意要改变台胞的宗教信仰和风俗习惯，台胞则针锋相对地建祠堂、修族谱，教育后代不要数典忘祖。日本人要台胞除去汉装、剪掉辫发，台胞便组织"保发会"、"守发谊"等团体公然抵制……用今天的眼光看来，或许有人以为当年台湾保护辫发的举动未免显得"保守"、"落后"，但是在那个特定历史条件下，面对来自殖民者的各种精神凌辱，保护辫发其实质是关系到维护民族尊严和祖国意识的大事。台湾同胞顽强不屈地坚持文化战线上的反同化斗争，与武装抗日活动相辅相成，有效地捍卫了中华民族的尊严，抵制了日本侵略者的殖民统治，培育了具有强烈民族意识的一代爱国青年。倘没有文化战线上延续二十余年的反同化斗争，倘没有如此深厚的民族意识与祖国意识，台湾的新文化运动是无从产生的。

中国固有的传统文化烙有明显的封建印痕，这往往被殖民主义文化侵略所利用。以台湾的汉诗运动为例，汉诗热兴起之后，日本殖民当局摆出"大兴文教，礼遇贤士"的架势，怀柔收揽，力图扭转汉诗运动方向。历任日本台湾总督更是微笑登场，"奖励风雅"，垂范于先，御用报纸鸣锣开道，"招贤纳士"，鼓噪于后。到了 20 世纪 20 年代，殖民当局与封建势力的勾结，终于导致汉诗运动走入末流。这表明，台湾同胞在文化战线上的反同化斗争不可避免地要在反对殖民文化的同时担负起反对封建文化的历史重任。台湾老一代知识分子显然是无力完成这一使命的，历史的重担天然地落在了新一代知识青年的肩上。

这一代青年出生于日本侵占台湾前后，成长于已沦为殖民地的台湾。按照日本殖民者的意愿，这一代人应该是被同化了的一代。果真如此，他们也就会变成民族文化断裂的一代。可是他们目睹了日本殖民当局的种种暴行，亲历了殖民统治带给中华民族、台湾社会和个人家庭的诸多灾难，领受了延续二十余年的武装抗日和反同化斗争的教育。诸多因素使他们成为接过父辈未竟事业、争取民族解放的生力军。所以，当他们抱着探求台湾出路的意愿或去日本留学，或回祖国大陆读书，一旦接触到科学与民主的新思潮，一旦领受了五四运动的洗礼，一旦倾听到祖国母亲的召唤，便满怀赤子之心，英勇百倍地奔向了新文化运动的战场。

20 世纪 20 年代，台湾新文化运动的发生是历史的必然。

五四运动的春雷惊天动地，在日本留学的台湾知识青年莫不欢欣鼓舞，群情振奋。1919 年秋，在东京的台湾留日学生蔡惠如、林呈禄、蔡培火等人，联络"中国基督教青年会"主事马伯援、吴有容，为声援响应五四运动，取"同声相应"之意，在东京成立了台湾留日学生中第一个民族运动团体"声应会"。但因会员不多且流动性大，组织成立不久便在不知不觉中销声息影。

1919 年末，林献堂、蔡惠如在东京，蔡式毂、林呈禄等也经常在东京居住。东京台湾留学生早已有青年会之组织，这是一个同乡交谊性质的团体。在此青年会中，有一些比较年长而热心政治的成员与他们过从甚密，经常交换有关台湾政治社会改革的意见。后来，他们共同发起成立了"启发会"，"启发会"的会员有郑松筠、罗万傅、蔡玉麟、谢溪秋、谢星楼、彭华英、林仲澍、王敏川、黄呈聪、黄周、吴三连、王金海、黄登洲、吕磐石、吕灵石、陈妮树、刘明朝、茬垂胜、林攀龙、蔡培火等人。其成员虽不足百名，但是来源相当复杂。后来由于发生了一些不愉快的事情，该会不久就归于似有似无。

1920 年 1 月，蔡惠如深感有组织团体以开展政治活动之必要，与林呈禄商谈之后决心重新组织团体。1920 年 1 月 8 日，蔡惠如邀请原"启发会"会员 11 人，于日本神田中华第一楼召开了创立组织协商会，与会人士一致同意并决定于 1920 年 1 月 13 日在东京涩谷区蔡惠如的寓所召开成立大会。会名由蔡惠如提议，取《大学》篇中"作新民"之义，定为"新民会"，林献堂、蔡惠如任正、副会长。"新民会"确定了三个行动目标：

第一，积极推动台湾的社会政治改革。在活动之初，"新民会"决定继续开展"六三法撤废"运动。1920 年 10 月，留日台湾学生两百余人曾在东京召开撤废"六三法"示威集会。但是，"六三法撤废"运动未能跳出"日台一体"的政治藩篱。随着五四运动影响的日益深化，林呈禄提出用"台湾议会设置请愿运动"取代撤废"六三法"运动。林呈禄提醒人们要摆脱日本"同化主义"束缚，为争取民族自治、自决与自主而斗争。此后，"台湾议会设置请愿运动"坚持了 15 年之久。

第二，创办机关刊物，以启迪民智。办刊首先遇到的就是经费困难。经过大约半年准备，刊物仿照祖国大陆的《新青年》取名为"台湾青年"，于 1920 年 7 月正式创刊。创刊号的"卷头辞"写道：

……觉醒了讨厌黑暗，追慕光明；觉醒了反抗横暴，服从正义，觉醒了摈除利己的、排他的、独尊的野蛮生活，企图共存的、牺牲的文化运动。你看，国际联盟的成立，民族自觉的尊重，男女同权的实现，劳资协调的运动等，没有一项不是大觉醒所赐予的结果。

又说：

吾人深思熟虑的结果，终于这样觉醒了。即广泛地侧耳听取内外的言论，应该摄取的，则细大不漏地摄取，作为自己的营养分……以爱护和平为前提，讲究自新自强的途径……

　　"黑暗"、"横暴"、"野蛮"等等使人想到凶残的日本殖民统治，"光明"、"正义"则与"民族自决的尊重"紧密相连。一再号召的"觉醒"正是对台湾同胞民族意识执著而深情的呼唤。反对殖民文化侵蚀，追求民族文化革新，通过台胞的自新自强实现民族解放，是这篇卷头辞的思想核心，也是"新民会"与《台湾青年》杂志的指导思想。这份杂志共出版了 18 期，在台湾新文化运动的开端时期发挥了巨大作用，成为推动台湾社会民族民主改革运动的中心。

　　第三，密切与祖国人民的联系。"新民会"委派蔡惠如、林呈禄等先后回到祖国大陆与中国国民党接触。为唤起民众，他们还利用节假日组织"巡回讲演团"返回台湾开展宣传鼓动工作。

　　"新民会"的成立标志着台湾新文化运动的开始。此后 10 年内，发生在台湾的重大政治活动，诸如"六三法"撤废运动、台湾议会设置运动、台湾议会期成立同盟会、新台湾联盟、台湾文化协会、台湾民党、台湾民众党、台湾地方自治联盟等等，均与"新民会"有直接或间接关系。"新民会"的成立宗旨及其活动雄辩地说明台湾新文化运动一开始就是台湾同胞反对殖民统治、争取民族权利的民族革命运动，是文化战线上台胞坚持了 25 年的反同化斗争的新发展。其根本特征是认同祖国，并把反对封建主义纳入反对殖民主义统治的斗争之中。

　　有意思的是，这场矛头直接指向日本殖民统治的新文化运动，竟然是在日本东京酝酿、组织与发动的。这一表面看来不合常理的现象在事实上说明了：（1）日本帝国主义对殖民地台湾的统治较之日本本土更为残酷。（2）东京是日本帝国的中心。第一次世界大战结束后的世界形势，使东京与世界各国的信息交流较日本其他地区更为迅速集中。来自台湾的留学生既可及时接触世界新思潮，又能较多了解祖国大陆新态势。日本当局是无法令这些来自殖民地的知识青年长久处于封闭状态的。于是，留日的台湾青年学生的爱国热情、民族意识与民主思想便异常迅猛地发展起来。（3）台湾与祖国大陆隔海相望，日本侵占台湾后虽然两地难以直接沟通，然而日本东京分别与祖国大陆及台湾保有联系。在东京有中国使馆，有中国侨民和留学生。这样，东京自然成为祖国大陆与台湾互通信息的纽带。历史和日本帝国主义开了一个不大不小的玩笑，恰恰是日本的首都变成了祖国大陆向台湾输送新文化运动火种的转运站，正是东京为台湾新文化运动的发动与深入提供了必要的条件。台湾新文化运动的先锋们充分利用了这个条件，通过"新民会"在祖国大陆与台湾之间架起了一座神奇的桥梁。新文化运动经由这座重要的桥梁深入到台湾本岛开花结果。

　　1921 年 10 月，在"新民会"与林献堂的支持下，开业医师蒋渭水联合医师吴海水等人，在台北创建了"台湾文化协会"。蒋渭水任专务理事，林献堂为总理，蔡惠如等人亦被选为理事。

　　"台湾文化协会"是在台湾岛上成立的第一个文化界大型群众团体，拥有会员 1032人，主要由台北部分院校的学生和台中部分居民组成。它罗致了当时台湾的青年才俊，成为台湾政治社会运动的中坚。

　　不过，"台湾文化协会"代表人物的思想状况和政治倾向不尽一致。如林献堂受梁启超社会改良思想影响较多，被视为"改良派"，主张通过合法手段去争取民族自决权，故又被日本殖民当局看作"自治主义派"的核心人物；连温卿、王敏川等人接受了社会主义思想影响，主张开展工农革命运动，被称为"无产青年"派；蒋渭水处在这两派人物中间。他早期倾向于林献堂，当农工运动有所发展时，他转而支持连、王的激进路线。但是在反对日本殖民统治、抵制同化政策、捍卫民族文化上，他们是一致的。可以说，"台湾文化协会"是由资产阶级领导的抗日民族统一战线组织。

"台湾文化协会"成立以后即致力于"台湾议会设置运动"和文化启蒙活动。协会在各地设立读报社，陈列包括祖国大陆在内的各地报纸杂志以交流信息，启发民智。协会经常举办各种讲习会、通俗演讲会，宣讲有关台湾历史、法律、卫生、经济、世界形势以及岛内现状的种种知识。协会还组织文化剧团，开展话剧运动，到各地巡回演出，举办普及型电影演出，向农民灌输科学、民主新观念。据统计，1923—1926 年，文化协会在各地组织了七百多次讲演会。文化协会的活动受到台胞热烈欢迎，所到之处群众为之燃放鞭炮，夹道欢迎。在其影响下，台湾青年学生的民族意识空前高涨，多次发动抗暴斗争，各地涌现了"青年会"、"日新会"、"妇女协进会"等认同祖国、推进新文化运动的爱国组织，返回祖国大陆求学或参加工作的青年数量大增。他们在祖国大陆也相继组成"青年会"、"自治会"、"同志会"、"青年团"。"台湾文化协会"成为台湾推动新文化运动的中心。

"台湾文化协会"的成立，标志着台湾新文化运动的深入。这是 20 世纪 20 年代席卷世界的民族民主革命浪潮向台湾岛内的深入，是祖国大陆举国上下掀起的反对帝国主义、反对封建主义斗争向海岛台湾的深入，是台湾同胞坚持了 25 年的反对日本殖民统治、反对日本同化政策的民族解放运动的深入。台湾新文化运动作为五四运动的一个不可分割的分支，点燃的是可以烧透黑夜、照亮回归祖国之路的民族火炬。

第二节　五四运动与台湾新文学运动

1917 年，祖国大陆的《新青年》杂志拉开了五四新文学运动的序幕。这一文学革命是 1915 年开始的思想启蒙运动走向深入的标志。和祖国大陆的情形相同，1920 年起步的台湾新文化运动，一直呼唤着台湾新文学运动走上历史舞台。作为台湾新文化运动的重要组成部分，台湾新文学运动当仁不让地成为台湾新文化运动的生力军，极大地促进了台湾新文化运动的不断发展。

台湾的新文学运动也是从反对文言文，提倡白话文开始的。1920 年 7 月，《台湾青年》创刊号发表了陈炘的《文学与职务》一文。文章指出，科举制度下的旧文学讲求华丽的文字词藻，不过只是"矫揉造作，抱残守缺"的"死文学"，文学应该担负起传播新思想、改造旧社会的使命，祖国大陆的白话文学便是这种活文学，台湾文坛应朝这一方向努力。《台湾青年》第 3 卷第 3 号发表了甘文芳的《实社会与文学》。他认为祖国大陆正在展开的新文化运动是个可喜现象。文中说："在这迫切的时势的要求和现实生活的重围下，已不需要那种有闲文学——风流韵事、茶余酒后的玩弄物了。"1922 年 1 月，陈瑞明在《台湾青年》第 4 卷第 1 期上发表了《日用文鼓吹论》，主张"日用文宜以简便为旨"，而文言文之弊端在于不能充分表达思想，不便于学习和普及，妨碍文化发展，易于造成保守思想，阻碍进取精神。文章提出了明确的文字改革要求："今之中国，豁然觉醒，久用白话文，以期言文一致。而我台之丈人男士，岂可袖手旁观，使万众有意难申乎！切望奋勇提倡，改革文字，以除此弊，俾可启民智，岂不妙乎？"

台湾文学界最早发出的这些抨击旧文学的声音，有的论及文学与社会的关系，有的指出文学改革的必要。虽然多为片断感想，没有或很少触及新文学的具体问题，却表明了反对文言文、提倡白话文的鲜明态度。这意味着在祖国大陆新文化运动的推动下，一些有识之士已经意识到需要把祖国大陆白话文学运动引进台湾。在祖国大陆，白话文的提倡经过了较长时间的酝酿，因而思想启蒙运动开展还不及两年，《新青年》便旗帜鲜明地提出了自成体系的文学革命主张。改革主张一经提出，白话文运动便以排山倒海之势，席卷了黄河两岸、大江南北。但是由于台湾沦陷已久，文化启蒙运动发动之前的台湾文坛一直是汉诗运动的领地，白话文运动缺乏必需的酝酿和准备，因此这三篇文章既没有引起强烈反响，也未能触发台湾新文学运动。但是它们的历史功绩是不可抹杀的，正是它们引发了台湾文化界对白话文学的酝酿与关注。

1922 年 4 月，《台湾青年》为扩大业务更名为《台湾》杂志，1923 年在台湾设立分社。1922 年 6 月，在日本早稻田大学读书的黄呈聪与黄朝琴一道返回祖国大陆，到各地旅行以考察五四运动的影响。祖国大陆新文学运动的蓬勃发展给他们以深刻的印象，黄呈聪写出了《论普及白话文的新使命》，黄朝琴撰写了《汉文改革论》，两篇文章同时刊登在1923 年 1 月的《台湾》杂志上。

黄呈聪首先介绍了他在祖国大陆旅行期间亲眼所见白话文"普及"以及文言文"凋落"的情况。他认为台湾没有祖国大陆白话文那样的一种普遍（及）的文（体）是造成群众愚昧、文化"没有进步的原因"，所以普及白话文"是很要紧的"一个"新的使命"。他具体论述了"白话文历史的考察"、"白话文和古文研究的难易"以及"文化普及与白话文的新使命"之后，郑重提出了参照我们平常的言语，做一种折中的白话文，"以白话文作为文化普及的急先锋"。他说："这个方法是一时的方便，后来渐渐研究，读过了中国的白话书，就会变作完全的中国的白话文，才能达到我们的最后的理想，就可以永久联络大陆的文化了。"黄朝琴在《汉文改革论》中指出：汉文的弊端不只是难学，也是阻碍"振兴"的阻力。为普及教育，提高民众的文化水准，汉文改革乃刻不容缓之急务。他提出"开设白话文讲习会"使民众"以最少的时间"获得"最大的智识"，"教授的方法，用言文一致的文体，以言语根据，使听讲的人，易记、易写，免拘形式，不用典句，起笔写白就是了"。他还提出对台湾同胞不写日文信，写信全用白话文，发表议论也用白话文，等等。

这两篇文章是作者对祖国大陆新文学运动有了较为深入的了解后写出来的，是从借鉴五四新文学运动成功经验，用来推动台湾社会改革的根本动机出发的，特别是他们把汉语言文字的改革同弘扬民族文化、反对日本同化政策联系起来，具有深远而重大的意义。

台湾新文学运动正是以此为契机逐步开展起来的。1923 年，《台湾》杂志社决定增刊发行《台湾民报》半月刊，同年 4 月 15 日正式发行了创刊号。《台湾民报》的诞生意义十分重大。

1. 《台湾民报》全部采用白话文

《增刊预告》中阐明了办刊的宗旨："用平易的汉文，或是通俗白话，介绍世界的事情，批评时事，报道学界的动静、内外的经济，提倡文艺，指导社会，联络学校与家庭等……与本志并行，启发台湾的文化。"《台湾民报》创刊后积极推广白话文，倡设"白话文研究会"，并由黄朝琴主持辟出白话文专栏"应接室"以研讨普及白话文。《台湾民报》成了提倡、推动和普及白话文的坚强阵地。在日本殖民统治条件下，如果没有这一阵地台湾新文学的发生与发展都是不可想象的。

2.《台湾民报》创刊的宗旨之一是"提倡文艺"，亦即提倡新文学

其时，祖国大陆的新文学运动正蓬勃发展，借鉴这一成功经验，帮助台湾新文学成长就成为刻不容缓的时代需要。为此，《台湾民报》一经创刊，便积极介绍祖国大陆新文学的理论与创作成就。例如：创刊号和 1 卷 2 期上连载了胡适的《终身大事》；1 卷 3 期发表了胡适翻译的法国都德的《最后一课》；1 卷 4 期发表了秀湖（本名许乃昌时在上海读书）的《中国新文学运动的过去现在将来》一文，较为系统地介绍了祖国大陆新文学的理论与作家作品，暗示了台湾新文学前进的方向；2 卷 10 期发表了苏维霖（芍雨）参考胡适《五十年来中国之文学》写成的《廿年来的中国古文学及文学革命的略述》一文。《台湾民报》把祖国大陆新文学和台湾新文学紧密地联系起来，并把丰富的养料源源不断地输送给了台湾文坛。

3.《台湾民报》由创刊号起便特意辟出"文艺专栏"，定期发表文艺作品和理论文章，这块园地的开辟有力地推动了台湾新文学理论和创作的发展

新文学早期的重要论文和作品都发表在这个专栏上，《台湾民报》成为台湾新文学名副其实的摇篮。《台湾民报》一面积极提倡白话文，另一面大力介绍祖国大陆新文学，有效地弥补了台湾本土白话文酝酿上的欠缺，为台湾新文学运动的到来进行了必要的准备。

1924 年 9 月，接受了五四运动洗礼的张我军从北京寄来《致台湾青年的一封信》，发表在《台湾民报》2 卷 7 期上。他指出世界各地新道德、新思想、新制度萌芽的事实，呼吁台湾青年以团结、毅力、牺牲为武器改造台湾的旧道德、旧文化与旧制度，"与其要坐而待毙，不若死于改造运动"。他严正指出："诸君怎的不读些有用的书来实际应用于社会，而每日只知道作些似是而非的诗，来作诗韵，或讲什么八股文章替先人保存臭味……竟然自称诗翁、诗伯，闹个不休。"同年 11 月，张我军在《台湾民报》2 卷 24 期上又发表了《糟糕的台湾文学界》。他一方面介绍了世界文学的发展趋势，日本文坛与中国文坛的革新，呼吁台湾文坛能借鉴祖国和日本文学改革的经验，把台湾陈腐颓丧的文学界洗刷一新；另一方面针对台湾文坛的"击钵吟"，指出"台湾的一班文士都恋着垄中的骷髅，情愿做个守墓之犬，在那里守着几百年前的古典主义之墓"。他抨击旧诗人：（1）不懂得文学；（2）拿诗做沽名钓誉，或迎合势利之器具；（3）毒害青年，使之染成偷懒好名的恶习。在文章的最后，他发出了热切的呼吁：

现在台湾的文学，如站在泥窟里的人，愈挣扎愈沉下去，终于要溺死于臭泥窟了呵！

我的朋友，我的兄弟，快来协助救他，将他从臭泥窟中救出来罢！新文学的殿堂，已预备着手我们去住呵！

如此直接又尖锐地抨击旧文坛，这在台湾文学界还是第一次。台湾知识界在日本占据台湾以后，为保存民族文化对抗日本同化政策曾掀起汉诗运动，诗社的成立与旧诗的写作曾经在同化与反同化的斗争中起过积极作用，这一历史功劳是抹杀不掉的。不过，随着日本殖民统治与封建势力的合流，最终导致了汉诗运动的衰落。虽然数典忘宗、媚敌悦主的无行文人并非多数，亦有部分旧诗人依然不改初衷，大节凛然，然而相当数量的旧诗人却忘乎所以，在"击钵吟"的世界里风花雪月，无病呻吟，搔首弄姿，追名逐臭……不一而

足。到了 20 世纪 20 年代，联吟酬唱风靡全台。显然，不批判日本当局卵翼下的"击钵吟"已经谈不上建设台湾新文学。张我军正是顺应历史潮流和现实发展，向台湾旧文学打响了可贵的第一枪。

张我军的文章击中了旧文学的要害，旧派文人们起而反攻新文学，一场新旧文学的论战不可避免地爆发了。1924 年冬，台湾的国学传人、旧诗班头连雅堂，在其主编的《台湾诗荟》上，借为林小眉的《台湾咏诗》作"跋"之机，嘲讽新文学："今之学子，口未读六艺之书，目未接百家之论，耳未聆离骚乐府之音，而嚣嚣然曰：汉文可废，汉文可废，甚而提倡新文学，鼓吹新体诗，秕糠故籍，自命时髦，吾不知其所谓新者何在？其所谓新者，持西人小说戏剧之余，亏其一滴沾沾自喜，诚陷阱之蛙，不足以语汪洋之海也噫！"这口吻酷似当年的遗老林琴南。

张我军立即著文予以驳斥。他在 1924 年 12 月 11 日出版的《台湾民报》2 卷 26 号上发表《为台湾的文学界一哭》，指出："这位大诗人是反对新文学而不知道新文学是甚么的人"，"而他的言论是独断，是狂妄，明眼人一定不会为他所欺。啊！我想不到博学如此公，还会说出这样没道理、没常识的话，真是叫我欲替他辩解无可辩解了。我能不为我们的文学界一哭吗"？为了更有力地打击旧文学，半个月后张我军在《台湾民报》3 卷 1 期上发表了《请合力拆下这座败草丛中的破旧殿堂》，在 3 卷 2 期上发表了《绝无仅有的击钵吟的意义》。他旗帜鲜明地表示，为了从根本上扫除刷清台湾的文学，他要"拿出一根安排未妥的笔帚"，"站在文学道上当个清道夫"。他指斥"击钵吟"是"诗界的妖魔"，"欲扫除刷清台湾的文学界"，"非先把这诗界的妖魔打杀，非打破这种恶习惯恶风潮不可"。

1925 年 1 月 5 日，台北的《台湾日日新报》汉文栏刊出闷葫芦生的《新文学的商榷》，反击新文学的理论主张。文中说，"台湾之号称白话体新文学，不过就是普通汉文加添个了字，及口边加马、加劳、加尼、加矣，诸字典所无活字，此等不用亦可之（不通之）文字，徒笑破人口。按学问之尚简易者，在唐时即有元白之老妪都解，记事之尚简易者，则有如宋儒语录。今之中华民国之新文学，不过创自陈独秀、胡适之等，陈为轻薄无行，思想危险之人物，姑从别论。胡适之之所提倡，则不过借用商榷的文字，与旧文学家辈虚心讨论，不似吾台一二青年之乱骂"。又说："夫画蛇添足，康衢大道不行，而欲多用了字又几个（不通之）文字。又于汉学无甚素养，怪底写得头昏眼花，手足都麻，呼吸困难也。"闷葫芦生始终没有提出什么像样的理论，这两小段文字活画出守旧派自己的一副尊容，也预示了台湾旧文学的末路。

翌日，张我军以《揭破闷葫芦》一文予以反击。张我军指出《新文学的商榷》不过是一篇谩骂之词，其作者"对于新文学完全没有懂"，但它表明"幼稚的"、"熟睡的台湾文学界，也算已有抬头起来讨论新旧文学的人了。这实在也是一种可喜的现象"。新旧文学的论战从此愈演愈烈。旧文学一方有郑军我、蕉麓、黄衫客、一吟友等人，以台北《台湾日日新报》等御用报纸三日刊的汉文栏为阵地，攻击新文学；新文学一方则以张我军、懒云（赖和）、蔡孝乾、前非等人为首，以《台湾民报》为基本阵地，连续著文，逐一批驳旧文学的谬论。论争中较有影响的文章有半新半旧公《〈新文学的商榷〉的商榷》、蔡孝乾《为台湾的文学界续哭》、张我军《随感录》、赖和《答复，〈台湾民报〉特设五问》及《读台日纸〈新旧文学之比较〉》等。

在这一场规模空前的新、旧文学论战中，新文学展示了自己强大的生命力，旧文学的种种弊端也被暴露无遗。此后的 1926 年与 1929 年虽然仍有新旧文学阵营之间的论争,但那只能算是这一场斗争的余波。换言之,新文学的胜利此时已成定局。

这一场论争的作用与意义是重大的。首先,沉重打击了日本殖民当局支持下的台湾旧文坛,大大削弱了"击钵吟"愚弄台湾人民的作用,加速了旧文学的没落,促进了旧诗人行列中爱国文人的觉醒。参加论战的旧文人黄衫客若干年后以元圆客的笔名写出《台湾诗人的毛病》一文,指斥旧诗人的"七大毛病"。连雅堂也指摘仰承日本殖民当局鼻息的旧诗人"谄谀权贵","卑也鄙也","有损人格"。旧文人中出现的这种分化现象是和新、旧文学的论争分不开的。

其次,进一步扩大了祖国大陆新文学对台湾文坛的影响。旧文人在围攻张我军的同时也攻击了祖国大陆新文学。闷葫芦生就曾以轻蔑口吻说陈独秀是"轻薄无行",讥笑白话文"如村妇之簪花,簪得全无顺序"。新文学界为了更好地借鉴祖国大陆新文学经验并回答旧文人的攻击,在论战进行中再次掀起介绍祖国大陆新文学的热潮。《台湾民报》在 3 卷 6 期上发表了张我军的《文学革命运动以来》。他"欲使台湾人用简捷的方法来明白文学革命运动",而把胡适的《五十年来中国之文学》的一节全文转载。在 3 卷 12—16 期上又连载蔡孝乾的长文《中国新文学概观》,详细而具体地介绍了中国新文学。同时,还大力介绍祖国大陆新文学的优秀作品,陆续刊载了鲁迅的《故乡》、《狂人日记》、《阿 Q 正传》,郭沫若的《牧羊哀话》、《仰望》、《江湾即景》,冰心的《超人》,西谛的《墙角的创痕》,淦女士的《隔绝》,徐志摩的《自剖》等。

最后,推动了台湾新文学运动的深入开展。论战声中出现了两份新文学杂志:一是 1925 年 3 月杨云萍与江梦笔创刊的《人人》,二是 1925 年 10 月张绍贤创办的《七音联弹》。这两份杂志一出世就积极投入到提倡新文学、批判旧文学的战斗中,改变了《台湾民报》孤军奋战的局面。随着新文学队伍的不断发展壮大,新文学的阵地也不断巩固。

这一场论战使新文学理论也取得了可喜的建树。在论战的过程中,旧文学由群起聒噪走向偃旗息鼓,新文学却在批判旧文学的同时开始了新文学理论的建设。台湾新文学源于祖国大陆新文学,有关的文学理论自然也来自五四新文学。1920 年,台湾新文化运动起步时即已注意到引进白话文学的理论与实践。此后,祖国大陆新文学出现了大发展,诸如文学社团的兴起、理论与创作的丰收、作家队伍的壮大等,无不对台湾的新文学理论产生重要影响。台湾作家对祖国大陆新文学广采博纳,在文学理论的建设上显示出以下三个特点:

1. 全面借鉴五四文学革命的成果

祖国大陆新文学运动中出现的重要的文学理论,诸如胡适的"八不主义"、陈独秀的"三大主义"、"文学研究会""为人生而艺术"的原则、"创造社"有关浪漫主义的美学理想等,都比较完备地引进了台湾。此外,台湾作家还把视野扩展到世界各国的文学动态。如张我军由 1925 年 11 月起,在《台湾民报》连续发表长文《文艺上的诸主义》,系统介绍世界各国的文艺思潮,扩大了引进和研究进步文学理论的范围,为此后台湾新文学运动和新文学理论的发展做出了贡献。

2. 明确了台湾新文学的基本定位

张我军在《请合力拆下这座败草丛中的破旧殿堂》一文中,准确地阐明了台湾文学与祖国大陆文学之间的血肉关系。他说:"台湾的文学乃中国文学的一支流。本流发生什么影响、变迁，则支流也自然而然地随之而影响、变迁。这是必然的道理。"张我军的这一观点涉及在台湾建设什么新文学、沿着什么方向发展的问题，其意义之重大不言而喻。

3．理论引进与消化吸收相结合

台湾新文学虽是祖国大陆新文学的分支，但因环境与条件不同，台湾自有需要解决的特殊问题。如反对殖民同化的斗争，在中国其他非沦陷区就不是主要问题。这一时期对于祖国大陆新文学的引进与传播，已经跨越了单纯介绍阶段，进入了结合台湾实际探讨重要理论课题的时期。

有关台湾语文的研讨就是个典型例证。1924 年 10 月，《台湾民报》2 卷 19 期上发表了连温卿的《言语之社会的性质》，提出了语文与民族境遇的关系问题。他认为，语言的社会特质在于，一面排斥异族语言在世界上的优越地位，一面保护本民族语言与民族的独立精神，有民族问题的地方必然也有语言问题。接着，他写了《将来的台湾语》一文强调指出：殖民地语言政策的本质在于用统治国的国语同化被统治者。他主张为了反对殖民同化，要很好地保存整理以至改造台湾语言。连温卿有关台湾语言问题的理念是民族的、爱国的，是服务于反同化斗争需要的。这一理念反映到文学上，便演化成后来郑坤五、黄石辉、郭秋生等人所提倡的台湾语文运动，用文学化的台湾语文取代国语文（即白话文）。

1925 年 8 月，张我军发表了《新文学运动的意义》，提出"白话文学的建设"、"台湾语言的改造"两大主张。张我军结合台湾文坛实际，在对胡适"国语的文学，文学的国语"融会和生发的基础上，指出台湾的新文学运动负有改造台湾语言的使命，因为"依傍中国的国语来改造台湾的土语"，既"可以把台湾人的话统一于中国语"，又可以使台湾文化"得以不与中国文化分断"，而且"白话文学的基础又能确立"。张我军的这一主张也是民族的、爱国的，服务于反同化斗争的。与连温卿不同的，是他的立论建立在文化归属与统一的立场上。换言之，连温卿侧重于语言的民族立场与特质，结合台湾民族语言的实际而突出了语言的乡土性；张我军偏重于文化的归属与统一，结合台湾新文学运动的实际而强调了对地区性语言的改造。二者主张的不同，导致后来台湾文坛有关台湾语文和乡土文学的大论争。但是，连、张二人的主张从根本上讲，都是针对台湾反同化斗争的实际需要，为推动台湾新文学事业的发展，解决台湾语言文学的具体问题而提出的，都具体显示了这一时期文学理论与台湾社会实际相结合的特点。这一特点的出现意义重大。因为只有这样，来自祖国大陆的新文学理论才有生命力，才能对推动台湾新文学创作的产生与发展产生实际的作用。

第三节　新文学的"星星之火"与张我军

张我军，1902 年生于台湾省台北县板桥镇。本名张清荣，笔名有一郎、速生、野马等。张我军降生人世时，台湾已沦为日本殖民地。出生于佃户家庭的张我军，幼年一直生活在困苦之中。父亲的早逝使他小学毕业后无法再继续读书，于是他先到日本人经营的鞋店当学徒，后来离开家乡到台北新高银行当雇员。不久，张我军被调到厦门鼓浪屿支行工作，使他有机会直接受到祖国文学的熏陶。自从领略了海的感化和暗示之后，他就再也不想回到如在葫芦底的故乡了。1922 年，厦门新高银行关闭，张我军来到了向往已久的北平，进入北平高等师范学校升学补习班读书。1924 年 10 月，他回到台湾，担任《台湾民报》汉文编辑。他一方面用白话文发表了一系列评论文章，另一方面用汉文语体创作新诗、小说，推动了新、旧文学的论战，点燃了台湾新文学运动的火炬。

1925 年底，张我军再次来到北平，和罗心乡女士取得婚姻自主的胜利，结为终身伴侣。这期间，他一面读书，一面为《台湾民报》写文章，详细介绍祖国大陆的新文学理论与著名作家作品，满怀激情地向台湾人民传播新世纪的文艺思想。1925 年 3 月 12 日，为悼念孙中山先生逝世，他写了一篇悼词，用悼词的形式抒发了台胞热爱祖国、向往自由、怀念总理的心声，热情地赞颂了孙中山先生改天换地的革命精神，表达了革命尚未成功之时中国人民失去领袖的剧痛，呼唤中国同胞牢记导师的遗训，继续为革命而努力。

1925 年底，他的新诗集《乱都之恋》在台湾出版，这是台湾第一部新诗集。1926 年 8 月 11 日，张我军特地拜访了鲁迅，携带四本《台湾民报》相赠。其间，他曾谈及台湾的命运和祖国的革命。鲁迅先生后来回忆这次谈话时特别指出：张我军这样的台湾青年"常希望中国革命的成功，赞助中国的改革，总想尽些力，于中国的现在和将来有所裨益，即使是自己还在做学生"。1926 年 9 月，张我军在《台湾民报》发表了小说《买彩票》，此后又发表了《白太太的哀史》（1927 年）、《诱惑》（1929 年）等小说。

张我军大学毕业后，在北京的一些高校担任日文教师。台湾光复后，张我军返回台湾，先后任台湾茶叶公会秘书、台湾金库研究室主任。1955 年，张我军因患肝癌在台北逝世。

张我军的《乱都之恋》是台湾新文学史上的第一部新诗集。这一部诗集创作于北平、台湾两地，1925 年底于台北出版，诗集出版不久即告售罄。数十年后，张我军夫人及其子女经多方奔走终于获得旧版原书；张我军长子张光正对原书认真校订后，交辽宁大学出版社重版刊行。诗集《乱都之恋》，因根植于海峡两岸土壤，从思想感情到表现形式均具有广泛的时代意义。这部诗集除了《序》诗外，包括 55 首抒情诗。它描述了一位台湾青年和一位北平姑娘恋爱过程中的悲欢离合。诗集反映的年代，正是军阀混战、民不聊生、新旧势力激烈碰撞的五四运动之后。诗集取名"乱都之恋"，形象而又准确地反映了诗作的时代背景和基本内容。诗集富有浓郁的时代色彩，闪耀着分外夺目的艺术光华，在台湾新文学史上占有不可忽视的地位。

《乱都之恋》的思想内容可归纳为以下两个方面：

1. 对真挚爱情的礼赞

《乱都之恋》的抒情主人公就是作者自己。他以真挚的感情为基调，向人们描述了圣洁的爱情带给他的欢乐和痛苦、忧伤和希望，表现了一位青年在炽烈的爱情追求中特殊的敏感，映衬出远离家乡与亲人的作者寻求理想和爱情的多维心态。诗人在《序》诗中激昂地写道："爱情既不是游戏，也不是娱乐啊，真挚的恋爱是以泪和血为代价的。"在《沉寂》这首诗里，他把"大好春光"与"十丈风尘的京华"做了对比，表达了 T 岛青年对美好青春的赞颂，对汇聚着祖国几千年文化精粹，如今却处于军阀混战之中的北平城的仰慕和惋惜。诗中表露出的深深的乡愁、苦苦的相思，既显示了置于如此风烟滚滚的京都的年轻心灵的沉重负担，又披露了其对美好爱情的追求。

诗人用他的笔袒露了恋人特有的情怀：绿草、月亮、虫蛙，大自然的一切都融化在爱的宇宙里，享受着爱的忧愁和欢愉。在这只有二人分享的爱的梦幻中，甜美的感受浸透在两心交融的世界里，使人生机勃勃，思绪飞腾。诗人用生动的比喻大胆地肯定爱情在生命中的地位，表达了刻骨铭心的相思："我愿做个牧童——倘伊是个洗衣女。暮暮朝朝，我牧着牛而伊捣着衣，在水流淙淙的小河畔，从容地，自在地，和伊交谈蜜语。""我愿做个碗儿，日日三次给伊蜜吻，吻后还留下伊的口味。"贴切的比喻抒写了纯真无邪的爱的幻想，流露着对爱的童贞和淳朴的向往。

2. 对黑暗现实的诅咒

在封建礼教严如樊篱的20世纪20年代，对一个客居北平寻求前程的台湾青年来说，恋爱的渴求必然遭到更多的压抑，需要付出更多的代价。因而，理想和现实的冲撞使这部诗集充满忧伤——这是抒情主人公，一个在五四运动中觉醒的T岛青年对时代痛苦的感应。这种感应贯穿于55首诗里，将爱情的歌颂和对现实的诅咒合在一起，谱成了一曲甜美而又苦闷的爱之歌。在诗集里，诗人真切地抒写了想念心爱的人却不能相聚的苦闷，如对因雨不得与心爱的人相会的忧虑与焦急的描绘：主人公"听一滴滴掷在屋瓦上的雨声，如一根根的针在刺我的心房"。这里，"雨"既可理解为不作美的天公对恋人们的刁难，也可视作黑暗的封建的现实社会对自由恋爱的种种阻拦。

在这部爱情诗集里，诗人用沉重的笔墨抒写了T岛青年——游子对慈母的挂念，对亡父悲凉墓碑的追忆。《秋风又起了》乍看似乎游离于爱情诗外，实际上是一种特殊又复杂的爱情心态的鲜明表现："莫名其妙的热泪从眼窝角，一滴滴地直滚下来。唉，茫茫的宇宙，短促的人生，青春，将去了，前途！前途！可怕的可诅咒的前途。"这是抒情主人公痛心疾首的感叹，是茫然和失落心绪的表露。它来自爱情、理想和黑暗现实的激烈冲突，是对生命的酷爱和对青春的珍惜，对渴望创造美好世界却无法如愿的悲愤抗议。张我军的爱情生活渗透着时代的悲哀和欢乐、幻灭和希望。出现在诗集里的"寂寞"、"无聊"、"兴叹"、"烦闷"、"忧伤"、"凄酸"，都是作者渴望光明却遭到挫伤的曲折反映，是对"乱都"黑暗现实的愤怒的反抗。

抒情主人公饱尝了爱情的痛苦，但他并未在痛苦中沉沦。这种对爱情不屈不挠的积极追求，贯穿于整部诗集。《春意》一首写于1925年3月，正值张我军与罗心乡女士挣脱封建羁绊，双双由北平来到台北之时，他们获得了爱情的胜利。这种经过千难万险取得胜利的喜悦，在诗作中被很好地表现出来，末尾的两个诗句采用反问的形式："远方的人呀！为何到此我的心潮便高涨？哦，这就是春意吗？"真切地表达了经过爱的悲欢离合的心灵一旦感受到春意的极度欣喜。从对黑暗社会的诅咒走向对胜利的讴歌，恰如黑暗浓重的天边闪现了一抹黎明，严冬中传来了春之消息。

《乱都之恋》在艺术表现上也自有特色。这部诗集整体上塑造了一个具有鲜明个性、富于时代特征的爱的追求者的形象。他的饱满个性得自对种种爱情心态的深入展示，他的时代特征得自对恋爱过程的细致描述以及对那个风烟滚滚的时代的脉动的把握，这正是这部诗集的魅力之所在。《乱都之恋》对抒情形象的塑造擅长于将情与自然巧妙地结合起来。《烦闷》是一幅动人的情景交融的图画：黄昏的光照，日落的余晖，老树的枝丫，透过诗人对现实幻灭的眼神，和着因爱而昂奋、焦灼的狂跳的心声，所有的光色声响和物体的轮廓都糅合在"烦闷"这个主旋律上，勾画出一个忧伤色彩分明的爱人的形象。在另外一些诗篇里，诗人常把恋情融合于自然。在诗人笔下，"月亮"、"雨滴"、"黑云"、"小草"、"虫蛙"、"秋柳"、"小河"被巧妙地人情化，坦率又含蓄地表现了恋人丰富的爱情心态，达到了令人心动的艺术效果。

《乱都之恋》在艺术表现上带有明显的散文化倾向。有些诗篇也嫌抽象，技巧上也很难说是圆熟的，但是作为台湾新文学史上的第一部新诗集，它显示了开拓期台湾新诗创作的实绩。较之胡适的《尝试集》，《乱都之恋》明显地克服了早期新诗创作中易于出现的模仿或泥古的弊端。在新诗技巧的运用上，能够看出诗人的努力及其成效。《乱都之恋》用通俗朴素的语体文字、醒目的新诗形式，白描出爱情生活中诸多的感受，对当时沉浸于旧诗词、击钵吟的台湾诗界以及青年男女恋爱仍然受着封建伦理道德摧残的社会现实，确实起到摧枯拉朽、呼唤新生的作用。《乱都之恋》在台湾新文学史上破天荒地采用了新颖的手法，大胆地表达了崭新的爱情理想，开创了台湾新诗歌创作的现实主义传统，具有不可取代的文学史地位。

张我军的短篇小说，就目前所知只有《买彩票》、《白太太的哀史》与《诱惑》三篇，数量虽少，在台湾新文学史上却具有开拓意义。

首先，拓宽了台湾小说创作的表现领域。张我军的小说大部分取材于他所经历的北京生活。如《买彩票》描写的是在北京求学的台湾知识青年的生活，《白太太的哀史》揭露了官僚欺骗乃至折磨日本女人的罪恶。即以《买彩票》而论，这是张我军 1926 年 9 月所写的第一篇短篇小说。它以五四之后的北平为背景，写了三个台湾青年在北平求学期间为摆脱各自"困境"而购买彩票的故事。来自台湾的阔家子弟林天才与李万金为了尽情满足酒色与赌场的欲望而梦想中头彩，找到一条"发财的捷径"。小说主人公陈哲生是台湾的穷苦子弟，自己积攒了六七百元，拿来留学和养活母亲。他为了能继续求学，在走投无路的情况下被逼去买彩票。显然，《买彩票》通过两种台湾留学生的理想追求、生活方式及其心态的对比，揭示了那个"杀了多少天才"的社会"经济组织"的不公正与不合理。

陈哲生这个青年知识分子形象，因为他的特殊身份和遭遇，出现在 20 世纪的台湾文坛，应该是台湾新文学史里一个令人惊喜的收获。当时处于日本殖民主义奴役下的台湾，不少有志青年受到祖国辛亥革命和五四运动的影响，而返回祖国大陆参加祖国建设。他们认为祖国能早日强盛起来，台湾同胞的解放才有希望。因此，返回祖国求学的台湾青年日益增多。张我军把台湾读者的目光引向这些在祖国求学的台湾学子，描写他们的喜怒哀乐，表现他们的理想与追求，批判他们当中的消极与堕落，反映他们的心路历程，无疑是具有社会现实意义的。正是在这个意义上，张我军的小说题材拓宽了台湾早期创作的视野与领域。

其次，善于在简单的情节中塑造人物。在张我军的小说里，情节不是主要的，重点在于对人物的塑造。《买彩票》的情节发展仅止于买彩票而未中，作品的主要篇幅是用来细微地描写主人公陈哲生的内心活动。陈哲生是个勤奋好学、有理想追求的台湾青年。但作者并没有从正面描写这位正直青年的奋斗历程，只撷取了他的一段生活插曲，揭示他为求学和爱情冒险买彩票前前后后的心态。他诅咒买彩票是国人的一种劣根性，可自己终于不得不买，他明知不能中奖却依然心向往之。在中奖号码公布之时，他内心狂跳却装作无事，终而至于垂头丧气。这一系列心理描写将陈哲生置于悲喜剧交织的氛围之中，突出了这个年轻有为的青年人在金钱魔王和黑暗势力的控制下，心灵被扭曲的悲剧。特别是作者巧妙地穿插进两个富家子弟的对照。这两个浑浑噩噩、寻欢作乐的台湾留学生的形象虽着墨不多，却丰富了作品的画面，并加深了对不合理社会现实的揭露。正因为有他们的陪衬，陈哲生的形象才更为鲜明，他的苦闷与欢乐、追求与幻灭也才更加令人同情。

另外，作者把人物置于特定情景之中，将叙事、描写、议论、抒情糅合在一起，使人物的内心展示与对周围环境的描写结合起来，让人物形象更为丰满。下面是陈哲生在周末夜晚的一段描写：

他吃完了晚饭，独自背靠在藤椅上，心里闷极了，再也不能排遣。看书吧，看不下去。写情书吧，心酸手软。睡吧，睡不着。写一点稿子吧，心思昏乱。想来想去，终于想不出妙案。最后还是把灯吹灭，侧身躺在床上。外面似乎刮起小风来了。这正是仲秋时节，风打树叶的声音，自有一种特别凄切的哀思。八分圆的月色正斜照在白纸窗上，四周无人声，但闻虫声杂着风声，月色映着纸色，他愈发不自在了。

这是对陈哲生烦闷、孤寂和痛苦的内心的描写。小说借助细腻的行为描写，揭示了人物复杂的内心世界。特别是后半段通过他的视听感受，对八月仲秋清风明月客观世界的描写，构成了一幅情景交融的艺术画面，给人诸多暗示，产生了强烈的艺术效果。另外，《买彩票》的语言朴素无华，平淡中常常富有象征性。作者不动声色地叙事，却产生了强烈的讽刺效果，在唠家常式的叙说中融入了许多弦外之音。

尽管《买彩票》在人物形象刻画上还欠丰满，结构安排也有不够完善之处，但它是第一个表现了五四时期台湾留学生的生活画面，使读者看到那个"杀灭天才"却让寄生虫逍遥快乐的混乱世界，因此具有其他作品难以代替的文学史价值。

《白太太的哀史》写于 1927 年。10 年前，19 岁的水田花子不幸结识了善于诈骗的中国台湾留学生白先生。婚后，水田花子随着白先生来到北平。白先生当了小官僚以后劣迹日显，游"八大胡同"，赌博，以致与局长的姨太太偷情，最后他老家里早有妻室并有三男一女的事实也暴露出来。这一系列沉重的打击最终导致白太太悲愤地死去。就白太太的 10 年经历来说，小说的情节既不奇特也不复杂，甚至可以说是当时官场上司空见惯的，但经作者处理后，表面上写的是白太太受骗的哀史，而暗里写的却是藏有卑污灵魂的军阀政府的官僚——白先生。在情节展开过程中，作者很少正面专写白先生，而是通过白太太的日记和白太太的心理刻画以及侧面描写，描绘出白太太的受骗，也凸显了白先生的卑劣、下作的丑陋形象。这一女一男、一明一暗、一正一反、一善一恶的鲜明对照，既丰富了形象，又加强了对当时中国官场丑恶现实的批判力量。

【第二章】

发展期的台湾文学

第一节　台湾新文学的发展概述

　　台湾新文学运动经过拓荒般的艰辛，20世纪30年代前后开始进入相对稳定发展的时期。不过，整体看来，这个时期大体上是由两个阶段组成的：发展期和低潮期。发展期的台湾新文学大体包括1927—1937年的10年光景。在这一阶段中，台湾新文学运动在日本帝国主义的高压政策下，在台湾政治运动陷入低潮的逆境中，坚持发展，开始走向成熟。低潮期自1937年抗战全面爆发到1945年日本宣布无条件投降。这一阶段，由于日本帝国主义强化了在台湾的法西斯殖民统治，汉语言文字被强行禁止使用，作家反映社会生活的题材受到限制，文学发展受到时局的严重影响。

　　20世纪20年代后期，台湾政治局势发生重大转折，抗日爱国统一战线组织——台湾文化协会1927年已告分裂，1931年被日本殖民当局取缔。1928年，台湾共产党和民众党建立，领导了轰轰烈烈的工农群众革命运动。正当政治运动蓬勃发展时，日本殖民当局加强了对台湾的控制，大肆镇压逮捕革命群众。经过1931年的全岛性大检举、大逮捕，台湾陷入白色恐怖之中，民族民主运动转向低潮。台湾新文学运动的发生和发展，始终是台湾同胞抗日爱国的民族民主运动的一部分。台湾新文学从一诞生就肩负着民族解放运动的历史重任，特别是在现代文学运动已取得合法地位而革命运动遭受重挫的情形下，抗日爱国志士自然地把精力转移到文学运动上来，利用文学这一合法武器展开斗争，促使台湾新文学承担着更多的使命。这10年是台湾新文学盛况空前的发展时期，被称为"黄金的10年"。在此期间，文学活动异常活跃：各种文学主张纷纷出台，不同的文艺组织团体竞相亮相，各种各样的文学刊物如雨后春笋，作家队伍不断巩固壮大，大量的优秀作品纷纷问世。日本侵占时期的台湾文学此时进入了鼎盛时期。一代抗日爱国的台湾进步作家，为台湾新文学运动写下了辉煌的篇章。

　　当政治运动日益低落，新文学战线的任务日益加重之时，台湾新文学面临的首要课题就是如何进一步为抗日民族民主运动服务。其中，关键的问题是深入生活，深入工农大众。所以，1930—1931年，在新文学阵营内部发生的关于"乡土文学和台湾话文"的论争表明，台湾新文学运动的发展已经走向深入，要尝试着解决祖国大陆通用的白话文与台湾口语的矛盾，进一步真正做到"言文一致"。最早提倡乡土文学的黄石辉于1930年8月

16 日发表了《怎么不提倡乡土文学》一文。文章指出，只有提倡和建设乡土文学才能真正产生广大劳苦群众的文艺。他呼吁"用台湾话作文，用台湾话写小说，用台湾话作歌谣，描写台湾的事物"。1931 年 7 月 24 日，他又发表了《再谈乡土文学》，从语言文字的形式方面论述乡土文学。黄石辉的主张得到郭秋生的积极响应。郭秋生于 1931 年 7 月在《台湾新闻》上发表长达两万余字的《建设台湾白话文一提案》的文章，提出使"台湾语文字化"的观点。同年 8 月，他又撰文《建设台湾话文》，重申上文观点，强调要把台湾话文、民间文学、乡土文学结合起来。黄石辉、郭秋生二人"文艺要面向大众"的主张是积极的，但对台湾话文的提倡却显得有些狭隘和片面，为此遭到一部分作家的反对，引发了一场关于乡土文学的论争。

当然，这场论争之所以在这个时候发生，另一个重要的原因是受到当时席卷世界的普罗文学思潮和祖国大陆左翼文学的影响。作为文艺大众化的一种大的历史语境，国际上的（特别是日本的）和祖国大陆有关这个问题的思考和讨论，应该都对台湾新文学界发生了一定的、积极的影响。至少，台湾的争论是这一现象的平行发展。

台湾新文学运动在初期和大陆五四文学革命的开端时候一样，是与政治运动、文化运动融为一体的。《青年》、《新青年》、《台湾青年》、《台湾》等杂志就是这种性质的综合性刊物。《台湾民报》和《台湾新民报》也是如此。作为台湾新文学的摇篮，《台湾民报》于 1927 年 8 月 1 日由东京迁入台湾印行，改旬刊为周刊，是台湾新文学从开拓期进入发展期的里程碑。1930 年 3 月，《台湾民报》更名为"台湾新民报"，1932 年 4 月改为日刊。它迁台以后，扩大了发表文学作品的园地，每期文艺专栏都可发表一或两篇新文学作品。即使是这样，作品数量仍然很有限，满足不了新的文学形势要求，而文学事业的发展总是迫切地需要有自己的阵地以及拥有一批专门的队伍。于是，独立的文学期刊、文学社团就在台湾应运而生了。

1931 年秋，一批台湾岛内文学界人士赖和、郭秋生、叶荣钟、吴春霖、黄城、许文达等 12 人组成"南音社"。第二年元旦，创办文艺杂志《南音》半月刊。该刊发行 12 期后停刊，时间虽不长，成绩却很显著，发表了一批乡土色彩浓厚、具有现实性、批判性的作品，如赖和的《归家》、《惹事》，周定山的《老成党》，赤子的《擦皮鞋》等，还有一些诗歌、散文等，对推进文学的大众化起到了重要作用。

1932 年 3 月 20 日，台湾旅日文学青年苏维熊、魏上春、张文环、吴鸿秋、巫永福、黄波堂、王白渊等人在东京成立"台湾艺术研究会"。次年 7 月 15 日，正式推出专业文学刊物《福尔摩沙》，该刊仅发行 3 期，研究会便自行解散，汇入后起的"台湾文艺联盟"。因该会创办人都是留学生，善用新方法推动文学创作和文学运动，给文坛带来了新的气息。

1933 年 10 月，黄得时、朱点人、郭秋生、廖毓文等人成立"台湾文艺协会"，通过了组织章程，选举郭秋生为干事长。1934 年 7 月 15 日，该会文艺刊物《先发部队》创刊。该刊第一期推出"台湾新文学出路的探究"特辑。1935 年 1 月发行的第二期更名为"第一线"，推出"台湾民间故事"特辑，随即便告停刊。

当时，一批带有无产阶级文艺性质的刊物也相继创办，如《伍人报》、《洪水报》、《台湾战线》、《台湾文学》、《晓钟》、《现代生活》、《明日》、《赤道》等。这些刊物多以激励爱国主义思想和民族反抗意识为思想基础，给新文学以热情支持扶助，可惜都遭到殖民当局的查禁。

随着台湾文学运动的日趋活跃，一部分文学界人士深深感到，需要有一个强有力的团结的文学组织来进一步推动台湾新文学的发展。经过 3 个月紧锣密鼓的筹备工作，1934 年 5 月 6 日在台中市召开了全岛文艺大会。这是文艺界一次盛况空前的大会。会上成立了全岛性的文艺社团——台湾文艺联盟，通过了一系列重要提案和联盟章程，选举了领导机构，推举赖和、赖庆、赖明弘、何集璧、张深切为常务委员，常务委员长为张深切。至此，台湾新文学作家结束了各自为战的历史，逐渐形成抗日爱国作家大联合的统一战线。"台湾文艺联盟"成立以后，其会刊《台湾文艺》于 1934 年 11 月创刊发行。这是日本侵占时期台湾寿命最长、作家最多、影响也最大的杂志。该杂志主编张深切，坚持"为人生而艺术"的艺术主张，坚持文学面向大众，体现了该杂志务在求实、追求民主、面向大众的精神。《台湾文艺》不仅重视对文学实践的身体力行，各种文学样式的作品在该杂志中都能得以发表，如小说、诗歌、剧本、随笔、评论、学术论著等，还对文艺理论和批评也予以相当重视。该刊于 1936 年 8 月 28 日停刊，共出 15 期。这在当时政治高压、经济困难等因素困扰的情形下实属难得。

同期，台湾文学界还出现了一个与《台湾文艺》并驾齐驱，并在《台湾文艺》停办后独立支撑起台湾新文学运动大厦的文学杂志——《台湾新文学》。这是由杨逵、叶陶自筹资金主办的文学月刊。该刊团结和培养了一大批台湾一流作家，发表了一批优秀作品，表现了高度的反帝反封建的抗争精神和民族意识。由于殖民当局下令废止中文杂志，该刊于 1937 年 6 月 15 日被迫停办，共发行 14 期。《台湾新文学》和《台湾文艺》是日本侵占时期台湾文学园地中的两朵艳丽奇葩。

此期，台湾新文学创作的繁荣局面归功于一支支创作新军的突起。这一时期活跃在文坛的作家，除部分前期作家如赖和、杨守愚、陈虚谷、杨华等之外，新的作家又相继涌现，有杨逵、朱点人、王锦江、愁洞、秋生、毓文、林克夫、马木枥、张庆堂、赖贤颖、吴天赏、巫永福等。在新诗方面较有影响的是杨华、王白渊、陈奇云、吴坤煌、梦湘、董佑峰、黄衍辉以及"盐分地带"的主要成员郭水潭、吴新荣、徐清吉、王登山、庄培初、林精（林芳年），还有风车诗社的杨炽昌、林永修、李张瑞、张良典等。这批作家和诗人的共同努力，造就了台湾新文学花团锦簇的局面。

这个时期，因客观形势的需求，文学执著于群众化路线，贴近社会现实，因而题材得到扩展，新的主题也不断涌现，文学作品的风格呈现出多样性：有揭露日本统治者及其走狗阴险狡猾、残暴凶顽本质的作品，如赖和的《不如意的过年》、《惹事》，朱点人的《安息之日》，蔡秋桐的《理想乡》、《夺锦标》，陈虚谷的《放炮》、《他发财了》；有反映被压迫被侮辱的劳动人民苦难生活和他们不屈不挠的反抗精神的，如朱点人的《岛都》、《秋信》，杨逵的《送报夫》，赖和的《丰作》、《善讼人的故事》，杨守愚的《凶年不免于死亡》；有描述爱情和婚姻的种种形态的，如翁闹的《天亮前的恋爱故事》、《音乐钟》，朱点人的《无花果》，吴天赏的《蕾》，马木枥的《私奔》，黄得时的《橄榄》；还有表现社会生活人间百态的作品，如朱点人就是一位善于描绘众生百态的丹青妙手。

杨守愚（1905—1959），台湾彰化人，原名杨松茂，笔名有守愚、村老、静香轩主人、洋、翔、Y 等。他的小说创作数量多，取材广泛，从社会的不同角度、不同层面来描绘暗无天日的时代的人生悲剧。《十字街头》写小摊贩的不幸遭遇。《升租》、《移溪》、《凶年不免于死亡》写的是悲苦无告的农民在沉重的地租和捐税的压榨下妻离子散、家破人亡的惨剧。《谁害了她》、《女丐》、《鸳鸯》把目光投向下层贫苦妇女。她们不仅经济上忍受剥削，还得面对人身的凌辱，最终的命运不是走向绝路以死抗争便是被社会吞噬。杨守愚的小说主题鲜明集中，作品大多采用写实手法，从人物生活背景、故事发生经过到结局无一不是生活的真实显现，其中也有反讽、内心独白等艺术手法的运用，但只是一种穿插，故作品整体出现平实沉郁的特色。杨守愚在创作小说的同时也发表了不少新诗，他的新诗不论是选取题材，还是采用的表现手法，都与其小说创作是一致的。他较著名的诗作有《我做梦》、《一个恐怖的早晨》、《孤苦的孩子》、《女性悲曲》、《长工歌》、《洗衣妇》、《车夫》等。

蔡秋桐（1900—1984），笔名有愁洞、秋洞、蔡落叶等，台湾云林元长人。公学校毕业后，曾学习中国古典文学达四五年之久，古典文学造诣较深。他从 22 岁起就当保正（保长），前后大约有 25 年的光景。由于他长期生活在日本帝国主义占据时期的台湾农村，所以他的小说题材大多取自于此。他的主要小说有《保正伯》、《放屎百姓》、《理想乡》、《夺锦标》、《新兴的悲哀》等。他把对台湾农民生活的观察和自己的遭遇全部熔铸于小说，对台湾劳苦人民寄予深切同情，并多以揶揄、嘲讽的笔法，描写压在农民头上耀武扬威的日本警察和为虎作伥的地方保正、甲长，使日本侵占下冷酷丑恶的台湾社会现实显露其原形。

朱点人（1903—1947），原名朱石峰，台北市人，有台湾新文学"麒麟儿"之称。他是台湾新文学运动的重要人物，"台湾文艺协会"的发起人之一。他自幼醉心文学，创作以短篇小说为主，共留下十余篇短篇小说，代表作品有《岛都》、《脱颖》、《纪念树》、《秋信》、《蝉》、《无花果》、《安息之日》等。朱点人的小说具有强烈的时代气息。长期处于日本殖民统治下的生活使他对台湾社会有深刻的认识。截取生活的横断面以真实地反映当时社会的尖锐矛盾和斗争，抨击殖民当局的暴政和愚民政策，鞭挞汉奸走狗奴颜婢膝的丑态，歌颂台湾人民的民族意识和抗暴精神是他创作的重要内容。小说《岛都》是这类小说的代表。它展示了日本侵占时期帝国主义与封建势力相互勾结、利用封建迷信坑害穷苦百姓、搜敛钱财的社会现象。小说成功地塑造了史明这样一个觉醒了的大无畏的民族主义战士形象。《脱颖》用嘲讽的笔法抨击、鞭挞了一个做梦都想当日本人、一心想往上爬的反面人物陈三贵。朱点人小说创作的另一类重要题材是反映异性间的复杂情感，描绘人们在现实的冲击下内心的矛盾、痛苦和哀伤。《无花果》写的是少年芳哥单恋的经过和美梦的破灭。小说用日记的形式娓娓道来，笔墨简洁朴素，却把主人公内心情感的跌宕起伏表现得惟妙惟肖。

1937 年 7 月 7 日，卢沟桥的隆隆炮声揭开了日本全面侵华的序幕。日本帝国主义强化了在台湾的法西斯统治。他们大力推行军国主义政策，加强对台的军事统治。其后，又大力推行"皇民化"运动，禁用汉文，强令使用日文。汉文学校、汉文杂志、汉人姓氏、汉人传统习俗等一切中国文化都在消灭之列。作为文学载体的汉语言文字被禁用，文学发表阵地被铲除，台湾新文学运动遭受沉重打击，落入低谷。

处心积虑的殖民当局为把台湾新文学纳入"皇民化"的轨道，打着纯艺术旗号组成"台湾文艺家协会"，并发行刊物《文艺台湾》。这份杂志刚开始还能吸引部分台湾作家，后来因日渐显出其"皇民文学"的殖民色彩而受到冷落。为适应殖民当局加强推进皇民化运动的形势需要，该协会自行解散，原班人马组成隶属"皇民奉公会"的"台湾文学奉公会"，目的是"努力宣扬皇国文化"，鼓吹"皇民文学"，并发行机关刊物《文艺台湾》。这里发表的作品无一不是为配合"圣战"、宣传"圣战"而作。值得一提的是，当时参加"台湾文艺家协会"的部分作家因不满《文艺台湾》的殖民化色彩退出该协会，另行筹办文学社团和杂志。以张文环为首的一批作家，像吕赫若、吴新荣、吴天赏、王井泉、黄得时、杨逵、王碧蕉、林博秋、简国贤、吕泉生、张冬芳等，于 1941 年 5 月成立"启文社"，并创办季刊《台湾文学》杂志。因为汉文被禁用，所以在这块园地上发表作品都是用日文写成。《台湾文学》始终贯彻着现实主义原则，力求反映台湾民众在殖民者皇民化运动下的苦闷和抵抗，刻画战争时期台湾民众苦难的岁月，表现了强烈的民族主义意识。《台湾文学》一出现就与《文艺台湾》相抗衡，在持续 3 年发行 11 期之后被迫中止。《台湾文学》的存在对于台湾新文学在残酷环境中的延续功不可没。此外，1941 年发行的《民俗台湾》在台湾乡土文学的发展上也有一定的推动作用。

这一时期的爱国作家们都以不同方式的创作与"皇民文学"相对抗。他们或者采取合法的形式与条件，成立文学团体，创办文学刊物，开展新文学活动（如前述"启文社"的作家）；或者以日本人把持的"台湾文艺家协会"的名义作掩护，表面上避开尖锐敏感的民族矛盾和政治生活，字里行间却渗透着反殖民统治、反皇民化的斗争意志；或者甘于默默无闻，只管耕耘，不问收获，如吴浊流的《亚细亚的孤儿》便是在不可能发表的情况下完成的。不管殖民当局采取怎样严密的方式控制，都无法完全扼杀新文学作品的生机。

本时期的创作，小说方面影响较大的有吴浊流、杨逵、张文环、吕赫若、龙宗瑛、陈火泉、王昶雄、叶石涛、黄得时等人。诗歌方面，较之小说有更多的作家出现。除杨云萍、王白渊、吴新荣、黄得时等作家仍然时有诗作发表以外，这一时期又出现了新诗人邱淳光、陈千武、邱炳南、林梦龙、吴天尝、陈逊仁等。

吕赫若（1914—1951），本名吕石堆，台中潭子人。1934 年毕业于台中师范学校，后来到东京学习音乐。返台后，当过教师和编辑。光复后，参与台湾省艺术建设协会和出版协会的工作，同时，积极投入革命斗争，"二·二八"起义失败后，转入地下斗争。1951年不幸牺牲。吕赫若的创作始于 1934 年。1943 年，他的短篇小说《财子寿》获首届台湾文学奖。1944 年，出版小说集《清秋》。此外，他还写了少量的诗歌和评论。吕赫若的小说大多取材于农村生活，以家庭纷争和悲剧为反映社会的聚焦点，揭示日本侵占时期台湾同胞的苦难生活，透视人性的弱点。成名作《牛车》刊登在 1935 年东京的《文学评论》上，讲述了一个催人落泪的殖民统治下的人生悲剧。贫苦农民杨添丁原本靠一辆牛车养家糊口，在日本的汽车、自行车进入台湾后，他失业了。万般无奈之下，妻子只有出卖肉体，但仍无法养活一家人。杨添丁因赶车打瞌睡被警察发现，辱骂、殴打、罚款接踵而至。为了交罚款，他铤而走险偷鹅，结果被抓，落入更为悲惨的境地。作品同时还反映出高压下农民的觉醒与抗争。吕赫若 40 年代后期创作的小说，主要取材于太平洋战争期间台湾人在日本殖民者残暴统治下的悲惨境遇。《改姓名》和《一个奖》描写了台湾民众反抗"皇民化运动"，揭示了当时台湾社会的主要矛盾——台湾人民和日本殖民当局的民族矛盾。发表于 1947 年 2 月的小说《冬夜》，是吕赫若生前的最后一部作品。这是一篇具有强烈现实主义气息的小说，取材于日本帝国主义投降后 1946 年冬的台湾现实生活背景。作品通过暗娼杨彩凤在一个冬天的午夜至黎明前几小时里的所见所遇所忆所感，披露了

"二·二八"前夕台湾岛内山雨欲来风满楼的景象。吕赫若的小说讲究技巧，结构完整合理，人物形象鲜明，语言质朴生动，具有浓郁的乡土气息，形成了独特的艺术风格。

张文环（1909—1978），台湾嘉义县梅山乡人。1921年，就读小梅公学校。1927年，东渡日本，进入冈山中学。1931年，入东洋大学文学部。1938年返台，任职于台湾映画株式会社。他在本期创作的主要作品有长篇小说《山茶花》，短篇小说《辣韭罐》、《艺旦之家》、《夜猿》、《哭泣的女人》等。辍笔三十余年后，他于1972年创作了长篇小说《在地上爬的人》。张文环的创作始终秉持着现实主义精神，以写实的手法和浓烈的乡土气息，反映家庭和社会情状，对弱小无助的人们的不幸寄予了深切同情，对自私自利的人性弱点作了无情剖露。其代表作《艺旦之家》中的主人公采云是一个善良又懦弱的女子。由于家境贫寒，小时候被卖给别人当养女。16岁时，贪财的养母为了一对金手镯和几百元钱卖掉了她。无情的摧残使她几次放弃生活的希望，后来在杂货店工作时结识了廖清泉，两人相恋，然而廖知道她被蹂躏的秘密后又抛弃了她。在命运的沉重打击下，她决心拜师学艺，终成名旦。21岁时，她又结识了一家杂货店的少东家杨秋成，杨要采云辞去艺旦的职业嫁给他，可是养母的种种阻挠使他们的婚姻遥遥无期。当她发现自己怀了杨的孩子而两人又无法结合时，只觉得在这样的社会里自杀才是唯一的出路，于是她跳入了冰冷的江水中。作品虽以平静的口气娓娓道来，读后却令人感到凄怆，对这样一个饱尝屈辱与蹂躏的女子禁不住掬一把同情之泪，同情中能隐隐感到作者无声的呐喊。

龙瑛宗，1911年生，本名刘荣宗，台湾新竹北埔人，毕业于台湾商工学校，任职金融界。龙瑛宗是从知识分子阶层出来的，其与殖民者的统治机构曾有种种联系，所以他的小说在表现台湾被压迫人民的共同经验时有着自己独特的观照角度，隐晦地表达出对黑暗现实的不满和抵抗情绪。他在光复前发表的中短篇小说有《植有木瓜树的小镇》、《夕影》、《黑少女》、《白鬼》、《赵夫人的戏台》、《村姑》、《邂逅》等24篇，此外还有文学批评集《孤独的蠹鱼》，随笔集《女性的素描》等。1976年退休后，他重新开始写作，有长篇小说《红尘》、《断云》、《杜甫在长安》等作品发表。龙瑛宗本期的创作侧重反映知识分子和妇女的悲惨遭遇。《植有木瓜树的小镇》是他这一时期的代表作。主人公陈有三高中毕业后考进街役场当助理会计。他怀着美好的理想，满腔热情地努力工作、学习。可是，他的周遭环境是这样龌龊，一连串残酷的现实使他的理想化为泡影，最后他只有在绝望中放弃自己的追求，在酒的麻醉中沉迷颓废下去。小说着重描写了他的忧伤、苦闷而又无可奈何的心态。小说中对环境——污秽腐朽小镇的描写，使人产生一种紧张的窒息感。人们不难从中看出造成知识分子的病态心理和行为的时代和社会根源，意识到殖民统治的罪恶。龙瑛宗的作品以其关注人物内心世界、抒情气氛浓烈而著称。

第二节　台湾新文学之父——赖和

一、生平与创作

1894年（清光绪二十年）5月28日，台湾彰化街市仔尾一户殷实的人家中，一个男婴呱呱坠地了。婴儿的祖父赖知、父亲赖天送、母亲戴氏允都喜不自禁，这是他们家的长子长孙啊！

赖家能有今天不容易。

早年，赖家也是个富户。清咸丰十二年（1862年），彰化豪富戴潮春（小名万生）领导八卦会揭起反清的义旗，率众攻下彰化城，下令兵民蓄发，遵用明制，欲以响应太平天国。接着，起义军乘胜围嘉义、攻鹿港、窥淡水……各地会党纷纷起兵响应，全台震动。清政府对付外侮软弱无能，对付"内乱"的本事可不小，他们一边利用起义军内部的矛盾分化瓦解，一边增兵入台残酷打击。前后历时六年，起义才被完全镇压下去。赖知一家肯定参与了俗称"万生反"或"戴万生之乱"的起义，失败后家产被查封，所以赖和才有"'经戴万生之乱'，家遂零落，祖父兄弟六人，祖父最少，因家业丧失，遂各谋生"一说。赖知比几位兄长更为不幸的是，他"腰中流弹，烦在腹内，幸未死，但后来常发痛，以鸦片止之，遂成瘾"。

起义失败，家业凋零，又染上毒瘾，年轻的赖知流落为市井游民找不到出路，心情郁闷，竟嗜赌如命。有一年除夕，家里穷得揭不开锅，妻子拿出衣裙让赖知出去典当，弄儿个钱过年，但生怕丈夫把当来的钱又拿去赌，就叫5岁的儿子赖天送跟着父亲去。走到半路上，赖知用头巾把儿子绑在人家的篱柱上，自去典衣，然后径直去了赌场，把典衣的钱输了个精光。

不知道是什么原因，赖知幡然悔悟，痛改前非。他本学有拳法，于是就去学"弄钹"。"弄钹"是一种闽台习俗，家里死了人，亲属（通常是出了嫁的女儿）在做法事的时候，特别请来道士或者具有功夫的人，耍弄铙钵碗盘之类的东西，以慰死者的灵魂。干这一行的，其实就是通常所说的术士。赖知有拳法功底，人又聪明，学得极好，远近闻名，丧家争着请他。赖知很讲职业道德，他名气大，来请的人多，但如果丧家那块地盘上有弄钹的同行，他一般辞而不往，即使是丧家坚请非去不可，他也不使同行有难堪之处，不把绝活拿出来表演。渐渐地，他的家境富裕起来，可他并不张扬，"后年老，到远多坐轿，但是往返在街外落手，罕有坐到宅门前者"。赖知对其长孙赖和性格的形成影响最大。

赖天送子承父业，可能是不会拳法，弄不来钹，就做了道士，依然是以术士谋生。他和父亲不一样的是，他的儿子出生的时候，家里已有田产十甲左右，年收租三百石，因此有能力让儿子们读书，长大干一番事业。美好的祝愿或许从这个家庭的长子降生的那一天起就有了，他们给长子取名为赖河，又名葵河，是想让他的生命如河流那样长长久久、勇往直前吧？是在什么时候、由谁改"河"为"和"的，没见记载。

然而，赖和出生的第二年，即1895年，在新兴帝国主义日本的强大压力下，陆海两战皆败的清政府签订了《马关条约》，被迫将台湾割让给日本。也就是说，赖和刚刚步入人生，就遭到了"孤儿"的命运。

赖和渐渐长大了，该读书了。当时，台湾殖民政府对学龄儿童实行差别教育。日本学童进入师资、设备、经费均优的"小学校"，台湾学童只能进"公学校"。公学校条件差，教育程度低，修完六年的总课程还抵不上小学校五年。尽管如此，公学校仍是殖民者强迫同化政策的产物。当局采取威逼利诱的方式，强迫台湾人把子弟送进公学校，受日式教育，用老百姓的话说，是"读日本书"。赖和的父祖与绝大多数台湾同胞一样，虽然不得不"转籍日本"，但心中强烈的民族意识是泯灭不了的，即使不得已让子弟上了公学校，汉学也不废，这就摆明了他们的态度。以往读私塾是为了让孩子能"学而优则仕"，现在此路根本不通了，只有读"日本书"才有前程，汉文化教育不仅不能做官致仕、光耀门庭，还要冒相当大的风险，他们却仍然不放弃。因为他们要在后代心里扎下民族文化的根，用赖和儿时听来的话说，就是"读书乃做人顶重要的事"。他们要子孙读书做人，读中国书，做中国人，说穿了，这是对日本殖民者的一种文化抵抗。

十岁那年，父亲将他送进"书房"（私塾）接受传统汉文教育。赖和对读日本书有些惧怕，怕的是"剪发"。这对他来说是件了不得的大事，因为"在我当时的意识里，觉得没有一条辫子拖在背后，就不像是人，有着这天大的理由，学校就不敢去"。当然，这种说法有几分可疑，一个十岁的孩子，读什么书不是他自己能够决定的。赖和也说："当时读日本书的人，大部分总要受劝诱。不是，讲歹听一点，也可以说受到官权的威迫，才不得已去进学校。"进了"书房"后，受先生屡次催促，赖和才于同年10月底进了公学校。至于"那书房先生，为什么教人舍弃圣贤的事业，去读日本书"，赖和说他一直没有弄明白，其实他心里再清楚不过了，那先生怎么能抗拒得了殖民政府的淫威？

赖和每天上公学校之前，先到"书房"早读，公学校下午是没有课的，须去"书房"上课。家长们视汉文很重要，对"读日本书"不大关心，甚至有些厌恶，认为会妨碍汉文教育。赖和则相反，他喜欢公学校而厌恶"书房"，但并非缘于功课或其他什么，而是因为教育方式的不同。

"书房"的教育是旧式的，家长和先生并没告诉学生为什么要读书学习汉文，也不认为学生有明白的必要，只是一味强制学生们读。小孩子整天正襟危坐地念书，没有一点儿趣味性的活动，稍有些错，竹板子就打到身上去，"皮肉时时颤战地预备着"，"好似先生的智能，由竹板的传导而始注入学生脑中，打就是教育的根本原理，教育哲学就建设在竹板之上，所以先生的尊重竹板，还比较在孔子以上"，而且，"当时有名的先生，多很注重竹箠，可以说名声是出在竹板之上，竹板愈厚，打人愈痛，愈能得到世间的信任，名声也就愈高，学生也就吸集的愈多"。尽管惧怕，还不敢不去，家里的督促还可以欺骗，先生的催唤也可以逃避，但同学们的捕捉，就无法抵抗了。如果某个学生被两三次催唤，还不去上学，先生就派了其他学生到家里来捕捉，那场面非常有趣：

平日学生们在书房里，正苦无理由可以外出，所以先生有什么差使，学生们总争先奔赴，何况这样差事，是顶有趣味的，四五人捕捉一个，有的扶头，有的把脚，推推挽挽，像缚小羊，若是平日有交恶过的也可偷偷打他几拳，捕进书房按在椅子上打屁股，那是比看戏更有趣味啊！所以学生们，总踊跃从公，任你闪到什么所在，皆被他们搜索出来，不去！教他捕捉去！我的屁股可没有安上铁板。虽不愿意也不敢歇一天。

尽管"书房"学习是被动的，填鸭式的，但几年下来，也打下了坚实的汉文基础。公学校的教育是新式的，每堂课的时间不长，课间可以自由地嬉戏。赖和刚去的时候，一来年纪小，二来殖民统治刚刚稳定，差别教育制度也建立不久，台湾人肯把孩子送入公学校的还很少，因此公学校上课讲故事的时候居多，像"书房"那样方式的读书不常有，体操也和玩游戏差不多。他非常快乐，觉得学校和"书房"比起来，有乐园和监狱的差别，于是琢磨着找一个能全天留在学校而逃避"书房"的办法。还真让他给找着了，那就是打扫教室，一个非常好的借口。可恨的是，先生总让那些"优良学生"去干这事，十次也轮不到赖和一次。平日里，先生还算和善，也不像"书房"先生那样常以冷面孔向人。

过了两年，情况不一样了，学校上课不讲故事了，"所讲多是没有趣味、使人厌倦的那些什么,我一点也不明白,这讲是修身。体操也不似游戏,那按规照矩的动作使人讨厌"。这里的修身是公学校的一门功课,专门向台湾学生灌输日本国体观念。体操也变成了军国主义的军事训练。公学校的教师百分之八十是日本人,随着不断地升上高年级、先生调换,他们的态度也渐渐威严起来,爱打学生了。"书房"先生打学生,总是学生犯了错,需要教诲他们如何立身处事做人,打是让他们悔过长记性;而学校的先生打学生,常常是轻罪重罚,甚至学生根本没有犯错,无缘无故地挨打。况且,日本教师的打骂,完全不带教诲的情味,"一些都无有能使我们悔过的效果"。很明显,日本教师对台湾学生的责罚,从根本上说是殖民者对殖民地人民的种族歧视。年纪小小的赖和及他的同学们十分明白这一点,所以他们胸中涨满愤恨,终于有一天,发动了一场罢课斗争——孩子们一齐跪到公园里,不去上课。校长追究起原因,向学生保证他们不再挨打。赖和生平第一次斗争取得了胜利,也许从那时候起,他就懂得了要捍卫自己的权利、尊严,必须通过斗争。

14 岁那年,赖和入"小逸堂"拜黄倬其(黄汉)为师。这是为了让赖和等学子更好地打下汉学基础,父兄们精心地选择了黄倬其这样博学多才、教育有方的私塾教师。据赖和回忆说,黄倬其早年不得志,倚笔为生,做大户人家的家庭教师。乙未年(1895 年)日本据台,他认为靠书本不能保国救国,"投而弃之,欲伸其志于商场",可是"转徙流离十余年间卒不获就"。从这一点看,他的爱国心、报国志都是很明显的;父兄们让他来教子弟,用意也是非常清楚的。后来,黄倬其还跟随他的东翁(雇主)"游历大陆,远踏南洋,求其可以一展素抱者,乃或有其处而资力不及或力所能及而际非其时,望洋兴叹,颓然而返。他的"素报"是什么,赖和没有明言,但不难猜想出来。黄倬其很有学问,人品也好,他的教学方法与其他私塾不同,不要求学生读死书,除了读讲古文、诗集以外,汉文习作以书信、联句为主要课程,"因夫子教导有方,我等学生皆甚契洽,遂成一系无形之统"。这种严格的古典文学教育给予他在人格形成期以巨大影响,亦打下了良好的中国古典文学的基础,同时也培养了根深蒂固的民族意识。

不可否认,公学校的日式教育使赖和具备了较宽广的文化视野,易于接受新思想、新事物,但赖和的父祖都是以术士为业,这样的家庭背景属于闽台民间生活习俗;书房教育,尤其是小逸堂这一阶段,更使得赖和与中华文化的大传统进一步贴近。家庭与私塾对赖和的影响是巨大的,如果不是自小在民族传统环境中成长,加上长辈有意识的引导、培养,能在极强势的日本文化的统治之下,站稳民族的立场而不倒,并从事坚决的反抗斗争,是无法做到的。

(一)汉魂不朽——民族意识的潜在生长

赖和公学校毕业后,想上台北继续求学,但家里人不大愿意,理由是怕孩子在台北那样的"坏地方"被人拐骗,其实是舍不得他少小离家。可是,他找不到合适的事情做,也不愿意去当日本人的走狗——补大人(巡查补——助理警察,由台湾人充任,警察都是日本人当)。这个职业在当时许多人眼中是令人羡慕的,可以威风地过着享福的日子,而且日本人为了以台治台、培养汉奸,凡公学校的毕业生,只要去申请总尽数录用。赖和说自己"生成羞耻心强些,怕被别人笑话。因为那时代的补大人,多是无赖,一旦得到法律的保障,便就横行直撞,为大家所侧目"。几番谋职的尝试碰壁之后,家里人终于满足了赖和报考上级学校的愿望。

赖和求学的那个时代,台湾的中等教育主要是为了便利居日子弟升学而设,高等学校更是多从日本国内招收学生，根本没有考虑为台湾培养具有中等以上文化的人才，甚至认为愚民政策对其统治有利，所以对公学校毕业生升学有种种无理的限制。总督府设立的台北中学、台南中学、台北第一师范学校都不收台湾学生。唯一的一所招收台生的公立台中中学，是经过台胞多次请求，并负担建校经费才被允许设立的，在赖和升学的时候还没有这所学校。能让台湾人进入的，恐怕只有医学校了，因为台湾缺乏医生，而日本医生多不愿意来台。于是，1909 年 5 月，16 岁的赖和考入了台湾总督府医学校，成为第 13 期年龄最小的学生。这是当时台湾青少年能争取到的最好的出路了。

在台北医学校，赖和遇到了一位好先生，即校长高木友枝。他是日本人，却没有种族偏见，从不歧视台湾学生。他又是一位真正的教育家，尽力栽培自己的教育对象，为他们着想，连早已毕业的学生也都在他的关怀之列：他为他们的进步、成功而欣喜，甚至还给使酒乱性犯了法的学生当特别辩护人，让这名学生得到了缓刑处理，"这是在法庭未曾有的事"。他若没有什么特别的事情，每周总会给赖和他们上一个小时的"修身"课。他从不照着书本讲解，而是讲些社会现实，总是让学生觉得这一个小时过得太快，怅恨不已。他对学生生活，态度如同父亲对儿子一般，和蔼可亲，循循善诱。他尤其重视学生人格的养成。在每年的毕业典礼上，他都要强调："要做医生之前，必须做成了人，没有完成的人格，不能尽医生的责任。"高木友枝对赖和的影响相当大。

尽管受的是"日本教育"，也遇到了高木友枝这样好的日本校长，赖和的爱国思想却在他的医学校时代得到了长足发展。如果说儿时的民族意识是父祖和塾师对他的灌输，那么现在则是他自己自觉的选择，并且超越了他的家庭背景所能达到的层次。

根据细致的"田野调查"，人们推断赖和在医学校时代曾经涉及了复元会。复元会是医学校的学生社团，"复元"表面的意思是恢复健康，实则含有"光复台湾"的寓意。复元会的领袖人物是赖和的同期同学翁俊明和王兆培。王兆培是福建漳州人，中国革命同盟会福建分会会员，曾就读于厦门救世医院，因从事革命活动被满清政府发觉，于 1910 年春逃往台湾，转入台湾总督府医学校。他秘密联络同学，建立同盟会在台组织。翁俊明于当年 5 月 1 日宣誓加入，随即被设在漳州的中国同盟会机关委任为交通委员，化名翁樵，负责发展会务。9 月 3 日，翁由孙中山先生亲自委派为台湾通讯员。中国革命同盟会台湾通讯处以台湾总督府医学校为据点成立，到 1912 年已有成员三十余人。复元会于 1911 年成立，开始的时候仅是个普通的学生社团，后来活动范围扩大，发展成同盟会的外围组织，到 1914 年已有会员 76 人。他们在位于太平町的江山楼集会，发起启蒙运动，聘请教师教授祖国正音国语，并练习用国语说话，每提到中国，均称祖国，决不袭用日本人所称之"支那"，所有纪年也均用祖国年号。1913 年，翁俊明和同班同学杜聪明还秘密潜往北京，计划以细菌毒杀袁世凯，未遂。

现有资料没有详录复元会及同盟会的会员名单，赖和是否加入也未见记载，但有学者判断赖和不会置之度外。其理由概括如下：

首先，从赖和的创作来看。赖和有一首传统诗《登楼》，所登之楼即复元会时常集会的江山楼，请看：

> 一楼柳色晚晴天，放眼闲凭夕照边。
> 满路泥泞没车马，远山雨后生云烟。
> 半江水涨春潮急，万顷风平麦浪鲜。

> 如此江山竟沦没，未知此责要谁肩。

诗内含"江山楼"三字，在春光明媚的景色中登楼远眺，结语是"如此江山竟沦没，未知此责要谁肩"，复元会"光复台湾"的宗旨已明显地呈现出来了。赖和终生不用日文写作，不署日本年号，努力地学用白话文，作品中蕴涵强烈的民族意识，以及他对孙中山先生的崇敬等等，也都符合复元会与同盟会的精神。

其次，从赖和的交游看。赖和在医学校读书的时候，曾与翁俊明、王兆培以及另一人合影一张。在1911年前后，拍摄一张照片诚非易事，一定是有特殊的纪念意义。翁、王二人是医学校复元会、同盟会的主要负责人，赖和与他俩过从甚密，没参与他们的组织，至少也参加过他们的活动。

赖和与杜聪明交情至为深厚。两人曾于学校放年假的时候，从台北到彰化，作过一次徒步旅行，沿途拜访了已经毕业行医的校友们，赖和有诗并前言为证：

> 年暇由台北徒步归家，途中计费五日，初由三角涌（三峡）沿近山村落到头份，乃折向中港，遵海而行，山岚海气，殊可追念。

> 思向风尘试筋力，故乡遥远自徒行。

> 吃苦本来愚者少，追随难得是聪明。

最后一句是双关语，"聪明"即指杜聪明。这次旅行在医学界、文学界传为佳话，黄得时在《台湾新文学播种者——赖和》一文中，提到他从杨云萍处也曾得知，因为赖、杜二人于途中拜访过杨的父亲杨敦漠——医学校第6期毕业生。杜聪明已确知是复元会、同盟会的成员，所以赖、杜的这次旅行，除了请教医术经验外，很有可能是向这些比较有经济基础的校友募集复元会的经费。

1941年12月8日，珍珠港事件的当天，赖和被捕入狱。根据他的《狱中日记》所载，当局一直不明示抓他的原因，关在牢里也不大理睬，只在一次很难得的审讯中，"问我和翁俊明的关系，这一层似不甚重要。要我提出灵魂相示，这使我哑口无言。要我说向来抱的不平不满，我也一句说不出"。翁俊明于1941年4月2日奉重庆国民党政府的命令，在香港建立了中国国民党台湾省党部，与港澳总支部咨办对台事务及各项布置。当局在翁俊明那么多的医学校同学中单单拘捕了赖和，应非偶然，仅为了向来所抱的不平不满被关那么久也不大可能。以日本军警无孔不入的调查能力，想必不会无风起浪，否则当时何以为查明翁俊明对台工作情形，单单逮捕赖和呢？"退一步而言，即使赖和战时果真未和翁俊明有所联络，但他遭军警逮捕，依然是由于台湾总督府医学校时代的关系，翁俊明的同学中赖和特别受到注意，那么年轻时赖和曾涉及复元会或同盟会的活动，更是提供了一则例证。"

再者，从赖和的经历看。1918年2月，赖和渡海去厦门博爱医院工作。博爱医院隶属于台湾总督府资助设立的财团法人厦门博爱会，是总督府"对岸经营"政策的产物。

日本侵占初期，风起云涌的抗日烽火使总督府疲于应付，陷于相当的"苦境"（后藤新平语），并给日本财政带来了沉重的负担。为了迅速平定台湾，总督府采取了一系列措施。他们的情报网发觉台湾的武装抗日力量与对岸的福建省有着密切的联系，这种联系在很大程度上决定了抗日武装斗争的兴衰成败。福建是台湾抗日斗争的资金和武器的来源地，又是台湾抗日分子的理想庇护所，当斗争失利时，抗日首领潜逃对岸，既能躲藏，又方便与岛内联络、对斗争加以指导。台湾抗日武装力量还得到来自福建的人力支持，数以百计的不明身份者托词打工渡台,忽然晦其形迹,有潜入"匪群"的迹象。同时,福建与台湾两地人民均有家族关系、亲子兄弟,隔海相依。日方认为:"台湾本作为福建省之一部分而存在,岛地之人大抵皆由福建移民而来,所谓土匪者,亦明为逃入岛地的福建人。由是之故,台湾当政者不可独将台湾放在眼里,若欲平定土匪,必须多少慑服对岸的厦门人。""对岸的安危与台岛休戚相关,故对岸形势不可一日等闲视之。"有鉴于此,总督府实施"对岸经营"政策,从收揽福建民心、缓和反日情绪的手段出发以达到影响台湾民心趋归的目的。他们在福建开办学校、医院;利用不平等条约赋予的特权,给获得日本籍并居住在大陆或海外的台湾本岛人(台湾籍民)和"归化取得帝国国籍"的大陆人(归化籍民)以保护;设立日本佛教的传教所,对皈依者许以种种利益;拉拢地方上层人士,控制舆论,等等。

厦门博爱医院正是这种背景,其医生名义上是总督府的"技手",享受高等文官待遇,在给台湾籍民和当地民众治病的同时,研究华南各种传染病的防疫,提供给台湾本岛作参考,还负有日华亲善的任务。这种总督府医官的身份与赖和一生所坚持的民族立场相冲突。赖和有一首旧体诗《归去来》,其中有这么几句:

> 雄心郁勃目无聊,坐美交交莺出谷。
> 十年愿望一朝偿,塞翁所得原非福。
> 渡海声名忆去年,春风美酒满离筵。
> 此行未是平生志,误惹旁人艳美仙。

大陆之行是他的"十年愿望",可这"一朝偿",又是"塞翁所得原非福",似乎厦门任职并非他自愿——"此行未是平生志",而是否被殖民当局征派没见记载。有人猜测,当时大陆正是五四新文化运动开始发动的时候,反日气氛益见浓厚,赖和很可能是出于反日而离开台湾,以医官身份作掩护,方便观察中国政情,并从事其他活动。翁俊明自1915年噍吧哖事件后举家迁往厦门,在厦门开设俊明诊所。据今人考证,赖和到厦门后,显然没能与翁俊明碰面,因为这段时间翁氏在上海发展事业,开设俊明医院,但他的家在厦门,不排斥相互间的联系。赖和的厦门之行是复元会或同盟会的安排,也是有可能的。

无论赖和是不是复元会或同盟会的成员,赖和的思想和作为与两会的宗旨都是一致的。不可否认,他的爱国主义思想在医学校时代大大地垒实了,发展了,并且终生不变。

(二)"彰化妈祖"——人格修养与魅力的深刻体现

据考证,1914年4月,赖和从医学校毕业后留在台北实习,1915年由学校推荐,始到嘉义医院工作。报到的当天,赖和的自尊心就受到严重的打击。医院竟然不承认台湾籍的毕业生有完全的医生资格,只让他们担任笔生(笔录病历的见习医生)和翻译的职务,薪水不及同时到任的日本人的一半,且不配给宿舍,得自己去租房住,津贴也比日本人少得多。他感到侮辱,想提出抗议,见其他人都表示十分的满足,只好认了。

同年11月,22岁的赖和回到家乡,与西势仔庄王浦先生的四女儿王氏草结婚,婚后,仍返嘉义。干了差不多有一年,赖和见自己毫无半点升迁的希望,忍无可忍,就向院长和主任陈述自己的要求,结果不仅没有得到什么改善,反而不见容于院方,遭到更冷酷的对待。他终于明白,自己理想的事业是不会变成现实了,在殖民地的医院里不可能给他这个被殖民的台湾人提供进行医学研究、救死扶伤的机会。于是,他愤然辞去医院的职务,回到自己的家乡。

赖和本想要求家人再给自己提供几年学费，打算出去留学，但周围的人都劝他自己开业，说一年至少也有几千块钱赚。他看继续求学是不可能了，便顺从了家人的意愿，在家乡彰化开了家诊所。他原以为，自己开业，自己给自己打工，一定比给日本人干自由得多，谁知道诊所开起来才发现更加不自由。殖民政府给台湾籍的开业医生制定了一系列不平等不合理的法律、法规，"什么医师法、药品取缔规则、传染病法规、阿片取缔规则、度量衡规则。处处都有法律的干涉，时时要和警吏周旋。他觉得他的身边不时有法律的眼睛在注视他，有法律的绳索要捕获他。他不平极了"。这种不平，也是他日后从事文化抗日斗争的动力之一。

此后，赖和基本上都在家乡彰化行医，只有三四次短暂的离开。第一次是1918年2月，他渡海去厦门，于设在鼓浪屿的博爱医院任职，1919年7月返台。第二次是1923年12月，因治警事件入狱，初囚台中银水殿，后送台北监狱，次年1月获释。第三次是1939年3月，因有病人感染伤寒初期症状，未依法定传染病规则向有关当局申报，竟遭重罚，被迫停业半年。其实这是表面的理由，真相正如赖和之孙赖恒颜在《我的祖父懒云先生》一文中所说："他的文章和作为相当为当时的有关单位头痛，被停止行医半年，两次入狱。"利用停业的空闲，赖和赴日本，转东北，到北平游历。最后一次是1941年12月8日（珍珠港事件次日），殖民者以"莫须有"罪名再次将他投入囹圄。此时，他已身染沉疴，但仍气贯长虹，力拒逼写"反省录"。狱外盛传他将凶多吉少，家人们忧心如焚，其弟赖通尧多方奔走。次年1月，赖和病重，终获保释就医，入狱约五十天。出狱后数日，赖和于1941年1月31日病逝。赖和虽然活了还不到五十岁，可他崇高的人格修养与魅力深为时人与后世所感佩。

（三）悬壶济世——仁医本色

赖和行医，真正做到了悬壶济世。他仁医的声名，在他的家乡彰化是数一数二的。他医术精湛，医德高尚，四邻八乡的人都来找他看病。他每天看的病人都在百余名以上，忙得不可开交，但收入却比每天看五十名病人的医生还少。其原因是他伤民疾苦，收费低廉，而贫苦百姓来就医，他常常是分文不取，"有些病人请赖医师赊下药钱。但对于看来根本不可能还钱的病人，是连账都不记下的"。有些穷苦的病家不过意，送来鸡鸭等农副产品，赖和也婉言谢绝。所以，台湾一般的医生都能成为当地的富户，而赖和的身后，不但没有什么遗产，还留下一大笔债务。

赖和对病人可以说是"鞠躬尽瘁，死而后已"。他自己无论怎么身体不适，哪怕是身染重病，只要有人来请，他总是一概出诊。直到最后，他病得都不能起床了，心里还念念不忘病人。

赖和生前，人们送他一个尊称"和仔先"，当地的民众还称他为"彰化妈祖"，可见他在百姓心目中至高无上的地位。他去世的时候，家人并没有到处发讣闻，但"参加葬礼的人众，多达五百多人"，出殡的场面相当感人。杨逵在《忆赖和先生》一文中有如下记载：

送葬的行列开始通过街巷的时候，我首次看见了路祭。

在送葬的行列所要通过的道两边，摆着致祭的香果，插着香火。

一般的路祭，是为了借此从豪富的丧家取得一点赏钱的。但对于先生的路祭，却全然不同。

我看见有些老太太，躲在街角，一边拭泪，一边对丧葬的行列撺拜。

是没有足够的钱摆出路祭呢？或者以为惯俗的路祭，无从表达自己的心意呢？

但不论如何，我却看见那珍贵的眼泪。

那并不是要让别人看见的眼泪，

那涌自永不涸干的心泉的眼泪……

赖和虽然死了，却活在人民心里，常有人到他的墓地去祭扫。这是人们感谢他、怀念他的行为，本不足为奇，可令他的亲友们感到奇怪的是，他的墓上竟然不生杂草，始终是光净的。后来才弄明白，群众中有一种传说，说他的墓草可以治好人的病，所以草一长出，就被人拔去当药服用，"他的墓草多被景仰他在生的人格和医术的人们，取作医用。墓门常洁，野草常绿"。更有甚者，还传说他做了高雄的"城隍爷"，"彰化市近乡的神棍，并且利用他，庙里的童乩'举'这'和仔先'（他本名赖和）的乩，大医人病，大赚其钱"。其中的迷信色彩固然不足取，"地下的赖云倘若有知，定必苦笑，而作他慈祥而不形于色的愤慨"，但也充分显示了赖和崇高的人格力量。试想，若不是他在人们心目中有如圣贤般的威望，神棍们也不会想到要利用他。不是随便树个什么神明，都有群众长期膜拜的。

（四）孝悌诚信——文人操守

赖和的相貌十分平常，他的好友陈虚谷有诗为证："看来不过农夫相，那得聪明尔许多。"王诗琅（王锦江）也说："他不是那种才气焕发的才子型人物。他不苟言笑，是一位温厚的长者。他常常会不断地左顾右盼，有一种时常担心会不会妨碍了别人的谦逊。"杨逵则说："让人觉得他有若小乡下的读书人似的，淡淡漠漠，把一切都付托于人。"黄邮城的描绘更加细致传神："我在庄宅初见他时，误为焕琏兄或垂胜兄田庄上的管家。穿本地的短衣裤，留几根八字须，举动是质朴而有礼貌，说话更是谦虚而得体，在表面上看他，是一位货真价实、有修养的乡下佬。"

从这些与赖和同时代的人的追忆中，约略可见他的性情容貌：温厚、谦和、质朴、淡漠，一派有文化的乡下人模样。

赖和在立身处事上很传统，孝悌诚信，他恪守不爽。对病人，他是个好医生；对青年，他是个好师长；对亲朋，他则是个好儿子、好兄长、好丈夫、好父亲，好朋友。

赖和夫妇生过九个孩子，但只有两男两女长成，其余的都患病夭亡，对身为医生的赖和来说，确是一个个非常残酷的打击，这在他的诗文中多有反映。如新诗《思儿》，思念他早夭的爱子"芳儿"，满纸是声泪俱下的呼唤；散文《圣洁的灵魂》中，对"自己的儿子药杀了三个"充满了自责。对那几个活下来的儿女，诗文中常常流露出慈父的深爱，如用方言写成的新诗《呆囡子》，副标题是"献给我的小女阿玉"，一声声薄怒轻嗔，谁都能读出其中的钟爱之情。另一首没命名的诗歌，对"孩子的可爱"赞不绝口，请看其中一段：

> 儿子的可爱
>
> 是做过父亲的谁都经验来
>
> 别没有什么期待
>
> 不望他来显扬父母
>
> 不望他来光大门楣
>
> 却也不晓得可爱在什么所在
>
> 只是爱他的可爱

赖和有一部作品《狱中日记》，是他于 1941 年 12 月 8 日，即珍珠港事件爆发当天被捕入狱后所作。据说这是赖和"献给新文坛的最后的作品"，是"血与泪染成的日记"。在这部日记中，赖和记录了自己的牢狱之苦，但对这些并不怎么在意。使他忧心如焚的，是家将破灭，年近七十的父母无人奉养，儿子的教育无以为继。他对新近因病去世的弟弟无比痛心，充满后悔、自责，而对弟弟的遗孤有说不尽的挂念。

对待朋友，赖和以诚相交。从他大量酬和贺悼的诗词中可以看到，他关心朋友们的点点滴滴，总觉得"相见时难别亦难"，为他们的喜事而高兴，为他们的痛苦而悲伤，为他们的远游而牵挂。杨云萍在《追忆赖和》一文中，回忆赖和去世前他们最后一次相见。在病房里，他们执手交谈，是那样知心、默契。杨云萍家里的书房名"习静斋"，藏书很多。赖和说："一等病好，一定到你家打扰一个礼拜，好好读读那些书。"杨云萍在文中叹道："赖和先生为人的客气，使他一生几乎从来不曾去'打扰'过任何一位朋友……啊，吾友，习静斋的藏书，竟永远不得你的阅读啊……"字里行间，掩饰不住他对赖和"身后的我们的哀愁的万一"。

王诗琅认为赖和"还保有大量的封建文人的气质"，这个说法在个人操守层面上大抵是不错的。正是由于赖和深深地热爱自己的祖国、家乡、人民、亲人，才激起他对殖民者无比的仇恨。他至死不渝、不屈不挠的抵抗精神就来源于此。

（五）诲人不倦——良师风范

赖和每天医治百余名病人，直到晚上 10 点钟以后，洗过澡，吃完了饭，才能坐下来为刊物编稿，自己还要抽空创作，但他从不因此而推卸培育新人的责任。对文学青年，他是个称职的导师，几乎是"拼着老命"去照顾提携他们。

据杨逵在《忆赖和先生》一文中回忆，大概是为了向赖和求教，他在"赖和医院"附近租了一个茅葺的小房间。为了租这个小房间，赖和还帮了许多忙。杨逵和文友们把赖和的家当成了自己的家一样随便出入。赖和的客厅里放着好几种报纸杂志，文友们就随意阅读，随意发表议论，又随意地走了，完全不必理会主人存在与否。大多数时候，赖和都在忙着病人，仿佛不理会文友们的存在。"然而，只要有一点空隙的时间，先生仍然会从他的诊察室到客厅来。但不论先生之来、先生之去，都至极飘然，不引起我们或者先生的特别注意。"杨逵觉得："这就像一家人在家中起居，并不互相在意一样吧！"每当文友们身体不舒服，只要往赖和面前的小圆凳上一坐，把衣服解开，不待开口，听诊器就伸了过来，查明病情，一等药方开出，药就送来了，医患双方谁都没想到医药费的问题。

后来，杨逵以种花谋生，带着妻儿住在远离街市的地方，赖和还专程前去探望，关心他日子是否过得去。杨逵回忆道："虽然我接受先生物质上的援助的事并非再三，但现在每想起当时的情况，总是眼热心塞。先生是断然不将他的好意强加于人的。当他向人施其善意的时候，总是小心翼翼地做得一点也不显眼，不增加对方精神上的负担。"

赖和还成为杨逵的"命名之父"。杨逵本名杨贵，他对这个"贵"字深感厌恶，但也不曾深思起个什么样的笔名，就在呈给赖和的文章上漫不经心地署了个"杨达"。赖和认真地用红笔圈去"达"字，清楚明白地改成了"逵"字。从此，台湾文学史上就有了"杨逵"这个的名字。

杨逵初登文坛时所写的文章，总是得到赖和认真地批阅、润改。杨逵开始学着用白话文写小说，有一篇中的一段是描写一个贫农衣衫褴褛，用以表现其穷苦的状况。作品寄到赖和那里，不几天就被寄了回来，上面有许多精心的删改和亲切、热情的评语。描写贫农衣衫褴褛的一段，被赖和全部用红笔划去，只改成一句"破了又补"。杨逵看了，"雀跃而喜"，明白自己"所想表现的那个贫农，并不是个不三不四的乞丐啊！我所想要写出的，是一位不为困苦所屈，坚决的想工作下去，想自己站立起来的贫农。对于这样的主人翁，'破了又补'的一句话，便增加了仆而再起的千斤的重量"。

杨逵的处女作《送报伕》的前半部经赖和之手，于 1932 年 5 月 19 日至 27 日在《台湾民报》上连载。当这部后半部被查禁的小说于 1934 年 10 月以第二名（第一名空缺）的成绩入选日本《文学评论》杂志 1 卷 8 号时，杨逵回忆道：

当我把登《送报伕》的《文学评论》拿给赖和看时，他非常高兴，他双手握着我的手，久久不能说话。每思及此，我便由衷地感激赖和先生，他是我文学创作的导师，在我贫困潦倒时，他经常鼓励我。

《送报伕》是当时台湾人在日本刊物上最初发表的作品，杨逵因此被誉为"进军日本文坛第一人"。《送报伕》亦是台湾新文学发展中具有里程碑意义的作品，至今仍为海峡两岸读者激赏。

对其他文学青年，赖和同样如此，据人们回忆：

笔者和点人、克夫二君，起头开始研究文艺，因为没有参考的书籍，或指导，正苦于暗中摸索的时候，或曾写信去叩问他创作上的经验谈。

我初识先生之时，正是先生在五十年生命的三分之一的时候，距今才十数年。当时正是我们开始厌弃旧诗，而瞩目于新文学，而先生屡屡推出新作的时代，他的作品鼓动了我们的心，而拜访先生以求教的时候，先生却出乎意外地、恳切地教导我们创作的方法。因此，在以后的年月中，我们终于也能有几篇作品问世者，先生居功甚大。

可以说，台湾新文坛是以赖和为中心而建立起来的，赖和"负起了新文学保姆的任务"。杨逵、杨守愚、廖毓文、朱点人、林克夫、陈虚谷、病夫、郑梦华、翁闹、王白渊、周定山等人纷纷蔚起加入了创作的行列。他们大部分是彰化地区的人，即便如杨逵是台南人、朱点人是台北人，也都得到了赖和的指导。所以，在当时，"因为有懒云在，彰化俨然成为新文学运动的中枢"。还有些现在生平不详的人，如收在李南衡《日据下台湾新文学》（台北明潭出版社 1979 年 3 月）中的郑登山、太平洋、铁涛、剑涛、慕、孤峰、SM生、瘦鹤等人的作品，如果没有赖和的修改甚至从头改写过，恐怕不能达到那样的水平。

（六）启迪民智——斗士精神

赖和性情温厚，不具备明显的政治性格。他与当时的政治领袖人物蒋渭水、蔡培火、王敏川等人都有交往，与王敏川还过从甚密，却不像他们那样跃身时代潮头，成为政治社会运动的领导者。这使得无论是号称"台湾人唯一之言论机关"的《台湾民报》，还是日本官方的《台湾总督府警察沿革志》，对他的言行事迹的记载，比起活跃在第一线的社会政治运动家相对要少许多。这也是在战后多种台湾运动史研究论著中，赖和或未被提及或被一笔带过的原因。然而，从现存史料的记载来看，举凡台湾具有反抗日本殖民统治性质的团体，如"六三撤废期成同盟"、"台湾议会期成同盟"、"台湾文化协会"、"农民组合"、"民众党"等，都有赖和的名字在内。虽然在任何一个团体中他都不属于领导层，可团体却倚重他，视他为不可缺少。因为他总是默默地做他能做的事，或者以行动参与，或者以经济支持，始终跟着时代的脚步前进。

1923 年 1 月，蔡培火、蒋渭水、石焕长等人发起组织"台湾议会期成同盟"，被当局根据"治安警察法"第一条勒令禁止。于是，第三次请愿委员蔡培火、蒋渭水、陈逢源三人赴日，会合蔡惠如、林呈禄等人，在东京成立了"台湾议会期成同盟"，并在日台两地开展活动。

1923 年 12 月 16 日早晨，台湾总督府在全岛同时进行"大检举"，对台湾议会运动的参与者一网打尽。其规模之大、范围之广，可以说是日本据台期间绝无仅有的。一时间，风声鹤唳，老百姓不明真相，人人自危。当天被捕的有四十一人，其中二十九人于 12 月 22 日以"违反治安警察法"的罪名被解送台北地方法院检察局，拘押于台北监狱。赖和就是这二十九人中的一个，他忿忿地发出"戴盆莫望天，坐使肝胆裂"的呼号。此后，每年的 12 月 16 日，都是他和难友们的"同狱日"，因为"这一日是向平静的人海中，掷下巨石，使波浪汹涌沸腾的一日，这一日曾使我一家老幼男女，惊嚎骇哭并累及亲戚朋友，忧惧不安的一日，这一日是我初晓得法的威严、公正的一日。所以，对于这一日，我总有些特别的情感，同人们有什么计划，我都高兴去参加"。可见，他的忿恨之深。

台湾文化协会是赖和介入最深的一个文化抗日团体。台湾文化协会、台湾议会设置运动与《台湾青年》杂志，一起被称为台湾非武力抗日运动的三大主力。有人作过形象的比喻："台湾议会设置运动是外交攻势，《台湾青年》杂志（包括以后的《台湾》杂志、《台湾民报》，以至于日刊《台湾新民报》）是宣传战，而文化协会则是短兵相接的阵地战。"

台湾的新文化运动固然有很多外因，但也有其内在的动机和目的，其中最重要的正如"台湾文化协会"的发起人蒋渭水在他的回忆中所说：

台湾人是握着世界和平的第一关键啦。这岂不是很有意义且有很重大的使命吗？我们一旦猛醒了负着这样重大的使命，那么就要去实行这使命才是。本会就是要造就实行这使命的人才而设的，然而台湾人现时有病了，这病不愈，是没有人才可造的，所以本会目前不得不先着手医治这个病根。我诊断的结果，台湾人所患的病，是知识的营养不良症，除非服下知识的营养品，是万万不能治愈的。文化运动是对这病唯一的治疗法，文化协会就是专门讲究并施行治疗的机关。

台湾文化协会在台湾非武力抗日运动中，无疑是影响最深远的一个文化启蒙团体。它的任务就是用现代文化知识教育民众，启发他们的觉悟，起来反抗统治阶级，反抗殖民者。

照台湾成功大学教授林瑞明的说法，台湾文化协会的成立是受当时两股思潮的影响，"其一是第一次世界大战结束之后（1918 年）掀起的民族自决思潮，在世界各国殖民地掀起了民族独立运动，朝鲜的三一独立运动、土耳其的民族革命，以及印度为摆脱英国统治的不合作运动……皆是民族自决思潮下的运动；另外则是俄国社会主义革命思潮（1917年），以阶级解放为号召，中共、日共、台共……的成立，是此一思潮排山倒海冲击亚洲的结果"。

而当事人叶荣钟的说法则不完全相同，他认为台湾民族运动是由日本帝国主义统治的压制、榨取与歧视所激发的民族意识与近代民主主义思想为中心，而增强对祖国的向心力所凝结而成的。他说这后一点，在文化协会的运动上尤为显著。其理由是：

议会设置运动与《台湾青年》杂志都是东京的台湾留学生所发起的，而文化协会是由台湾医专的学生发动的。两者对于祖国的观念，因为同是台湾人，当然是没有厚薄的差异。不过，东京留学生所受的刺激与影响是世界规模，而台湾的学生则未免有局促一隅之感。而且他们处在总督府极端的言论封锁下，所接受的情报都是经过剪裁染色的加工品，自然对它的感度就难免要被打折扣。举例来说，对于威尔逊美国大总统所提倡的民族自决主义，东京留学生与台湾学生的感受可能不同。至于朝鲜的三一独立运动，东京的留学生大有相形见绌、汗颜无地的感觉，台湾的学生可能连这惊天动地的事实也一无所知。因为医专的学生没有其他的情报可以分心，平时对祖国的观念特别强烈、民族的乡愁格外热切，所以辛亥革命勃发，他们会私下募款捐助革命军，袁世凯窃国，他们有人要去北京水道厂放伤寒病菌。这种感情反映在文化协会的上面，便成为浓烈的"祖国论"。文化协会的章程列有总理与协理的职位，这是日本据台以后所没有的职称，在当时应该是会长副会长才是一般的用法，总理不但是祖国色调，完全是仿效中国国民党的制度。

必须说明的是，台湾文化协会虽然是在蒋渭水的领导下成立的，但首倡者并不是他，而是由医专的学生吴海水、李应章、甘文芳等先在同学中间酝酿。学生们为避免日本官宪干涉，想成立一个以启发台湾民众文化向上为目的文化运动团体，而其领导者必须是有影响力有活动能力的社会人士，这才由医专早期毕业生、台北大稻埕大安医院院长蒋渭水出面，征得林献堂、蔡培火等人的赞同，着手组建文化协会。

1921 年，台湾文化协会成立时列名的会员共有一千零二十二人，网尽了台湾各界精英，形成了非武力抗日的统一战线。文协办报、设置读报社、举行各种讲习会、开办夏季学校、组织文化剧团，尤其是以文化讲演会为启蒙运动的中心工作，其效果比其他任何活动都更为有力而且意义重大、影响深远，对提高民众的认识和觉悟起了很大的作用。在文协的影响下，台湾各地涌现出许多爱国青年进步组织，诸如青年会、妇女会等等。这些组织经常邀请文协干部前往演讲。青年学生还在文协的领导下，发动了多次抗暴斗争。

文协召开成立大会的当天，赖和在彰化行医，并未参与，但由蒋渭水推荐，以总理林献堂的名义指定他为四十一名理事中的一员。这是他未曾想到的。他在给蒋渭水的回函中写道：

古人云有死天下之心，才能成天下之事，足下所创事业是为吾台三百余万苍生利益打算，我亦台人一分子，岂敢自外。但在此时尚非可死之日，愿乞把理事取消。

话虽这么说，他并未稍息文协的工作，他热心参与通俗讲演、接手《台湾民报》文艺栏、声援农民运动等等。1923 年夏天，东京台湾青年会讲演团赴台开展文化启蒙活动，遭到警方的阻挠，开不了口，正是赖和所属的彰化同志青年会首先不顾一切地进行声援，"使讲演队得向大众们发出第一声呼喊，这声音波动传到世间去，激动着平静的空气，台湾顿时刮起了风台"。赖和与对此尽了力的其他三位开业医林笃勋、李中庆、杨木旋即遭到当局的报复，被以所谓"阿（鸦）片取缔细则"处罚。同时，蒋渭水也并未取消赖和的理事资格。从 1921 年 10 月 17 日成立到 1927 年分裂，文协前后开过五次大会，在理事多少有些变动的情况下，赖和一直身任该职。

1925 年以后，受时代思潮和祖国大陆工农革命的影响，台湾社会各个阶级、各种政治力量的对比发生了急剧变化，文协内部不同阶级、不同派别之间也产生了无法调和的矛盾。代表地主资产阶级利益的林献堂、蔡培火等人主张文协纯走民族运动路线，进行不流血的抗日斗争；左翼力量的代表连温卿、王敏川等坚决主张阶级斗争，进行社会主义运动，彻底推翻日本帝国主义在台湾的统治；而以蒋渭水为代表的小资产阶级知识分子则摇摆在两者中间。1921年1月3日，文协召开临时大会，在修改会章的问题上，两派争执不下，势同水火。投票结果，连派提案获得通过，林献堂、蔡培火、陈逢源、韩石泉等十多位理事弃权退席，蒋渭水也随之退出了。于是，以连温卿、王敏川为核心取得了文协的领导权，被人称作"新文协"，嗣后，属于"民族主义派"的文协干部纷纷声明与文协分道扬镳，而决心将"文化协会这个好名爱护到底"，不甘脱离的蔡培火则被新文协发出"除名通知书"予以除名。"民族主义派"几经波折，于同年7月10日另行组织政治结社"台湾民众党"。

身为文协理事的赖和并未明言他到底倾向于哪一边，但从一些蛛丝马迹中可以推测他当与连温卿、王敏川等更为接近。他与王敏川属同乡世交加上姻亲，关系极深，彼此影响，情谊维系终身；而赖和又是文协彰化支部的核心，受他潜在影响的彰化激进青年则是连派的支持者；与赖和同一户籍的堂弟赖通尧、刘素兰夫妇，都是新文协的干部，刘素兰还担任了中央委员，主持妇女部工作；同时，赖和的作品也隐约透露出他的观点。《赖和全集·小说卷》中有一篇《赴会》，说的是他赴雾峰莱园参加文化协会理事会过程中的所闻所见与所思所想。这次会议于1926年5月15日、16日召开，已经显现出分裂的迹象。作品中的"我"因为看到"为人类服务"、"支持社会的强固基础"的工农大众，受到社会的损害而只知道烧香拜佛，祈求不可知的幸福，而加强了赴会的勇气，然而转念一想，以往多次会议都曾"议决有许多种的提案，设定有许多种标语，究其实在有哪一种现之事实"，于是他"不觉茫然地自失，漠然地感到了悲哀"。这是他对文协的不重视实际斗争、纸上谈兵提出的批评。作者还借小说中的人物之口说：

有产的知识阶级，不过是被时代的潮流所激荡起来的，不见得有十分觉悟，自然不能积极地斗争，只见三不五时（偶尔）开一个讲演会而已。

这显然是针对文协内部以林献堂为首的领导阶层素来所奉行的妥协主义——只满足于文化启蒙，不进入实际的政治运动而进行的批评了。小说中的"我"还听到一段佃农的对话：

讲文化的？若是抢到他们，大概就会拍拼（拼命努力）也无定着（也不一定）。

他们不是讲要替台湾人谋幸福吗？

讲得好听！

今日听讲在雾峰开理事会。

阿罩雾（雾峰旧名，指林献堂家族）若不是霸咱抢咱，家伙（家产）哪会这样大。

不要讲全台湾的幸福，若只对他们佃户，勿再那样横逆，也就好了。

阿弥陀佛，一甲六十余石，好歹冬（收成）不管，早冬（春收）五，晚冬（秋收）讨百，欠一石少一斤，免讲。

这已经揭示出分裂的根本原因了。就拿林献堂来说，他是台湾非武力抗日运动的领导者，出力且出钱，而且出钱出得最多。据叶荣钟说，林献堂是标准的地主，唯一的收入是租谷，他把全部收入的三分之一拿出来投入各种活动，而自己一家人过着颇为拮据的生活，不能不说他为争取台湾人的政治权利是尽心尽力的。可是，透过赖和笔下林家佃农的不平与不满，触及了日本侵占时期地主阶层无法避免的两难困境：他们一方面为民族解放出钱出力，甚至冒生命危险，但另一方面又由于唯一的收入是租谷，要和农民持同一立场、在同一条战壕里并肩作战又绝无可能。这也是绝大多数参与社会政治运动的地主豪绅只能囿于民族运动范畴内的主要原因。虽然说 1927 年前后国共两党分裂的影响以及台湾总督府的分化离间政策都是造成台湾文化协会分裂的重要因素，但这些只是外因，起决定性作用的还是内因，即台湾社会地主资产阶级与工农大众的根本矛盾不可调和（其实，这正是国共两党之间的基本矛盾）。赖和尽管不是马克思主义者，但他也清楚地看到了这一点。

1927 年 1 月 3 日，赖和当选为新文协临时中央委员，此后一直到 1931 年文协被禁，赖和都是新文协的代表员（评议员），还于 1929 年 11 月 3 日在新文协第三次全岛大会上任副议长。1928 年 3 月，新文协的宣传机关《台湾大众时报》创办，赖和既是出资者之一，又参与实际运营，任监事兼特约记者，并于当年 5 月在该报的创刊号上发表散文《前进》。

与此同时，赖和也是民众党的重要成员。1927 年 5 月 29 日，赖和出席林献堂等人组建的台湾民党的成立大会，当选为临时中央委员，后因总督府的阻挠，民党被禁。7 月 10 日，在民党的基础上，修改了章程中遭总督府忌讳的内容，成立台湾民众党，赖和任该党干事。8 月 31 日，赖和与民众党成员林笃勋、许嘉种、杨家诚等在彰化共同发起政坛演说会，排解了会上两派之间的冲突，收到很好的成绩。1928 年 3 月 9 日，民众党彰化支部举办自治制度改革政坛演说会，赖和以"我们的政治要求"为题做了演讲。1931 年 1 月 16 日，赖和出席民众党彰化支部党员大会，并担任议长。

赖和同时隶属于新文协和台湾民众党，客观上是他对台湾社会运动的贡献，以及他在新文学运动方面的成就，使两派都觉得他不可或缺，都接纳他；在主观上，则是他强烈的民族意识所致。赖和站在被压迫民族的立场，更倾向于支持工农进行阶级运动。因为他在实际斗争中愈来愈认识到，单纯的民族运动并不能真正使工农大众得到解放，而世界性的反帝潮流——社会主义，也使他懂得只依靠地主资产阶级搞合法运动不可能推翻日本人在台湾的殖民统治。但是，他不是一个教条主义者，他的思想既有原则，也有很大的弹性空间。他认为主要的敌人是异民族的日本统治者，而台湾抗日阵营内部左右两派应该是兄弟，是同一战壕里的战友，作为被殖民统治的台湾人，不管短期目标——争取政治地位的改善，或长期目标——设法摆脱日本的统治，都是应该努力的方向。他并不一定有"统一战线"的思想觉悟，但他以文学家的敏锐感觉，对文化协会的分裂感到痛心，认识到兄弟阋墙分散了抗争的力量，是让亲者痛、仇者快的事。他以他同属两派的身份，尽量减少彼此之间不必要的摩擦，并由于他在彰化地区的影响力，无形中起了削弱总督府分化策略的作用。

此后，两派内部各自纷争迭起，再度分裂。这是意识形态方面的分歧所致，更是总督府的分化策略导致的恶果。对这种派系间的斗争，赖和没有参与，尤其是对极"左"或极右的活动，他都没有沾边。当然，他并非折中主义，他有自己的观点、倾向，也毫不掩饰，但这并不妨碍他与各派人士之间保持旧有的关系。例如，他与王敏川私交甚好。1930年，他弟弟赖贤浦还娶了王敏川的长女，可王敏川与连温卿决裂后组织台湾赤色救援会，赖和就没有加入，对与连温卿并称"连杨反干部派"的杨贵（杨逵），还照顾提携有加。同样，民众党内部，林献堂、蔡培火等人不满于该党在蒋渭水的领导下逐渐左转，使"民众党的政策显然有迁就阶级斗争的倾向"，因而他们退出该党另组台湾地方自治联盟，赖和亦没有跟随，可他在 1933 年由蔡培火主其事的台湾议会设置运动的第十五次（即最后一次）请愿活动中，与洪元煌共同担任中部请愿签名书的收集人。可见，赖和为人行事是不论好恶亲疏，凡是对抗日有利的人与事，他都予以支持。

二、赖和的小说

台湾学者施淑指出："在台湾现代文学史上，赖和一直享有'台湾新文学之父'和'台湾的鲁迅'等尊称，前一个称号，凸显了赖和在台湾新文学运动中的崇高地位；后一个称号，则概括了他的文学精神。"

"在赖和的所有作品中，能够把上述的双重意义完美地表现出来的，应该是他的小说。"这个论断是非常恰当的，赖和的主要成就是白话小说创作。他的"有价值的新小说"将当时台湾新文学运动由理论纷争导入创作探索的崭新阶段。

（一）应时而生，树立典范——赖和小说的概况及文学史地位

从 1926 年 1 月《台湾民报》第 86 号上的小说《斗闹热》，到 1935 年 12 月《台湾新文学》创刊号上的《一个同志的批信》，十年间，赖和共发表小说十六篇，另外还有一些未曾发表的。据《赖和全集》小说卷记载，共有篇目二十九篇，其中有的是同一个题目，内容也相同，用两种不大相同的写法。如《善讼人的故事》有两篇：第一篇发表在 1934 年 12 月 18 日出版的《台湾文艺》2 卷 1 号上；第二篇是 1917 年版的单行本，由叶陶发行。两篇内容基本相同，只是第一篇一开始就进入故事主体，而第二篇前面加了长长的一段论述，结尾也稍有变化。还有的是题目不同，内容却差不多，如《新时代青年的一面》与《不投机的对话》、《尽堪回忆的癸的年》与《归家》，内容雷同。有的虽未发表，却是相当值得注意的作品，如《阿四》、《富户人的历史》。有的则是未完成稿，如《不投机的对活》、《未命名（洪水）》。而且，新文学在草创阶段，小说与散文的界线不甚分明，像《醉人梓舍之哀词》、《我们计划的旅行》等，是不是小说还很难说。还有发表在《东亚新报》新年号（可能是 1936 年 1 月）的《赴了春宴回来》，署名是"懒云"，也收入赖和的各种选集、全集，但据杨守愚的日记所记载，此篇为杨氏所代写。总之，赖和的小说有二十多篇，全部为短篇，甚至极短篇。赖和小说的数量并不算多，赖和也不是台湾新文学中最早的小说创作者，更早的还有追风（谢春木），1922 年就在《台湾》3 年 4 至 7 号上发表了日文小说《她向何处去》，杨云萍的小说《光临》则是与赖和的第一篇小说《斗闹热》发表在同一期《台湾民报》上。然而，赖和却被视为台湾现代小说的奠基者，受到当时及日后人们的特别推崇。这是因为赖和的小说应时而生，在很短的时间内较多出现，并且在思想与艺术两个方面都标志着台湾现代小说真正的发生、发展，并迈向成熟。同时，赖和小说所开拓的反帝国主义、反殖民、反封建、反传统陋习的内容，集中地反映了那个时代大多数作家的共同心声，激发了台湾新文学的精神，开辟了台湾新文学的道路，扩大了台湾新文学的领域。他还为台湾作家树立了光辉的典范，其写实精神、反讽技法、抗议勇气引导了不少的继起者，直到今天仍在发挥作用。可以说，台湾新文学的发轫是从赖和开始，正是赖和的崛起奠定了台湾现代文学的基础。

（二）殖民地的悲哀与觉醒——赖和小说的叙事主题

赖和受五四运动的影响是非常明显的，其反帝反封建反非理性传统的方向和文学理念，与五四新文学若合节拍。五四运动锲而不舍地追求自由、民主、科学的精神，也突出地体现在赖和的小说里。赖和正是以小说作为武器，"划破一边是封建黑暗，一边是殖民

压迫的人类前史的长夜"。同时，赖和通过中日文阅读，广泛接触了第一次世界大战后国际上其他弱小民族的文学。他以反映台湾的特殊历史现实的作品，组成中国五四新文学的一支军，参与 20 世纪 20 年代以后以反抗资本帝国主义和殖民侵略为指导思想而崛起的世界新兴的弱小民族文学、无产阶级文学建设。赖和小说最突出的贡献是以独创性的叙事主题，深刻地反映了日本殖民统治下的台湾人的现实处境和精神样貌，成为 20 世纪前半叶台湾社会历史进程的生动珍贵的记录。

1. 以笔为旗插入人间地狱：对殖民者的谴责和抗议

赖和立足于被殖民者的立场，深刻地揭露了台湾民众在殖民体制下所遭受的政治、经济、文化、教育等多方面的压迫和不平等待遇，以及殖民统治的残暴与法律的虚假、当局及其鹰犬横行霸道残害人民的滔天罪行。这一内容在赖和小说里所占比重最大，分别由以下几点体现出来：

（1）罪恶的民族差别待遇。

日本人入侵台湾后，虽然声称"内台如一"、"内台一体"、"一视同仁，平等无差别"，但这只不过是欺骗世人的谎言、奴化台湾人民的手段，实际上他们实施的是种族歧视下的民族差别待遇。殖民者不仅动辄以"清国奴"、"支那猪"的称呼侮辱台湾民众，而且在政治、经济、教育等方面实行日籍台籍人的差别对待。如同样是学童，日本人进入设备好、水准高、教育程度高的小学校，毕业后很容易进入上一级学校；而台湾人只能进相对差得多的公学校，毕业后，大多数再无书读，极少数有幸进了上一级学校，接受中等教育，其程度则比日本人读的中学低，学制也短一年。唯一专收台湾人子弟的专门学校——台湾医学校，也不能与日本的医学专门学校的程度相比。再如同样担任官员、教师、医生等公职，同工不同酬，对日本人"给与本薪六成的增薪，自听差以上，皆按官级给与一定的宿费，若台湾人则不给与"。

赖和的自传体小说《阿四》，就讲述了主人公所受到的种族歧视：

小说一开头，主人公阿四并未意识到他的"劣等"种族身份。他坐在火车里，快意地倚着车窗眺望。他是一个热情的、志向远大的青年，刚从医学校毕业，由学校介绍，正要到一个地方医院去就职。车窗外的一切都让他感到"生意饱满，生机活泼，也便感到他自己的生活也很丰富，前途很受祝福，不觉满意地独自浮出微笑来"。同车的日本旅客与他攀谈起来，问他读的学校是否有日本人。他回答先生是内地人，学生多是本岛人。那人"似晓他的意思是在说一切同是日本人"，因此就补充道，他"所说的日本人就是指内地人，可是台湾人也可以说是日本人，还是说日本臣民较切当"。阿四觉得对方在暗笑他不晓得有所谓的种族分别，"无机的心上，划下第一道伤痕的刃伤"。到医院报到的那天，阿四的理想就遭遇破灭的危险：他的工资令人吃惊的少，不及同时报到的日本人的一半；宿舍只供日本医务人员的增员，台湾人没处可住，须得自己去租民居；宿舍费规定是十五元，因为是台湾人，打六折，九元，又因为是单身，再打七折，到手中只有六元三角。因为是台湾人就可以住便宜的家屋，这有什么理由？阿四想不通，可又不敢质问，只能忍受着。次日，院长又向同时报到的台湾人说，他们一两年后是要去开业的，到医院来与其说是为医院服务，不如说是医院为他们提供实习场所，他也就把他们当成实习来对待，各科都任由他们自由地去见习，希望对医院不可有无理的要求。阿四的自尊心被破坏无余了，因为医院简直不承认他们是一个"完全的医生"。对这种侮辱，他能抗议吗？结果不能，

"别人皆表示着十分的满足"。阿四很伤心，但还希望在实际工作中能有改善的机会。可是，月复一月，一年都快过去了，他所干的，还只是抄写员和翻译。他忍受不了这样的侮辱，鼓起勇气向院长、主任提出了要求，其结果不是待遇、工作环境的改善，而是更冷酷更无理更没有希望的处境。他只能辞去医院的职务，"把研究欲抛掉，把希望缩小"，不再对他"理想的事业"抱有幻想，回家开业谋生。

另一篇小说《归家》，写一个台湾青年从学校毕业回到故乡，找不到合适的职业，又融不进乡亲中去，农活也不干不动，成天无所事事，东游西荡，大有被社会遗弃的感觉。他偶然走到祖庙口，与卖圆仔汤、麦芽羹的小贩聊天，借他俩之口，展现其"一年艰苦过一年"的生活状态。他们的后代更无希望，"赚不成钱"，想在银行、役场（日语，乡、镇公所）、官厅等处工作——食"日本头路"，都必须会讲日语，还得有背景。普通台湾人的子弟，即使进学校学会日语，也进不了这些机构。

（2）法律的不公与欺罔。

1896 年 6 月 30 日，日本政府以其宪法第 63 号公布"关于施行台湾之法律"，即"六三法案"。该法案赋予台湾总督以行政权、军事权和立法权，规定台湾总督有施行任何法令的绝对权力。它是日本侵占下台湾一切恶法之所由来。殖民者对台湾人民政治上的严厉钳制、经济上敲骨吸髓般的掠夺，都借由这种极端不公正的法律，肆无忌惮地显现出来。赖和的小说对此有很深刻的反映和很强烈的控诉。

上文提到，《阿四》的主人公辞职回家开业，看来是解决了就业的问题，他起初也以为"替自己服务，一定比给人服务自由得多"。其实不然，开业之后他才明白，"不自由反更多，什么医师法、药品取缔规则、传染病法则、阿片（鸦片）取缔规则、度量衡规则，处处都有法律的干涉，时时要和警吏周旋。他觉得他的身边不时有法律的眼睛在注视他。他不平极了，什么人们的自由，竟被这无有意义的文字所剥夺"。在朋友的启发下，他认识到"处处受苛法所限，就在于全民众所需遵守的法律，任一部分人去制定，才生出这遗憾来"。

在小说《蛇先生》中，赖和有大段文字抨击现行法律的不公正，迫使民众战战兢兢地生活，动辄得咎：

法律啊！是一句真可珍重的话，不知什么时候，是谁个人创造出来？实在是很有益的发明，所以直到现在还保有专卖的特权。世间总算有了它，人们才不敢非为，有钱人始免被盗的危险，贫穷的人也才能安分地忍着饿待死。因为法律是不可侵犯，凡它所规定的条例，它是权威所及，一切人类皆要遵守奉行，不然就是犯法，应当受相当的刑罚，轻者监禁，重则死刑，这是保持法的尊严所必需的手段，恐法律一旦失去权威，它的特权所有者——就是靠它吃饭的人，准会饿死，所以从不曾放松过。像这样，法律对于它的特权所有者是很有利益，若让一般人民于法律之外有自由，或者对法律本身有疑问，于他们的利益上便觉有不十分完全，所以把人类的一切行为，甚至不可见的思想，也用神圣的法律来干涉取缔，人类日常的生产、饮食起居也须在法律容许中才保无事。他还一语道破殖民统治者执法的实质："法律的营业者们，所以忠实于职务者，也因为法律于他们有益处。"在另一篇小说《辱》中，他借人物之口也说："法是要百姓去奉行的，若是做官的也受到拘束，就不敢创这多款出来了啊。"

《一杆"秤仔"》是赖和的代表作之一，许多研究者都认为，"秤仔"有微言大义，它的精确、客观、公平、公正的特质，正是法律所应具备的，小说中秦得参的秤被日本巡察折断，象征着度量衡——法的公正已被否定、破坏。台湾学者施淑对此有精辟的见解：

小说以"秤仔"为主题，这个作者在标题上特别加上引号的秤仔，除了象征秦得参所代表的善良的正直百姓，在那观念上代表公正，而事实上只是统治者专利品秤仔之上，个人尊严和价值可以随时被摧残和否定的事实，同时更深刻地揭露了隐藏在法制、平等、人权等思想口号中的欺罔性，这一点透过因它而存在的殖民帝国主义的压迫掠夺行为表现得尤其赤裸、尖锐。

秤杆的折断喻示着公理的荡然无存，法律成了执法者为所欲为、欺压凌虐的工具：别说是这种只偏袒殖民者一方的虚伪的法律，即使是公正公平的良法，倘若可以凭借个人的心情好坏随心所欲地援用或诠释，也会变成危害社会的恶法。这一点在《不如意的过年》中表现得更直接，日本巡警"查大人"竟然因为过年礼物收得少而迁怒于百姓，用"法"去制裁辖区内的居民。作者指出：

法律也是在人手里，运用上有运用者自己的便宜都合（日语：关系、方便），实际上它的效力，对于社会的坏的补救、堕落的防遏，似不能十分完成它的使命，反转（反而）对于社会的进展向上，有着大的压缩阻碍威力。因为法本来的作用，就是在维持社会于特定的范围中"坏"、"堕落"，犹是在范围里"向上"、"进展"，便要超越范围以外。所以，社会运动者比较赌博人、强盗，其搅乱安宁秩序的危险更多。

这就是说，法律本是稳定社会秩序的必要手段，但如果可以在执法者的手里有弹性、因人而异，甚至成了泄私愤、图报复的武器，那么这样的执法者比强盗更可怕。

（3）警察的残暴和贪婪。

日本侵占下的台湾是一个典型的"警察王国"，其组织之严密、效率之卓著、权力之绝对、手段之残酷，都是世上少有的。警察网从城市密覆到穷乡僻壤，真有无微不至、无孔不入的能耐。日本学者盐见俊二对此有过研究：

当时台湾的警察，不但对于经济政策，对于任何政策都是首当其冲的"实行者"，这样强大的"警察国家体制"是世界上未尝有的。

原台湾总督府官吏持地六三郎在他所著《台湾殖民政策》一书中也说：

台湾的警察，是实施台湾殖民政策的重心所在。台湾的警察，除其本身固有的事务以外，几乎辅助执行其他所有的行政，过去有所谓"警察国家"的理想，这一理想在台湾已成事实。台湾的殖民政策的成功，一部分不得不归功于这一警察制度。

殖民政府正是通过警察与民众接触。警察除了是殖民者的工具、充当打手鹰犬之外，还兼有辅助行政的职能，"凡在台湾，不靠警察的力量，任何事情都不易实施；同时，有了警察的力量，则无事不可为。这样，台湾在典型的警察政治之下，治安维持与卫生设施，那不用说了；甚至劝业、土木、征税及地方一般行政，都由警察执行。根据户口规则及保甲，取缔人民出入，搜索土匪犯罪，监视需要监视之人，牵制台湾人子弟的日本留学；又如劝诱出卖土地，应募股票公债以及邮政贮金等；再利用保甲建筑道路，都是警察政治的效果。而如前述，保甲是台湾人的邻保团体，负连带责任；其经费则由保甲民各自负担，其事务范围甚广，其指挥监督则在地方警察"。也就是说，警察担负着保甲、户口、刑决、税捐、征役等等几乎所有的社会事务，人民所闻所见之官吏，唯有警察而已。警察是殖民政策的具体执行者，是对台湾人民进行政治压迫、经济剥削的直接推进者。他们凭借手中的特权，随心所欲地欺压奴役百姓。百姓的一举一动，只要他们觉得不顺眼，即可横加干涉，拘禁惩罚，故警察有"田舍皇帝"之称。当时，台湾民众最恨的就是他们，他们也就当然成为"民众代言人"、新文学家们讽刺、抗议的主要对象。赖和小说首开先河，有相当多的篇幅是反映这一主题。他的小说《一杆"秤仔"》中，随意将人折秤系狱的是警察，《惹事》中欺凌侮辱寡妇的是警察，《丰作》中充当社会打手痛殴蔗农的是警察，《辱?!》中强闯民宅滋扰生事的是警察，《不幸之卖油炸桧的》和《善讼人的故事》中扣押抓打台胞的还是警察，《不如意的过年》更是警察的恶行恶状的真实写照。

《不如意的过年》中，"查大人"因为人们所送的年终礼金意外地减少，如意算盘落空，心甚不满。为维持其权威，也为保障自己的不当得利，他设计了各种卑鄙的手段——接连几天"对于行商人取缔的峻严，一动手就是人倒担头翻；或是民家门口，早上慢一点扫除，就被告罚金；又以度量衡规矩的保障，折断几家店铺的'秤'"，意图激怒老百姓，好用妨害公务的罪名进行残酷的镇压，来使人们惧怕，以便从收受贿赂中捞取更多的好处。不料人们逆来顺受，绵羊一般驯服，"决不能捉到反抗的表示"。找不到借口谋利的他，只好拿个无辜的儿童做泄愤对象，打骂并抓去罚跪。

《惹事》中，巡警养的一群鸡也比台湾人高贵、有尊严，因为这群鸡是维持这一部落的安宁秩序，保护这区域里人民幸福，那衙门里的大人所饲所养的，"拍狗也须看主人"。因为有这样关系，这群鸡也特别受到人家的畏敬。这群鸡吃了农民种的菜，农民敢怒不敢言；鸡跑进一个寡妇家里偷吃猪食，蹬翻了篮子，篮子扣住一只小鸡，巡警竟诬赖当时不在家毫不知情的寡妇是偷鸡贼，对她又打又骂又处罚。表面上看是一只鸡的纠纷，而实情是寡妇曾多次拒绝过好色的巡警的纠缠。

《一杆"秤仔"》揭露，巡警们"专在搜索小民的细故，来做他们的成绩，犯罪的事件，发现得多，他们的高升就快。所以无中生有的事故，含冤莫诉的人们，向来是不胜枚举。什么通行取缔、道路规则、饮食规则、行旅法规、度量衡规纪，举凡日常生活中的一举一动，通在法的干涉取缔范围中"。小说主人公秦得参上街卖菜不懂规矩，没给巡警少算斤两以讨其欢心，触怒对方，被当场折断了秤杆，还被抓进牢房。

日本警察固然凌虐横暴、臭名昭著，而更可恶的是那些为虎作伥的台湾人警察（候补警察，俗称"补大人"）。赖和自小就非常反感这些人："那时代的补大人，多是无赖，一旦得到法律的保障，便就横行直撞，为大家所侧目，说起大人，简直就是横逆罪恶的标本，少（稍）知自爱的人皆不愿为。"他的小说《补大人》就是经由被扭曲的人伦，造成强烈冲突的情节，一方面谴责了日本统治者的严刑峻法，并且批判了殖民体制"共犯结构"下甘当异族走狗的台湾人；另一方面则由受辱的台湾母亲，深刻地表现了被殖民者的悲哀以及由此而引发的反抗呼声。这出乖违伦常的闹剧，还含有对统治强权的"现代性"泯灭人性的质疑：人一旦进入这一强权内部，哪怕是最低层次，就俨然成了"法"的化身，六亲不认。

《补大人》是台湾文学史上首篇涉及台湾警察的作品，也是首篇描写数典忘祖、以奴化身份欺压同胞的"走狗型"民族败类的小说。它描写一个台湾人，当上巡察补后，在乡间颐指气使，居然对自己的母亲也不例外。

小说从宁静的冬晨，多数人还在甜美的梦中，街上突然响起"开门！开门！门口扫扫！"的吼叫声写起。这个扰民的行为来自一个"想因为昨晚喝到半夜的酒，现在方在兴奋中，不然就是和他大人奶吵过嘴，不许他睡到床上，才会这么早就从宿舍出来，搅得冢家睡梦不够"的"补大人"。

他走到自己家门前的时候，看见比别人家脏得多，就模仿日本警察初学土话（台湾话）的口吻，拍打着门环命令开门扫扫。"本来法律是要百姓们遵守的东西，做官者原有例外，家族同时也就得到特别的庇护"，"补大人"的母亲从来没有受到过这种不敬，就没有想到这是在呵斥自家。"补大人"喊了几次都没得到回应，就连骂带嚷地踢门。他母亲吓得慌慌张张地出来开门，看到是自己儿子，神色平静了许多，嗔怪了一句。围观的人听见"补大人"受母亲责备，拍手喝彩，惹得"补大人"渐渐生气，几番出言不逊，逼迫母亲扫地，母亲回斥他为何不扫：对亲娘尚且如此，对待百姓不难想象。平日里受他气的群众把这当戏看，哄哄地大笑，拍手称快。"补大人"恼羞成怒，为了维护"做官的尊严"，竟然动手打了母亲一耳光。这种忤逆不孝之举惹恼了母亲，拉他到他的长官面前评理；而他被权势威风吞噬了人性，全然不顾这是他的母亲。母子俩互相扭着去了警察衙门。最终，日本警察支持了其走狗用职权殴打母亲的行为。小说借母亲之口，诅咒这衙门、这社会、这时代的"无天无地"。

这些形形色色被台湾百姓蔑称为"查大人"、"补大人"的警察，组成了一个严密而残酷的网络，强化了殖民者对全台湾的专制统治。赖和用现实主义的笔法，真实地展现了日本侵占台湾这种极为特殊的社会现象，以文学形式告诉读者，殖民者及其鹰犬是各种人间悲剧的直接制造者。他写他们的罪恶行径，也形象地揭示他们的内心世界。

（4）残酷的剥削与掠夺。

日本侵占时期，日本帝国主义推行所谓的"工业日本，农业台湾"的统治政策，将掠夺台湾资源的魔爪伸向全岛的每一个角落。乙未割台后不久，总督府即行土地调查、林野调查，把台湾的大多数可耕田收夺归为官有，廉价配售给日籍资本家、退休官员，少部分土地则在地主手中。台湾农民基本上是佃农、长工或短工，拥有土地的自耕农极为少见。从1920年到1930年这十年间，正逢第一次世界大战后全球性的经济恐慌，在殖民者盘剥下的台湾农民更是陷入了困境。进入30年代，殖民当局强化了它在台湾的土地掠夺、产品垄断，以便扩充农业实力，一来支持日本本土的工业发展，二来支持日本侵略中国的"大陆政策"。这便使得愈来愈多的农民失去了土地或土地耕种权，流离失所，无以为生。

台湾经济的殖民地化，是从移植现代化的制糖业开始的，因此在土地掠夺中最显著最残酷的，莫过于日籍制糖业资本家和台湾人买办联手，对台湾蔗农进行疯狂地榨取了。早在1905年，当局就开始实施"原料采收区域制度"，规定凡在政府指定区域内所种植的甘蔗，一定要卖给该区域的制糖会社，不能运出区域之外，亦不能做制糖以外的其他用途。甘蔗的收购价格会社有完全的自主权，压价是屡见不鲜的事，还有各种敲骨吸髓的花样，例如在政策上愚弄蔗农、压低等级、收购时压秤等等，蔗农不得有任何异议。同时，台湾农民还没有不种甘蔗的自由。

赖和的小说《丰作》，就描写了蔗农添福在甘蔗丰收之后的惨痛经历：

小说开头，蔗农添福看着长势喜人的蔗田，心里盘算着：收成没有二十五万斤也有二十万斤。农会技术员来看过，夸奖栽培得好；会社也来计算过，讲说不定一等奖就被他得着了。他还算出来，任人怎么扣除，至少也有五百元赚，年终要给儿子娶媳妇的钱是现成的。想到这里，他心里的得意无可形容。以前每年都是会社占便宜，"做田人"总是吃亏，而今年会社准输，"想到他的甘蔗好，价格也好，准赚钱，真像报复了深仇一样的畅快，嘴角不时笑到流下口沫来"。

看看甘蔗的采伐期到了，蔗农们忽然不安地骚动起来，因为会社发布了新的采伐规则，针对今年蔗农的可能得利，"变出脸来"。蔗农开始组织起来提出抗议。

添福对新的采伐规则也"真不平"，但是他却还自信他的甘蔗种得好，农会的技术员、会社的技师，都讲他能得到奖金，无论被会社怎样克扣，当然不会扣至十八万斤以下，所以他并不怎么失望，大家都去包围会社，他也不敢去参加，生怕因为这件事叛逆会社，得奖金的资格被取消，"他辛辛苦苦，用比别人加三四倍的工夫，去栽培去照顾，这劳力岂不是便成水泡，所以他总在观望，在等待消息，他的心里也在祝祷这次交涉能得有好结果"。

蔗农的交涉失败了，人们议论纷纷。添福保持他的旁观态度，也不发表他个人的意见，仍深信他会得到奖金。他承认了新的采伐规则，结局是不仅他一人承认了，大家只好都承认了。

过不几天，已经采收完毕的 C 区和 T 区的蔗农不平地呼喊起来，因为采收所得的结果，与推定的产量差距太大，约减五分之二，连平素为会社奔走的甘蔗委员们都怀疑起来。他们另用磅秤称过，暗做记号，再送到会社的磅秤上去称，结果相差四千斤。两个甘蔗委员加一个警察站到磅秤上去，三个人共得二十七斤，警察大人自己也好笑起来。

添福的甘蔗全部采收完毕。他极相信会社，领到蔗单，自己不识字，也不叫别人看看；等到要发钱的时候，到事务室去换票据，拿到票据和计算书，忽然鼓起勇气，很恭敬地问事务员："奖励金有在内吗？"对方拿过单据看后说："你的蔗，甲当（每甲以上……计）尚不上八万，哪会有奖励金？"添福急了，与之理论，对方笑着让他回去问自己区的委员。"这笑使添福惶惑起来，不知道是笑他憨想，也是笑他什么，他已失去再问的勇气，面红红走出事务室，并那张手形是记有多少钱也没问明白"。

最终，扣去前借金、肥料款、种苗款及其高额利息，添福共得五百四十二元八角二分。他带着钱要去算还秋收的地租和米店、杂货店的赊欠，路上算来算去，别说给儿子娶媳妇，就连口粮钱都没有，他这才觉得自己是被骗了，辛勤劳作了一季竟一无所有。

《一杆"秤仔"》中的秦得参，则是因为在制糖会社的垄断下租不到地种，走投无路，才让妻子去娘家借来一件金首饰，抵押做本钱，又向邻居借了一杆秤，到小镇上去卖菜。他后来的悲剧是凶残的日警所制造，起因却也是制糖会社的经济剥夺。

日本侵占时期，台湾城镇小贩之多是有记录的，大都是破产农民不得已而为之。然而，小贩也不是个能够安身立命的职业，本小利微不说，还常在被罚款、取缔之列，小说《辱?!》中的人物交代，甚至有人一天之内被告发七次，还有人一天被罚三次款。小说中，人们正入神地看着台上演的歌仔戏《侠义英雄传》，却被警察追捕、取缔摊贩的行动把一场好戏给搅散了。

这些小说传达出在殖民地经济政策的压榨下，农民无论是困守乡村或是流入城镇，都找不到出路。他们是台湾人中最困苦的一个阶层。

（三）满腔怒火烛照魑魅魍魉——对封建地主阶级的鞭笞与声讨

殖民体制每天每时都在奴役着台湾人民，制造着台湾人民血泪斑斑的被压迫的历史。然而，它并非是社会黑暗、人民不幸的唯一源头。台湾原本就是一个封建社会，日本帝国主义的入侵和统治，把它变成了殖民地，却并没有触动它的社会基础。封建制度仍然是压在人民头上的一座大山，仍然在制造着种种罪恶。赖和非常清醒地认识到这一点，并努力地展现在他的小说中：

1. 罪恶多端残民以逞的地主恶霸

日本侵占时期，大量的土地虽被日本殖民者掠夺，但残余的封建地主阶级仍然残酷地剥削农民。

他们贪婪残暴，为聚敛钱财疯狂地压榨佃农，丝毫不顾别人的死活。《善讼人的故事》虽然把背景推到了清末，但其中不乏现实的影射。故事中的财主"志舍"，恃财依势，把当地贫苦农民置于"生人无路，死人无土，牧羊无埔，耕牛无草"的绝境，明明是无主的山林，他全部霸作私产，不准农民放牧、拾柴草，谁家死了人，得向他缴钱才能得到一块土地埋葬。许多人一贫如洗，实在拿不出钱来，他决不通融，赊账都不行，任由死人腐烂在家中。小说《赴会》，叙事主人公"我"在赴雾峰参加文协理事会的途中，听到农民议论"阿罩雾"（雾峰林家）"不是霸咱抢咱，家伙（家产）哪会这样大"。林家对佃户极为苛刻，租金很高，而且不论收成好坏，决不减少一石一斤。赖和笔下的"阿罩雾"与"志舍"隔着一个时代，本质上却没有什么不同。林家的做法在当时的台湾并不是个别现象，而是十分普遍。佃户向地主租种田地，要缴纳可观的碛（砂石）地金，除此之外，不论水旱病虫灾害，尚需交给地主相当数量的田租，也不论佃户有怎样充分的理由请求减免，地主都不让分毫，一定要如数完纳。农民称之为"铁租"。这在日本侵占时期的台湾乡土小说中多有反映，赖和的《赴会》是涉及这个问题最早的。

他们荒淫无度，视女人为玩物，"兽性蹂躏"她们的身心，凭借手中的金钱为所欲为，异化成"性压迫"的魔鬼。《可怜她死了》中的富户阿力，已经有了大小三房太太，还包养了贫苦无助的少女阿金，迫使她充当满足他的兽欲的工具，不久玩腻，不顾她已经怀孕，一脚踢开。《未来的希望》里的阮大舍，以延续香火继承家产为名，在太太死后，续娶了一房正妻和几房侧室，正妻又陪嫁来一个俏俊有宜男相的婢女，使这种原本正当的求子行为一开始就蒙上荒唐的色彩。

他们不知亡幽灭种之恨，麻木不仁。《棋盘边》里的士绅们竟然把吸食鸦片看得高于一切，说鸦片吸食特许问题是比文化协会的请愿运动更具民意的民意，他们对"澳门、爪哇那些泰西先进诸文明国"有所向往，也许只是眼馋那里的赌场可以公开。他们还把允许吸鸦片、开赌场看成是"现代最文明的政治"。这些人整天游离于社会之外，浑浑噩噩地聚集在一起只知道打麻将，抽鸦片，聊些不着边际的话。《赴了春宴回来》中的缙绅子弟们无论年老年少，都在酒馆、咖啡厅里消磨时光，与女招待们做出种种不堪入目的丑态，靠"肉香"、"酒香"、女人的脂粉香来把精神上的空虚填平。

赖和小说反映这一内容的篇幅不是很大，但表现出来的抗议与批判是相当强烈的。

2. 愚昧落后弱民误国的传统陋习

赖和对求神拜佛、迷信秘方等风俗是深感厌恶的，他的《斗闹热》就是台湾第一篇批评这些陋俗的作品。

《斗闹热》是赖和第一篇，也是台湾新文学史上第一篇公开发表的中文白话文小说。小说中殖民统治下的小城死气沉沉，一次偶发的小孩之间的争斗，使一边的孩子受了欺负，于是吃亏一方"有些气愤不过的人，就不能再忍住下，约同不平者的声援，所谓雪耻的竞争，就再开始"。借妈祖生日的迎神赛会逞强争胜，为此奔走的人，有学士、委员、中等学校毕业生和保正（保长），连市长和郡长都很赞成，"昨晚曾赐过观览，在市政厅前和郡衙前，亦放不少鞭炮，在表示着欢迎"。此事还因"能够合官厅的意思"，即使要穷人典衫当被，也反对不得，这表面上看是斗斗热闹，但深层里却是在"有学问有地位的人士"的操纵下的斗富与斗气，因为"在优胜者的地位，本来有任意凌辱压迫劣败者的权柄"，所以这种铺张浪费、耗尽穷人活命钱的迎神赛会不过是大人先生们利用村民对神的迷信争权夺利的工具。作者借小说人物之口，批评这是毫无意义的竞争，是胡闹，"在这时候，人家救死且没有工夫，还有空儿来浪费这有用的金钱，实在是可怜可恨"。更深层的是，揭露了令赖和忧心的"岛人性格"——逞勇斗狠、愚昧和陋习，而这种性格得到殖民当局和封建势力的纵容和利用，以巩固其统治地位。

《蛇先生》是赖和另一篇深具社会批判意义的作品，说的是一具有现代科学知识的医生对传闻中的秘方的探索和深究，弄清其真相的故事。

蛇先生以拿水鸡（捉青蛙）卖钱为生，技艺超群，一家人的衣食绰绰有余了。因为这个职业常常有遇到蛇的危险，他就有了捕蛇的伎俩、治蛇伤的秘传，因此人称"蛇先生"。

有一次，邻庄的一个农民被蛇咬伤，西医没能药到病除，经蛇先生之手，伤愈肿消。蛇先生没有想到，他这一善举竟然触犯了"神圣的法律"，那个曾给农民治蛇伤的西医把他告到"法律的专卖所"去。这些执法者"平日吃饱了丰美的饭食，若是无事可做，于卫生上有些不宜，生活上也有些乏味，所以不是把有用的生产能力消耗于游戏运动之里，便是去找寻——可以说去制造一般人类的犯罪事实，这样便可以消遣无聊的岁月，并且可以做尽忠于职务的证据"。蛇先生没有医生的资格而妄为人治病，已成为罪恶，"法律却不能因为救了一人生命便对他失其效力"。如此，蛇先生便被拘留了。

病家不忍坐视，与蛇先生家人多方奔走，幸得钱能通神，在它面前，法律也就保持不住尊严了，但是执法者借口被捕之人未受过应得的刑罚便放出去，贻人口实，"有影响于法的运用"，诱使蛇先生将治蛇的秘方献出，"就不妨把法冤枉一下，即使有人攻击，也有所辩护"。谁知蛇先生咒死赌活，坚说没有秘方，这就使他们为难而至生气了，他们根本不相信蛇先生的话，"终未有信过任何人类所讲的话"，只按自己的推理追问答案，对蛇先生的否认"除了拷打别有什么方法呢"？"谁叫他不诚实，他们行使法所赋予的职权，谁敢说不是？"

蛇先生倒是从此名声大振，传遍方圆几百里，每天常有几个来求医的。起初蛇先生总是推辞不敢答应，但人们为了自己的性命，又因为他的推辞更信其秘方灵验，"交缠不休"。蛇先生没办法，只好偷偷与那些人敷衍，也合该他的运气到了，"真所谓着手成春"，药到病除，求医者不绝，他连卖青蛙的工夫都没有了，生活倒比以前更觉丰裕快活，听说他还没收人家的谢礼。

蛇先生越是受病家欢迎，越觉提心吊胆，因为他前回尝过法律的滋味，而实际上他竟被默认了，原因不明，"但有一事共须注意，法律的营业者们，所以忠实于职务者，也因为法律于他们有实益，蛇先生的偷做医生，在他们的实益上是丝毫无损，无定者还有余润可沾，本可付之不问，设使有被秘方所误，死的也是别人的生命"。

这天，一位本地小有名气的西医来访，向蛇先生求教秘方。蛇先生否认他有秘方，可没有一个人相信。蛇先生非常恳切地对西医说明了他能治好蛇伤的奥秘所在，并且给了一包草药让回去化验。西医寄给他一位从事药物研究的朋友，耗费了一年零十个月的光阴，才弄明白除了巴豆之外，"没有别的有效力的成分"。此时，蛇先生早已不在人世了。这篇小说被认为是启蒙时代破除旧社会"迷思"（myth）、导引进步观念的作品。

赖和更为反感的是台湾社会风行的养女、童养媳、蓄妾等残害女性的习俗。台湾属于一种移民社会，居民大抵由闽粤两省移入，其目的在于开辟草莱，拓殖新土，因而多为年轻力壮的生产人口，父权体制在此得到强化，男尊女卑的情形特别严重。日本人据台后，其轻视女性的观念更使得台湾妇女的地位等而下之。贫苦人家的女孩首先成了牺牲品，动辄被卖、被弃或送人，养女之风益炽。养女在收养者家里多数不被当人看。因为一般收养者的初衷都不是发善心，而是出于一定的需要：或托养女之名行蓄婢之实，或为招弟（相传收养幼女可使养父母生子）、"哭脚尾"（死后有人哭丧）之用，有的就是童养媳的代名词。养女的命运通常都很悲惨——被当作工具任意驱使，被视为奴隶肆意虐待，被看成商品随意转卖，甚至被养父糟蹋，被养母逼着接客……完全没有人的地位、人的尊严、人的待遇。蓄妾也是父权制台湾极为普遍的现象，男人三妻四妾被社会习俗认为理所当然，妾的境遇往往也不比养女强多少。日本侵占时期的台湾小说，对这些不人道不公平的习俗做过很强烈的抗议。赖和的《可怜她死了》就是其中的一篇，富户阿力正是仗着社会对男权的纵容，对财富的偏袒，而对阿金们始乱终弃，不负一点责任。小说揭示了阿力的所作所为并不是个人的、孤立的现象，其背后有强大的体制、传统、习俗做支撑。这样，阿金的悲剧命运就是一种必然。

赖和还从传统农业社会的局限性出发，剖析台湾人的性格。如《丰作》中，添福被制糖会社盘剥殆尽，几乎无以为生，却只敢暗地里诅咒，丝毫见不到有什么反抗的行动，甚至连这样的念头都没有；《可怜她死了》中，阿金对阿力的恶劣行径也只是一味地隐忍，逆来顺受。有人认为，"这样的性格，是以农业为主要生活的汉民族的特性"是不无道理的。民众的温顺驯服并不能使强权者良心发现，相反，还助长了他们的飞扬跋扈、予取予夺。《不如意的过年》、《浪漫外纪》等篇，作者在鞭笞日本警察的同时，也批评了国人嗜赌的风气，并把这种风气与种族沉沦联系起来。在《不如意的过年》中，作者描绘日本人在台湾推行阳历新年，台湾人显然不乐意接受，街面上冷冷清清无甚过节的气象，民家岁只应景似的插些旗子，杂乱不整。可是，并不妨碍他们把新年当作"赌钱的季节"，因为"嗜赌的习性，在我们这样下贱的人种，已经成为性格的重要部分。暇时的消遣，第一要算赌钱"。赖和的这段话被认为是"沉痛已极，其字里行间充满着焦虑和失落感"。在日本统治下，他急切地对中国人的愚昧落后与劣根性提出批判；同时，他也承受着批判之余，来自民族情感的隐痛。

（四）饱蘸血泪吐露民族悲情——对人民绝境的体察与再现

赖和的小说具有高度的人民性，是真实深刻地反映殖民地台湾人民生活的一面镜子。作者始终站在社会最底层的劳苦大众一边，以极其悲悯的情怀，描绘了在帝国主义和封建主义双重压迫下的苦难众生。

《一杆"秤仔"》、《可怜她死了》、《丰作》等篇中的主人公都是最普通的劳动者。他们正直、善良、勤劳，没有过高的奢望，只想凭着劳动求一份温饱，活着，繁衍生息，但命运似乎总和他们过不去，无论怎么努力，也无法满足这些人最起码的需求。就像在苦海中撑一条破船，任拼死挣扎，总也渡不到尽头，连一块暂且存身的礁石也难寻，一次又一次地被浊浪卷入更深的旋涡，最终陷入灭顶之灾。

《一杆"秤仔"》是赖和的代表作之一，写底层百姓秦得参苦难的人生遭遇：

镇南威丽村以穷苦农民占多数，秦得参一家"尤其是穷困的惨痛"。他出生的时候，父亲就已经死了，地主为了多得几斗租谷，残忍地夺佃，根本不顾这孤儿寡母的死活。母亲别无出路，只好听从村邻长者们的安排，招赘一个夫婿来家抚养儿子。可是，这个后父把妻子都视作一种机器，更别说善待继子了，多有打骂，夫妻之间因此不十分和睦，后父便不大照管这个家了。幸亏母亲勤劳节俭，好不容易把秦得参拉扯到九岁，能看牛、做长工了，母子俩才得免冻饿的威胁。

当秦得参长到十六岁，能够种田了，母亲让他辞去了长工，回到家里，想租几亩地种。但这个时候，租地不容易了，因为糖的获利高，制糖会社肯出较高的租金，唯利是图的地主们哪管农民的生计，母亲又不肯让秦得参去会社做牛马一样的劳工。于是，他就打散工。他的力气大，做事勤敏，雇主都爱用，每天都有活干，加上母亲的精打细算，渐积下些钱米。到十八岁上，他娶了同村农民的女儿为妻，夫妻协力，日子也还过得去。

之后不久，儿女降生，母亲病故，妻子因要照料幼儿无法工作，一家的重担都压在秦得参一个人身上，以至于积劳成疾，卧床不起。妻子只得丢下啼哭的孩子和重病的丈夫外出做工。这样到了年尾，秦得参好了一点，能干轻些的活了，可又找不到工作，想想一至新春，事停下，更没有做工的机会，一家人吃什么呢？必须要积蓄半个月的粮食，以免全家饿死。他听说镇上蔬菜的销路很好，就让妻子找娘家嫂子借了唯一的金花（头簪），押了几块钱做本。没有秤，要买一杆，可那是官厅的专利品，不是便宜的东西，哪来的钱？妻子赶快找邻居借了一杆"尚觉新新的"秤？头几天生意还好，赚了钱，买了一些必需品。这一天近午，一个下级巡警巡视到秦得参的菜担前，看到菜色比较新鲜，问花菜卖多少钱一斤，秦得参忙说："大人要的，不用问价，肯要我的东西，就算运气好。"说罢，选择几茎好的，恭敬地献给对方。然而这位"大人"却说："不，称称看。"秦得参老实，又没经过世面，不懂得这只是虚伪的客套，当真上秤称了，不再有赠送的表示。巡警马上变色找茬儿说秤不准，要秦得参拿到警署去。秦得参稍微辩解一句，巡警勃然大怒，折断了秤杆，还把秦得参的姓名、住址一一记下。两天后，他被带到衙门，法官不容他分辩就判他有罪，或者罚款三元，或者坐监三天。秦得参无钱，选择了后者。妻子闻讯，把准备赎首饰的钱拿出来赎他回家。

秦得参怎能忍受这样的侮辱："人不像人，畜牲，谁愿意。这是什么世间？活着倒不若死了快乐。"新年之夜，秦得参自尽，市上传言一个巡警被杀在道上。

《可怜她死了》是赖和小说中唯一一篇以女性为主要描写对象的小说，揭示了那个豺狼当道的社会中，女性更为凄惨的命运。

小说的开场是一对中年夫妇愁坐在一间矮窄昏暗的屋子里，商量着要把女儿阿金卖掉。妻子阿琴的一场重病花光了家里所有的积蓄，可猛于虎的户税却不能不交。夫妻俩只有这么一个独养女儿，丈夫泪珠滚滚，万般不舍："纵使这一期的户税不纳，也不是就要拿去头，何至着要卖子？"阿琴举出村邻交不上税家破人亡的例子，对丈夫说："你若是被拿去关，我饿死是不相干，阿金要怎样？因是我生的，我岂会比你更忍心？"说着，也自抽咽起来。要让女儿"逃生"就必须把她卖掉，这是多么残酷的悖论啊！父母唯一能为爱女做的，就是精心选择了"丈夫还良善"、"儿子也还清秀"、"家里也过得去"的慈祥妇人做买主。于是，十二岁天真烂漫的小女孩就懵懵懂懂地当了镇上阿跨仔官（"官"，尊称）家的养女。

阿金娇小可爱，又勤劳温顺，深得养母一家人的怜惜，虽说因念父母背着人流了不知多少眼泪，伤心到身体消瘦，日子过得还算不错，以后知道了自己是童养媳，看到将要做自己夫婿的那个人强壮活泼，也自欢喜。可是，天有不测风云，正当她年满十七，要择日完婚的时候，未来的公公在罢工风潮中被官厅捉去，在同一工场做工的儿子想夺回父亲，被警察打成重伤，回到家便不能起床，发热呕血，不几日便死去，"工人们虽怎样怒号奔走，死已经死去了，有什么法子"。父亲在狱中受尽踢打折磨，伤残了身心，独子的死又给他致命的重创，罢工的失败也使他了无生趣，不久便撒手人寰。不多的积蓄全都做了医药丧葬费，夫死子亡更使得阿跨仔官悲伤过度，身体垮了下来，母女俩的生活陷入困境，阿金拼命劳作也满足不了一日三餐。

媒婆阿狗嫂找上门，以关心两人生活和阿金出路为理由，说服阿跨仔官将阿金租给人，"像阿金这样子，'定有较好的利益'。阿金经历这许多变故，以为是自己命不好，累及夫婿，非常伤心，知道要怎样做，看到养母那愁苦的脸，自己连叹一声气都不忍，生怕增加养母的悲痛。阿狗嫂的话，虽然只听见一二，但意思她已经推想到了，心里增添了不少悲苦和不安。这样过了一年，生活更窘迫了，阿金无法可想，唯有伤心而已。

有一天，阿狗嫂来过之后，阿跨仔官面对正在编草笠的阿金，未语泪先流。阿金早就明白自己的沦落是不可避免的，但求不要再被卖掉，只听养母说，是富户阿力想再娶一个小妾，也可以不嫁进他门，包养在自己家里，"现在做小不是什么不体面，又况是自己家里"。阿金非常清楚地意识到，单凭自己的劳力赡养不了养母，除了自己的肉体之外，别无生钱的方法，"不使她老人家受苦，只有牺牲她自己一身了"。十八岁妙龄的女儿身，给那个老迈、肥胖、丑陋不堪又老不知羞的阿力做玩物，阿金尽管满心不愿意，也不得不跳入火坑了。

然而，只过了五六个月，阿力看阿金就不仅仅是不喜欢了，还有些生厌。原因是阿力并不是真正爱上了阿金，只是家里的妻妾不能满足他的变态的性快乐，而阿金年轻娇媚，包养她比玩妓女便宜十倍。可是，阿力家原本有三房妻妾，单单与异性接触，"一些儿也不能得到快感"，他所追求的是"能格外满足兽欲的一种性的技能"。穷苦人家单纯的少女阿金，哪里会有那种销魂荡魄的手段、蛊惑狐媚的才思？她只能贡献女性的肉体让阿力蹂躏，自然无法满足他的兽欲。所以，过不多久，处女所具有的新鲜感消失，阿力便玩厌了。恰在这时候，发现阿金已经怀孕五个月了，这叫他更加不喜欢，他并不缺乏子嗣。他竟然想趁孩子还未出生，赶快与阿金分手，不然将来不得不承认孩子，要分走他的财产——"我已这样年纪了，阿金还那么年轻，后来怕不我出钱给她陪嫁，做个死乌龟？"这样他就不到阿金那里去了，偶尔去一次，"也使性使癖，教阿金难堪，阿跨仔官所仰他供给的生活费，也故意延缓不给，在先还托阿狗嫂去向他要，一两次之后，阿狗嫂也不再替她奔走了"。

阿金为不再遭受兽性蹂躏感到轻松，可是因为几个月没有做工，原先的活计都断了线，一时找不到新的，她又有了身孕，也不能干太重的活，所以生活比以前更为艰难。阿跨仔官"自然免不了怨叹"，不想竟传到了阿力的耳朵里，阿力吵上门来，扬言阿金的身孕他有些可疑，还明讲他是厌了，丢下一百元钱，声明"以后我不管了，自己打算好"，说罢，扬长而去。

有人教阿跨仔官向法院起诉申请赡养费，"但是辩护士要钱，法院印纸要钱，她没有这么多钱，且法律会保护到她们吗？她不敢信任，也只有自己怨叹而已"。阿金被抛弃，为此受到世人的鄙视，但她自己反而更泰然，一点儿也不悲恻，因为阿力所给予她的原本就不是幸福，"只有些不堪回忆的苦痛烦闷"，一旦痛苦解除了，自然是快乐的。她劝慰经常悲伤咒诅的养母，不要发愁以后的生活，她是苦惯了的，自信还能够劳动，还能养活她们自己。可是，她的肚子已经很大了，想到一旦生下孩子，担负起抚育的责任，没时间劳动，会更拖累了养母，"阿金不能不别想方法，她觉得有了孩子，是使她老人家愈走到不幸去"。

在一个月明之夜，阿金在河边洗衣服，头晕跌下河去，因身体不便，爬不起来，就这样结束了年轻的生命。

赖和有几句诗是形容日本侵占时期台湾百姓生活的：

> 剥尽膏脂更摘心，忍饥粜米甘完税。
> 身虽苦痛敢呻吟，身病尺寒沿典衾。

秦得参、添福、阿金们的遭遇就是这诗句最好的脚注。剥尽他们的膏脂更摘去他们的心的，不只有日本殖民者，还有台湾的封建势力。人民在这层层盘剥榨取残害践踏之下痛苦哀号，这就是历史的真实。

（五）曲折隐忍不息复仇心声——对受虐者奋起的呼唤与歌颂

尽管处于极为险恶的政治环境中，文学作品不能正面对日本殖民者口诛笔伐，赖和却毫不妥协，他的小说仍然曲折地表现出受虐者的觉醒与反抗。如《一杆"秤仔"》中，秦得参宁死也不愿做畜生，采取同归于尽的方式向施虐者复仇，《丰作》中，蔗农们组织起来包围会社，对新的采伐规则提出抗议，这是表现下层人民不屈的精神；而《阿四》和《善讼人的故事》则是从知识分子的角度，传达出台湾人民的吼声。

《阿四》是未发表的作品，很可能因为其中颇具明显的反抗意识而不便发表。阿四从医院退职以后，顺从家人的劝说，在乡里开起诊所来。他原以为自己开业是自由的，然而殖民者强加的种种法律法规无处不在，根本没有自由可言。在先驱者的说服下，他觉悟到他所遇到的种种不平的原因所在，并知晓了补救的方法。朋友对他说："这是属于政治一方面的运动，单事政治运动，不能算是完善的方法，因为多数民众若不会共鸣是不能成功的？所以，一方面须从事民众的启蒙运动，台湾民众所受的政治上的压迫痛苦也已够了，所受官权的欺凌将到不能再忍了，吾们向大众宣传他们所受痛苦的原因，向他们表示同情，教他须求自救，他们波涌似的倾向到吾们这边来。"

朋友的启示，让阿四的欢喜"有似哥伦布的发现美洲，也似溺在深渊，将失去自浮力的时候，忽遇到救命艇。因为以前他所抱的不平，所经验的痛苦，所郁积的愤恨，一旦晓得其所以然，心胸顿觉开阔了许多"。从此，他成为一个热心的社会运动者。直到这个时候，他才觉得自己过去所构想的事业纯属虚幻，只有为大众服务，才是正当的事业、光荣的事业。

有一年暑假，东京的台湾留学生组织了一支讲演队，想为台湾民众的文化向上尽一点微力。但是"支配阶级一方面，被久来的传统思想所支配，以为民众是冥蒙无知，较易统治，若使他们晓得有所谓民权，有所谓正当的要求，晓得官民原属平等，便于他们的统治上有所不便，因为支配阶级们扬威惯了，蹂躏百姓们惯了"，所以对讲演多方阻挠，务使学生不能向民众开口，讲演队在台北就到处碰壁。阿四所在的地方青年会闻知这一情况，便不顾威胁提供场所，并为其计划一切事务，使讲演队终能向民众发出第一声呼喊。事后，当局觉得支持讲演队的人冒渎了他们的威严，找茬儿报复支持者。阿四并不因此有所畏缩，仍然热心于启蒙运动，到处讲演。

1923 年 12 月 16 日，阿四的诊所门前忽然来了一队警官，搜查抓捕，将阿四带到郡衙。阿四家人惊慌失措，到了下午才知道台湾全土"一时被检举，共有三十余人"，是因为"议会设置请愿"事件而获罪。阿四因罪状较轻，与另外十多个人，只受到三周的拘留便被释放，余者在拘留六个月后，才付于公判。"这次的裁判，司法当局受到权力的左右，已不能保持法的尊严了。三审的结果，各判为有罪。"

阿四受到这次迫害，"对于支配者非常憎恶。把关联于他们的事务，一律辞掉，决意不和他们协作。也觉得此后的压迫一定加倍横虐，前途阻碍更多。但他并不因此灰心退缩，还是向着唯一光明之路前进"。

一日，他受邀到 N 地讲演，受到救世主般的拥戴，因为民众走投无路，叫天不应，把唯一的希望维系于文化协会。阿四看到这种情况，心里不安："他想大众这样崇仰着、依赖着、期待着，要是不能使他们实际上得点幸福，只使晓得痛苦的由来，增长不平的愤恨，而又不给他们解决的方法，准会使他们失望，结果只有加添他们的悲哀，这不是转成罪过？"他站在台上，"静肃的会场，只看见万头仰向，各个的眼里皆射出热烈的希望的视线，集注在他的脸上，使他心里燃起火一样的同情，想尽他舌的能力，讲些他们所要听的话，使各个人得些眼前的慰安，留着未来的希望，抱着欢喜的心情，给他们做归遗家人的赠品"。

《善讼人的故事》是发表了的作品，但由于把背景推到了清朝，表面上不涉及现实，则能够正面向施虐者宣战。

主人公林先生是财主志舍的账房先生并兼办理一切事务。一天中午，他的一个贫苦邻居求他向头家（东家、雇主）讲一声，家人大前天就死去了，不能再放，让他先把死者埋了，买坟地的五钱银先欠些日子。如果赚不到钱，他哪怕卖掉儿子也会还清。林先生深知自己无权做主，而头家又正在午睡，但经不起丧家的苦苦哀求，便写了张字条给管山的，并嘱咐一定要努力设法还钱。

林先生听说番社（原住民）庄人，是不是生番的后裔就不知道了。邻居走后，他心里有点不安，同时又对主人的唯利是图心生反感，想起主人平时所说的话，又勾起憎恶之情。在这样的主人手下做事，实在无趣，但是为了生存又不能舍弃这份工作，想来想去，不知怎么办才好。

志舍醒来，过足鸦片瘾，问起这件事，不依不饶。林先生怒火填膺，质问头家凭什么霸占这一带山地，警告他如果不把山地归还民众，就不能过平安日子，不要以为有钱什么都不怕。面对志舍解雇的威胁，林先生无所畏惧，扬长而去。

林先生来到县城市街中心的观音亭（寺庙）里，借禅房住下，计划聚集大众的力量与志舍斗争。就从这时候起，志舍平添了无数烦恼，百姓一时不驯良起来。以前谁家死了人，先交了钱再去"做风水"，现在都埋下去了还不交钱，管山的虽然去阻挡，无奈大家不听，甚至有时还要遭受殴打。这个几万居民的城市，一日中死不少人，全都要扛到山上去埋。这是志舍一个很大的财源，现在眼看要失去了，怎会甘心？于是，他依仗钱能通神的力量，寻求官府的保护。

与此同时，林先生也向官府递交诉状，告的是志舍不应当占有全部山地做私产。他的状纸写得真好，一时被城乡的百姓所传诵。但是，百姓们的利益不等同官府的利益，林先生为百姓代言，对当官的人没有任何好处，他们又不缺少五钱银买坟地，于是"甚不以林先生的告诉为是"。况且，"究竟是钱的能力大，所以官府把百姓们不遵向来的惯例，不纳志舍的钱，便讲是林先生煽动的，用那和谋反一样重大的罪名——扰乱安宁秩序的罪，加到林先生身上，把林先生拿去坐监"。

百姓们闻讯，真的骚动起来了，尤其是大多数"无钱的人"，更为激昂，好几百人拥向县衙，要求放人。"大老爷"哄吓兼施，镇住人们，却把几个站出来与之交涉的人也关了起来。这下引起众怒，第二天不只是城里的人，乡村的穷苦百姓也成群结队地聚集到观音亭来，从这儿通往县衙的路"尽被人塞满了，各个人的面上，都现着兴奋紧张的样子，真像战争就要开始一样"。有人叫喊着："罢市！不关门的先抢他！"霎时间，从街头到街尾，全都是"乒乒乓乓"的商店关门上锁声，还有人嚷着要打进衙门去，县衙的大门竟被撞开了。

那个年代的百姓真是"凶蛮"，动不动就直接行动起来，当时的官也怕惹动了百姓，保不住顶戴（官位），只有对百姓让步，把抓的人全都放了。林先生虽然被热情的百姓解救，恢复了自由，但他对志舍的起诉，一点儿也没有结果：他一方面看见志舍雇来打手巡山，甘心把钱花在这些地痞流氓身上，也不对穷人施舍分毫同情；另一方面受大家热烈声援所激励，遂下了决心，"似有不惜牺牲，要舍身干下去的觉悟"。他上府城去告状，却还在志舍金钱的势力范围内，没能成功。随后，他在群众的声声祝福中从鹿港乘船到了福州。

连他自己都没有想到，他上省为民请命的事已不胫而走，成了福州街谈巷议的话题。一日，他在茶楼边喝茶边听茶客们谈论他的事，忽有一陌生人走过来打招呼，问明他的身份，与他一起品茶。茶毕，送他十六个字让写进诉状里去，说："当会使先生所写的增强了力量。"林先生一看，这十六个字是"生人无路，死人无土，牧羊无埔，耕牛无草"，这正是他"所想讲而想不出要怎样去表现的意思"。那人不留名姓，笑着走了，无人知道他是什么人。

过了一些时候，"我们的地方"就得到了林先生在省城打赢了官司的消息。志舍霸占的山地自然拿出来做了公墓，牧羊放牛、拾些柴草也无须再到远处去。但是，林先生的消息则一向杳然，不知所踪。

以上，我们分四个方面论述了赖和小说的思想内容。其实，这四个方面是紧紧缩结、融合在一起的。正因为有殖民者的凶残、嗜血，封建地主的贪得无厌、毫无人性，才有了人民在水深火热中的煎熬；也正是封建意识、传统陋习的愚弄，被压迫者才懦弱、驯服、不争，没有力量自救，任人宰割；但无论统治阶级如何强大，终究扑不灭民众中蕴藏着的反抗烈火。我们从台湾新文学史上看到，日本侵占时期小说尽管庞杂多样，但除了皇民化文学之外，基本内容都离不开这四个方面。换句话说，这正是日本侵占时期台湾小说的四大基本主题。

三、开风气之先——赖和小说的艺术特点

赖和小说在台湾文学史上开风气之先，不仅表现在思想内容上，而且表现在艺术形式上。赖和在创作的过程中，深深认识到，要反映新文学的新思想，旧有的文学形式不仅不能克尽其功，还成为障碍。因此，他孜孜以求，努力学习、借鉴大陆新文学成功的先例，结合台湾文学的特殊性，创造出新的艺术形式。

（一）源于生活，高于生活——鲜明而生动的写实形象系列

赖和与世界上绝大多数杰出的小说家一样，十分重视人物形象的刻画，尤其是他具有代表性的优秀作品，其主题更是通过鲜明的人物形象来体现的，且这些人物形象并非来自作者的想象，而是的的确确存在于台湾的社会生活中，存在于作家本人周围，他只是用写实的手法，将他们集中地体现在他的小说中。在他不多的作品里，主要刻画了三个形象系列：日本警察和台湾人恶棍、劳动人民、知识分子。

1. 与人民为敌的日本警察和台湾人恶棍形象系列

赖和笔下有许多警察形象，这是赖和艺术追求的一个特点。日本警察也是经由赖和之笔，最早出现在台湾乃至中国、世界文学画廊的人物形象，是最可恶、最卑鄙的文学人物类型之一。他们贪婪、残酷、蛮横、毫无人性的面目在《不幸之卖油炸桧的》、《一杆"秤仔"》、《惹事》、《不如意的过年》等篇中得到了淋漓尽致的暴露。从警察的所作所为来看，都是些泼皮无赖之徒，这并不是赖和有意丑化他们。

日本侵占时期，殖民者从日本国内招募到台湾当警察的，多为社会上没有正当职业的人，他们素质低下，人品顽劣，甚至原本就是地痞流氓。到台湾后，他们进入整个殖民统治网中，尽管是在最基层，却对老百姓有着生杀予夺的大权。赖和小说中，他们可以因为小孩的叫卖声吵了晨觉，而将孩子任意打骂关押，不让吃饭；可以因为菜贩不把菜白送给他，折断了人家的秤杆不算，还无端地诬陷人家违反了"度量衡规则"，在年关之际判监三日；可以视他们治下的人民不如他们的鸡犬高贵，任由鸡犬去祸害百姓，还诬良为盗；可以把自己莫名其妙的"不如意"随便发泄在民众头上，施以惩罚。这些揭露应该说是符合当时日本警察的总体特征的。

有人对赖和笔下的日本警察形象颇有微词，认为存在着类型化的缺点，这是事实。例如，这些小说中，警察总是一式嘴脸、一个腔调、一模一样的铁石心肠。或许在那个时代，民众眼中的日本警察就是那副德行，也可能是新文学在草创时期，作者还缺乏创作经验，更有作者身兼数职又心存积愤的缘故，无暇精心琢磨，细致描摹。然而，细细阅读之下，每篇作品中的警察还是有各自的个性特点的。

《一杆"秤仔"》中的下级巡警比较虚伪，他想白吃白拿，又故作清廉。本来，秦得参见他问花菜怎么卖，已经表示"大人要的，不用问价，肯要我的东西就算运气好"，还"择几茎好的，用稻草贯着，恭敬地献给他"，可他却"几番推辞"，让"称称看"。当看到老实的秦得参当真上秤作价，他又变色找茬儿，对方稍作分辩，他便勃然大怒，肆逞淫威，逼得秦得参走投无路。

《惹事》中的警察与盗匪无异，他无恶不作——"捻灭路灯，偷开门户，对一个电话姬（日语，小姐）强奸未遂"，"毒打向他讨钱的小贩，和乞食（乞丐）厮打"，连他养的鸡都横行霸道，糟害村民。他还反诬村民为盗，伺机报复拒绝他玩弄的妇女。他的心思特

别细密，他的鸡是什么神态、干过什么坏事、小鸡有多少只，他都一清二楚。如此，鸡的为非作歹就反衬出他这个人的品质恶劣。

《不如意的过年》是台湾以小说体裁正面刻画"查大人"形象的第一篇。在这之前，杨云萍的《光临》，主角是保正林通灵，伊田警部大人是其想要巴结并炫耀邻里的对象，本身并未出场；赖和的《一杆"秤仔"》中的那个下级巡警是将秦得参推进万劫不复深渊的最后一棒，和《惹事》中的警察一样，本身都不是作者刻意塑造的人物；而《不如意的过年》则完全是"查大人"的丑行恶态的深入状写：

岁暮时节，"查大人"原想大笔收受例行的"御岁暮"——年礼，将私蓄凑满五千，不料礼金似乎"意外减少"，又"意外轻薄"，如意算盘落空。钱还事小，更重要的是他"以为这是管辖内的人民不怕他看不起他的结果"，威严不保，心中着实愤愤不平。接连几天，他到处去寻事："对于行商人取缔的峻严，一动手就是人倒担头翻；或是民家门口，早上慢一点扫除，就被告罚金；又以度量衡规矩的保障，折断几家店铺的'秤仔'。"无非是想激怒老百姓，好以"妨害公务执行"罪加抓起几个来。一来惩戒"不良分子"，同时杀鸡做猴，让蠢民们明白他的威势与心思；二来也从求他放人的贿赂中捞取更多的好处。可恨蠢民们竟呆若木鸡，逆来顺受，"不敢有些怨言，决不能捉到反抗的表示"，即使在那些他所憎恶的社会运动家们面前，"把羊一般驯良的人民，凶横地蹂躏给他们看。他们也不敢拿出在讲演会上所说的，公理人道正义，来抗议一声"，让他无从下手，心里越发窝火——"心头的蕴怒，恰似着火的干茅，再泼上挥发油一样，蓬勃地燃烧起来"。幸有驯良的人民，可以消耗他由怒火所发生的热力，还不至把他烘成木乃伊，"这可以说是社会的幸福，始得留着这样勤敏能干的行政官"。

新年那一天，本该休息的时候。按照惯例，他总是万事不管的，即使"有人民死掉，若不是在办公时间内，要他书一个字以便埋葬，那是不可能的。纵放到腐烂生蛆，他也不顾"。可这回就特别了，他"心里头有点怒火在不断燃烧，所以发生有特种势力"，对于所谓安宁秩序，犹在关心，在街上呼喝逞威。本来元旦前后是默许赌钱玩乐的季节，人们听见他的吼叫，吓得四处逃散，他只抓着个无辜的孩子，让其指认赌钱者。孩子只会啼哭，正好做了他的泄愤对象，又打又骂，还抓到衙中去罚跪。他自己则酒瘾发作自去快活，夜来醉卧，听到孩子饮泣，兀自破口大骂："畜牲，搅乱乃翁的兴头。"然后，"呼呼地鼾在睡牢中，电光映在脸上，分明写出一个典型的优胜者得意的面容"。

窥一斑而知全豹，这些作品中的日本警察形象鲜明地反映出整个殖民统治网的凶暴、丑恶和嗜血。

前文说过，骑在台湾人民头上作威作福的不只是日本殖民者，还有台湾土产的压迫者、恶势力。赖和小说中，涉及这类人物且形象比较鲜明的有三篇。

第一篇是《补大人》。其中的主人公"补大人"是台湾警察。日本警察所有的凶残、无人性他都有，而他比日本警察还多一副洋奴嘴脸。日本人不过赏他个"候补警察"当当（台湾人不能当正式的警察），他就不知道自己的祖宗是谁了，以为做了殖民者的走狗就可以仗势欺人，对乡邻吆五喝六滥用职权，连亲娘都能动手打。

第二篇是《可怜她死了》。富户阿力是赖和人物形象系列中描绘最细致，最丰满，也是最成功的一个。他是一个"约略四十余岁的中年人，胖胖的具有一身肉，头发微秃，面团团的一脸儿肉肥到几欲堕下，眼睛很小，笑的时候只剩得一缝"。如此丑陋不堪的容貌下，包藏着一颗为富不仁、荒淫无度、既强横又卑劣的心。他始乱终弃，毫无人性地将怀有他骨肉的阿金一脚踢开，不给一分钱的赡养费，而且马上又托人"替他物色一个可以供他蹂躏的小女人"。

第三篇是《善讼人的故事》。财主志舍，仗着财势，霸占山林，欺压穷苦百姓，贪到在死人头上敛财的地步。为了五钱银子的赊欠，他就翻脸不认人，把善良正直的账房兼管家林先生赶走，毫无道理可讲。

日本警察与台湾人恶棍，虽说种族不同，但在与人民为敌这一点上是完全一致的。赖和满含憎恶、仇恨的激情，对他笔下的这些人物大力挞伐，剥开他们的画皮，凸显其丑恶的灵魂。

2. 善良而不幸的劳动人民形象系列

赖和饱蘸深情描写他的骨肉同胞、他的父老乡亲。他爱他们，了解他们，赞赏他们的正直善良，也批评他们的弱点缺陷，哀其不幸也怒其不争。因而，其笔下的各种小人物形象多姿多彩，有小商小贩、轿夫、家庭妇女、农民等，而以农民形象最为鲜明、生动。

赖和小说里的农民都是佃农，一方面具有中国农民的传统美德——勤劳、俭朴、善良、忠厚，一心希望用自己的劳动去求生存求发展；另一方面，也有小生产观念——依附于土地的保守意识，生产工具、农作物的一成不变使得他们的思想方法、行为模式易于固定，惰性因之产生。他们的眼光一般比较狭隘，有一种奴性的顺从，凡事隐忍，病态地克己，以求安宁波澜不起，尽管既存状态极不合理，他们也是咬紧牙关忍受。这些都妨碍了他们团结起来，凝成一股力量，为自身的权利和幸福而奋斗，故而只有任人宰割、听天由命。如《惹事》中的农民，对蛇蝎心肠、虎狼做派的"查大人"恨之入骨，却不愿响应有识之士的呼吁，群起而与之斗争。

《丰作》中的添福是更有代表性的一个。添福是一个有追求、有谋划的农民，他特别能吃苦，想付出自己的力气和汗水获得丰收，得到会社的奖励金，把生活提高一个档次；而他又轻信会社制订了新的采伐规则，别人都明白自己的劳动所得要被剥夺，他还在那里得意自己的甘蔗种得好，"农会的技手、会社的技师，都讲他会得到奖励金，设使被会社怎样去扣除，当然不会扣至十八万以下，所以在添福兄自己，并不怎样失望"；别的蔗农都去包围会社，与之交涉，他却不敢参加；他更懦弱，看到与会社理论的人被警察驱散押回，他"不禁在心里骇叫着，身躯也有些颤战，他本能地回想起二林事件的恐惧"，最后他丰收的甘蔗几乎被克扣光了，他除了背后骂儿声外，亦无可奈何。

《一杆"秤仔"》中的秦得参，则是作者寄托理想的正面人物形象：秦得参性本忠厚，安分守己，吃苦耐劳，但又不失是一条"硬汉"。他敢于对"大人""白拿我们的东西"表示不平，敢于质疑"做官的就可任意凌辱人民"的社会现象。他不向日本巡警低头，不甘在屈辱下苟活。遭到祸害后，他愤愤地想："人不像个人，畜生谁愿意做?!"最终，他与日警同归于尽。赖和并不是提倡这种硬拼的反抗方式，而是赞赏他"宁为玉碎不为瓦全"的英雄精神。这种精神是台湾的希望、民族的希望。如果台湾的百姓人人都像秦得参那样宁死不屈，日本人盘踞台湾的日子还会久吗？

赖和笔下妇女形象不多，但较有光彩。《可怜她死了》中的阿金，是作者着墨最多的一个，也是少有的作了相貌、性格描绘的一个。阿金从小长得"娇小可爱"，活泼，有一种"烂漫的天真"，而又性情温顺，惹人怜爱；长大后，则"娇媚"、"温柔静淑"。她被卖掉之初，并不知道自己的童养媳身份，十二岁的小女孩对未卜的前途"怀着极大的不安"，乍离父母膝下，又要忍受巨大的痛苦。但是她不敢怨恨父母，她晓得父母的艰难，她还以为是被佣来的，是来帮她父母多挣几个钱，以准备纳税，她原谅她的父母。她小小的心也还灵敏，她想：要赚人家的钱，总要听人呼唤驱使，要从顺勤劳。因为她抱着这样存心去做事，所以还得到阿跨仔官一家人的怜惜。多么懂事的孩子，让人发自内心地喜爱，更让人格外同情她日后的不幸。未来的丈夫和公公死去之后，年仅十七岁的阿金接过了养活婆婆和自己的重担，终日辛苦劳作，还赚不着一日三餐，却连叹一声气也不忍，怕让婆婆更加伤心。对租给肥胖丑陋的阿力做玩物，她满心的不愿意，但不忍心让婆婆再受苦，决定"牺牲自己一身"，跳进了这个火坑。在她怀孕被弃后，考虑的不是自己怎么办，而是婆婆会被自己拖累，"使她老人家愈走到不幸去"。直到她跌进河里爬不起来，知道自己会被淹死，仍记挂着婆婆，记挂着没出世的孩子。这样一个外貌、心灵皆美的少女，活生生被这不公的世道糟蹋、吞噬。人们从这一形象中听到了作者愤怒的抗议。

《可怜她死了》中，还有两个女性人物：一个是阿金的婆婆阿跨仔官，另一个是媒婆阿狗嫂。阿跨仔官人品不错，书中几处提到，她是个"慈祥的妇人"。她对既是养女又是童养媳的阿金，决无寻常小说戏剧中的那般恶婆婆样，而是知道怜惜、善待。可是，她也愚蠢、自私，阿狗嫂几句话就把她说服了，把花一样美好的女孩租给又老又丑、满肚子坏水的阿力，生生把阿金推进了火坑。阿跨仔官如果真为阿金好，就应该找个好人家的子弟把她正式嫁了，可为了自己有人养、有依靠，竟然变相出卖了阿金，结果不仅害了阿金也害了自己。试想，阿金死了，还会有谁来养她呢？阿狗嫂则是旧社会三姑六婆的典型形象。以她的阅历，不会不知道将女孩"嫁"给阿力这样的富户会有什么下场，可她还是昧着良心巧舌如簧，把不幸的阿金们一个个地送进更悲惨的境地。不过，她毕竟不是阿力，还有几分人性，对阿金的死还能"有些伤感"，并对阿力托她再物色一个小女人之举表示些微的不满。

《一杆"秤仔"》中，秦得参的母亲是一个十分传统的女性形象。她很不幸，儿子还没出生，丈夫就死了，孤儿寡母的，当佃农的权利都被地主剥夺了。无以为生，她只好不顾"饿死事小，失节事大"的伦理道德，听从长辈们的安排，招夫养子。然而，后夫人品不好，也不大顾家。所幸她"耐劳苦，会打算，自己织草鞋、畜鸡鸭、养猪"，才把儿子拉扯大。这是一个非常坚强的女性，逆境中百折不挠，而且又非常精明，租不到地，宁让儿子打不牢靠的短工，也不让他去给制糖会社当劳工，如同牛马一样。儿子在她的指导下一步步走得顺利。她又勤俭持家，还积下些钱来，给儿子娶妻生子。在她身上，体现了中国妇女的传统美德。

《不幸之卖油炸桧的》中则有一个"另类"传统女性形象——可恶的后娘。她没有人性地虐待继子，逼他在早上天还不亮就上街去叫卖油条，而且是在冷风里穿着单衣，卖不掉就不给饭吃。在小孩被巡警无理地打骂关押之后，她又打骂两顿不让吃饭赶出家门。这个形象，作者没像对阿金那样作正面描绘，也不似写秦得参母亲那样，用叙述的语言交代，而是通过人物的对话传达出来的。

《蛇先生》中的蛇先生是一个比较独特的人物形象，他身上有劳动人民朴实、坦率的一面，当别人询问药方时总是坦承没有，并向前来请教的西医吐露所谓蛇药的秘密，并不故弄玄虚、抬高身份；而他也有些"江湖手段"——"明明是极平常的事，偏要使它稀奇一点，不教他们明白，明明是极普通的物，偏要使它高贵一点，不给他们认识，到时候他们便只有惊叹赞美，以外没有可说了"。不过，他的"神秘"不是他自己故意制造出来的，而是社会上的迷信思想使然。

3. 多样化的知识分子形象系列

知识分子形象，在赖和的人物形象系列里最为多样化。这恐怕是因为作者本身就是知识分子，对这个阶层了解最多也最易开掘的缘故。赖和笔下，知识分子主要有新、旧两种类型。

旧时代的知识分子的理想是科举致仕。在日本人统治下，各级官员自然都由日本人充当。台湾知识分子功名之路既已断绝，做官的机会渺不可期，人生没有远大的目标，他们中的许多人由于旧式教育所养成的保守性格，不易改变传统观念，不去尽自己的所能做些对国家民族百姓有益的事，而是饱食终日、无所事事，一味儿寄情诗酒、游戏文字，用荒唐的生活麻醉自己，赖和的小说《棋盘边》中有一副对子：

第一等人乌龟老鸨　唯两件事打雀烧鸦

本来的"忠臣孝子"改作"乌龟老鸨"，"读书耕田"改作"打雀烧鸦"。这是对这些人心理追求及生活状态的最好写照，饮酒、狎妓、打麻将、抽鸦片几乎是他们人生的全部。《赴了春宴回来》中的"我"，以圣人之徒自居，实际上也是这种颓废堕落、虚无放纵之辈。赖和对他们持否定态度。

被赖和歌颂的旧知识分子也有一位，那就是《善讼人的故事》中的林先生。林先生"了解知识的积极力量，而且能维护知识所公认的真理"。他富有同情心，骨头硬，敢于仗义执言，并且有勇有谋。他明知道自己这个账房先生做不了东家志舍的主，可当农民遇到难事，他豁上自己不易得来的养家活口的职业帮助解决，继而为民请命，一面暗中发动群众，一面写状纸层层上告，即使判监坐牢，也九死不悔，"不惜牺牲，要舍身干下去"，最终为百姓夺回了被志舍霸占的山林。林先生是赖和从民间故事中提炼出来的英雄人物形象。他之所以"善讼"，一是百折不挠，二是懂得"须借仗大众的力量"。正像一位大陆学者所说："这个'大众'不仅指当地众乡亲，还包括远在海峡彼岸的祖国同胞。林先生最终渡海来到福州才得以胜诉，则寓意深长地表现了台湾与大陆母体不可分割的血肉关系。这样一个台湾知识分子的英雄形象，作者把他的时代放到了清朝——回到以历史为背景的'唐山'，在很多人看来，反而显现日本侵占下的悲哀，亦即日本殖民统治的冷酷无情。只要从'台湾议会请愿运动'的代表们屡次上东京请愿，不但没有成功，反而引发'治警事件'，便可见微知著了。"

新式的知识分子都是受过现代教育的青年，有积极进取心，有正义感，参加社会运动，努力启发民智，亟图改善现状。赖和的《阿四》、《归家》、《惹事》中的主人公就是这样的"新人"。自传体小说《阿四》中的阿四，是作者的自我形象，既继承了中国知识分子的优良传统，又兼具现代文化精神。在他的理想、希望不容于殖民社会之后，进一步认清了自己的"奴才"、"贱民"地位，积极投身到台湾的民族抗日斗争中去，虽历经磨难、迫害而终不悔。像阿四这样的人物在赖和小说中是个特例，其成长、作为指向了作者理想的方向。这证明了作者是自有明确的艺术观点和思想方向的，"但是他并不以自己的艺术观点和思想方向，一厢情愿地把他的某些人物理想化，也不将这些人物间的关系简化，所以故事的发展并不见得要指向一个理想的方向"。所以，《归家》中的"我"从学校毕业，发现殖民统治下的家乡根本就没有自己施展所学的机会，《惹事》中的"我"想发动村人与迹近流氓无赖的警察做斗争，却只能面对无人响应的悲凉。他们空有正义感、同情心，而缺乏行动力。

《一个同志的批信》中的施灰则更糟糕。从作品里看，他参加过社会运动，但已"向后转"，被笑为"落伍者"。过去并肩战斗过的同志被捕入狱生重病向他求助，他想来想去难以决断：拿钱吧，实在舍不得；不拿吧，又怕狱中之人"万一病无死，后日出来，怎有面目好相见"。最终，他还是没有伸出援助之手，而用于嫖妓的钱他倒出手大方。施灰的形象是很有代表性的：日本侵占时期台湾知识分子除了少数为求取个人之荣华富贵，甘为敌人鹰犬而丧尽天良欺凌同胞的败类外，多数人积极致力于启迪同胞知识、改造社会文化、从异族的统治下解放自己的活动。然而，"在日本总督府的严密控制下，他们或壮烈殉国，或西遁神州另谋卷土之计，日久天长，于邑牢愁，有些人难免意志消沉，甚至颓废失志"。施灰这样"向后转"的"落伍者"，在占全台人口极少数的知识分子中所占比重很大。现实的残酷浇熄了他们曾经有过的热血，自私的打算泯灭了他们救国救民的初衷，冷漠的心肠败坏了他们同志间的情谊。总之，他们虽然没有堕落到与敌人同流合污的地步，也是置民族苦难于不顾。

从以上分析我们看出，在这两种类型的知识分子身上，不能说作者没有寄托自己的理想，但除了林先生之外，没有救赎式的人物，几乎所有的人都是能忍则忍、得过且过。在日本侵占时期小说中，对知识分子以负面批评为主，但像赖和这么集中反映出来的则不多见，体现出一种强烈的自我审判意识。

（二）基于传统，勇于革新——质朴而又富于变化的情节结构

"中国古代小说在叙事时间上基本采用连贯叙述，在叙事角度上基本采用全知视角，在叙事结构上基本以情节为结构中心。"赖和小说继承了这一传统，基本上没有紧张曲折的故事情节和错综复杂的多头线索，叙事结构以单线为主，在平常、简洁的叙述中提炼富于典型意义的事件。但是这种单纯质朴的结构，又能根据内容而富于变化。比如，《一杆"秤仔"》、《可怜她死了》以时间地点开篇，交代人物的身份和身世、故事的来龙去脉，然后转至现时场景，进入故事的高潮，与《聊斋志异》里结构故事的方法颇为相似；《赴了春宴回来》用的是回忆的形式倒叙故事情节，展现一伙"圣人之徒"的丑态；《浪漫外记》截取了生活的一个横断面，以聚赌与查缉的冲突为中心线索，扣人心弦；《惹事》、《丰作》和《善讼人的故事》等篇的主人公，从一开始就站在矛盾冲突中代表公理和正义的一方，引人注目。而"无论怎样变化，可以看出，赖和始终以老百姓读小说的传统习惯为准来结构情节"。

赖和小说的叙事观点也比较传统，但不是没有变化。小说叙事观点，即叙事角度的选择，是小说结构技巧方面相当重要的一个内容。帕西·拉伯克曾说："在小说技巧中，我把视角问题——叙事者与故事之间的关系——看作最复杂的方法问题。"可见叙事观点在小说艺术中的重要性。

《一杆"秤仔"》、《蛇先生》、《可怜她死了》、《丰作》、《棋盘边》、《不如意的过年》、《善讼人的故事》等篇，采用的是中国古代小说最常用的第三人称全知叙事。叙述者对故事中的一切，包括人物的心理活动，全都了如指掌。如《可怜她死了》里面，叙述者就无所不在，无所不知。对主角阿金就不用说了，连她死前的瞬间意识都非常清楚，即便是次

要人物——阿金父母、阿跨仔官、阿力等人的想法也能一一道来。阿力对性的需求、对阿金的感觉，应该是很隐秘很私人化的东西，再怎么无耻也不会逢人便说，更不可能让阿金以主角的视点听说或观察出来，只有作品中的全知叙事者才有知道并说出的权利。全知叙事多用于人物众多、情节复杂的长篇小说，"优点是作者以旁观者的立场叙述，较为客观自由，且又面面俱到，表现作者的高度组织能力；缺点是叙述易流于散漫，结构较难严密，若用于短篇小说，有时将破坏其单一效果"。赖和使用这一方法的小说占比重最大，而且都是短篇，作者发扬了优点而避其缺点，取得了成功。

《斗闹热》、《补大人》用的是第三人称有限全知叙事观点。《斗闹热》中，叙述者冷静地观察着乡间一场赛神闹剧：事情缘何而起，各色人等怎样表演，怎么说、怎么做、扮演什么角色。至于他们怎么想的，则是用一种推断的口吻。叙述者不是全能的，他的视觉听力达不到的地方，他就无权叙说。如小说开头的一段，先写了时间、背景、环境，最后写道：

这时候街上的男人们，似皆出门去了，只些妇女们，这边门口几人，那边亭仔脚几人，团团地坐着，不知谈论些什么，各个儿指手画脚，说得很高兴似的。

男人们是不是真的都出门去了，妇女们到底在谈些什么，叙述者的知觉受到了限制，就无法告诉读者。同样，《补大人》自始至终，叙述者就好像站在路边，审视着"补大人"与其母纠纷的全过程，并根据人物的表情和言行举止判断其心理活动。而这种观察又是有限度的，作者一没有真正进入人物的心里，二没能进入一般旁观者视线到不了的地方——衙门内。"补大人"打骂母亲，是忤逆不孝，"无天无地"，其母拉他去见官以求惩戒。在衙门里是什么情景，众人无法知道，因为那里"无用之者不准进入"，所以这一班人只能在墙围外窥探消息，一两人自以为不怕，闯进内去，也只在"玄关"前徘徊，听不到什么。衙门是做官的所在，众人在此围着，也似晓得有冒渎它的尊严，且巡警大人是百姓们所顶怕的，看见有从里头出来的，大众也不待驱逐，兀自散开，等他进去，又复聚拢回来，还是不愿散归，很期望地在等待。做早点的人忘了他的生意，扫地的人，犹把扫帚握在手中，也跟到这里，有些想是方在吃饭的人，竟忘记放下了箸，许多还未吃早饭的人，并也不见有感到饥饿的样子，人们的精神完全注意到这件事来了。叙述者也似站在这些围观的百姓中间，期望"补大人"受到处罚，以抒解平素敢怒不敢言的郁闷。然而，他们失望了，虽然衙门里发生了什么，大家听不见，但见从"补大人"的母亲出来后那"含辛带楚"的诉说：

大家！请听看咧，世间竟有这样道理？说在家里才是我的儿子，到衙门做一个什么狗官来，就是什么……就可用职权来打母亲了。

你们听见过没有？世间竟有这样道理！什么威严要紧，打母亲不算什么，嘻！衙门竟会这样无天无地……

毫无疑问，"衙门"和它的爪牙沆瀣一气，蛇鼠一窝，泯灭人伦。作者采用这种叙事观点弥补了叙述者和读者之间的距离，增加了作品的真实感和亲切感，同时也便于用有限的笔墨深刻而透彻地刻画人物。

《惹事》是第一人称自知观点为主的结构，插以第三人称全知观点的一段。"我"是故事的主角，以"我"的行动为主要线索。"我"从学校毕业后无用武之地，以钓鱼消愁，与养鱼人闹了纠纷，而真正想为乡人做点事——与横行乡里的警察做斗争，又在警察的权力和乡人的冷漠面前处处碰壁。第三人称的那一段是"查大人"丢鸡并栽赃给人的故事，这是"我"在小说后半部分行为的缘由，是非常必要的，并不显得杂乱、突兀。读者可以想见，这是由"我"的观察、推测得来的。这样写既有真实感，又富于变化。

《赴了春宴回来》、《一个同志的批信》则完全是第一人称自知观点，由当事人"我"用回忆的或自言自语的方式讲述了自己的耳闻目睹和亲历亲为，把"我"的思想感受、心理活动直接而细腻地告诉读者。尤其是《一个同志的批信》，已经尝试以人物心理而不是以故事情节为小说的结构中心，标志着赖和小说已向现代叙事模式转变。可惜，从此以后，由于各种主客观原因，赖和没再创作小说，我们无法看到转变后的成熟。另外，《归家》、《不幸之卖油炸桧的》，用的是第一人称对话体。前者通过"我"与两个小商贩的对话，批评日本侵占下台湾人的无出路；后者以"我"、卖油条的小孩、警察三人间的对话，写活了警察的凶狠残暴、小孩的痛苦无告、我的同情与无所作为。

（三）真诚淳朴，简练传神——文如其人的创作手法及技巧

俗话说，文如其人。赖和真诚、淳朴、平易的性格，决定了他写小说惯用白描手法。白描本是中国画的一种技法，其特点是纯用线条勾画，不加彩色渲染，运用到文学上，就是指文字简练单纯，不事渲染烘托的写作风格。赖和"不追求曲折离奇的故事情节，只是力求按照生活面貌来描写，不夸大、不缩小、不喧嚣，不焦躁地向读者娓娓道来。唯其真挚，反而动人；唯其淡泊，反见真实；唯其平易，反而家喻户晓。在日本占据的时代里，他的作品披露的是具有典型意义的平凡的人和事，字里行间流贯着脉脉搏动的人道主义精神，回荡着凛然不可侮的民族正气，读来令人唏嘘，也教人激奋"。

在中国传统艺术中，与白描相提并论的是传神，两者是统一的。白描是方法，传神是目的。赖和小说用白描手法传出来的"神"，主要表现在通过语言和行为以及心理活动刻画而成的人物的主导性格上。例如，《不如意的过年》中的"查大人"因为过年礼金收得少，又没抓着赌，迁怒于一个儿童，把他捉来审问，还把他打哭。"旁人不少替那个儿童叫屈"，"遂有一位似较有胆量的人"为儿童说情，受到"查大人"的申斥："猪！谁要你插嘴？"结果，本来可以无事的那个儿童，被人们的同情心拖累得更不幸了。在查大人的心目中，官事一点也不容许人民过问，并且，查大人自己也觉得对这儿童有些冤屈，虽是冤屈，做官的还是官的威严要紧，冤屈只好让他怨恨自己的命运。

做官的不会错，现在已成为定理，所以就不让错事发生在做官的身上。那个儿童总须有些事实，以表明他罪有应得，要他供出事实来，就须拉进衙门取调，这是法律所给的职权。于是，"查大人"竟把那儿童拉进衙门，"喝令他跪在一边"，自己喝酒取乐去了。不知过了多久，他喝够了，便呼呼大睡。"查大人"这一反面形象的塑造重在心态的刻画，做到了精细传神、惟妙惟肖。他的个性特征经赖和毫不修饰的本色描绘，更具有普遍的典型意义，体现出日本军国主义独裁专制下殖民统治当局的本质特征。

赖和的白描技巧尽管是纯用墨色线条，但不失细腻，更增几分"传神"的效果。《可怜她死了》里，阿金在临死前，作者就有一段既朴实简练又细腻入微的描写：

是一个月明幽静的夜里，阿金因为早上腹部有些痛，衣服不曾洗，晚来少觉轻快，要去把它洗完，便自己一个人从后门出去，走向荒僻的河岸来，不一刻已看见前面有一条小河，河水潺潺作响，被风吹动，织成许多绉纹，明月照落水面，闪闪成光，空气很是清新，没有街上尘埃的气息，胸中觉得清爽许多，便蹲下去把往常洗衣时坐的石头拭干净，

移好了砧石，把衣服浸入水里，洗不多久腹里忽一阵剧痛，痛得忍不住，想回家去，立了起来，不觉一阵眩晕，身体一颠竟跌下河去。受到水的冷气，阿金意识有些恢复，但是近岸的水虽不甚深，阿金带了一个大腹，分外累赘，要爬竟爬不起来，愈爬愈坠入深处去，好容易把头伸出，想开口喊救，口才开便被水冲了进去，气喘不出，喊亦不成声，被波一涌，又再沉下去了竟那个瞬间阿金已晓得自己是会被淹死的，很记挂着她的阿母，记挂着将要出世的孩子。

不多的笔墨，把一个善良美好又被侮辱被损害的妇女形象烘托出来。

从上面的分析可以看出，赖和小说的风格是写实，写作手法偏重于客观描述，力求事情真貌的展现。《一杆"秤仔"》、《惹事》、《可怜她死了》等都是平铺直叙，顺着结构脉络做合理的推演。小说叙事的开展非常合乎逻辑，没有煽动的情节。

赖和还比较擅长使用对比手法，通过鲜明的对比使冲突白热化，进一步拓展主题的内涵。如《不幸之卖油炸桧的》中，卖油条小孩的楚楚可怜与"查大人"的凶神恶煞形成鲜明的对比；《丰作》中，添福的辛勤劳作喜得甘蔗丰收满怀希望，层层对照着遭会社克扣终无所获希望破灭的结局；《可怜她死了》中，阿金的娇媚、温柔静淑、处处为父母婆婆着想，与阿力的粗俗、丑陋、品德低劣、为一己私欲不顾别人死活，更是形成强烈的反差。

《惹事》则是在小说结构中暗寓对比。这篇小说分前后两个部分，用青年知识分子丰"惹事"的行为串联起来。

前一部分写丰毕业即失业，家里的活干不动，也还没有堕落到有闲阶级与麻将为伍的地步，成天无所事事，闲极无聊，终于想到用钓鱼排遣寂寞：他颇费心思地做好准备，找到鱼塘抛下钓钩。原以为这鱼塘的主人和他有"面识"，不怕嫌疑，哪知跳出来个自称是主人的少年不准他钓。两人起了争执，继而动手打了起来，少年还两次被推落池中。

丰扫兴地回到家里，少年的父亲来向丰的父亲告状。丰与之争辩起来，说少年泼他一身泥水，他是替其父教训儿子。这样乱来，若没有教训，碰到别人，一定会大大地吃亏，等等。丰的父亲假意训斥儿子，丰却"看见他在抑制着口角的微笑"。少年的父亲火冒三丈，嘴里叫着，"竟握紧拳头立了起来"。看到气氛这样紧张，门口围观的人中忽然钻出了几个，走进厅里来。丰一看都是和自己家较有交情的人，而且是"万一相打起来，很可助我一臂的健者"，胆子壮了许多，反唇相讥。丰的父亲赶紧批评儿子，向对方道歉，众人也打圆场，风波总算平息下来。丰知道免不了要受一番教训，及时溜到外面去，"父亲只有向着我的母亲去发话"，母亲代替丰承受了叱责。

后一部分是小说的主干，写一群母鸡小鸡祸害人家的菜园子，脚抓嘴啄，把蔬菜毁坏不少，赶走又复来。园主只是拍手跺脚地呼喝轰赶，不敢用土块掷砸。母鸡好生了得，威风凛凛地护着仔鸡，还"咽咽地要去啄种菜的脚"。直到种菜的拾起一根竹梢，轻轻向母鸡的翅膀上一击，才"挫下它的雌威"。群鸡走出菜田，一路叫着，"像是受着很大的侮辱，抱着愤愤的不平，要去诉讼主人一样"。这群鸡身世不凡，是统治这一地区的警察所养的，一人"得道"，鸡犬升天。

通往菜田的路，就在衙门边上，与衙门围墙相对的，有一间破草房，住着一个中年寡妇，靠给人洗衣服、做针线养活一对幼小的儿女。鸡群进了这草房里，把放在桌下准备喂猪的饭抓了满地。母鸡还咽咽地招呼小鸡来吃，尚不满足，又跳上桌子。桌边放着一只空篮子，盛有几片破布。母鸡在桌顶找不到什么，便又跳上篮去，不想篮子翻落到地面，把一只正在啄饭的小鸡给罩在篮里。母鸡由桌顶跌了下来，"拖着翅膀，咽咽地招呼着鸡仔，像是在讲：'快走快走！祸事到了。'匆匆惶惶地走出草厝去"。

"大人"（警察）正在院子里浇花，看到鸡群惊慌地走来，就晓得一定有事故，待一数，少了一只仔鸡，知道这一群鸡常去毁坏蔬菜，又相信他养的鸡无人敢偷，便怀疑是种菜的打死了，气势汹汹地前去责问。种菜的矢口否认。"大人"一路寻找，到了寡妇门口，听见里面有小鸡叫，走了进去。屋里并无人，鸡在篮子底下叫。他遂认定寡妇是贼，又想到有一晚，自己要向寡妇买春，竟被拒绝，还差点儿弄出事来，那未消的余愤，一时又涌上心头。天赐良机，"哈，这样人乃会装作，好，尚有几处被盗，还未搜查出犯人，一切可以推在她身上"。于是，他并不去放出仔鸡，先搜查屋子，没发现有什么可以证明寡妇犯案的证据，"大概还有窝家，这附近讲她好话的人，一定和她串通"……心里打好了主意，就让邻居去找她来。

那寡妇早晨起来，忙完了儿女，正在圳沟洗衣服，听见"大人"传唤，惶惑不安。回到家，"大人"劈头就问她偷了几次鸡，出于意外，她一时竟答不出话。面对"大人"咄咄逼人的追问，无辜的她当然要否认，对方甩手就是一耳光。她连呼冤枉，"大人"又打又骂，不由分说地抓她去衙门。

儿童们呼喊着看偷鸡的，惊动了"我"——知识青年丰。丰不相信这妇人会偷鸡，问明了情况，仔细查看了现场，推断出真相，讲给众人听，种菜的又证实寡妇去洗衣在先，鸡仔被赶过去在后。丰一面替寡妇悲哀不平，一面对那"大人"抱着反感，想起他的种种劣迹："捻灭路灯，偷开门户，对一个电话姬强奸未遂，毒打向他讨钱的小贩的悲剧，和乞食厮打的滑稽剧。"丰愈发憎恨这个警察，"这种东西让他在此得意横行，百姓不知要怎受殃"，冲动之下，"一时不知何故，竟生起和自己力量不相应的侠义心来"，想要赶走他，却又不知用什么方法。正巧保正奉了"大人"的命令，来召集甲长会议，丰决定利用这个机会。他先让极端信赖官府的保正明了寡妇的冤情，然后建议赶走这个歹徒。他设想让这次会议开不成，就一定能达到目的，并大包大揽自负责任，保正似是被说服了。丰觉得活动的结果得到出乎预期的成绩，大家都讲这是公愤，谁敢不赞成？对丰的奔走，有人夸奖，这使丰感到欣慰，同时也受到鼓舞，也就再花费一天工夫，调查"大人"的更多劣迹，准备在其上司面前揭露出来。

到了开会的那天晚上，丰从外面赶了回来，要看看大家的态度如何。他走到会场前，意外地发现里面坐满了人，正讨论给"大人"修理浴室和床铺的费用，各保摊派多少。"我突然感着一种不可名状的悲哀，失望羞耻，有如堕落深渊，水正没过了头部，只存有朦胧知觉，又如赶不上商队，迷失在沙漠里的孤客似的彷徨，也觉得像正在怀春的时候，被人发现了秘密的处女一样，腼腆，现在是我已被众人所遗弃，被众人所不信，被众人所嘲弄，我感觉着面上的血管一时涨大起来，遍身的血液全聚到头上来"。他再没有在此立脚的勇气，正想转身走开，忽被保正看见，招呼他进去坐并提供意见。丰觉得受了很大的侮辱，怒不可遏，立在门槛上不顾一切地揭露"大人"的劣迹，并连保甲长们的不近人情、卑怯骗人也一并骂到，说完调头就走。回到家里，晚饭也没吃，一夜没睡着。

第二天一早，保正来到他家，让他承认讲的是醉话，告诉他"大人"很生气，栽他三四条罪——公务执行妨害，侮辱官吏，煽动、毁损名誉，还说众人都替他说情，让他去向

"大人"赔不是。父亲埋怨他，骂他，逼他随保正一同去。丰看到形势对他很不利，恰在这时候，关于他就职的问题，学校有了通知。他便向母亲要了旅费，行装也不带，就走向"岛都"。

对主人公丰的两次惹事，父亲与乡邻们是两种态度。第一次，丰的确有点无事生非，欺负弱小，不经人家同意，便在人家的鱼塘里钓鱼，还把个十三岁的孩子推下塘去。人家上门理论，他浑不讲理地倒打一耙，父亲并未真心教训他，轻描淡写地说两句做给人看，邻人也拉点儿偏架。之所以有这种不公平，恐怕与丰惹的是个养鱼的、身份地位比较低不无关系，尽管是他自己做错了。可是当他仗义执言、抗议强权、为民请命的时候，却遭到乡人的背弃、父亲的责骂，最后不得不离家出走。因为他这回惹的是"大人"，是"不知死活，生命在人手头"。通过这种对比，作品向读者揭示了：这世道是没有是非的，只有利害。

这种种对比更突出了人物的性格，使作品的主题思想得到了升华。

赖和小说更突出的艺术手法是讽刺，而且运用得相当高明。他一般不从作者的角度去看讽刺的对象，也不借故事中其他人物之口去明示讽刺对象的可笑，而是让丑角们自我表演，在权力与愚蠢之间摆荡，自行暴露其短处，出够洋相。《不如意的过年》中，"查大人"对年礼的减少甚为不满，闲坐在办公室里，愤愤地想："这些狗，不！不如！一群蠢猪，怎地一点聪明亦没有？经过我一番示威，还不明白！官长不能无些进献，竟要自己花钱吗？"收受贿赂视为理所当然，还理所当然地认为这钱应该由辖区的人民出，这就是自诩"伟大"、"勤敏能干"的"查大人"的卑鄙龌龊的心态。本来在休息日，他是"万事不管，虽使有人民死掉，若不是在办公时间，要他书一个字以便埋葬，那是不可能的。纵放任到腐烂生蛆，他也不顾"。可是，这回的新年，他就特别了，在默许赌钱的日子去抓赌，没抓着，竟施虐于一个无辜的孩子，叙述者还不动声色地说："查大人为公心切，不惜牺牲几分钟快乐。"这种不动声色中所含的嘲讽意味特别强。

赖和的小说比较喜欢夹叙夹议，用议论交代时代背景、社会现状，并对人情世态作出深入的分析，往往是在议论中展开故事情节。《不如意的过年》、《蛇先生》、《雕古董》、《棋盘边》、《辱?!》等都是"用洗练、传神的笔触刻画人物的音容笑貌，行文中又抑制不住自己发表议论。虽是夹叙夹议，读来却动人心弦"。例如，《辱?!》说到乡亲们看戏，忍不住加入了作者的主观评价议论：

戏是做侠义英雄传，全本戏，日夜连台，看的人破例地众多。我想是因为在这时代，每个人都感觉着：一种讲不出的悲哀，被压缩似的苦痛，不明了的不平，没有对象的怨恨，空漠的憎恶；不断地在希望着这悲哀会消释，苦痛会解除，不平会平复，怨恨会报复，憎恶会灭亡。但是每个人都觉得自己没有这样力量，只茫然地在期待奇迹的显现，就是在期望超人的出世，来替他们做那所愿望而做不到的事情。这在每个人也都晓得是事所必无，可是也禁不绝心里不这样想。所以看到这种戏，就真像强横的凶恶的被锄灭，而善良的弱小的得到了最后的胜利似的，心中就觉有无上的轻快。有着这种理由，看的人就难怪他特别众多……

接下来几段，议论和叙述交替进行，对警察的"滥肆权威"做了较为透彻的揭露和愤怒的抗议。不过，议论用得太多，影响了作品的形象性，不够生动，这是赖和小说的一个缺点。

赖和小说在艺术上另外的缺点是早期创作细节描写不够，也粗糙，比较侧重于事件的展开，没能向纵深挖掘，没能把所描写的事物放在更广阔的社会背景中去考察，多数作品中的人物形象刻画还嫌粗浅，比较类型化，个性差别不太明显。在这方面，赖和自己肯定也有认识，他以不懈的努力加以克服，后期作品就有较大进步。1931 年的《可怜她死了》、1932 年的《惹事》，技巧已较前成熟很多，"已具备相当现代的手法"了。

（四）白话行文，穿插方言——个性化的语言特色

赖和的小说都是两万字以内的短篇，基本上是平易的白话文，而且后期的作品比早期的更通顺，更口语化。他的作品不卖弄花哨，也没有华丽的词藻，多是日常生活用语，文字浅显，多用常见字。他不用长句，只用短句，用逗号（当时为"、"）"把主句和各种副句或副词片语间隔，使句子的意义明朗化，不易使人误解。所以念起来相当顺口，并无噜嗦的感觉"。

赖和小说在语言文字方面最大的特色，是在白话行文中穿插台湾土语（或曰闽南方言），主要表现在叙述、议论以白话为主，杂有方言词汇，而人物对话则多用方言。这样就使得对话生动具体、真实可感，符合人物的身份和当时的状况，并具有浓郁的地方色彩，让熟悉这种语言的台湾民众读来感到亲切，易于接受。不过，赖和小说中的人物对话也不是都用方言，像《赴会》，主人公"我"在火车上先后听到的两段对话，就截然不同。

第一段是一个绅士模样的日本人与另一个绅士模样的台湾人的问答：

"到底这个会的本体怎样？"

"我也不大明白，是在要求做人的正当权利。"

"台湾人？"

"没有只限定在台湾人的条文，所以若感觉到做人的权利有被剥夺的人，不论谁，一定是可以参加的……"

"那么，台湾人应该有多数的参加者，我想知识阶级必定全入。"

那日本人又问。

"却也不见得是这样，有些人还以为是无事取闹，在厌恶他们，回避他们。"这是台湾人的回答。

"我可不信！"那日本人似有些失望。

"这是别有它的原因，那些人是绝对依赖官厅，以为到不可知的将来，官厅一定会把台湾人的地位改到完善美好不用去请愿要求，阻挠着改善的进行，而且这些人若想要参加，恐怕失去现在所得的利益名誉，若不参加，明白地表示自己不是和一般民众站在同一立点上了嘛，可以讲是背叛民众，这样使那些人为难，也莫怪他们咒诅。"

"中小市民和农民两大民众怎样？"

"这些方面似有些得到欢迎，因为这些民众，在生活上所受到的不平苦痛，蕴蓄得很久了，被他们披露一点，自然是会信仰他们、倾向他们，以为他们会争来幸福赐给一般大众。不过，大众的知识是很低，不晓得政治是什么。他们所希望的只是生活较自由点，对这点不须施予，官厅可以不用多大的价值，便能得到很大的效果。这只要把对日常生活上的干涉取缔放宽一点，大众便满足了。"

"这样，他们一定热烈地干下去，有这大众为他们做背景。"

"却也不见得，那些中心分子大多是日本留学生，有产的知识阶级，不过是被时代的潮流所激荡起来的，不见得有十分觉悟，自然不能积极地斗争，只是三五不时开个讲演会而已。"

另一段是几个农民的交谈：

"横逆都无块去讲，驶伊娘！"

"你的有几甲？"

"一甲四分外，开垦三年外，到今年稻仔才播得起。"

"你去问了怎样？那所在的人另有什么方法无？"

"所讲农组的人出来在奔走怎样？"

"犹还是无法度，已经拂下给他们了，那样容易就要取消。"

"不是讲还打下底作？"

"那驶娘恶爬爬，不时来赶来迫，也不是害。"

"不能向他们请求些开垦的费用？"

"讲多容易！他们还要催讨前几年的小作料。"

"有的不是闹到法院去，后来安怎？"

"法院是有路用？！法是伊创的。"

"咱是应该做猪做狗，连一些可吃的，要不是被剥夺精光，打算伊是不情愿的。"

"开山的痛都还未止，开荒的又在哀荷。"

"真正着无法度？！"

"有问那讲文化的看？"

讲话者的身份不一样，所操语言就有区别。前段中的台湾人是进步的知识分子，可以讲多种语言，他的话只带个别台语，如"官厅"、"立点"、"咒诅"、"三五不时"，其立场、倾向、学识都从语言中透露出来。后段中则是下层社会的百姓，素来只讲台语，作者便实录他们的口语方言，把他们的身份、阶层、性情通过对话表露得恰如其分，使读者如见其人，如闻其声。

赖和还喜欢在小说中使用一些台湾俚语、俗语、谚语，以强化大众化的乡土文学性格。举《斗闹热》中的例子如下：

团仔事惹起大人代 —— 因小孩子的纠纷引起大人们的不和。"代"，或为"代志"，闽南语，事情之意。

俭肠捏肚也要压倒四福户——再怎样节衣缩食、克勤克俭，也要赢过那些富贵人家。

头老醉舍——头老，地方上的贤老、头面人物；醉舍，有钱的乡绅、地主。

树要树皮，人要面皮——比喻人要面子。

狗屎埔变成状元地——毫无用处的土地忽然变成了黄金地皮。

死鸭子的嘴巴——指嘴硬不认输，强词夺理。

在赖和的多数作品中，方言口语使用得当，的确生色不少，但过多或完全使用方言的篇目，诘屈聱牙、晦涩难读是难免的了。

赖和还相当重视拟声词的运用，如：《斗闹热》中用"快快快快"模拟响亮急促的铜锣声，把迎神赛会的热闹劲儿烘托出来；《惹事》中用"蝈蝈蝈"模拟鸡叫，写活了"鸡仗人势"的神气和霸道；《棋盘边》用"嘎嘎"的拖鞋声、"恰恰"的烧水声、"哈呛"的喷嚏声、"哈哈哈"的笑声、"啪啪啪"的下棋声等等，道尽了在国土沦陷、民不聊生的时候，一帮知识分子懒洋洋地跶着木屐拖鞋、打着因抽大烟而导致的喷嚏、百无聊赖地玩着麻将、甩着棋子、过着纸醉金迷生活的众生相。

【第三章】

"战斗文艺"与乡愁文学

第一节　台湾新文学的重建概述

1945—1949 年，是台湾文学的重建时期。1945 年，抗日战争全面胜利，台湾结束了长达 50 年的日本殖民统治，重新回到祖国的怀抱。由于在殖民统治时期日本殖民当局在台湾禁止使用汉文，强制推行日语，"下令撤废全台学校的汉文科，一律以日语为必修课，各报刊废止汉文栏，发布种种禁令和惩罚措施，强迫台湾人民使用日语"。到 1944 年，全台的日语普及程度已达 71％，能够用中文写作的作家所剩无几，文坛更是一片荒寂。因此，台湾文学发展的重建工作迫在眉睫。

由于光复初期台湾社会也在经历着剧烈的变化与动荡，文学重建工作起步维艰。究其原因，主要有如下两个方面：

一是政治原因。光复以后，台湾虽然脱离了日本殖民统治，但殖民地的遗留问题仍困扰着台湾的方方面面。战争期间，日本帝国主义把台湾作为后方基地，从人力、物力、财力等多方面对台湾大肆掠夺；日本投降前夕，美国空军又狂轰滥炸，直接影响到光复后台湾经济的发展。而国民党接收台湾后，政治腐败，贪污成风，进一步加剧了台湾的危机。国民党政权出于内战需要，在思想上进一步加强对台湾民众的钳制，政治和经济环境更加恶化，造成台湾历史上空前的经济危机。到 1946 年底，90％的工厂停工，大部分农村土地荒芜，通货膨胀、物价飞涨，台湾人民生活再度陷入困境，直接导致了 1947 年台湾的"二·二八"起义。起义被镇压后，台湾全岛处于白色恐怖之中。广大作家失去了安定的创作环境，对未来也失去了信心，他们更无心从事创作了。

二是作家自身原因。日本殖民统治期间，进步作家队伍遭受严重摧残，创作队伍残缺不全，而且由于日本殖民者长期实行同化政策，多数作家只能用日文写作。光复后改用汉文写作，不少作家难以适应。像吴瀛涛、陈千武、詹冰、林亨泰、锦连、肖翔文等这些日本侵占时期的重要诗人，光复后因重新学习汉语致使创作一度停止。

光复初期的台湾文学，在祖国大陆作家和台湾作家的共同努力下，经过艰难重建，也逐步取得了一定的成就。

首先，在作家队伍的建设上，台湾回归祖国后，远居日本、南洋和祖国大陆的台籍作家以及祖国大陆的文人、学者相继赴台，使得文学创作队伍得到迅速扩大。当时影响比较大的主要有以下几类作家：

一是坚守台湾文学阵地的台籍本土作家。这些作家主要有杨逵、吴浊流、龙瑛宗、吕赫若、吴瀛涛、王白渊、张文环、陈绍馨、黄得时、吴新荣、廖汉臣、杨守愚、叶荣钟、杨云萍、朱点人等，他们早在日本侵占时期就已久负盛名。而新成长起来的文学新人有叶石涛、黄昆彬、邱妈寅等。这些作家由于在日本侵占时期强令禁止使用中文，大多只能用日文写作。有些人即使略通汉语，也不太熟练，无法在光复后立刻改用汉文写作。有些作家只好请人将日文稿翻译成中文发表，最后才过渡到用中文写作。此外，杨逵、王白渊、朱点人等，因为触犯时禁而身陷牢笼，无法执笔进行创作。本时期相对活跃的作家有杨逵、吴浊流、龙瑛宗等。吴浊流的长篇小说《胡志明》（以后改名为"亚细亚的孤儿"），中篇小说《波茨坦科长》，短篇小说《先生妈》、《陈大人》等都是本时期文学的重要收获。作者在这些作品中无情挞伐知识分子中的民族败类，表现台湾知识分子在严酷而黑暗中的追寻和探索，以及光复初期台湾人民对当局的失望和怨怼。此外，龙瑛宗的《从汕头来的人》、邱妈寅的《叛徒》、叶石涛的《三月的妈祖》等都是这一时期较突出的作品。

二是光复后从祖国大陆回到台湾的台籍作家。这些作家主要有张我军、洪炎秋、王诗琅、钟理和、蓝明谷等。这些作家，除钟理和外大多担任社会公职：张我军先后任台湾省教育会编纂组主任、台湾茶叶同业公会秘书、台湾省合作金库业务部专员等职，洪炎秋任台中师范学校校长，王诗琅先后任《民报》编辑、中国国民党省党部干事、台湾通讯社编辑主任、台北市文献会编纂等职。也许是公务繁忙的缘故，或许是创作环境的问题，这些作家在这一时期的作品并不多。

三是移居台湾的祖国大陆作家。台湾光复后，为了早日帮助台湾人民在思想、文化上摆脱日本奴化教育的遗毒，迅速跟上祖国前进的步伐，抗战结束不久，一批祖国大陆作家先后来到台湾，参与台湾文学的重建工作。这些作家影响较大的有许寿裳、台静农、黎烈文、李何林、李霁野、雷石榆、何欣、歌雷（史习枚）、扬风、骆驼英、欧坦生（丁树南）等。他们为台湾回归初期台湾文化和文学的建设做了大量的工作，先后编辑出版各类启蒙书籍，翻译出版世界名著，研究整理台湾文献资料，编辑初、中等教科书，等等。许寿裳在台湾共发表了《亡友鲁迅印象记》、《我所认识的鲁迅》等5篇有关鲁迅的专论，出版了《鲁迅的思想与生活》等著作，积极宣传鲁迅精神，肃清日本殖民思想遗毒，重建台湾文化的中心理念。欧坦生的短篇小说《沉醉》、《十八响》和《鹅仔》也是本时期最优秀的文学作品之一。

其次，全面更新战前的文学阵地。在文学创作园地建设上，在杨逵、朱点人、杨云萍、游弥坚、王白渊、许乃昌等人的共同努力下，创办了一批有一定影响的报纸杂志，为台湾文学的重建做出了重要的贡献。

第一，各种文化类、文学类杂志的创办给台湾文学的重建提供了重要的阵地。

台湾回归祖国后，文学创作园地得到进一步发展，回归初期可供发表文学作品的杂志和报纸种类逐步增多，比较有影响的报纸杂志有《台湾文化月刊》、《新新》、《台湾月刊》、《文学小志》、《台湾文艺》、《文化交流》、《潮流》、《宝岛文艺》、《一阳周报》、《创作》、《新知识》等。这一时期，出现的这些文化和文学方面的杂志虽然匆匆地出现，又很快地消失，但在一定程度上为台湾文学的重建发挥了重要的作用。

《台湾文化月刊》是1945年11月18日由游弥坚、许乃昌、陈绍馨、林呈禄、黄启瑞、林献堂、林茂生、杨云萍、李万居、苏新等成立的"台湾文化协进会"创办的一个文化杂志，共发行 6 卷 27 期。其宗旨是沟通海峡两岸文化，消除日本文化的影响。它虽是一个文化刊物，但其中登载文学方面的文章较多。许多台湾作家和祖国大陆来台的作家，如杨云萍、洪炎秋、吴新荣、杨守愚、吕诉上、吕赫若、廖汉臣、黄得时以及许寿裳、台静农、李何林、李霁野、黎烈文、袁珂、雷石榆等，都在这个刊物上发表过作品。许寿裳的《鲁迅的思想与生活》等重要作品就是在这个刊物上发表的。

《新新》是由台湾民间人士新竹县的黄金穗创办的一个综合性文化刊物。从 1945 年 11 月创刊至 1946 年 11 月停刊，共发行 8 期。该刊中、日文并行，发表了龙瑛宗的《从汕头来的人》和吕赫若的《月光光——光复以前》等小说，成为此时期台湾文学的重要园地。其他作家，如江肖梅、吴瀛涛、王白渊、吴浊流等都曾在这个刊物上发表过文章。

此外，台湾省行政长官公署宣传委员会主办的刊物《台湾月刊》也开辟有"文艺"专栏，每期登载 3 篇文学或艺术方面的文章；朱点人等创办的《文学小志》，林紫贵等创办的《台湾文艺》，杨逵等创办的《文化交流》、《一阳周报》，银铃会创办的《创作》、《新知识》，以及 1949 年 9 月创刊的《宝岛文艺》等都发表过不少文学作品。

另外，本时期祖国大陆的杂志，如上海的《文艺春秋》和《新文学》等也刊登了不少台湾作家的作品。《文艺春秋》上先后登载了欧坦生的《泥坑》、《训导主任》、《婚事》、《沉醉》、《十八响》、《鹅仔》6 篇小说和杨云萍的 20 首诗，《新文学》上也先后刊登了范泉的《论台湾文学》和赖明弘的《重见祖国之日——台湾文学今后的前进目标》等。

第二，报纸副刊也大量刊登文学作品，为台湾文学的重建助一臂之力。

台湾回归初期，发表文学作品的主要园地还有报纸的副刊。当时比较重要的报纸《新生报》、《中华日报》、台中《和平日报》、《自立晚报》、《公论报》、《国语日报》等副刊都大量刊登文学作品，促进了台湾文学的重建和发展。

《新生报》于 1947 年 5 月 4 日创刊，辟有文艺副刊《桥》，共出版 223 期。台湾作家和祖国大陆作家均在《桥》上发表作品，该刊号召本省作家和外省作家"加强联系与合作"。这个副刊发表了蔡德本的《苦瓜》、黄昆彬的《美子与猪》、邱妈寅的《叛徒》、王溪清的《女扒手》、谢哲智的《拾煤屑的小孩》、叶石涛的《三月的妈祖》等小说，为当时的作家们提供了一个广阔的园地。此外，《新生报》还有《新地》和《文海》等副刊，也登载了不少文学作品和评论，其中《新地》就出版了 105 期。1947 年 11 月 7 日，欧阳明在《新生报》副刊《桥》第 40 期上以"台湾新文学的建设"为题发表文章。1948 年 3 月 4 日，著名作家杨逵参与讨论，在《桥》第 96 期发表了《如何建立台湾新文学》一文。一场"如何建设台湾新文学"的论争在台湾文学界才真正开展起来。这场论争以《新生报》副刊《桥》为主要阵地，先后有几十位作家参与了讨论，发表了数十篇文章，为台湾文学的重建发挥了重要作用。

《中华日报》创刊于 1946 年 2 月 20 日，光复初期的日文版开辟有文艺专栏，由著名作家龙瑛宗主编，共出版 40 期。龙瑛宗、吴浊流、吴瀛涛、王育德、叶石涛、邱妈寅等台湾作家先后在此刊物上发表过作品。1946 年 11 月，中文版副刊《新文艺》创刊，此时由于台湾作家大多还不能用中文创作，在该刊物上发表作品的则主要是祖国大陆来台作家。

1946 年 5 月创刊的台中《和平日报》，其前身为当地驻军的《扫荡简报》。但由于该报聘任的王思翔、周梦江、楼宪等主要编辑人员均为失业或受国民党地方酷吏迫害而逃离家乡、到台湾求职的浙江文学青年,对国民党的黑暗统治十分不满,再加上在筹办该报时受命广泛结识台中地方文化界人士,因此得到了杨逵、谢雪红等本地进步人士的支持。这使得本为军方报纸的《和平日报》在某种程度上发生了变质和转向。其《新世纪》、《新文学》、《每周画刊》等副刊,发表了大量中国现代著名作家的作品,成为促进海峡两岸的文化汇流、抨击时弊、倡导战斗的现实主义的园地。

除了上述三种报纸的副刊之外,1947年10月创刊的《自立晚报》、《公论报》和1948年12月创刊的《国语日报》也是当时文学作品发表的重要园地。《自立晚报》"开辟过多种文艺栏目,发表过数量相当可观的文学作品"。《公论报》"辟有文艺周刊,初名'新诗',后改名'日月潭';此外,还辟有双周刊'台湾风土',一度颇有特色"。《国语日报》"以推行国语,普及教育为宗旨。报面文字采用注音,以中小学生为主要读者,亦刊登一些通俗文学作品,对战后台湾文学的振兴起了不可忽视的作用"。

此外,这一时期出版的各种报纸,如《鲲声报》、《民报》、《人民导报》、《台湾民声报》、《大明报》、《自由日报》、《更生日报》、《南方周报》、《大汉日报》、《华报》、《精忠报》、《台湾人报》等,也或多或少地登载了一些文学作品。

总的来说,虽然重建时期台湾作家队伍得到进一步壮大,文学园地也有较大发展,然而由于国民党当局为"稳定时局"而施行政治高压政策,台湾文学的重建遭受到重大的挫折,许多作家遭受迫害:许寿裳被人残暴地用斧头砍死,朱点人冤死狱中,歌雷、杨逵、王白渊等则身陷牢笼,李何林、李霁野、雷石榆、骆驼英等人被迫离开台湾返回祖国大陆。因此,台湾在光复初的四五年间,文学创作活动也还相当沉寂,曾被称为"文化沙漠"。

第二节　"战斗文艺运动"概述

"战斗文艺运动"是国民党政权溃败台湾后,为适应其政治需要而推行的一场反共文艺运动。1949年,国民党当局退居台湾,他们为了巩固在台湾的统治地位,推行"反共抗俄"、"反攻复国"基本"国策"。从50年代初开始,实施"战时紧急戒严令"。1950年5月,国民党当局指令张道藩出面,召开了所谓的"全国文艺协会"第一次大会,强调台湾文艺家的"天职",就是要把"反共救国"作为"神圣"的任务,文艺作品要充分表现"战斗精神",在全台全面开展一场"战斗文艺运动"。随后成立了以张道藩为主任委员的"中华文艺奖金委员会",组织了文论、小说、散文、诗歌、戏剧、电影、音乐、美术、舞蹈等10个评委会,并确定以"反共抗俄意识"为主要评选标准。同时,还创办机关刊物《文艺创作》,为反共作品提供发表园地。于是,"战斗文艺运动"正式拉开序幕。到50年代中期,"战斗文艺运动"达到高潮。此后,随着政局演变和"反共文学"的衰退,"战斗文艺"到60年代渐趋衰微,走向没落。

国民党当局推行的所谓"战斗文艺运动"大致经历了三个阶段:

第一阶段是"战斗文艺运动"的酝酿和发动阶段,时间从1949年11月至1950年初。

早在 1949 年 10 月，国民党当局便通过台湾《新生报》展开了关于"战斗文艺"的讨论。《民族报》副刊主编孙陵是"战斗文艺运动"的急先锋。他在其发刊词《文艺工作者的当前任务——展开战斗，反击敌人》一文中，要求文艺界要站在"战斗前列"，"创造士兵文学！创造反共文学！真正认识自由、保卫自由的自由主义文学"。这篇发刊词也由此被认为是台湾"反共文艺运动的第一篇论文"。1949 年 11 月，他又受国民党"宣传部"代部长兼台北市"文化运动委员会"主任任卓宣的约请，写了一首《保卫大台湾歌》的歌词，得到官方广为宣传，由此拉开了"战斗文艺"的序幕。

《新生报》副刊主编冯牧民（风兮）也提出了"战斗性第一，趣味性第二"的征稿原则。他还积极配合国民党当局推行"战斗文艺运动"，通过举办"文艺作家座谈会"、"副刊编著者联谊会"等一系列活动，使"战斗文艺"逐步跃居前台。在《民族报》副刊和《新生报》副刊的鼓吹与带动下，台湾的《中央日报》、《中华日报》、《全民日报》、《经济时报》等报的副刊以及《半月文艺》、《宝岛文艺》、《野风》等文艺刊物，都改变了征稿范围和办刊原则，尽量突出具有反共意识的作品，自动或被迫地带上了程度不同的反共色彩。

这个阶段，"战斗文艺运动"还处在酝酿和计划之中。由于国民党当局刚溃退台湾，惊魂未定，还来不及制订出详细的文艺政策实施计划，所以"战斗文艺"的口号尚不统一，影响层面也有限。

第二阶段是"战斗文艺运动"的泛滥阶段，时间从 1950 年初至 1956 年。1949 年 12 月 7 日，国民党政府迁到台湾后，为了用"反共复国"和"反共抗俄"的口号统一极度混乱的思想，给惊魂未定的人们一点精神安慰和寄托。"战斗文艺"运动很快被纳入官方的统一施政体系之中，并通过官方的大力鼓噪和具体措施，力图在文学、影剧、美术、音乐、舞蹈等文艺领域发挥文艺的战斗精神，加强"战斗文艺"的创作与活动。这个时期，由于国民党当局对"战斗文艺"进行官方奖励和大力扶持，加强对民间文艺团体的领导，使"战斗文艺"在 50 年代中期进入泛滥发展阶段。

首先，实施官方奖励，大力扶植"战斗文艺"队伍。国民党政府刚到台湾不足半年，便于 1950 年 4 月成立了"中华文艺奖金委员会"，由国民党的"立法院"张道藩担任主任委员，"中宣部长"张其昀、"教育部长"陈雪屏、"立法委员"陈纪滢等国民党高官也在这个委员会中担任要职。他们制订了"文奖会"的宗旨与原则：要以"奖助富有时代性的文艺创作，以激励民心士气，发挥反共抗俄的精神力量"；鲜明地提出"本会征求之各类文艺创作，以能应用多方面技巧发扬国家民族意识及蓄有反共抗俄之意义者为原则"。征文的具体内容则主要限制于两个方面：一是所谓反共志士同共产党做斗争的经过；二是表现国民党的军中生活，主题指向皆为"反攻复国"。在"文奖会"上述原则的鼓动、怂恿和诱惑下，"战斗文艺"泛滥成灾。据统计，在"文奖会"存在的 7 年中，共办过 17 次评奖，7 年中有 3000 多人投稿，作品近万件，获奖作家 120 人，从优得稿酬的作家在 1000 人以上。仿效此法，随后设置的"国防部总政治部"的"军中文艺奖"、"教育部"的"学术文艺奖"、"反共救国团"的"青年文艺奖"、国民党中央党部的"中山学术文化奖"等，都从物质上给"反共文艺"打气。在国民党当局高额奖金的诱惑下，"战斗文艺"作家高密度生长，以致一些原本与文艺无关的人也挤了进来。"战斗文艺"作品更是无节制泛滥。仅 1950—1953 年这 3 年，从事"战斗文艺"写作的作家便多达 1500—2000 人，并出版长篇小说 10 余种,中篇小说 20 余种,短篇小说近 30 种,诗集约 20 种,剧本约 20 种,漫画与歌曲 10 余种,合计 120 多种。一时间,"有关战斗文艺的理论和创作,蔚成一大风尚。各报副刊和文艺刊物,都竞相发表此类文稿",使台湾文学艺术"真正地成为战斗的巨流"。

其次,通过官办"民间"文艺团体创办文艺刊物,将作家纳入"战斗文艺"运动的组织网络之中。1950 年 5 月 4 日,由张道藩、陈纪滢、王平陵发起成立"中国文艺协会"(简称"文协")。这个协会是官方最具代表性、规模最大、影响力最强的文艺机构。它控制了台湾文坛 10 年之久,有"文协十年"之称。在总会下设立小说、诗歌、散文、音乐、美术、话剧、电影、舞蹈、摄影、文艺评论、民俗文艺、国外文艺、大陆文艺、文艺翻译等 19 个委员会,还在高雄市、台中市及澎湖等地设立了分会,会员达 1600 余人。"文协"在名义上是民间社团,本质上它所充当的是执行官方文艺政策的御用机构。正如台湾学者郑明娳所批评的那样:"文艺协会形同不具备法定地位的官方组织,完全笼罩在政治的气氛下,继续暴露御用性格,乃至将文艺视为对中国大陆进行心理喊话的工具,和文艺本身品质的发展逐渐脱节。"

在 50 年代的"战斗文艺"运动中,国民党当局是以"文奖会"和"文协"两大团体为中心,在统一领导、严密配合之下开展活动的。"文奖会"在物质上以高额的奖金为诱惑,引导作家创作所谓的"战斗文艺"作品;"文协"则以民间组织的形式,通过倡导或协助各类文艺函授学校、研习班等手段,不断扩充反共"战斗文艺"队伍。在"文协"的带动下,1951 年以后,在文学、音乐、电影、诗歌、舞蹈等领域,出现了大量的由官方资助的文艺团体,形成反共"战斗文艺"创作的大本营。如"中国青年写作协会"1953年成立时仅 256 人,5 年后会员竟达 3000 多人,而"笔友会"更是高达万余人。此外,1955 年 6 月 5 日成立的"台湾省妇女写作协会"成立时拥有会员 300 多人,也"以实践三民主义,增强反共抗俄力量"为宗旨,是"战斗文艺"在妇女界的代表。

不仅如此,台湾国民党当局对这些所谓的"民间"文艺团体的重要角色还委以重任,让他们担任当时最有影响力的报纸副刊和文艺杂志主编,几乎占领和垄断了所有的文艺发表园地。如《文艺创作》、《半月文艺》、《火炬》半月刊、《新文艺》、《文坛》月刊、《绿洲》半月刊、《中国文艺》、《晨光》、《文艺月报》、《军中文艺》、《幼狮文艺》等刊物成为"战斗文艺"的主要园地。与此同时,当时影响比较大的报纸副刊,诸如《中央日报》、《新少报》、《民族报》、《公论报》、《新生报》亦成为"战斗文艺"运动推波助澜的主力军。于是,"战斗文艺"运动垄断台湾文坛长达 10 年之久。

第三阶段是"战斗文艺运动"的跌落期,时间从 50 年代后期至 60 年代中期。台湾国民党当局大力推行"战斗文艺"完全是出于政治需要,其目的是遮盖失败的耻辱,掩饰历史真相,转移台湾民众的视线,激起台湾人民对共产党的仇恨,为其"反共复国"的政策服务。然而,随着"反共复国"神话的破产,"战斗文艺"运动也逐渐走向衰亡。

早在 1957 年,"战斗文艺"运动达到泛滥高潮之际,便已开始出现了日趋衰落的颓势。随着国民党对"战斗文艺"政策的调整,"战斗文艺"运动改由蒋经国担任"国防部总政治部主任"的军中系统出面贯彻执行,而张道藩领导的"中华文艺奖金委员会"因经费断绝而撤销,"文协"则成了外围的配合执行部门。"战斗文艺"运动的重心转到军队。于是,"国军新文艺运动"口号在 60 年代逐渐取代了"战斗文艺"运动。

　　"国军新文艺运动"实际上是 50 年代"战斗文艺"在军中的继续，是"战斗文艺"运动走向衰落的一针强心剂。60 年代，尽管蒋介石亲自领导"战斗文艺"纲领的制定，台湾军界逐年召开"国军文艺大会"，不断扩大"军中文艺金像奖"的颁奖范围，但是随着"反攻大陆"政治神话的一再破灭，导致民众对国民党当局"反共复国"国策的现实质疑，加之自由主义思潮，特别是西方现代主义思潮的涌进，冲蚀了官方政策文学的基础，更重要的是"战斗文艺"概念化和八股化的创作弊端，不仅遭到了社会读者的普遍唾弃，也使其自身陷入了万劫不复的境地。在这种背景下，"战斗文艺"所依赖的政治基础发生了动摇。读者的普遍厌弃和作家的日益冷落，使得 50 年代"战斗文艺"的泛滥之势早已成为明日黄花。因此，尽管国民党当局不断发起"战斗文艺"运动，制定出官方宰制的文艺政策，但最终没能挽救"战斗文艺"急剧衰落的命运。

　　简言之，"战斗文艺"盛行于 50 年代，纯粹是充当国民党当局"反共复国"的宣传工具，完全失去了艺术价值。由于这种文学的欺骗性和八股化而逐渐为人所厌倦，"反共文学"到 60 年代渐趋衰微，一蹶不振。

第三节　反共文学的猖獗和衰落

　　在国民党当局推行的所谓"战斗文艺运动"背景下，五六十年代的台湾文坛出现了大量的"反共文学"作品。当时，作为"反共文学"的中坚力量主要由两部分作家组成：一是国民党政界作家；二是国民党军中作家。在国民党政界作家中，以尹雪曼、王蓝、王平陵、姚朋、陈纪滢、姜贵等较为"著名"。其中，姜贵的《旋风》（即《今梼杌传》）、《重阳》，陈纪滢的《荻村传》，潘垒的《红河三部曲》，端木方的《疤勋章》，潘人木的《莲漪表妹》、《马兰自传》等影响较大，是"反共文学"的代表性作品。在国民党军界作家中，以司马中原、朱西宁、段彩华、高阳、田原、姜穆、邓文来等影响最大。其中，号称"三剑客"的司马中原、朱西宁、段彩华在军人作家中"成就"最高。这三位作家都是从祖国大陆去台军人。由于时代局限，他们的创作受到当时"战斗文艺"口号的影响和制约，不同程度地充满着反共意识。这些作家创作的目的不是为了文学自身，而是在积极配合国民党当局的反共需要，企图通过文学的手段达到发泄仇恨之目的，为"战斗文艺运动"的泛滥起到了推波助澜的作用。因此，这些作品艺术成就不高，其内容充斥着虚假和空洞，创作呈公式化和口号化倾向，也因此逐渐为人们所厌倦。

　　在各种形式的"反共文学"中，以"战斗诗"和"战斗小说"影响较大。而"战斗诗"则最先在文坛上得到国民党当局的吹捧和奖励。50 年代初写作"战斗诗"的诗人很多，大量出现以所谓的"时代歌咏"、"爱国爱民"为主题的作品，一时形成风气。其代表性诗人是葛贤宁和上官予等。孙陵的《保卫大台湾歌》则是"领风气之先"的一篇作品，被称为"反共文艺的第一声"。他的作品实际上纯为"战斗口号"的堆砌，如"大海是敌人送死的坟墓，金澎舟山是我们海上的钢拳！敌人来一千，我们杀一千！敌人来一万，我们杀一万"。诗中歇斯底里地叫嚣什么"打倒苏联强盗，消灭共匪汉奸"、"反攻大陆，光复祖国河山"、"拿起武装上前线，杀尽共匪保家乡，打倒苏联护国权"等，这首诗因而在首届（1950）"文奖会"所举办的反共抗俄歌曲比赛中获奖。此外，其他像《反共进行曲》、《哀中国》、《十月的信号》、《梦里的池沼》、《豆浆车旁》、《我们要回去》、《库什米的忠魂》、《骨髓里的爱情》、《伟大的母亲》、《革命！革命》、《十月，在升旗典礼中流了眼泪》等，都是有代表性的"反共诗歌"。《十月的信号》以朝鲜战争为背景，认为这是在世界范围内掀起反共高潮的"信号"，国民党当局可趁机"反攻大陆"，"拾取暴雷雨震落的果实"。《梦里的池沼》通过作者的梦境，把池沼的冬天描绘成"水草凋零，只剩下萧条的残茎；荒地的绿水映下冷月的清辉，透露出宇宙间最凄凉的情味"，以此影射祖国大陆的现实生活，具有强烈的反共意识。这些充满着对共产党的仇恨和诬蔑的词语，被称为富有"时代的战斗意识"的诗，其中不少受到了"文奖会"的奖励，在台湾文坛上流行一时。然而，这些作品由于诗艺为反共的政治需要和虚假的主题所吞噬，多表现出明显的标语口号化和公式化、概念化倾向，很快就失去了生命力。

当然，在国民党当局掀起的反共浪潮中，毕竟自觉于反共创作的是少数人，多数作家写过一些具有反共意识的作品，主要是因为他们"没有足够的眼光与胆量，来细看清楚错综复杂的形势，所以只好盲目接受当局所宣传的反攻神话"。有些是因为在国民党长期反共宣传毒害下，对共产党缺乏正确认识，因此从他们笔下流出来的常常就是国民党当局所需的"反共文学"。这在诗歌领域表现得尤为突出。

在台湾"战斗文艺"中，影响较大的是具有强烈反共意识的"战斗小说"。从 50 年代初期开始，一些由祖国大陆去台的文化人和军中文职人员，如陈纪滢、姜贵、潘人木、王蓝、朱西宁、司马中原、段彩华等，就在"战斗文艺"口号和"军中文艺运动"的鼓动下相继登场，发表了大量反共作品，其中如《女匪首》、《赤地之恋》、《秧歌》、《荻村传》、《华夏八年》、《旋风》、《重阳》、《近乡情怯》、《蓝与黑》、《荒原》、《幕后》、《莲漪表妹》、《滚滚辽河》等均具一定的代表性。

总之，无论是军中反共作家还是政界反共作家，他们大都是因为国民党战争失利而来到台湾的。他们中不少人原本不是专业作家，而只是热衷于仕途。在台湾当时的政治环境下，他们因为响应国民党当局"战斗文艺"运动才走上文学创作道路的，因而艺术水准不是很高。正如台湾著名现代派作家白先勇所说的："跟随国府迁台的行列中，也有一些早已成名的作家……那时他们惊魂甫定，一时尚未能从大陆所受的沉痛打击中清醒过来，另一方面却没有足够的眼光和胆量来细看清楚错综复杂的新形势，所以只好盲目接受政府所宣传的反攻神话。"他们由于过分迎合政治需要，笔下的人物大多与现实脱节，公式化、概念化严重。其作品结构不外乎两种模式：第一种模式是"爱情加反共"，如王蓝的《长夜》、《蓝与黑》，潘人木的《马兰自传》，姜贵的《重阳》等。王蓝的《蓝与黑》和《长夜》都是以爱情为中心线索，将反共主题寓入其中。而且，两部作品的背景和故事都大同小异，都是一男两女相恋，都是从抗日开始到国民党败退台湾结束。这种"爱情加反共"的小说，无非是以爱情来增加小说的可读性，作为推销反共思想、欺骗男女青年的一种手段。第二种模式是故事的主人公大都是开始听信共产党的宣传而误入歧途，后来在共产党的"阴谋"败露后而"觉醒"。这以姜贵的《旋风》和《重阳》等最为明显。针对这种公式化、概念化的"反共文学"，台湾同胞把它称为"反共八股"。这是太贴切不过了。由于这些作品情节和内容陈腐俗套，了无新意，因而很快被广大台湾同胞唾弃。"反共文学"最终走向衰落。

随着国民党"反共神话"的破灭，许多反共作家逐步放弃了原来的文学主张，改变了创作倾向。比如司马中原除了反共作品之外，60 年代后还写了不少乡野传奇和抒情性的作品。这些作品在抒发中华民族情感，表现北国人的粗犷豪放，以及表现人性的悲悯上都显示了相当的功力。有的作品也道出了一定的生活哲理，比如在"乡野传奇"之一的短篇小说《山》中，土匪头子祝海山原是一个老实的农民，因为被人拐了钱财反被诬陷坐牢，被逼当了土匪，他为了使自己的儿子不落骂名，日后能"抬起头来"，愤而引颈自杀。这个形象表现了一定的历史真实。此外，司马中原的短篇小说《沙窝子野铺》等作品在描写少女的情感吐露上都有出色之处。朱西宁那些对旧题材进行改编理整的作品，更充满着新的艺术魅力。如《破晓时分》，本是由昆剧《十五贯》（《错斩崔宁》）的基本故事改编而成，但作者不仅采取了与原作完全不同的新的叙事结构和角度，而且将原剧中因果报应变成了人生的思考，显示出作者独特的艺术匠心。

由于一些反共作家创作立场的改变，反共作家队伍越来越小了。到了 50 年代中期，随着朝鲜战争的结束、国民党"反攻大陆"神话的破产，"反共文学"越来越没有市场。而随着"乡愁文学"、"乡土文学"和"现代主义文学"相继出现，"反共文学"逐渐被台湾人民所唾弃，最终走向衰落。

第四节　"乡土文学之父"钟理和

一、生平与创作

钟理和是台湾光复时期著名的作家，曾被人们称为"台湾省作家中的一颗彗星"、"倒在血泊里的笔耕者"、"台湾乡土文学之父"等。他的作品被公认为"代表真正的台湾文学"。

钟理和（1915—1960），原名里禾，号铁铮、钟坚，笔名江流，祖籍广东梅县，客家人，出生于台湾省屏东县世代务农的小康之家。钟理和就读于日本侵占时期的小学高等科，毕业后念了一年半以汉诗文为主的村塾，并读了许多古体小说。此间，他废寝忘食地阅读鲁迅、巴金、茅盾、郁达夫等人的新体小说，广泛阅读了日译本的世界文学作品和有关文艺理论著作。对古今中外文学的大量涉猎，为他日后的文学创作打下了坚实的基础。

1932 年，他随全家迁居高雄县美浓镇尖山，协助父亲经营农场。在这里，钟理和爱上了一个比他年长几岁的农场女工钟台妹。因为两人皆姓"钟"，按照当时台湾社会风俗，同姓不能结婚，他们的婚姻遭到父母和来自社会各方面的反对。因此，1936 年，他愤然离家出走，只身来到东北的沈阳市，进入"满洲自动车学校"学习汽车驾驶技术，获得谋生技术。1938 年，钟理和回到台湾，不顾一切地带走钟台妹，并与之在沈阳结为终身伴侣，建立了新家庭。1941 年，因在沈阳难以维持生计，举家迁居北京。钟理和先在日本人创办的华北经济调查所当翻译员。出于民族大义，只干了 3 个月，他就愤然辞职，后从事经营煤炭零售生意。在极其艰难的条件下，他开始了文学创作，1943 年起便有作品发表。1945 年，他以江流为笔名在北平出版了第一部中短篇小说集《夹竹桃》，收入中篇小说《夹竹桃》和 3 个短篇小说《游丝》、《新生》、《薄茫》。这是他生前出版的唯一的单行本。

抗战胜利后,钟理和满怀对故乡的思念之情,于 1946 年举家回到台湾,在屏东县内埔初级中学担任代课老师。1947 年,钟理和因患肺病辞去教职,入松山疗养院治病,在动过两次胸腔整形手术、割去了 7 根肋骨后勉强保住了性命,直到 1950 年才出院。

由于治病,他们的家产被变卖一空,仅依靠妻子种田、做工、养猪维持一家 6 口人的生活。在这种艰难的环境下,钟理和仍然坚持写作。小说《贫贱夫妻》、《钱的故事》就是这个时期生活的真实写照。1954 年,长子钟铁民得了脊柱结核病,因无法同时筹措两个人的医药费,错过就医时机而驼背。原本健壮活泼的 9 岁次子突然生病夭折。他自己则经常面临旧疾复发的威胁。为了生计,他带病在一家代书处做事,直到 1959 年在病情加重的情况下才辞去此项工作。这段经历使他写成了《薪水三百元》、《浮沉》等小说。1960 年 8 月 4 日,他在病床上修改中篇小说《雨》时病情恶化,咯血而死,年仅 45 岁。因此,他被台湾文艺界称为"倒在血泊里的笔耕者"。

二、中短篇小说

钟理和给我们留下了相当数量的优秀作品。因生前公开发表的作品不多,因此他的知名度不是很高。当时,国民党当局没有给乡土文学足够的发展空间,这也是造成他至死没有能够摆脱穷困的原因。他的长篇小说《笠山农场》尽管于 1956 年获"中华文艺奖金委员会长篇小说第二奖"(没有第一奖),但因"文奖会"及其专刊《文艺创作》的停办,在他有生之年没有得到公开出版的机会。对此,他极为痛心,临终前悲愤地对儿子钟铁民说:"吾死后,务将所有遗稿付之一炬,吾家人不得再从事文学;《笠山农场》不见问世,死而有憾。"

钟理和去世后,他的生前友好林海音、钟肇政等人组成了"钟理和遗著出版委员会",陆续出版了他的部分作品。1976 年,台湾成功大学中文系教授张良泽经过十多年的努力,编辑出版了《钟理和全集》。目前,台湾已出版的钟理和中长篇小说和作品集有《夹竹桃》(1945)、《雨》(1960)、《笠山农场》(1961)、《钟理和短篇小说集》(1970)、《故乡》(1976)等。1976 年出版的《钟理和全集》共分八卷:第一卷《夹竹桃》(中、短篇小说集);第二卷《原乡人》(中、短篇小说集);第三卷《雨》(中、短篇小说集);第四卷《做田》(短篇小说及散文集);第五卷《笠山农场》(长篇小说);第六卷《日记》;第七卷《书简》;第八卷《残集》。

钟理和的创作以中短篇小说为主,其一生共著有中短篇小说 50 多篇。他从 20 世纪 30 年代开始写作,作品大多取材于身边的人和事,运用朴素淡雅的笔调描写山川树木、房舍建筑、风俗习惯、服饰饮食,尽显台南农村浓郁的乡土风情。他的作品为我们描绘了各式各样的下层人物,反映了台湾日本侵占后期严酷的社会现实以及祖国大陆 20 世纪 40 年代的历史面貌。

关心祖国命运,渴望回归祖国怀抱,是钟理和早期小说创作的内容之一。他从小受到家庭和乡邻的影响,形成根深蒂固的祖国观念,时刻关注着祖国。在日本侵占时期的台湾成长起来的钟理和,虽然受到殖民主义文化的干扰,但强烈的民族意识激励着作家去寻根,寻找一直萦绕在作家脑际的先辈的足迹。《原乡人》塑造了一位立志"转原乡"的年轻人,通过他表达出作家的寻根之情,表现了作家强烈的原乡人意识。作品从"我"的眼光出发，传神地描写来自祖国大陆的"原乡人"群像。特别令人惊奇的是铸犁头的一班人，"夜幕一落，他们便生火熔铁，一个人弓着背拉着风箱，把只熔炉吹得烈焰融融……炽红的炎光用雕刻性的效果，把他的身躯凸现成一柱巨人"。这场面慑住了"我"的腮，"我"觉得"他"是一个十分了不起的人物。作家通过"我"写出他对原乡人的敬仰，对祖国大陆同胞的赞扬之情。小说结尾写道："我不是爱国者，但是原乡人的血，必须流返原乡，才会停止沸腾！"斩钉截铁的一句话道出了作家渴望回归祖国的心声，尽泻出作家的原乡人意识，作家寻根意识的核心就是回归祖国。《原乡人》通过台湾同胞对原乡人的赞美，对日本法西斯暴行的揭露和对人民参加抗日斗争的描写，表达了强烈的反帝爱国思想。

钟理和的早期小说中有不少作品直接展现了祖国大陆城市下层市民的贫困生活及其劣根性，表达对祖国人民生活的关注。他的处女作《夹竹桃》中的《夹竹桃》、《新生》、《游丝》，是他 20 世纪 40 年代中期以前在北平生活经历的缩影。中篇小说《夹竹桃》，描写了北京的一个旧式大杂院中一年之间的经历和变化。作家把那个时期北京的各种人都聚集在这里，把大杂院当作一个橱窗，展示了各种人物的面目。其中，有房东、寡妇、西服裁缝、司机、小职员，有男人、女人，有疯老太太和抽大烟的老头等。在那里生活着处于社会最底层的小市民。他们在贫穷面前丧失了人的理性和道德：两个女人竟为一块煤大吵大骂；失明的老太太和儿子因为一个窝窝头互相争斗；老太太和他的孙儿无依无靠，沿街乞讨；被生活压得麻木了的父亲不关心儿女的死活。小说写道：

这晚，少年一直没有醒过，昏昏地睡得不省人事。次日只醒过一二次，但双目紧锁，问他也不答应。祖母坐在炕沿，眼看着只奄奄一息的孙子，揉着手，眼眶溢满泪珠。

傍晚，后母与父亲都回来了。

祖母向父亲抱怨着说，孩子病得挺重，你们一个也不管，要走了，馒头也不给留一个去，你们是存心要看着孩子死的呢！父亲缄默着不回一言。后母却咆哮起来了。

"天有眼睛，我要没给他们棒子面，我绝子绝孙，不得好死！"

"这年头起誓管什么用？"祖母一口咬住说，"我也犯不着冤着你，你到曾太太那里问去，要有棒子面，我也不会向曾太太要馒头来给他们吃的！"

"那我管不着，反正我留下棒子面，是王八蛋，杂种×的把它卖掉了！"她大声嚷了起来，"是王八蛋，杂种×的，娘子养的把它卖掉了！"

她知道这是谁拿去的，此时，老头儿在外面喃喃地说：

"我可不知道你们的棒子面！"

他们像失掉了善良的人性的野兽，在一个垂死的少年的身旁周围睚眦着，争执着，嚣叫着，不知所止。就在他们这诟骂声中，这位可怜的少年悄悄地离开了这不幸的人世。

贫穷使人们的心灵扭曲了，成为没有人性的"野兽"。作品对小市民的劣根性进行了无情的鞭挞，勾画出在殖民统治下的苦难的社会世相。正是对罪恶的旧社会的血泪控诉，表现出了作者在日寇侵略的动乱年代里的忧国忧民情怀。

钟理和的创作最富特色的还是那些真实地描写台湾人民乡土生活的小说。他的不少作品直接抒写了台湾农民的贫穷和落后、劳动者的悲哀与忧愁，表现了他们善良的心灵和美好的品格，塑造了一个个生动感人的艺术形象。著名系列小说《故乡》（包括《竹头庄》、《山火》、《阿煌叙》、《亲家与山歌》），被台湾评论界认为是当时描写战后初期台湾社会作品中"最精彩最完整的"一部。它通过"我"回乡后的所见所闻反映了台湾光复初期,广大农民在天灾、迷信的摧残下凄惨的生活境遇。他们不怨天尤人,艰难地挣扎,顽强地拼搏,表现了中国人民不屈不挠的苦斗精神以及建设新生活的信心和毅力。战后的台湾农村经济还没有恢复,就受到旱灾的威胁。《竹头庄》(《故乡》之一)反映了旱情严重,人们无法生活的现实。可怜的农民不仅受到天灾的危害,而且遭到人为的灾难。《山火》(《故乡》之二)生动而沉痛地表现了这一点。他们面对严重的天灾,听信"天火就要烧下来"的传言。为了抗拒"天火"的浩劫,他们"自己先纵了火希望把天火顶回去",结果大片的林木和果园烧成灰烬,惨象令人触目惊心。他们不相信自己,认为神才靠得住。由此看到,封建迷信和日本帝国主义50年殖民统治的多神论的影响,给台湾人民套上了不可挣脱的精神枷锁,反映了作者尊重科学、反抗邪恶势力和封建迷信的进步思想。《阿煌叔》(《故乡》之三)则通过阿煌叔30年的惊人变化,揭示出台湾广大农村的现实生活。30年来,阿煌叔把青春和活力都献给了劳作,结果"人,越做越穷",所以他变得什么活也不愿干了,对生活采取了消极反抗的态度。险恶的环境,破灭的生活,把人们逼到了绝望的顶峰。《亲家与山歌》(《故乡》之四)描写了那些处于逆境而又不泯灭斗志的人们如何坚毅地与命运搏斗。在土地干裂、田园荒芜、农作物枯死的情况下,他们作为大地的儿女,以山歌的艺术形式表达了对生命的讴歌,展示对生活的热情和希望,表现了从瓦砾中重建家园的积极乐观精神。从以上分析中可以看出,系列小说《故乡》以其生动的艺术形象和细致的场景描写,深刻地反映了台湾农村在久战之后复遭天灾、元气耗损的破败景象。

中篇小说《雨》形象地表现了20世纪50年代台湾农村实行"土改"后农民仍然没有摆脱贫困境地的悲惨遭遇。小说以50年代台湾南部农村遭受旱灾为背景,通过黄进德和黄云英父女之间的矛盾,展现了台湾农村的社会现实,表现了广大农民的命运与心声。50年代的台湾农村,虽推行"三七五减租"制,即将高达50%以上的地租降低到37.5%。但这未能改变农村落后凄苦的境况。大多数农民仍沿用原始的生活方式,遇到天灾,近无水利济急,远无他方援助,只得面对焦赤的稻秧、荒芜的田丘徒生悲切。为争一点饮食用水,"吵骂、打架、呼号和女人的尖叫"此起彼伏;为解决灾情,唯有苦苦地向"神明"呼救。而社会的邪恶势力又沆瀣一气,处心积虑鱼肉穷人。绅士罗丁瑞凭借他的金钱和本领,勾结地方官吏,利用无赖之徒,趁天旱之机,强迫穷人还债,大肆抢购土地。另外,小说还通过描写一对恋人的不幸遭遇,表现了在那岁月难熬的困苦之中青年男女无法获得自由的婚姻。勤劳淳朴的农村姑娘黄云英深深地爱上了她童年的伙伴徐火生。可是,由于罗丁瑞从中作梗,黄云英的父亲却强迫她嫁给镇上的首富陈其昌的儿子。当徐火生因误会愤然远走他乡后,她毅然以死殉情。小说不仅具体地描写了人类与大自然的矛盾,地方势力与劳动人民的矛盾,也深刻地揭示出农村残余封建势力对青年一代的严重摧残。这正是50年代台湾社会的真实写照。作品成功地塑造了黄进德这个正直的农民形象。"他是一条硬汉,耿直、忠诚,除非你使他信服,否则他宁死不屈。"他是一个向封建势力进行斗争的勇士。他敢于斗争的胆量和精神,在钟理和的其他小说里也是极少见的。

此外,《还乡记》中长工阿财一家的遭遇,《烟楼》中肖连发父子的命运、《老樵夫》中邱阿金的挣扎等都是台湾广大农民悲苦生活的真实写照。

钟理和的小说还表现年轻人对自由婚姻的向往和追求,表达作者对台湾当时社会愚昧风俗的强烈抗议。《同姓之婚》、《奔逃》、《贫贱夫妻》、《笠山农场》等小说是极有代表性的。这类作品具有浓烈的自传色彩，从婚姻爱情的角度展示了台湾社会浓郁的乡土风俗。因此显得格外真切和动人。

《同姓之婚》主要写"我"与平妹因同姓之婚所带来的不幸遭遇。"我"是一个农场主的儿子，平妹是农场的女工。"我"第一次遇见她时，便被她的美貌和气质所吸引，随后两人坠入爱河。但由于两人同姓，为当时社会风俗所不容，婚姻遭到来自社会和父母的反对。"我"怒而离家出走。在沈阳获得经济独立后，"我"回台接出平妹，有情人终成眷属。台湾光复以后，因无法割舍对家乡的思念，"我"与平妹便举家返台。因旧风俗的影响，"我"与平妹不得不承受来自社会和家族的各种歧视，兄弟不亲，朋友远离，孩子们也时常受到侮辱，令人心头郁闷，"我"也因此得了重病。然而无论遇到多大的困难，他们仍然顽强地生存下去。《奔逃》、《贫贱夫妻》也表现同样的内容。这些作品生动细腻地描述了男女主人公大胆冲破封建礼教的羁绊、争取婚姻自主的故事，表现了作者对不合理的社会制度、封建习俗的叛逆与反抗以及与疾病贫困不断斗争的精神和进取的勇气。作品还无限深情地塑造了平妹的形象。她那种顶住各种压力、蔑视传统恶习、挑起家庭重担的坚毅勇敢的精神动人心弦。她这种在重压之下而不委顿、悲惨至极而不颓丧的精神，正是我们中华民族的优良传统。

综观钟理和的创作，他的作品蕴涵着浓郁的乡土色彩。叶石涛在《钟理和评介》一文中指出："钟理和的作品具有说不出的浓郁气氛、明艳的色彩。这是他与众不同的特质，这使他成为卓越的艺术家、令人激赏的作家。那些特质由什么来的？那就是他的乡土——台湾。台湾色彩鲜明的风土，在他作品中贯彻始终，好像血脉般永不停留地流泻搏动着。"他所塑造的人物多是台湾的劳动人民，反映的背景多是 30—50 年代台湾农村社会的生活，描写的山川树木、房舍建筑、风俗习惯、服饰饮食也多含有台南农村风味，而且把自己的情思、心血、体验融化其中。总之，他的作品是乡土情怀和民族风格的统一，显示出鲜明的艺术特色。

首先，善于通过对某些场面进行细致的描绘，显示出独特的地方风土人情，是钟理和小说一个鲜明特点。在钟理和的作品中，无论是北平的小胡同、大杂院，还是台湾的农村风貌，都充满乡土风情的气息。如他的《同姓之婚》中，只是通过几个妇女对自己小孩嘲弄场面进行细致的描绘，就充分展示了台湾社会对同姓之婚的歧视：

其中一个女人忽然叫着我们的孩子说：

"小孩子，你有几条腿？四条是不是？四条腿？"

另一个女人马上加了进来。她给孩子指着系在庭边一棵树下的牛，说：

"小孩子，那是你爸爸，是吧？你爸爸是牛公，你妈妈是牛母，你是小牛子！"

宪儿是我们的大儿子，不解其意，莫名其妙地看看她们，又看看牛。她们都大声哄笑起来。

"你看，你爸爸在倒草（反刍）哪！"

她们说着又大笑起来。

在中篇小说《雨》中，作者通过对台湾农民求雨场面的精细描绘，表现求雨农民的焦虑心情：

渐渐的，天上的乌云散了，终于收起了雨点。农夫们出来外面看看，只见地面上盖着一层薄薄的硬壳，脚一踢，硬壳碎了，又变成粉，里面还是那稀松松的土。

他们抓了一把土在手里。土是热的，烫手心。失望升上了他们的脸孔。

这些描写，或通过具有鲜明地方色彩的语言，或通过某些情节的精细刻画，使作品充满着浓郁的乡土气息。

其次，善于通过对日常生活中细小情节的精心描绘来展现人物精神风貌，也是钟理和小说的一个鲜明特点。钟理和的小说没有风云际会的战斗场面，也缺少大起大落的人生波澜，其小说内容大多是自叙传，都是一些琐碎的日常生活的描写。这就要求作家特别精心地进行选择和概括，在作品情节中寓入作家和人物的浓重情感。《贫贱夫妇》中主人公与平妹那段深情的对话，就是很好的例证。

……我又发觉我们的处境是多么困难，多么恶劣，我看清楚我一场病实际荡去多少财产，我几乎剥夺了平妹和二个孩子的生存依据。这思想使我痛苦。

"也许我应该给你们留下财产。"晚上上床就寝时我这样说，"有那些财产，你和二个孩子日后的生活是不成问题的。"

"你这是什么话，"平妹颇为不乐，"我巴不得你病好退院回来，现在回来了，我就高兴了。你快别说这样的话，我听了要生气。"

我十分感动，我把她拉过来，她顺势伏在我的肩上。

"人家都说你不会好了，劝我不要卖地，不如留起来母子好过日子。可是我不相信你会死。"过了一会儿之后，她又温静地开口；"我们受了那么多的苦难，上天会可怜我们。我要你活到长命百岁，看着我们的孩子长大成人，看着我在你眼前舒舒服服地死去：有福之人夫前死。我不愿意自己死时你不在身边，那会使我伤心。"

简短的谈吐将平妹贤惠、善良、富有主见的个性表露无遗。钟理和的小说常以传神入画的生动细节，构成动人心弦的风俗画面。

总之，钟理和的中短篇小说反映了极其广泛和深刻的内容，具有浓郁的地方色彩和乡土气息，他的创作始终植根于群众，表现出民主思想，显示出现实主义特色。

三、长篇小说《笠山农场》

《笠山农场》是钟理和完成的唯一一部长篇小说，也是他的代表性作品。作品原题"深林"，初稿完成于1955年12月3日，1961年8月由台北学生书局出版。小说与《同姓之婚》等作品同一主题，而其背景更为广阔，内容更为深厚，它以日本侵占时期的南台湾为背景，通过对在笠山农场种植咖啡兴衰过程的描述，构成了一部民道变迁的沧桑史，深刻反映了日本殖民统治下台湾农村经济的衰败萧条和产生于农业经济土壤上的封建传统习俗的愚昧落后；同时，表现了一对同姓青年男女纯洁真挚的爱情，热情歌颂他们反抗封建习俗、争取自由的斗争精神，体现了现代文明意识与落后传统观念的冲突，也可以说是作者前半生的写照。

作者在作品中安排了两条线索展开故事情节、表现主题，其中主要的一条是以刘少兴开办笠山农场种植咖啡为活动线索。

刘少兴是一个经过个人奋斗由社会最底层一直爬到上层的创业者，比一般农民有更丰富的阅历和见识。在大半生漂洋渡海的奋斗中，他挣下了一份相当可观的产业。晚年，他厌倦了贸易投机时刻动荡不宁的生涯，不再向往生活中那起落无常的商情和繁杂的商务关系，抱着老庄道家的归隐思想，希望退居山林。一个偶然的机会，他听信同族人的劝告，买下了一块面积二百甲的山地——笠山，开办了农场。笠山农场地处偏僻的山村，三面环山，交通闭塞，与外界较少接触。这地方的人情风俗淳厚、质朴、温良，但思想因循守旧，"他们对于自己的命运和生活从来不去多费心思"，"看上去，好像他们只让生活自身和上面的一面接上线，然后向着下面滚转下去，而自己则跟在它后面走，自然而不费事"。在这里，如果时间不是没有前进，便像蜗牛一般进得非常慢。一切都还保留得古色古香，仿佛他们还生活在几百年前的时代里，并且今后还预备照样往下再过几百年。二百年前，他们的先民搭乘帆船漂流到荒岛来披荆斩棘开拓新生活的雄心，那种朝气蓬勃而富于进取和创造的气概，在他们身上已找不到一点影子，代之而起的是迂腐的传统和权威思想的抬头。因此，在这个地方要改变那些由来已久的封建习俗和封建观念是很困难的。

刘少兴吸取了笠山从前两个主人的教训，既不种树，也不种稻子、番薯，而是改种当时还很稀少、甚至山民连名字也没有听说过的咖啡，还从家乡调来了二儿子刘致远和小儿子刘致平协助管账、带工和巡山，准备轰轰烈烈地大干一场，想让咖啡苗长出金子来。他信心百倍，垦殖荒山和建筑房屋双管齐下。工地上，男工伐木，女工伐草，热火朝天，一片繁忙，而房屋落成时的情景，更显出刘少兴的一派踌躇满志。屋子虽然是在最快速度下"赶"出来的，但并不是因陋就简，相反建造得相当雅致美观、高大宽敞、潇洒别致。"笠山虽然不是第一次看见人类向它举起山锄，却的确是第一次看见人类在它脚边所举行的盛典。这在本地，可说是空前的，可以找到'富在深山有远观'那句古老格言的注解。"在房前摆设下三十多张桌子，吹鼓手大吹大擂，昏天黑地；贺客熙熙攘攘，喜气洋洋。成为笠山主人的刘少兴很高兴有这样一个如此壮大而顺利的开始，但同时也冷静地想到，也许开始是顺利的、辉煌的，然后接着是乖舛的、困难的。"他是坚强不屈的，骄傲的，他不能让他的农场在中途倒下来"，他想拿事实回答人们的疑问。这一点，经历了几位主人的饶新华看得更清楚："少兴哥不比先头的两个头家。两个头家，哪一个认真做事？人家少兴哥可是真干。你不看他一来就先盖房子？这才是真正做事的人，不是说说算数的。"

后来的事实也证实了刘少兴当初的某些预感。尽管刘少兴买下农场时雄心勃勃，但自开办农场以来，就遇到了重重困难和阻力，各种冲突和矛盾随之产生，几年过去后，灾害迭至。首先是敌不过附近居民对农场的破坏。从前在乡下民众的观念里，山林是属于公众的，山林中所有的资源如溪水、柴草、竹木、山产、鸟兽等，本该供应大众，需要的人都可以自由采取，即使是官府也难以限制。自从建成笠山农场后，当地人进山受到干涉或禁止，引起了普遍的反感。刘少兴从不过分使用粗鲁和苛刻的言行，想像阳光似的溶解掉凝结在人们心中的恶感的冰冻，然后和他们建立和善与友爱的感情。但村民们仍不受农场规矩的约束，他们乱砍山林，断路拆桥，拦截农场的牛草车。尽管刘少兴一向和气、宽大、忍让，对人谦逊和蔼，尽量不招麻烦，想与当地人和平相处，但偷砍树木的人越来越胆大，甚至恩将仇报，把巡山人绑在树下，严重威胁农场的安全平静。同时，农场租佃人赵丙基又没有按照契约种咖啡，反而把租地内的树木砍得空空，卖得净净，并携款潜逃，给农场带来损失。更为严重的是，刘少兴的二儿子致远因稻田排水的事与人发生冲突，被山地的另一个主人何世昌用锄头击伤头部，不久便在医院死去。致远虽像一头生犊暴躁易怒，但在事业上却是最好最得力的左右手，虽缺乏创意，没有策划谋略的头脑，但假使把计划的蓝图交给他，那么他就是一个无比认真而忠实的执行者。他的死，几乎使农场什么事都无法推行。

经过一系列的打击，刘少兴心情十分沉重，以前总能唤起他欢欣鼓舞的快乐情绪的出野景象也仿佛变得单调呆板、死气沉沉，但他的信心和做事的热忱并没有受到丝毫的毁伤和动摇，甚至他用热诚、友善和谦逊，已渐渐地在邻居之间赢得了信誉和声望。他坚信，农场的前途也许有些挫折，但终于会把它按照一定计划开拓出来。他看到农场的咖啡发育得那么好，第一期的预定面积和株数如期完成，若照此发展下去，两年后便可以开设工厂制粉。虽有赵丙基亏款潜逃，但承租之事也并未中断，一切进行得还算惬意。"可是，也不知什么缘故，他有一种不可言状的潜在烦恼、焦躁，使他觉得眼前的一切都走了样。甚至连他周围的人们都变得十分古怪，十分陌生，十分不可爱了。他们在他前后左右莫名其妙地团团转着，忽进忽出，一个一个脱离了他的控制。"尤其是小儿子刘致平，总使刘少兴惴惴不安，不能放心委任他做一件事。刘少兴认为致平有过多的思想和主张，由那丰富而又直线的想象力构想出来的东西，往往使人啼笑皆非，"并不是说他错误；不！它时常正确而合理，而且极富于机动性，却都是好高骛远，充满着青年们的梦想而不切合实际"。在执行方面，他又没有致远的平实谨慎的作风。致平让刘少兴失望的不仅仅是这些，发生在儿子身上的同姓相恋，更使他大为光火。其实，刘少兴是一个矛盾体，他可以冠冕堂皇地大发议论："举凡社会上的一切风俗制度为生人而有，它的目的无非要使我们生活容易过些。假使它变成我们生活上的累赘了，那么它即已失去它的本质了，这时我们非把它变通一下不可，否则它就要骑到我们头上来了。"但他仍会把同姓之婚视为"羞辱祖宗"的大事，可见旧观念在他头脑中留下的印痕，同时也是为了自身的利益，他决不去触犯传统习俗戒律，招引口舌，动摇自己的地位，宁愿毁灭自己儿子的爱情，出卖少女的幸福。

最可怕的一幕终于降临了。长势喜人的咖啡树因患一种无名病症，在一个雨季里大片大片地枯黄死亡，整个农场变得死气沉沉，冷落而荒凉。自尊心极强的刘少兴一个人包揽了农场全部的事务，打算独力支持下去。大儿子曾再三劝告，要他两处并一处，要不就把农场出手仍旧回到老家去，要不就是处理老家，把全家移到农场来。但刘少兴一直不予采纳，自认为是一个顶天立地的汉子，不甘自认失败，像前两个主人那样中途倒下让人笑话。可是这种情形下，农场的工人不能再做下去了，张永祥等人也不得不向刘少兴辞行。这一切，最终让刘少兴下决心卖掉了农场，搬回老家，笠山重新易主。当初，男女青年互对山歌，张永祥信心百倍，饶新华滑稽风趣，整个农场欢歌笑语，最后却是死的死了，嫁的嫁了，逃的逃了。就像一台戏，人离客散之后，只剩下一个空空的舞台和遍地狼藉。作品结尾时，响起的是一首颇令人感叹的山歌："如今农场又换名，磨刀不听旧时声；工人半是初相识，只解山歌唱太平。莫向人前旧事提，笠山谁复说咖啡？山鸟不管人间事，犹向农场深处啼。"由此唱尽农场由盛转衰之后的悲凉景象，充满物是人非的感伤与无奈，令人不胜唏嘘。

在刘少兴这条线索中可以看出，刘少兴所从事的农业改革虽然没有成功，却是革命性的经验。传统上，山林地是属于大自然的，人们只是在这里畜养牲口、种树植竹，根本不能将它当作农地来经营。刘少兴来之前的山民、农民，或前几代的笠山主人，都是就山林所有取其所需，但山林给予地主的回报并不稳定，畜养的牲口可能一夜之间暴病死亡。刘少兴作为一个有气度、有见识、有魄力的事业家，主动来经营山地，这在台湾是前所未有的做法。可惜的是，他只是接受了咖啡这个新的事物，并不具备种咖啡的知识，对咖啡的出路并无把握，农场的经营和管理更是古老落后、不讲效率。如此缺乏现代知识，改革不过是徒托空言，失败是注定的。

作品的另一条线索是写刘致平和刘淑华由相爱到出逃的过程。这两个人物形象是以作者和妻子钟台妹为原型创作的，体现了作者向往民主、自由和科学的思想。作品以相当多的篇幅描写他们在共同生活和劳动中建立了真诚的爱情，但因两人是同姓，当地习俗不允许结婚，因此遭到家庭、社会的阻挠和反对。对旧传统势力，他们毫不屈服，反抗到底，最后双双出奔，结为终身伴侣。作品赞颂了刘致平和刘淑华敢于冲破封建礼教束缚、争取纯真爱情与婚姻自主的坚强意志和无畏精神，刻画了他们美好的心灵和不屈的性格，给读者留下了难以忘怀的印象。

刘致平刚刚毕业就回乡到父亲的农场帮助管理，满脑子还装有"代表清晰、伶俐和干脆"的原理和公式。起先，致平有点不愿意到"那有压倒之势的永恒的沉默和荒凉的深邃"的山林中来。他也曾经独自在台北、高雄等地瞎跑了一阵，但在那些地方五花八门的行业中，他看不出哪一部门可以让他插足下去，加之他平和温静的个性，使他打算让自己在扰攘而紧张的城市中住下去的信心发生动摇。于是，在各处乱闯了一阵之后，他就和去时一样一无所得地回到山里来了。在飘荡着山歌、表现着自给自足与世无争的土地上，致平也爱上了牧歌式的生活和淳朴的野性美，对这地方起了一种如遇故人的温暖和亲切之感。

致平在农场里的职务很杂，什么都管但什么都不专：买办、巡山、带工，加上晚间整理文牍和簿册。他虽然对于垦殖一无主张，但对于父亲的主意有不少批评，不像哥哥致远那样服服帖帖地执行任务。致平的头脑里书生气尚浓，对父亲那做事漫无头绪、拖泥带水的作风看不顺眼，他曾主张科学地管理农场，对父亲的"新事物老法子"颇不以为然，看不惯父亲办事的"笼统、含糊、因循"，提出自己正确而合理的主张，但遭到保守的父亲的拒绝。刘致平的新思想和新主张与当地根深蒂固的封建思想格格不入，这就必然造成他在事业上和婚姻上的波折。

由于受过现代教育的洗礼，致平的宗法伦理观念淡薄到等于零，他坚决反对没有感情的婚姻，勇敢追求自己的真爱。美丽、纯真、勤劳的农场女工刘淑华常来刘少兴家帮工，与刘致平起坐相随，刘致平在她身上看到了在别的女性那儿所看不到的美，因此两人发生了难舍难分的爱情。这反映了那一时代的青年民主意识和个性意识的觉醒。当致平越来越感到淑华的魅力的同时，却又使他觉得可怕，继之是烦恼，因为两人的相爱在愚昧、保守、落后的农村必然会受到重重的阻挠。致平父母的反对、乡邻的谴责不断地袭来，似乎这对有情人的相爱是一种"犯罪"。这是为什么呢？主要并非门第的差别，而是他们两人都姓刘，按宗族论他们又是叔侄关系。"一种血缘的纽带、一种神圣的关系，在彼此陌生而毫无痛痒关系的人们之间迅速建立起来了。它是和平，但强制；是亲切，但盲目"，在致平看来，这便意味着一道墙，"人们硬把它放进里面去，要他生活和呼吸都局限在那圈子里；而这又都是他所不愿意的"。这些事情启发了致平重新对自己所生存的社会张开眼睛，他发现原来自己所栖息的世界是由一种组织谨严的网所牢牢笼罩着，"这网儿由无数直系的线，和同样无数横系的线通过一个一个小结而连结起来。每一个人对另一个人的关系，就是一个小结对另一个小结的关系，每一个人背负着无数的这些直系和横系的关系，同时也由这些无数直系和横系所严密地固定在那里。你不能更改你的地位，也不能摆脱你的身份，不问你愿意不愿意"。

保守的传统封建宗姓观念在现代工业社会继续作祟，制造人间的悲剧。刘致平认为宗法伦理的观念是"滑稽、不通而愚蠢"的，他曾为和淑华相爱诘问长辈："为何同姓不可以结婚？虽然彼此亲缘相联系距十万八千里，而仅仅为了头上戴着同一个字？"但封建习俗已在人们头脑里根深蒂固，谁会理睬他的诘问。一方面，他挚爱着淑华，时常感到自己的感情一直往深处发展下去；另一方面，他又受到封建传统思想的重重包围压迫，存在着软弱无能的弱点，心情矛盾苦闷，表现出性格的复杂性。他觉得自己和淑华在一起时的生活是快乐醉人的，充满了笑声和惬意。两人感情如胶似漆，不可须臾分离，"如果一天不见她的容姿，便会感到食不甘味，度日如年，他的心会因而烦闷、懊恼，而颠倒失常：好像淑华手里牵着一条绳子，绳子的一端紧紧地系住他的心，淑华拉着绳子，她走到哪里，他的心就随到哪里。心虽说是他的，但却已脱离了他的控制，而变成淑华手中的俘虏了。他无法摆脱，没有力量摆脱，也不想摆脱。他愿意让淑华牵着他的心，这会使他快乐，使得他的生活更有光彩，更使人爱"。可是，当他沉浸在这种爱情的欢乐陶醉中时，一种无形的潜意识的"犯罪"感又在噬咬着他的心灵："同姓不婚"像一道看不见却又十分坚忍的墙不可逾越，无时无刻不在，将他和她生生分隔离开，"尤其他对淑华的爱心越热烈，越迫切，这道墙的存在也就越清楚，越坚忍。它虽然看不见，摸不着，但可以感到它在四面八方回环竖立，重重的包围。从前，致平曾对它生气。那时候，虽然致平和她初认识，对她还没有什么心事，但他恨它妨害他的自由。如今他深深地爱上了她，不愿失去她。因此他对它的憎恨，也就愈强烈而不可耐了"。就这样，"他发觉自己越爱淑华，同姓的意识也就越扰乱他的心。它能够让他自快乐的高潮中，一下子掉进懊丧忧郁的混沌中，不能自已。他很明白自己不能失去淑华，但他也不知道有什么方法可以让他去获得。有时他会感到气馁，觉得自己终会失去淑华；有时他鼓舞自己，让自己坚强起来。他以为只为自己挣扎苦斗下去，终有一天他会获得她：他不能让自己在旧礼教前低头，听凭人家从他手中把她带走。那会证明他的软弱、无能，那是可耻的。失去淑华的预感使他惶惑、痛苦、颓丧，感到人生的绝望和空虚。但是想到他可以把淑华夺在自己怀中时，又不禁精神振奋。想来想去，想到没有办法时他偶尔会转恨他们的相遇。如果他不认识她，那该如何好？他就不会有这么多的麻烦和苦恼了。但是这种思想只是刹那间的，在一瞬间他就毫不踌躇地把它踢开。为了不愿意失去淑华，为了和淑华相处时所得的快乐，他准备不辞万苦而坚持到底"。作品如此细致地描写致平心情的矛盾与波动，表明其爱愈深，痛苦越烈。摆在他面前的只有两种选择：舍其所爱，向宗姓观念屈服；爱其所爱，挣脱宗姓观念的桎梏，推倒那道无形的"墙"。致平选择了后者，以行动实践了自己的决心和愿望。当父母拒绝他们的婚姻时，他严正表明："如果淑华不能娶，那我一辈子也不想娶了！"这种叛逆的精神，使他决心冲破封建世俗的罗网，不惜与家庭决裂，偷偷地带着淑华离家出走，结成患难与共、生死不渝的终身伴侣。

刘淑华是一个性格温柔的姑娘，由于在山野长大，性格中也有着大胆、爽直、泼辣、倔强的成分。她从小聪慧过人，善体亲意，十岁丧父后就日夜帮助母亲操劳，与母亲共同承担弟妹的生活。也正是她的美丽、纯真、勤劳、坚强，才使刘致平深深地爱上了她。她对刘致平的爱也是刻骨铭心的，但她同样为门第和同姓的习俗观念所困扰，只好把自己的爱深深地锁在心里。她会一本正经地劝致平娶燕妹或任何别的女人，又一直只管致平称"叔"，这让致平很不痛快。在淑华最初的意识中，既然他们此生的情缘不可能超越叔侄的关系之上，那么他们的一举一动也就只好局限在这个范围里，所以必须要抑制自己的感情流露。致平也知道，不能因此而怪怨她，"这地方是如此的保守，宗姓的观念牢固而严明，假使没有碰撞的勇气和自信，最好还是依照传统的指示来安排你自己的命运。这样可以给大家省却许多无谓的麻烦"。直到致平献给她一片真诚，向她敞开爱情的大门时，淑华才勇敢地投入爱人的怀抱。

　　和致平一样，她也是对心上人爱得那样深那样切，同样也因为是同姓而深深地感到痛苦。由于以心相许，聪慧的淑华一时糊涂，对致平也以身相许了。这就铸成了她更大的悲痛，经历许多痛苦和折磨。此时，致平被迫离家出走，杳无信息。刘老太太奉丈夫之命，两边奔走，要说服淑华嫁给长工饶新华的儿子饶丁全，只要她肯，愿外贴二分田。刘老夫妇如此关爱大方，完全是为了顾及家庭的信誉和声望。本来他们疼爱淑华有如自己的亲生女儿，他们喜欢她的聪慧精明，做事利落而快捷，加上她口齿伶俐、对答如流，性情直爽大方、不拘细节，又处处讨人喜爱。刘氏夫妇十分器重她，爱如己出，特别以淑华料理家常的机灵圆熟、中节合仪，所以刘老太太几乎把家务全盘付托。两位老人也认为"淑华这女孩子，人是聪明稳重的"，"可惜是同姓，要不，倒可以给他（致平）娶做媳妇的"。但同姓结婚对传统观念来说，无异"畜牲"行为，万万不可，所以他们以"老式人那种近愚蠢和狂妄的尊重'面子'"的心理，宁愿外贴二分田拆散致平和淑华的婚事，可是淑华的态度是坚定而果决，宁死不屈。她把刘老太太的提议一口回绝，"不管她用软用硬，威迫利诱，都是白费"，甚至用坚决犀利的口吻把刘老太太顶得无话可说，扫兴而返，并把刘氏夫妇以及他们那以为有钱便可以把人当作一件商品来买卖的心理看得卑鄙而无耻。诚然，淑华的品质是纯洁高尚的，为了坚贞的爱情，她不因家贫向金钱低头，不因同姓而向世俗观念投降，可谓"富贵不能淫，贫贱不能移，威武不能屈"。但她内心悲哀痛苦，致平出走后不知下落，也未托人带音讯来，母亲为她受难，难言的隐事使她蒙受羞耻。她想一死了事，是母亲开导了她。她对致平的软弱、无能也感到失望和痛苦，每天以泪洗面，恨死了致平："就是他，使她蒙羞，使她陷入万劫不复的境地；就是他，贻误了她的终身，把她的人生涂上黑暗；就是他，把她害得这样狼狈，有口难辩。"但在恨他的同时，"在心的一隅却几乎不自觉地还保持着对他的思念。尤其自经刘老太太提醒之后，这思念之情便渐渐加深、执拗，于是她才明白自己竟也对他有这样深的怀恋。每在风雨之夕，在伤心之后，或在夜半醒来时，她便痴痴地想着他。有时这种意识使她懊恼，她不解自己为何竟不能对使自己受苦的男子一刀两断、斩尽割绝"。当让她既恨煞又想煞的致平像流星似的突然出现她面前，来商量两人私奔时，她开始有些吃惊，后又为母亲弟妹今后的困难处境面有难色，但在致平真挚的感情和母亲的鼓励支持下，她毅然决然地舍下一切，与心爱的人同奔自由的新天地。

　　致平和淑华双双出走，是真挚的爱情与封建传统势力搏斗的初步胜利，也表现了他们反封建的勇气和决心，这只是争取自身幸福和改革社会的起点，今后的路途还很长，还有很多险阻，因此这爱情之果仍是苦涩的，但这一胜利较之作者原来的结局构思更能鼓舞人心。按照作者的原来构思，两人重演的是英妹与阿龙、云英与火生的悲剧。钟理和介绍说："在我的构思里，我原让淑华产后——婴儿则让阿喜嫂处理掉。这里有极好极怕人但极有效果的场面。后来阿喜嫂因此患了一场大病，而淑华出家削发为尼，致平则在最末一章投海自杀。也为了有这样的收场，所以在前面我不惮烦的一再触及寺庵及僧尼的生活——特别强调僧尼生活的辛苦阴暗。我要让淑华明知僧尼生活的凄惨并对之不怀好感，而到头来终不免出家为尼，借以表现她、衬托她对人生绝望之深。"这多少带有作家早年酷爱的《红楼梦》的影子。后来，作者改变了初衷，缘由是《野茫茫》发表后，曾引起一位名叫林志贤的读者来信。林志贤在信中说："我坦白地向您叙述写此信之动机吧。因为我现在适与一同姓小姐恋爱，双方同陷入情网，成不可自拔之势。对于结婚，茫茫然在歧途中。许多亲戚朋友，虽尚未如大作所云牛、畜牲、逆子等难堪字眼的讥评，但封建思想之年老母亲已在喋喋不休地责骂了——难道世界上没有其他女子了吗？偏要与林小姐结婚欤?! 钟先生乎！母亲之责骂，使我啼笑皆非，我爱林小姐，但是更爱育我之母亲，实使我陷入迷阵、进退两难了。际此精神茫茫之中，居然拜读了大作，不禁使我与她之关系起了莫名其妙的影响，况且尚是她将大作阅后送给我，此时难免使我俩对光明的前途蒙上了一层阴影。现在细研大作，感觉阁下文笔瑰丽，诚多才多智之作家。你现在是我们的灯塔，想借您指示来决舍我们之关系。我要请教，钟先生，您写该篇大作之动机为何？我俩之处境应如何选择为宜？敬请不吝赐教。"这就引起了钟理和对《笠山农场》故事结尾的重新处理。钟理和对钟肇政说："目下一定有不少青年人为此（指同姓结婚）而苦恼。因而我就考虑到倘若按照我的原意写下去，则笠篇的收场，岂不正对这些苦恼的青年兜头浇冷水？令这些青年大失所望？这种精神的打击一定是很大的。想到这里，我便把下面的情节来了一个大大的改变，不但一个不曾死，一个无须出家，且反而偿了宿愿——结成夫妇。虽然那结合的方式仍极可悲，但对那些苦恼的青年的作用自然不同了。"这正是从纸面上吹拂起一股人与宿命般的社会习俗相抗争的个性主义的时代气息。盛于情者，必厚于文。钟理和的悲悯情怀令人钦仰，改变后的结局也较积极奋进，为那些正因为同姓婚姻而苦恼的青年人带来了鼓舞和力量。

在作品中，作者还以哀伤的笔调，生动地刻画了饶新华、张永祥、阿喜嫂等具有典型意义的农民形象。在这些可亲可敬的劳动人民身上同样体现了勤劳诚实、心地正直、虽屡遭磨难仍对生活热情不减的优秀品质和顽强的求生意志。他们饱含血泪的生活是日本侵占时期台湾广大农民普遍悲苦命运的集中和概括，这些艺术形象具有深刻的历史感和真实感人、发人深思的艺术魅力。

看山的老头儿饶新华"很瘦，牙全掉了，两颊深深地陷下去，一只白鹤腿，但看上去倒是很硬朗"。他十分能干又非常有趣，虽有喝酒的习惯，但心地坦白、安分守己，笠山几次更换主人，他都被雇为巡山人。他对山有丰富的知识，时常半夜三更进山，通过嗅树叶、摸树皮来辨别方向，从不迷路，因此被人称为"山精"。他不怕高山和黑夜，有着非凡的本领，"他那两只手一落水，仿佛就已变成一领渔网，碰到它的鱼儿，一尾也别想逃跑掉"。他热心勤勉，性格坚忍，心地清白，安分守己，为人善良，对人忠心耿耿，尽职尽责。在年轻人致平的眼中，"老人里面有一种猜不透的东西，而这就是使他受到较多的尊敬"。张永祥也非常赏识他，说："你别看他样子可笑，他有一些你猜不透的什么东西。他能够想出和做出别人要想却想不出、要做却做不到的事。对这种人，你必须努力去了解。"他很爱自己生活了一辈子的笠山，为山操劳一生。但是，当无情的岁月在他身上刻下残酷的痕迹之后，这位老人终于不得不在自然的威力下屈服。特别是致平和淑华"失踪"、他的二儿子丁全离开农场投奔他哥哥福全之后，"老"开始在他身上发生作用："第一，眼睛和耳朵都有些失灵了，因此也就不能常常进山了；第二，酒喝不下去了，只要喝一点点，就醉得支持不住了；第三，人也痴呆了，常常大半天忘记捧起他的酒杯，忘记回答别人的问话；还有，也不喜欢动弹了，随便在哪里一坐便是一整天。"刘少兴离开后，新主人不再用他，他孤苦一人，"像一个叫化子似的倒下来"，惨死在田野里，直到苍蝇乱飞、蛆虫乱爬时才被人发现。饶新华一生的悲剧，是台湾日本侵占时期农工凄惨生活的真实写照。

张永祥也是一位饱经风霜的人物。他是笠山农场的租佃人，原住在新竹州靠近山线的一个小山村，很早就失去家庭，几乎四十年来单独一个人在风尘仆仆的人世间浮沉辗转，自北部漂到南部。他有如旅行者搭乘舟车，在各种事业间扔了这个搭了那个，除了"当刽子手及开窑馆专门在别人身上讨生活"的事情外，几乎什么事都干过，如扛死人、卖朗朗、当脚夫、摆摊子、赶牛车等。张永祥有着自己的人生哲学，有时虽显得不可思议，但却是现实的。比如他觉得一个人只有拿诚意去对人对事，才会有好的结果；但也有一种根深蒂固的宿命观，认为一个人做事成败几乎全由命运决定。当他一家人带着希望和梦想来到笠山农场落户后，他把自己的一条心放在农场身上，承租山地，种植咖啡，预备在这里结束他那辛苦困顿漂泊无定的生活。可是农场种的咖啡因受病虫害全部枯死了，他所承担的租地也没有逃脱厄运，希望和理想随着农场的衰落成为泡影，他感到事业完了，只好带领妻子和十二岁的女儿又挑起简单破烂的全部家当，离开了生活了五年的笠山农场，重新开始了新的漂泊流浪谋生活的旅程。他的出走，标志着笠山农场的彻底破产。五年来，他的劳动所得是什么呢？作者写道："五年前他们便挑了同样这些东西进农场，如今他们要把它挑出去。这些东西除开用完的补充，使坏的掉换以外，在数量上既不加多也不曾减少……如果说他张永祥曾少了些什么，那应该不是挑在肩上的东西，而是在心上的某些东西。这算不算失败呢？他是不是白来一趟？五年的光阴是不是虚掷？来也空空，去也空空！但是他并不后悔，也不因此而消沉，说什么呢？这副担子他已经挑了足足四十年了呵！"张永祥认为这五年没有白过："我还学得不少东西，我学到怎样用颜色由远处鉴别树林里的树木，从前我总当树林只有一种颜色；我又知道人也可以和生物做朋友，这些生物并不比人更难亲近。"由此可看出他对生活的乐观态度。当刘少兴让他过了年节再走时，他说："我们这种人什么地方不好过年？挑着铺盖卷儿过年，我们可不算稀罕。"他的话包含多少人生的辛酸和眼泪、痛苦与悲哀。他漂泊不定的生活，反映了当时台湾农民的不幸处境。

刘淑华的母亲阿喜嫂（李寿妹）也是作者着墨较多的人物。她是一个独立意志极为坚强的女人，一出场就让人看到，"她的脸庞细削憔悴，看上去比年纪老，但有一种百折不挠的毅力，自她的眉宇间和坚定不移的眼神里流露出来。她的举止从容利落，身子收拾得整齐素净，这也正说明她的个性是一丝不苟的"。她的一生是不平凡的，走的是"一条充满了荆棘和艰难的路"。她家道中落，丈夫死得很早，那时大女儿只有十多岁，最幼的小女儿生后仅三个月，丈夫留给她的除了嗷嗷待哺的六张小嘴之外，就只有四堵墙。而她一个女人，只有两只瘦弱无力的手，然而她不气馁，擦干眼泪，不分昼夜地献身劳作，挺起腰板和艰难的生活搏斗。她头一个识破了致平和淑华两位年轻人那隐而不宣的心事，用最大的关心关照他们，用慈和、微笑的眼光去看年轻人在她身边周围活动和旋转。"她时刻都在想，假使他们俩不是同姓？但她十分清楚这种假定是不可能的，于是她只好摇头叹息，把这种永远无法实现的愿望深藏心底。"她知道，为了抚养年幼的弟妹，淑华把孩童时代和少女时代都献给了这个贫穷的家庭。女儿聪慧过人，善体亲意，疼爱弟妹，加上倔强的性格，帮助母亲日夜勤劳操作，才养活了幼小的一群，总算建立了一个温暖安稳的小家庭。淑华是她的女儿，同时也是共过患难的同志，做母亲的怎么忍心把女儿献上祭台，又怎么可以袖手旁观？因此，当人们把刘致平和女儿的相爱看作是大逆不道时，阿喜嫂先是分担了女儿的痛苦，开导女儿"短见是万万寻不得的"，并且不屈服于农场主的威胁，不怕因得罪农场主而丢掉饭碗，哪怕"让自己和家族再回到原来那彷徨无定的歧路上去"。"如果说一直被认为坚强不屈性硬如铁的她——阿喜嫂竟如此软弱，岂不令人羞煞？"然后，她又独自承担后果，支持致平携淑华出走。这都表明了她的胆识和开明态度。对这场生离死别中阿喜嫂的心情，作品从"庄穆"、"柔和"、"轻快"三个层次上进行细致的描写。刘致平与淑华商量出走的话，她都听到了，此时的阿喜嫂独自坐在床沿上，脸孔的表情却很异样，"看上去像很庄穆，又像很悲哀，仿佛就如一位临难的壮士"。这是决断大事、承担重担时的心情，表明她明知事情严重而决心成全致平和淑华。到淑华前来请母亲出去一起商量，阿喜嫂一启口，"脸上那悲壮的表情便立即清退，此刻就只有慈母的柔和了"。这是隐藏悲哀、主动鼓励的心情，表明慈母对女儿深深的爱意。当淑华为家里今后的困难及答应过刘老太太不和致平出走而犯难时，阿喜嫂"几乎用轻快的心情"对女儿动之以情、晓之以理，劝女儿别挂虑，快与致平出走。这"轻快"并非石头落地、问题解决的那种轻快，而是她对今后恶劣的处境敢于斗争的一种自信："她为了能够再一度挺起胸脯，能够说心头想说的话而觉得兴奋和痛快，她又回复到昔日那敢于和魔鬼周旋的李寿妹了。她很明白她马上就要回到恶劣的环境和地位上去，但是她准备让自己硬着头皮顶下去。"感情一波三折，将一位坚强刚毅、温和慈爱、深明大义的伟大母亲形象塑造得生动感人。有这样的母亲支持，致平和淑华这对相爱的年轻人才更有勇气和力量去与封建传统观念搏斗，争取婚姻的自由和幸福。在阿喜嫂身上，也显示了中国劳动妇女勤劳、善良的美德，展示了农村妇女痛苦的生活情景。

此外，作品还描写了燕妹、琼妹等美丽少女，以及农场的其他男女工人，他们也都在贫穷中挣扎。作品中刻画的各种劳动者形象，各有自己的忧愁和不幸、痛苦和辛酸，他们的遭遇构成了台湾下层人民在民族和阶级双重压榨下苦难的生活画卷，这也是整个殖民地、半殖民地、半封建的旧中国农民苦难命运的写照。但作者也不乏在他们的生活劳作中投下诗意的关怀，如从拙朴的山野恋歌中让人体味到他们乐其所生的一面，那也算是一种别样的顽强，表明他们不被生活屈服，能在艰苦环境中活出生命趣味的创造力。

也有人指出了《笠山农场》的一些局限，认为脱稿于1955年的作品的时代背景是30年代的日本侵占时期，但在作品中看到的都是知足常乐的农民、宽大为怀的地主，其间和谐相处，一幅农村乐融融的景象。这情形不禁让人联想起赖和、杨守愚、吕赫若笔下那些佃农徘徊在饥饿线上、地主横行乡间的恶行恶状。《笠山农场》中的农人过的是桃花源式的生活，没有阶级对立和利益冲突，唯一的纠纷是与另一地主何世昌的地界斗争。"按整部小说的构图而言，作者若有足够的宏观视野的话，他是有很多机会可以探讨到当时的农村社会里地主与长工处于何种关系、农民与土地之间的归属问题等，如此才能具体地反映出那个历史阶段的社会真相。只可惜的是，钟理和把写作焦点集中在刘致平、刘淑华的恋情上，配合笠山明丽的山川景色、太古先民的山歌对答，结果是我们看到一对为爱奔走他乡的恋人，却感受不到时代意识。"

《笠山农场》标志着作者在艺术技巧上的成熟。作品体现出传统小说的特点，即故事有头有尾，结构严谨，脉络清楚，情节单纯明确，两条主要线索互相交叉发展，有条不紊地牵引出其他人事，虽篇幅不长，但人物众多，描写得条理清楚、细腻生动。尤其是对人物的复杂心理活动，能够充分地、细致入微地加以揭示，从而使人物形象真切感人、栩栩如生。随着作品情节的开展，人物的内心世界揭示得更为丰富、更为具体，这就在人物的内在和外在的统一上把人物的性格表现得更突出、更鲜明、更完整。此外，作品富含极强的乡土色彩，其中所描写的山川树木、房舍建筑、风俗习惯、服饰饮食，均含有浓郁的台南农村风味。

应该说，这部小说依然有着作者自传的影子，但并没有囿于作者个人经历的客观叙述，而是开始把个人的真实感受和时代风云结合起来，并渗入作者对历史与现实的一定见解，进而透视出在纷纭复杂的社会人生里历史长河掀起的涛影。50 年代的台湾仍属于农业社会，封建思想意识还十分顽固地在社会各个角落蔓延，封建包办婚姻现象十分严重。作品中人物的爱情悲剧是在深广的社会悲剧的背景下产生和展开的，两位青年又自觉地将争取自身幸福的斗争和改革落后的社会联系在一起，就寄托着他的人生向往和美学理想，以及对封建习俗的否定态度。把自己亲身经历的旧故事拿到 50 年代来写，其缘由可在作者在为《笠山农场》写的一篇自序阐述中看出。该文写 1959 年春天，从行文语气来看似乎是为什么出版的机会而写的：

出一部书，好像应该说一点什么。事实那是多余的；因为作者想说的话，应该在书里就已交代清楚了。有什么心愿，有未了的事情，贤明的读者会由那里看出来，这里又何须画蛇添足？

但是好像有点婆婆妈妈，倒的确有几句话想说说。

像本书所处理的问题，同姓结婚的问题，究不知它是新还是旧，据作者所知，似乎前此并没有人在这方面提起过。由这一点来讲，问题好像还是新的；实际它在我们今日的社会上却是相当普遍而尖锐。问题是"古已有之"的，只是在我们那"老死不相往来"的静的农业社会悄悄地溜开了，却把它单独撇在那里，让我们的青年去吃苦头。它之新，只在处理上而已。时在今日，当全世界都在推行农业机械化和利用原子能改良品种，而我们却还停留在"同姓不可以结婚"的阶段里，宁非可叹？可恨？它之新，作者是否可以引以为荣呢？作者是以"可叹"、"可恨"的心情，借旧的故事呼吁改革还很落后的台湾农村的经济和精神面貌，跟上世界发展和进步的步伐。因此，旧的故事含有新的意义，对当时那些为封建罗网束缚的台湾青年来说，无疑能起到鼓舞的作用。《笠山农场》所反映的时代虽已过去，它所张扬的反封建精神却常习常新。

《笠山农场》标志着作者在艺术技巧上的成熟，具有极鲜明的艺术特色。

首先，作品的结构严谨，脉络清楚。小说的情节单纯明确：

一条是农场种植咖啡的活动；另一条是刘致平和刘淑华的同姓恋爱，这是一条贯穿作品的主要矛盾线索。这两条线索互相交叉发展，既表现了青年男女为争取幸福婚姻而进行的艰苦斗争，又揭示了日本侵占时期台湾南部经济的破产和农民的悲惨生活。整部小说虽篇幅不长，但人物众多，除刻画主要人物刘致平和刘淑华外，还描写了农场主一家以及大批的农场工人。对他们的不同遭遇描写得条理清楚、细腻生动。

其次，作品写景抒情、刻画人物具有深厚的语言功力。在台湾的老一代作家中，钟理和的汉语白话文功夫是非常突出的,具有简洁、质朴、清新、优美的特点。这当然与他曾在北平等地生活过8年有关。借助语言上的深厚功力,他的小说在写景抒情、刻画人物方面都取得了相当高的成就。比如小说开头部分有这样一段迷人的景物描写:

时在盛春,南国明媚的太阳用它那温暖的光辉,晒开了草树的花蕾。磨刀河那边的官山,那柚木花,相思树花,檬果花,黄白夹杂,蔚然如蒸霞,开遍了山腹与山坳。向阴处,晚开的木棉花疏似星星,它那深红色的花朵,和淡白色的菅花相映。只有向阳早熟的木棉,已把春的秘密藏进五棱形的绿荚里去了。春已在这些树林中间,在凄黄的老叶间,又一度偷偷地刷上了油然的新绿,使得这些长在得天独厚的南天之下的树木,蓬勃而倔强地又多上了旺盛的生命之火,仿佛全然不知自然界中循环交替的法则一般。

这段山野景象的描写非常精彩,是作者通过主人公刘致平的视角呈现出来的。首先写出了南方树木生机勃勃的特征。其次展现了各种花草的色彩:红、白、黄、绿"夹杂","相映","蔚然如蒸霞"。再次写出了层次:"凄黄的老叶"尚带有残冬的痕迹;"草树的花蕾"正绽开于盛春,而早熟的木棉已结出"五棱形的绿荚",预示着夏日的来临已经不远。最后还写出了情趣、动感:一个"藏"字,让人琢磨"春的秘密";一个"刷"字,使树木吐出的新芽跃然跳动,给人以惊喜之感。

在小说中,景物描写通常是为塑造人物服务的。由于上述景色是透过年轻人刘致平的眼睛展示的,因此这景色必然带上他的主观感受。所以,这里的描写既是写景,也是写人、写情,写年轻人同样旺盛的生命之火,写年轻人深藏心间的春之秘密。再如,小说的后半部分。一天晚上,刘致平来带刘淑华出走,并让她进屋征求母亲同意。这时又有一段精彩的场面描写:

淑华进屋看到母亲依旧坐在床沿上,但脸孔的表情却很异样,看上去像很庄穆,又像很悲哀,仿佛就如一位临难的壮士。淑华坐落在床沿的另一端。

"妈!"

"淑华。"

母亲开了口。她一启口,脸上那悲壮的表情立即消退,此刻就只有慈母的柔和了。

"淑华,"她说,"你们的谈话我全听见了。你怎么不答应致平呢?你是应该和他一块走的,现在就只有走才对,没有别的可想了!"

表面看,这只是写母女对话的一个场面,但细读,又分明是母亲内心世界的真切展示。值得称道的是,这里的心理刻画并非直写,而是借助人物面部表情的变化来显现的曲写。先是"庄穆",俨然是要做出重大决定时的表情;"悲哀",则表明内心仍有矛盾与苦衷。之后,女儿一声"妈",扫去了她脸上"悲壮"的表情,代之以慈母的"柔和"。这里脸色的迅速转换,恰是内心矛盾冲突有了结果的外部表现——决定了,一切后果都由自己承担,不让女儿有任何担忧。8个字,写尽了此时此刻慈母的心态;8个字,亦写出了母亲的性格——她"是一个独立意志极为坚强的女人"。

最后,作品具有浓郁的地方色彩和乡土气息。在钟理和的笔下,大自然的绮丽景色、田野的美好风光、茂密的树林、山涧的流水、深山的庙宇、雨中的笠山、山中的夜色等,都描写得绘声绘色,形成了一幅幅质朴、清新的乡土风俗画。从这些乡土风俗画中既可看出台湾同胞和祖国大陆的渊源关系,又显示了独特的地方风光。作品还以欢快的笔调叙写了青年男女在劳动中唱山歌的情景,抒发了他们对热烈的爱情、淳朴的生活、真挚的人生、清秀的山河的真情实感。这些山歌或缠绵悱恻，或抑扬顿挫，或激昂慷慨，与自然合拍，表现了一种淳朴的野性美。这一切都洋溢着浓厚的、令人陶醉的乡土气息。

总体上说，《笠山农场》是钟理和一生的生活经验和艺术积累的结晶，代表着他思想和艺术上的最高成就，也是50年代台湾文坛不可多得的优秀现实主义作品。这部长篇与钟理和别的文绩相连缀，使他成为50年代台湾文学最突出的代表，对台湾乡土文学的转接起了重要的作用。

第五节　乡愁思潮与女性文学的勃兴

20世纪50年代，在"反共文学"思潮产生的同时，被称为"回忆文学"或"怀乡文学"的"乡愁文学"思潮也在台湾文坛应运而生。如果说"反共文学"思潮的产生是自上而下，从"理论"到创作，那么"乡愁文学"则是自下而上，从民间到主流文坛。这两股文学思潮的性质也很不相同。"反共文学"的核心是"反共"，而"乡愁文学"的核心是"思乡"。其中，尤以从祖国大陆迁台的女作家的自发创作最为突出，如苏雪林、沉樱、谢冰莹、林海音、琦君、钟梅音、徐钟佩、张秀亚、孟瑶、郭良蕙等。这实际上又构成了台湾女性文学的源起。

女作家在50年代台湾文坛的群体崛起，有着深刻的社会、历史和文学原因。"首先，时代离乱对人生命运的造就和影响，使这一代女作家的文学道路有着某种同构性；这种同构性又决定了几乎在同一时刻漂洋过海、聚集台岛的女作家们，面对共同的历史机遇，只能是以群体崛起的方式，产生共鸣般的文学呼应，而非寥若晨星般的个体闪现。"祖国大陆迁台的女作家，承担了台湾女性文学拓荒者的角色，构成了五六十年代台湾女性创作的主体。这一时期的女性创作多以乡思离愁和婚恋哀伤为主要内容。她们在怀乡文学的创作潮流中充当了主力军的角色。

怀乡回忆文学以往昔祖国大陆的生活经验为题材，抒写对故乡、亲人眷念的情怀。"时空的暌违，强烈的思念，使此时女作家在回忆中往往自觉不自觉地淡化了对生活丑陋和苦痛一面的感受，而更多择取那些温馨美好的片段，来表现人情之美、人性之善。"在经历了离乡背井的切肤之痛之后，女作家对家园、亲情、人性及美好事物格外珍惜，表现出对旧情往事的极度眷恋。张秀亚是最早写乡愁作品的女作家。她的散文集《三色堇》是具有代表性的作品，后又出版了《牧羊女》、《湖上》等，在她的散文中留下了家乡生动的影像：邯郸的田园村落，京津古城风貌，抗战时期的雾都重庆。她的散文擅长用细腻真挚的笔触，抒发浓郁的怀乡情愫。谢冰莹到台湾后曾在台湾省立师范学院任教，但也继续从事文学创作。她的散文集《爱晚亭》和《故乡》，用清丽的笔调叙说少年时代、故乡、亲人等往事，抒发着淡淡的乡愁。琦君被称为"20世纪最有中国风味的散文家，台湾文坛上活生生的国宝"。她著有散文集《三更有梦书当枕》、《细雨灯花落》、《琦君说童年》、《桂花雨》、《留予他年说梦痕》、《水是故乡甜》、《灯景旧情怀》等十余种，另有小说集多种。其散文题材基本恪守自我生活经验。纯真的童年生活、美丽的故乡风情、挚爱的亲人师友和台湾的民俗风情是其散文的主体。琦君的文风温柔敦厚，哀而不伤，圆润大气，一派鲜明的中国传统文化氛围和东方女性气质。在琦君怀乡忆旧的篇章中,《卜雨天,真好》是最具有代表性的佳作。它是一支用雨珠串成的故乡的恋歌。散文动情地回忆了童年的欢乐,亲人朋友的温情,描画出了江南水乡的生动美景,悠长隽永,充满回忆的温馨。温馨而感伤的情感基调,叙事与抒情相交融的心灵言说方式,构成了50年代群体崛起于台湾文坛的女作家怀乡创作的主体风貌。

此外,林海音的小说集《城南旧事》、於梨华的《梦回青河》、聂华苓的《失去的金铃子》等,以对故乡人物的怀念和童年记忆,描摹悲欢离合的人情世态,回眸女性生命岁月的成长经历,在生命意识的凸显中抒发了对家园故土的无限思念,具有强烈的自传色彩。这类怀乡小说打破了50年代台湾文坛此类创作的政治构架和单向度的主题描写,具有女性书写的多重面貌。

在50年代的台湾女性文学当中,还有不少作品是书写身为女性的悲哀,控诉父权社会与夫权社会的黑暗,体现出了人道主义的关怀,如孟瑶的《弱者,你的名字是女人》,林海音的《金鲤鱼的百褶裙》、《烛》、《婚姻的故事》,琦君的散文《髻》等。孟瑶的《弱者,你的名字是女人》,对女性人生的悖论性境遇发出了激愤的控诉,并大胆解构了"母性即天性"的女性神话,矛头直指父权核心的家庭体制。文章提供了不少值得深思的社会问题,发表后在读者中引发了性别议题的激烈论战。钟梅音的《海滨随笔》中,亦有多篇文章涉及两性冲突、家庭与事业等性别议题。张漱涵的小说《仇视异性的人》,以社会场景中女性能力的自证,来扭转男性对女性的社会偏见。徐钟佩的《鱼与熊掌》,透过女性在厨房与职业之间奔波的生命苦闷,探讨了女性在事业与家庭中的两难情境。这些作品对台湾社会女性解放意识的全面提升具有启蒙意义。

由于生活方式的限制与文化传统的影响,50年代女作家还无法用女性观念去解构男权中心话语的现实社会,在女性意识的多层面发掘与拓展上还有笔力不逮之处,在处理婚姻家庭、两性情感题材时,通常表现出重主观抒情而轻理性审视的特点。如琦君的《髻》。作品以母亲和姨娘的头发为线索,道出了一个封建家庭中两个旧式妇女的喜怒哀怨。她们年轻时相互嫉恶,在父亲的去世之后,随着岁月的流逝,在对亲人的共同怀念中,她们逐渐走近,相依相伴走向生命的同一归宿。品读这篇散文,打动人心的是那份经过人生沧桑的过滤而纯化了的情感潜流。体现在母亲身上传统女性的善良与宽容、克制与忍让的品性,反复地在文中予以深情、含蓄的赞美。

在台湾通俗文学市场中,言情文学一直占有相当大的比重。孟瑶、郭良蕙的纯情主题小说是台湾50年代前期文学的一个支脉,她们的作品以细腻敏感的笔触描绘着爱情的画卷,展示出了两性世界情感的波澜和人性的弱点,为以后台湾言情小说的流行开了先河。孟瑶共写过五十多部中长篇小说,如《美虹》、《柳暗花明》、《穷巷》、《蔦萝》等。孟瑶的小说取材广泛,笔法洒脱,内容多以辛亥革命和抗日战争为背景。表现男女爱情是孟瑶小说的主要内容。这类小说中多写婚外恋、三角恋爱,但包含着浪漫纯情的理想,表现出纯洁美好情感的向往。《心园》是其中具有代表性的一部长篇小说。小说以胡日涓在南山中学校长田耕野家中做特别护士时的经历与感受为线索,描写了一男三女间的情感故事。小说用对比的手法,反映出了两种人物的品格高下和爱情观歧异,表达了作者对纯净自然状态下爱的向往和哲思以及对人性心园里美的期待。孟瑶的小说对台湾后来的言情小说有很大的影响,她的创作思路成为后来台湾流行的言情小说的模式。

　　郭良蕙，1926 年生，山东巨野人，早年毕业于四川大学。郭良蕙的小说多以台湾都市生活为背景，从传统的男性社会横跨到现代社会，反映变迁社会中各类女性爱情婚姻的故事，表现各类人物在情感上的病状，透过个人的情感纠葛和婚姻矛盾，折射转型期台湾社会婚姻观和伦理观的变化，表现复杂的人性变异与冲突。她的文笔大胆，常常在台湾引起争论和风波，她的主要作品有《银梦》、《禁果》、《女人的事》、《第三者》、《我心、我心》、《斜烟》等。《心锁》是一部表现性心理的小说，曾在台湾引起轩然大波。小说的女主人公夏丹琪是艺术系学生，与范林相爱。她对范林一片痴心，却遭到信奉宗教的母亲的反对，而范林是一个花心男子，他并不真爱夏丹琪，他在与夏丹琪发生关系以后，却与夏的好友江梦萍商量结婚。夏丹琪非常痛苦，于是嫁给了她并不爱的医生江梦辉。婚后夏丹琪的生活并不幸福，她不得不放纵自己，麻醉自己来释放心中的苦闷和压抑，同时又承受着良心的谴责。小说题材和描写很大胆，在当时受到不少批评和指责。但作品中对于扭曲和压抑人性的社会力量的抗议，仍旧具有积极的意义。郭良蕙在她的小说中描写了都市生活中的各类女性，传达了她对爱情与婚姻问题的深层思考，表现了她对性与爱的理解，并在执著地探索改变妇女不幸命运的途径，其中有些哲理的思考，这使其小说不同于一般流行的言情小说。

　　总的来说，这一时期的女作家大都具有较为深厚的古典文学修养，在爱情婚姻的基本架构中善于用典雅的文辞营造优美的抒情意境，善于透过女性人生领域的描写来观照社会现实生活层面。因而，她们的创作大都具有一定的社会批判倾向或人性探讨内涵，在主题选择、创作方法、艺术风格等方面，对此后女性文学的发展产生了深刻的影响。

　　50 年代的台湾女性文学创作，为此后女性文学的发展奠定了基础，"乡愁"与"婚恋"两大主题的女性创作，由此期发端而绵延不绝。60 年代中期，主要由留美女作家兴起的"留学生文学"，写台湾年轻一代在文化专制的本土与无法真正融入西方文明之间徘徊。特殊的生存背景与文化心态，造就了这一代"自我放逐"的"流浪的中国人"，从而将乡愁由具象地对故乡风物的怀念提升为对精神家园的追寻。

　　女作家是从事留学生文学创作的主力军，主要以於梨华、孟丝、吉铮、聂华苓、陈若曦、赵淑霞、李渝、李黎、范思绮等为代表。於梨华是一位有着较大影响的旅美作家，她把"留美文学"从观光见闻、游览记事的性质，提升到描摹留学生涯、探讨人生理想、表现乡愁与根的层面上。於梨华祖籍浙江镇海，1931 年生于上海，1947 年到台湾，1953 年毕业于台湾大学历史系，1954 年进入美国加州大学新闻系，1956 年获硕士学位，后在纽约州立大学奥巴尼分校中文系任教并从事创作。1962 年，於梨华发表了回忆中学时代在浙东故乡生活的长篇小说《梦回青河》，引起广泛的注意。此后，她又相继发表和出版了《归》、《也是秋天》、《变》、《雪地上的星星》、《又见棕榈，又见棕榈》、《焰》、《白驹集》、《会场现形记》、《考验》、《傅家的儿女们》、《新中国的女性及其他》等中篇小说和短篇小说集，在台湾、香港和旅美华人中产生了广泛的影响。一个时期里，於梨华的长篇小说《又见棕榈，又见棕榈》成了台湾赴美留学生的必读书目。

　　於梨华是与 60 年代在台湾兴起的"现代文学"这个流派同时出现的作家。於梨华旅居美国后，尽管远离祖国大陆，依然想往着祖国。透视"无根一代"辛酸苦涩的生存境遇，是於梨华反复表现的题材。在《又见棕榈，又见棕榈》中，当牟天磊倾诉"无根"苦恼的时候，他说过这样一段话："和美国人在一起，你就感觉到你不是他们中的一个。他们起劲地谈政治、足球、拳击，你觉得那与你无关。他们谈他们的国家前途、学校前途，你觉得那是他们的事，而你完全是个陌生人。"这种"无根"主要不是指"大陆不能回去，台湾局面又小，美国又不是自己的国家"，而是更为深入地指出了这一代海外学子在情感和文化两方面的无依和困惑。导致他们痛苦并时刻在提醒着这种痛苦的是他们在向何种文化归依的问题上难以抉择。他们接触了两种文化，结果发现自己对两种文化都不能完全归属；他们具有了两种文化的素质，却又难以彻底依附任何一种文化。在於梨华笔下所出现的这一代留学生的漂泊感和被放逐感，不仅是指国度，更是指精神；不仅是指种族，更是指文化。《又见棕榈，又见棕榈》给台湾留学生提供了一面命运之镜，被誉为"留学生文学的扛鼎之作"。

从总体上看，於梨华的小说坚持了中西合璧的艺术境界追求：强化故事情节的传统技巧与西方现代小说多层次的结构方式结合，现实主义描写与意识流的手法结合，人物的外部形象塑造与内心世界开掘结合，从而丰富了作品的艺术表现力，人物形象栩栩如生，故事情节跌宕曲折，语言气质独特，善用修辞手法。

聂华苓是著名的美籍华裔女作家，湖北应山人，1926年生于宜昌。她的父亲是桂系军阀的官僚。她1949年到台湾，在《自由中国》杂志社当了11年的文艺栏编辑。1960年杂志被国民党当局封闭后，聂华苓先是闭门写作，后来在台湾大学、东海大学教书。1964年聂华苓到美国爱荷华大学"作家工作室"任教，不久与美国著名诗人保罗·安格尔结婚。他们发起组织了"国际写作计划"。她不仅以丰富的创作实践著称，而且因为卓有成效的文学活动而蜚声世界。

聂华苓在开始文学创作之前，受过五四以来进步文学的熏陶。早在1949年，她就用"远思"的笔名在南京发表过小说。她主要的作品有中篇小说《葛藤》，短篇小说集《翡翠猫》、《一朵小白花》，长篇小说《失去的金铃子》、《桑青与桃红》，散文集《梦谷集》、《三十年后——归人札记》。

聂华苓在祖国大陆和台湾以及之后在美国都有较长时间的生活历程，堪称"天涯苦旅人"。这样的生活经历提供了她独特的写作领域。在台湾当代文学中，聂华苓是较早注意到思乡病和失根这一题材的作家。个人命运与家国命运在时代变难中的沉浮动荡，是她始终不渝的关于"中国人"的主题书写。她把小说人物的怀乡与追怀过去的青春岁月交织起来，在短小的篇幅中立体地刻画人物的性格、命运、思想、情感。《珊珊，你在哪儿》是具有代表性的作品。小说中的李鑫曾在四川橘子园和珊珊有过浪漫的初恋，珊珊在李鑫眼里像一首诗、一片云、一个梦。然而，15年以后，当李鑫再度寻访他心中的天使时，珊珊变成了一个遭人讨厌的嚼舌俗妇，生活的变故和岁月的煎熬使珊珊成了生育的机器。小说通过人物在特定的历史背景下灵魂的蜕变，曲折地表达了作者对台湾世风颓败的惆怅以及对祖国大陆生活的留恋。属于这类作品的还有《一捻红》、《一朵小白花》。在另一类短篇作品中，聂华苓细致地表现了从祖国大陆流落台湾的人们因年老而寂寞，因没有爱情而痛苦。在这类小说里，可以听到这些离开家乡的人的叹息，如《寂寞》。深切的孤独情绪和凝重的乡愁，心灵悲歌式的独特文本基调，多样性的创作风格，使她始终拥有一大批海外读者。

由于台湾文坛割断了和中国现代文学传统的联系，聂华苓和许多台湾作家一样，转向从西方现代文学学习技巧。起初她追求的是小说有两个层面：表面上看，是写实小说，但从故事、情节、人物形象来看，又有其他的象征含义。

聂华苓的创作思想受到多方面文学思潮的影响，有着复杂的内容。聂华苓到美国之后，受到西方文学的更多的影响。她的比较重要的作品《桑青与桃红》同样取材于现实生活，但是融会了寓言体小说、超现实主义、荒诞派等写作手法。小说以中国现代历史变迁为背景，通过桑青由祖国大陆到台湾，又从台湾到美国的经历，从希望破灭直至精神分裂的遭遇，深刻地反映了那些甘愿为旧势力传宗接代者的悲剧。个人命运的沉浮与家国命运的变迁，在小说中密切地交织在一起，在个人精神世界的破碎中影射了近代中国的历史悲剧。小说的人物设计、场景构思、情节安排都含有丰富的象征意义。小说曾被《亚洲周刊》选入"20世纪中文小说100强"。

此外，50年代的乡愁文学思潮，在军中作家中，小说家方面有原本积极参与"战斗文学"创作的司马中原、朱西宁、段彩华等，诗人方面有洛夫、罗门、痖弦等。他们这时的作品多以乡野传闻表达其"真纯的感动"，再现富有文化意蕴和民俗风情的乡土生活。"家乡是个万里外的旧梦，透过怀念的彩网，它们时时侵上心头。"这种思念与渴求祖国统一的心愿相联系，使原本基于个人情怀的乡愁，蕴涵着更为深厚的历史内容。

第六节 "她从城南来"——林海音的创作及意义

在乡愁文学作家中，林海音最有代表性。林海音出生于书香之家，原名林含英，小名英子。父亲本是广东蕉岭客家人，后到日本经商。1919年，林海音出生于日本大阪，5岁的时候全家返回台湾，后又移居北平。1934年，林海音毕业于中国报业巨人成舍我先生创办的世界新闻专科学校，随后进入《世界日报》工作。1948年，林海音又回到了台湾。1951年9月16日《联合日报》创刊，她任副刊主编。林海音特别注意扶持和支持台湾的本土作家。后因刊发一首题名为"船"的诗，被台湾当局认为是影射政治，林海音被迫辞职。1957年11月5日《文行杂志》创刊，她任编辑，并兼世界新闻学校教员。1967年4月1日，林海音创办和主编《纯文学》。1972年《纯文学》月刊结束后，她又独立负责纯文学出版社，出版《纯文学丛书》。

林海音到台湾初期主要撰写杂文和散文，大约在1951年才真正走上小说作家的道路。她的长篇小说有《城南旧事》(1960)、《晓云》(1959)、《春风丽日》(1967)、《孟珠的旅程》(1967)，短篇小说有《冬青树》(1957)、《绿藻与咸蛋》(1957)、《烛芯》(1971)、《婚姻的故事》(1970)、《林海音自选集》(1975)。

林海音的作品大致有三种类型：一是描写老北京各阶层的生活和北京的风俗习惯与风景名胜，如《城南旧事》及其早期的散文。作品表现出朴实的传统的写实主义手法，具有浓厚的民族色彩。二是描写旧中国妇女的婚姻悲剧故事，如《婚姻的故事》、《烛芯》、《晓云》等。这类作品以传统的写实主义手法与西方的艺术手法，如意识流、象征、暗示等相结合，但民族色彩仍很浓郁。三是用写实主义手法描写台湾乡土题材。这类作品较少，如《要喝冰吗？》。

《城南旧事》于1960年在台湾出版，里面共收集了5个既独立又连贯的回忆童年的小故事：《惠安馆传奇》、《我们看海去》、《兰姨娘》、《驴打滚》、《爸爸的花儿落了，我也不再是小孩子》。《城南旧事》反映了 40 年代末离乡背井到台湾的同胞们的思乡情绪和对祖国大陆的感情,同时也概括了全台湾人民怀念祖国大陆的思乡情绪。

林海音的思乡情绪包含着两个方面:一是对少年时代相识的善良而苦难的故乡人们的怀念。如《惠安馆传奇》中疯女秀贞和女儿的悲惨经历。秀贞原本是一个活泼可爱的姑娘,因为爱人的离去、骨肉的分离,她在沉重的打击下成了疯子。后来,在英子的帮助下,她认了一个学戏卖唱的孤儿妞儿做亲生女儿。在一个冷风凄雨的晚上,她带着妞儿去寻找爱人和孩子,最后母女俩惨死在火车下。《我们看海去》写了一个小偷。他生活贫穷,为了养活失明的老母亲和供弟弟上学,不得不去偷东西。由于英子的天真,在无意间向侦探泄露了小偷的秘密,致使小偷被捕。《兰姨娘》中的兰姨娘,因为家境贫寒,3 岁时被父母卖给人当养女、妓女,以换钱给哥哥治病,后又被卖给有钱人做姨太太,受尽侮辱和损害。最后,她逃出火坑,与一个北大的学生相爱奔向自由。但在封建势力依然十分严酷的时代,他们的前途仍然是凶多吉少。小说还用对比的手法表现了动荡年代革命与反革命的生死搏斗,从侧面反映了激烈动荡的政治风云和中国人民的解放斗争。《驴打滚》中的宋妈是一个忍痛扔下两个孩子从农村来到城市的奶妈。他的儿子因无人照看溺水而亡,女儿被二流子丈夫卖掉。故事表现了底层劳动人民生活的苦难。《爸爸的花儿落了,我也不再是小孩子》表现了对早逝的父亲的爱和对日本侵略者的恨。

林海音的思乡情绪的另一个内容,是对旧居北平古城风物的回忆和怀念。北平是林海音终身难忘的地方。她曾说:"台湾是我的故乡,北平是我成长的地方。希望有一天,喷射机把两个地方连接起来……"在《城南旧事》中散发着 20 年代北平浓郁的地方气息,如北平的椿树胡同、帘子胡同、虎坊桥、梁家园,父亲栽种的夹竹桃与石榴,驮着"黑金"颈上系着铜铃叮叮哨哨作响走在街上的骆驼,用晚香玉串成的美丽的大花篮,换旧电泡的汉子,背着"唱话匣子"沿街行走的卖唱者,北平的小吃,还有胡同里的打糖锣等等,都是作者所神往和迷恋的人情风物。对北平旧居的怀念,寄托着林海音对祖国和民族的深厚情感。

《城南旧事》选取的是林海音身边的平凡事,描写的是儿女情、母子爱、同乡谊。每个故事各有各的情节和人物。其内在的结构有着统一的主题:思乡和离愁。活泼可爱、善于思考的小英子是贯穿作品始终的人物。小说通过孩子的眼睛来观察社会,增强了作品的情趣和真实感,亲切动人。在艺术表现上,作者善于运用中国文学传统的白描手法,通过人物的言语和行动的简洁勾勒来刻画人物的性格和作品的主题,委婉而含蓄。

五六十年代,正是台湾现代主义文学汹涌澎湃的时期。因此,这部以传统的思想主题为主要内容、以传统的写实手法为主的作品在当时并不受人赞扬,直至 70 年代以后,特别是台湾文艺批评家叶石涛在《林海音论》中对它进行评论后,才逐渐引起人们的注意。小说在祖国大陆被拍成电影,获得了菲律宾国际电影节的"金鹰奖",从此林海音及其《城南旧事》蜚声海内外。

一、女性问题小说

林海音写作的两个重点:一是两地(北平和台湾)的生活;二是女性。作为女性,她注意到了旧时代转成新时代一幕幕的悲剧,尤其是中国女性的悲剧。林海音虽然是个职业女性并且还是个颇有成就的女性,但她并不是个女权主义者,她所主张的仍然是夫唱妇随、妻贤子孝的传统家庭模式。林海音曾参与台湾中小学《国语》教材的编写，其中小学第一册第三课《谁起得早》由她主稿，课文是这样写的：

> 谁起得早，妈妈起得早，妈妈早起忙打扫。
>
> 谁起得早，爸爸起得早，爸爸早起看书报。
>
> 谁起得早，我起得早，我早起上学校。

林海音描绘的这幅"早起图"，极符合她的家庭生活，她家就是林海音早起打扫而何凡看书报，这在林海音看来是极平常不过的事情。没想到1988年，台湾的一个妇女团体却公布了一个报告，指出"妈妈在打扫"、"爸爸看书报"涉嫌歧视女性，引起了一场风波。后来，编译馆在压力之下，将"妈妈早起忙打扫"改为"妈妈早起做早操"，于是有人开玩笑说："一个看报，一个做早操，一文一武，那家务事只好搁在一边去了。"而林海音则这样认为：

> 我们主张男女平等是人格的平等，并非以谁做什么事来认定男女是否平等。而且，如果认为"扫地"是低贱的，那就更是错误的观念。"扫地"是整洁的表现，与男女平等无关。请不要把"劳动"的事情贬低，我编写课文时并没有这种观念。不但如此，我的人格平等观念非常强烈，所以在《国语》第三册第六单元《我的爸爸》中的练习，特别安排了二十二种爸爸的工作行业，他们有工程师、矿工、农民、驾驶员、泥水工、画家、医生等，就是为了要学童认为，无论他的父亲是做什么的，都是他敬爱的爸爸，没有工作高尚或低贱之分。这是最要紧的，而且在语文中也学习到了正面的、正确的观念。让我们在一个和谐、爱心的环境中，教导孩子也一样在和谐和爱的心态中学习。

林海音的这种看法是一贯的，从她20世纪五六十年代创作的小说看，其中即已贯穿着她的人格平等观念，她写了许多充满对劳动者、对弱者的同情与爱的短篇小说，这些下面还要谈到。这里单说她的女性问题小说，她笔下女性性格极端的并不多见，大都温柔敦厚，处世端方，是主流社会中的贤淑女子。当然，她笔下也有一些受压抑与扭曲的女性，但她们的行为方式并没有超出正常范围，属于社会能够容忍与理解的域限内，她的几篇著名的短篇小说颇能说明问题。

《殉》写一旧式女子朱淑芸为给久病的未婚夫冲喜，匆忙成婚，婚后不久即成了寡妇，寂寞中对小叔子产生了一种难言的情愫，后来过继了小叔子的女儿小芸抚养。小说开头即写小芸长大即将成婚，方大奶奶（即朱淑芸）为其备嫁妆的情景，中间回叙方大奶奶的前半生，结尾以小芸亲生父母来探望行将出嫁的小芸、方大奶奶备菜结束。写的是一苦命女子，却毫不悲戚，通篇流动着人间温情。方大奶奶的敦厚与善良，化解了她生命中的悲剧因素，她的顺命为她赢来了晚年有靠的结局，因为小芸会很快将她接到自己婚后的家中。一头一尾的设计，充满人间烟火气，营造了一种温馨的生活氛围。这篇小说晚于张爱玲的《金锁记》，是否受到张爱玲的影响尚未见到直接的证据，但两篇具有很多的可比性却是笔者要说的。《金锁记》的情节设计中也有一个小叔子，也是一段叔嫂恋，却写得诡谲怪异阴森，有一种令人窒息的感觉：《金锁记》中的曹七巧，家中本是开麻油店的，本来无缘嫁入姜公馆，只因姜家二公子残疾，几乎是废人，大户人家的小姐不肯嫁，才将她娶来。生了一子一女后，不几年曹七巧也守了寡，来到姜家后她也爱上了小叔子姜季泽。姜季泽虽是个风月老手，却不愿吃窝边草，曹七巧被冷落了几年。婆婆去世后，姜家分家，曹七巧终于如愿以偿，分到了大笔的财产，而姜季泽却因为挥霍无度，所得无多。曹七巧带着儿女单独立户后不几个月，姜季泽找上了门，不仅叙旧还表示要为她打理财产。惊喜狐疑的曹七巧，看着这个令自己痛苦了几年的男人，忽生恨意，他是为了钱才再来撩拨她的。暴怒中，她赶走了他，往后的日子就更加出奇，曹七巧不仅让一双儿女抽上了鸦片，还逼死了儿媳，破坏了女儿的唯一一次爱情，在疯狂的畸形生活中结束了自己衰弱的生命。曹七巧的恋情及其行为方式，表露的是人性中最极端的恶欲与自私，即使她爱着姜季泽，在分财产的时候却是她最与这个小叔子计较，当多年后姜季泽向她示爱时，她首先反应的也是他要谋夺她的财产，这是一个被金钱欲望锁住的灵魂。张爱玲对这个人物是带着几分鄙薄与不屑的。曹七巧在姜公馆的举止言行粗俗无教养，惹人生厌，处处透着她麻油店的出身，出身的低微、非常的婚姻再加上并不善良且自私的品行铸成了一个特殊角色的畸形人生。这个角色充分反衬出张爱玲作为书写者的大家闺秀身份的优越与高贵。张爱玲在这个人物身上并未给予同情与理解，而是以一支冷峻的笔写透曹七巧的可鄙与乖戾，这个令人憎恶也让人可怜的人物是张爱玲笔下最成功的角色之一。

相形之下，林海音笔下的方大奶奶则善良温柔可爱得多。方大奶奶的命运虽可说是悲剧的，但她与自己的命运相谐和，她的生活是自然的，待字闺中时她安然地接受父母的订婚安排，等待成婚的过程虽漫长，她也没有什么怨言，当要给久病的未婚夫冲喜的重大决定送到她耳边来时，她也带着企盼顺从了。然而命运并没有给她带来惊喜，而是无可奈何地逆转了，她的丈夫在一个月后病逝了，命不如人，她还是认了，默默地承受着自己的命运，绝无狂暴与乖戾。可她毕竟是一个活人，守寡的岁月里，小叔子在她的心中荡起了情感的涟漪，但她的爱发乎情止乎礼，一切都符合一个大家闺秀的标准，她最后把感情寄托在了她所收养的小叔子的女儿身上，并最终得到了回报。

方大奶奶一直生活在自己熟悉与适应的环境中，她是大家闺秀，婆家也是大户人家，她很适应这样的生活，没有曹七巧那样的与生存环境对立的焦躁，加上自身的顺命、善良与节制，她也就避免了像曹七巧那样成为别人的笑柄与谈资。然而，她的内心真的没有痛苦，是一波如镜的吗？并不如此，小说结尾处写小芸出嫁前方大奶奶的心境："她自己也知道，近来太忧郁了，不安和悲凉袭击着她，这种感觉就和家麟刚回国时一样，那次是因为出现了二奶奶，这次是敏雄，都是摘她心肝的人！"这短短的一点，就将方大奶奶内心的痛苦展露无遗，人性的多面与深刻也在这一点中倾泻而出。林海音的小说干净明朗却不缺乏人性的深度。小说写方大奶奶对小叔子的爱非常含蓄节制，书房相遇一节写得美而含蓄自不必多说，多年后这种爱仍然充溢在她心中。她抚养小芸时，小说写道："她很爱小芸，每逢她紧紧搂着小芸的小肉体时，除了亲子之爱以外，在内心中还荡漾着一种神秘的快乐。她常常想：这是她的孩子，也是家麟的孩子。许多人都说小芸的眼睛很像她，但是她更喜欢逗着小芸对人说：'大手大脚的，跟她叔叔一样！'然后举起小芸的肥手送到自己的唇边亲吻着。就凭着自己内心常常泛起的这点点神秘的快乐，和对下一代成长的希望，唉！这么许多年竟也过来了。"方大奶奶对小叔子的爱，在林海音笔下是纯净的美好的，是支撑她人生的东西，这种爱欲描写虽多少带一点弗洛伊德式的解剖在笔端，却是中国化的含蓄、节制、有人缘，而张爱玲则将曹七巧的爱写得丑恶、极端、欲望化，是审丑性的，林海音则是审美式的，写一种中国人可以接受的隐秘的爱。林海音喜欢世俗生活，喜欢世俗的快乐，她对方大奶奶的痛苦的解决方式也是林海音式的世俗快乐方案。小说结尾处写完小芸出嫁前方大奶奶的悲凉心境后，这样收尾："方大奶奶推开虚掩的街门进去。

嗯？屋里有好几个人影？啊！是小芸的叔叔婶婶来了。他们正围着她的绣活在欣赏。"
"——幸亏多买了半只盐水鸭，再炒一盘茭白，都是叔叔喜欢吃的。她这么算计着，提着
线网袋就直往厨房走去。"这是符合中国人接受心理的解决方案，在其乐融融的世俗生活
中，一餐便饭化解了方大奶奶一生的相思。方大奶奶的出现晚于曹七巧，她比曹七巧更心
智健全、善良、忍让、富于人情味。如果说曹七巧代表的是旧式大家庭寡妇生活的疯狂
版，那么方大奶奶则代表了她们的常态与一般存在方式。这也是林海音笔下女性的特点，
即她笔下的女性多是常态的、明朗的、顺从女性规范的。一句话，林海音是一个正统派。
林海音曾在她的另一篇自传体回忆《婚姻的故事》中谈到《殉》的故事原型。据林海音
说："这篇小说虽然不是我们家的事情，但我便以我们这大家庭做了背景，而且说实在
话，也是三哥的事给了我灵感，再加上另外曾和我在图书馆的同事怡姐的一部分实情，凑
起来的。"林海音在这里所说的三哥指的是丈夫的三哥，他因为父母给包办的婚姻不幸郁
郁而死，三嫂则带着两个孩子回了娘家；怡姐则是林海音在北师大图书馆工作期间的同
事，是一位女画家，为了给丈夫冲喜而结婚，婚后一个月就做了寡妇，她的小叔子对她确
实还不错，但弟媳妇就差些，她就只好一个人搬出来租屋居住，并且在图书馆找份工作自
己养活自己；小说中的公婆画像则是以林海音自己的公婆为原型的，林海音的公婆是很可
亲讲理的一家，小说赋予方大奶奶温情的家庭就是从林海音自己的感受出发写的。方大奶
奶虽然不幸，但林海音给了她最好的结局，并且让她怀着一种朦胧而美好的情愫度过大半
生，也算是给她不幸的人生以亮色了。这说明林海音不仅是正统的而且是善良的。她不忍
心让她同情且喜爱的角色有凄切悲惨的人生。夏祖丽曾说，林海音晚年连悲剧电影都不忍
看。这篇小说虽是林海音中年时所写，但她这种怕看悲剧的心态可能早就存在并影响到了
她的小说创作中。林海音的这种心态，从心理学的角度分析，恐怕是与她早年丧父的经历
有关，虽然林海音一生坚强乐观且人生幸福，但她早年丧父的经历多少对她的心理状态及
人生追求、价值取向会形成一定的影响。

　　林海音的另一篇写旧式女性悲剧的短篇小说《烛》，写中国传统的纳妾文化给妇女带
来的痛苦。启福的大太太因为丈夫纳了妾，就自己折磨了自己一生，一开始她假装瘫痪，
天天躺在床上喊头晕，要丈夫的妾秋姑娘服侍自己，久而久之她也就真的起不来了。就这
样，她躺在床上失去了丈夫，失去了秋姑娘，又躺在床上赖儿子赖孙子，喊着头晕要他们
到床前来看自己，她的一生也就在床上度过了，直至弥留状态。小说篇幅不长，却将一旧
式家庭的家庭内幕、妇女命运写得细致入微，令人掩卷沉思。小说里的大太太是一个大家
闺秀，按照那个年代的女性行为规范，她必须给自己的丈夫纳妾。但秋姑娘却来得早了，
而且也不是她给挑选的，按她的心思，她"预备选择一个不但适合启福，更适合于她的姨
奶奶。老爷的姨太太是大太太给挑的，这对大太太的身份，有说不出的高贵威严"。然而，
家里的佣人秋姑娘却趁着她生第四个孩子的时候和老爷私通了。知道这件事后，她恨死
了，但秋姑娘却跪在她面前哀求，求她惩罚她，不要赶走她。秋姑娘被留下了，"宽大是
她那个出身的大家小姐应有的态度，何况娶姨奶奶对于启福只是迟早的事情"。这就是那
个时代大家庭中的女德与女范，她不能有嫉妒，不能有反抗，丈夫纳妾后，她还必须保持
自己大太太的尊严。"自从启福收了秋姑娘以后，她就再也不到他们的房间去，虽然近在
眼前，她有身份，也不屑于去。"虽然在心里，她嫉妒得要命："看着秋姑娘的背影消失在
昏暗之外，她的睡意反而没有了。静聆着对面房里的动静。忽然，秋姑娘吟吟地笑了，仿

佛是启福出其不意地揽住了她的后腰，才这样笑的。他就那么耐心地等待着秋姑娘回房去吗？她恨死了！恨死了秋姑娘在她面前的温顺！恨死了启福和秋姑娘从来不在她房间里同时出现！恨死了他们俩从没留下任何能被人作为口实的举动！"秋姑娘的聪明，让她找不到发泄的理由，她无从发泄自己的嫉妒之火，只能自己折磨自己，白天她推说头晕、腿痛不肯下床，躺得久、想得多、吃得少，终于晕倒，启福被从衙门里接了回来。"他坐在床头搂着她，支撑起她的半个身子，原来她是靠在他的怀里。很久以来，他都没有在她的床边坐一坐了，更不要说这样地靠了。但是启福以及家里一切围在她面前的人，都异口同声地劝慰她说：'大奶奶，别着急，您尽管养着病，家里都有秋姑娘，您别着急。'""她听了更痛苦地闭上眼睛，她没有病呀，没有像人们所说的那样严重的病呀！但是她连这样靠在自己丈夫怀抱里的机会都没有了吗？她更用力地把头顶在启福的胸怀里，让她这么和他偎依一会儿吧，但是床前什么人在说话了：'老爷，您还是让大奶奶躺下来舒服点儿，这么样，她胸口更窝得难受。'""'这是谁说的？是秋姑娘的主意吗？启福果然轻轻地把她放到枕头上了，枕头凉兮兮的。'""这样，她更不肯起来了，秋姑娘成天成夜地伺候着她，管理着孩子们。家人亲友都夸说，亏得有秋姑娘，亏得有秋姑娘。"她就这样在和另一个女人的竞争中败下阵来，她的丈夫、她的管理家庭的权力都归了绵里藏针的秋姑娘，至于她自己就只能躺在床上，当了一辈子废人。这篇小说的层面较多，其中多妻家庭的女性性权利的争夺是一个方面，女主人的治家权的旁落也是小说表现的一个方面。比如小说写秋姑娘对家务的承揽，不仅意在表现她的地位卑下，也意在表现她的心计。在旧式家庭中治家是女人基本的权利与义务，因为秋姑娘的无懈可击与能干，失去性权利后孱弱无比的大太太放弃了对她的管理权，也就失去了在家庭中的地位，只能一辈子成为废人。而身为妾的秋姑娘则以做家务、侍候太太少爷小姐来换取性权利与在家庭中的位置。她的家庭出身以及她的妾的身份决定她只能以这种卑下柔顺的姿态来谋取自己的生存权。虽然她的存在就是对大太太的损害，但这是男权社会中的纳妾制度造成的。她只是顺应了这一制度，成为这一制度的合谋者而已，而大太太则不适应这一制度，身为女性个体只能以废黜自身来抵抗，终成为一个可怜的牺牲品。女主人对子辈的亲情与监护权的放弃也是小说表现的一个方面。林海音比较重视女性在家庭中的多种角色作用，而不仅仅表现女性的性嫉妒。小说的开头是以这位大太太当了奶奶后用头晕招呼孙子开始，又以儿子孙子守在她的弥留之际结束，实际上写的是她对自己的折磨不仅是自己一辈子的事，也是对儿孙的。她的儿孙没有了拥有一个健康母亲和健康奶奶的幸福，这既是这个纳妾家庭的悲哀，也是对纳妾制度的控诉，这个制度也剥夺了家庭中子女享受健康母爱与正常童年生活的权利。事实上，一夫一妻制是到目前为止最符合人类男性与女性的人性自由、也最适合家庭中子女健康成长的制度。中国延续了几千年的纳妾制度是男权社会中男性性权利的滥用，也是对女性性权利以及家庭权力的最大损害。《烛》取自林海音一个中学同学母亲的真实故事，灵感则源自一部电影。据林海音在《婚姻的故事》中说："写这篇小说，是在看了一部电影后给我的灵感。电影中有一段描写一个女人为了要引起丈夫的爱怜，她假装病，整日坐在轮椅里。当她丈夫不在家的时候，她却在房中走动着，到窗前去张望。一听见丈夫回来的声音，她就坐回到轮椅上。这样企求爱情的办法是多么可怜啊！"这是一个永恒的两性话题。在旧式的婚姻中，面对绝对的男性强权，女性获取爱情的方法则要以自身的病弱与残疾来得到。这是男权对女性的压迫与戕害，《烛》中的大奶奶何尝不是这样的一个牺牲品。

林海音在《烛》中表现的是纳妾制度对妻子的戕害，她在另一个短篇小说《金鲤鱼的百裥裙》中则写了妾的痛苦。

《金鲤鱼的百裥裙》写出身寒微的金鲤鱼，六岁就被卖入许家当丫头，因为许大太太一窝生了一群女儿，后来索性不生了，许家的人都很着急。许大老爷官做得那么大，没有儿子是不行的，许家的老太太也就张罗着要给儿子纳妾。情急中的许大太太，自然就想到了金鲤鱼，金鲤鱼是许大太太买来并调教长大的，是自己人，百依百顺，肯定逃不出自己的手掌心。于是，十六岁的金鲤鱼也就被收房做了老爷的姨太太，而且很争气地生了儿子。儿子是生了，但许家上下仍然叫她金鲤鱼，她一直在想，怎么让这条金鲤鱼跳过龙门！儿子十八了，该娶媳妇了，她找人绣了一条绣着喜鹊登梅的大红洋缎的百裥裙，就像家中一切喜庆日子时老奶奶、少奶奶、姑奶奶们所穿的一样。然而婚礼前，许大太太发布了一个命令，大少爷娶亲那天，家里妇女一律穿旗袍，因为已是民国了，两个新人也都是念洋学堂的，要穿旗袍才显新气象。到了大喜的日子，果然没有任何一条大红百裥裙出现，金鲤鱼所要的这一点点区别就这样被民国"新"掉了，她的百裥裙从此也成了全家的笑话。儿子受不了这样的痛苦，远赴日本读书去了。十年后儿子回来了，母亲却郁郁而终，因为金鲤鱼是妾的身份，棺材便不能由大门抬出，儿子扶棺痛哭终于为母亲赢得了从大门抬出的权利。金鲤鱼的灵柩在儿子的扶持下堂堂正正地由大门抬出了。金鲤鱼终于在死后赢得了她生前在这个家庭所不能得到的礼遇不能不说是一个悲哀。在这篇小说里，作为妻的许大太太处于绝对的强者地位，金鲤鱼是她买来调教大的，一生都在她的掌控之中，不管丈夫在外面多么风光，家中的管理权却在许大太太，连金鲤鱼生的儿子也要归她教养，因为这种威权已经取得。她并不在意性权利，抱走金鲤鱼的儿子后，就很大方地将许大老爷让给了金鲤鱼，而金鲤鱼其实并没有因为拥有了许大老爷而改变自己的地位。在这个家庭里，她只是一个生育和性的工具而没有人的尊严，没有一个女人完全意义上的家庭地位与自尊。作为生育和性的工具，她只能是金鲤鱼而不能是其他任何有地位与自尊的女性，她的一生也都在为如何摆脱这种象征性和生育的"金鲤鱼"而苦恼。在这个家庭中，金鲤鱼生了儿子却没有抚育权，通常说的"母由子贵"在金鲤鱼身上并不适用，儿子生下来归了许大太太，连名字也是由外公——许大太太的父亲给起的。因为儿子是这个家庭的继承人，当然不能归地位卑下的金鲤鱼教养，许大太太以妻的身份与地位剥夺了作为妾的金鲤鱼的为母权。如果金鲤鱼生的是女儿，也许许大太太就不屑于与金鲤鱼争夺了，但那样的话金鲤鱼的处境就更可悲了。生了儿子，想翻身却翻不了身，金鲤鱼的悲哀是作为家庭管理者的许大太太打压的结果。许大太太是很有远见的，金鲤鱼的儿子——这个家庭中的明日之星一出生就被她抱走了，而老爷就让给了金鲤鱼。小说写得很含蓄，只写了一句外公给起名字就点出许大太太的娘家是有势力的，岂是金鲤鱼这个买来的丫头所能较量的。金鲤鱼的悲剧不仅是她作为妾的低微地位造成的，也是因为她由于生了儿子而不甘于妾的低微而造成的。金鲤鱼的这种要求，在现代的女性看来是再正当不过的，在金鲤鱼身上却不能实现实在是时代的悲哀。小说的开头结尾以金鲤鱼的孙女要参加毕业晚会寻找民初服装而翻出金鲤鱼的百裥裙引出并结束故事，以四十年的时空跨度喻示时代的变化在女性身上所发生的影响，昔日金鲤鱼视为身份地位象征的百裥裙在现代的孙女那里只是一件服装表演的道具，时空的交错道出了历史的沧桑。一个女性与一条百裥裙的故事在这样的安排下就有了历时的空间感，这是林海音很有代表性的一部短篇小说，技巧很完美。

　　林海音所写的这些旧式女性，有的因为顺命而温柔敦厚，有的因为不顺命而受到家庭的压抑而造成悲剧，她们活动的范围都在家庭之中，性格行为也还在旧的伦理道德规约内。这些女性的反抗方式大都以自残与自伤来进行，这是那个时代作为弱者的女性较为普遍的反抗方式，林海音只是较为客观地将她们描画了出来，并没有像张爱玲那样表现极端的变态心理。她们都是旧的家庭模式的牺牲品，林海音对这些女性饱含着同情，写她们的压抑与自伤也没有到令人厌恶的程度，而是让人怜悯与同情。她们与令人厌恶与憎恨的曹七巧型的女性有着天壤之别，她们基本上没有越出柔弱与自抑的女性规范，不是张扬的、刻毒的，在林海音眼里她们不是新女性。林海音在《婚姻的故事》中说过这样一段话："不错，就拿娶姨太太说，我们这一代的妇女就想象不出我们的上一代的妇女怎么能够忍受丈夫的那种行为。有人认为一定和丈夫没有爱情，才能忍受除自己之外再容纳另一个女人。这话不太对，我以为她们忍受的是环境和当时社会的传统，而不是真正不对丈夫再有爱情。我的婆婆虽然依了当时的环境和她的观念，接受了另一个女人——姨娘，共同走进丈夫的心房，占据了一处地方。但是她内心中，并不是真的那样大方。丈夫的心不像别的东西，不能随便施舍给别人，婆婆是旧时代女人，但是爱情是独占的，古今一样。"细腻的林海音正是体会出了女性的这种"不大方"，才写出了像大太太、金鲤鱼这样生动的人物。她并不是要站在女权的角度控诉什么，只是很自然地展现了上一代女性的生存样貌。但林海音毕竟是一位女性的写作者，有着女性的分析立场，她的展现很自然地就是对旧式婚姻与家庭对女性的伤害的一种批判。但林海音毕竟是林海音，她写的是旧式的女性世界，也写了新一代女性对上一代女性处境的隔膜状态。比如《金鲤鱼的百裥裙》中对孙女的描写，就很自然地在一种时空的交错中审美化了旧式女性的痛苦，控诉变成了说故事，变成了说旧事，痛感消失而哲思上现，一个现代写作者的立场便显现了。毕竟那已是很久远的事了，于是林海音写于20世纪五六十年代的小说就既不与当时的读者隔膜，也以其共时性与我们现在的读者沟通了。

　　林海音写旧女性写得很有特色，给人印象深刻，她所描写的与她同时代的女性的生活也同样有精彩之处，《烛芯》描写的就是一个与林海音处于同一时代的女性的故事。元芳和志雄结婚半年多，已是"七七事变"四个月后了，元芳怀了五个多月的身孕，志雄是活跃的记者。为了躲避日本人的迫害，志雄只身逃到大后方去了，留在敌后的元芳却惨遭日本人的毒打而流产了，便回到天津的娘家生活。抗战胜利了，志雄回来了，告诉元芳他在后方又成了一个家，还有了三个孩子。他住了十天就走了，不再回来，后来又去了台湾。元芳追随他来到台湾，志雄还是不能抛掉他的另一个家，元芳也只好默认了。志雄以两边各住一个星期的方式来解决问题，元芳迫不过另一个女人的厉害，又没有孩子，最后她这边的一星期也难以维持了。就这样，经过二十五年名存实亡的婚姻，元芳终于下定决心离婚了。不久，她终于找到了自己的幸福，嫁了一个太太在大陆的单身汉。小说开头、结尾都是元芳在烛光中回忆自己的前半生、等待出差的新丈夫的心境中进行的，以主人公现时愉快的心绪结束她二十五年的等待与不快，给人以希望与光明。元芳是一个受过新式教育的女性，然而她的婚姻却遭遇了与上一代女性同样的困境。毕竟时代与具体的个体已经发生了变化，她并没有像上一代女性那样自伤与自抑，最终还是觉醒了，不仅摆脱了旧式的枷锁，也找到了自己的幸福。元芳的这种行为却遭到了同学的批评，但元芳并不是一个懦弱且同于流俗的女性，她在给同学的答复中说："两次婚姻的际遇，会被人怎样地批评，我也顾不得了。《圣经》上说得对：'日光之下，并无新事。'在婚姻的戏剧中，我两次扮演了同出戏中的不同角色而已。"事实上，元芳在这里说的两种不同的角色——妻子与情人，正是在婚姻中女性需要自处的两种角色。在一段美满的婚姻中，女性必须将妻子与情人的角色调适好，才能成全起一段美好姻缘，否则，势必造成对方的不满足。妻子的角色往往是母性的、贤惠的、居家的，情人的角色往往是性欲的、娇性的、隐忍的，这是一般人对这两种角色的想象。林海音赋予元芳的，正是一段倒错的关系。在第一段婚姻中，元芳是妻子，却像一个情人似的长期隐忍等待，她没有孩子，无法发挥女性的母性与居家特长，最终在与另一个有孩子的女性的较量中败北；在第二段婚姻中，元芳处于第二妻子的角色，但因为第一妻子的不在场，使得她可以和丈夫居家过日子，满足女人的基本需要。在这篇小说中，林海音讲的不单单是一个女性走向觉醒的故事，而且是一个女性角色转换的故事。我们可以比照一下林海音在《婚姻的故事》中讲的方先生与方太太的故事，表面看起来方先生与方太太是一对神仙伴侣，方太太本是大家闺秀，气质高雅，擅琴棋书画，并不在意方先生的穷酸，也不在乎物质享受，不惜与有钱的娘家决裂来追随方先生，他们恩爱了一生。然而出人意料的是，在方太太死后，方先生却爆出了早就背着方太太与另一个极普通且贤惠的女人生活且生有四个孩子，老大都已大学毕业的猛料，令人讶异。在这里，方太太也是一种角色倒错的悲剧，她的个人定位满足方先生的其实是一种精神恋爱与情人的角色，而方先生其实更需要一种世俗的爱情——生儿育女、居家过日子。方太太是自身不具备这种世俗能力，而元芳在第一段婚姻中则是被时代与丈夫双重地剥夺了这种权利，她不甘于这种剥夺，希望在第二次的婚姻中找到这种居家过日子的世俗权利，所以勇敢地迈出了一步。这说明，林海音在女性家庭角色的定位与转换上是做了多种探索的，她是一个极重视居家过日子的人，所以赋予元芳第二次婚姻的光明。

林海音笔下的时代女性，在内心深处大都是渴望传统家庭生活的。她有一篇短篇小说《奔向光明》，是将家作为女性的光明的归宿的。小说以第一人称叙述，一开篇就说："我们这样地散步，到几时为止呢？你有你温暖的家庭，我有我光明的将来。"写一个未婚女子与一个已婚男子的一段感情，未婚女子完全知道男子的家庭情况，两人仅止于一起散步的关系。女子很欣赏男子的谈吐，羡慕他的家庭生活，但这种关系毕竟有些暧昧。每天的黄昏，不管风中、雨中、雾中，他们都在桥边相见，男子只是把她当作一个倾诉对象，而女子需要的却是一个温暖的家，一个真正属于自己的男人，于是她终于果决地在无数次"明天见"之后要对男子说"不再明天见"了。她难以当面向男子说出这句话，而是写信说。整篇小说就是以女子向男子写信的方式叙述，仍然是林海音式的重家重温情的情感方式。小说大篇幅地写了男子的家庭。与其是在表达对男子的异样感情，不如说是在规劝男子回到家庭。小说没有对男子的哀怨与指责，有的是对他的谈吐与幽默的欣赏以及对男子温暖的家庭生活的向往。虽然写的是一段男女的婚外感情，却充满对婚内生活的赞美。在林海音笔下，婚姻并不是围城，这个男子有着美满的婚姻，他只是对婚外的女性有一种好奇，有一种倾诉欲，而女子也明白男子的情感，懂得进退。两人都是君子，都知道发乎情止乎礼的含蓄美，于是一场矛盾的并带有危险因素的感情就在女子希望找到家庭归宿、"奔向光明"中戛然而止了。

林海音还有一篇短篇小说《爱情的散步》，写的则是一对夫妻的散步。这里没有花前月下的浪漫，没有海誓山盟的激情，有的只是夫妻二人的相互体恤、默契、如散步一样的平常的琐屑日子，然而他们的爱情却是不平常的，妻的表现尤其坚定并影响着丈夫，他们在拮据的生活中拒绝了意外之财的诱惑，也避免了一场牢狱之灾。虽然他们站在商店的橱窗前不能考虑自己的需要，他们薄薄的一沓钞票只够买给四个孩子的礼物，但这些并不能影响他们爱情的快乐、家的温暖。这篇小说中所描写的生活细节其实有一些是有林海音自己的影子的，当然故事情节则属于虚构。比如妻子居家的精打细算、夫妻二人的相濡以沫，就很有一些林海音初到台湾时的生活境况的影子，也是50年代普通台湾人生活景况的写照。然而，就是在这普通的日子中，林海音写出了人性中最有光彩的爱情的力量，它可以使人坚守自己的道德底线，可以战胜物质的诱惑，显出平凡中的伟大。小说写得很随意，却很精妙，以夫妻二人的散步写起，让妻子在散步中叙述他们的生活，自然、随意，却不流于散漫，于散步式的笔调中描绘出女性在平凡生活中的操守美。过平凡日子、坚守人格道德，这是林海音坚持赞美的女性榜样，小说的主人公也是她所欣赏的婚姻典范。

《堕胎记》写的则是女性的生育问题。妻从菜场回来了，见了丈夫立刻换了一副紧绷的难看的脸色来，丈夫莫名其妙，但吃饭时妻还是端出了丈夫爱吃的菜，丈夫想办法讨好妻子，终于弄明白，原来妻子在生了五个孩子之后又怀孕了。妻子自生第二个孩子起就哭闹着要堕胎，结果却生了五个孩子，这次丈夫又劝说妻子不要堕胎，妻子虽然气哼哼地出门了，回来却没有堕胎，而是买回了丈夫送她的皮鞋。妻子对丈夫的小脾气，丈夫的愉快，在林海音灵活的笔触下写得惟妙惟肖，读后不禁令人莞尔。生育对于中国人来说历来是喜事，妇女在生育中所遭遇的生理痛苦与心理恐惧，在新生命诞生的喜庆中都烟消云散了。添丁添口对男性和家族来说是一种荣耀，是男性生育力与家族兴旺的象征。在传统家庭中，女性是可以凭着这点向男性显示自己的价值的，生育中的女性是无比重要的，受到全家的重视与保护。这篇小说中的妻子显然是受到丈夫宠爱的，夫妻关系是和谐的，每次怀孕时她都可以哭闹着堕胎，耍点女性的小脾气，既是向丈夫显示自己的重要，也表示了生育与养育孩子对女性来说是多么大的付出与牺牲。小说虽只写了夫妻间在生育问题上的不同态度——男性的愉快，女性的气恼，但蕴涵十分丰富，显示的是生育对男女两性不同的意义。这里只写了生育对女性意味着付出与牺牲而引起女性的气恼，却没写堕胎对女性身体的伤害，似乎堕胎就是女性对意外怀孕的解决方法，似乎有些简单化。当然，小说中妻子的没有堕胎完全是出于对丈夫与孩子的爱，这里显示的爱的主题又另当别论。

在林海音的女性问题短篇小说中，传统女性的比重较大，但她的作品中也不乏时尚的元素、新人物的朗音。在她写的新时代色彩的女性形象中，《绿藻与咸蛋》中的曼秋比较有代表性。曼秋是一个美丽、开朗、热情的年轻女性，与她化学家的丈夫萧定谟过着融洽的夫唱妇随的模范夫妇的生活。然而，他们的这种和谐的生活，却被曼秋的一个老同学的到访打破了。曼秋的老同学傅家驹是一位作家，还曾经追求过曼秋，虽然曼秋并不曾将这种追求放在心上、几乎忘得干干净净，但在他造访后，还是在吃饭时无意地将当年的追求透露给了丈夫萧定谟。本来萧定谟就对傅家驹的来访心里酸酸的，知道这个消息后就更成了负担，在翻看了傅家驹的小说《孤独者》后，就更断定他是要来家里寻旧情的，于是连晚饭后预备请曼秋看电影也免了。曼秋却毫不知情，仍然邀请傅家驹及老同学们到家里聚会，萧定谟虽然极不情愿，却也不得不在聚会上发表了一通对于他研究的绿藻对人类的意义与价值的看法。聚会后，曼秋陪傅家驹上了街，这就更让萧定谟猜疑了，又取消了和曼秋看电影的计划。直到两天后，萧定谟的疑团才解开了，傅家驹送来一篮自己太太腌的咸蛋，并写信感谢曼秋那天帮他上街为太太及孩子挑选衣料。萧定谟这才释然，晚上终于拿出了电影票请曼秋一起观看。小说写的是丈夫萧定谟的嫉妒，突出的则是曼秋的美丽开朗与热情，一出小小的误会更加深了两人的感情。这是林海音比较有代表性的一个短篇小说，故事设计精巧，叙述圆熟，人物有时尚感，是她小说中不可多得的一篇带有新时代色彩的作品。曼秋这样的婚姻与家庭生活，已超越了林海音笔下的旧女性，不仅活得自尊自由，还拥有一份完全的爱情，拥有现代女性都应在婚姻中得到的尊重与自由。因为丈夫事业有成，曼秋不必为生活忧虑，这是她优于一般女性的地方，她的主要任务就是要经营好自己的爱情与家庭。从作者的表述看，这点上她做得很好。夫妻感情很和谐，小说没有写曼秋的职业与孩子，只写了她作为一个美丽的妻子，在丈夫的爱情之外还有友谊的需要。小小虚荣心的满足的需要，小说写的就是她这种需要的满足与她不太大方的丈夫之间的一场并不很激烈并且充满喜剧色彩的矛盾，小说的时尚色彩也即出于此。如果曼秋非常满足于自己的日常生活、满足于丈夫的爱情，也就没有这场喜剧了。小说取名"绿藻与咸蛋"是经过精心构思的："绿藻"代表的是曼秋的丈夫、"咸蛋"则代表的是傅家驹的妻子，也即在曼秋与傅家驹满足自己友谊需要的同时，"绿藻"与"咸蛋"的感受也是很重要的。小说明写了"绿藻"，而"咸蛋"的线索则是隐写的，虽是隐写，但通过美味咸蛋的腌制，一个贤惠能干的主妇跃然而出。事实上，曼秋与"咸蛋"代表的是女人的两种状态，而傅家驹与"绿藻"代表的又何尝不是男人的两种状态。在别的男人闯入自己家庭寻找对自己妻子的友谊时，多数的丈夫也都成了"绿藻"，而当自己丈夫出外寻找与别的女人的友谊时，在家的多数妻子又何尝不成为"咸蛋"。"绿藻"与"咸蛋"是两个可以拓写的隐喻，林海音在这里只是表现了他们的日常状态，戴绿帽子与被抛弃这样极端的样态不是作者所要撰写的，林海音在这里表现的又是一种很阳光的心态、一种幽默的生活观。她是不屑于写那些阴暗的见不得人的做派的，她倡导的是一种明朗健康的生活哲学，不要以为这是一种写作的局限，这也是一种价值观的取舍。当然，并不是林海音不写，生活中就不存在阴暗现象，而是她选择了写自己所要倡导的生活价值与生活理想。林海音在她的长篇小说《晓云》中涉及了婚外恋的题材，但写得很美，是一个单纯的女性的爱情陷入问题，与阴暗无关，我们下面还要分析。《绿藻与咸蛋》式的婚内小插曲，是一般家庭都会遇到的，林海音阳光般的叙写，描述的是生活的常态，一种健康的处理方式。在林海音笔下，即使像曼秋这样的时尚女性也还是有着自己的做人尺度，忠于家庭与现在动辄出轨、寻找刺激的所谓新女性比，林海音一代的女作家要传统保守得多了。此外，《绿藻与咸蛋》的结构与情节设计也有许多可圈可点之处。台湾作家丁树南曾在《〈绿藻和咸蛋〉的写作技巧》中有这样的评论："结构的完整，造成了本篇小说相当的戏剧性。小说开端的情势便展示了悬疑，此悬疑在曼秋出示作家的短简之前自始至终笼罩全文。但作者又时不忘喜剧气氛的设计，因此在紧张之中有轻松，危机之中有幽默。最妙的是，当曼秋陪傅家驹上街购物回来而向丈夫提议晚上去看电影时，满腹牢骚的萧定谟冲她蹦出这么一句话：'你倒还有这种余兴！'可是过两天等到丈夫读了作家的信，如释重负，提议去看电影时，轮到太太以同样的话来调侃丈夫：'你倒还有这种余兴！'作者凭着这一项设计，强调了喜剧的效果。你看，同样一句话，出自丈夫的口，为读者展示了一幅乌云密布骤雨欲来的险恶画面；出自太太的口，读者看到的却是风和日丽，一片融洽气象，喜剧就在轻松和愉快中结束了。这是相当巧妙的设计。可惜的是，全文观点飘忽不定。我以为本文若采取'单一观点',当更有助于性格的表现,而予人以更深刻完整的印象。"丁树南在这里说的结构与情节设计的长处是有道理的,但他说的"全文观点飘忽不定",笔者以为不确。这篇小说其实是人类性爱主题的林海音式变体,可以穿越时空,与现在的读者沟通。

林海音的小说虽然写得阳光明媚,但女性类型却是多种多样的。《台北行》中的胡满芳则是一个不甘于庸常生活、追寻旧梦的女性。满芳不是一个朴素的女性,早年在大陆时曾有过很风光的社交生活,整天被异性包围追捧,给她留下了无限的回忆,可她却嫁了被她称为大傻蛋的少亭,生了两个孩子,来台湾后一头扎在清水镇里就挪不了窝。为了生活,她不得不当了乡村小学教员,成天价跟一群猴崽子打转转。一次通车典礼,满芳去看热闹,遇见了当年的老朋友小张。小张从台北来,在洋机关做事,邀满芳去台北玩。满芳满心欢喜地去了,以为又可以体味年轻时的风光与快乐了。没想到星期六到了,小张的机关关门,只好找一个小学同学疯跑了一天。终于到了星期一,打通了小张的电话,满芳以为可以大玩一场了,没想到在火车道旁的小馆子里,满芳坐了半天,小张才带着老丁姗姗来迟,只吃吃饭、谈谈生活近况,并无别的安排。最终,满芳终于忍不住要小张替她安排约会,小张也答应了,然而却一连两天没有音讯。临回清水镇的头一天,满芳去医院看表姐并辞行,在路上遇到了小张带着两个摩登小姐出去玩。满芳说明天要走,小张客气了一下后并无别的表示。来到医院,表姐问她玩得是否开心,她表面说开心,心里却要哭了出来。满芳是林海音笔下不多的几个爱慕虚荣的女性,对这样的女性,林海音还是笔下留情,怀着一种女性的同情与体贴的,她所要揭露的是男人的多变与不可靠,如小张,对满芳这样的女性则既有讽喻也有同情,同情她的生活辛苦与欢场过时,讽喻她的不安于本分、不顺命。但她并不是一个要被批判的对象,她只是要给自己闭锁辛苦的乡下生活来一点放松,来一点亮色,追寻一点旧梦,她的心是白先勇笔下尹雪艳式的,而她的命运却不济。这样的女性与福楼拜笔下的包法利夫人有着很多的共同点,是包法利夫人的台湾缩微版。如果满芳的台北之行得到了满足,那她还会安于自己的乡下小学教员生活吗?她是否要做一场会令她陷入更大悲剧的梦呢?包法利夫人在追求之后结束了自己的生命,满芳在小小的失意之后虽然挫败了虚荣心,但仍然可以再回到她乡下的辛苦生活中,安享天伦之乐,这何尝不是林海音的善意安排呢?

林海音在《风雪夜归人》中的李明芳满足了满芳们对社交生活的渴望,但这样的社交生活果真是女性的追求吗?小说给出的答案是否定的。李明芳因为丈夫失业不得不去当了话剧演员,没想到在舞台上却越来越红,成了主角。外面的应酬多了,宴会席上也会有很多尴尬事,演出结束都很晚到家,看到凌乱的家和丈夫孩子,她不由心生歉疚。出了名,反而加重了她的心情负担。丈夫一直找不到事情做,心情不好,还打孩子,夫妻二人有了隔膜。李明芳写信给老同学说,她宁愿丈夫立刻找到事情,哪怕当一个小小的雇员,她立刻辞戏再回到小小的厨房,过安静的生活,也不要做一个蹑手蹑脚回家的"风雪夜归人"。小说引用的一个女伶与萧伯纳的故事颇有意味,故事说,有一次一个成名的女伶向萧伯纳请教今后的途径时,萧伯纳却给了她这么一句:"去嫁人吧!"李明芳借此说:"从舞台走到家庭是归宿,我却从家庭走到舞台来兜风。"萧伯纳在此给女性所指的道路,与鲁迅对"娜拉走后怎样"的忧虑是一致的,是男性对于还处于社会弱势的女性的一种指引与关爱,他们还是认为家庭是女性的最佳归宿,作为弱势的女性还是要附属于男性的。几千年的社会养成,使得女性附属于男性已经成为大多数人,也包括绝大多数的女性自己的习惯意识,李明芳与她的丈夫便是这种意识的牺牲者,男人养家是理所当然,而女人养家便有那么一些名不正言不顺,她们自己心理上难以接受夫妻二人角色的倒转,生活得自然尴尬。当然,社会习惯也给养家的女人带来很多的不便,出去闯荡的李明芳也免不了被别的男人吃豆腐,这是造成她宁愿放弃职业,希望回归家庭的最主要的原因。林海音在这里探讨的,不仅是一个女人在家庭与职业之间两难的女性问题,更主要的是一种传统的社会意识对人的影响的问题,社会环境所给予女性的尊重与理解问题。

追求社交圈子整天被男性的目光包围的毕竟是一部分女性,还有很多的女性在自己女性的环境中咀嚼着对男性的单相思,《初恋》中的校长即是这样一位寂寞的老处女。校长年轻的时候跟随父母来到乡下,母亲去世后她一直照顾父亲和小妹的生活。一个暑假,父亲的学生——一个仪表堂堂的青年来到家中,当时二十八岁的校长怀着对青年的恋慕照顾着青年的起居。两个月过去了,青年的求婚对象竟然是只有十六岁的活泼的小妹。校长的教养使得她促成了这一段姻缘,自己却始终怀着对青年的初恋情感度过了多半生。这部小说有着西洋小说的氛围与特点:一个有知识且开明的父亲,相对封闭但不乏幽雅的环境,性格对比鲜明的两姊妹,一个青年绅士,构成了小说的主要人物。这样的故事构成我们在西方小说中并不鲜见,人物搬到了台湾就显得有些单纯,没有七姑八姨的家长里短,没有复杂的人际关系,人物很明净,但并不中国化,虽然承继了五四遗风,但比较之下,张爱玲的《五四遗事》则显得中国味很浓。明净单纯是这部小说的特点,校长这一人物对初恋似乎怀着一种宗教般的感情,情感方式比较洋味,这也是五四式的。这样的人物在林海音的小说中并不是很多,人物情感仍然是美好的、阳光的。

林海音短篇小说中的女性形象,旧式女性写得比较生动,新式女性中也以传统保守的多,其中当然也不乏一些光鲜的人物,但总体上还是以传统女性居多。如《冬青树》表现的是女性代际之间的差异,舅母的慈爱与母性,"我"的年轻与自强,都表现得很好。在舅母眼里,"我"的婚变真是一场悲剧,而"我"则处之泰然,相信自己还会有光明的前途。这是年龄与时代所形成的女性之间的差异,但林海音为女性指出的光明前途仍然是家庭生活,她是接受了男性视点并综合了生活经验的。的确,到目前为止,世界仍然是男性占主导的世界,平常女性的归宿仍然还是在家庭。林海音正是看到了这一点,给出了女性的前途。所以,她不是一个前卫的女权主义者,她是一个主张与男性建立一种和谐关系的女性作者。从她的小说看,她主张通过家庭关系的确立,通过女性的生育与抚养,通过和谐的夫妻关系来体现女性的生存价值与社会价值。《迟开的杜鹃》写一个挑对象挑花了眼的大龄女性亚芳,在挑了一大圈以后还是和以前的一个男友建立了恋爱关系,虽然迟,但杜鹃还是开了,仍然是以爱情与婚姻为女性的归宿。林海音本人即是一个家庭与事业并重的女性,她的小说对女性的爱情婚姻进行了多方位的探索。毕竟这是女性一生中极为重要的事情,是所有女性都关心的问题。林海音写出了她看到的现象,也给出了她的解决方案。当然,林海音对女性爱情心理的描写也是做了多方面探讨的。比如,她以女画家梁白波的经历为原型撰写的《某些心情》,即写了一个早年从事艺术的女性的爱情心绪。"我"早年画画,与一位有才华的小提琴家同居。小提琴家离开"我"以后,"我"听从母亲嫁给了一个不懂艺术的丈夫,两人过着无爱的生活。虽然有了一个儿子,两人还是经常冷战。终于有一天,"我"忍受不了这种气氛,出来寻找早年的艺术家男友,"我"终于在花莲的乡下找到了他——一个佝偻着背的老头,正生着一炉火,一个小脏孩从屋里出来叫他爸爸。"我凝视了一下，不等他抬起头，我就返身走开了。""这不是会见，只是奇异的瞥见，没有惊喜，没有情义，没有怜悯。""我"回到台北就病倒了，失落的心情很苦。这样的爱情心绪。在林海音之后的台湾女作家的创作中并不鲜见，虽不一定是谁影响谁，但这毕竟是尚不成熟的人类所经常会有的一种爱情心绪。林海音写这篇小说明显是在规劝女友梁白波。梁白波到台湾后又结了婚，蛰居乡下，郁闷中竟得了精神分裂症。林海音曾与她有联系。小说的结尾写儿子给"我"来信，希望妈妈督促学习，"我"也认为"其实我没有资格把自己搁在伤感的情绪里的，看看我能不能让自己从难堪的现实中站起来"，其实是在鼓励处于这种状态的女性摆脱消极心绪的影响，积极健康地去生活。

二、中篇小说

林海音的中篇小说创作是她最为成功的作品，最著名的当然是《城南旧事》，其他如《婚姻的故事》、《孟珠的旅程》、《晚晴》等写得也很成功。《城南旧事》我们将单列一节，这里着重谈谈其他三篇。

《婚姻的故事》是一篇纪实性小说，以林海音婆家为主线，穿插林海音周围的同事、同学、朋友以及母亲的朋友等的家庭故事，写了一桩桩婚姻的真实状况。《婚姻的故事》中的许多故事原型都已被林海音扩展成短篇小说。比如《殉》、《烛》等等，我们在前面都已提到。这篇小说展现的是20世纪20年代到40年代的中等人家到大户人家家庭的婚姻形态，让我们看到了林海音早年的生活背景，其中最主要的背景就是她婆家的生活。公公、婆婆和姨娘的故事，三哥、三嫂的故事，害单相思而终致得神经病的五哥的故事，让我们看到这个渐趋衰落的大家庭日常生活的一幕一幕。公公、婆婆和姨娘的故事是旧时代处于尾声的妻妾共夫故事，三哥三嫂的故事是新时代刚开始时包办婚姻所造成的悲剧，而五哥的故事则是一个尚不具备自由恋爱能力的单相思者的悲剧，再加上穿插的其他婚姻故事，林海音让我们看到了那个时代的一个个人物。这些人物也许与我们现在所处的时代有隔膜，但林海音以她质朴的笔触还是让我们体味到了他们的痛苦与喜乐。这里面的主角还是女性，同情的也还是女性。比如在写完"我"的同学傅的母亲为丈夫娶了姨太太而在床上瘫了一生的故事后，林海音感叹道："姨太太，是某些时代很自然的产物，给男人们写下了多少艳丽的人生的史章，他们多得意！但是也唱出了不少人生悲歌吧？"这里林海音也给了傅的母亲的情敌兰娘以极大的同情。林海音是站在女性的角度来看她们之间的竞争的："为了一个男人，两个女人过了这样的一生，这是多么奇特的事情呢？她们共同的目标死了，留下两个残弱的女人，本来是敌对的地位，反而变成相依为命。先是一个女人抢了（固然不一定是她主动的）另一个女人的丈夫，后来两人共同的丈夫死了，她反而伺候为她而残废的女人一辈子。当她们老姐儿俩谈旧日往事的时候，会说些什么呢？如果知道有这样结果的话，傅伯母又何必当初呢？但是她又怎能知道呢？"这里没有将两个敌对的女人置于你死我活的境地，而是如实地叙说了现实中人际关系中奇妙的一面，敌对变成了相依为命。人的感情人的关系毕竟是复杂而多维的，不是简单的平面化的，林海音写出了这一点。同样的写作深度与思考深度也表现在林海音对公公、婆婆、姨娘的关系的观察与表现上。比如婆婆与姨娘的互相嫉妒，中秋节分月饼的有趣一幕，观察仔细而又体味人心；姨娘的晒皮货，说明她在这个大家庭没有什么可凭恃的，只有积攒财产，处境也并不一味地如公公在诗里写"携曼姬游"那般浪漫。好小说应当多层面地展示生活而不仅仅给出一种答案,《婚姻的故事》写的虽是婚姻家庭,但展示的生活蕴涵却是丰富的。

这说明林海音是一个成熟的小说家。

《孟珠的旅程》写一个歌女的幸运人生。周孟珠自幼失去父亲,后来又失去母亲,靠在歌场唱歌养活自己和供养在南部上大学的妹妹。歌场中的姐妹各有一份苦衷,与孟珠最要好的雪子因被男友抛弃而做了歌女。她玩世不恭,自己糟践自己,后来在一份真情面前觉得自己配不上而跳楼自杀。在污浊的环境中,孟珠洁身自爱,从不逢场作戏,还得到一位年长的男性刘专员的爱慕与呵护,但孟珠并不爱刘专员,她爱上了在房东韩老太太家结识的年轻的英语教师许午田。许午田有知识有修养并且有德行,也是一个失去母爱的有次弟需要护持的苦命人,但他的自持与毅力让他有一种人生的坚定性。也正是这点吸引了孟珠。然而,就在孟珠想象着与许午田结婚、过幸福日子的时候,她得知与妹妹通信多年、妹妹恋慕的老师正是许午田,于是她痛苦地南下台中去寻找刘专员。富有阅历的刘专员看出了她的痛苦,安排妹妹与许午田同来。妹妹很懂事地退让了,当做什么也没有发生地请姐姐与许午田结婚,自己则到夏威夷留学去了,小说以孟珠与许午田结婚后怀孕作为喜剧的收场。这篇小说有言情小说的元素,与她的另一部长篇《晓云》一起可以看作是台湾言情小说大流行的前奏之一。但这毕竟是林海音版本的言情,人物相对而言比较严谨,人物性格相对温柔敦厚,人物的情感进程也不是要死要活的煽情,是比较舒缓地严谨地讲述一个可以流行的故事。同样的故事架构在琼瑶手里可以写成厚厚的一本,但在林海音手里则只写成了一个中篇。原因是林海音没有琼瑶的煽情与眼泪,也没有琼瑶的缠绵。但她比琼瑶更多了一些对人生与人性的思考,使她的作品多了一些文学性与高雅。比如,在雪子自杀后,孟珠到她的家乡看望她的母亲与妹妹,小说设计孟珠与她们没有更多的交淡与交往,这就更像是一个纯文学作品的情节设计而不是流行小说的品像。在流行小说里,这种地方正是要大做文章或抖包袱的地方,而林海音的安排虽没有推进情节,却让读者体味到人生的苍凉与隔膜。再比如,妹妹线索的安排、妹妹的单纯与生存环境的高雅愈发衬托出孟珠生活环境的嘈杂与混乱,而这也正说明孟珠的出污泥而不染与意志的坚强,她对许午田的爱情也正是她的人生追求与正面力量的胜利,这也是一种纯文学的写法。妹妹是来自主流社会的典型女性,孟珠则是世俗社会的有着坚忍生存力的女性的代表。小说营造了一个爱的世界,从孟珠的房东太太到刘专员、许午田没有一个看不起她的职业,都要给她一份呵护,以致使她最终成了正果,这里暗含的意味却是深长的。许午田从一开始对孟珠的爱的游离,读完全篇后读者当然明白是因为与妹妹的通信的缘故。事实上,这种安排喻示着来自主流女性的对许午田的吸引,而许午田最终与孟珠的结合固然是爱情的结合,更意味着主流社会对在堕落环境中自强的孟珠的彻底救赎,是一种爱的给予。林海音在这里并没有看低歌场中的女性,而是分析她们堕落的原因。比如对雪子,同情她们的不幸遭际,比如对其他歌女命运的描写,都是为说明这是一些不幸的人。当然,对歌女这样的看法还是一种比较传统的看法,小说中这种意识是有的,比如孟珠自己的叙说就常常透着这种意识,但不是全篇统一的。小说中描写周围人们对歌女的宽容与平等,即已透着社会的进步,而小说多次提到孟珠本可以上电视,她到外岛演出时小喇叭提议可以让妹妹参加演唱出名,都说明着大众娱乐业正待兴起时,人们价值观念即将到来的彻底变化,当歌女也是一种可以成名的手段,成为娱乐明星,也是一种令普通人羡慕的事。如果从知音的角度看,刘专员才是孟珠的知音,他不仅像父亲般地呵护她,还对孟珠的歌产生共鸣,为她写下一首首诗，这是一个孟珠事业与人生的导师形象，也因此他成不了孟珠的爱人；而许午田年轻有活力，对孟珠来说既代表一种高尚的精神力，也代表一种性的诱惑。许午田并不欣赏孟珠的歌，总是以高雅的音乐来指点她，而这点上妹妹则与许午田有精神的共通处。孟珠没有太多的文化，她并不太懂许午田的一些深奥的文字，她有的只是自己的洁身自好、供养妹妹的德行、美貌与温顺。就是这些让她最终得到了许午田的爱，这也是世俗战胜精神的一个象征，即女性的世俗存在的长处，比如美貌、温顺与德行战胜了男性对精神再生的需要，这亦可以从《婚姻的故事》中方先生与方太太的故事看出精神恋的不可靠，所以妹妹的退出亦是情理之中的。这两个男性，一个温文儒雅，一个充满诱惑与吸引，这两个异性的设计会引起女性阅读者的兴趣，这是两个很符合女性接受心理的男性角色，所以孟珠与他们的感情纠葛是具备言情流行小说的元素的，只是林海音在此没有大加发挥而已。

《晚晴》是林海音为数不多的以男性做主要角色的小说，写一个年老的单身公务员对一个年幼的女孩以及她年轻的妈妈所产生的爱恋。姚亚德的妻女被留在了大陆，他住在机关的单身宿舍中。一次黄昏的散步使他注意到了巷口的安晴、心心母女，后来他得知同事巴文是安晴丈夫的同学。从巴文那里，他知道安晴的丈夫是一个海员，常年在外，并不把她们母女放在心上。通过巴文，姚亚德与心心母女自然地来往了，逐渐地对她们怀着一种难以言明的情愫，并勾起他对大陆妻女的怀念。他托人打听妻女的下落，还没得到消息就病了，而心心也突然病了，安晴让女仆来请姚亚德帮忙，姚亚德带着病去了，帮她们母女找了医生，安顿好她们才回到宿舍，结果自己大病了一场，病中的呓语中表露了自己对心心母女的感情。为了躲避这段感情，姚亚德请调到台中，这时他也得到了大陆的妻子已死、女儿可以接来的消息，而他在台北的同事又张罗着给他介绍女朋友，而这时也传来安晴的丈夫失踪的消息，小说就在这样一种无限的可能性中结束。小说写一个中老年男子晚来的情愫，他是把安晴母女当作自己妻女的情感替代者来照顾的，因为有了安晴母女他才深深地意识到自己是多么对不起在大陆上的妻女。他痛惜安晴的海员丈夫对妻女的薄情寡义，心疼柔弱的安晴幼小的心心，不由自主地担负起照顾她们母女的责任，在这种照顾中，感情自然产生。这种感情不像年轻人的爱情那样浓烈似火，而是一种渐渐加深的责任与义务，而这恰恰是很多年轻男子没有意识到甚至不愿承诺给女性的，包括年轻时期的姚亚德。姚亚德对安晴母女的照顾，是对自己年轻时期对妻女的忽视的一种补偿心理，也是年纪渐长后对自己寂寞的单身生活的一种调剂。然而，人毕竟是有感情的动物，就在这种补偿与照顾中感情产生了，而这种感情不是姚亚德所能承受的，他回避了。然而感情是扯不断的，他依然是那么惦记她们母女，就在同事要给他介绍女朋友的宴会结束以后，他走向了巷口的心心家，他要问安晴的意见，而此时安晴的海员丈夫业已失踪，他与安晴的可能性还是有的，小说便在这种可能性中结束，给读者留下了无限的想象空间。姚亚德所能给予安晴母女的是一种安全感与责任感，这是安晴从海员丈夫那里得不到的。姚亚德与她虽然有年龄的差距，但姚亚德所能给予她的安全感与责任感给了他们充足的理由来接近，他们的接近是从心心开始的，这使他们一开始的接近就很自然。在姚亚德逐渐地有意识时，而在安晴，这一切还处于一种懵懂阶段，所以这段"晚晴"，姚亚德的主观因素比较强烈，而他"晚晴"的对象还未有强烈的回应。小说的结尾只是给了一种可能性，结果却没有写，毕竟从各个方面来说，这两个人之间是有距离的。如果没有心心这个纽带的话，也许他们会毫不相干。这篇小说展现的是许许多多大陆来台人士的情感困惑，反映的是两岸隔绝以后的一种特有社会现象，即许许多多抛妻别子的单身男性的情感问题。这是20世纪五六十年代台湾社会特有的现象，林海音写了一个姚亚德，而在当时的台湾的确有千千万万个"姚亚德"。这是《晚晴》的社会意义。

三、长篇小说

她的长篇小说主要有两部，即《晓云》和《春风》。如果从篇幅上来看，它们其实是较长的中篇和较短的长篇，题材也是写女性的恋爱婚姻事业追求等，无论从篇幅还是从题材来看，都不属于长篇巨制。但这两部小说在林海音的创作中，是比较重要的，也是拓展她的创作思路之作，值得研究。在林海音的女性题材作品中，主角多是已婚妇女，写她们的爱恨与婚姻家庭观念，而以未婚少女的恋爱经历为主题的是很少见的，《晓云》便是一部，这也造成了研究者理解的困惑，所以有了《晓云》虽是写少女恋爱的，但主题仍是母爱的胜利的观点。中国现代文学馆研究员李今在《林海音对于女性文化角色的选择》一文中这样认为："林海音有一部中长篇小说《晓云》，写的是母女两代都充当了第三者插足婚外恋的故事。作者既没有站在传统的立场，把晓云和她的母亲描写成害人的妖精，也没有以现代的意识，张扬唯爱情独尊的精神，她在婚外恋的老套故事中一反常规，歌颂的是母亲的情怀。""林海音却从这个习见的'一失足成千古恨'的世俗故事中升华出母性的力量和光辉。晓云的母亲为了要等到女儿有一个好的归宿才肯放心地离开她，毅然拒绝了她所倾慕的林教授的求婚。晓云在面临未婚先孕，情人又不可能和她结合的尴尬处境中，没有怨天尤人，反而感到无比的坚强，林海音让她自豪地想到：'我既然像世人所责备的，没有珍惜我的灿烂的时代，但是它却给了我生命的最深的意义。我的经历使我成长，看，纤弱的我，竟孕育着另一个生命。爱，应当怎么解释啊！'她挺着大肚子喂着一群鸡仔，看着'母鸡带小鸡来啄食一阵，吃饱了就昂然举步、踌躇满志地又领着她的小儿女们走了'不由得感慨，'她真了不起，又厉害，又慈爱，在母翼下，那群小鸡是最安全的'。因而，当她偶然看到思敬赴西德就任新职，由日返国述职的消息时，也毅然放弃了去找思敬解释一切的冲动，而决定迎接为还未出生的婴儿采购东西的妈妈的归来。小说在晓云坚信'生命不是就此了结，而是永恒的'感觉中结束。在这里，作者把女人生命的传统象征——爱情置换成了生命的延续——孩子，赋予他以生命的最深意义，林海音对为人妻与为人母的价值选择也可以由此昭然若揭。晓云决定和母亲生活在一起的选择，似乎成为女人，更准确地说是母亲间的'同谋'，她们以母亲的纽带联结在一起，因母性的力量而放射出让世俗道德黯然失色的光彩。从这点看，林海音并不缺乏反叛性，她同样是以女性的立场，只不过是以女人母性的立场，而不是以女人自我的立场，反叛以家庭、以男人为中心的男权社会。"李今的观点新颖而又不失为一家之说，颇有道理。那么，《晓云》究竟讲述了怎样的一个故事呢？让我们来看一下：

夏晓云和母亲相依为命，因为高中毕业后没有考上大学，也没有事情做，便来到梁家为梁晶晶补习功课、做家庭教师，因而结识了梁晶晶的妈妈梁太太和爸爸梁思敬，并对梁思敬产生了好感。夏晓云的身世颇为特殊，她从小和姥姥在一起。因为爸爸妈妈的结合不属于明媒正娶，妈妈早年是爸爸的学生，爱上了已有家室的爸爸，不顾世俗的冷眼与爸爸结合了，并生下了晓云。抗战开始，妈妈随爸爸到了大后方，将晓云留在北平姥姥身边。

抗战胜利,爸爸妈妈才回到北平。后来,姥姥去世,晓云才随爸爸妈妈来到台湾,过上了真正的家庭生活。然而不几年,爸爸病逝,家里只剩下晓云与妈妈两人。一晃儿就七年过去了,晓云身体瘦弱,多愁善感,但是有青春,美丽迷人,她的妈妈和好朋友美惠都希望她嫁给文渊,一个有前途的青年,然而晓云对文渊就是没感觉。文渊在对晓云示爱未得回应后,赴美留学去了,晓云则继续在梁家的家庭教师生活,并对梁思敬产生了一种不可遏止的感情。后来,晓云听说梁太太比梁思敬大了八岁,梁太太家族很有势力,梁思敬是靠了梁太太的家庭背景才有了事业的基础,梁太太很会经营丈夫,但梁思敬并不爱梁太太,在日本期间与一个日本女人同居,生下了梁晶晶。梁太太是个厉害角色,赴日本抱回了只有一岁的梁晶晶。晶晶的生母自杀,梁思敬也跟着回了国。现在晶晶已有十二岁了,一家三口在台北生活。知道这些后,晓云更加同情梁思敬,并与梁思敬不停地约会,最后梁思敬到台中出差,晓云追了去,与梁思敬有了一夜情。梁思敬并不是一个不负责任的男性,他打算请调到日本,把晓云也接了去,但这时晓云的妈妈和梁太太都已知道了这件事。妈妈背着晓云见了梁思敬,希望他不要耽误晓云,梁思敬误会了晓云的失约去了日本;梁太太也约见晓云,告诉她自己准备和晶晶也去日本,给了她一万元支票,希望她不再插足,晓云将支票扔了,回到家中,此时大家都不知道晓云已怀孕。没有梁思敬的消息,怀孕的事也瞒不住了,晓云和妈妈决定携手面对现实。妈妈拒绝了林教授的求婚,并将晓云安排在新竹美惠家里待产。一天,临产的晓云从报上看到梁思敬将转任西德,已回台北待命的消息,晓云激情重起,但还是决定不去见梁思敬说明一切,而是等待妈妈,准备迎接一个新生命的来临,小说至此结束。

李今理解此篇是母爱的胜利,傅光明理解此篇是对"至真至纯,哪怕是离经叛道的爱情充满了同情",这两种理解都有其合理性,但一部长篇小说可以有多种解释,可以从多个侧面去理解。阅读者作出的解释越多,说明文本内涵越丰富,越有研究价值。《晓云》也是一部文本内涵很丰富的作品,笔者以为,此篇是对青春少女的爱情的非理性与诗意化的一种探索。爱情是人类最丰富也最复杂的一种情感,不同的人有不同的爱情方式。但不管是什么方式,爱情决不是理性的逻辑力量使然,很多爱情的到来都是情不自禁的、不能自控的,害了寒热病一般,处于非理性层面。林海音在《晚晴》中即已探讨了一个中年单身男性的爱情寒热病。小说通过姚亚德的大病一场宣泄了他的爱情,他对安晴母女的爱是那么的不由自主,以致他的理性难以承受而病倒了。在《晓云》中,林海音探讨的则是青春少女的爱情寒热病。按照一般的社会标准,晓云的爱情对象应当是文渊,不光文渊愿意,就连晓云的妈妈和好友美惠都在极力撮合他们俩。可惜的是,这只是人们的一厢情愿,晓云对文渊根本不感兴趣,而是情不自禁地被梁思敬吸引了。她明知道梁思敬有一个不好对付的妻子,却仍要瞒着亲朋好友与之约会。当然,在梁太太面前,晓云有一种青春少女面对韶华已去的中年女性的自信,她是那么自信地看出梁先生和梁太太的不般配,而这种不般配实在只是一种性吸引力的标准,是一种处在爱情中的男女重视,而一般局外人并不重视的标准。晓云是自信的,她比起梁太太有着更大的性吸引力——纤细的身材、美丽的容颜、青春的气质,这使得她敢于和有着强大家世背景的梁太太竞争,去得到自己喜欢的男人。晓云一开始的追求是很主动的,而逐渐地,梁思敬对她也产生了感情,两人逐渐走到一起。而真正等到两人结合后,面对应当面对的现实时,晓云退却了,这里不光是因为晓云妈妈的存在与干涉,还因为梁思敬的不好对付的妻子出面了。面对梁太太的揭穿，晓云首先感到的是羞恨，这里一层的意思是梁太太给她钱是那样地羞辱了她对梁思敬的感情与人格，另一层的意思，也是觉得自己与梁思敬的爱情毕竟不是被社会所公开允许的，自己一直在保密，而一旦秘密被揭穿，自然觉得羞恨与混乱。但她仍然以一个竞争者的姿态这样想："我一直没有说话，只听她自己在讲演，这是表示她胜利了吗？她羞辱了我吗？不，看她那就要滚出来的眼泪，明明是她承认自己失败的泪！""一万元，不是为答谢晶晶考取中学的报酬，而是——而是表示向我哀求！啊！我胜利了，我胜利了，我真的胜利了吗？""我站起身来，拿着一万元的支票，茫然地走向堤岸，走上大桥，早晨的清新的空气已经没有了，河水在烈日下摇荡，我在空无一念中，随手就把支票扔下河去，它飘了飘，投身水中，随着摇荡的波浪远去了。"这实在是一种病态的竞争意识。面对一个韶华已逝的女性，晓云毫无女人的同情心，当然，这也是强大的梁太太所逼她做出的一种姿态。相对于晓云，梁太太实在是太不可爱了，她对于梁思敬用的是手腕与财富，梁思敬不甘于被她控制，才有一次一次的出轨。梁太太出手了，晓云退却了。晓云对和梁思敬的将来没有把握，对能不能和强大的梁太太对抗没有把握，她心里是不是也怕遭逢像那个日本女人的境况也很难说，但她有妈妈坚强的爱，她回到了家中。晓云和梁思敬的爱情是不会被社会所认可的，晓云深知这一点，但在对梁思敬的爱情到来时，她却像发了寒热病一样不顾一切地追求。这有悖常理地蔑视文渊的追求，实在是一种非理性的情感方式，并且把一切世俗的因素置诸脑后，一切的亲情也被放在第二位。她的好友美惠来了，她无心陪着，而是跑去和梁思敬约会，她对妈妈说去新竹去看美惠，却为的是去台中追随梁思敬，一切都随着自己的情感，不达目的誓不罢休。这一切并不是平常心态的人们所能理解的，一切都是一种陷入爱情寒热病的征象。两人的关系虽然不合法，但爱情是一样的，这份爱情同样被林海音写得很诗意，说明林海音对这份爱情是有些同情的，也说明她并不是一个不开通的正统派。但林海音还是将这种纯粹的爱情置入了社会的观点，不管妈妈还是美惠都是不赞成这种爱情的。从社会的视角看，这种爱情是有点病态的。小说写晓云有点病态的身体，实则是这种病态爱情的喻示，而妈妈早年的爱情追求成了解释晓云情感追求的原点，但妈妈反过来扼杀了晓云的爱情，实则是有过亲身体验后，希望女儿走上一条被世俗社会认可的正常婚姻之途。小说描写了一种少女的较纯粹的爱情，却将世俗的视点置诸它的周围。比如晓云的异母姐姐的时时存在、妈妈与美惠的平常心等等，这些最终将晓云的爱情包围扼杀，而新生命的孕育又将非理性的晓云拉回到理性之中。她并不想让自己的孩子做第二个梁晶晶，她要像老母鸡饲小鸡一样地保护自己的孩子，这其实又是一种人的本能，却是符合社会性与理性的要求的。病态的晓云最终纠正了自己的病态回到了理性之中，所以最后她感觉"好像健康了，感觉到生命不是就此了结，而是永恒的"。小说实则是写了一个少女从一种较纯粹的诗意的爱情非理性状态回到平常的理性状态的过程。

《晓云》写了一个少女的非理性爱情，较为诗意与纯粹，超出了林海音其他作品的风格，而林海音的另一个短长篇《春风》则又回到了林海音的日常叙述风格之中，写的又是两个女人共有一个丈夫。吕静文校长多年努力，创办了一所很成功的学校，受到了同事学生的爱戴。她事业成功，个人生活却不如意。丈夫曹宇平常年在南部的高雄工作，一年中只回来一两次，在家待的时间也很短，只有几天工夫。吕静文平时忙于在台北办学，无暇顾及夫妻生活，两人关系日渐冷淡。吕静文与曹宇平是在北平时恋爱结婚的。结婚后，曹宇平安于小家庭的生活而不思进取，到台北后也只是在学校做个一般教员，吕静文则希望两人在事业上有更大的进步，曹宇平只好离开吕静文到南部发展，吕静文则在台北办学校。十几年过去，吕静文的学校办得很成功，而曹宇平则只在高雄做了一个小职员。曹宇平在高雄有了外室，生了女儿曹幼幼，已经十二岁，幼幼的妈妈叫做安立美。安立美早年和弟弟安市明来台湾投奔叔叔。不幸叔叔死了，安立美靠做打字员独自抚养弱弟，很孤苦，碰上曹宇平后便与之结合了，为的是好有个依靠。她没有什么事业，一直做家庭主妇。现在，安立明已大学毕业，准备出国留学，还有了女朋友记者宋琼英。宋琼英和吕静文还有一段很特殊的师生情。宋琼英早年丧父，失学后靠卖花养活母亲。遇到吕静文后，受到鼓励与帮助，重新读书，在吕静文的学校毕业后，又读了大学，做了女记者。大家都知道曹宇平又成了一个家的事实，只是瞒着吕静文。安立美一直很佩服吕静文，多年来一直对她深怀歉疚，心情忧郁，因而积郁成疾，得了癌症。她有两桩心事，一个是弟弟的婚事，在她的病情确诊前，安立明出国了，安立美代弟弟向宋琼英求了婚，完结了一桩心事；而怎么安排幼幼就成了她最大的心事，她希望曹宇平重新回到吕静文的身边，幼幼也能上吕静文的学校。她悄悄地来到吕静文的学校，以一个家长的身份见了吕静文，终于下了决心。她的病情很快恶化，不久就去世了。宋琼英带着幼幼来到学校，让幼幼独自来到吕静文的办公室，交给吕静文安立美生前给她写的一封厚厚的信，信中说明了一切。小说结尾，以吕静文带着幼幼和宋琼英向家里走去结束。

这篇小说的两个主要女性吕静文和安立美形成了很大的性格反差：吕静文进取精干、不善生活，是个典型的事业型女性；安立美安于家庭生活、不善事业打拼，是个称职的家庭主妇。这两个人共有一个丈夫，却并不互相嫉妒。安立美还很钦佩吕静文的事业，也一直对吕静文深怀歉疚。当然，吕静文也一直不知道安立美的存在，最后谜底揭穿时，她也并没有醋意大发，而是很平和地接受了安立美和曹宇平的女儿幼幼，实在是人性善与人类理性的见证。小说中的几个主要人物都是那么的善良容让，才使得一幕人间的悲剧变得不那么悲情，而有一种随缘的安适。这两个女性实际上是互补的类型，她们的性格代表着现代女性完整人生的两个都需要发展的方面。这两个女性都不能算是拥有完整的人生，她们的互相承认实际上也说明她们是一个女人的一体两面。吕静文事业完美，却没有孩子也忽略丈夫，在事业成功之时不无遗憾与惆怅；安立美做了母亲，和丈夫厮守，却自卑于自己不能在职场打拼。实际上，吕静文代安立美做了她想做而没有能力做的事，安立美则代吕静文生育了孩子、照顾了丈夫。在吕静文事业成功、需要家庭温暖的时候，安立美及时地得病死了，她将孩子与丈夫交还给吕静文，使吕静文有了重新做一个完整女性的结局，应当说是一个精心的颇有深意的安排。小说探讨的实际上是现代女性如何既不被职场异化又不局宥于家事的琐缠的问题，其最终结局的安排，其实是孱弱的旧式女性退出了，而被异化的现代女强人也有了新生活的可能。林海音并不是一个极端的女权主义者，但她也绝对不是一个男权的拥护者。从她的作品看，她是一个中和者，她希望女性在家庭与事业两方面都得到发展，这样才能称为一个完整的人生，这也是符合现代女性主义立场的。林海音本人一生的实践，也说明这样的目标对女性来说是可以实现的，只要女性自己有足够的理性与能力。《春风》实际上是她女性主义立场的一个阐释，小说中两个的女性也都是理性自知的，努力奋进或心地善良的，她们各自阐释了女性的一个方面，最后一个的死亡预示着另一个的新生，而幼幼这个年轻的生命使得她们的人生有了整合起来的可能。这是一个女性均衡发展的观点，其实是很前卫的。

四、《城南旧事》

《城南旧事》是林海音的代表作，是由五个相对独立的短篇连缀而成的中篇小说。小说以一个小女孩英子为串线人物，以她的眼睛观察世界，展开了一幅20世纪二三十年代老北京生活与英子一家生活的风情画。小说是自叙传式的，小英子也是童年林海音的化身。

当然，小说中英子一家的故事是经过艺术加工的，接近于但并不等于实际的林海音一家的生活。《城南旧事》中英子一家的生活是小康殷实人家的生活，不同于老舍笔下祥子这类下层市民的生活，也不同于凌叔华笔下的上层人家的生活。在五四以来的新文学画廊中，英子一家的生活景象应当说是很重要的一笔。英子一家属于社会的中等阶层，既可以接触上层社会，又能接触下层人民，这就给了童年的英子以很自由的观察视角，使她既可以看到宋妈、秀贞这样的下层女性，又能看到从大家庭中跑出的兰姨娘这样的社会异类。而小说中贤惠的妈妈、有稳定收入的爸爸，则给了英子一种和乐生活的氛围，使得这篇小说氛围中既没有下层社会生活压迫的焦灼，也没有上层社会大家庭中的阴郁，而充满着小康人家的生活的热气劲儿。尤其在前面的四篇故事中，英子一家的生活构成了小说的暖色基调，中和了像宋妈、秀贞、妞儿、偷儿这样一些下层百姓的悲苦生活给小说带来的凄苦气氛，使得整篇小说有一种人间生活的烟火气，是典型的林海音式的叙说方式，但最后爸爸的死给整篇小说罩上了一层浓浓的秋意，肃杀的结局揭示出人间生活的不易与艰难，英子的童年就这样结束了。

"惠安馆"给出了一个单纯的场景：一家地方会馆，一对年迈的父母，一个疯女儿，气氛是寂静的，而这寂静的一家与外界的联系，便是英子这样一个充满好奇与同情心以及正义感的处在童年期的女孩子。通过英子，牵着英子一家的世俗和乐的生活，以及妞儿的悲苦身世。这里的主角应当是秀贞，英子则是观察者、倾听者、联系人以及帮助者。这样的角色如果是成人，故事关系将相当复杂，而英子恰恰是一个未成年的孩子，这就限制了故事的复杂化潜质，使整个故事的叙说具有了一种朦胧单纯的韵致，形成了一种叙述限制的单纯美。笔者不认为《城南旧事》像某些学者所认为的是一篇儿童文学作品，它只是一篇涉及儿童生活的以儿童视角观察的写成人的文学作品，秀贞、兰姨娘、宋妈、偷儿才是小说主要表现的对象。这些人物都是下层百姓或者是中上层社会中的异类，只有孩子才对他们没有歧视，有一种亲近感。英子正处在这样一种年龄，对成人世界还处在一种朦胧与好奇的阶段。在她的眼里，没有贫富之分，也没有常人与疯子之别。她愿意与他们接近，以自己的稚弱小身躯去帮助他们、理解他们，成为他们的朋友。通过英子的叙说，这些人物一个个呈现在我们的面前。"惠安馆"里的秀贞，在常人的眼里是一个疯女人，她的行为、她的话在常人看来都是疯疯癫癫、不可理解的，而小小的英子却从她的话里理解了她的行为，知道了她是因为被遗弃并且刚生下的孩子又被抱走而疯癫的。秀贞一直为自己见不着面的孩子做着小衣裳，她疯疯癫癫地不知道外面的事情，却记得孩子几岁了，记得和爱人在一起时的快乐时光，她满心满眼地要找到孩子然后带着孩子去寻找自己的爱人。英子同情着秀贞，一心一意地想帮助她。她偶然发现自己的玩伴妞儿的身世与长相以及身上的标记都符合秀贞说的被抱走的孩子，就极力帮助她们相认，并资助她们逃走去寻找她们的爱人和父亲。但事情的结局很悲惨，秀贞娘俩最后惨死在铁道边，英子也大病了一场。我们可以比较一下林海音写的秀贞和她在《地坛乐园》中写的一群疯子：《地坛乐园》里的群疯是纪实笔调的，是现实中的疯子形象的描摹，而秀贞则是一个文学中的疯子，她的思维与语言是符合逻辑的，她只是沉浸在自己的世界中而阻断了与外界的联系。"惠安馆"的单纯场景，更是给了秀贞这种自我沉浸营造了一种恰当又诗意的氛围，于寂静中叙说着秀贞命运的悲戚。这里揭示的是人物的命运，而不是一个现实中的疯子的怪异表现。《城南旧事》中的人物都是审美的抒情的，包括秀贞在内，这个人物身上叙说的是一种淡淡的幽怨与哀伤。英子一家的和乐生活正比照出秀贞命运的凄苦，这个人物的遭遇正是对世俗观念的批判。因为世俗观念对女性的要求，秀贞不能正大光明地生出自己的孩子，也不能实现自己的母性——抚养孩子，而这一切的起因仅仅是因为秀贞的被遗弃。一个女性的受害者又加上社会与世俗观念的再次打击而疯魔了，没有人能再听她的诉说，她的心事只能说给小小的朋友英子听，只有这个小孩子相信她并愿意帮助她，英子的童真与可爱于此可见。而孩子与疯子的组合所演绎的故事足以让我们看到成人世界的冷漠与因固守秩序而造成的对一个女人的残忍，比如对秀贞孩子的剥夺、对她寻找爱人愿望的漠视等等。《城南旧事》是有深度的，它让我们看到了在普通的生活之外因别人的错误而造成的一个普通女性的悲剧。这个故事所蕴涵的意义是很深刻的。从"惠安馆"来看，整个《城南旧事》不仅因其叙述的抒情而有一种韵致美，还因其叙述情节设计的深层意义而有一种内涵美。

《我们看海去》写英子与一个偷儿的故事。偷儿在别人看来是贼，但对英子来说"你们又常常说，哪个是疯子，哪个是傻子，哪个是骗子，哪个是贼子，我分也分不清"。偷儿是不是坏人英子分不清楚，只是"他的厚嘴唇使我想起了会看相的李伯伯说过的话，'嘴唇厚厚敦敦的，是个老实人相'"。她看着偷儿厚厚敦敦的嘴唇就与他交往起来了，她只知道偷儿有母亲有弟弟，他要供养母亲还要供弟弟上学，他的弟弟很优秀，是班里的优等生。偷儿很为弟弟骄傲，希望他以后能漂洋过海留学过上一种体面的生活，不能再走他的路。偷儿很寂寞，只能在他的窝赃点和英子聊聊天。他把英子当成了知己，说了些和弟弟都没有讲过的话。英子看他也只是把他当成一个人来看，并没有好人坏人之别，偷儿和英子的一段对话颇能引发我们对人性深层的思考。

"我那瞎眼老娘是为了我没出息哭瞎的，她现在就知道我把家当花光了，改邪归正做小买卖，她不知道我别的。我那一心啃书本的弟弟，更拿我当个好哥哥。可不是，我供弟弟念书，一心要供到让他漂洋过海去念书，我不是个好人吗？小英子，你说我是好人？坏人？嗯？"

好人，坏人，这是我最没有办法分清楚的事，怎么他也来问我呢？我摇摇头。

"不是好人？"他瞪起眼，指着他自己的鼻子。我还是摇摇头：

"不是坏人？"他笑了，眼泪从眼屎后面流出来。

"我不懂什么好人、坏人。人太多了，很难分。"我抬头看看天，忽然想起来了，"你分得清海跟天吗？我们有一课书，我念给你听。"

我就背起《我们看海去》，那课书，我一句一句慢慢地念，他斜着头仔细地听。我念一句，他点头"嗯"一声。念完了我说：

"金红的太阳是从蓝色的大海升上来的吗？可是它也从蓝色的天空升上来呀？我分不出海跟天，我分不出好人跟坏人。"

"对，"他点点头很赞成我，"小妹妹，你的头脑好，将来总有一天你分得清这些。将来，等我那兄弟要坐大轮船去外国念书的时候。咱们给他送行去，就可以看见大海了，看它跟天有什么不一样。"

"我们看海去！我们看海去！"我高兴得又念起来。

"对，我们看海去，我们看海去，蓝色的大海上，扬着白色的帆……还有什么太阳来着？"

"金红的太阳，从海上升起来……"

我一句句教他念，他也很喜欢这课书了，他说：

"小妹妹，我一定忘不了你，我的心事跟别人没说过，就连我兄弟算上。"

什么是他的心事呢？刚才他所说的话，都叫做心事吗？但是我并不完全懂，也懒得问。只是他的弟弟不知要好久才会坐轮船到外国去？不管怎么样，我们总算订了约会，订了"我们看海去"的约会。

即使像偷儿这样做着见不得人的勾当的人，心中也有温润的天地。在这片温润的天地中，偷儿做着社会意义上的"好人"，然而他借以做"好人"的职业依赖却是建立在损害别人利益的基础之上的。从这个角度看，他是个坏人。他并不是甘愿做这样的坏人的，他是希望做一个完全意义上的好人的，但他的社会处境无法使他摆脱自己的卑鄙营生。他苟且着，卑鄙地活着也痛苦着、分裂着，他与英子的这段对话充分地显示了他在人性深处的这种痛苦与分裂，而小英子则朦胧地感觉到了他人性中的温润，理解了偷儿，一个孩子就这样与一个社会的异类达成了友谊。偷儿最后还是被警察捉住了，到了他该去的地方，但英子仍然不以为他是一个坏人，她看到的是偷儿心中温润的一面。《我们看海去》的标题表达的正是建立在温润人性中的友谊，一个孩子对温润人性的理解。

《兰姨娘》写一个大家庭中的姨太太兰姨娘从家中跑出，投奔到英子家所发生的一系列故事：兰姨娘本是反抗封建家庭的挤压才跑出的，但她来到英子家毕竟不是长久之计。小英子看出了爸爸对兰姨娘的心思，而可怜的妈妈则挺着大肚子在厨房忙活着。小英子为了自己家庭的和睦与母亲的幸福，将寄居家中的兰姨娘介绍给了德先叔，兰姨娘最终跟着德先叔走了，而小英子看着失落的爸爸心中也颇歉然。兰姨娘并不是像子君那样的有知识的新女性，她只是旧女性中的较有自我意识的一个，她为何从家中出走，小说并未交代，却写了她从家中出走后所面临的尴尬，因为她没有经济独立的条件，出走后她仍然得考虑依附于他人的生存之道。她首先考虑的对象是英子的爸爸，而英子的爸爸从一开始就有了这种念头，但这种考虑却引发了英子与妈妈的不安。聪明的小英子及时地终止了兰姨娘的插足苗头，结束了父母的危机，一个离家出走的妇女在另一个家庭的小插曲便以喜剧的方式结束了。这个小片段写得充满世俗生活的烟火气，有温情也有浪漫，而以英子的角度观察大人之间微妙的感情，尤其有一种童真而含蓄的美。比较鲁迅笔下的子君，兰姨娘则要光鲜得多了，她是一个通常意义上的有姿色的女性，而子君则是一个心灵朴素的女学生；兰姨娘与德先叔的结合，一半是有一种对新文化向往的新鲜感，一半是为了自身的生计与出路，而子君则是为了追求一种纯洁的爱情。《伤逝》充满了道德自责的阴郁，而《兰姨娘》则充满了世俗生活的温情。林海音是一个追求世俗生活温情的女作家，并不是一个追求道德批判的审思者，表现在她的作品中，便是对世俗温情的温婉叙述。小英子对可能夺去爸爸爱的兰姨娘并没有刻骨的仇恨，对爸爸也抱着一种同情之心，表述的是人与人感情的一种常态。这种描写人间温爱之情的写作，对台湾的女性写作是有所贡献的，很多台湾作家都是这一路的写作方式。

《驴打滚儿》写英子家的奶妈宋妈的悲戚身世。宋妈嫁了一个不成器的丈夫，赌钱抽大烟，为了一个月四块钱、两副银首饰、四季衣裳、一床新铺盖，就撇下刚生下不久的丫头子和四岁的儿子小栓子，到了英子家做奶妈。而她不成器的丈夫转头就将丫头子送了人，小栓子也在村头池塘玩时溺水而死。四年过去，宋妈才从丈夫口中知道这个消息。为了找丫头子，宋妈找遍了京城的大车店，连丫头子的影子也没见着。最后，宋妈还是跟着被英子称为"黄板牙"的丈夫回家生孩子去了。宋妈是个很富有母性与爱心的农村妇女，她来到英子家，就把英子家当成了自己的家，全心全意地照顾着几个孩子，尤其与英子的弟弟建立了深厚的感情。但她又何尝不惦念自己的孩子呢？她失去孩子后的痛苦与焦虑被小英子叙说得那样打动人心，她的悲苦怎不令人同情？好在她有英子这个小小的同谋者，可以叙说自己的痛苦，可以帮自己找寻被送走的丫头子。而这篇《驴打滚儿》叙写的情节背景都是女性化的，英子与宋妈在这里就构成了一种同谋者的关系。比如，英子描述宋妈的丈夫这样写道："驴子吃上干草了，鼻子一抽一抽的，大黄牙齿露着，怪不得，奶妈的丈夫像谁来着，原来是它！宋妈为什么嫁给黄板儿牙，这蠢驴！"只有一个女性的同谋者才能如此地看待一个不争气的丈夫，小小的英子的这种视角说明她已经从一个女人的视角看待异性，而宋妈这样的女人群中称职的女性在英子看来，"黄板儿牙"是无论如何也配不上她的。小英子其实已经是一个小女人了，在英子这个小小的同谋者的描述下，宋妈的形象显得可亲可敬，能干勤勉又令人同情。

最后的一个段落《爸爸的花儿落了，我也不再是小孩子》，写英子失去爸爸，一下子长大的故事，父女感情的深厚令人感动。这一个段落虽然写的是一个悲情故事，但并不充满悲伤与哀怨，而是叙说父亲的教导、女儿的成长，描述的是一段人间的真情。爸爸久卧病床，已经在教导英子事事要独立，而小英子也表现得足够镇定与顽强。

瘦鸡妹妹还在抢燕燕的小玩意儿，弟弟把沙土灌进玻璃瓶里。是的，这里就数我大了，我是小小的大人，我对老高说：

"老高，我知道是什么事了，我就去医院。"我从来没有过这样镇定，这样安静。

我把小学毕业文凭，放到书桌的抽屉里，再出来，老高已经替我雇好了到医院的车子。走过院子，看那垂落的夹竹桃，我默念着：

"爸爸的花儿落了，我也不再是小孩子。"

文章结尾的这一段叙说将悲情推向了高潮。小英子面对突然的变故所表现的镇定令人心酸，比照林海音自己的经历，英子的这段父女故事是有着她自己的影子的。这里是她童年的成长故事，叙述得朴实真诚，特别打动人心。而爸爸的逝去则结束了一家人幸福和乐的生活，给英子的童年故事蒙上了一层肃杀的气氛。整个故事结束于悲剧，加上前面的几个故事的叙述基调，整个《城南旧事》笼罩着一种淡淡的忧伤。这里没有对生活的抱怨与愤慨，从一个孩子的角度写来，有的只是一种对人生悲苦在童年阶段的初步理解与认同。《城南旧事》的成功不在于对人生苦难的深度揭示，而在于对悲剧人生的氛围营造，无论是秀贞的故事、偷儿的故事，还是宋妈的故事，都透露着这样的悲剧气息，只有兰姨娘的故事在反抗中有着几许喜剧气氛。林海音不是一个控诉人生的愤激派，她是一个乐和的生活者。从英子的塑造来看，她从童年阶段即以一种成熟的心态面对生活的变故与苦难。她这种小大人式的面对突来的变故的成熟心态，一直延续到了她的成人时期。她对一切都有一种坚定的信念，努力去做起来，而表现在她的写作中，则是对人生的积极成熟的接受与认同，而不是对生活的抱怨与愤慨。

【第四章】

汹涌澎湃的现代诗潮走向成熟的现代小说

第一节 现代主义文学思潮概述

1956 年，纪弦宣布成立"现代派"；同年，夏济安创办《文学杂志》。这可以视为台湾现代主义开始的一年。进入 60 年代后，现代主义成长、壮大，成为台湾文坛的主流。60 年代后期，随着台湾乡土文学的复兴，特别是 70 年代初，台湾丧失"国际外交"合法性而摇摇欲坠，导致岛内民族意识和本土意识高涨，现代主义在台湾逐渐势微。

"现代主义"这个术语，常常被用来谈论 19 世纪末到 20 世纪的西方文学艺术。它标明了一种不同于以往任何时期的文学精神气质，或"现代的感受性"，是象征主义、未来主义、意象主义、表现主义、意识流、超现实主义等诸种流派的总称。在现代西方的文论与批评中，"现代主义"这个术语大致有 5 种用法：（1）一种美学倾向；（2）一种创作精神；（3）一场文学运动；（4）一个松散的流派的总称；（5）一种创作原则或创作方法。这些用法虽然有各自的偏重，但共同之处是把现代主义的含义界定为现实主义的反动。正如彼得·福克纳所说："现代主义是艺术摆脱 19 世纪诸种假定的历史进程的一部分，那些假定似乎随着时光移易已经变为僵死的常规了。"

台湾早期现代派的第一个潮头出现于 20 世纪 30 年代。它的倡导者是台湾的第一个现代派诗人杨炽昌。1935 年，杨炽昌在日本留学，受到法国传入日本的"超现实主义旋风"的影响，便将这种文学思潮引进了台湾。1935 年秋天，杨炽昌在台湾发起成立"风车诗社"，创办《风车诗刊》。参加该诗社的成员有张良典（丘英二）、李张瑞（利野仓）、林永修（林修二）等。《风车诗刊》的刊头用法语做标题，每期刊行 75 本，创作宗旨是"抛弃传统，脱离政治，追求纯艺术，表现人的内心世界"。发行了一年后停刊。这一台湾早期的现代派，阵容不大，影响力较小，且处在日本侵占时期的特殊环境之下，完全没有发展空间。因此，在诗社解体、诗刊停刊后逐渐消声隐迹，以致后来在台湾的出版物中无人提及。

台湾现代主义思潮先驱人物是纪弦。纪弦是 1933 年由施蛰存创刊的《现代》杂志的重要作者，又与戴望舒、徐迟在上海创办过《新诗》月刊，是 30 年代现代派的重要一员。纪弦到台湾后，给自己规定的使命是"领导新诗的再革命，推行新诗的现代化"。1950年，他与覃子豪等人借台湾《自立晚报》创办了《新诗周刊》。之后，又独立创办了《诗志》。虽然该诗刊只出版了一期便夭折，但他并不气馁，很快又联合了一批诗人，于1953年2月在台北创办了国民党退守台湾后的第一个正式诗刊《现代诗》。1956年1月15日，纪弦在《现代诗》杂志的基础上发起成立了"现代派诗社"。加盟者83人，主要有郑愁予、叶呢、林泠、方思、林亨泰、蓉子、罗门、白萩、季红等。在随后作为"现代诗社成立专号"出版的《现代诗》第13期上，刊登了《现代派公告》第一号，宣布了"六大信条"：

（1）我们是有所扬弃并发扬光大地包含了自波特莱尔以降一切新兴诗派之精神与要素的现代派之一群。

（2）我们认为新诗乃横的移植，而非纵的继承。这是一个总的看法，一个基本的出发点，无论是理论的建立或创作的实践。

（3）诗的新大陆之探险，诗的处女地之开拓，诗的新内容之表现，新的形式之创造，新的工具之发现，新的手法之发明。

（4）知性之强调。

（5）追求诗的纯粹性。

（6）爱国反共，追求自由与民主。

这时的纪弦比30年代更加倾向于诗歌的"全盘西化"。他的这些主张不仅引起了台湾一些保守派批评家的攻击，而且也引起了另一位现代派诗人、"蓝星诗社"社长覃子豪的批评，由此引发了两大诗社的论争。而台湾现代诗运动也在这一论争中蓬勃展开。

50年代台湾的第一个现代派诗社正是以覃子豪为盟主于1954年3月在台北宣告成立的"蓝星诗社"。其主要同人有余光中、夏菁、钟鼎文等。"蓝星诗社"实行"自由创作"的路线，没有统一宗旨，组织松散，对同人不做任何约束。不过，诗社社员的作品大都既有现代气息，接受西方技巧，也尊重传统，艺术取向稳健、持重，不同程度存在唯美和新古典主义倾向。诗社刊办了多种诗歌刊物，如《蓝星诗刊》、《蓝星周刊》、《蓝星丛刊》、《蓝星诗页》、《蓝星年刊》等。1963年，覃子豪去世，成员或旅美，或封笔，组织处于瘫痪。1982年，《蓝星诗刊》在停刊20年后重新复刊，由罗门担任社长。

1959年，纪弦将《现代诗》移交给黄荷生主编，后来又撰文宣布解散"现代派"。《现代诗》杂志经营到1962年2月宣布停刊。正当50年代末，"现代派"和"蓝星"全盛时期已过之时，"创世纪"脱颖而出。其成员借改版之机招兵买马，吸收"现代派"和"蓝星"的成员，一时声威大震，成为60年代台湾诗坛一个举足轻重的现代诗社。

"创世纪诗社"成立于1954年10月。由于其骨干成员痖弦、洛夫、张默都是军人，所以又有"军中诗社"之称。这个诗社曾三变其旨，开始是"战斗诗"，继则"新诗民族型"，而后在1959年拉起"超现实主义"的大旗，最终成为台湾现代派的中坚和核心。洛夫在《超现实主义与中国现代诗》一文中，将《创世纪》所提倡的超现实主义理论的要旨归纳为3点："1. 它反抗传统中社会道德、文学等旧有规范，透过潜意识的真诚，以表现现代人思想与经验的新艺术思想。2. 它是一种人类存在的形而上学的态度，以文学艺术为手段，使我们的精神达到超越的境地。所以它也可以说是一种哲学思想。3. 在表现方法上主张自动主义。"《创世纪》所鼓吹的超现实主义，将台湾现代诗运动推向了第二个高潮。《创世纪》诗刊大量介绍西方诗潮，倡导所谓纯粹经验的美学，一再强调诗的"世界性"、"超现实性"、"独创性"和"纯粹性"，发表了大量实验性作品。1969—1972年，诗刊曾短暂停刊，以后一直延续至今。《创世纪》创作、发表、出版的诗集、诗论集、史料集，是台湾现代派三大诗社中最多的。

现代派诗和现代派小说，是台湾现代主义文学思潮的一条道路的两条轨迹。现代派诗兴起于 50 年代中期，现代派小说如果从《文星》杂志、《文学杂志》倡导以及聂华苓等的创作算起，和现代派诗潮兴起的时间相差无几。但现代主义小说浪潮是自 1960 年前后以白先勇为代表的"现代文学社"的出现才形成气候的，因而它兴起的时间稍晚于现代派诗。

台湾大学外语系教授夏济安因对"反共八股"文艺不满，于 1956 年 9 月联合该系一批师生创办了学院式文学刊物《文学杂志》，提倡文学创作"朴实、理智、冷静的作风"。该刊以推崇的态度评介了如卡缪、艾略特等西方现代派大量的作品和理论，以及存在主义、象征主义、意识流等西方现代哲学和文学流派与观点，为台湾现代派小说的崛起进行了舆论准备，培养了一大批现代派小说作家，可看作是台湾现代主义小说浪潮到来的前奏。1959 年 7 月，夏济安去美，《文学杂志》于次年 8 月停刊。

《文学杂志》的一批学生作者也是夏济安教授的学生陈若曦、王愈静等，于 50 年代末在台湾大学外语系成立了一个交友性的组织"南北社"。一年后，该组织扩大改组，更名为"现代文学社"，推选白先勇为首任社长，参加者及后来加入者有欧阳子、李欧梵、王文兴、叶维廉、刘绍铭等。"现代文学社"成立不久，便于 1960 年 3 月创刊了《现代文学》杂志，白先勇任主编。"现代文学社"的成立和《现代文学》杂志的创刊，成为台湾现代派小说崛起的标志和繁荣的开端。台湾文坛小说自此进入以现代派小说为主流的时期。

《现代文学》发刊词写道："我们打算分期有系统地介绍翻译西方现代艺术学派和潮流、批评和思想，并尽可能选择其代表作品。我们如此做并不表示我们对外国艺术的偏爱，仅为依据'他山之石'之进步原则""我们感于旧的艺术形式和风格足以表现我们作为现代人的艺术情感。所以，我们决定试验、摸索和创造新的艺术形式和风格"，并主张对传统做一些"破坏性的工作"。这表明，《现代文学》的基本宗旨是现代的和西化的。它果如其言地先后系统介绍了大量西方现代艺术学派和潮流。第一期是卡夫卡专号。第二期推介了托玛斯·曼。王文兴在第二期上说："我们以后将要不竭地推出作风崭新的小说。吃惊也罢，咒骂也罢，我们非要震惊台湾的文坛不可。"此后，又推出了介绍劳伦斯、福克纳、加缪、伍尔芙、乔伊斯等一些西方现代派作家的评介专号。该刊共出版 51 期，刊载了 70 位作者的 206 篇小说，直至 1973 年 9 月因经费缺乏停刊。1977 年曾复刊，维持数年后又再度停刊。

西方文学理论批评也是台湾现代主义思潮的重要组成部分。60 年代是台湾集中引进西方文学理论批评的时期。一批学西方文学和留学欧美的知识分子，成了竞相引进西方文学理论批评的热心人物。他们中比较突出的有尹雪曼、颜元叔、夏济安、刘绍铭、叶维廉、袁鹤翔、李达三、林以亮、余光中、罗门等。被引进的西方文学理论批评品种，如新批评、比较文学批评、神话原型理论、结构主义、解构主义、超现实批评、语言行动理论等。这些理论的引进及应用于中国文学批评与研究时，对台湾当代文学的创作产生了巨大和无形的影响，也在相当深刻的程度上影响了台湾当代作家、诗人和文学批评家的世界观、价值观和身份认同。

现代主义文学思潮何以会在五六十年代兴盛于台湾，其中有种种的社会文化原因：

1. 政治、经济与文化政策的影响和台湾社会的发展变化。

国民党退守台湾后，实行一贯的亲美政策，坚决地站在资本主义阵营中。1950年，朝鲜战争爆发，台湾成为资本主义防卫链条中的前沿阵地，对付共产主义世界的桥头堡。在获得大量美国军事援助和经济援助的同时，台湾当局为稳定岛内局势，实行《戒严令》，采取了高压的政治和文化政策。一方面推行空洞的"反共文艺"，另一方面竟然规定凡是1949年没有跟随国民党迁移到台湾，而仍留在祖国大陆的作家作品，一律不准阅读，从而造成文学传统在特殊政治背景下的脱节现象。在这样与大陆母体文化联系切断后所形成的一片文化沙漠之中，西化似乎是无可奈何的选择——"传统的既不可亲，五四的新文学又无缘亲近，结果只剩下一条西化的生路或竟是死路了。"

国民党退守台湾不久即开始实行土地改革，一方面将没收的日本人的土地卖给农民，另一方面用工业股票换取地主的土地交给无地的农民，通过"耕者有其田"的政策稳定经济基础。在实行第一、第二、第三个四年计划后，台湾经济在60年代初成功实现了工业的"起飞"，主要标志是纺织业和电子电器工业空前发展，经济结构以农业为主转变为以工业为主，工业出口比例超过农业出口比例，工业总产值超过农业总产值，这意味着台湾由农业社会跨入资本主义社会，以加工出口业为支柱的工商经济成为世界资本主义链条中的一环。这是一种质的飞跃。而台湾经济结构和政治文化的全面"现代化"也当然地促进了"全盘西化"的文化潮流。

2. 台湾社会民众及知识分子心态的变化。

1949年，中国历史发生空前巨变。当国民党政权退守台湾之时，有250多万人自觉或不自觉、自动或被裹挟地离开故土去了台湾，从此在茫茫异乡过起了漂泊的生活。他们在那里扎根，在那里生下了第二代、第三代，把自己的生命交给了脚下的土地。朝鲜战争结束后，那些历经动乱的去台军民眼看归期无望，普遍产生了一种失落于孤岛的悲观失望情绪，加之这时台湾社会的西化发展趋势，又使生活领域，特别是城市生活领域，西方资本主义社会的畸形物质文明、文化坠落和社会犯罪现象流行泛滥起来。东西方两种文化的撞击使中国社会固有的价值观念日益动摇、面临崩溃，也使人们，特别是知识分子内心充满了压抑和焦灼。作家们尤其如此。这就为以探索内心为特征的现代派文学的产生和发展提供了特殊的土壤。美籍台湾评论家李欧梵据此分析道："如果说中国大陆的社会政治环境并未促进现代主义文学的发展，那么从1949年以来的台湾形势就恰好是相反的。国民党政府是根据一种政治神话——他们将'收复大陆'——进行统治的。他们全面树立权威的手腕，不是使人悚惧无言，就是进一步导致人们政治上的淡漠。由于1960年土地改革的成功和社会商业化的进展，基本上'非政治性'的中产阶级思想蔓延开来了。台湾的'群众'开始要求逃避主义的欣赏：他们无意于面对未来命运尚未肯定的政治现实。无论是从大陆来的还是台湾本地的作家，都逐渐内向起来，沉浸于个人感觉的、下意识的和梦幻的世界之中。"

3. 中国新文学发展的现代性延续。

尽管国民党当局对五四以来大部分优秀作品实行了"书禁"，但并未因此从根本上切断台湾文学与五四新文学传统的血脉联系。不但台湾现代文学主义思潮的领头人纪弦本人，而且30年代中国现代诗探索的代表人物，以及现代派诗社和蓝星诗社中的许多诗人，也都在 1949 年前即有了丰富的创作经验，对五四新文学传统了然于心。台湾文坛一个流传很久的传言说诗人杨唤有一大本手抄的三四十年代诗人作品，这一抄本曾经被几位好友借去转抄。这在一定意义上说明台湾现代主义文学创作并非凭空而生，而是有前人基础的。白先勇在谈到他们这一代文学青年在接受西方现代主义文学影响时曾说："西方现代主义作品中叛逆的声音、哀伤的调子，是十分能够打动我们那一群成长于战后而正在求新望变彷徨摸索的青年学生的。"这正说明了台湾现代派作家和诗人发展中国新文学的强烈动机。

李欧梵认为，不仅台湾的一些优秀诗人"要比李金发更熟练地掌握了现代诗的语言技巧"，而且"在杨牧、纪弦和余光中的一些佳作中，不仅有许多中国古典诗歌的意象，而且怀旧情绪还转化为有力的'反讽'（即文学中矛盾的表现手法），强烈地反映他们对西方现代技术发达的世界既亲近又厌恶的感觉"。所以，放在 20 世纪中国文学整体发展的大背景下看，台湾五六十年代的现代主义文学思潮完全不是一个格外特殊的局部现象。它的出现与中国新文学内在的发展规律有关，也为中国新文学的现代性发展做出了重要的贡献。

尽管台湾现代主义文学思潮中涌现了一大批优秀的作家和作品，许多作品不仅程度不同地暴露了现实中的一些矛盾，对认识台湾社会和不同阶层人物的心理状态有一定价值，而且在探索新的艺术手法、表现方式，丰富文学的表现力等方面做出了卓越的贡献，不过围绕它的批评也始终不断。

最早对台湾现代主义进行全面反思和批判的主要代表人物是关杰明和唐文标。1972年 2 月，英国剑桥大学博士、当时在新加坡大学执教英文的关杰明，在台湾《中国时报》人间副刊上连续发表了《中国现代诗的幻境》、《中国现代诗的困境》、《再谈中国现代诗：一个身份与焦距共同丧失的例证》3 篇文章，对叶维廉、张默、洛夫主编的 3 部诗论或诗选表示失望。他认为，所谓诗的传统绝不只是诗的形式、格律等方面的东西，更是诗人对于整个中国文学世界所建立起来的、复杂而丰富的传统的归属感，而台湾现代派诗人所失落或抛弃的，正是这种特殊的心灵归属感。他凌厉尖锐的措辞和指名道姓的批评，引起了诗坛的震动。1973 年 7—8 月，唐文标分别在《龙族评论专号》、《文季》、《中外文学》上发表了《什么时代什么地方什么人》、《诗的没落》、《僵毙的现代诗》，指责台湾现代诗完全缺乏社会意识和历史方向，"每篇作品都只会用存在主义掩饰，在永恒的人性、雪呀夜呀、死啦血啦，几个无意义的词中自赎"。"这 3 篇文章像一颗核弹般，落在已经争吵不休的诗坛"，从而引发了一场现代诗的论战。

其他较有代表性的批评还有，如：陈映真认为战后台湾资本主义发展并未达到发达资本主义的水平，不具有现代派的生存土壤，台湾现代派必然只是对西方的模仿，是形式主义的、苍白的，是看不见任何思考的、知性的东西。彭瑞金认为，陈映真的指控对现代派诗人或许恰切，对"现代文学社"的主要小说家却大部分不合适。因为他们的创作虽然也标榜现代主义，却只是将它做个"幌子"，并将"现代文学社"的主要小说家收编到现实主义的麾下，认为"他们是反映现实反映时代的写实作家"等等。

此后，关于台湾的现代派文学的历史反思和评价大体存在四种类型：（1）批判与否定现代主义；（2）为现代主义辩护；（3）搁置意识形态与美学观念上的争执，而专心从事文本研究；（4）为台湾现代主义文学进行历史寻踪与文学史定位。否定现代主义者无论是从现实主义美学出发否定现代主义，还是站在所谓的本土立场拒绝现代主义，抑或从后殖民主义角度认定现代主义是西方文化殖民主义的产物，都旨在否定台湾现代主义文学的合法性。而现代派的辩护者显然必须回应否定者的种种理由。他们的回应往往是通过论证台湾现代派文学与中国传统以及台湾现实之间存在千丝万缕的联系，来努力说明它们的本土关怀。不过总的说来，正如学者朱立立所说，"与其受'现代主义'名声所累，去证伪或证实台湾的现代派，不如搁置这种争议，直接进入文化与文学思潮的内部，分析现代主义以何种方式、又如何构成人们，尤其是知识分子精神生活的一部分"。

第二节　三足鼎立的现代派诗社及其诗歌创作

1956—1966年，"现代派"、"蓝星"和"创世纪"三大同属现代派的诗歌主张和理论观点各异，彼此之间因此曾经历过两次大规模的激烈论争，对台湾现代诗的创作发展产生了广泛的影响。三个诗社虽各自具有代表性人物，但在队伍上其实并无严格的界限，在创作上由于存在共同的现代主义倾向，也事实上体现出许多相近的思想艺术特征。

一、现代诗的两次论争

第一次大论争出现在1957年。1956年，纪弦在其主持的"现代派"中提出现代诗的"六大信条"，主张"横的移植"，反对"纵的继承"，引起了很多诗人的不满。针对纪弦的主张，他们纷纷口诛笔伐加以声讨。尤以覃子豪表现最为活跃。他在1957年出版的《蓝星诗选》"狮子星座号"中发表《新诗向何处去？》一文，对纪弦的主张提出质疑，"外来的影响只能作为部分之营养，经吸收和消化之后便为自己的新血液。新诗目前亟需外来的影响，但不是原封不动的移植，而是蜕变，一种崭新的蜕变"，"若完全为'横的移植'，自己将植根于何处"？之后，两人不断互相辩驳。诗社其他成员如罗门、余光中也发表文章加入。论争持续至1958年底才结束。由于双方态度激烈多于冷静，虽唇枪舌剑，但对一些重大问题仍未做出深入探讨。

另一次大论争发生在1959—1960年，并逐渐引起了社会上，特别是一些大学教授和专栏作家的关注，关注的焦点问题仍是如何对待传统。1959年7月，成功大学教授、女作家苏雪林在《自由青年》上发表《新诗坛象征派创始者李金发》一文，对台湾现代派诗追本溯源，抨击台湾现代派诗"晦涩暧昧到了黑漆一团的地步"，尖锐地指出了自20年代象征派诗人李金发为起始的中国象征诗派的流弊。她称象征诗的"幽灵"飘过海峡，又在台湾"大行其道"。在覃子豪撰文与其论争过程中，又有言曦、寒爵等几位专栏作家加入，对现代派诗背叛传统、逃避现实、思想颓废等表现进行激烈批评和全面否定，震撼诗坛，引来了现代派诗人规模浩大的全面反击。

这两次现代诗的大论争，并未完全遏制现代诗背离传统和全盘西化的道路，但也确实引起了一些重要现代派诗人的自我反思和调整。如纪弦后来就修正了自己的某些错误，在1961年发表的《新形式主义的放逐》一文中说："现在流行的那些骗人的伪现代诗，不是我所能容忍所能接受的，诸如玩世不恭的态度，虚无主义的倾向，纵欲、诲淫，乃至形式主义、文字游戏种种偏差，皆非我当日首倡新现代主义之初衷。"后来，他甚至提出应取消造成诗坛重大偏差的名称"现代派"三个字。余光中也经历了由西化到回归传统的创作过程。

二、现代派诗歌的基本特征

(一)强调自我意识,注重对个体精神世界的深度表现

台湾现代派诗受西方现代主义文艺思潮的深刻影响,承袭了后者以个人主义和反理性主义为基础的世界观和文艺观,在美学主张上与西方现代主义别无二致:从孤立强调自我价值出发,以"自我"表现为核心。例如:纪弦认为,诗歌创作追求是"一种纯粹的、超越和独立的宇宙之创造";余光中认为,现代诗与传统诗的本质是一种"自我意识的觉醒"。因此,和西方现代主义文学一样,台湾现代派诗人都崇尚"向内转",即走进内心与感觉、潜意识与梦的世界,以反传统、反理性的手法表现自我,剖析自我,从而揭示人性的真实,呈示人的处境。《创世纪》50 年代末转型后倡导超现实主义,更认为文学只有表现人的潜意识才能真实,因而提倡自动写作,反对对语言文字进行加工修饰。

(二)刻意于意象的经营

出于表现自我的需要,现代诗人总苦心于意象的经营,或强调主、客观世界的可见之物与不可见之精神之间相互"感觉",以有声、有色、有味、有形的物象暗示微妙的内心世界,如纪弦以"苍蝇"喻社会之污浊(《人类与苍蝇》);或重视直觉,以直觉去捕捉生活中的意象;或致力于表现下意识、幻觉、梦境与本能,使诗的形象被夸张、扭曲或肢解。台湾现代派诗人通过他们富于灵感的创作,为读者留下了一批经典的意象群落,如余光中的"莲"、"白玉苦瓜",蓉子的"青鸟",罗门的"都市",洛夫的"石室"等。值得一提的是,许多诗人特别善于化用中国古典意象,将意象的传统象征和现代象征熔于一炉,令诗作的韵味特别隽永绵长。余光中和郑愁予都可以算是此中高手。

(三)技巧、形式、语言的求新求变

追求艺术美,追求艺术表现的新颖性和丰富性,是现代派诗人的一致精神。他们突破传统,广泛向西方学习借鉴,在方法和语言上诸多实验,力图创新。他们讲求象征的运用,意象的虚实契合,声色交感,多义性与歧义性的营造,讲究时空的交错转移,主、客体的对立与换位,讲究诗的内在旋律及音乐性和绘画性,等等。现代派诗人的这些探索,极大地丰富了中国诗歌的创作经验,但也出现内容空虚、诗意晦涩的情形,在当时及后来都引起了不少诗人和评论家的反思。

三、现代派主要诗人及其创作——台湾诗坛三驾马车

在台湾现代主义诗潮中,涌现出一批有影响的诗人。他们在借鉴西方现代主义的同时,着意发展鲜明的个性,在诗坛各领风骚、引人注目。他们的诗虽然一般都富于强烈的心灵色彩,强调诗人的主观感觉,但并未与生活隔绝,沉溺于纯粹的"自我"表现。很多作品内容形式结合得较好,呈现了反传统又继承传统,学习西方又不照搬西方的特点,将横的借鉴和纵的继承很好地融合起来。此外,他们中许多诗人都经历了个人创作风格不同程度的变化。

(一)纪弦:旷野里一匹孤独的狼

1. 生平与创作

纪弦,原名路逾,1913 年生于河北清苑县,原籍陕西。1929 年,以"路易士"笔名

开始写诗。1933 年，毕业于苏州美专，出版第一本诗集《易士诗集》。1935 年，与从法国归来的戴望舒见面，与杜衡合作，创办《今代文艺》，组织星火文艺社。1936 年，与戴望舒、徐迟合作创办《新诗》。抗战期间辗转于上海、武汉、昆明、河内、香港等地。抗战胜利后，在商界、教育界任职。1948 年，离沪去台湾，任《和平时报》副刊编辑。次年 5 月，开始执教于台北成功中学，直至退休。1976 年底，赴美国定居加州。纪弦在国内的主要诗作集中在他出版的《摘星的少年》、《饮者诗抄》、《槟榔树》等七卷自选诗，去美以后的创作则主要集中在诗集《晚景》中。此外，他还有诗论《纪弦诗论》、《新诗论集》、《纪弦论现代诗》及一些诗作选集出版。

50 年代中期，纪弦成为台湾现代派诗人的擎旗者，在诗坛呼风唤雨，挑起一系列论战。在创作上，他是位诗风多变的诗人，50 年代前期的诗受西方现代派影响，有浓重的自我中心、极端个人主义的特征，但以后则日益背离他的现代主义理论。其内容往往不是遁世而是入世的，诗中的逻辑线索相当清晰。他有不少诗抒写了美好的理想在冷酷的现实面前化为泡影，表现"现代人"的精神创伤，特别注重渲染知识分子普遍存在的幻灭感和失落情绪。不少诗兼具自嘲和嘲人的韵味，体现诙谐幽默的特点。他的一些乡愁诗则与他提倡的现代主义"知性"的理论主张更是大相径庭，具有强烈的抒情性和浓郁的中国传统诗歌的色彩。

如他的名作《一片槐树叶》：

这是世界上最美的一片/最珍奇，可可贵的一片/而又是最使人伤心，最使人/流泪的一片/薄薄的，干的，浅灰色的槐树叶

忘了是在江南，江北/是在哪一个城市，哪一个园子里捡来的了/被夹在一册古老的诗集里/多年来，竟没有些微的损坏

蝉翼般轻轻滑落的槐树叶/细看时，还沾着些故国的泥土哪/故国哟，啊，要到何年何月何日/能才让我回到你的怀抱里/去享受一个世界上最愉快的/飘着淡淡的槐花香的季节……

纪弦把自己的创作分为三个时期：

大陆时期（1933—1948）。纪弦在大陆时期曾与戴望舒是好友，积极进行现代派诗歌的尝试。《火灾的城》是这一时期的代表作。

台湾时期（1948—1976）。这是纪弦作为一个诗人最为辉煌的时期。他于 1948 年去台，当一段编辑之后，去成功中学任教，直到 1974 年退休。在此期间，他出版诗集、散文集、论文集 20 多种，其中《槟榔树》五集，可视为本期的代表作。

美西时期（1976—）。纪弦于 1976 年飞赴美国西部城市旧金山，与儿孙们一起生活。此时，他虽已年近八十，但仍有新作发表。其中，《鸟之变奏》、《相对论》、《禅》等诗作饱含沧桑，读来更觉韵味悠远。

2. 像狼一样独步人生

纪弦有一首让人激赏的短诗《狼之独步》：

我乃旷野里独来独往的一匹狼。/不是先知，没有半个字的叹息。

而恒以数声凄厉已极之长嗥/摇撼彼空无一物之天地，

使天地战栗如同发了疟疾，/并刮起凉风飒飒的，飒飒飒飒的：

这就是一种过瘾。

在诗坛上，纪弦不是一个文静的白面书生，而是一个笑傲江湖的侠客。在不少人眼中，纪弦甚至是一个不知天高地厚的狂妄之徒，这主要是因为纪弦在诗作中塑造了一个狂放不羁的抒情主人公形象。他的好友徐迟曾这样描述过纪弦：身材瘦长，风度翩翩，嘴衔一支黑色烟斗，手提一根黑色手杖，穿着三件一套的黑色西服，牵着一条黑色的狗。一看便知，这是一个标准的独行客的形象。

纪弦嗜酒如命，颇有李白遗风。年少时，他便在诗中显示出桀骜不驯、目空一切的个性。22岁时，他在《爱云的奇人》一诗中写道："爱云的奇人……古时候曾经有过一个，但如今应该数到我了。"40岁时，他写了一首《四十岁的狂徒》，诗中写道：

狂徒——四十岁了的，/还怕饥饿与寒冷，妒忌与毁谤吗？

教全世界听着：/我在此。/我用铜像般的沉默，

注视着那些狐狸的笑，/穿道袍戴假面的魔鬼的跳舞，

下毒的杯，/冷箭与黑刀。/我沉默

……

我既贫穷，又无权势，/为什么这样地容不得我呢？

我既一无所求，而又与世无争，/为什么这样地容不得我呢？

哦哦，我知道了：/原来我的灵魂善良，/而你们的丑恶；/我的声音响亮，

而你们的喑哑；/我的生命之树是如此的高大，/而你们的低矮；/我是创造了诗千首的抹不掉的存在，/而你们是过一辈子就完了的。

1964年，纪弦已经五十有一，现代派遭受到来自各方面的攻击。孤独中，他写了那首《狼之独步》。从少年时那个"爱云的奇人"，到中年时那个"四十岁的狂徒"，再到晚年那个"独步的狼"，这便是纪弦诗中抒情主人公形象的历史演变。

纪弦并不是一味的自信和乐观，有时他也对自己进行嘲讽和调侃。他曾写过一首叫着"7与6"的诗，诗中写道："手杖7＋烟斗6＝13之我。"这个巧妙的数字组合，使他预感到"一个天才中的天才"却是"一个最最不幸的数字"，这虽是调侃，但也是实情的流露。纪弦一生时而狂放不羁，时而玩世不恭，时而愤世嫉俗，时而儿女情长。他时常腹背受敌，受到来自各方面的进攻。正如他晚年诗作《鸟之变奏》中所说的那样："我不过才做了个/起飞的姿势。这世界/便为之哗然了！/无数的猎人，无数的猎枪/瞄准/射击/每一个青空的弹着点/都亮出来一颗星星。"这也许是诗人对自己一生价值的最好总结。

3. 纪弦诗歌的艺术特点

第一，"标新立异"。

纪弦在创作上具有强烈的探险精神。早在1935年，他就在诗中写道："在我面前，他是傲慢的。他甚至不屑讥我为竞走的低能儿。他阔步而行，唱着我不唱的流行歌，如一阵风掠过我肩膀，他远了。然而我亦不屑去追他：我仅是一个散步者而已；而况，我有我的歌。"(《竞走的低能儿》)他不但不跟着别人走，而且也不跟着自己走。"当我的与众不同，/成为一种时髦/而众人都和我差不多了时/我便不再唱这支歌了。"(《不再唱的歌》)他在别人都尊奉传统时，提倡现代派。他认为"被工厂以及火车、轮船的煤烟熏黑了的月亮不是李白的"，因而"李白死了，月亮死了，所以我们来了"。

这里的"李白"当然是指诗歌的传统浪漫精神。"月亮"代表中国诗歌田园牧歌的形式。我们要摒弃这一切，因为我们是一代全新的人。写于50年代中期的《存在主义》、

《春之舞》、《阿富罗底之死》等一批作品，便是他热烈追求现代主义的标志。60年代，他所提倡的现代派已成为一种"时髦"，然而他又转身走进了浪漫里。

第二，诙谐幽默。

罗青在论纪弦时说："纪弦有自选诗七卷，从卷一到卷七，都有相当浓厚的俳谐性，洋溢在他的诗句之中。"（《俳谐论纪弦》）纪弦诗歌的俳谐与调侃，包括两个方面：一是嘲讽世人，一是嘲讽自己。嘲讽世人显示出一种睿智，自嘲则显示出一种自信。无论是嘲讽别人还是嘲讽自己，表现在艺术上便产生一种幽默。例如，《一小杯的快乐》中有这样几句：

我的猫正在谈着恋爱，/月光下，屋脊上，它有的是

唱不完的恋歌，怪腔怪调的。/为了争夺一匹牝的老而且丑，

去和那些牡的拼个你死我活，/而带了一身的伤回来的事

也是常有的。这使我忽然间回忆起，当我们年少时，/把剑磨了又磨，去和情敌决斗，

亦大有罗密欧与朱丽叶之慨——/多么可笑！多傻！而又多么可爱！

如果时光可以倒流，/我是真想回到四十年前，

把当初摆错了的姿势重摆一遍。

这首诗幽默中透露出一种感伤，让人在轻松的阅读中产生出一种沉甸甸的感觉。

第三，语言明朗。

纪弦是台湾现代诗的鼻祖，而现代诗给人的印象总是诘屈聱牙、晦涩难懂，但纪弦的诗不是这样。他的诗篇几乎都是用明朗的语言写成的，其中生涩、朦胧的诗篇极少。他的诗从不雕琢，白话入诗近乎散文。如他的诗歌名篇《四十岁的狂徒》、《你的名字》、《一片槐树叶》等皆如此。纪弦的诗作与他的诗论有相悖之处，极力追求现代派，而他的诗语并不"现代"。这种现象在台湾诗人中也是很普遍的。

（二）郑愁予：永无归宿的多情浪子

郑愁予，本名郑文韬，祖籍河北。1933年出生于山东济南。童年随父亲辗转大江南北。抗战胜利后到北京，曾就读于崇德中学。1949年随家人去台湾。1958年大学毕业后，曾在基隆港务局任职多年。1968年赴美，在爱荷华大学国际写作班进修研究，获艺术硕士学位。现旅居美国，任耶鲁大学东亚文学系教授。

郑愁予的确算得上是一个诗歌的天才。他15岁发表处女作《矿工》，16岁便自费出版了第一本诗集《草鞋和筏子》。当然，在郑愁予的诗歌创作中，这本诗集仅仅是一个小小的试笔。1955年，他出版了去台后的第一本诗集《梦土上》。正如诗论家刘登翰所说："《梦土上》是郑愁予最有影响也最重要的一部诗集。童年在大陆形同漂泊的南北转徙所留下的美好忆念，青年时代来在台湾家世的飘落和无法回归的实际的流浪，共同投影在每日必须面对的海上生活的体验，纠结成他诗歌中的时间和空间、理想和感性、社会和个人虚虚实实的错落的悲剧，从而传达出一种恍如置身于'梦土上'的缱绻思绪。"（《郑愁予论》，《台港文学选刊》1990年第8期）1956年，他入盟纪弦的"现代诗"社，被纪弦誉为"青年诗人中出类拔萃的一个"。1966年之后，他陆续出版了《衣钵》、《窗外的女奴》、《长歌》、《燕人行》、《雪的可能》等诗集，成为台湾著名诗人之一。

郑愁予其人其诗都给人一种神秘感。他本人是一个运动健将，在诗中表现的却是一个多情书生；他有着极深的文学修养，但他毕业于法商学院；他身为现代派的主要干将．在

他的诗中却处处流淌着古典韵味；他的诗婉约犹如李商隐，但豪放起来酷似李白。郑愁予的诗总体数量并不算多，在读者中广为流传的却为数不少。如《错误》、《水手刀》、《如雾起时》、《情妇》等，不仅使人着迷，而且使人陶醉。郑愁予比较有名的诗作，大多都是以旅人为抒情主人公的，因此他被称为"浪子诗人"。对此，郑愁予不以为然，他说："因为我从小是在抗战中长大，所以我接触到中国的苦难、人民流浪不安的生活。我把这些写进诗里，有些人便叫我'浪子'。其实，影响我童年的和青年时代的，更多的是传统的仁侠精神。"仁侠也好，浪子也罢，总而言之他们"不是常常回家的那种人"。也许正是因为仁侠精神和浪子情怀的结合，才使郑愁予的诗有如此动人的艺术魅力。

在郑愁予的诗中，流传最为广泛的莫过于《错误》。这首诗在台湾被誉为"现代抒情诗的绝唱"。"愁予风"之所以能长盛不衰，与这首诗绝对有关。《错误》全诗如下：

> 我打江南走过，/那等在季节里的容颜如莲花的开落
>
> 东风不来，三月的柳絮不飞/你底心如小小的寂寞的城
>
> 恰若青石的街道向晚/跫音不响，三月的春帷不揭
>
> 你底心是小小的窗扉紧掩/我达达的马蹄声是美丽的错误
>
> 我不是归人，是个过客……

这个九行小诗共分三节。第一节的两句诗写"我"骑马在江南赶路，自然而然地想起那位还在这里苦等的"佳人"。"莲花的开落"是个变化着的意象，它在诗中有两层意思：一是暗示"我"与她分别的时间之长，一是说她的容颜在等待中憔悴。第二节五行诗全写"我"对她的想象；时节虽是阳春，但由于"我"仍未归来，所以她丝毫也未感觉到柳絮飘飞的春意；她的心寂寞犹如小城的傍晚，惆怅犹如紧掩的窗扉。这几行诗不禁让我们想起宋代柳永的《八声甘州》："想佳人、妆楼颙望，误几回，天际识归舟。"由此也可见出郑诗的古典韵味。第三节写"我"从想象中回到现实："我"从她的身边路过，她也许能隐约听到这"达达的马蹄声"，但"我不是归人，是个过客"。"美丽的错误"是全诗最让人激赏的字眼。与她越来越近确实是美丽的，但不能相见无疑是一个错误，诗人把两个相互矛盾的词组合在一起，真可谓妙笔生花。全诗情意缠绵，格调凄婉，含蓄蕴藉，韵味悠长。因此，称它为新诗的经典之作，丝毫也不算过分。

（三）忧郁的云——痖弦

痖弦，生于 1932 年，原名王庆麟，河南南阳人。曾就读于河南南阳南都中学、豫衡联合中学。1949 年到台湾。1965 年赴美国爱荷华大学国际创作中心研习，后进威斯康星大学获硕士学位。痖弦是台湾《创世纪》诗社发起人之一，曾主编《创世纪》、《诗学》、《幼狮文艺》、《联合报》副刊。现移居加拿大。著有诗集《痖弦诗抄》、《深渊》、《痖弦诗集》、《痖弦自选集》，论著《中国新诗研究》等。诗人痖弦参与创办的《创世纪》，在台湾诗坛最早打出超现实主义的旗帜。他与"创世纪"诗社的洛夫、张默被称为该社的"三驾马车"。他是一位创作数量不多，但在台湾很有影响的诗人。他 1953 年发表诗作，1955 年以《火把，火把哟》一诗获奖，引起诗坛瞩目。到 1959 年，他的诗歌创作达到顶峰时期。停笔两年以后，他又有诗歌新作发表，1965 年到美国后就再也未写诗了。他从发表处女作到封笔只有 10 年时间，他的诗集严格说也只有一本，诗歌创作喷涌期只不过几年。台湾诗人罗青说："在诗坛上，能以一本诗集而享大名，且影响深入广泛，盛誉持久不衰，除了痖弦的《深渊》外，一时似乎尚无前例。"

痖弦早期的诗作色彩明快而趋向歌谣风。诗人说"我早期的诗可以说是民谣风格的现代变奏,且有超现实主义的色彩",但总的来说,他的诗是忧郁的。如《忧郁》这首诗:

只有忧郁/没有忧郁/是的,尤其在春天/没有忧郁的只有忧郁

忧郁普遍存在于他的诗中。诗人用忧郁的眼睛观察世界,用忧郁的笔触书写世界,即使对自然风物的吟咏,也融入了诗人少年时代生活在大陆北方的生活体验,笼罩着一种忧郁的气氛。如《野荸荠》、《红玉米》:"送他到南方的海湄/便哭泣了/野荸荠似也哭泣了","而且在南方的海湄/而且野荸荠似在开花/而且哭泣到织女星出来织布"。诗中的哭泣是人的哭泣、人的忧郁,人为无法排除的哀痛而哭泣。"宣统那年的风吹着/吹着那串红玉米","它就在屋檐下/挂着/好像整个北方/整个北方的忧郁/都挂在那儿",诗中借对北方红玉米的眷恋,表达了对现代生活的忧虑与困惑。

此外,痖弦还写了一些咏吟都市风物的诗,如歌叹现代化大都市的伦敦、巴黎、芝加哥,歌叹远古文明的巴比伦、希腊、罗马、印度等。其实,诗人并没有亲自游览这些地方,他不过是借这些景观投射主观的情感。这里既有对现代工业文明的批判,也有对传统与现代冲突的困惑。

痖弦后期的诗作,思考人的生存状态、生存本质,对现代工商社会进行了激烈的批判。他在那首著名的诗作《深渊》的开头引用了萨特的名言:"我要生存,除此无他;同时我发现了他的不快。"这句话是对《深渊》的绝妙注释。《深渊》以繁复、怪诞的意象,揭示了光怪陆离的现代都市工业社会的荒谬景象:"没有什么现在正在死去/今天的云抄袭昨天的云","哈里路亚!我仍活着。/工作、散步,向坏人致敬,微笑和不朽。/为生存而生存,为看云而看云,/厚着脸皮占地球的一部分"。现代社会堕落、虚伪,物欲横流,尔虞我诈,而人却处于其中受煎熬而无奈,"当自己真实感觉到自己的不幸,紧紧地握住自己的不幸,于是便得到了存在"。《深渊》就是这种真实感受人的不幸的存在。

痖弦的人物诗,如《上校》、《弃妇》、《水夫》、《乞丐》、《盐》等都堪称佳作。他笔下的人物大多为不幸的小人物,作品抒写了他们悲剧性的命运。如《乞丐》:"不知道春天来了以后/以后将怎样/雪将怎样/知更鸟和狗子们,春天来了以后/以后将怎样","而主要的是/一个子儿也没有/与乎死虱般破碎的回忆/与乎被大街磨穿了的芒鞋"。诗作写出了此等人生存的绝望和困境,充满了迷惘与焦虑。

痖弦曾经学习戏剧,他自己也有演戏经历,他的诗作具有以戏剧手法入诗的特点。如《上校》:"那纯粹是另一种玫瑰/自火焰中诞生/在荞麦田里他们遇见最大的会战/而他的一条腿诀别于一九四三年……"这首为人称赞的《上校》,如同舞台上对照强烈的两幅戏剧场面,前后两节形成鲜明对照,用蒙太奇手法拼贴到一首小诗中。诗人张默曾对痖弦的诗做过这样的评价:"甜是他的语言,苦是他的思想。"痖弦十分注重诗歌的音乐性,善于从口语中熔炼出质朴自然富有节奏感的语言,而且善用多种修辞手法来营造语言的内在韵律。如《坤伶》、《希腊》、《巴比伦》、《弃妇》、《水犬》等诗都具有这个特点。

第三节　乡愁母题、诗美建构及超越
——论余光中诗歌的"中国情结"

　　智利诗人聂鲁达在约四十年前对一个咨询有这样的回答，问："到 2000 年，你认为诗歌将怎么样？"答曰："每一个时代，都曾有人将诗歌处死，可是她非但不受刑，反而长生不老，显示了旺盛的活力，焕发了蓬勃的生机，看来她会永葆青春的。"

　　余光中，祖籍福建永春，1928 年重阳节生于南京，母亲及妻子均为常州人，故也自称"江南人"。抗战时期，余光中于四川就学，其后就读于南京大学及厦门大学。22 岁迁台，1952 年毕业于台湾大学外文系。1959 年在美国爱荷华（IOWA）大学获 MFA 之后，在美国大学任教四年，并于 1974 年至 1985 年任香港中文大学中文系教授。返台后，余光中先后在台湾各大学外文系任教，曾在高雄中山大学任文学院院长兼外文研究所所长，现任该校光华讲座教授。

　　余光中驰骋文坛已逾半个世纪，享誉海内外文学界，在诗歌、散文、评论、翻译方面（称为自己创作的"四度空间"）成就卓著。其文学生涯悠远、深沉、辽阔，涉猎广泛，为当代诗坛健将、散文重镇、著名批评家、优秀翻译家，现已出版诗集 21 种，散文集 11 种，评论集 5 种，翻译集 13 种，共 50 种，在海内外文坛影响巨大。近十年来，余光中在祖国大陆各地出版的著作有 20 余种，其中包括最近浙江文艺出版社出版的《余光中散文》，上海文艺出版社的《与海为邻》、《满亭星月》、《连环妙计》（三册一套），安徽教育出版社的《余光中选集》（五册一套）及山东文艺出版社的《记忆像铁轨一样长》。2000年 7 月，《余光中诗选》入选《百年百种优秀中国文学图书》，由中国青年出版社出版。余光中同时又是资深的编辑家，曾主编《蓝星》、《文星》、《现代文学》等重要诗文刊物，并以"总编辑"名义主编台湾地区 1970－1989《中华现代文学大系》共 15 册（小说卷、散文卷、诗卷、戏剧卷、评论卷）。

　　余光中曾获得包括"吴三连文学奖"、"中国时报奖"、"金鼎奖"、"国家文艺奖"等台湾地区所有重要奖项。他的诗《乡愁》及散文《听听那冷雨》、《我的四个假想敌》等十分闻名，广为教科书及各种选集采用。1992 年迄今，他多次回到大陆，先后在北大、川大、厦大、南京大学、东北师大、吉林大学、华中师大、岳麓书院等地讲学。

　　海内外对余光中作品的评论文章大约在一千篇左右。专论余光中的书籍，有黄耀梁主编，分别由台湾纯文学出版社与九歌出版社出版的《火浴的凤凰》、《璀璨的五彩笔》，四川文艺出版社出版的《余光中一百首》（流沙河选释）等 5 种。传记有台湾天下远见出版公司出版，傅孟君著《茱萸的孩子——余光中传》。其诗集《莲的联想》，1971 年由德国学者译成德文出版。另有不少诗文被译成外文在海外出版。余光中热爱中华传统文化，热爱中国，礼赞"中国，最美最母亲的国度"。他说："蓝墨水的上游是汨罗江"，"要做屈原和李白的传人"，"我的血系中有一条黄河的支流"。他是中国文坛杰出的诗人与散文家，他目前仍在"与永恒拔河"。呼吸在当今，却已经进入了历史，他的名字已经醒目地镌刻在中国新文学的史册上。

大作家的名字总是与他的杰作联系在一起的。说到诗人的余光中，就会想起他脍炙人口的《乡愁》、《民歌》、《乡愁四韵》、《白玉苦瓜》等；而论到散文的余光中，就会记起那人们交口称赞的《地图》、《万里长城》、《丹佛城》、《登楼赋》等。细品这些诗文，之所以感人心怀，正是因为渗融其中的、浓得化不开的中国情结。这种"中国情结"是对中国、中华民族的认同、归依，是对故乡故土的思念、眷恋，是对文化传统的挚爱、归宿。余光中诗文中的故乡情结，贯穿于他半个世纪的创作之中，无论是去台湾、香港，还是出国去美国，这种乡思愁情梦魂牵绕、愁肠百结。正如他在《从母亲到外遇》一文中所说："大陆是母亲，不用多说。烧我成灰，我的汉魂唐瓦仍然牵绕在那一片后土。那无穷无尽的故国，四海漂泊的龙族叫她作大陆，壮士登高叫她作九州，英雄落难叫她作江湖。"乡愁是余光中创作的母题，中国情结正是这类作品的精魂。余光中的乡愁诗约在百首以上，其中国情结的内涵是丰富而深厚的。

（一）宏富深厚的乡愁母题

无根一代的悲患情怀。中国文学自古以来就有悲患意识的传统，从《诗经》、楚辞、唐诗宋词直举《红楼梦》，可谓"悲凉之雾，遍被华林"，而怀乡的诗作更是悲情万种。《诗经·东山》中的"我徂东山，慆慆不归。我来自东，零雨其蒙。我东曰归，我心西悲"，屈原的"惨郁郁而不通兮，蹇侘傺而含戚"，杜甫的"万里悲秋常作客，百年多病独登台"，马致远的"夕阳西下，断肠人在天涯"等等都是传颂千古的佳句。现代诗人，如郭沫若的《黄浦江口》、闻一多的《太阳吟》、戴望舒的《游子谣》，亦是为人传颂的名篇。可以说，中华民族的乡愁诗是世界上其他民族难以媲美的。20世纪中叶，一道海峡将中国隔离为两岸，几百万人离开大陆，漂泊到孤岛，如台湾作家白先勇所说："流亡到台湾的第二代作家，他们成长的主要岁月在台度过，不管他们的背景如何歧异，不管他们的本籍相隔多远，其内心同被一件历史事实所塑模：他们全与乡土脱了节，被逼离乡背井，像他们的父母一样，注定寄生异地的陌生环境。"余光中的诗作抒写了一个特定历史时期漂泊台湾的无根者的悲情。这类乡愁诗文首先表现的是一种心灵中的忧伤、精神上的痛苦。流落到台湾的离乡人与古代思乡的不同在于：时间未卜，空间上与大陆母体的阻隔。余光中在《乡愁》中，将这种悲情表现得淋漓尽致："小时候/乡愁是一枚小小的邮票/我在这头/母亲在那头。长大后/乡愁是一张窄窄的船票/我在这头/新娘在那头。再以后/乡愁是一方矮矮的坟墓/我在外头/母亲在里头。而今啊/乡愁是一湾浅浅的海峡/我在这头/大陆在那头。"这首诗抒写了海峡两岸中国人的三大悲情，也是人生最重要的三大情感历程。第一节为母子别，第二节为新婚别，第三节为生死别，第四节将具象化的场景概括为故乡别。《乡愁》堪称当代同类题材诗歌的绝唱。这首诗已传遍海峡两岸，在海外华人社会广泛传唱。如果20世纪的新诗有那么三五首可以留传后代的话，《乡愁》必在其中。在《当我死时》中有这样的诗句：

当我死时，葬我，在长江与黄河/之间，枕我的头颅，白发盖着黑土

在中国，最美最母亲的国度/我便坦然睡去，睡整张大陆

听两侧，安魂曲起自长江，黄河/两管永生的音乐，滔滔，朝东

这是最纵容最宽阔的床/让一颗心满足地睡去，满足地想……

写这首诗时，诗人不到40岁，之所以想到"死时"，是感到这一生再也回不到祖国故土了，于是只有期盼死后葬于"长江与黄河之间"。其悲患何等深重、沉痛！

余光中这一代作家有着特殊的经历与遭遇：他们从大陆到台湾，这是第一次放逐；许多人又求学或旅居海外，这是又一次放逐。他们离开故土越走越远了，如台湾诗人简政珍所说，是一种双重放逐。余光中远赴美国，不但远离了故国，也离开了台湾，尽管身置物质发达的西方社会，但在精神上却更痛苦了。与历代诗人不同的是，古代诗人被放逐，几乎都是被贬谪，而余光中却并非官员，他的放逐并没有受到肉体的折磨，完全是精神上的"断奶"。写于美国的《我之固体化》中有这样的诗句："在国际的鸡尾酒里，我仍是一块拒绝溶化的冰。"诗人拒绝西方，不认同西方。在《敲打乐》中，诗人反复唱道："我们不快乐"，"仍然不快乐啊颇不快乐极其不快乐不快乐"。因为他们的根不在异域他国。聂鲁达曾经说过："如非被逼无奈，诗人不能离开自己生根的地方。即便非离开不可，他的根也要通过海底，他的种子也要随风飘扬。诗人应具有自觉自愿的民族性、深思熟虑的民族性和乡土性。"余光中所抒发的正是这种无根一代的思乡情怀，这种强烈的悲患情怀跳荡于字里行间。

蕴涵深广的民族意识。民族意识首先与人民大众维系为一体。余光中抒写了在特定历史时期，即 20 世纪下半叶，祖国被分裂状况下人民的命运、期盼与心态。余光中跟父母去台湾，以后在台成家，子女也都在身边，并没有直系亲人留在大陆，而他却写出了那么动人心魄的诗篇。《乡愁》中反复歌咏的"我在这头，母亲在那头"、"我在这头，大陆在那头"，这个"我"是诗人自己，更是人民大众的代称。自然，母亲、大陆所指是人民、故土，是整个民族。在《民歌》这首诗中，诗人更是把自己与人民融为一体，且看最后一节：

有一天我的血也结冰/还有你的血他的血在合唱

从 A 型到 O 型 /苦 也听见 /笑 也听见

诗中"我"中有"你"，"你"中有"他"，"我"与人民、与大众难以分割。这首诗从黄河之歌，到长江之歌，从"我"之歌，最后到民族之歌，唱出了人民的声音，澎湃着强烈的中华民族的意识和心声。诗集《在冷战的年代》的开篇有一首《致读者》，可以视为诗人深情的自白："一千个故事是一个故事/那主题永远是一个主题/永远是一个羞耻和荣誉/当我说中国时我只是说/有这么一个人：像我像他像你。""你"、"我"、"他"与中国维系在一起，那就是中华民族。

20 世纪的中国，最重要的一页历史便是祖国被分裂成两岸。凡大诗人总是用自己的诗作为当代史形象、情感的诠释。屈原、杜甫、普希金、聂鲁达都是这样的大诗人。余光中就是当代长江黄河的弄潮儿，他的诗切入到时代的神经，表达了时代的强音。

其次，民族意识总是与民族的历史紧密相连。诗人总是善于从本民族的历史与现实中吸取丰富的营养、发掘素材。余光中虽然 21 岁就离开了大陆母体，但他的诗作总忘不了本民族的历史。在台湾，在香港，或远在大洋彼岸的美国，见山观水，登楼驱车，哪怕是一草一木，他的诗作总忘不了从本民族的历史与现实中发掘素材，而打上鲜明的民族印记。别林斯基说："要使文学表现自己的民族的意识，表现它的精神生活，必须使文学和民族的历史有紧密的联系，并且能有助于说明那个历史。"旅美文学评论家夏志清也指出：他"不断重温自己童年的回忆，不断憧憬在古典文学中得来有关祖国河山的壮丽、历史上的伟大，以保持自我的清醒与民族的意识"。余光中虽然青年时代就离开大陆，但他最不能忘怀的是祖国的人民、山川与历史文化。他在《白玉苦瓜·自序》中说："到了中年，忧患伤心，感慨始深，那枝笔也懂得伸回去，伸回那块大大陆，去蘸渭汩罗的悲涛，易水的寒波，去歌楚臣，哀汉将，隔着千年，跟古代最敏感的心灵——陈子昂，在幽州台上，抬一抬杠。怀古咏史，原是中国古典诗的一大主题。在这类诗中，整个民族的记忆，等于在对镜自鉴。"《羿射九日》写史前神话，《飞将军》歌咏李广抵御匈奴的一段悲壮历史，而《黄河》、《大江东去》等诗都是在把母亲河当作历史的大书来读，是在歌咏、感叹中华民族的历史："大江东去/龙势矫矫向太阳/龙尾黄昏，龙首探入晨光/龙鳞翻动历史，一鳞鳞/一页页，滚不尽的水声。"

归依母体的文化精神。对母体文化的归依感是余光中乡愁诗的深层内涵。余光中常常用诗为中国文化造像，他在《隔水观音·后记》中说，这类诗"是对历史和文化的探索"，"一种情不自禁的文化孺慕，一种历史的归属感"。这种强烈的民族文化归属感渗融在他的诗中。余光中经常说这样的一句话：不要为五十年的政治，抛弃五千年的文化。他的那首《呼唤》由小时候的回家想到晚年的回归，诗中这样写道：

就像小时候/可以想见晚年，/太阳下山，汗已吹冷/五千年深的古屋里

就亮起一盏灯/就传来一声呼叫/比小时候更安慰，动人/远远，喊我回家去

这盏灯显然是一种象征，是中国优秀传统文化的象征。"五千年深的古屋"传来的呼叫是历史的呼唤、文化的呼唤。"喊我回家去"是一种归属感。余光中这类诗主要表现在两方面：其一是为中国的大诗人造像。如《漂给屈原》、《湘逝——杜甫殁前舟中独白》、《戏李白》、《寻李白》、《念李白》、《夜读东坡》等诗作，表达了对古代大诗人的景仰、向往之情。这里自然不单是对屈原、李白、杜甫、苏轼的歌颂，他们在诗中是中国文化的化身。中国是有着辉煌诗歌传统的大国，历代杰出大诗人正是历史文化的塑像。在《漂给屈原》中，诗人深情地歌咏道：

你何须招魂招亡魂而去 /你流浪的诗族诗裔

涉远济湘，渡更远的海峡 /有水的地方就有人想家

有岸的地方就楚歌四起 /你就在歌里、风里、水里

屈原是楚文化、中国文化的象征，是民族魂的象征。诗人歌颂屈原，是在歌咏一种民族的情怀，一种民族的崇高品格，表达了一种积淀数千年的民族文化心理。

其二是对中国山水、古玩的吟赏。自然山川是特定地域的标识，往往打上很深的历史印记，而古董文物是一种历史形态的物化。《黄河》一诗大气磅礴，气势凌云，诗人把祖国悠久的历史文化与隔海游子的乡愁融于诗中，读来动人心魄、感人肺腑。诗人流沙河认为："四千年来，写黄河的新诗不少，没有一首能超过《黄河》。"引起广泛反响的《白玉苦瓜》亦是典型一例。这首诗发表后，曾在台湾诗坛引起轰动，被誉为不朽的盛事。诗人说："我又写了几首关于古玩的诗。这些东西，虽然是小玩艺，但都是中国文化的体现，容易引起我的灵感，使我写诗。"诗中反复歌咏台湾故宫博物院的白玉雕成的苦瓜：

似醒似睡，缓缓的柔光里/似悠悠醒自千年的大寐

一只苦瓜从从容容在成熟/一只苦瓜，不再是涩苦

日磨月磋琢出深孕的清盈/看茎须缭绕，叶掌抚抱

哪一年的丰收像一口要吸尽/古中国喂了又喂的乳浆

完满的圆腻啊酣然而饱/那触觉，不断向外膨胀

充实每一粒酪白的葡萄/直到瓜尖，仍翘着当日的新鲜

这首诗中的苦瓜象征丰富、意蕴深厚。它象征艺术品，象征悠久的历史、古老的文化传统，浓缩了中华民族几千年的苦难史，表达了对祖国文化、对祖国母亲深挚的爱，包容着深沉的历史感、深邃的哲理情思。"整个大陆的爱在一只苦瓜"是全诗的精髓，是诗之魂。

对大陆现实的深切关注。凡爱国思乡的诗人总是热切地关注祖国的现实。余光中离开大陆多年，但他并没有超然物外、隐居山野，他时刻惦念生他养他的那块热土。1974年，余光中来到香港中文大学教书。处于这种特殊的地理位置，一向关心祖国命运的诗人对大陆现状有了更多的了解和切身感受。这段时期，他写下了20多首有关"文革"、否定"文革"的诗，对当时涌动于大陆的极"左"思潮、个人崇拜做了无情的批判，对处于浩劫中的人民大众表现出极大的同情。《九广路上》、《北望》、《望边》、《海祭》、《梦魇》等篇，笔锋犀利，洞察深刻，批判极有力度，如"听左颊摇撼着摇撼着风雨，左颊鞭打着鞭打着浪潮，两侧都滔滔"（《台风夜》），"七月的毒太阳滚动着霹雳大火球，当顶一盏刑讯灯，眈眈逼视，无辜的北半球，要人供出最后的一口气，一滴汗"（《苦热》），"炼不完，一炉赤霞与紫霭"（《北望》）。他期望"文革"运动早日结束。今天读来，不得不佩服诗人眼光之敏锐，思维之深邃。爱之深，才痛之切，这种对"文革"极"左"思潮的彻底批判，正是诗人挚爱祖国的表现。如果就"伤痕文学"、"反思文学"而言，余光中的这些诗应当说是开风气之先。而当"文革"结束前后，诗人预感到极"左"风暴即将过去，对未来又充满期望，欣喜之情溢于诗中。如《初春》：

古中国蠢蠢的胎动 / 一直传到南方 / 神经末端的小半岛了吗？

一阵毛雨过后 / 泥土被新芽咬得发痒 / 斜向北岸的长坡路上

随手拣一块顽石 / 抛向漠漠的天和海 / 怕都会化成呢喃的燕子

一路从小时候的檐下 / 飞寻而来

诗人敏感地觉察到祖国大地改革开放的春汛，按捺不住喜悦之情，直感到神州的春天来临了。余光中这类诗往往被研究者所忽视或者回避，其实，这类题材的诗作是诗人乡愁诗的变奏，是他乡愁诗的重要组成部分。正是由于这类诗作，才使我们得以从更广阔的视角、全方位地观照诗人的乡愁诗。

（二）乡愁诗的诗美建构

题材和主题是衡量诗歌的重要美学标尺，但是只有用尽可能完美的艺术手法和形式表达出来，才能具有强烈的艺术魅力。乡愁诗自然也是这样。余光中的乡愁诗就思想的深邃与艺术的精致而言，在当代新诗中可谓卓尔不群。

第一，原型意象的心灵烛照。加拿大批评家弗莱这样界定"原型"，即"典型的反复出现的意象"。或者说，它是各个民族在久远的历史长河世代相传、共同相通的心理积淀物。原型意象带有强烈的民族色彩，其意蕴也是丰富深厚的。意象是构成诗歌的生命，余光中乡愁诗作的意象不仅追求独创新奇、丰盈力度，而且具有浓郁的传统色彩、民族神韵，尤其重视原型意象的经营，如鸟类、月亮、镜子、莲等意象都是中国特有的原型意象。《当我死时》、《敲打乐》、《望边》、《布谷》、《蜀人赠扇记》等诗都选用了鹧鸪、布谷等意象，台湾诗人简政珍称之为思乡的原型。这类意象在中国古典诗词中反复出现，它具有一种民族认同感、一种永恒的生命活力。如：

淅沥淅沥清明一雨到端午 / 暮色薄处总有只鹧鸪

在童年的那头无助地喊我 /喊我回家去……

——《夜读东坡》

四十年后每一次听雨 /滂沱落在屋后的寿山

那一片声浪仍像在巴山 /君问归期，布谷都催过多少遍了

海峡寂寞仍未有归期……

——《蜀人赠扇记》

而月亮在中国古典诗词中更是被反复歌咏的对象，余光中的诗如《中秋月》、《中秋夜》、《秋分之一》、《秋分之二》、《中元月》、《桂子山问月》都是以月作为意象的。月亮作为原型意象，其意蕴丰富、功能多重，既具有团圆的寓意，亦具乡愁别绪的意蕴，还可以作为上天的象征。如：

一刀向人间，剖开了月饼 /一刀向时间，等分了昼夜

为什么圆晶晶的中秋月 /要一刀挥成了残缺？

——《中秋》

冷冷，长安城头一轮月 /有一只蟋蟀似在说

是一面迷镜，古仙人忘记带走 /镜中河山隐隐，每到秋后

霜风紧，缥烟一拭更分明 /清光探人太炯炯 /再深的肝肠也难遁

——《中秋月》

"布谷"、"鹧鸪"、"鹧鸪"、"月亮"等原型意象是一组特有的符码，都是地道的中国式的。这类意象在诗人心中涌动，与诗人的心灵相撞击，达到物我相融的境界，构成余光中乡愁诗特有的艺术魅力。此即刘勰所说的"随物婉转"、"与心徘徊"。

第二，奇特组合的语言张力。卡西尔在《语言与艺术》一文中指出："自我情感的丰富充沛仅是诗的一个要素和契机，并不构成诗的本质，丰富的情感必须由另外的力量，由形式力量构成和支配，每一言语活动都包含着形式的力量。"这段话强调了语言形式在诗中的重要作用。所谓语言的张力，这"张力"原是物理学中的术语，引用到诗歌中来，指所选用的语言要具有丰厚的内涵，同时通过语言的各种奇特、巧妙的组合、拼接、搭配，产生出一种新的冲撞力，给人以美感。这就是"张力"。这种张力绝非词语的简单相加所能达到的。余光中在其乡愁诗中常常运用新奇的构想，将语言做奇特，甚至反常的组合，造成"张力"，产生美的艺术效果。

一种是将抽象的乡愁与具象的语言或者意象组合在《乡愁》这首诗中。乡愁是抽象的，而邮票、船票、坟墓、海峡是具象的，此间用一个"是"字，显然不合逻辑，是反常态的，然而正因为两者的黏合，使乡愁具象化而有立体感了，它引起人们丰富的联想、深情的回忆，读来韵味无穷。

另一种是语言间反常、突兀的组接，如《戏李白》中：

你曾是黄河之水天上来 /阴山动 /龙门开

而今黄河反从你的句中来 /惊涛与豪笑

万里滔滔入海 /那轰动匡庐的大瀑布

无中生有 /不止不休 /可是你倾倒的小酒壶？

"你曾是黄河之水天上来"、"而今黄河反从你的句中来"两句，自然不合通常的语法，而"轰动匡庐的大瀑布……可是你倾倒的小酒壶"则更是反常而奇谲了，然而它神奇的想

象所产生的张力却令人浮想联翩、神游仙境。

第三，诗与歌联姻的律动谐美。香港作家黄国彬说："论诗的音乐性，在新诗或现代诗人丛中，直到现在，我们还找不到一位诗人同余光中颉颃。"台湾作曲家杨弦给余光中的诗谱曲，似乎从中听到了音乐。的确，余光中的诗是非常注重音乐性的。对此，他有许多形象精辟的论断："诗和音乐结婚，歌乃生。""诗是一只蛋，歌是一只鸟，孵出来的新雏，仙羽夺目，妙韵悦耳，使听的人感到兴奋而年轻。""不错，心灵是诗的殿堂，但是耳朵是诗的一扇奇妙的门。仅仅张开眼睛，是不能接受全部诗的。我几乎可以说，一首诗未经诵出，只有一半的生命，因为它的缪斯是哑巴的缪斯。"余光中的乡愁诗从音乐性的角度可以分为两类：一类是新歌谣体，一类是半自由体。第一类诗继承了中国格律诗的传统，同时又吸收了民歌的特点，在此基础上，他创造了一种新歌谣体，较之古典格律诗更自由，较之民谣体更雅致。《乡愁》、《民歌》、《乡愁四韵》等都是这类诗的杰作。如《乡愁四韵》：

给我一瓢长江水啊长江水/酒一样的长江水/醉酒的滋味

是乡愁的滋味/给我一瓢长江水啊长江水

给我一张海棠红啊海棠红/血一样的海棠红

沸血的烧痛/是乡愁的烧痛/给我一张海棠红啊海棠红

给我一片雪花白啊雪花白/信一样的雪花白/家信的等待

是乡愁的等待/给我一片雪花白啊雪花白

给我一朵蜡梅香啊蜡梅香/母亲一样的蜡梅香/母亲的芬芳

是乡土的芬芳/给我一朵蜡梅香啊蜡梅香

这首诗四节，每节句数相同，且句中字数相等、音节相同，整首诗整齐、匀称，每节换韵。每一节的中心意象多次重复，造成往复回环的声韵美，而且四节押韵、平仄相间，融古典与民歌的韵律美于一体，读来舒缓柔美、铿锵悦耳，以至台湾的一次"现代民谣创作演唱会上，一批年轻的民歌手演唱了包括《乡愁四韵》在内的八首诗谱曲的歌。《乡愁四韵》等诗篇由此传遍海峡两岸乃至海外。

"半自由体诗"是香港学者黄维梁的概括，他称之为"诗行的长短不同，但不太参差"，这类诗较自由诗"格律"，而比格律诗自由，它更加注重内在的节奏。《白玉苦瓜》便是典型一例，全诗三节，每节句数不等，句子长短相差不大，但内在节奏感很强，读来圆融和谐。又如《大江东去》，全诗不分节，一气呵成。如开头几句：

大江/东去，浪涛/腾跃/成千古　太阳/升火，月亮/沉珠

哪一波/是/捉月人? 哪一浪/是/溺水的/大夫?

全诗句子长短自由而有度，控制在三至五个音节之内。第一句五个音节，第二句四个音节，两个分句对偶工整。第三、四两个问句，句式相同，词性相对而音节略有差异。而且句首二字基本上是"仄、平"声，起句很有气势，而韵脚押存仄声上，造成整齐而错综、抑扬而和谐的声韵美，给人雄浑、厚重之感。余光中还善于运用多种修辞手法，如双声、覆字、网环、倒装、顶针等结构诗歌的音乐美，此处不一一列举。

（三）乡愁诗的嬗变及超越

余光中的乡愁诗就其数量和质量而言，在20世纪的中国新诗中都是最为丰富、宏阔、深婉、哀痛而难以企及的。其超越意义在于：

首先，余光中由早期诗作抒发个人的忧伤哀怨情怀过渡到关注祖国前途、民族命运，从狭小的个人天地走出，到抒发出博大、深沉的情感世界，完成由"我"到"我、你、他"，由"小我"到"大我"的转折，由一个浪漫青年诗人转变成为具有强烈爱国主义、民族精神的大诗人。从乡愁诗看诗人的足迹，大约经历了这样四个时期：50 年代为萌生期。年轻的余光中刚去台湾，一度苦闷、彷徨，陷于"小我"中难以自拔。《舟子的悲歌》写于诗人到台湾的第二年，即 1951 年所作，诗中唱道："一张破老的白帆/漏去了清风一半/却引来海鸥两三/荒寂的海上谁做伴啊/没有伴！没有伴/除了黄昏一片云/除了午夜一颗星/除了心头一个影/还有一卷惠特曼……昨夜/月光在海上铺一条金路/渡我的梦回到大陆。"这是现在我们看到的余光中最早创作的一首怀乡诗。在《伊人赠我一首歌》的结尾，有"今夜/我邀你对倚一枕/陪着我一同怀乡"，此时的怀乡还仅停留在个人的情感世界。50 年代末为转变期。1958 年秋，诗人赴美求学，本欲到西方深造，排遣在孤岛的忧闷，岂料西方的现代文明并不能融合诗人的灵魂，诗人备感孤独。在《万圣节·后记》中，诗人写道："从男生宿舍四方城朝北的窗口，可以俯览异国的萧条。王灿登楼而怀乡，我根本就住在楼上……据说，怀乡是一种绝症，无药可解，除了还乡。在异国，我的怀乡症进入第三期的严重状态。""中国对于我，几乎像一个情人的名字……我的灵魂冬眠于此，我的怀乡症已告不治。"这时，他写下了《新大陆之晨》、《我之固体化》等诗作。《我之固体化》中有这样的诗句："在国际的鸡尾酒里/我仍是一块拒绝融化的冰/常保持零下的冷/和固体的坚度……但中国的太阳距我太远，我结晶了，透明且硬/且无法自动还原。"此时的诗人，已经把怀乡与中国联结在一起，这种情感远非初去台湾的诗作可以相比。诗人拒绝西方，不认同西方。第三个时期以 1974 年出版的诗集《白玉苦瓜》为标志，这是乡愁诗的成熟期，亦即转折期。诗人去香港以后，诗集《与永恒拔河》、《隔水观音》、《紫荆赋》的出版，使余光中最终完成了他的乡愁诗的转折。《白玉苦瓜》的发表，被文坛称为"不朽的盛事"。第四个时期从 1992 年 9 月开始。这一年，余光中应邀访问大陆。此后，诗人的乡愁诗进入解构期。他多次访问大陆，每到一处都留下了歌咏故国家园的诗篇。如写于北京的《登长城慕田峪段》、《访故宫》，写于厦门的《浪子回头》，一直到 2000 年岁末写于武汉华中师大的《桂子山问月》，依然写得情深款款、真挚动人。这些诗是诗人乡愁诗的继续，是对回大陆前的乡愁诗的回应。正是这种转折，奠定了余光中作为大诗人的基石。余光中的乡愁诗与传统抒写个人羁旅之诗相比，无疑是一种超越。

其次，余光中把个人的思乡提高到一个普遍的、理性的境界。这种思乡不仅是地理的，更是精神的、历史文化的、中华民族的。由于特定历史时期诗人特殊的境遇，20 世纪中国分裂时期的人民情感历程在余光中的诗中得到最为集中、典型的反映，而这类诗又写于台湾岛或海外，这些都是古代及当今大陆诗人所不具备的。尤为可贵的是，诗人虽然长期生活在另一种政治背景下，心目中的中国却是一个整体、一个统一体，诗人盼望海峡两岸的整合、中国的统一。他执着地主张五千年的历史文化能超越政治。在《心血来潮》一诗中，诗人歌咏道：

潮水呼啸着，捣打着两岸 /一道海峡，打南岸和北岸

正如我此刻心血来潮/奔向母爱的大陆和童贞的岛

这渺渺的心情，鼓浪又翻涛 /至少有一只海鸥该知道

这一生，就被美丽的海峡 /这无情的蓝水刀

永远切成两半了吗?

这首诗写在 80 年代中期,诗人近在香港,却不能回故乡。在《中秋月》中,诗人唱道:

一面古镜,古人不照照今人 /一轮满月,故国不满满香港

正户户月饼,家家天台 /天线纵横割碎了月光

二十五年一裂的创伤 /何日重圆,八万万人共婵娟?

仰青天,问一面破镜

期盼祖国统一、同胞团圆成为余光中乡愁诗最洪亮、最动人的声音。就此而言,余光中的乡愁诗显然是一种超越。

第三,余光中的乡愁诗,其思想意蕴具有一种超地域、超时代的意义。20 世纪,两次世界大战,朝鲜、越南战争,苏联解体、海湾战争,直至中东流血冲突,由于分裂、战争及政治等原因,放逐、流亡、难民潮几乎成为一种世界性的普遍现象,很多人有家不能回,有乡不能归。余光中有一本诗集《在冷战的年代》,其中的一组诗集中表达了诗人对战争的诅咒,对人民的同情。人民大众对故国家园的怀念是有良知的大诗人所热切关注的。余光中诗作所抒写的深沉、博大情感不仅是中华民族的,也是世界的。余光中的诗不仅广泛流传于台港澳及海外华人世界,同时被翻译传播到西方。他的诗抒发的是一种世纪性的、带有世界普遍意义的乡愁,必将流传于后世。

第四节 台湾小说的骄子——白先勇

一、文学的启蒙

白先勇,1937 年 7 月出生于广西桂林。他的父亲白崇禧是国民党高级将领。抗日战争时期,白先勇随父母先后在重庆、上海、南京等地居住。1949 年去台湾,1961 年毕业于台湾大学外语系。1963 年,白先勇到美国爱荷华大学国际创作中心从事创作研究,1965 年获得艺术硕士学位。随后,白先勇任教于美国加州大学圣塔巴巴拉分校,以迄于今。

白先勇之所以能走上文学创作之路,并取得令人瞩目的成就,与他的三位启蒙老师不无关系。

第一位是早年家中的厨子老央。老央能说会道,满肚子的故事。让白先勇记忆最深的是他在病中听老央讲故事。七八岁的时候,白先勇患了痨病,这种病在当时还属绝症,传染性极高,因此需要隔离治疗。原来在家中谁见谁爱的小少爷,如今单独住在一个小小的房间里,他感到异常孤独。多亏有老央和他的故事,才使他打发过这四年的漫长岁月。《说唐》、《征西》等生动的故事,培养了白先勇对文学的浓厚兴趣。病愈之后,他开始大量阅读文学作品,有武侠,有言情,有巴金的《家》、《春》、《秋》,也有半懂不懂的《红楼梦》。这为他日后走向文学之路奠定了良好的基础。

第二位是他的中学教师李雅韵女士。李雅韵出生于北京,早年曾从事过地下抗日工作。她颇有文采。每当她用纯正的京音,抑扬顿挫地念起唐诗宋词时,都让白先勇着迷。在他心目中,李雅韵是一位文武双全的巾帼英雄。正是她发现了白先勇的写作才能,不仅

给他讲授语文知识，而且帮助他投稿。当由她推荐的一篇作品在台湾《野风》杂志发表后，师生皆大欢喜。在她的鼓励下，白先勇开始做他的作家梦。中学毕业之后，他一直与李雅韵老师保持着联系，直到她最后去世。

第三位启蒙老师是台湾大学文学系的夏济安先生。白先勇高中毕业后，本来被保送到台湾大学，但他突发奇想，立志要完成长江三峡的水利工程，因此他转而去成功大学读水利工程。一年之后，他真正发觉自己的志趣并不在这里，于是又毅然退学，重新考入台大外文系。

进台大时，夏济安先生正编《文学杂志》并教授白先勇的写作课。当时，《文学杂志》的影响很大，能在它上面发表一篇作品是白先勇当时的奢望。于是，他带着试试看的心理找到了夏先生。白先勇回忆说："我记得他那天穿一件汗衫，一面在翻我的稿子，烟斗吸得呼呼响。那一刻我的心直跳，好像等待法官判刑似的……'你的文字很老辣.这篇小说我们要用，登到《文学杂志》上去。'那便是《金大奶奶》，我第一篇正式发表的小说。"（《蓦然回首》）

从对文学产生兴趣，到处女作的发表，这是一个漫长的积蓄和准备过程。在这个过程中，三位老师无论是无意的引导，还是有意栽培，对白先勇最后成为一个知名作家都起到了很大的作用。

二、白先勇的创作历程

如果从 1958 年白先勇发表《金大奶奶》算起，至今他已走过了 30 多年的创作之路。在台湾文坛上，白先勇算不上高产作家，但他在小说界的影响是首屈一指的。纵观白先勇的创作历程，大体上可分为三个时期，即初始期、过渡期和成熟期。

初始期：1958—1962 年。在这一时期里，白先勇大约发表了十多篇小说，后来以《寂寞的十七岁》为名集结成册，这可以说是他走入文学之门后献给读者的第一份礼物。尽管那"只是一些不甚成熟的习作"，但它足以显现出青年白先勇的思想深度和文学才华。

这一时期，白先勇影响最大的作品是《玉卿嫂》。这部作品是以童年视角而写成的一个爱与死的故事：玉卿嫂是容哥儿（作品中的"我"）的奶妈，她三十出头，长得好生标致。因为她是个寡妇，所以家里的男仆都想占她的便宜，但都未能得手。她的远房表哥来求婚，也被她断然拒绝。原来.玉卿嫂秘密地养着一个名叫庆生的病男人。容哥儿发现这个秘密后，便不断借故到庆生那里去玩。后来，庆生与演员金燕飞相识并相爱，玉卿嫂在多次规劝无效后，便动了杀机。在一个夜里，她杀了庆生后也自杀身亡。

不少人认为玉卿嫂是一个值得同情的悲剧形象，而庆生是一个忘恩负义的好色之徒。但笔者认为，这种理解未免太肤浅了，对这个作品的理解，不能仅停留在道德的层次上，只有穿过表层窥视其复杂的人性内蕴，才能准确地把握玉卿嫂的形象，进而深刻理解作品的意义。从表面上看.玉卿嫂漂亮而文静，尤其是她那月白色的衣着和白色的耳环，更使她温馨如月，但是在这个温情脉脉的躯体里，包裹着一个火一样炙热的灵魂。她恨起来咬牙切齿，爱起来如火如荼，表面的文静与内心的烈火形成鲜明的对照。玉卿嫂刚到"我"家时，帮厨的小王想占她的便宜，她一下子把小王打得鼻青眼肿，使那些男工们对她的痴心妄想永远限制在想入非非的层次上。然而，她爱起来也惨不忍睹。她爱庆生，为了庆生她宁愿倾其所有。有一次，"我"透过窗子看到了如此惊心动魄的一幕：

玉卿嫂的样子好怕人，一脸醉红，两个颧骨上，油亮得快发火了，额头上尽是汗水，把头发浸湿了，一缕缕地贴在上面。她的眼睛半睁着，炯炯发光，嘴巴微微张开，喃喃呐呐说些模糊不清的话。忽然间，玉卿嫂好像发了疯一样，一口咬在庆生肩膀上来回地撕扯着，一头的长发都跳动起来了。她的手活像两只鹰爪抠在庆生青白的背上，深深地掐了进去一样。过了一会儿，她忽然又仰起头，两只手揪住了庆生的头发，把庆生的头用力揿到她胸上，她像要将庆生的头塞进她心口里去似的。庆生两只细长的手臂不停地颤抖着，如同一只受了重伤的小兔，瘫痪在地上，四条细腿直打战，显得十分柔弱无力。

当玉卿嫂再次一口咬在他肩上的时候，他忽然拼命地挣扎了一下，用力一滚，趴到床中央，闷声着呻吟起来，玉卿嫂的嘴角上染上了一抹血痕。庆生的左肩上也流着一道殷血，一滴一滴淌在他青白的肋上。

作为孩童的容哥儿，无论如何都不能把这一幕与心目中玉卿嫂的形象叠合在一起。这一幕实在是太可怕了。由此，我们认为白先勇笔下的玉卿嫂与林海音笔下的女性形象截然不同，他的着眼点根本不在于对玉卿嫂遭遗弃的同情上，而在于对人性深蕴的揭示上。白先勇在谈起这篇小说创作的缘起时说："有一年，智姐回国，我们谈家中旧事，她讲起她从前的一个保姆，人长得很俏，喜欢带白耳环，后来出去跟她一个干弟弟同居。我没有见过那位保姆，可是那对白耳环在我脑子里却变成了一种蛊惑。我想带白耳环的那样一个女人，爱起人来，一定死去活来的——那便是玉卿嫂。"（《蓦然回首》）这可以看出白先勇的写作动机是一种性爱的冲动，而并非出于对女性不幸遭遇的同情。

《玉卿嫂》虽然是作者初期的作品，但无论是从表现手法还是从语言上来看，它都是相当成熟的。

过渡期：1963—1965年。1962年冬，无论是对白先勇的人生还是写作，都是一个转折点。这一年，他一向景仰的母亲飘然仙逝，而他又要远行美国，与年迈的父亲离别。"月余间，生离死别，一时尝尽，人生忧患，自此开始。"（《蓦然回首》）

他带着这样的心绪飞赴一个陌生的国度，家国身世，感慨渐深。《纽约客》这本集子基本上反映了这个漂泊于异国的游子心灵。这本集子出版时，白先勇把唐代陈子昂的《登幽州台歌》——"前不见古人，后不见来者，念天地之悠悠，独怆然而涕下"——放在卷首，由此见出作者的良苦用心。

《纽约客》带着作者强烈的主观情绪，写尽了由台赴美的青年学子们的众生相。《芝加哥之死》的主人公吴汉魂，经过六年的拼搏，终于拿到了博士学位，然而他也走到了人生的尽头。吴汉魂参加完毕业典礼之后，使他得到机会回忆起六年来的辛酸经历。由于经济困难，他租了一个潮湿而又阴暗的地下室。他每天下午四点到七点，去一家洗衣店打工，只能挣到三块多钱，周末还得到一家饭店去洗碟子。每天七点半之后，他才开始伏案自修，直到凌晨三点，筋疲力尽后才昏然睡去。伤母之痛，思乡之愁，再加上自身的孤独与寂寞使他苦不堪言。吴汉魂越想越觉得人生没有价值，他再也不想见到明天的太阳，于是便投湖自杀了。

《谪仙记》写的是四个年轻姑娘在美国生活的故事。她们都是相当优秀的女青年，被称为女性"四强"。其中，李彤是作者着墨最多的一个人物。她出身名门，美丽聪颖，争强好胜。但后来家道中衰，她整日以抽烟、喝酒、赌钱、狂舞来排遣她的苦闷与孤独。最后，她跟一个外国人鬼混，心灵越发空虚，终于在去欧洲旅行时投威尼斯河自尽。

《纽约客》中的人物基本上都是悲剧结局，且不说像吴汉魂、李彤这些死去了的，即使是活着的人，也各自有各自的不幸。《火岛之行》中的林刚，学位、差事、住房都有了，但因他太老实，三十大几了仍然光棍一条；《安乐乡一日》中的依萍，虽家住安乐乡，但她并不安乐．连自己的女儿都不再承认是中国人，但她还"总得费劲地做出一副中国人的模样来"，去满足那些美国太太的好奇心；《谪仙怨》中的黄凤仪，学位没有拿到，却学会了当妓女的本领。总的说来，《纽约客》中的一篇篇都充满着悲怨苦愁，一曲曲都是令人心碎的浪子哀歌。

成熟期：1965—．写完《纽约客》之后，白先勇虽然仍身处异邦，但他却把眼光投注到"那一片承载着多少历尽沧桑的故土"，为他的父辈们唱出一曲凄然的挽歌。后来，作者把这一时期的小说结集为《台北人》。在这个集子的扉页上，作者引用刘禹锡的《乌衣巷》来表述他当时的心情："朱雀桥边野草花，乌衣巷口夕阳斜。旧时王谢堂前燕，飞入寻常百姓家。"如果我们把《台北人》比作一首乐曲的话，那么这首诗可以说是它的主旋律。

《永远的尹雪艳》描绘了上流社会的没落和腐朽。尹雪艳原是上海"百乐门"舞厅里的一个高级舞女，曾以出众的色相吸引了不少男人和女人。到台湾后，时光的流逝未能使她见老，她的高级公馆又成了"旧雨新知"的聚会所，那些失去官职的遗老遗少，在尹雪艳娇滴滴的称呼下恢复了心理上的平衡。尹雪艳像一朵罂粟之花，表面美丽而内蕴毒素。她是腐败、堕落、无耻的象征。无论是在大陆时还是到台湾后，这种现象一直存在于那个贵族社会里。作者通过对这一人物的描写，深刻地揭示出作品的主题思想。

《游园惊梦》被认为是白先勇运用现代手法最为圆熟的一篇。主人公钱夫人在大陆时曾有一段辉煌的经历，在她20岁时被钱将军纳为填房。"除去天上的月亮摘不到，世上的金银财宝，钱鹏志怕不都设法捧了来讨她的欢心。"然而，来到台湾后，钱将军病逝，家道中衰，铁夫人从此结束了旧日天堂般的生活。因此，当她去台北参加窦夫人的盛宴时，禁不住感慨万千。这感慨虽然发自钱夫人的内心世界，但它却凝聚着作者对人生与历史的深刻思考，体现出一种"青山依旧在，几度夕阳红"的历史苍凉感。

《花桥荣记》体现了作者思念故乡的情怀。主人公卢先生，出身于广西桂林的名门，流落台湾后在一所小学里当教员。他时刻思念着在家乡时热恋的罗家姑娘，相信终有一天会和心上人术目聚团圆。由于思念心切，他轻信表哥的话，将所有的积蓄拿出来，希望能把罗家姑娘弄到台湾。最后当然是一场骗局。希望破灭之后，他自暴自弃，以致精神失常，最后不明不白地死去。

从总体上看，《台北人》是由一出出悲剧连缀而成的。在这里，无论是上层尊贵，还是下层草民，都有一种"今不如昔"的感伤情绪。白先勇曾说："中国文学的一大特色，是对历代兴亡感时伤怀的追悼，从屈原的《离骚》到杜甫的《秋兴八首》，其中所表现的入世沧桑的一种苍凉感，正是中国文学的最高境界，也就是《三国演义》中'青山依旧在，几度夕阳红'的历史感，以及《红楼》'好了歌'中'古今将相在何方，荒冢一堆草没了'的无常感。"（《白先勇的文学生涯》，《文汇增刊》1980年5期）这种"历史感"、"苍凉感"、"无常感"正是《台北人》的基本主题。

三、飘零者的哀歌——《游园惊梦》

作为国民党高级将领白崇禧的后代，白先勇的记忆中留下了先辈在大陆时的"显赫"和上流社会的"气派"的深刻印象。到台湾后，他目睹国民党的衰败，对国民党旧官僚的没落和生活的潦倒，有意无意地表示出深切的同情和惋惜，于是，为他们唱出了一曲曲哀痛的挽歌。

《游园惊梦》是最能体现《台北人》思想的篇章之一。作品写的是国民党高级将领的家眷、名伶、侍从等在台北的一次聚会。聚会使每个人都无法抑制地回忆起昔日在南京时歌舞升平的非凡时光。岁月流逝，星移斗转，而今将军白头而威仪损减，美人迟暮而艳丽褪色。眼前虽然衣香钗影、歌舞翩跹，然而羁旅无根，只能用强颜欢笑来支撑自己，其中尤以主人公钱夫人的黯然心境为代表。他们的面前没有丝毫的亮光和转机，也丧失了任何追求未来的欲望和能力，剩下的只有对过去无限惋惜的怀念。作者笔下这些没落的豪门权贵，代表了那个被逐出历史舞台的陈腐的上流社会，他们的聚会只不过是一次醉生梦死的亮相。

作品刻画了一群上流社会的贵族妇女形象。她们身份有异，性格各不雷同。其中，"高傲"的赖夫人，"矜贵"的窦夫人，"放荡"的蒋碧月，"伤感"的钱夫人，都写得栩栩如生。主人公钱夫人，本是个出身低微的"优伶"，二十出头便做了行将就木的将军夫人。而今将军早逝，她已守寡多年，独自落魄在冷清的台南。此次来台北参加窦夫人的宴会，她一开始就感到自己陷于窘境：衣料颜色不对劲，旗袍长得不合时宜；没有专车，只能乘计程车赴宴。而眼前的窦夫人，昔日在南京不过是次长窦瑞生的"小"，没有请客的名分，生日酒还是钱夫人替她办的呢。如今，夫人扶正为太太，丈夫又官运亨通，自然华贵无比。相比之下，自己却处于窘迫寒怆之中，钱夫人不免对应酬交际也有些怯生起来。作品从今昔强烈的对比中，深刻地挖掘出钱夫人复杂的内心生活和精神世界：她无比留恋钱公馆昔日的"繁华"与"气派"，同时对自己的落魄不胜感慨。她一方面对钱将军的怜惜钟爱十分感激，心甘情愿地嫁给他；一方面又对这种没有爱情的婚姻感到极端痛苦，有许多无法说出的痛苦。她爱上年轻英俊的参谋郑彦青，但又感到对不起钱将军，内心无限内疚……当宴会上唱起《游园惊梦》时，她在醉意朦胧中仿佛又经历了一次与郑参谋的缱绻交欢，然而眼前的事实又使她感到青春与爱情已经逝去，慨叹自己命中"只可惜长错了一根骨头"，"只活过那么一次"。尤其是在与窦夫人地位升沉的对比中，她感到自己实际上已被排除贵夫人之列，但她那根深蒂园的门第观念却又丝毫没有改变。这怎能不她不黯然伤怀呢？这种细致的复杂感情的描写，使人物性格鲜明而丰富、真实而可信，具有强烈的艺术感染力。

白先勇深受中国古典文学的熏陶，颇得传统小说技法的精髓，同时又广泛涉猎外国文学，从西方现代派小说中汲取营养，形成了自己的独特风格。《游园惊梦》可以说是中西合璧的结晶。

小说的题目出自根据中国传统剧目《牡丹亭》改编的昆曲《游园惊梦》，本身就带有传统文化的色彩。作者善于运用传统的工笔手法，通过对人物所处的环境、外貌衣饰和言谈举止的精雕细刻，使人物形神毕肖、跃然纸上，再加之文白交杂、北京话与方言相糅的语言格调，使作品颇具《红楼梦》等古典小说的神韵。

首先是环境描写。作品开头细腻地描绘了窦公馆花园的深阔、客厅的豪华。钱夫人在随从的导引下进入窦公馆，但见花园里"满园子里影影绰绰，都是些树木花草，围墙周遭，却密密地栽了一圈椰子树，一片秋后的清月，已经升过高大的椰树干子来了"。在椰树的掩映下，窦公馆那座两层楼赫然而立，灯火通明，好不气派。入得前厅，这里"摆了一堂精巧的红木几椅，几案上搁着一套景泰蓝的瓶樽，一只鱼篓瓶里斜插了几枝万年青；右侧壁上，嵌了一面鹅卵形的大穿衣镜"。正厅则更为豪华，"厅堂异常宽大，呈凸字形，是个中西合璧的款式。左半边置着一堂软垫沙发，右半边置着一堂紫檀硬木桌椅，中间地板上却隔着一张两寸厚刷着二龙抢珠的大地毯"；沙发中间的长方矮几上"摆了一只两尺高天青细瓷胆瓶，瓶里冒着一大蓬金骨红肉的龙须菊"；"厅堂凸字尖端，也摆着六张一式的红木靠椅，椅子三三分开，圈了个半圆，中间缺口处却高高竖一档乌木架流云蝙蝠镶云母片的屏风"。这一切不仅表现出主人的身份、地位、爱好，而且一一进入钱夫人的眼帘，自然会勾起她的一番回忆与慨叹。将描写融于叙述之中，正是对传统小说的借鉴。

其次是服饰描写。作者对窦夫人、赖夫人、蒋碧月、钱夫人穿戴的描写颇见功力，从中不仅可以显示她们各自不同的年龄、身世、性格，还可窥见她们此时此刻的心态。窦夫人雍容矜贵，春风得意，她"穿了一身银灰洒朱砂的薄纱旗袍，足上配了一双银灰闪光的高跟鞋，右手的无名指上戴了一只莲子大的钻戒，左腕也笼了一副白金镶碎钻的手串，发上却插了一把珊瑚缺月钗，一对寸把长的紫瑛坠子直吊下发脚外来"。蒋碧月天性轻佻，"穿了一身大红的缎子旗袍，两只手腕上，铮铮铿铿，直戴了八只扭花金丝镯，脸上勾得十分入时，眼皮上抹了眼圈膏，眼角儿也着了墨，一头蓬得像鸟窝似的头发，两鬓上却刷出几只俏皮的月牙钩来"。这些描写笔力勾细，气韵生动，可谓写真、传神的现代仕女图。相比之下，钱夫人则自惭形秽。她身上那件墨绿杭绸的旗袍，是为了赴这场宴会特意用从箱底找出来的从南京带出来的衣料制作的，本已"觉得颜色有点不对劲儿"，后来见"个个的旗袍下摆都缩得差不多到膝盖上去了，露出大半截腿子来"，自己的旗袍仍长得"拖到脚面上"，于是怀疑这样站出去"不晓得还登不登样"。这些衣饰描写不仅反映出台湾上流社会的奢侈和钱夫人潦倒、落魄的景况，而且突出了世事沧桑、人生无常的主题，具有画龙点睛的效果。

第三是人物举止描写。传统小说主要借助人物的语言和行动在人物的自我表演中展现其性格，一般不由作者出面介绍和评价。白先勇得其真髓，运用自如，在几个妇女形象中，蒋碧月与赖夫人形成鲜明对照。蒋碧月外号"天辣椒"，泼辣佻达。她一见钱夫人，"便踏着碎步迎了上来，一把便将钱夫人的手臂勾了过去，笑得全身乱颤"，接着说道："五阿姐，刚才三阿姐告诉我你也要来，我就喜得叫道：'好哇，今晚可真把名角儿给招了出来了！'"这一迎、一勾、一叫，性格全出。赖夫人仰仗其夫是个"司令官"，目空一切，自然对出身低贱、破败潦倒的钱夫人冷眼相看。窦夫人向她介绍钱夫人时，她"打量了钱夫人半晌"，才款款地起身同钱夫人握手，接着便转身同男客聊天去了。作者还多次写到几位妇女的笑，也各显其性格。如蒋碧月是"双手捂着嘴，笑得前俯后仰"，窦夫人是"笑得岔了气"，赖夫人是"笑得直用绢子揩眼泪"，如此等等，于动作举止的细微差异之处把鲜活的人物推给读者，颇见此时无声胜有声的功力和作者的传统文化修养。

与此同时，作品明显地借鉴了西方现代派小说中意识流的写法技巧，通篇贯穿了女主角钱夫人的意识流动。作品明写钱夫人由台南赶赴台北参加窦夫人家宴的过程，暗写她在赴宴过程中的心态。一进窦公馆，见到窦夫人，她的意识流就开始了：眼前的窦夫人华贵无比，春风得意，而昔日的桂枝香不过给人"做小"，连请客的名分也没有，而钱夫人却是没几人能僭过她辈分的将军太太，如今自己成了遗孀，昔日的风光不会再来。接着，她见到窦的妹妹蒋碧月，想到了这位拣了便宜、出尽风头的"天辣椒"的种种旧事。由蒋碧月引荐，钱夫人又结识了几位票友，在"得了梅派真传"的赞誉中，提起当每年在南京夫子庙得月台清唱《游园惊梦》、在南京梅园新村宴客唱戏的种种情景，其中想得最多的是她个人婚姻的不幸和爱情的毁灭。在徐太太的《游园》声中，她想起了从前的心上人郑参谋，记起了那回她正在唱《游园惊梦》，却看到台下亲妹妹月月红和郑参谋的两张醉脸贴在一起，命中的冤孽出现了，于是她的嗓子"哑掉了"，她的艺术生命随着爱情的毁灭而结束了。蒋碧月的一声"五阿姐，该是你'惊梦'的时候了"方使钱夫人停止了意识流动，回到了现实。这样，整个宴会进行的过程就是钱夫人意识流动的过程，戏内戏外演爱的同样内容勾动钱夫人的意识不断流汇，将钱太人复杂的内心世界和没落感展露无遗，作品因此跌宕起伏，引人入胜。意识流是西方现代派作家倡导的一种无意识、非理性的写作技巧，白先勇将它做了有意识、有目的的安排和选择，并且与传统的刻画人物性格的手段结合起来运用，从而突出了钱夫人今非昔比、漂泊零落的命运变迁。

四、杜鹃啼血、魂系故土——《那片血一般红的杜鹃花》

《那片血一般红的杜鹃花》选自台湾作家白先勇的短篇小说集《台北人》。《台北人》收入白先勇1965年至1971年所写的14篇小说，这些小说的主人公大多是流浪到台北的大陆人。小说集描写了不同阶层、不同身份的各种人物在特定历史时刻的命运变迁与性格变化，用白先勇评论聂华苓小说的话说，他们"成了精神上的孤儿，内心肩负着五千年回忆的重担"，这句话也可以用来概括《台北人》的主题。《台北人》具有丰富的社会历史内容，是作家成熟期的作品，思想内涵深刻，艺术风格鲜明，是白先勇的代表作。

《那片血一般红的杜鹃花》叙说了一个并不复杂的故事：一个退伍老兵在富人家帮工，他精神上受到沉重打击，陷入痛苦的情感危机，最后投海自杀而死。作品冷峻地解剖了当时的社会现实，揭露了贫富不均、主仆不平等的丑恶现象，表现了对受污辱、受损害的下层劳动人民的深厚同情。但小说没有停留在这个层面，其深层意蕴在于：通过王雄的悲剧，反映了流落到台北的大陆人浓重的乡愁，表达了他们对故土、对亲人深挚的眷恋。"寻找归宿"是其主旨所在。

《台北人》中成功地塑造了形形色色由大陆流落到台北的这类大陆人，其中有国民党的将军、贵族夫人、小知识分子、下层军官、舞女、妓女等。王雄是小说集中的另一类人物——一位退伍老兵。他原是湖南乡下的农民，18岁那年他进城卖谷，被国民党抽壮丁，糊里糊涂来到台湾。他原以为过几天就可以回去，哪知一去就是20多年，退伍下来他已40岁了，到一富贵人家帮工。王雄善良、憨厚、老实，继承了中国老一代农民的传统美德。已到中年的他，非常思念湖南老家，思念母亲，还有母亲从邻村买来的小妹仔——他的童养媳。然而由于台湾与大陆的阻隔，这种刻骨铭心的思念只是一个梦。主人家的小女儿丽儿10岁，生得活泼可爱，总使他想起家乡的小妹仔。王雄离开家乡的时候，小妹仔也是这么大。于是，他把对亲人的思念倾注转移到丽儿的身上，想方设法讨丽儿的欢心。丽儿喜欢杜鹃花，他就在园子里亲手种下100多株杜鹃；丽儿要骑马，他就手脚匍匐在草坪上，让她跨在他的背。小丽儿和他相处得很和谐，王雄似乎获得了某种暂时的心理满足。丽儿上了中学后，有一次突然提出不要王雄送她上学，原因是同学们笑王雄像个大猩猩。此后，丽儿就疏远了王雄，而王雄痴心不改，依然想出百般花样讨她欢喜。一次，他弄来两条金鱼，放在一个很精致的玻璃水缸里，准备送给丽儿。丽儿拒不接受，挥手把鱼缸打碎了。这一打，也打碎了王雄的心，粉碎了他的最后一点寄托。此后，王雄变得格外沉默，以至于一反常态，报复喜妹，最后投海身亡。为什么丽儿的这一举动对王雄的精神刺激如此之大？原来，王雄痴恋丽儿，是在她身上捕捉"过去"，丽儿的形象成了小妹的替身，在王雄的心里，她们合二为一了。然而现在，这点唯一可怜的希望灰飞烟灭，化为泡影。他绝望了，崩溃了！但这位善良而愚昧的老兵还相信湖南乡下"赶尸"的说法，期望死后快一些回乡与家人团聚。他选择死，实际上是在寻找归宿，企求找到情感和人生的归宿。然而他死了，尸体并没有回到故土，还是留在了台湾。王雄的悲剧催人泪下，他的悲剧不是个人的悲剧，而是民族的悲剧、时代的悲剧。

白先勇是属于那种产量不丰、以质量为重的作家。至今为止，他只创作了三十多部短篇和一部长篇，但力求出精品，在艺术上精益求精。白先勇从小喜爱中国文学，具有深厚的古典文学修养，同时又受到西方现代派文学的影响。他主张博采众长，融会中西，"我们希望保持中国传统文化的精髓，也不排斥西方现代的科技文明"。"将传统融入现代，熔传统与现代于一炉"是白先勇小说的突出特色。

第一，精雕细刻地描绘人物，以形传神。白先勇继承了我国古典小说工笔细描的手法，善于通过对人物肖像外貌、行为动作、日常生活细节的精雕细刻，表现人物的性格特征和内心世界。王雄一出场就给人留下极深刻的印象，先写他让丽儿当马骑的模样，再写他的外貌衣着，接着写他与丽儿对话。这些描写逼真细致，准确地捕捉住了人物的种种心态，抓住了人物的身份特点，把一个忠厚、朴实的雇工形象表现得栩栩如生。小说尤善描写动作来表现人物的性格变化和心理活动，且看下面这段描写：

自从那次以后，王雄变得格外的沉默起来，一有空他便避到园子里浇花。每一天，他都要把那百来株杜鹃花浇个几遍。清晨傍晚，总看到他那个庞大的身躯，在那片花丛中，孤独地徘徊着。他垂着头，微微弯着腰，手里执着一根长竹竿水瓢，一下又一下，哗啦哗啦，十分迟缓地，十分用心地，在浇灌着他亲手栽的那些杜鹃花。无论什么人跟他说话，他一概不理睬。有时舅妈叫急了，他才嘎哑着嗓应着一声："是，太太。"旋即，他又闷声不响，躲到花园里去。

这段文字主要描写人物的外部动作，举手投足、一招一式都非常真实地展现了人物的内心世界，表现了王雄精神上受到严重挫伤而又无法排解、无法向人倾诉的一种极度痛苦心理。白先勇没有像西方作家那样，大段剖析人物心理，而是以"外"写"内"，以形写神。白先勇描写人物始终含蓄不露，叙述冷静，描写客观，保持着一定的距离感，从上面这段文字可见一斑。

第二，精心选择叙事视点。小说的视点指小说的表现角度、观察角度。一篇小说的成功，选择视点非常重要。白先勇在《台北人》中，善于根据作品主题、人物的需要选择各种视点，这篇小说选择了旁知的视点，即从表少爷"我"的角度来叙事。小说中的表少爷是一位年轻的军官，他与王雄的主人家是亲戚，他常来舅妈家，但毕竟不是丽儿家的人，表少爷与丽儿家保持着一种若即若离的关系。他并非小说中的主要人物，只是一个旁观者，而王雄为人憨厚、不善言辞。所以，小说一开始，"我"对王雄是不熟悉、不了解的，随着情节的进展，"我"才逐渐知道一些王雄的事。选择表少爷这个人物做视点，作家可以说煞费苦心，用他的眼睛观察丽儿家的事比较客观，也便于进行取舍，"我"对王雄的逐渐了解过程，也是读者认识人物的过程。显然，就这篇小说而言，用"全知"、"自知"的叙事角度都难以达到这种艺术效果。

第三，象征手法的成功运用。白先勇在继承传统表现手法的同时又融合了西方现代文学的象征手法，将写实与象征融为一体，所以有的学者把白先勇的小说称为象征写实小说。白先勇非常注重小说的写实，但他并不停留在这个层面，常在作品中有更深厚的内涵，他说过："小说表现人生理想，宗教的或哲学的或是社会哲学的，种种比较深奥的思想，如果没有这些在背后，完全是写实，这类小说意义比较有限。"他的许多作品中都隐藏着一种深刻的意蕴。本篇的题目就具有象征意义，杜鹃花正是作家精心选择的意象。杜鹃是我国古典诗词中常出现的意象，其内涵也为大家熟悉，具有浓郁的民族意味。杜鹃花在小说中三次出现，都是经过精心构思的，特别是小说结尾的那一段描写，深化了小说的主旨，具有强烈的艺术感染力。这里，杜鹃花的象征义是丰富复杂的，它象征着王雄悲苦的人生、凄苦的命运，也象征着他的愤怒与抗争。从更深层理解，这杜鹃花，特别是"血一般红的杜鹃花"，亦可看作特定历史时期民族悲剧的象征，这正是白先勇的小说为一般作品所不及之处。

五、长篇小说《孽子》

《孽子》是白先勇到目前为止的唯一一部长篇小说。这一作品标志着白先勇的创作又走上了一个新的里程。作品一发表，便在台湾文坛上引起激烈的论争。究其原因，主要是作者从一个独特的角度，描写了一个独特的题材。《孽子》写的是一个同性恋者的世界。必须指出的是，作者既非"曝光"，更非猎奇，他是用一种悲天悯人的基督精神来观照这一群属于黑暗的灵魂的。

作品以阿青为线索，描写了那个同性恋者的黑暗王国。这个王国的首领是杨教头，主要成员有阿青、小玉、老鼠、龙子、阿凤等。主要活动的地点是在台北市馆前路新公园。在这个王国里，"只有黑夜，没有白天。天一亮，我们的王国便隐形起来了，因为这是一个极不合法的国度：我们没有政府，没有宪法，不被承认，不受尊重，我们有的只是一群乌合之众的国民"。对于这样的一本"奇书"，有褒贬不一的各种评论是不足为奇的。我们下面将要进行的解释，权当是"各种评说"中的一种吧。

首先，作品体现出一种博大的人道精神。实际上，这群飞进公园的"青春鸟"。并不是完全为了肉欲，他们是被社会抛弃的一群，他们为社会所不齿。因此，他们的集结包含着在同等人身上寻找一丝慰藉的成分。他们虽然干着出卖肉体的勾当，但他们美好的天性并未完全泯灭。龙子与阿凤的惊天动地的"爱"，阿青如痴如醉地照顾一个不相识的"傻弟弟"，这些例证无不闪耀着人性的光辉。尤其是他们为曾给过他们爱心的傅崇山老人戴孝抬棺一事更是让人感动。

作者曾经这样说过，他很早就开始关注同性恋这一社会现象，并有意在自己的作品中表现这一题材，之所以迟迟未能动笔，主要是找不到一个合适的角度。美国旧金山市同性恋者举行的大游行给了白先勇极大的触动，尤其是他们打出的那幅"我们也是人子"的标语更是让他难以忘怀。很显然，白先勇在作品中正是把他们当成"人子"来描写的。作品中的这群人也曾经有过自新的企图。他们不知费了多少力，终于办起一个饭店，开始时生意兴隆，但被一家报纸"曝光"之后饭店人流如潮，争相一睹同性恋者的"风采"，结果只好被迫停业，他们又走回公园，走向深渊。作品的这一情节鲜明地表现出了作者的态度，这既是对被放逐者的同情，也是对人道的呼唤。

其次，作品呼唤两代人的沟通。《孽子》中写了三对父子的冲突：龙子与父亲，阿青与父亲，傅卫与父亲。当龙子的父亲知道儿子如此堕落时就把他放逐了，一直到死都不肯与他再见一面。阿青的父亲得知儿子被学校开除后，掂起手枪把他赶出家门。傅卫的父亲接到儿子所在部队的一纸通知后悲痛欲绝，傅卫在被审判之前要求再见他一面，却遭到他的断然拒绝，傅卫因此开枪自杀。我们不能说这些父亲不爱儿子，也许正是因为爱，他们才如此愤怒。但我们可以肯定地说，他们缺乏一种比爱更理智的理解。这也正是作者在作品中所呼唤的。的确，填平两代人之间的"代沟"，仅仅有爱是不够的，失去了宽容和理解，爱也就变成一种脆弱的东西了。

六、白先勇小说的艺术特色

白先勇一方面受到中国传统文学的影响，另一方面又受到西方现代主义文学的影响。这两种影响的相互作用、相互融合，构成了白先勇小说的基本特色。

1. 细腻的心理描写

白先勇小说的细腻风格主要体现在对人物心理的细腻描写上。在描写人物心理时，作者既注重我国传统文学中"以形传神"的手法，又借鉴了西方现代派文学中意识流的表现手法，使他的小说别具一格。《秋思》是一个几乎没有什么情节的小短篇，但若从心理描写的角度来说，它的确算得上一个上乘之作。作品主要描写华夫人应万大使夫人之邀，赴万公馆打麻将之前的一段心理活动。华夫人对万大使夫人处处学日本婆娘的做派十分反感，但由于万大使官运亨通，她也不想轻易得罪万大使夫人，作品正是描写她这种微妙心理。华夫人着意打扮，想从外貌上压倒对方，因此当化妆师林小姐恭维她几句之后，"华夫人将她那只左手伸了出去，觑起眼睛，自己观赏着，她左手的指甲已经修剔过了，光光的，晶莹闪亮，一把青葱似的雪白手指，玲珑地翘了起来，食指上套着一枚绿汪汪的翡翠环子"。仅此几言，把华夫人心中的得意之情表现得淋漓尽致。接着，作品又写了华夫人由一片菊花而引起的一段意识流动，回忆起丈夫抗战胜利后返回南京时威风凛凛、无限风光的情景，也回忆起丈夫得喉癌去世时的惨象。这样一段"意识流"既揭示了华夫人缘何蔑视万大使夫人的深层原因，又委婉地传达出华夫人今不如昔的悲凉心境。作品把贵夫人之间争风吃醋的普通心理与苍凉的历史感融为一体，大大地深化了作品的主题。

2. 丰富的象征意蕴

白先勇的小说之所以耐人寻味，与他善用象征手法有着直接的关系。白先勇小说的象征主要表现在两个方面：一是整体象征。也就是说，整部作品都具有象征意义。如《永远的尹雪艳》中的尹雪艳，实际上就是一个腐败、堕落的象征，作者在她之前又冠以"永远"更显得匠心独运。"永远"，从表面上看是指尹雪艳永远年轻，实际上是说台湾上流社会的腐败与堕落一直存在着。另一方面是从某一个意象中传达象征意义。如《孽子》中对公园里那一池红睡莲的描写便是如此。每至夏季，睡莲花一朵朵开放，鲜红如血，明艳如灯。这实际上是象征着那群青春鸟的野性和欲望。后来，市政府派人把那池红莲拔了个精光，这实际上是象征着对青春鸟的捕杀。又如《国葬》中对李浩然的那把指挥刀的描写也是这样。副官秦义方梦见旧长官李浩然骑马奔来，向他喊着："秦副官，我的指挥刀不见了。"这把指挥刀是李浩然荣耀和辉煌的象征。当年在南京中山陵谒陵时，"长官披着一袭军披风，一柄闪光的指挥刀斜挂在腰际"，威风凛凛，不可一世。但退居台湾后，李浩然的指挥刀不见了，威风已属过去，晚景一片凄凉。象征手法的使用使得作品意蕴深邃、耐人咀嚼。

3. 深厚的语言功夫

白先勇小说的语言是从口语中精心选择提炼，进行艺术加工，从而创造的一种明白晓畅、色彩鲜明的文学语言。

这种文学语言的突出表现之一是强烈的个性色彩。如《金大班的最后一夜》中，金兆丽的那段牢骚话便极富个性。"娘个冬采！金大班走进化妆室把手皮包豁啷一声摔到了化妆台上，一屁股坐在一面大化妆镜前，狠狠地啐了一口。好个没见过世面的赤佬！左一个夜巴黎，右一个夜巴黎。说起来不好听，百乐门里那间厕所只怕比夜巴黎的舞池还宽敞些呢，童得怀那副脸嘴在百乐门掏粪坑未必有他的份。"金兆丽是"夜巴黎"舞女的领班．她在风月场上已混了 20 多年，养成了粗俗泼辣的性格。她的这段话很好地表现了她的性格特征。

这种文学语言的另一个表现是寓有色彩美。白先勇善于用敷彩着色的语言来描写人物、烘托环境。例如在《永远的尹雪艳》中对尹雪艳的那段描写："那天尹雪艳着实装饰了一番，穿着一袭白短袖的织锦旗袍，襟上一排香妃色的大盘扣；脚上也是月白缎子的软底绣花鞋，鞋尖却点着两瓣肉色的海棠叶儿。为了讨喜气，尹雪艳破例在右鬓簪上一朵酒杯大血红的郁金香，而耳朵上却吊着一对寸把长的银坠子。"这种白与红、冷与暖的色调的对比，暗示出尹雪艳的复杂和神秘。另如《游园惊梦》的一段环境描写也十分出色："正厅里东一堆西一堆，锦簇绣丝一般，早坐满了衣裙明艳的客人……左半边置着一堂软垫沙发，右半边置着一堂紫檀硬木桌椅，中间地板上却隔着一张两寸厚刷着二龙抢珠的大地毯。沙发两长四短，对开围着，黑绒底子洒满了醉红的海棠叶儿。中间一张长方矮几上摆了一只两尺高天青细瓷胆瓶，瓶里冒着一大蓬金骨红肉的龙须菊。"这简直就是一幅色彩明丽的工笔画。紫檀硬木桌椅，绘着海棠叶图案的沙发，天青色的瓷器，金骨红肉的菊花，再加上锦簇绣丛般的客人，一幅色彩富丽、动静交织的画面呈现在读者面前，由此可见出白先勇深厚的语言功夫。

【第五章】

再度崛起的乡土文学

第一节　重新崛起的乡土文学概述

　　台湾乡土文学的概念不同于中国现代文学史上的乡土文学，它更多的是植根于台湾殖民地现实生活和民族意识的觉醒，强调民族意识的表现："由于日本侵占时期和祖国大陆的断绝，当时伤时忧国之士乃有主张以在台湾普遍使用的闽南话从事文学写作，以保存中华文学于殖民地，而名之为'乡土文学'。"尉天聪说："只要是爱国家、关心民族前途的作品都是乡土文学。乡土文学是民族精神在文学上的表现。"

　　台湾乡土文学产生于 20 世纪 20 年代，作家赖和为它奠定了基础，而这一称谓最早则见于 30 年代一篇题名为"台湾语文与乡土文学"的论战文章。其原始定义为描写大众生活并使用大众语言即方言的作品，在当时台湾作家王诗琅等与日本作家合办的《台湾文学》、台湾文艺联盟主办的《台湾文艺》、杨逵主编的《台湾新文学》等刊物以反帝反封建的思想意识为共同基础，强调文学"为人生"和发扬"控诉"精神，重视对现实社会和人民苦难生活的反映，执着地追求大众化和乡土风格。1930 年前后，台湾新文学界曾倡导并展开关于台湾乡土文学的讨论，这种讨论是与对台湾话文的讨论紧密联系在一起的，即"乡土文学"与"台湾话文"的著名论战，以黄石辉、郭秋生为代表的作家提倡以台湾话创作乡土文学，而林克夫、廖毓文等人则主张用中国白话文来反映台湾的现实生活。在当时的历史条件下，这一讨论对于如何在殖民地保存民族文化传统具有积极的意义。

　　1945 年，中国的抗日战争获得胜利，台湾光复。这时，台湾新文学乃面对着一个陌生的形势：由于长期与祖国隔绝，作家中的绝大部分人一直用日文写作。对他们来说，重新掌握汉民族的语言文字便成为了一项艰巨的任务，经济的破败与困窘使作家们为生活问题而疲于奔命，国民党当局的严酷统治及其反共文化政策的推行给台湾文坛造成了"低气压"。即便如此，一些作家，如杨逵、吴浊流、钟理和等人仍然在这"旷野里召唤"着。自 1949 年国民党退守台湾以后，"反共八股"以及"战斗文艺"的文学怪胎在台湾文坛甚嚣尘上。在这种形势下，台湾的乡土文学家一方面对之表示淡漠甚至厌恶，另一方面又不赞成现代主义文艺，乡土文学家以其对台湾故土的深切关怀和挚爱以及对艺术真实的虔诚，继续沿着五四以来中国现代文学，特别是台湾乡土文学所开辟的道路前进，大力提倡乡土文学。而在这期间，尤以台湾本土作家对乡土文学的提倡收获甚大，在乡土作品中也相继出现了一些佳作。因此，60年代中期后的乡土文学几乎专指土生土长的台湾作家用写实笔法创作的文学。而自60年代后期到70年代，乡土文学逐渐跨越了这一界限，超越了农村范围，包括整个下层社会的贫民生活，在继承日本侵占时期反帝爱国精神的同时又融入了时代的素质。台湾的乡土文学因此而重新崛起，茁壮成长，获得了蓬勃的发展，也涌现出陈映真、黄春明、王祯和、王拓、杨青矗、季季等一批优秀的乡土作家。

台湾乡土文学在60年代与70年代之交的再次崛起，一方面反映的是当时台湾的整个社会状况。战后的台湾在经济上的现代化发展，使台湾社会发生了很大的变化。"30年来，台湾的国民经济即使像今天这样，已经有了某种程度上的成长，是在什么样的条件下发展的呢？就是开始是美国，后来是日本的资本和技术的一种绝对性的影响下成长起来的。这是30年来台湾社会经济非常重要的特点。"随着台湾经济制度的资本主义化，依靠外来势力暴发起来的所谓中产阶级过着穷奢极侈的生活，而与之相对立的却是下层社会广大群众的生活。他们深受压迫和剥削，收入微薄，生活困窘；他们的人格和民族尊严又备受拜金主义风气的腐蚀和洋商买办的凌辱。因此，人们能够明显地看到"这个地区的人民在先进国商业势力的入侵中所做的挣扎和奋斗"。在这样一个经济、政治、军事等方面都仰人鼻息的社会中，文化精神上的独立性的丧失是必然的。因此，台湾乡土文学的积极倡导者如尉天聪、唐文标、陈映真等人几乎一致地认为，乡土文学在70年代的台湾大显身手，实际上是对随着台湾社会经济结构的巨变而空前泛滥起来的西化主义的反叛和对民族命运与台湾文化运动反思的结果。此外，伴随着60年代的台湾社会由小农结构经济向工商结构经济的过渡，一系列激变和严重的社会问题也随之而来，如土地废耕、农村劳力流向都市、环境污染、生态平衡遭到破坏等。这一切对广大人民的生存产生了严重的影响，也引起了人们广泛的注意和深切的忧虑。

另一方面，乡土文学的再次崛起也具有国际背景。这个背景包括了当时台湾相继受到的重大国际事件的冲击。1970年11月，为了保卫属于中国的钓鱼岛，海外同胞、留学生和台湾学生对美国、日本展开了激烈的抗议行动。这场波及海内外的"保钓"运动大大促进和提高了海外同胞和台湾青年的爱国主义和民族主义精神。

而从对文学的内部观照而言，促使台湾乡土文学再次崛起的一个重要原因则是对现代主义文学的一次反抗，是对某些现代主义文学，尤其是某些现代诗脱离台湾社会现实、完全西化的不满和反抗。由此，台湾乡土文学在久被忽视和遗忘的状态中挺身而出，显示出崭新的姿态和尖锐的锋芒。乡土文学家们带着空前增长的历史使命感和强烈的忧患意识，与现代派作家们进行了激烈的、不屈不挠的论战，为争取自己的独立价值和生存空间做出了不懈的努力。

此间，还出现了许多新创办的文学刊物。它们包括吴浊流创办的《台湾文艺》，尉天聪主持的《文学季刊》和《文季》季刊，以尉天聪为核心、陈映真参加编辑的《笔汇》，林海音创办并主编的《纯文学》以及由朱立民和颜元叔等编辑的《中外文学》等。这些刊物大都出现于60年代中期和70年代，有的以提倡乡土文学为宗旨，有的虽是综合性刊物但主张并支持乡土派文艺思想，有的为乡土文学提供了论争阵地。它们为台湾乡土文学的发展贡献出了力量，功不可没。

进行乡土文学创作的作家大都是台湾的本土作家。他们中很多人来自台湾的乡村小镇，对台湾的社会生活比较熟悉，对下层劳动者所受的帝国主义和资本家的压迫剥削有较深的体会。自光复以后，这些乡土作家大致可分为三代。第一代的代表作家为吴浊流、钟理和、钟肇政、叶石涛、杨逵等日本侵占时期的老作家。他们在日本侵占时期大多受的是日文教育，用日文写作。光复以后，他们努力学习祖国语言，到五六十年代已基本掌握了中文，陆续开始写作。而他们的作品，大多是用朴实的文字描写在日本人统治下台湾人民的痛苦而贫苦的生活。

在乡土文学先辈作家的启示和引导下，从 60 年代开始，第二代乡土作家逐渐走向成熟。陈映真、黄春明、王祯和、王拓、杨青矗、李乔等人是其中的佼佼者。这一代乡土作家与上一代不同的是，他们是在祖国的语言教育中成长的，文字技巧比较娴熟，也大都受过高等教育，接触过不少西方文学。因此，他们的创作在艺术表现形式或表现方法上都具有与上一代不同的特点，显得更加丰富与多样，放射出独特的艺术和思想光彩。

80 年代以来，台湾的乡土文学题材进一步拓展，艺术风格也日趋繁复多样。其代表作家为吴念真、宋泽莱、洪醒夫、廖雷夫、黄凡等人。这一代作家大多在 50 年代以后出生。他们在祖国的语言教育下长大，因此在创作上与前两代作家不同。在题材上，大多描写七八十年代时在帝国主义经济的侵袭下台湾农民的破产和帝国主义商人对农村和农民的盘剥，在艺术上则表现出多元化的倾向，或向前辈作家学习，或将现代融入传统，或倾向于现代主义，其中宋泽莱的《打牛湳村》、《变迁的牛眺湾》，洪醒夫的《扛》、《黑面庆仔》，廖雷夫的《隔壁亲家》、《竹子开花》等都具有这一代乡土文学的新特点。

而在台湾乡土文学的这三代作家中，成就较高和创作上比较活跃的是第二代作家。他们的作品不仅具有共同的、鲜明的时代特性，而且各个作家也都具有自己独特的创作个性。这主要表现在以下三个方面：

（1）在强烈的民族精神和爱国情感的感召下，他们对帝国主义的掠夺本质和台湾社会的崇洋媚外风气进行了毫不留情的批判。在从故乡农村辗转到台北都市的人生变化中，作家们耳闻目睹着西化之风和崇洋心态对社会大众的侵蚀，他们的创作也就从一种悲天悯人的人道主义情怀，走向了对台湾殖民经济制度和丧失民族情感的社会风尚进行严厉的社会现实批判。这方面的优秀作品如陈映真的《华盛顿大楼》系列小说，黄春明的《我爱玛莉》、《莎哟娜拉·再见》，王祯和的《小林来台北》、《美人图》等。这些作品致力于展现的正是 60 年代以来台湾"在美国与日本的经济殖民主义下，以廉价的劳力与农产品换来了一定程度的成长与繁荣"，但是在这资本主义经济的"成长与繁荣"里却包含着无数的污垢、眼泪、腐败和挣扎。黄春明的《莎哟娜拉·再见》，通过昔日日本侵略士兵重返台湾的为所欲为，批判了丑恶的帝国主义殖民思想和台湾社会崇洋媚外的风尚。陈映真的《夜行货车》和《上班族的一日》通过对在台湾的跨国公司大企业内部的人与人之间关系的描绘，以及对深受这种经济殖民主义影响的各类上班族的精神面貌的剖析，展示了企业内部的腐败和虚伪，洋经理在台湾耀武扬威、恃势凌人的嘴脸，高级职员的软弱心态，以及知识分子出身的低级管理人员的挣扎和民族意识的觉醒。他的另一篇小说《云》则通过描写担任跨国企业经理的张维杰从对美国式的"民主"、"自由"的崇拜，到由于这一理想的彻底破灭而沉沦的思想变化历程，批判了盲目崇洋的思想。另外，这些作品也揭示出垄断经济的恶性发展给台湾农村带来的巨大灾难。乡土作家们通过自己的作品，展现了一幅幅农村凋敝破产、农民流入城市苦苦挣扎的凄凉画面。王祯和的《小林来台北》和《美人图》中的主人公与故事发生的背景大致相同，通过从农村挤入大城市谋生的小林的经历的展开，社会底层人民的屈辱生活与航空公司那种自私、庸俗、堕落的空气成为了鲜明的比照。

（2）他们的创作题材相当广泛，不同阶级、阶层，不同职业不同身份，不同际遇和命运的人物形象纷至沓来，各自展示着他们的不同面貌和灵魂。作家们以关怀民众的平民立场和写实精神，对资本主义制度下的民生疾苦和不平等现象给予了深刻的揭露。他们尤其关注的，是在社会底层挣扎受难的劳苦群众和卑微人物的命运。如王祯和的《嫁妆一牛车》中的主人公万发，是个只有微弱听觉的半聋子，平日以替人拉牛车为生。他的最大愿望无非是拥有一辆自己的牛车，但在冷酷的现实中他却焦头烂额，最后不得不忍受着自己的老婆和成衣商人私通的屈辱和痛苦而换得一辆牛车。王祯和以冷峻的现实主义手法，描绘了像万发这样的社会底层人物，不仅处于生活的重轭之下，还因在屈辱的泥淖中忍辱求生，心态也逐渐被扭曲。王拓的短篇小说集《金水婶》，以作者所熟悉的小渔村为背景，展示了台湾渔民的辛酸和凄楚。他们默默无闻地在环境的挤压下挣扎，或含着眼泪、屈从命运地活着，或悲惨地死去。杨青矗是台湾当代著名的工人作家。在他的小说《工厂人》和《低等人》中，他对工人的苦难生活和悲惨遭遇给予了深切的同情，控诉了资本主义制度的罪恶和不合理。在对这些形形色色的人物的苦难生活和命运的描写中，作家们并没有忘记挖掘在这些底层劳动人民身上所蕴涵着的人性的光辉。如《看海的日子》（黄春明）中的妓女白梅，在屈辱贫困的人生历程中并没有丧失对希望的追求，仍保持着应有的自尊和独立精神。再如王拓的《奖金两千元》中的实习外务员陈汉榴、《望君早归》中的邱永富以及杨青矗的《工等五等》中的张永坤，这些人物身上都焕发着一种不屈服于恶势力、敢于为自己的利益而斗争的大无畏精神。

（3）他们作品中的乡土气息和乡土色彩并不仅仅表现在采用台湾方言上，而是渗透在作品的气质和神韵之中；既表现在淳朴的民情风俗和秀丽的自然风景中，也体现在作家笔下的生动朴实的人物性格和人物语言中，表达了作家浓厚真挚的乡土之爱和家园情结。王拓曾说："我们是两脚深扎在这块土地上的一群人，死了也还在这块土地上，和这块土地合而为一、混为一体。所以，我们爱她！无条件、无保留地深爱着她。"作家笔下的农村、城镇甚至都市都具有地方风味，风俗民情描写得真实生动，人物形象被赋予了深厚的乡土之爱。黄春明的《青番公的故事》中的青番公，淳朴、善良、勤劳、坚忍不拔，具有创业精神，他对自己的家园和世代相传的土地所怀有的爱既真挚又感人。作品既浓墨重彩地描绘了台湾浊水溪旁歪仔村的风俗画和风景画，又再现了古老的民间传统和文化心理结构。

综观半个多世纪以来台湾乡土文学的行进轨迹，可以清楚地看到，强烈的民族意识、丰沛的爱国情感、反帝国主义和反封建的锐气、鲜明的民族风格、现实主义的创作方法和通俗的大众语言，是其贯穿始终的优良传统。其中，不断涌现的优秀作品在一定程度上把握了现实生活的脉搏，反映了社会大众的悲欢，在对民族风格的艺术追求方面也取得了较好的成绩。重新崛起的台湾乡土文学，由于力图表现时代和民族的追求，因此也成为了中国当代文学中颇有价值的一部分。

第二节　乡土文学思潮论争

　　台湾乡土文学在 20 世纪 70 年代的重新崛起，与两次文学论争有着密切的关系：一次是 1972 年因关杰明、唐文标的文章而引发的关于现代诗的论战，另一次则是 1977 年关于乡土文学的论战。

　　还在五六十年代，由于西方政治、经济、思想、文化的影响，台湾出现了一批提倡和鼓吹西方现代主义的作家和作品。进入 70 年代，台湾遭逢外交变局引起危机，从社会结构到民众心理都经历着前所未有的时代激荡和内在震撼。由于钓鱼岛事件、台湾被驱逐出联合国等一系列国际事件的冲击和台湾本身经济、政治形势和阶级关系的变化，台湾又出现了一股以本土化和民族化为核心思想的乡土文学思潮，与现代主义作家在文艺思想上形成了对立的局面。

　　1972—1973 年的台湾现代诗论战，实际上构成了乡土文学论战的先导。60 年代以来，现代派文学主宰着台湾文坛，对于打破 50 年代“战斗文艺”的一统天下、提升台湾文学的艺术水准具有一定的意义。但是，对于当时的台湾文坛而言，来自于战后西方世界的现代主义文学，几乎是一种“输入”性的横向移植。而它的先天不足和后天泛滥，在民族优秀文学传统缺席和断层的背景之下，不可避免地带有盲目模仿和一味西化的弊端。部分现代诗脱离生活、逃避意义，不仅空洞虚无，而且晦涩难懂。在这种情况下，现代诗论战就成为对这种文坛时弊的健康的反叛。而论战也随之成为在新的历史条件下文学变革与发展势在必行的内在动力。

　　70 年代初，台湾现代诗人为了纪念现代诗 20 年的成就，相继出版了由余光中、洛夫主编的《中国现代文学大系·诗歌卷》和叶珊主编的《现代文学》的《现代诗回顾专号》。此事引起乡土派和一些读者的异议，而随后出现的“关杰明旋风”和“唐文标事件”，就以文学批评的尖锐力量，首先引发了 70 年代对现代诗创作路线进行反省与论战的风向。

　　1972 年，关杰明在台湾《中国时报》人间副刊上连续发表了《中国现代诗的幻境》、《中国现代诗的困境》等 3 篇文章，对叶维廉、张默、洛夫主编的 3 部诗论与诗选进行了尖锐的、指名道姓的批评，指斥现代诗完全西化、失去传统，认为这种“忽视传统的中国文学，只注意现代欧美文学的行为，就是一件愚不可及而且毫无意义的事”。

　　对关杰明的文章进行热烈响应的是唐文标。这位刚从美国回来的数学教授接连发表了《什么时代什么地方什么人》、《诗的没落——台湾新诗的历史批判》和《僵毙的现代诗》等几篇长文，指名批评了一些发表现代诗的刊物以及洛夫、周梦蝶、叶珊、余光中等人的诗作，把对现代诗的批判推向了一个新的高潮，从而引发了一场关于现代诗的论战。如果说关杰明的批评主要着眼于诗与传统的关系，那么唐文标的矛头则指向诗与现实的关系。作者以凌厉的笔锋，对台港现代诗大加挞伐，指出台港现代诗“并没有继承五四以来新文学改革的传统”，而是一种由物质文明的加速发展而衍生的“病态哲学”和在困居中那种闭塞和逃避的心理下造成的“天才儿童”。他认为，现代诗的所谓“革命”实际上是“反社会、反进步、反平民、反生活、开倒车的行为”。他以空前猛烈的批评笔调，指责“艺术至上"的台湾现代诗人，认为台湾现代诗是"个人的逃避"、"反社会进步的逃避"、"思想的逃避"、"非作用的逃避"、"文学的逃避"、"集体的逃避"，而洛夫则是思想逃避的代表，余光中是文学游戏的代表，周梦蝶是抒情逃避的代表。唐文标在《诗的没落》一文中说，现代主义思潮"流毒所及，以至其他艺术、小说、散文，皆染上其颓废作风、俗不可耐的自洁，以及世纪末的青年沦落行为"。总之，他希望通过批评现代诗的积弊，发展出新的诗歌道路。

唐文标对台湾现代诗的批判，使整个诗坛都热闹起来，批判的文章此起彼伏，彼此互相论战，而现代派诗人们更是群起而攻之。其中，反驳唐文标最烈的文章是颜元叔的《唐文标事件》和余光中的《诗人何罪？》。颜元叔认为，"唐文标用大扫除的手法，把整个现代诗都说成脱离时空"，而台湾现代诗并没有脱离时代和社会，问题出在唐文标的社会功利主义批评标准以及他的庸俗的阶级论和狭隘性、排他性。余光中的反驳则认为，唐文标的发难实际上是否定一切诗人和一切诗歌，而诗人的责任是写好诗而不是参与政治，诗人对社会不直接承担责任。在《诗人何罪？》一文中，余光中颇带情绪地反诘唐文标："要诗人去改造社会，正如责成兽医去维持交通秩序，是不公平的。"他认为唐文标的文学观是"幼稚而武断的'左'倾文学观……这种半生不熟的幼稚口号，早在 30 年代已经喊滥，现在竟劳数学专家、客座教授远从美国像转运鸦片那样批来台湾，当作时鲜补品一样到处叫卖"。

在"唐文标事件"前后，一批年轻的学者、诗人和评论家与关杰明、唐文标形成合力，共同推动了关于台湾现代派诗歌的检讨。诗人高准于 1973 年发表《论中国新诗的风格发展与前途方向》，龙族诗社也出版了《龙族评论专号》，广泛地向海内外作家、学者、读者约稿，并邀集各个阶层的人发表意见，希望以 70 年代的诗人立场重新审视和认真检讨五六十年代以来的诗风，由此引起诗人们的警觉。

陈映真是乡土派早期的理论领袖，他的理论在台湾乡土文学运动中有相当的权威性。70 年代初，就在唐文标、关杰明大力批判现代诗，尉天聪在大力批判现代小说之前，陈映真便已在《现代主义的再开发》和《期待一个丰收的季节》等文章中，以自己对文坛现实的敏锐观察和前瞻性的社会批判眼光，从理论上对西方现代主义和台湾的现代主义进行了比较深刻而全面的批判。而在《文学来自社会反映社会》一文中，陈映真对这次"现代诗论战"进行了总结，他说："在这个论战中，相对于现代诗之'国际主义'、'西化主义'、'形式主义'和'内省'、'主观'主义，新生代提出了文学的民族归属，走中国的道路；提出了文学的社会性，提出了文学应走大多数人所懂的那样爱国的、民族主义的道路。他们主张文学的现实主义，主张文学不在叙写个人内心的葛藤，而是写一个时代，一个社会。"在当时乡土派批判现代主义的文章当中，陈映真的这些文章是理论色彩较浓，同时也是写得最为精练明确的批判文章。

综观这次乡土派对现代主义的批判，实际上是两个文学流派、两条文艺路线、两种文艺观点的分歧和争论。客观而言，虽然乡土派在批判的气势上占了上风，但在理论内容和理论实质上却有很大不足，而他们的批判文章在理论性和科学性上的不足使他们对现代主义文学的批评往往不是进行具体细致的分析，而是全盘否定、一棍子打死，这便使他们的许多论点经不起学理上的反驳。

70 年代初期对现代主义进行批判后，以回归乡土、面向现实为旗帜的乡土文学思潮渐渐在台湾文坛占据了主导地位，这很快引起了台湾官方或半官方人士的警觉与注意。由于文学的、政治的多种原因，一场关于乡土文学的论战于 1977 年秋天正式爆发，并迅速席卷台湾文坛及海内外。如果说 70 年代初对现代诗的批判运动是乡土文学派的前哨战，这次规模巨大的、波澜迭起的"论战"则是一场大决战。参与这场乡土文学论战的人们，在不同意识形态的媒体聚集下，形成了不同思想倾向的作者群。作为文学运动的总结，论战结束后台湾文坛出现了两本倾向完全对立的书：一本是《当前文学问题总批判》，里面几乎全是反对、攻击乡土文学的评论；另一本是由尉天聪主编的《乡土文学讨论集》，该书对乡土派的理论进行了详尽的阐发和讨论。

1976 年 10 月，《幼狮文艺》刊登了《现阶段的文艺路向》的座谈会记录，攻击乡土文学即"30 年代的革命文学"，从而打响了围攻乡土文学的第一枪。很快地，又出现了银正有的《坟地哪里来的钟声》、江汉的《乡土呢？还是迷旧？》、王文兴的《乡土文学的功与过》等文章，指责乡土文学是分离主义文学。面对责难和攻击，乡土作家以《文学季刊》、《中外文学》、《夏潮》和《仙人掌》等刊物为阵地，发表大量文章予以回击。陈映真的《文学来自社会反映社会》、王拓的《是现实主义文学，不是乡土文学》、尉天聪的《什么人唱什么歌》等为其中的代表作。王拓的文章重在对乡土文学的厘清和正名。他认为，乡土文学"就是根植在台湾这个现实社会的土地上来反映社会现实，反映人们生活的和心理的愿望的文学。它不是只以乡村为背景来描写乡村人物的乡村文学，也是以都市为背景来描写都市人的都市文学"。

接下来，台湾当局动员了几乎所有的报刊批判乡土文学和乡土派作家，仅就对《中央日报》、《中华日报》、《中国时报》、《经济日报》、《联合报》、《中国论坛》等 8 种大型报刊的统计，1977 年 7 月 15 日—11 月 24 日，共发表了 58 篇所谓"批判"文章。8 月 29—31 日，台湾所谓的"中央文化工作会"还为此召开了有 270 多人参加的"全国第二次文艺座谈会"，而凡被认为有"问题"的作家都未邀请。台湾当局的"党政军要人"亲临会议作报告，并做出关于所谓"文艺政策"的一些"决议"，公开叫嚣"坚持反共文艺立场"。在当时白色恐怖气氛笼罩下，论战成为一场朝野作家意识形态的决斗。抨击乡土文学的文章大多是把乡土文学与"工农兵文学"、"文学统战的阴谋"、"30 年代文学"互相关联，其中所代表的是当局的意识形态。

面对气势汹汹的"围剿"与文坛的白色恐怖，乡土文学派并未后退一步。他们奋起反抗，大规模出击，猛烈批判西化思潮，阐述自己的现实主义文学主张，为捍卫自己的民族立场而作战。以 1977 年 8 月 23 日王拓发表在《联合报》上的《拥抱健康的大地——读彭歌先生〈不谈人性，何有文学〉的感想》为第一声炮响，台湾文学界遂分为两个阵营，开始了激烈的乡土文学论战。捍卫乡土现实主义文学的中坚作家有王拓、陈映真、尉天聪等。面对汹涌的大批判浪潮，他们理直气壮，写下了一系列高水准的理论文章，为乡土文学的建立和推行奠定了理论基础，如陈映真的《文学来自社会反映社会》、《建立民族文学的风格》、《关怀的人生观》，王拓的《拥抱健康的大地》、《二十世纪台湾文学发展的方向》、《是现实主义文学，不是乡土文学》，尉天聪的《我们的社会和民族精神教育》、《乡土文学与民族精神》，等等。持反对意见对乡土派进行批判的代表性文章是彭歌的《不谈人性，何有文学》、《三三草》，王文兴的《乡土文学的功与过》等。许多著名评论家、学者，如胡秋原、徐复观、何欣、陈鼓应、侯立朝、蒋勋等人也都站在第三者的立场上，分别著文发表了自己的看法，参与到乡土文学论战中来，如胡秋原的《谈"人性"与"乡土"之类》。在徐复观的《评台北有关"乡土文学"之争》一文里，他说道，大喊"狼来了"的先生给别人"所戴的恐怕不是普通的帽子，而可能是武侠片中的血滴子。血滴子一抛到头上，便会人头落地"。在台湾那样一个特殊的环境里，乱戴不合头寸的帽子，那沉重的政治压力是可想而知的。这些文章的参与从理论上深化了乡土文学，而白色恐怖的阴霾至此也才逐渐散开。

从文学观念之争到意识形态的质疑，这场席卷了台湾文坛与政坛并波及海外华人世界的乡土文学论战涉及社会、政治、经济、文化等各个层面，即使同一流派的作家，意见也不尽一致，但论争的焦点是鲜明而突出的，这主要表现在这样几个问题之上：文学要不要以民族为本位，贯彻反帝反封建的爱国思想；文学是否应反映现实，为社会服务；文学是要反映社会内部矛盾，还是应"温柔敦厚"、掩盖黑暗；文学应表现抽象的人性还是主要表现人的社会性等。

这次关于台湾乡土文学的论战，在台湾的文学发展历程中具有重要意义，它标志着台湾文艺界的新觉醒和对台湾社会变化整体性认识的成熟。这次论战既是文学之争，又是政治之争，它不仅是70年代初关于现代主义论战的继续和发展，同时也是两种根本不同的文艺观点和文艺路线的斗争，具有鲜明的政治性质。它的重大意义，首先是促使乡土派作家和许多知识分子对台湾社会现实向纵深解剖，从而获得了更深层次的本质的认识。其次，通过论战，通过批判西化主义和现代主义的思潮，现实主义理论得到了深化，文学的社会性、现实性、民族性得到了强调，从而也明确了构成台湾乡土文学理论体系的一些基本原则。此外，这次论战还疏通了台湾乡土文学的历史传统，五四运动以来的中国现代文学以及作为其组成部分的台湾抗日民族文学也因此得到了再认识和再评价，反帝反封建的基本精神也再次得到了认同。因此，这次论战虽然宣告结束，但它所代表的启蒙精神和文学路向却至深至远。

然而，令人始料不及的是，由于参与这场论争的"派系"及其言论观点的复杂，竟成为日后"文学台独思潮"的滥觞。正如陈映真所言：

七〇年代台湾文学论争，在弹指间竟过去二十年。环顾今日台湾……相对于七〇年代强烈的中国指向，八〇年代兴起全面反中国、分离主义的文化、政治和文学论述，台湾民族主义代替了中国民族主义。反帝反殖民论被对中国憎恶和歧视所取代。民众和阶级理论，被不讲阶级分析的"台湾人"国民意识所取代，历史给予形形色色的民族分离主义将近二十年空间。但看来七〇年代论争所欲解决的问题，却不但没有得到解决，反而迎来了全面反动、全面倒退和全面保守的局面。

我眼看着原本毫无民族分离主义思想，甚至原本抱有自然自在的中华民族主义思想感情的一部分台湾文学界朋友，和全社会、全知识界的思想氛围，以"美丽岛事件"为界，逐渐从反国民党的义愤，向着反民族和分裂主义转向。其中，一直到1978年乡土文学论争时犹在国民党镇压乡土文学的法西斯高压下，挺身出来主张台湾新文学的中国属性的某些作家、诗人和评论家，也纷纷改宗转向，令人瞠目。

第三节　"海峡两岸第一人"——陈映真的创作及意义

台湾文学从 20 世纪 60—70 年代开始，出现了现代主义向现实主义的回归，回归的潮流把台湾进一步推向蓬勃的乡土文学时代，陈映真就是台湾这个时期的一座文学重镇。作为一个评论家，他对建立和完善乡土文学理论、确立台湾现实主义文艺方向做出了杰出的贡献；作为一个乡土小说家，他以其不俗的艺术品格以及思想上的深刻性与敏锐性引起台湾岛内外的特殊关注。台湾著名政论家王晓波说："被徐复观教授生前誉为'海峡两岸第一人'的陈映真，无疑是当代台湾最具有思想深度的作家，也是一个最受争议的作家。"

一、生平与创作

陈映真，1937 年生，原名陈永善，发表文艺评论则用笔名许南村。出生于台湾西海岸的竹南，后随家迁台北县莺歌镇。1957 年考入台湾淡江文理学院外文系，大学二年级时发表了处女作短篇小说《面摊》。毕业后，于 1966 年担任过《文学季刊》编辑。1967 年，就在准备赴美参加爱荷华大学国际写作计划作家写作室学习之际，被台湾当局以"阅读毛泽东、鲁迅著作"、"为共产党宣传"和"涉嫌叛乱"的罪名而逮捕。此后，在土城、屏东和火烧岛的监狱关押了 8 年，饱受铁窗之苦，1975 年才获释回故乡。1979 年 12 月的台湾"高雄事件"前夕，陈映真被台湾当局再度以莫须有的罪名拘捕，在台湾舆论界和海外文学界的声援下，很快获释。

陈映真的主要作品有短篇小说集《将军族》、《第一件差事》、《夜货车》、《陈映真选集》，中篇小说《云》，长篇小说《山路》、《铃铛花》，理论文集《知识人的偏执》、《孤儿的历史，历史的孤儿》等等。陈映真的文学理论和创作实绩，对台湾作家产生了不可忽视的影响。

陈映真的创作思想及其作品风格，经历了不断发展、变化的过程，大致可分为三个阶段。1959—1965 年为现代主义文学影响期。此时，他的作品主要在《笔汇》和《现代文学》两家杂志上发表。其时恰值西方现代主义文艺思潮风靡台湾文艺界，正是台湾现代主义文学盛行之时，陈映真的早期创作也表现出浓烈的现代主义色彩，一些作品流露出灰暗、凄苦、沉郁、感伤、无奈的情调，人物大都在失败中走向自杀。《死者》这篇小说写外孙正值城里的事业蒸蒸日上的当儿，忽然接到外公死亡的电报，于是不得不丢下手头事务，匆匆回乡奔丧。故乡的气氛令人窒息，一代代绵延的神秘、致命的家族病，使外孙感到一种不可名状的恐惧。在这儿，眼里所见的都是些"宿命的死亡"、"蠢蠢欲动的性欲"等灰黑色的形体。作品的主题是含糊、朦胧的，显而易见，作者受到弗洛伊德学说的影响。但他的作品和纯粹的现代派文学不尽相同：他既写"现代人"孤寂、绝望的内心世界，又没有完全脱离台湾这个充满矛盾的社会环境；他既借鉴西方现代派的写作技巧，又没有机械模仿照搬西方现代文学模式。从创作思想来看，爱国的民族主义精神是陈映真介入社会、拥抱现实的思想基础。他以严肃崇高的理想主义与济世救民的人道主义情怀，表现对祖国人民的深切热爱。他早年的《我的弟弟康雄》、《乡村的教师》、《故乡》、《哦！苏娜娜》、《文书》、《猎人之死》、《兀自照耀着的太阳》等一系列小说，无不蕴涵着他对生活的思考和体验。他的作品中不时闪烁出爱国主义、人道主义思想光辉。

1964 年 1 月，陈映真发表了成名作《将军族》。这篇作品在当时的台湾文坛激起了强烈的震动，被誉为"感人至深的佳作"。小说描写两个连姓名也没有的卑微小人物。一个是从祖国大陆流落到台湾的退伍兵，在"康乐队"当号手的"三角脸"；一个出生在台湾，因家贫被卖而逃亡流浪的孤女"小瘦丫头"。三角脸年近四十，孤苦伶仃，身边没有亲人；小瘦丫头年仅十五六岁，是为了逃避被卖为娼的命运而来到"康乐队"栖身的。他们在替人遇红白喜事时吹打奏乐的"康乐队"相识，同样处于备受凌辱的生活处境。作品描写了他们道德境界的纯洁高尚，赞美他们品格上的高贵无私。当三角脸听了小瘦丫头的苦难身世后，毫不犹豫地把自己三万元的退役金存折悄悄地放在小瘦丫头的枕头下，离开"康乐队"，让她还清债务。后来，小瘦丫头四处寻找他，立誓要活下来再见他一面。在这里，作者写三角脸慷慨留赠巨款不求回报，表明他的同情心里没有任何私念欲求的杂质。而写小瘦丫头海角天涯追寻"债主"，更说明她不忘救助之恩。这种金子般的品格远远超过了将军族类的上等人。过了 5 年，两人又重逢了，小瘦丫头依旧过着出卖皮肉的生活，三角脸的钱未能帮助她逃离火坑。这对同病相怜的男女，在黑暗森严的社会壁垒面前，是无计可施的弱者，最后安详地向生命告别，双双死在田野里。死亡对于他们来说，无异是一种解脱。《将军族》激起了台湾最敏感的现实问题："中国意识"和"台湾意识"，"统一"与"独立"之争。由于历史原因，台湾光复以来"大陆人"和"本省人"之间的误解和隔膜，都在三角脸和小瘦丫头这两个"卑微而又高贵的小人物"身上消弭了。"这两个人，一个是落在异乡的异客，一个却被家里像卖猪牛那样卖出去。出身虽然不同，处境却相同：他们都是枯肆之鱼，理应相濡以沫。"小说表达了海峡两岸的中国人同祖同宗、相亲相爱的骨肉之情，以及超越差别和纠葛的民族认同感。小说在两个小人物身上揭示出的人情美和人性美，具有令人为之动容的艺术魅力。在"到处散发出迷茫、苍白、失落等等无病呻吟、忸怩作态的西方文学仿制品"的 60 年代的台湾，陈映真将自己的视线投向社会底层，表达被压迫、被侮辱者的愿望和要求，充当他们的代言人，这是非常可贵的。

《将军族》基本运用现实主义手法，人物刻画鲜活，理念和叙述融合无间。作品具有炽热而又深沉的格调，显示了陈映真创作现实主义转向的开始。

1966—1975 年是陈映真创作的转变期。自 1966 年起，陈映真冲破现代主义的樊篱，创作思想发生深刻变化，是台湾较早批判现代主义的作家。他在这段时期交替进行评论和小说创作，在批判中包含对自己创作历程的反思。本时期他的小说逐步摒弃了早期感伤凄怆的情调和神秘氛围，从新的角度贴近生活，主题日趋深化，着力于中国民族意识的挖掘，呈现为一种较为明快、畅达、深邃和讽喻的风格。其中一部分作品仍以小知识分子为描写对象，但不再拘囿于个人命运的描绘，而着眼于对个人生活与民族命运的思考。《唐倩的喜剧》是陈映真本时期有代表性的一部作品。小说女主人公唐倩是个迷恋于现代主义的新派小说作者，她追随新潮，先后与崇拜萨特的存在主义的老莫、"新实证主义者罗仲其公开同居。若说这两次恋爱是出于对西方文化的狂热崇拜，那后来为移民美国而委身于留美的青年绅士和很快改嫁给一个物理博士，则表明了她的堕落"。作者以生动的笔触勾画出一班对西方文化生吞活剥、不求甚解、一味崇洋的民族虚无主义者形象，对这些西方现代主义信徒的轻狂、无知和堕落，做了鞭辟入里的披露。小说以喜剧的形式，表现了悲哀的内容。《最后的夏日》中的李玉英、《六月里的玫瑰花》中的艾密丽等，也都有类似的崇洋心理。陈映真以犀利的讽刺手法将他们可笑、可怜、可悲的形态展示出来，表现出作者创作中鲜明的问题意识和明朗的色调。陈映真本时期在创作上不断向生活的深层挖掘，在抨击崇洋思潮的同时，他还关注来台的"大陆人"的命运。他的不少作品描写了流落台湾的"大陆人"的生活以及海峡两岸分隔给他们带来的灾难，曲折地反映了人们渴望祖国统一的心愿。这是陈映真转变期创作题材上的一个重要变化。这方面的代表作品有《累累》、《某一个日午》、《永恒的大地》等。陈映真作为一位台湾本土作家，能出于爱国的热忱，创作这些描写怀乡思亲、呼唤民族统一的作品，这在台湾乡土作家中是很难得的。这几篇作品都是他被囚禁在政治犯监狱中时所写的，他创作的转变期正是在狱中完成的。

1975年出狱后，陈映真进入了乡土文学创作时期。他在理论和创作两方面都取得了开创性成就。在乡土文学论争中，他旗帜鲜明地提出建立民族文学的思想，这一理论主张在陈映真的创作实践中得到了生动体现。与前两个时期相比较，陈映真此期的创作对生活的反映更为广阔和深刻，人物形象更为丰满，艺术技巧更为纯熟。此阶段的代表作品有《华盛顿大楼》、《山路》、《铃铛花》等。

《夜行货车》是陈映真小说创作第三阶段的代表作，是《华盛顿大楼》系列小说中的一部。小说以台湾工商社会的跨国公司为背景，以女职员刘小玲的感情生活为线索，描写了她和詹亦宏的艰难相恋。小说中"宴会"场面的描写，集中刻画了在外国主子面前卑躬屈膝的林荣平和最后以辞职与外国主子决裂的詹亦宏两个对比人物形象。刘小玲被民族主义爱国主义的感情打动，最后与詹亦宏一起夜归乡土。作品形象地表现了民族主义、爱国主义抗争的胜利，有力地揭露和批判了帝国主义对台湾的经济掠夺和对中国政治的粗暴干涉。小说意象鲜明，人物心理和感情的刻画十分细腻，对比和象征手法的运用也很有特色。

陈映真的小说创作经历了风格的转变。在前期创作中，他受现代派影响，多采用超现实和象征主义的创作方法，以内向的感情世界的描写和"煽情的浪漫主义的抒发"为主要风格特征。走上乡土文学的现实主义创作道路之后，其风格特色稳定于面向现实的冷峻的客观分析。这种风格上的定型，标志着他的艺术修养已臻成熟。在此阶段，他在创作实践上，以优美新颖的结构形式、精致的文学语言和丰富的表现技巧创造了小说美学的新成就。

在结构艺术上，陈映真不仅为创造现代章回小说的新形式做出了卓越贡献，而且在布局上，常常采用文体交融、人称交错与时序变换等多种连接手法。在创造现代章回小说新形式方面，《华盛顿大楼》系列堪称继承传统又脱颖出新的典范之作。这部小说每篇均完整独立，篇内章节各设标题，各自成为独立完整的小单位，但每篇都以"华盛顿大楼"的里里外外为典型环境展开故事。因此，《华盛顿大楼》虽非长篇，而是中短篇系列组合，但也可以说是"准长篇"。这种"准长篇"可谓章回小说的现代化，是对民族传统形式的改变革新。此外，在陈映真作品中，文体交融的情形也颇为多见。他常常将客观描述性的叙事体和日记、书信、文告及病志等应用性文体熔为一炉，既扩展了描写角度，也丰富了叙事小说的传统样式。如《山路》、《最后的夏日》等作品，都在叙述中穿插着别种体裁形式。由于文体发生交融，于是叙事的观察角度——人称，也随之变换，出现了主称（我）、对称（你）和客称（他）交错使用的情况。此外，陈映真还特别重视对人物进行内心世界的剖析。在传神的肖像描写、性格化的语言动作描绘以及借鉴电影戏剧手法等方面，陈映真也都有所成就。

以现实主义为根基，合理地吸收现代主义手法，成为陈映真小说的主要艺术特征。陈映真于台湾现代主义文学盛行的 60 年代开始自己的文学起步，他受到现代主义的影响是很自然的。他早期的有些作品受诡奇、怪异和晦涩的现代主义形式影响，注重表现人物的心理情绪、意识和潜意识，而缺乏对人物独特的外部言行的描写，像《死者》等作品，还渲染了一种阴森恐怖的气氛。不过，即使是他这时期的小说，也有别于当时充斥文坛的那些"恶性西化"、对西方现代派小说效尤之作。他早期的小说也比较注意对社会现实加以概括反映，并常有一些具体的描写。作为一个有很强使命感的作家，陈映真很快认识到："文艺是先天离不开现实的……定根在现实，从现实中吸取了养分的文艺才是有生命的文艺。"在考察了台湾文学现状，并对自己早期小说中的迷蒙做出深刻反思后，他毅然扛起现实主义文学大旗。如果说台湾文学的回归乡土是社会对作家的召唤，是时代的必然，那么陈映真提出的文学主张，正是顺应并推动了这一文学回归运动。他创作中出现的引人注目的转变，可以说是台湾文学创作发展呈现重大转折的先声。

扛起现实主义文学大旗的陈映真并非"复古"派。他不惮尝试，锐意探索，努力闯出一条保持民族特色，又能体现时代特征的中西结合的创作路子。陈映真小说大胆突破了传统的写实主义创作认识上的定式和模式，引入了不少现代主义手法，加大了小说的艺术和心理空间，引导读者去联想、意会生活的真谛。如小说《云》，以较为完整的故事情节形成整体构架，在情节的进程中又频频引入意识流技巧，寓洋于土，相得益彰。现代派小说中大量运用的象征手法，在陈映真小说中也并不鲜见，浓郁的象征意味，为他的小说增色不少。如《将军族》中"将军族"这一命题，隐喻小人物虽然地位寒微，但他们精神境界的高尚纯洁却非高等族类可比。小说中反复出现的鸽子，显示了作者的艺术匠心。鸽子温柔、坚毅的天性，象征着小瘦丫头外柔内刚的气质，也象征着男女主人公之间的缠绵情意。作者赋予鸽子以人的灵性，着意描写它们在不同情境中的种种神态，营造了一种扑朔迷离的艺术氛围。《第一件差事》的主人公胡心保，不管走到那里，眼前都会隐约出现一座水泥桥，这一幻觉具有深刻的象征意义，表现了羁旅台湾的"大陆人"对故土刻骨铭心的思念。《万商帝君》中刻画的林德旺这个人物，就几次采用细节象征手法。林德旺从华盛顿大楼流落街头，"他看见一条拖着肮脏链子的，被人遗弃或者自己走失了的，形容悲哀而邋遢的某一种外国狗……那样子满脸满嘴的毛，连眼睛都盖住了，怎么认路，怎么走？"这段细节描绘，象征林德旺甘为洋犬而未能如愿，只落得形影相吊的孤零景况。《夜行货车》中象征手法的运用更是令人拍案叫绝，小说的总标题"夜行货车"及一系列小标题"长尾雉的标本"、"温柔的乳房"、"沙漠博物馆"、"景泰蓝的戒指"，都含有丰盈的象征寓意，给人以深远的思索，勾起了人们心灵深处的波澜。陈映真小说对西方现代主义表现技法的吸收、借鉴，并没有破坏他作品整体上所呈现的民族风格和气派，博采众长的结果，拓宽了现实主义创作的路子。

陈映真小说的语言是蕴涵感情、富有诗意的知识分子语言，洋溢着一种诗意的、忧伤的、温厚的神韵。这个土生土长的台湾作家在作品中很少运用台湾的方言土语，诗与思的语言风格把陈映真与那些借助台湾方言的运用，特别是将这种运用发挥到极端的带有分裂主义意识的一些乡土派作家区别开来，这体现了他对中国现代文学传统的认同。

陈映真是位富于历史感、使命感和强烈民族意识的作家，他一直强调作家要关心社会、民族、祖国的前途，关心人的命运和人应有的尊严。陈映真小说中的人物大多数都是无法选择地背负历史重担的劳苦的人，"从他们的眼睛、他们的意识中去看他们的历史，亦即社会的历史，去检视这苦难的历史、腐败的历史给他们的心灵现实造成的巨大影响"。通过这些人物形象的反省以至于毁灭来表达他一贯的主题：在苦难中保持人的尊严。陈映真借此将他的思考穿过现实的表面，将已化为灵魂深处的阴影的以往再现出来，从而在作品中呈现出他特有的历史沧桑感。对于祖国，他一往情深，他曾回忆道，还是读小学时，看了鲁迅的《阿Q正传》"这本破旧的小说集，终于成了我最亲切、最深刻的教师。我才知道了中国的贫穷、愚昧和落后，而这中国就是我的，我于是也知道：应该全心去爱这样的中国——苦难的母亲"。无论是文字、语言、思考等艺术和思想方面，抑或是对现代的、苦难的中国的认同，鲁迅对于他都有着深刻而巨大的影响。

二、陈映真小说的多重主题

一个伟大的作家并不是一开始就是伟大的。他的思想是逐渐成熟起来的。作品是作家心灵的记录，我们从不同时间的不同主题上，基本上可以窥见作家"逐渐成熟"的过程。

（一）迷惑死亡的愁绪

对死亡的迷惑是陈映真早期作品中一个最为突出的主题。我们认为这一主题的形成有两个方面的原因：一是由于陈映真的两次死别经验，一是由于他在初涉文坛时受到存在主义的严重影响。陈映真在青少年时期，经历了胞兄及养父两次死亡的痛苦，尤其是养父的死亡所带来的家道中落、经济匮乏，更使他久久难以忘怀，直到他走上创作的道路，仍未能从死亡的阴影里解脱出来。另外，陈映真初涉文坛时，存在主义正在台湾广为流行，就他当时的思想情绪来看，是很容易接受存在主义的观点的。存在主义认为，在现代社会上。人活着其实是一种"非存在"，要想获得一种真实的存在，除非把自己的"非存在"彻底毁灭。死不是自我生命的结束，而是自我"非存在"的结束。死是一种存在方式，是一种更加自由、真实的存在方式。因此，陈映真早期作品中主人公的结局大多是死亡，他们不是病死便是自杀，而且常常死得莫名其妙。

陈映真早期作品中主人公的结局虽然都是死亡。但死亡的原因各不相同。有的是因为希望的破灭而自杀身亡的，如《我的弟弟康雄》的主人公的死亡便是如此。康雄是一个纯洁、热情、富有理想的青年，他曾有过一个乌托邦式的宏伟蓝图，他要在贫困落后的边远地区建立许多医院、学校和孤儿院，彻底消除贫穷的阴影。然而，在严酷的现实面前，他的理想无异于一个脆弱的梦，很快就破灭了。最后，他在无法排解的痛苦中服毒自尽。

《将军族》中的主人公也选择了死亡，但他们的死亡主要是把希望寄托于来世，因而尽早地结束自己的生命，以求尽快地在来世实现自己的理想。这种死亡中包含着几分愚昧、几分无奈、几分浪漫和几分凄美。小说中的人物是一男一女：男的叫三角脸大陆人，在国民党军队的康乐队服务，快40岁的人了，仍孑然一身。女的叫小瘦丫头，台湾人，因家境贫寒被卖到花莲当妓女。她不甘堕落，从妓院逃出后参加了三角脸所在的康乐队。他们虽籍贯不同、年龄悬殊，但不幸的命运把他们连在一起。他们互相关心，互相同情。三角脸为了帮助小瘦丫头还清债务跳出火坑而毅然退伍，把所得的退伍金偷偷地放在小瘦头的枕头下离队而去。小瘦头拿到这笔钱后并未能赎身，又被嫖客弄瞎了一只眼睛。她决心活下来，希望能再见到三角脸。后来，她攒足了钱，赎回自己的自由后，终于又找到了三角脸。她说，"我说过要做你老婆"，"可惜我的身子已经不干净，不行了"。三角脸说，

"下一辈子吧"，"我这副皮囊比你还要恶臭不堪的"。小瘦头接着说："正对，下辈子吧，那时我们都像婴儿那么干净。"说完，他们就在蔗田里一块自杀了。

《兀自照耀着的太阳》写了另一种死亡。魏医生的女儿小淳重病身亡，作者细致地描写了她的死亡过程。生命是可贵的，死是可怕的，然而小淳却能"视死如归"。她临死前，很安静地躺在床上，"脸斜斜地埋在干净的枕头里"，"手在被窝外轻柔地握着拳"，"轻微地，却又不失其规律地呼吸着"，"在衰竭中有一种不可思议的安详"。不光她是如此，就连周围的人也同样是十分安宁的。她的父母以及老师都在身旁守候着她，但"都深深地睡熟了"，"小淳安安静静地在五人沉睡的匀息以及在初升的旭辉中断了气"。作品的题目之所以叫"兀自照耀着的太阳"，意在说明，人的死没有什么值得大惊小怪的，是一种非常正常的现象。虽然有一个年轻的生命结束了，但太阳仍然照耀着人间。这篇作品的"现代意味"是十分浓郁的：这种对死亡的漠然态度，不禁让人想起加缪的《局外人》。这充分说明了陈映真当时受存在主义的影响还是相当严重的。

（二）对世事的辛辣嘲讽

自1966年之后，"契诃夫式的忧悒消失了，嘲讽和现实主义取代了过去长时期以来的感伤和力竭、自怜的情绪，理智的凝视代替了感情的反拨，冷静的、现实主义的分析取代了煽情的、浪漫主义的抒发。当陈映真开始嘲弄，开始用理智去凝视的时候，他停止了满怀悲愤、挫辱和感伤去和他所处的世界对决"（许南村《试说陈映真》）。陈映真对世事的嘲讽是从对知识分子的理性分析开始的。他的这种嘲讽既是对世事的，也是对自己的。请看表现这一主题的代表作《唐倩的喜剧》：

作品写的是唐倩先后和三个读书人恋爱、试婚、结婚以及最后失败的故事。唐倩是一个"娟好而且有肉感的那种女子"，以敢于写露骨的性生活的小说而成名。当存在主义像一阵热风在台湾流行的时候，她听了一位存在主义信徒老莫所做的《沙特的人道主义》的报告，被老莫的讲演所吸引，进而迷上了老莫。实际上，她已有了一位恋人，但这"恋人"与老莫相比，实在太缺乏味道，于是便甩掉旧恋人同老莫试婚。唐倩在老莫的影响下，俨然成了一个存在主义者，言谈中经常使用诸如"存在"、"超越自我"、"介入"、"绝望"、"惧怖"一类的字眼，但后来她发现老莫是个极伪善的人。在朋友和外人面前，他总是一副理智、深沉的样子，而在家中，他是个可怕的人。唐倩怀孕后，在关于是否要孩子的问题上两人发生分歧终于分手。

一年之后，新实证主义在台湾悄然兴起，于是唐倩便把存在主义当作婴儿时代的鞋子一样抛弃了。她结识了一个哲学系的助教罗仲其，并很快与其同居。罗仲其常因唐倩过去与老莫的关系而大发醋意，有时甚至是怒不可遏。新实证主义者实际上是质疑论者，对未经实证的东西，他们通通持质疑态度。罗仲其告诉唐倩，质疑是接近真理的唯一途径。唐倩反问：质疑本身是否值得质疑呢？罗仲其质疑一切，最后对自己的男性能力也发生了质疑，终于在恐惧、焦虑中自杀了。

又过一年之后，唐倩第三次绽开爱情的花朵，她恋上了一个姓周的从美国回来的工程学硕士。姓周的虽是黄皮肤，可是从里到外都洋化了。他十分醉心于美国的生活方式，他对唐倩说："一个人应该为自己选择一个安适的位置，到一个最使你安逸的地方，找一个最能满足你的生活方式。这是做一个人的基本权利。国籍或民族，其实并不重要。我们应该学会做一个世界的公民。"唐倩看中的正是这一点，明知他没有钱，还是跟他结婚，然后去了美国。可是第二年春天有消息传来，说唐倩竟然离开了周，嫁给了一个在一家巨大的军火公司主持高级研究机构的物理学博士，并不断寄钱给她苦命的母亲，使母亲的生活逐渐宽裕起来。

这篇小说用漫画般的手段，嘲讽了当时台湾知识界的浮躁情绪。从唐倩的恶作剧以及人们对她的态度上，可以看出台湾知识界的狂妄、浅薄与偏执，也可以看出他们的虚伪、自私与无聊。作者用这种辛辣与犀利的方式，宣告了与自己过去的告别。

（三）强调民族自尊

反对崇洋媚外，强调民族自尊，可以说是乡土文学创作的一个总主题。陈映真反映这一主题的作品主要集中在他的《华盛顿大楼》系列小说里。在这些作品中，作者通过对洋行里的中国人的透视和剖析猛烈地鞭挞了那些丧失国格、人格的帝国主义的忠实奴仆，热情地赞美了那些胸怀坦荡、脊梁挺直、宁损自身利益、不丧民族尊严的爱国者。

《华盛顿大楼》包括《夜行货车》、《上班族一日》、《云》、《万商帝君》等四篇作品，其中以《夜行货车》的影响最为广泛。

《夜行货车》描写的是美国跨国公司台湾马拉穆分公司里三个中国人的故事。崇洋媚外的林荣平得到洋主人的赏识后当上了该公司的财务部经理。他利用职权骗取了职员刘小玲的爱情，但刘小玲很快发现林荣平对她仅是玩弄而不是爱情，于是她又把自己真正的爱给了另一个中国职员詹奕宏。詹奕宏出身贫苦农家，性格粗鲁、傲慢，满肚子的愤世嫉俗。他对刘小玲又爱又恨，使刘小玲难以接受。于是，刘小玲便通过在美国的姨妈弄到了"美国大使馆寄来办移民的表格"。在刘小玲去美国前夕的欢送宴会上，美国老板不仅对中国女职员非礼，而且出言侮辱台湾人。詹奕宏出于一种民族义愤，以辞职来表示他的反抗，显示了民族的尊严和自强自尊的精神。刘小玲也从软弱失望中惊醒，与詹奕宏重修旧好，并与他一起乘货车回到乡下。

《上班族一日》着重描写了跨国公司内部的互相倾轧和钩心斗角以及像车轮一样忙着追求升迁的景象。主人公黄静雄在大学时代就立志要用电影艺术来为清苦奋进的低等上班族鸣不平，而跻身于华盛顿大楼后，他放弃了理想，一心想爬上高位，眼睛一直盯着那个副经理的空席，但直到最后也没有得到。这使他感到"大家这样互相欺骗，没有意思"，于是便辞职离去。《云》是一篇内容丰富、思想深刻的中篇。小说讲的是麦迪逊台湾公司总经理艾森斯坦搞工会改革的故事。艾森斯坦是个思想开放的年轻人，他就任公司经理后，提出了在不损害资本家根本利益的前提下，可以让工人组织工会，搞工人福利，以刺激工人的生产积极性的新思维。这种想法得到公司行政主任张维杰的欣赏和支持，但以宋老板为代表的上层保守派却极力反对，他们的举动又得到美国远东区总裁麦伯里的支持。在保守势力的干预下，艾森斯坦和张维杰的改革措施也宣告流产。作品通过对新旧两种社会力量之间激烈冲突的描写，揭露了外资企业标榜"人权"与"民主"的虚伪性。《万商帝君》无情地鞭挞了莫飞穆公司的两个华人经理陈家齐和刘福金出卖民族尊严的丑恶行径。陈、刘两人把西方管理大师彼得·杜拉卡所说的"吾人应将民族主义这个恶魔的毒牙拔除尽净"奉为经典，为了地位和利益不惜牺牲民族和自尊，"要从台湾人而成为国际人"。小说尖锐地指出了资本主义的经济扩张和文化渗透给台湾人带来的精神戕害。

论者指出，这四篇小说"贯穿了一个重大主题，就是对国际垄断资本主义的揭露和批判，以及对祖国民族、乡土与文化的认同和卫护"（武治纯〈华盛顿大楼〉初探》）。在这些作品中，显露出作者对政治经济问题的思考，这与作者稍后发表的"政治小说"有某些相通之处。

1982 年，陈映真暂时搁下他未完成的《华盛顿大楼》系列小说的创作，把目光转向历史，站在 80 年代的高度去审视"白色的。荒废的五十年代"。他连续发表了《山路》、《铃铛花》、《赵南栋》三篇小说，展现了革命者为争取人民的民主、自由权利而流血牺牲的悲壮历程。《山路》的主人公蔡千惠从小就向往革命。她的战友李国坤和恋人王贞柏均被国民党当局逮捕，李国坤被判死刑，王贞柏被判无期徒刑。而导致这一悲剧的直接原因是蔡千惠的二哥对革命的背叛，因此她一直为哥哥怀着负罪感。于是，蔡千惠便冒充李国坤的未婚妻，来到李家照顾李国坤的父母，并到煤矿做工，抚养李的弟弟读书。随着时光的流逝，蔡千惠在安逸的日子里忘记了昔日的信仰。这时，她年轻时的恋人王贞柏获赦出狱。她闻讯后悲喜交集，患心力衰竭症后抑郁死去。《铃铛花》透过两个孩子的眼睛，从侧面描写了革命者高东茂领导学生反对台湾不合理的教育制度的斗争。《赵南栋》通过两代人的对比，提出了一个发人深思的问题。父辈赵庆云及其战友在四五十年代，或为理想而牺牲，或为自由而入狱，可是儿子赵尔平、赵南栋却腐化堕落，现代社会的物欲和肉欲吞噬了他们的精神和情操。作品既是对历史的反思，也是对时代的叹惋。

三、陈映真的文学主张

陈映真的文学思想成熟于 70 年代后期。1975 年出狱之后，他停止小说创作将近三年，集中精力对文学及知识分子问题进行了冷静而深入的思考。1977 年，台湾文坛上爆发了一场关于乡土文学的大论战。陈映真作为乡土派的主将之一，先后发表了《现代主义的再开发力》、《文学来自社会反映社会》、《建立民族文学的风格力》、《中国文学和第三世界文学之比较》等文章，建立起了一个比较完整的文艺思想体系。大体而言，陈映真的文学主张主要是通过对下列几个理论问题的论述而表现出来的。

（一）文学与社会生活的关系

陈映真认为："文学像一切人类精神生活一样，受到一个特定发展时期的社会所影响。两者有着密切的关联，因为一个时代有一个时代的'时代精神'。"话又说过来，"一个时代的'时代精神'，一定有它作为时代精神的基础和根源的社会的和经济上的因素"（《文学来自社会反映社会》）。因此可以看出，在这个问题上，陈映真的基本观点是文学来源于社会生活，它是一定时期的政治、经济发展的反映。文学既然来源于社会生活，它势必会对社会生活产生一定的反作用。因此，陈映真十分重视文学的社会功能，他把文学视为肩负着某种历史使命的神圣事业。他说："文学使那些对爱失去信心的人，恢复爱的力量，让沮丧的人得到温暖，让受逼迫的人得到反抗的力量，让失望的人有勇气重新去爱、去生活、去追求新的希望、去拥抱别人，这应是一切文学的原点。文学也应和其他有良心的知识一样，对社会、国家及全人类的团结和平、进步与正义，付出应有的贡献。"（《大众消费社会和当前台湾文学的诸问题》）陈映真在台湾这样一个商业化的社会背景下，仍有着如此强烈的社会责任感，实属难能可贵。

（二）文学的民族化问题

关于这一问题，陈映真首先提出了建立民族文学风格的主张。他在《建立民族文学的风格》一文中，开篇便指出："一个诚恳的文学青年总是首先、而且主要地从自己民族的过去和当代的文学家及其作品中吸取滋养、受到鼓励，逐渐成为那个民族新生一代的文学家。一个民族的文学教育总是首先、而且主要地把自己民族的文学当作主要的教师和教材，使那个民族的文学之独特的民族风格，得以代代传续。"中华民族是一个"富于文学资产的民族"，然而遗憾的是，大部分的作家和文学青年却"如饥似渴的把别人的东西，当作自己的'传统'"。这样就把本末倒置了。陈映真绝不是盲目排外的，他一直认为："外国的经验中好的东西，我们要接受，外国东西我们要有批判地加以吸收，然后利用到我们民族的具体情况上。"（《文学来自社会反映社会》）"一国，一民族的文学，首先是诉诸他自己的民族、为自己的民族创作，然后才具备了成为全世界、全人类的学术性的可能性。为他自己的民族创作的东西，为他自己的民族所喜爱的艺术，才开始有了被别的民族接受、欣赏的可能性。"（《流放者之歌》）陈映真的这种"民族本位"、"洋为中用"的文学思想是可行的，也是科学的。

（三）"台湾意识"还是"中国意识"

70年代末，乡土派作家和理论家在与现代派的论争中的观点是基本一致的。但80年代后，乡土派内部也产生了分歧，并进行了论争。以台南叶石涛先生为代表的一派，主张台湾文学要表现"台湾意识"；而以台北陈映真为代表的一派，则主张台湾文学要表现"中国意识"。论者称这两派之争为"南北大战"。

陈映真提出"中国意识"的根据和理由主要有两个方面：其一，台湾虽是中国不可分割的一部分，但由于政治的原因，台湾与大陆长期处于隔离状态．如果过分地强调"台湾意识"，陈映真担心会被分离主义者所利用。其二，他认为台湾文学与大陆文学就其反帝反封建的主体精神上是相一致的。从历史上看，尤其是近代以来，台湾的文学运动一直在呼应着大陆的文学运动。这也就是说，台湾文学既与大陆文学相一致，又有其自身的鲜明属性。因此，也就没有必要"额外地"强调"台湾意识"。陈映真和叶石涛的提法虽然不同，但也不是完全对立的，起码在承认台湾文学是中国文学的一部分这一点上，他们是一致的。因此，有的论者把他们的观点做了这样的调和："可以这样理解：表现特殊性的'台湾意识'本身就包含着普遍性的'中国意识'。两者不能分隔开来。"（周青《台湾乡土文学与爱国主义》）我们认为，这种观点还是有一定道理的。

在台湾文坛上，像陈映真这样在创作上有着很高的成就，在理论上又有比较完整的体系的作家是不多见的。因此，他不仅被视为乡土文学的一面旗帜，更被不少人评为当前台湾最有潜力的作家之一。

【第六章】

多元并举的台湾文学

第一节　概　　述

台湾文坛进入 20 世纪 80 年代后，呈现出前所未有的丰富景观，多种流派、多种风格、多种文体、多种主题和多种表现手法同时并存，竞相发展，各领风骚。以往那种由某个文学流派占据文坛主导地位、形成主流的状况已不复存在，而代之以多元并存的无主潮发展态势。这是台湾当代文学在其现代化进程中的又一次重要移位。乡土派和现代派两大文学流派经过排斥、吸收和融聚，各自有了新的变化和发展，为台湾当代文学由单一向多元化的过渡铺架了桥梁。80 年代的台湾文坛同时涌动着乡土文学、现代派文学、怀乡文学、漂流文学、女性文学、校园文学、少数民族文学和通俗文学等多种创作流派，构成了80 年代台湾绚丽多姿的艺术景观，多元化、多色调、多风格则成为 80 年代台湾文坛的重要标志。

80 年代的文学走向多元，有其直接和深刻的社会历史背景。1979 年，台湾发生了对其政治局势产生重大影响的三大事件：元旦，中美正式建交；同一天，全国人大发出《告台湾同胞书》，呼吁台湾当局共同努力，结束民族分裂悲剧；年底，发生了"高雄事件"，包括作家王拓、杨青矗在内的一百多人被捕。此后，台湾面临着日益强大的民主运动的洪流，面临"法统"危机、"继承"危机以及祖国大陆"一国两制"的挑战。因此，台湾当局不得不做出若干改革措施：解除"戒严法"，开放报禁，允许反对党参加竞选，等等。这一切都深刻地影响着当时的台湾文坛。

对于这一多元发展的文学态势及其成因，痖弦也曾做过具体而透辟的阐述。他说："从现今的创作情况来看，我觉得几十年来我们的文坛从没有像今天这么富有信心，早年主张'横的移植'的国际化，重视'纵的继承'的民族化，以及稍后强调乡土情怀的本土化，三者的界限渐趋模糊，这种经过长期痛苦演化获致的必然的模糊，加速了不同文学观点交集、融合的速度，我认为这是非常可喜的发展。在早年，上述的三路人马是不相合，甚至是对峙的，但通过创作的催化，不少人似乎已经发展到三者之间不可分割的依存关系。"他还说："本土意识的萌发，一扫过去远来的和尚会念经的说法，乡土题材作品的大量涌现，原住民作家的诞生，克服了地处海岛的心理限制，使我们再也不认为台湾是边缘文学，而建立起自己的主导意识。""至于西方的文艺思潮，1949 年以前，影响过台湾文坛的欧洲古典主义、浪漫主义、自然、写真主义，其感染力在台湾已经逐渐减弱，而'波特莱尔以降（纪弦语）的象征主义、超现实主义、意识流、现代主义等思潮，早在五六十年代已经发烧过了。这几年随着魔幻写实主义影响台湾的小说，后现代主义的文学观也成为年轻一代诗人感应的焦点。总之，在日益国际化、资讯化的台湾，任何时髦的、尖端的理论或作品，几乎是可以立刻接受得到，较新的文学理论如新批评、结构主义、解构主义、新女性主义文学，在此都有人研究，也都融入了文人的创作实验。""国际、民族、本土的快速融合，使我们的创作更富多样化。观察文坛，你等于见到一个百花竞开、千红万紫的世界，真正应验了前辈诗人纪弦早年'大植物园'的期许。"痖弦曾是五六十年代台湾现代派诗歌阵营的大将，这番带着自己深切体验的论述无疑是最具说服力的。

自 70 年代，部分现代派作家开始回归传统。80 年代以后，这一走向成为现代派文学的总体态势。它不仅在艺术上由西化向传统回归，而且更多的把目光投向社会现实。在思想内容上力图避免早期远离生活的表现，具有更强的现实性和理性色彩：如白先勇的小说《孽子》，写的是一个同性恋的故事，却表现出作者对人性的剖析，对人伦亲情的强调和主张，用谅解与宽容来解决现实生活中一些原本无法解决的问题，有着强烈的人道主义精神；陈若曦的《远见》，真实地展示了中国海峡两岸的社会风貌，对台湾社会的诸多病象表示了自己的不满和批评。在表现手法上，这些作品远远突破了早期现代派对西方现代派文学手法的表层模仿，而是一方面深入到现代主义精神内层去探索适合表现台湾当代人心灵的艺术手法，另一方面又向传统回归，显示出中西交融、现代与乡土互补的总流向。

乡土文学则在进一步深化其社会现实意义，强化其思想性、战斗性的同时，也十分注重作品的艺术形式：在表现手法上更多地表现出对封闭艺术态势的突破，注意融和现代派的某些表现技巧，如意识流、象征、暗示等，同样呈现出中西交融、乡土与现代互补的总态势。这种态势，不仅钟肇政、陈映真、王拓、黄春明、李乔等中坚作家有明显表现，而且在黄凡、吴锦发、林清玄等"新生代"作家的创作中也表现得尤为鲜明，有的在借鉴西方上还表现得相当前卫。如吴锦发写于 1985 年底的中篇小说《消失的男性》，就有着浓烈的卡夫卡气息。小说中的一个青年诗人身上突然长出了羽毛，在惊恐中他求助于外科和心理医生，医生发现这一奇怪现象的产生是由于他对现实的逃避心理。由于逃避心理一再高涨炽热，结果使其身上的羽毛一长再长，终于遍布全身，变成了一只野鸭。这篇荒诞小说强烈揭示了台湾现实生活中的逃避心理，并谴责了台湾人权受损的现实。这样的作品出自乡土作家笔下，鲜明地体现了乡土文学进入 80 年代后更加开放的新趋势。

进入 80 年代后，台湾岛内民主运动日益强烈。此时，一些具有历史感和使命感的作家勇敢地冲破了文学领域中的禁地，写出一批充满政治意识的作品，热情参与社会政治改革。一时，政治小说在台湾风行开来，形成潮流性势头，不少受到政治迫害的作家都成为政治小说的倡导者、创作者。他们之所以热衷于政治小说创作，乃是因为他们深刻体验到没有政治的进步就没有文学的解放。于是，他们把笔触直接伸向台湾现实中最敏感的政治生活，反思历史，争取人权，抨击时弊，共同举起了一面富于人民性和批判精神的政治小说旗帜。《渴死者》、《喝尿者》、《牛肚港的故事》、《山路》、《赵南栋》、《黄素小编年》等都是这一时期的重要作品。此外，杨青矗的《选举名册》、陈艳秋的《陌生人》、莘歌的《画像里的祝福》和李乔的《告密者》等也从不同的角度反映了人权被践踏、摧残的社会现实。这些"人权小说"以抗议政治迫害、卫护人权、争取民主为共同基本主题，成为 80 年代政治小说的重要组成部分。

散文的文学性、纪实文学的社会批评性与政治小说交相辉映，是 80 年代台湾文坛的一个突出现象。其中，柏杨的杂文引人注目。这位因"大力水手事件"而于 1968 年被捕入狱，过了 9 年零 26 天铁窗生活的作家出狱后，仍以无畏的胆识和强烈的社会责任感从事文化和社会批评型杂文创作。其主要杂文集有《玉雕集》、《倚梦闲话》10 集、《西窗随笔》10 集、《牵肠挂肚集》、《云游记》和《丑陋的中国人》等。柏杨以强烈的忧患意识倾力抉摘中国人人性的丑陋面，意在催促国人自省和觉醒，使我们的民族抛弃积弊，走向健康和兴盛。但由于环境的制约和自身思想方法的限制，他在观照民族传统文化、国民性和外国文化时，都或多或少、或轻或重地存在以偏概全、失之武断的局限性。

龙应台也是一位在杂文创作上知名度很高的作家。1985 年以来，她在台湾《中国时报》等报刊发表大量杂文、书评，掀起轩然大波。她以专栏文章结集的《野火集》、《龙应台评小说》，在很短时间内印行了近二十版，被称之为"龙卷风"。龙应台的杂文大多是对社会的不平之鸣，以敢讲真话著称。她抨击时弊直言无忌，毫不吞吞吐吐，对于腐朽的思想观念表现出一种不可容忍的憎恶，观点鲜明，勇于坦诚地披露自己的心胸。

80 年代，台湾各种报纸杂志发表了大量报道文学，如《自立晚报》副刊与《人间》杂志便以登载报道文学著称。报道文学凭借其兼具新闻性和文学性的优势，披露了许多为读者普遍关心的社会和民生问题，直接干预社会生活，如缺乏规划和有效监督导致工业污染，捕杀珍稀动物，滥伐森林引起水土流失和生态平衡破坏，等等。林清玄的《不敢回头看牵牛》写水源污染引起的乌脚病给数以千计的病人带来的巨大灾难。这是作者的一篇采访实录，描写了这种疾病的病因、患者感染后的恶性病变、多年来为根治这一顽疾而做的种种努力，展示了肢体残损的患者的一颗颗饱受苦难的心灵，以及那些不幸的人对生的追求和与命运的抗争。

同时，台湾文坛还出现了一种报道文学与小说的杂交文体——报告小说。这种新的文体兼具报告文学直接切入现实生活的新闻价值和小说的多种艺术表现技巧，比一般报告文学更富于艺术表现力。在许台英的报告小说《卡拉 OK》中可以看到日本流行的卡拉 OK 在 80 年代的台湾风靡一时，热衷到卡拉 OK 店登台演唱的不是什么歌星，而是一些普通人，有商人、青春已逝的女人等等。他们来此唱歌并非为了表现音乐才能，只是借此发泄心中的郁闷和孤寂。卡拉 OK 店如同一面镜子，映现出台湾都市人寂寞空虚的心灵世界。

女作家是台湾文坛的一支劲旅。进入 80 年代后，随着台湾妇女经济地位的提升，新的价值观念对抑制女性做"人"的权利和尊严的传统观念的批判，对歧视女性的社会偏见的抨击，建立男女平等、两性和谐的理想社会，强调塑造自我完善而由此产生的"新女性主义"，给女性作家以强烈的召唤。一批受西方文化教育的新生代女性步入作家行列。曾心仪、李昂、萧飒、廖辉英、朱秀娟、袁琼琼、施权青、萧丽红、苏伟贞、曹又芳、荻宜等，她们相继以别具特色的风姿咄咄逼人地跨入文坛。她们的创作共同形成了新女性主义文学的潮流。这是台湾女性文学发展进程中一次不可忽略的飞跃。它突破了"主妇文学"、"闺阁文学"的框框，深入探讨现代女性的命运、前途。新女性文学创作逐渐增强的时代气息，使传统文学中软弱的女性形象在 80 年代为具有独立、自尊、自强的现代女性意识的新女性所代替。这类被称作女强人形象的作品，融会了作家本人的思想，向世界显示了自己的力量，既有可读性又有思想性，在社会上产生了一定的影响。

"校园文学"在 80 年代的台湾吹起一股纯美青涩之风。台岛为鼓励校园文学创作和培养作家，专设学生文学奖以奖励佳作和提携文学新秀，从而刺激了"校园文学"的发展。80 年代校园文学的内容上以反映校园生活，特别是少男少女情爱生活为主，在观念上极富当代性，曾有不少作品进入台湾各项文学奖的获奖行列。台湾少数民族文学在 80 年代也颇为起色。少数民族作家通过自己的创作向强权和不平进行抗争，并寻找和表现自己民族的文化血脉。同时，它既保持着鲜明的民族特色，也体现出现代文明与古老文明新旧观念碰撞中的独特心态，有着较为鲜明的时代特色。在这方面有代表性的是高山族作家田雅各的《拓拔斯·塔玛匹玛》等小说、莫那能的《燃烧》等诗歌和曾月娥的《阿美族的生活习俗》等散文。通俗文学潮流在 80 年代的台湾也呈兴盛态势。它以言情、武侠传奇、历史演义和科幻四大系列为主，以其独特的审美特征满足着广大读者的审美需要。

1987 年，台湾开放部分人员赴祖国大陆探亲。从此，冰封了四十年的海峡开始解冻，两岸的交流日益扩大。频繁的互动和交流引起了许多深层次的变化，其中最显著的领域之一就是文学。两岸文学交流由冰封到解冻，由互相吸引到互相研究，由人员交流到互相发表和出版作品，直至台湾许多刊物开设祖国大陆的作品专栏并举办评奖等活动，引发了文学内在的变化。首先是文学题材的变化。由于台湾作家大批频繁地到祖国大陆探亲访问，从祖国大陆源源不断地获得了新的创作题材，促使了台湾文学创作题材的扩大和丰富。由于新题材的介入，台湾文学的整体风貌有了很大变化，推动了两岸文学的融合。在台湾兴盛了 40 年，成为台湾文学主流的乡愁文学，开始逐渐缩小和逐渐向探亲文学转化。"寻根"成为文学创作的热点之一，"祖国"在很多作品中已不再是一个抽象的概念，有很多诗人、散文家都出版了访问祖国大陆作品专集，表现了对"文化中国"的深刻认识与认同。一种文学题材向另一种题材的转化，是实现民族融合和祖国走向统一的趋向。文学题材和样态将会随着两岸关系的变化而变化。

80 年代的文学多元态势还表现在文学样式和表现手法的丰富多样。在文学样式上，既有传统的中篇、长篇、短篇小说，又有极短篇小说、纪实小说、传记小说、"现代聊斋"等新兴小说，还出现了作家用笔和摄影家用照相机的合作产品——报道文学。报道文学图文并茂，适合生活节奏紧张的现代人的阅读口味。而在散文、诗歌、剧本等文学体裁方面，也是繁花竞放、品类丰富。在文学样式的多样性上，80 年代的台湾文学超过了以往任何一个时期。

在艺术形式和表现手法上，传统手法得以突破创新，现代派手法广泛移植和融会，通俗文学不断受到严肃文学的影响，而严肃文学又不得不面对文化产业的冲击而形成新的审美原则。小说电影化成为 80 年代以来台湾文学的一大特色，白先勇、王祯和、黄春明等作家纷纷把自己的作品改编成电影，这种现象庶几可视为严肃作家通过大众传播手段向庸俗的消费文化争夺空间。

80 年代以降的台湾文学，呈多元并存的无主流态势，应是台湾文学更大突破与发展的前奏曲。在文学内部各种因子的碰撞、冲荡以及在海峡两岸文学的交会、融合中，台湾文学在继续平实而活泛地发展。

第二节　直面历史与现实的政治小说

风云际会的 80 年代和 90 年代直接引发了台湾文坛上政治小说的勃发。

台湾政治小说兴起于 70 年代末。1979 年，初露头角的年轻小说家黄凡发表了短篇小说《赖索》，一向以恬淡清雅创作风格著称的郑文清也写出了《三脚马》。稍早几年，海外作家张系国在台湾出版了长篇《黄河之水》与《昨日之怒》。前者写的是 1977 年"中坜事件"前后台湾社会的政治动向，涉及政界的风云、经济的危机、中坜选举以及大学生和市民的政治心理，人物众多，情节复杂；后者是对保卫钓鱼岛运动的回顾。但那时期的政治小说，艺术上比较生硬，人物形象单薄，对某些尖锐的政治问题不敢深入触及。

"解严"之后，台湾受"戒严"法令查禁的千种以上的图书可以出版上市了，其中大多是三四十年代左翼作家的作品，也包括当代台湾一些进步作家的作品，如吴浊流描写台湾"二·二八"起义的《无花果》，陈映真反映去台国民党老兵悲惨生涯的《将军族》等一些政治性较强的作品。这些作品的开禁使许多作家大开眼界，对当代台湾政治有了更深刻的思考。这些早年的政治小说也成为以文学为社会改革的手段的新的范本。"解严"之后，政治禁忌相对减少，作家敢于较大胆地参加各种社会活动或访问各种政治派别的活动分子，也可以在作品中触及种种政策，做出自己的评价。因此，80 年代以后的政治小说，作家所取的体裁、题材、角度和侧面虽然各有不同，作品的情绪与基调或乐观昂扬，或悲观灰暗，结论或无或有，但都在不同程度上触及了台湾的政治局势。

政治小说的创作者主要由几部分作家组成：（1）不少因批判国民党黑暗政治而曾被捕入狱的作家成为政治小说的倡导者，如陈映真、施明正、王拓、杨青矗等。这些作家的作品常以政治犯的牢狱生活或以自己亲身经历为题材，揭示台湾监狱凶残而黑暗的真相，旗帜鲜明地主张文学应"更有效地发挥它改良社会的热情和功能"，努力寻求"群众式的正义和勇敢"，鼓励"知识分子理智的、清醒的、具有分析能力的、不畏恶势力、不为利益诱惑的道德力量"。（2）宋泽莱、李乔、林双不等作家则站在社会底层人民的立场上，描写日本侵占时期台湾人民几十年来艰苦卓绝的斗争历程以及在残酷政治斗争中无辜受害者的悲惨命运，以此来激发台湾人民热爱乡土的政治意识。（3）关心社会、具有强烈民主意识的知识分子，从人的尊严和自由出发，力求用文学手段揭示社会进步的道路，讴歌进步的动力，促进人类和社会的健康发展。这些作家如陈若曦、张系国、黄凡等。

就题材而言，80 年代台湾的政治小说大致可分为三类：（1）对台湾政治斗争历史的回顾与反思，敢于涉及历史题材中比较敏感的政治禁区；（2）直接或间接描写当代台湾重大政治事件，对台湾比较敏感的政治生活做出及时的反映；（3）政治寓意式的文学作品。

政治禁忌的减少，使许多作家纷纷涉笔曾被视为禁区的政治历史，把对台湾政治历史的长期思索和体验化为艺术形象。1980 年，李乔出版了《寒夜三部曲》。小说以作者的家乡为背景，描绘了日本侵占时期五十多年间几代人的抗争。其中，既有像刘阿汉、彭阿强这样动人的人物形象，又穿插糅入许多真实的历史事件。而为台湾人民的解放事业做出了重大牺牲的台湾共产党人和左翼人物，以及在他们领导下的台湾各阶层人物，在小说中也都被生动再现，成为台湾长篇政治小说在 80 年代的第一个里程碑。以后的几年，李乔又写了一系列政治倾向强烈的短篇小说，其中较有影响的有《告密者》、《小说》（1982）、《泰姆山记》（1984）。《告密者》用辛辣的嘲讽笔调刻画了密探的丑陋心态。特务汤汝组秘密为台湾特务机关工作，专门以向上司告密、陷害善良无辜为能事。他与周围人格格不入，最后导致全面的精神崩溃，成了精神分裂病患者。这个出卖灵魂的告密者的结局，正好应了"多行不义必自毙"的古训。小说以辛辣的笔触对告密者做了尽情的嘲讽、鞭挞，表现了作者对这般败类的鄙视与唾弃。《小说》和《泰姆山记》都是描写在恐怖中的逃亡者的心理。前者将一老人对日本侵占时期逃避追捕的回忆与现今国民党高压政治下的恐惧心理交相叠印，将日本人的恐怖政治与国民党的专制相提并论；后者刻画了"二·二八"事件后在台湾全岛辗转流亡的中学教师余石基的悲壮形象。在小说的结尾，作者描写余石基被一个追捕者打死。临死前，他将随身带的相思树籽洒在自己的鲜血上。他想，"当春天来的时候，这里是一片相思树苗了。当我的呼吸停止，就是我回到大地的时候；我的躯体与大地合为一体，我将随着春天的树苗，重临人间"。

较早反映台湾人民在"二·二八"事件中承受迫害和苦难的有林双不的《黄素小编年》（1983）、郭松棻的《月印》（1984）、李渝的《月夜》（1986）、林深靖的《西庄三结义》（1986）。此后，林文义、杨照、叶石涛、陈雷、陈烨都有一系列小说从正面或侧面反映"二·二八"事件。陈映真于1982年和1983年相继发表的《山路》和《铃铛花》，是台湾文坛的两部重要小说。这两部小说的时代背景都是在国民党迁台初期，在题材上为台湾文学开拓了新的表现领域。作者以非凡的胆略表达了对包括中共地下党员在内的许多革命志士的崇敬，讴歌了他们当年所进行的艰苦卓绝的斗争。1949年国民党溃逃来台湾时，不少革命者也来到台湾，他们以各种身份做掩护，在民众特别是青年学生中展开宣传鼓励工作，一度兴起了斗争高潮，解放区的秧歌舞甚至都搬上了大学舞台。由于国民党当局推行白色恐怖，许多革命志士相继被捕入狱，甚至遭到屠杀。这是一段为台湾人所遗忘或全然不知的革命历史。作者用小说的形式重提旧事，不仅是寄托对饱受磨难和英勇捐躯的革命者的怀念，也希望用他们的崇高献身精神来激励台湾民心。小说表现了作者高度的爱国热忱和强烈的民族自尊心，同时流露出他对祖国大陆、整个中华民族前途命运的关切和思考。小野的《强暴》与陈映真的《铃铛花》相类似，也是透过一个小孩的眼光来描述老师因参加政治活动而被捕入狱，当局无中生有地诬陷他强暴了班上的女生。在前述这些政治历史小说中，以陈映真、杨照、林文义的作品艺术性最高。他们以富于诗意的笔触勾画出鲜明的人物形象，在主题的开掘上也深见功力。作品含蓄蕴藉，耐人寻味。

1979年12月，王拓因"高雄事件"锒铛入狱。他在狱中创作的第一部长篇小说《牛肚港的故事》，是一部对现政抱强烈批判态度的小说。小说以台湾渔村为背景，由一个渔村少女被奸后自杀的刑事案件写起，贯穿了中学教师赵孝义等三位爱国青年知识分子的奋斗历程。这三位大学生毕业后，立志献身于偏僻落后的渔村的教育事业，热心关怀民众疾苦，参与公益活动，发表国事意见，然而竟受到误解和诬陷，先被牵连于刑事案件之中，进而又以政治嫌疑犯的罪名被捕坐牢。在赵孝义的身上能找到作者王拓的影子。王拓的另一部长篇小说《台北台北》是他计划中要写的反映70年代台湾社会三部曲中的第一部。小说以1971年的"保卫钓鱼岛"爱国运动中的台北市为背景，气魄宏大地真实展现出在这场运动中青年学生、教师及工人的斗争风貌，塑造出为正义和真理不怕坐牢牺牲的青年孙志豪、杜武志和高立民三个鲜明生动的人物形象，具有浓郁的生活气息。在艺术上，这两部长篇也独具特色，它们不像以前发表的一些台湾政治小说那样，流于情绪性的宣泄或政治理念式的直露剖白，而是具有很强的情节性和可读性。它们吸取了推理小说的表现技巧，富于戏剧性的悬念和冲突，一波三折，扣人心弦；又借鉴了爱情小说中细腻刻画人物心理的手法，富有诗意地刻画人物的种种感情纠葛，因此具有雅俗共赏的艺术效果。

在小说中直接描写当代台湾牢狱生活的另一个突出代表是也有过坐牢体验的施明证。

他的两篇小说《渴死者》和《喝尿者》分别获得 1981 年和 1983 年的"吴浊流文学奖"。《渴死者》描写一位来自祖同大陆的无名氏青年军官忍受不了对政治犯的残酷迫害而渴望死亡，小说凝聚着强烈的抗议力量；《喝尿者》则采用朴素的纪实文学手法，展露了曾和作者同牢的十多个囚犯的内心活动，表现了人性被扭曲的丑陋和在苦难中博爱精神的可贵。此外，阿图的《手扶铁窗向外望》、钟延豪《陈君的日记》和莘歌的《画像里的祝福》等也从不同侧面反映了台湾当局对政治犯的迫害。

1987 年，在文化认同、民族融合的大趋势下，台湾当局宣布开放部分民众赴祖国大陆探亲，由此带来的"怀乡探亲文学"则深刻地传达出民众要突破人为的政治障碍，直面历史，实现民族团结的强大呼声，这无不是文学界向历史争取政治话语权的一种表现。

海峡两岸长久的政治隔绝、历史对峙、手足分离，无疑成为中华民族历史上最为沉重悲壮的伤痛。其中，多少悲剧是家庭被分隔被拆散，多少家庭在"偏安"之后又重新组合。这种因政治历史原因而上演的"错乱"，构成了中国历史上最大规模的集体"重婚"行为。当隔绝的栅栏重新打开，失散已久的亲人又有讯息，这纠缠不清的重重爱恨饱含悲凉辛酸的泪与笑，在任菊的《印石》、杨明的《掌缘》、陈若曦的《二胡》、萧飒的《香港亲戚》、莘歌的《家》、李黎的《春望》等小说中都有深入的探究和生动的描绘。而 40 年代渡海来台的年轻士兵中，至今又还有多少人仍只身飘零。他们坎坷悲苦的命运也激起了年轻一代作家的创作冲动，东方白、宋泽莱、张大春等人的小说对此都有触及。老兵这类小人物在台湾固然悲惨，而老将的命运也同样凄凉。黄凡的《自由斗士》别开生面，刻画的是被赦后遣返回台湾的国民党高级战犯孤独与寂寞的处境。小说主人公俞新田原是国民党中的一名高级军官，战争使他失去了青春和亲人。他被赦回台湾后，因无法忍受只能和一条狗和一把胡琴为伴的晚年生活而自杀。小说的题目深具反讽意味——"自由斗士"，在官方授予的这一光荣头衔的背面，实为一颗饱经战乱之苦而再也无法补救和愈合的伤痕累累的心。

政治寓言小说在这一时期也颇为引人注目，其主要特征是以不避怪诞的外部故事（形象或情景）直指某种政治哲理内涵，这个哲理就是作品的主旨。说"寓言"，是因为这一类小说从寓言上汲取了某些特质。如以此喻彼、以表喻里的阐释特色，虽然不像篇幅较小的寓言那样带有简易的劝诫性质，但作品的哲理性往往超过故事性。并且，为了服从内在的意蕴，作品的外部层面突破了生活实态，无拘束的虚构，自由自在的拼接，生物和无生物都有了人的灵魂，而人又成了某种品格类型的符号。这类小说虽然时有科学幻想的成分，但与一般的科幻小说不同，它描绘那光怪陆离的生活表象或卑微琐屑的众生怪相，都是为了揭示一些社会政治上的根本问题，以及作家对他所处的社会政治现实的感悟。

在创作《天国之门》时，黄凡就已表露出他借助科学幻想的形式来揭示现实的才华。后来，他写的《伤心城》更是以怀疑一切的嘲弄笔调刻画社会政治百态，表现出作者对政治的厌倦。

叶言都的科幻色彩浓厚的小说《高卡档案》与《绿猴劫》，写的都是发达社会用种种残忍的不文明的手段对少数民族的迫害。小说中，他对用各种手段遏制和扼杀少数民族的政策做了无情的谴责，表现出对少数民族的强烈关怀，同时也讴歌了未受现代文明污染的少数民族的淳朴道德。小说中的背景事件常常令人联想到台湾当局的少数民族政策。

更尖锐明确地以寓言式手法来揭示台湾政治现实的是宋泽莱。1985 年，他的长篇小说《废墟台湾》发表。小说想象在 2015 年的一天，国际政治学者阿尔伯特与地理学者波尔结伴来到了变成一片废墟的台湾岛上探险。这两个探险家在岛上找到了一本日记，是一位台湾摄影家在台湾毁灭前夕记下的。日记上记载了台湾当时的社会政治、文化、道德风俗以及生态环境各方面迅速没落败坏的状况：首先是 1995 年出现了"废墟警讯"，垃圾蔓延，大气、水质严重污染，地震带来了核射线的外泄，居民为了逃避不可避免的癌症，只愿活到四五十岁就自杀；在文化方面，执政当局要求百姓每天收看一小时官方电视，其余的文化生活就是性交易；"人道"社会改革已成为遥远的历史名词，98％的知识分子都学会了一套妥协的技术；再往后，所有的人都病了，包括癌症、眼盲、婴儿畸形、精神失常、集体自杀，最后是瘟疫流行、核电厂爆炸、全岛毁灭。作品将台湾社会现实中的种种弊端加以夸张、变形，以引起人们的惊觉。小说以非凡的想象、引人入胜的情节、怪诞离奇的事件、黑色幽默式的苦笑与知识分子的忧患意识交织贯穿，使人们从台湾的现实中警醒而为台湾的未来担忧和奋起。宋泽莱的另一部中篇小说《抗暴的打猫市》，比起《废墟台湾》则对统治当局多年的暴政有着更加深刻的揭露。小说以幻想的形式描述一个靠镇压、欺诈和掠夺台湾人起家的封建家族终于遭到天灾人祸的报应。作者借幻想的形式对迫害人民的官僚阶层表示了极度的憎恶。宋泽莱的政治小说以其独特的艺术形式表现出鲜明的思想倾向，即对政治民主、人民幸福、经济稳定发展的新社会的追求。为此，他在小说中对妨碍这一目的的社会阶层和集团做了大胆而深刻的鞭挞。他的小说在岛内和海外都引起了关注。

综前观之，台湾政治小说继承了中国文学传统的抗争精神，从一个侧面表现出台湾人民对政治民主化的强烈要求。它的出现打开了多年来作家创作中的一个禁区，促使台湾文学呈现出更为多姿多彩的风貌。在众多的政治小说中，有些思想性艺术性结合得较好，为文学如何表现社会生活中的重大题材提供了有益的经验。但也有许多作品注重对思想性、社会性的发掘，比较而言对艺术性有忽略的倾向，理念痕迹明显，作者急于在创作中表明自己被长久压抑的政治观念，较多着眼于思想性，因而使得艺术上的冲击力、震撼力显得不足。

第三节　凸显女性主体精神的新女性文学

在 20 世纪 80 年代以来多元化的文学趋向中，台湾女性创作在妇女解放运动与"新女性主义"思潮的相互作用下，促成了凸显女性主体精神的新女性文学的繁荣局面。

80 年代台湾文坛最引人注目的两个现象是政治、社会小说的盛行和女作家的崛起。①所谓新女性主义文学，是 20 世纪 50 年代发轫于台湾文坛的台湾女性文学在 80 年代的新发展，是台湾女作家创作的反映妇女思想情感、人生命运，要求从男权樊篱中解放出来，追求男女平等的社会地位的文学，具有鲜明的女性主体意识和丰富的社会生活内涵。新女性主义文学是与妇女解放运动同步发展的。台湾依靠外资经济起飞，女性大众的文化教育水准与就业率不断提高，随着西方现代生活理念对台湾民众的渗透，台湾的妇女运动也开始形成，女权主义运动的思想影响为新女性主义文学的勃兴提供了强大的思想背景。"新女性主义"提倡妇女先做"人"，然后再做"女人"，要求男女平等，这些主张大受妇女欢迎，自然而然地促进了女性文学的发展。②正是由于新女性主义的思想启蒙，新女性主义文学呈现出不同于以往女性书写的创作新质和作品风貌。

这一时期，台湾文坛众多的女作家异军突起，形成一股蔚为壮观的女性文学潮流，激扬起女性前卫的时代旗帜。她们的作品蝉联畅销书排行榜前列，并在台湾一些有影响的文学奖项的评比中连连夺魁。她们在各类体裁的作品（小说、散文、诗歌）中，以现代社会知识女性群体的觉醒姿态再创了台湾女性文学历史的辉煌，表现出相当强烈的现代女性意识。无论是对当下台湾女性生存困境的关怀，还是审视当代台湾政治、历史，都体现出自觉而鲜明的女性立场。此时的主要代表有李昂、廖辉英、朱秀娟、袁琼琼、曾心仪、萧飒、苏伟贞、蒋晓云、杨小云、李元贞和吕秀莲等。

"新女性文学"的创作内容主要涉及以下几方面：

一是从婚姻情感与事业前程的角度描写当代台湾女性的生存困境，呼唤女性摆脱依附于男性生存的局面，寻找独立的生存空间。这无疑是女性意识空前觉醒，要求有自己独立人格和地位的有力表现。80年代以来，台湾社会变革深入、社会价值观念急剧动荡，女性也面临着从传统女性的角色向现代女性角色转换的问题。女作家们从切身感受出发，反映时代女性面临的种种生存困惑，体现了"新女性文学"强烈的当下关怀精神。

袁琼琼的小说《自己的天空》中女主人公静敏，面对丈夫的负情一度落入人生谷底。当她历经波折，终于在事业上取得成功以后，才真正发现自己的价值，意识到女性原来可以有"自己的天空"。

这篇小说发表后引起很大的社会反响，随之出现了相当数量的"女性与外遇"题材的创作。这类描写往往从传统女性和职业女性的层面上展开，在婚变、外遇带来的情感危机中反映女性的挣扎、沉沦或突围。吕秀莲的《这三个女人》自称是"最彻底阐扬'新女性主义思想'的小说"。其中的一个主角汪云，历经面对模范丈夫外遇的愤怒、丈夫车祸身亡的悲痛，乃至发现丈夫的情人竟是自己事业支柱的震惊，几经周折，最终以对自我的反思和给予对方谅解，重新确立了生活的信心。

这些作品意在启发女性通过反省自身的附庸意识，寻求建立女性的独立品格。然而，女作家们也意识到这绝非一件轻而易举的事。廖辉英在《不归路》中写道：经济自立并不意味着人格自立。社会进步给了女性就业与发展事业的机会，但实现精神的自主、人格的独立则要经过更为艰难的人生历练。小说中的李芸儿因为自身的柔弱和对情欲的依赖，沦为一个不负责任的男人的情妇，几番痛苦挣扎也无从解脱。作者意欲借此反映女性人格自立的艰难。

"新女性文学"通过爱情婚姻的切入点透视了不少社会问题和社会内容，对现代女性意识、女性地位、女性生存处境、女性命运等进行了深入的探讨，从而大大超越了传统女性文学，具有多方面的认识和审美价值。

二是"新女性文学"在展示现代女性生存困境的同时，也深刻揭示出了造成女性生存悲剧的男权社会中心秩序与封建文化的积淀，对传统文化积淀的揭露和对男权中心秩序的颠覆，使文学达到对女性边缘生存模式的反思和抗议。

廖辉英于1982年创作的短篇小说《油麻菜籽》，以"一笔写尽台湾妇女30年悲苦生活"的力度，深刻揭示了妇女在人生命运、社会地位、婚姻境遇以及自身解放等方面的多重问题，从而确立了廖辉英"女性问题作家"的地位。小说通过两代女性的生活命运，揭示出女性卑弱地位形成的复杂性，揭示出男权话语如何成为一种社会意志、一种包含女性自身在内的民族的集体无意识。小说中，阿惠的母亲嫁给了自己不爱的浪荡子，一生婚姻不幸。妻子的含辛茹苦与丈夫的逍遥浪荡形成了鲜明对照，男尊女卑的传统再度见证了男权社会两性不平等的地位。阿惠的母亲在辛苦劳作中抚养子女成人，传统美德赋予她平凡中的不凡。但是，她又是父权统治的忠实维护者，主动地传播着这种巩固父权统治的命运观。在女儿阿惠的成长过程中，她始终承受着来自母亲的不公平待遇和母亲继自父辈的"女人是油麻菜籽命"的叹息，于是不得不生活在母亲参与制造的扼杀女性人格精神的环境中。作品深刻地剖析了中国传统文化造成的集体无意识对女性精神人格的荼毒，从女性身上发掘出造成女性悲剧命运的内在原因。

第四节　勇闯"性"禁区的女作家——评李昂的小说创作

一、创作概况

李昂是台湾文坛最受争议的女作家之一，争议的焦点集中在"性"的书写。"性"，历来是文学的禁区，许多作家望而生畏，而李昂却勇敢地闯入这个禁区，通过这个视角描写女性的生存状态，表现不同时期女性的命运。李昂对"性"的书写，经历了从女性的"肉体"到精神，最后到人的本体这样三个阶段。

李昂，原名施淑端，1952年生于台湾省彰化县一个商人家庭，在本乡就读小学、中学。她的父亲有深厚的古典文学修养。她有两位文学功底很深的姐姐：大姐施淑是文学评论家，二姐施淑青是著名小说家。家庭的文化熏陶对她走上文学创作之路有重要影响。她1970年考入台湾中国文化大学哲学系，1974年大学毕业，次年赴美国留学，1977年获美国俄勒冈州立大学戏剧系硕士学位。1978年返回台湾，任教于中国文化大学。李昂在中学时代就开始文学创作，高中时代发表了处女作《花季》。大学期间，她创作了反映小镇风土人情的鹿城系列小说九篇和另一个短篇系列《人间世》。20世纪70年代出版了短篇集《混声合唱》、《人间实验》。20世纪80年代以后，出版了中篇小说《杀夫》、《暗夜》，短篇集《爱情实验》、《她们的眼泪》、《一封未寄的情书》等。1991年出版了长篇小说《迷园》。李昂的短篇小说《人间世》和中篇小说《杀夫》曾分获《中国时报》小说奖、《联合报》小说奖。

李昂的小说大都以女性为中心，通过写性爱和情欲探索社会问题。她的创作大致可以分为中学阶段、大学阶段和从美国归台以后三个时期。

早期，即高中时期的创作受到两方现代派作家的影响，如李昂自己所说，"早年我以存在主义、心理分析做背景，大写现代小说"。《花季》是她的第一本短篇小说集，她的姐姐施淑在小说集的序言中指出，小说呈现的是"梦魇似患了分裂症的世界"。这个时期的作品主要表现少男少女骚动不安的性意识萌动，及对自我的追寻，较注重作品的形式，却忽视了作品的思想深度，显得内容单薄、脱离现实。

李昂到台北上大学期间，创作了《鹿城故事》，包括6个短篇。大学期间创作的《人间世》，是李昂小说开始发生变化的标志，她逐渐从早期"西化"的迷途返回到现实、乡土中来，对社会、人生，对女性问题的思考也渐趋深沉。《人间世》是一篇写大学校园性问题的小说。学校平时不重视对学生进行品行和生理知识的教育，以致大学生们对性知识懵懂无知。小说中的"我"与一位男生相恋，并且发生了性关系。这位女生有些胆怯，将心中的隐私告诉了老师并希望得到帮助，而这位教师却放弃了教育开导学生的责任，将此事告诉了校方。学校训导长把责任全推给了学生，学校把这两名学生开除了。女生的母亲不让她转学念书，也拒绝女儿与那位男生继续交往。造成青年学生在性问题上的误区，社会和学校都负有不可推诿的责任。

从美国留学归来，李昂的创作进入了一个新阶段。李昂上大学期间，正值台湾社会经济转型，台湾女权运动已勃然兴起。在赴美留学时，她更是亲身感受到两方强烈的女性意识。回到台湾，李昂长期为《中国时报》撰写妇女问题专栏的文章。这一切都坚定了她在文学创作中的女性主义倾向。李昂在她的"自我访问"中说："由阅读中我发现妇女在人类历史上的从属地位，以及妇女一直缺乏自信，没有勇气真正去开发属于女性自身的特质，以致人类历史上被公认的'女性特质'，永远只限于温柔、敏感、体贴这些所谓'女性美德'。事实上女性绝不如此，只要我们有自信，我相信应该有一条创作路线，既可以是伟大的，也是女性的，而女性文学也不再只被认为是小品、闺秀。"这段话可视为李昂女性文学的宣言。20世纪80年代，在这种创作思想的指导下，她接连推出了几部力作。

二、中篇小说《杀夫》

1983年，她发表了中篇小说《杀夫》。在台湾社会的变迁时期，一方面西方思潮冲击社会，出现所谓"性解放"、"性疯狂"等丑恶现象，而与此同时，封建主义的枷锁依然束缚着女性的灵魂，封建的婚姻仍然阴魂不散。李昂站在女性的立场，以女性的批判精神创作了她极有影响的代表作《杀夫》。正是这部作品奠定了她在台湾文坛的地位。《杀夫》就是一篇无情控诉封建势力摧残女性的作品。《杀夫》用两条线索描写了林母与女儿林市两代人极为不幸的遭遇。

林母20多岁守寡，带着女儿流落街头，靠捡破烂为生，经常挨饿，晚上住在林家祠堂过夜。13岁的林市，在一个冬夜看到一个着军装的男子潜入祠堂，此时的林母由于吃不饱、奄奄一息，这个年轻的士兵用两团白米饭做诱饵诱奸了林母。林母被奸时，嘴里正啃着一个白饭团。而后，林家的族人发现了此事，将林母同那士兵捆绑在祠堂大柱上毒打，此后林母下落不明。失去母亲以后，林市住进林叔家，成为林叔家的丫头、女奴。林叔像卖牲口一样，把林市卖给了年近四十的光棍屠夫陈江水。陈江水娶了林市，但根本不把她当人看待，他所奉行的兽性哲学是"我给你饭吃，你就得和我睡觉"。林市到陈家后，失掉了所有做人的尊严和自由，成了陈江水泄欲的工具。但为了活命，她不得不屈从命运，听命于男人。终于，当陈江水对林市进行性虐待时，林市在神经错乱的情况下，用陈江水的杀猪刀将他杀死，而林市自己也被五花大绑游街示众，最后处以死刑。

《杀夫》中虽然多次出现性描写的场面，其主题却异常深刻，它通过母女两代人的悲剧，向虚伪残酷的封建道德、向以男人为中心的不合理的社会制度、向丧失人性的男人发出了悲愤有力的控诉。《杀夫》所反映的是在愚昧、黑暗的社会里，妇女人格受摧残、心灵被扭曲的严酷现实。作品中的林叔是农村封建礼教的代表人物，而陈江水则是满脑子封建大男子主义的性虐待狂。作家无情地鞭挞了陈江水一类丧失人性的摧残者，批判了传统的依附式的封建婚姻。《杀夫》描写女性的悲惨遭遇、悲苦命运，控诉封建礼教对女性的摧残，应当说这个题材并不新鲜，但它的独特性在于作家是直接从"性"切入，小说毫不遮掩，从女性所受的非人的性折磨、性摧残入题，这正是此前女性主义作家很少涉笔的。

1985年，李昂的又一部中篇小说《暗夜》问世。《暗夜》与《杀夫》相比，《杀夫》写的是偏僻小镇的下层小人物，而《暗夜》里出现的却是繁华大都市中工商界、知识界的头面人物。李昂在比较这两部作品时，称前者为"吃不饱的文学"，后者为"吃得饱的文学"。比起《杀夫》，《暗夜》在反映现实生活的深度、广度方面都有新的突破，艺术上也更为成熟。

商业巨子黄承德、报社记者叶原、留美博士孙新亚，都是一群道德败坏、玩弄女性的老手。记者叶原利用能获得经济情报的特权吃喝嫖赌、大发横财，他一头抓住女大学生丁欣欣寻欢，一头与朋友黄承德的妻子李琳私通。实业家黄承德，为了从叶原那里获取市场、股票的信息，对妻子与叶原通奸佯装不知，实际上是以妻子做交易。女大学生丁欣欣是奉行"性解放"观念的时髦女性。她在与叶原鬼混的同时，为了达到出国的目的，很快又恋上了留美博士孙新亚。而伪道德家陈天瑞单恋着丁欣欣，他得知丁欣欣被叶原俘获，便使出借刀杀人之计，找到黄承德，把叶原与其妻李琳、丁欣欣，还有孙新亚之间的关系纠葛全捅了出来。

台湾经济起飞以后，进入工商业飞速发展的社会，虽然物质富裕了，人们的精神领域却显得空虚。李昂以逼真的观察力，描绘了在"拜金主义"腐蚀下的台湾资本主义社会里一些所谓道貌岸然的头面人物，不择手段地利用"性"做商品进行交易的丑恶行径，展示了社会道德的沦丧与堕落。作品透过台湾工商社会华丽缤纷、光怪陆离的外衣，剥现并鞭挞了"暗夜"中的种种邪恶与罪孽。《暗夜》中的李琳虽然身份、地位与林市不同，但她依然没有摆脱对男人的依附，她虽然没有受到林市那样的遭遇与肉体折磨，但在精神上的折磨与痛苦并不亚于林市。

1991年，李昂自费出版了长篇小说《迷园》。小说描写了房地产大亨林西庚与世家出身的小姐朱影虹之间的爱情纠葛故事，作品比较深刻地反映了商品社会中情爱的虚假和堕落。李昂认为，她的这部长篇是"借男女主角的败德，有意展现人性在资本主义社会中的沦落"。《迷园》发表以后，台湾文坛褒贬不一，《联合文学》和《当代杂志》都发表了互相商榷争鸣的文章。《迷园》中的朱影虹虽然是一个知识女性，但在潜意识中仍未摆脱对男子的依附地位。小说选择的视点仍然是"情欲"，是"性"。从社会地位、经济地位及知识层面来说，她都不同于以往小说中的女性，但她仍然是被动的。她对房产开发巨子林西庚一见钟情，坠入情网，陷入一种渴望"性"满足的痴迷地步。她痛苦、困惑，就此而言，她同那些未受过教育的传统女性没有什么不同。而她在经历了一段痛苦的煎熬自省与面对现实的清醒判断，终于完成了主体意识的觉醒，从传统的桎梏中挣脱出来，完成了自我的蜕变。这是《杀夫》中的林市、《暗夜》中的李琳都没有的。而朱影虹的这种觉醒又纳入到一个历史大动荡、大转型的社会框架之中，这不但赋予了女性意识觉醒的社会性内涵，同时又反映出社会的进步、时代的发展正是促使女性作为人的本体觉醒的大背景、大平台。

小说第二部的结尾意味深长。

在涵园，林西庚这位阳刚、硬朗，具有典型男性气质的企业家，对朱影虹说：

"我最近那方面不太行了，以前玩太多。现在只有在这上面下工夫……"

迷离中的朱影虹挣离林西庚的怀抱，抬起头看到男人不见欲色的冷清脸容。

这段描写耐人寻味，女性真正摆脱对男性的依附，就应当从男性的主宰中挣脱出来，这可以看作小说的点睛之笔。

1997年李昂的新作《北港香炉人人插》发表以后又引起争议。李昂的这篇小说意在写政界有的"女人用性和身体作为取得权力的渠道"，涉及政治与性交合的问题。小说中的林丽姿是反对党的要员，她的政治策略是用女人的身体去颠覆男人，以赢得权力。这篇小说将女性与政治杂糅起来，提出了引人深思的社会问题。

在台湾文坛，李昂因直率、大胆地写性而成为最有争议的女作家。从《人间世》、《杀夫》、《暗夜》到《迷园》，她的作品始终是台湾文坛争论的一个热点。对于李昂，既有很高的评价，也有尖锐的批评。但台湾文坛不得不承认，李昂是台湾女性文学中最重要的女作家之一。文学作品写性，历来被视为文学的禁区，李昂是有勇气的，为突破这个禁区付出了沉重的代价。文学要不要突破写"性"的禁区？从《金瓶梅》到《查泰莱夫人的情人》，这个禁区一直是中外文坛有争议的热门话题，而李昂正是这样一个勇闯禁区的作家。许多台湾作家指出：李昂是一个有独特艺术追求的严肃作家。李昂说过：她希望在文坛"种一棵较独特的花草"。她的创作态度是严肃的，她不是为写性而写性，而是赋予了性描写以积极深刻的主旨。正如台湾青年作家吴锦发所论述的："李昂小说的性描写，不是写来让读者'养眼'和'遐想'的，更不是为了表现新潮而故意做的大胆表现。事实上，我在读遍了李昂的小说之后，我为她描写的性的世界深深地感动了。透过她的作品，我了解了李昂远大的企图，诚如她自己在《爱情实验》这本小说集的序中所说的一般，希望借一系列小说来探讨爱情与性在个人、学校、家庭和社会造成的种种问题。"这样的评价是中肯而实事求是的。

在台湾80年代相对自由、宽容的氛围中，此时期的女性创作中也蕴涵着文学更为自由、开放、多样化的发展趋势。"新女性文学"当中还包括一些从女性意识出发，反映当代台湾社会种种政治、历史问题的作品，如李昂的《暗夜》、平路的《玉米田之死》、朱天心的《淡水最后列车》以及李黎的《最后夜车》等。这些作品通过女性的眼光来摹写当代台湾工商业社会的各种社会问题，极大地开拓了女性创作的表现空间。此外，还有一种样式的新女性主义文学。这就是所谓的"情色小说"，这是新女性主义作家颠覆传统文化、性禁忌后的产物。它着力表现和书写女性的情欲、性体验，希望通过回归女性自身肉体的层面来解构男权话语霸权，突出反映了女性意识，尤其是性意识的觉醒和性解放的观念。比较有影响的是平路的反映留美华人心态与命运的《行到天涯》、李昂的《北港香炉人人插》。女作家苏伟贞、李元贞也写过此类情色小说。

新女性主义文学的批判锋芒、现实指向和重建精神，体现了女性意识的自觉和文学的进步，也为台湾社会的价值观念变革和两性关系改善带来了新曙光。然而，传统与现实的冲突，新旧价值观念的矛盾，男性规范与女性革命的抵牾，又常常缠绕着现实人生，影响着文学创作。新女性主义文学创作的不足之处在于：一方面，从挣脱传统权力关系出发的某些现代女性，虽然经历了两性关系的调整与经济自立的奋斗，但仍然挣扎于传统与现代角力的泥潭，以至于重新迷失了自己。袁琼琼和苏伟贞笔下的一些女性人物即是如此。另一方面，新女性主义文学中的某些女强人形象的塑造，还存在着理想色彩较重、浪漫虚幻有余、本真深刻不足的缺失，这在不同程度上影响到人物塑造的真实性和丰满性。

第二编　香港文学篇

【第一章】

香港文学发展历程述略

　　香港，素有"东方明珠"之称。她地处东半球海陆交通的中枢，是一个高度现代化的大城市。说起香港的商业经济人人惊叹，但若说起香港的文学艺术则个个摇头。不少人认为，在那高耸入云的钢筋水泥大厦里，只有股票、黄金、肉欲、欺诈，哪会有什么真正的文学艺术可言。即使有那么一点点，也只是那些富绅贵妇醉生梦死生活的点缀品，是那些有闲阶级的消遣品。其实，这是一种无知和偏见。香港不但有文学，而且也有严肃或曰高雅的文学，那里绝非是一片文化沙漠。

第一节　香港文学的萌芽

　　自 1842 年清政府与英帝国主义缔结了《南京条约》后，香港就沦为了殖民地。由于她通向大陆母体的那根血脉被斩断，所以她对大陆的政治文化运动的感应便显得异常迟钝。当五四新文化运动在大陆风起云涌时，香港还在温热的旧梦中酣睡。直到 1927 年鲁迅南下香港．才把她从睡梦中摇醒。从这个意义上来说，香港的新文学之火也是由鲁迅亲手点燃起来的。

　　1927 年 2 月，鲁迅先生在访港期间，为香港青年做了题为"无声的中国"和"老调子已经唱完"等讲演。他的讲演揭穿了避居香港的晚清遗老遗少鼓吹尊孔复古、反对新文化运动的反动实质，抨击了帝国主义和封建主义的愚民政策，在香港各界引起了强烈的反响。在鲁迅先生及国内新文化运动的影响下，一群爱好新文学的青年开始阅读从大陆运来的新文学刊物和书籍，接受新文学的熏陶，吸收新思想，写作新文学作品。吕伦、黄谷柵、李育中、张吻冰等是当时较不活跃的文学青年，他们的小说、诗歌、散文、评论等尽管还很稚嫩，但对香港的旧文学还是造成了一定力度的冲击。1928 年 8 月．张稚庐主编的香港有史以来第一本纯白话文学刊物《伴侣》创刊，发表了国内著名作家沈从文、胡也频等的新文学作品，并培植了香港的第一批新文学工作者。尽管这份纯文学杂志只出版了八期便因销路不佳、经济拮据而被迫停刊。但因它率先冲破了香港旧文化笼罩社会的局面，仍被人们誉为"香港第一燕"。它的出现标志着香港新文学已经在荆棘丛生的征途上迈出了第一步。

《伴侣》的停刊，当然并不意味着香港新文学之火的熄灭，那群文学青年仍坚守在新文学的阵地上，与无边的黑暗进行着顽强的斗争。他们组织了一个新文学社团——"岛上社"，并以祖国的名义创办了《铁马》文学杂志。《铁马》首期封面的背页上，有这样一段话："在漆黑的深夜，骤然的雷雨交作，暴风雪来了，它发出的声音是那样的激昂、雄伟，从你的沉梦里它将震撼你的灵魂——朋友，那正是悬挂在我们窗前的铁马。"从这段话里，我们可以看到这批新青年欲在岛上除旧布新的信心和决心。然而，《铁马》像一颗一闪即逝的流星，只出版一期便因经济困难而终刊。

在香港文学的萌芽期，坚持时间最长刊物当数由香港梁国英药局主办的《红豆》月刊，该药局少东梁之盘虽是商人，但颇喜欢文学，并时常有新诗文发表。1933 年 12 月，他创办了《红豆》月刊，直到 1936 年在当局的干预下才停刊。在此期间，它曾得到在香港中文大学担任文学院院长的著名作家许地山教授的支持，发表过不少有影响的诗歌、小说、散文以及翻译作品，为香港新文学这棵幼芽的生长，做出了不小的贡献。

1907 年 7 月，抗日战争全面爆发。随着大陆一些大城市的相继沦陷，文艺界、学术界的著名人士纷纷南撤香港。这一巨大的历史变故使香港新文学迎来了它的第一个高峰。至 1939 年夏，来港的大陆著名作家有郭沫若、茅盾、邹韬奋、夏衍、欧阳予倩、戴望舒、林语堂、叶浅予、萧乾、巴金、叶君健、黄苗子、欧阳山、袁水拍、冯亦代、徐残云、徐迟、丁聪、郁风、阳翰笙、林焕平、李南卓等。他们积极创办文学刊物，频繁开展文学活动，勤奋从事文学创作，使香港一时成为抗战文化的中心。

1939 年 3 月 26 日，中华全国文艺界协会香港分会（简称"文协香港分会"）在香港中文大学文学院宣告成立。"文协香港分会"围绕着"团结一致、反对分裂、反对投降卖国、坚持抗战到底"的总主题，开展了一系列的文学活动，创作了主题鲜明的文学作品，促进了香港文艺创作的繁荣，有力地打击了日本侵略者以及汉奸的卖国投降活动。由于"文协香港分会"的核心是由革命进步作家组成的，所以他们能自觉地接受中国共产党在香港的组织领导，广泛地团结在港的作家、艺术家及文化、教育、科学界的人士，成为香港这一时期最为活跃、影响最大的文学社团。

抗战初期，香港的报章杂志也如雨后春笋般地涌现出来，从内地迁来的有《申报》、《立报》、《大公报》等，新创立的有《国民晚报》、《星岛晚报》、《时事晚报》、《国民日报》以及一些综合性的和纯文艺的杂志。它们为文学创作提供了充足的园地。在这些报章杂志中，时间最长、普及最广、影响最大的是茅盾主编的半月刊《文艺阵地》。这份杂志是香港文学史上第一本旗帜鲜明的抗日文艺刊物。它是在周恩来的关怀下创办起来的。后来，因形势变化几经辗转，直到 1942 年才被迫停刊。《文艺阵地》在香港共编辑出版了 28 期，发表了很多具有影响的文学作品和理论文章。

抗战初期，《文艺阵地》上发表的文学作品有张天翼的《华威先生》、姚雪垠的《差半车麦秸》、萧乾的《刘粹刚之死》、萧红的《黄河》等等，理论文章有李南卓的《广现实主义》、巴人的《展开文艺领域中反个人主义斗争》、以群的《关于抗战文艺活动》、茅盾的《公式主义的克服》等等。《文艺阵地》在宣传抗战方针、团结各地作家、培育文学新人等方面做出了巨大贡献，在中国新文学史上留下了光辉的一页。

1941 年底，香港也沦陷在日寇的铁蹄之下。随着南下作家的北撤，香港文坛只剩下一片荒凉，这种局面直到抗战胜利后才被打破。

1946 年开始，大陆进步作家再度南下。茅盾、郭沫若、夏衍、冯乃超、叶圣陶、钟敬文、黄秋耘、黄谷柳、邵荃麟、林默涵、黄药眠、胡风、秦牧、陈残云、聂绀弩、陈芦荻等数以百计的文艺工作者云集香港。他们与战争中未能逃离香港的作家、香港土生土长的作家一起，创造了香港新文学史上的二度辉煌。

这一时期，香港的文学活动又热闹起来。他们积极创办报章杂志，组织文社、读书会、训练班、办院校，培养了大批文艺骨干。文艺创作也空前繁荣，如茅盾的《锻炼》、聂绀弩的《天亮》、司马文森的《南洋淘金记》、黄谷柳的《虾球传》等长篇小说，侣伦的《无尽的爱》等中篇小说，黄药眠的《再见》、秋云的《浮沉》等小说集，黄宁婴的《溃退》、《民主短简》等诗集，夏衍的《劫余随笔》、聂绀弩的、《二鸦杂文》等杂文，都是曾产生过广泛影响。其中，黄谷柳的《虾球传》最具香港特色，它的出现大大推动了香港文学的大众化、革命化进程。这是香港文学的重大收获。

毋庸讳言，香港新文学史上的两次高峰都是由南下作家的辉煌成果堆积而成的，真正意义上的香港文学还仅仅是尚未成林的幼芽。

第二节 香港文学的发展

文学史上把香港 20 年代至 40 年代末的文学称为香港新文学，把香港 50 年代以来的文学称为香港文学。香港文学在几十年的发展过程中，经历了以下几个阶段：

一、50 年代：自左至右的转换

新中国成立后，南来香港的那一大批进步作家纷纷返回内地参加新中国的建设，与此同时，许多右翼文人怀着对共产党的恐惧心理涌入香港。于是，香港文坛上出现了类似"大换班"那样的景象。在回顾 50 年代的香港文坛时，不禁让人想起同时期的台湾文坛，这是因为二者之间有不少相似之处。从大陆涌入香港的那批右翼作家，很快办起了不少文学杂志和出版社，带有明显反共色彩的文学作品充斥文坛。他们人多势众，与台湾的"战斗文艺"遥相呼应，一时形成一股颇具影响力的反共文学浪潮。然而，大陆进步作家在香港留下的左翼文学火种并未因此而熄灭。他们以大公、文汇、新晚三大报和《文艺世纪》期刊以及商务、中华、三联书店等为主要阵地，顶着压力与反共文学浪潮相抗衡。其中，侣伦、舒巷城、曹聚仁等的小说，吴其敏、夏果等的散文，何达、杜运燮等的诗歌，金南、梁羽生等的武侠小说都吸引了众多的读者。30 年代中期之后，随着大陆政权的日趋稳定，香港的"反共文学"与台湾的"战斗文艺"一样，逐渐失去了读者。作家自身似乎也感觉到这种空洞乏味的反共文学缺乏永久的艺术魅力，因此也逐渐地调整了创作方向，悄悄退出政治的旋涡。于是，到了 50 年代末期，曾流行一时的反共文学自行失去了一统天下的大势。

二、60 年代：双水并流

历史进入 60 年代之后，香港文学界发生了很有意思的变化。不同政治倾向的对立不见了，代之而来的是不同创作方法的对峙。坚持现实主义创作原则的大多是左翼作家，他们的作品忠实地反映社会现实，揭露社会的阴暗面，具有强烈的阶级性和社会性。以舒巷城、何达、肖铜等为代表的一批作家，在坚持现实主义的创作中取得了可喜的成果。如舒巷城的《太阳下山了》、《白兰花》等长篇小说，都是这一时期具有代表性的现实主义佳作。以刘以鬯为代表一些作家，高举现代主义的大旗，吸收西方现代派的技法，创作出许多现代主义的作品。其中，刘以鬯的长篇小说《酒徒》是最有影响力的代表。更值得注意的是，在西方现代主义的影响下，一大批文学新人脱颖而出。他们中间成就比较突出的有叶维廉、岑昆南、戴天、西西、李英豪、王无邪、蔡炎培等。"他们关注本土文学的发展，更留意外国最新的文学运动，对于当时西方流行的存在主义、意识流及弗洛伊德的现代主义的写作，都有很广的涉猎、很深的钻研；他们写的东西所表达的是个人的体验……"（纪辉《三十年来香港文坛的发展》）与之相映成趣的是在本时期现实主义的作家阵营中，也出现了一批颇具实力的新秀，如金依、海辛、吕达、吴羊璧、谭秀牧、张君默等。由此可见，60 年代香港新生作家已渐渐崛起。他们的出现为香港文学的进一步发展带来了希望。

三、70 年代：交流与互渗

这里所说的"交流与互渗"包括两个意思：

其一是香港文坛原先的左右两派由对立、并存走向缓和与交流。长期以来的僵局被打破了。50 年代曾经有亲蒋情绪的作家到 60 年代时就已有所悟。70 年代初，随着中美关系的解冻，台湾在国际社会上的地位越来越孤立，这样的形势使不少作家的民族情绪日渐浓重，淡化了政治上的分歧和偏见。这样就为化解两派之间的僵局奠定了思想基础。左派作家因受大陆极"左"文艺路线的影响，作品中主题先行、生硬说教的弊端日渐突出。一些作家开始总结教训，另辟新路。说到左派作家的思想转变，不能不提到陈若曦。她 1966 年秋与丈夫一起从美国回大陆定居，此时正值"文化大革命"时期。政治的混乱、经济的匮乏使她灰心丧气，于是她于 1973 年 11 月携全家去香港。不久，她在香港《明报月刊》上发表了以大陆"文革"为背景的小说《伊县长》，引起轰动。陈若曦的创作倾向对香港左派作家的思想转变无疑起到了不小的作用。我们认为，两派作家思想的转变正是由对立、并存走向缓和与交流的必要条件。

其二是现实主义与现代主义之间的相互吸收、取长补短。其实，香港的现代派作家压根就没有台湾的现代派作家走得那么远。他们的作品基本上没有脱离现实。如刘以鬯的《酒徒》实际上是一部现实性很强的作品，只不过是运用了一些意识流的手段而已。进入 70 年代之后，现代派作家们进一步增强了作品的真实性，并且技巧的运用也日臻成熟。现实主义作家们也不满足恪守传统，力图从陈旧的框框套套中解脱出来，使现实主义文学呈现出新的生机。两种不同的创作方法相互渗透，各自都有所进步和提高。

四、80 年代：初步的繁荣

香港文学从无到有，经过了一段艰辛的历程，进入 80 年代之后终于有了突破，取得了初步的繁荣。随着大陆改革开放政策的逐步实施，阻隔在香港与大陆之间的樊篱被拆除了，香港与内地的联系大大加强，交流日益频繁。大陆新时期迅猛发展的文学事业给了香港作家以深刻的启迪。尤其是 1984 年，中英关于香港问题的联合声明正式签署之后，香港进入了过渡时期，香港作家的认同感和归属感也大大加强了。这无疑为香港文学的进一步繁荣创造了有利的条件。近几年来，香港的文学社团与文学刊物大量涌现，一批思想深刻、手法新颖的文学作品出现于文坛。例如施淑青的《香港的故事》、西西的《我城》、海辛的《天使天使》、梁秉钧的《剪纸》、钟玲的《轮回》、东瑞的《出洋前后》、杨明显的《姚大妈》、白洛的《赛马》、陈浩泉的《香港狂人》等等，这些作品的共同特点是题材新颖，手法多样，有一定的思想深度，又有充分的可读性。

当然，香港文学所面临的问题还是十分严重的，尤其是严肃文学更是境况不佳。高度发达的商业社会使人们的生活节奏加快，在难得的空余时间里，他们不想问津严肃文学，出版部门从经济利益考虑也不愿出版一向滞销的严肃文学。这样使得作家即使有创作的欲望，也无法潜心投入创作，因为他们也同样面临着生计问题。读者不想读，出版者不愿出，作者不敢写，这便形成一个恶性循环的怪圈。香港文学能走出这个怪圈吗？从目前的情况来看，答案尚不明确。

第三节　香港文学的性质

无疑，香港文学是中国文学的一个部分，它与中国文学有着不可分割的密切关系。

首先，香港文学是大陆文学的延伸。前面已经说过，香港新文学从滋生到发展从没有离开过大陆作家的辛勤耕耘和热心浇灌。从 1927 年鲁迅访港为香港新文学播下种子之后，一批又一批的大陆作家先后到港。他们虽然在港留住的时间长短不一，但他们都在香港文坛上留下过自己的足迹。他们在港时期写下的文学作品，既属大陆的文学成果，又是香港文学的骄傲。著名作家许地山，从 1935 年到港至 1941 年逝世止，在港时间长达六年。在此期间，他除了教学和从事各种文艺活动外，还写了一个短篇小说、三个历史剧和相当数量的杂文随笔。文学巨匠茅盾曾于 1938 年和 1941 年两次赴港居留，其间写作和出版了多篇小说、杂文和评论文章。其中，《第一阶段的故事》、《腐蚀》都是人所公认的名篇。女作家萧红于 1942 年在香港去世，她在香港所写的长篇《呼兰河传》是她无可争议的代表作。戴望舒居港时间长达十年以上，他在港长期主编《星岛日报》的"星座"副刊，著名的《狱中题壁》是他在香港时期的重要收获。黄谷柳在港完成的作品更为数可观，他的《虾球传》是香港文学中不可多得的名篇。多少年来，大陆作家在香港来来去去、进进出出，他们为香港文学的发展洒下了汗水。同时，香港也为他们在困难时期提供了相对平静的写作环境。

其次，香港文学在反映中国政治环境与社会状况方面也是和大陆文学一脉相承的。早期作品如《虾球传》，以香港社会为背景描写了虾球从一个流浪儿转变为一个革命斗争的英雄人物的艰难历程。作家的思想倾向与大陆的进步作家没有两样。近期如韩江鸿、杨明显、金兆、白洛等人的以大陆"文革"为题材的作品，与大陆作家的"伤痕文学"具有基本一致的价值取向，只不过那些作家的创作比大陆的"伤痕文学"更早一些罢了。中国内地的政治环境和社会状况，当然不只是出现在这些南移作家的笔下，它也同样出现在"真正"的香港作家的创作中（一般说来，所谓"真正"的香港作家，包括下面四类：一、土生土长，在香港写作、成名。二、在香港长大、写作、成名。三、在香港开始写作、成名。四、在香港继续写作，且在港期间的作品为其一生的主要部分）。国内所发生的重大事情，每每成为香港作家写作的题材。如古苍梧发表于 1972 年的诗作《钢铁巨人——献给鞍山的钢铁工人》，以昂扬的情绪描写中国钢铁工人的钢铁意志和献身精神。诗中这样写道："我知道我的一支笔/只像鹅毛一般的轻。/我却不愿再写/银杏叶蝶落的伤感，/不愿再写/晚霞紫暗的忧郁，/我愿意把它投入白热的高炉/炼成钢铁的身躯/写你们，写你们这些钢铁巨人。"诗作中表现出的激情可以与郭小川、贺敬之的诗篇相提并论。再如诗人黄国彬，虽未亲身经历过大陆生活，但对中国内地发生的重大事件异常关心。1976 年周恩来逝世后，他写了长逾百行的《丙辰清明》；唐山大地震之后，他写了五百行的长诗《地劫》。这种对大陆事件的热情关注，可敬可叹。尤其是在中英关于香港问题的联合声明签署之后，香港回归有期，香港作家对大陆的问题更加热心，所谓的"九七文学"更是与大陆的政治不可分割。

第三，许多香港作家是从大陆五四以来的作家那里吸取营养而走向成熟的。西西尽管受南美小说影响较重，但她曾说自己非常喜爱鲁迅的作品；辛笛的诗对香港诗人也斯、吴萱人都产生过影响；诗人何达那直接明快的诗风在很大程度上来源于艾青；白洛的《暝色入高楼》曾受到茅盾《子夜》的影响；钟晓阳的作品中能看到张爱玲的影子；梁锡华、黄国彬更欣赏钱钟书、梁实秋的风格。从上述这些具体的例证中可以看出，大陆作家对香港作家的影响是很大的，这种影响使香港文学与大陆文学联系得更加紧密。

我们把香港文学看成中国文学的一部分，并不等于说香港文学没有其独特性。香港有着独特的地理位置和文化环境，因此也就决定了它的文学有着鲜明的自身特点。其实，也正是因为这一点，香港文学才有单独研究之必要。但无论如何，香港文学与大陆文学的一致性还是主要的，它是中国文学的一部分这一观点是确信无疑的。

【第二章】

香港的小说

第一节　刘以鬯的小说

刘以鬯，原名刘同绎，字昌年，浙江镇海人，1918 年 12 月 7 日生于上海。刘以鬯自幼喜爱文学，中学时代就曾尝试过创作，高中毕业后考进上海圣约翰大学文学系。此间，他阅读了大量的西方文学作品，并曾向《文笔》杂志和柯灵主编的副刊投稿。1941 年，他大学毕业后去重庆，先后任《国民日报》、《扫荡日报》副刊编辑。抗战胜利后返回上海，创办怀正出版社，出版过徐讦的长篇小说《风萧萧》等畅销书以及一些中译外国名著。1948 年去香港，主要从事编辑工作。1952 年到 1956 年的几年间，他在新加坡等国任报纸的总编或编辑主任等职。1957 年返回香港，任《香港时报》副刊《浅水湾》编辑。1963 年出版长篇小说《酒徒》，在香港及海外引起极大反响。80 年代起，任《星岛晚报》文艺周刊《大会堂》主编以及《香港文学》总编等职。刘以鬯把自己的创作分为两大类：一类是为"娱乐别人"而写的。这些东西只是为了换取稿费而制造的"商品"，因此在得到稿费后，这些东西的意义也就完了。另一类是为了"娱乐自己"而写的。这类作品才是"真正具有艺术价值的作品"，它们是长篇小说《酒徒》、《陶瓷》，中篇小说《寺内》，短篇小说集《天堂与地狱》、《一九九七》、《春雨》等。我们这里将要介绍的仅限于第二类作品。

刘以鬯的小说创作大体可分为三种类型：第一类是实验小说，第二类是"故事新编"，第三类是写实小说。实验小说包括《天堂与地狱》、《吵架》、《链》、《第二天的故事》、《对倒》及长篇小说《酒徒》等。作者在《小说会不会死亡?》一文中说："从笛福开始，现实主义一直是小说王国的统治者。即使现代，仍有不少小说家采用传统现实主义手法写小说，譬如史坦因贝克就是很受批评家重视的一位。E·海明威虽然在作品中加入了新精神，基本上也是写实的。纵然如此，在小说日趋衰微的情况中，有创新意图的小说家都在寻求新路向。"正是基于这样的认识，刘以鬯才"运用新手法，撰写实验小说"。

《天堂与地狱》是一个精美的短篇，它是作者实验小说的代表作之一。作品中的"我"，是一只刚出生一个月的"青年苍蝇"。"我生活在一个龌龊而腥臭的世界里，在垃圾桶里睡觉，在臭沟里冲凉；吃西瓜皮和垢脚，呼吸尘埃和暑气。"这种生活让"我"十分不满，于是便在一只大头苍蝇的带领下，到一家咖啡馆去寻找干净的地方。在那里，"我"发现了一连串有趣的事：一个半老徐娘供养着一个"小白脸"，一次便给了"小白脸"三千元。这"小白脸"很快又将这三千元给了他的年轻情人媚媚。媚媚受一个五十多岁的大胖子所制，因此她转手把三千元交给了大胖子。这大胖子便是那个半老徐娘的丈夫。由于惧怕夫人，大胖子只好将三千元交给半老徐娘。"我觉得这'天堂'里的'人'外表干净，心里比垃圾还龌龊。"

"我宁愿回到垃圾桶去过'地狱'里的日子，这个'天堂'实在龌龊得连苍蝇都不愿意多留一刻。"这部作品借一只苍蝇的观感，写出了作者对金钱社会的深切感受，它被称为"人味蝇语"。

《吵架》是一篇很特殊的小说，整篇作品没有人物出现，只是在不厌其烦地描写一次夫妻吵架之后家里摆设受破坏的场景：墙上挂着的泥制脸谱掉在地上碎成泥块；茶几上的玻璃杯碎了；落地灯倒在地上；花瓶破碎；撕碎了的报纸、杂志和衬衫；电视机屏幕破碎了；地上散落着五颜六色的麻将牌；盆景破碎了；鱼缸也烂了，水泼了一地，几条热带鱼躺在地上一动不动；沙发上乱七八糟的水果。完好无损的只有压在打火机下面的一张便条，但上面写的也是让人心碎的话："我决定走了。你既已另外有了女人，就不必再找我了。阿妈的电话号码你是知道的，如果你要我到律师楼去签离婚书的话，随时打电话给我。电饭煲里有饭菜，只要开了制热一热，就可以吃的。"作品给人的强烈印象就是破碎。物件是破碎的，家庭是破碎的，心也是破碎的。作品把一个因外遇而导致家庭破碎的陈旧故事写得如此别出心裁，实属少见。

《链》与《吵架》截然不同，《吵架》里没有一个人物出场，而《链》中的人物却很多很多。陈可期乘船去澳门看赌狗和赛车时，在码头上被一个叫姬莉丝汀娜的年轻女人踩了一脚。身着迷你裙的姬莉丝汀娜在连卡佛公司门口与一个叫欧阳展明的男人打招呼。欧阳展明是一家商行的经理。当他走进经理室门前，大声地叫会计主任霍伟俭。霍伟俭奉命去一家银行办事，在银行门口遇见史杏佛。史杏佛是一个吃喝嫖赌样样都干的经纪人，他在"金宝"饭店里面与陶爱南打招呼。陶爱南是一家纱厂老板。他看完电影后，钱包不翼而飞。扒手孔得林得手后到香烟摊向高佬李买了包"好彩"。高佬李转过脸去跟水果摊主单眼鑫说话。单眼鑫的摊前走来一个叫何彩珍的少女。何彩珍买了四只金山橙……这是一个生活链、社会链，也是一个艺术链。这个链条连缀着社会各色人等。作品通过这个人物链，为我们描绘出一卷香港社会的众生相。

《对倒》将意识流手法融入交错对比的结构里。老头淳于白与女孩亚杏是两个互不相识的人。这一老一少从不同的方向来到香港望角商业区，他们的行踪在这里"重叠"，但心理活动却南辕北辙：老人是在回忆中打捞自己的过去，少女在想象中憧憬自己的未来。如他们在新潮服装店前，亚杏想的是在服装店买一套"I Love You"的印字服，引诱不相识的男子与她搭话，又在金店的大双喜金字幛前，幻想自己在大酒楼摆二百席的婚礼，新郎英俊得像电影明星。淳于白却在新潮服装高橱窗玻璃中窥见自己的白发，回忆起年轻时看见日本坦克在上海南京路疾驰……后来，他们又同人一家电影院，并且邻座。看到银幕上出现婚礼场面，淳于白联想到自己的婚礼，忍不住地笑了起来。亚杏却神往在剧情中，陷入忘我的境界，甚至恍惚地觉得自己就是银幕上的女主角。电影散场，他们各自回家。淳子白梦见与亚杏并坐在公园里的长凳上，亚杏却梦见与电影明星式的男青年同床共枕。作品用类似电影蒙太奇的连缀方式，交替叙述两个人物的连缀方式，交替叙述两个人物的街头见闻和意识流动，让我们看到了香港社会两代人的不同心态。

刘以鬯的这类小说中，影响最大的当然要数《酒徒》这部被誉为"中国第一部意识流小说"的小说。作品的主人公本是一位事业心很强并有很高艺术素养的青年作家。他有相当深刻的历史学主张。但在铜臭熏天的香港社会中，他到处碰壁：替电影公司写剧本结果被导演卑鄙地剽窃了；与朋友合办纯文学杂志，因没有销路而停刊。他终于明白了："这是一个吃人的社会，越是卑鄙无耻的人越爬得高。那些忠于良知的人，永远被压在社会的底层，遭人践踏。"理想破灭之后，他借酒浇愁，绝望地堕入了写以武侠、色情来求取生存的泥潭。

《酒徒》采用第一人称的手法，塑造出酒徒这样一个心灵被扭曲的作家形象。作者曾说过："写小说的人，无论有意或无意，总会将自己的一部分借给书中人物。"在《酒徒》中，他正是将自己的一部分生活经验和文艺观点借给了书中的主人公。从本质上看，"酒徒"不失为一个有良知的、正直的人。正因为如此，他的行为才与社会格格不入。但是由于生活所迫，再加上缺乏勇气，所以他终于屈从了命运，良知未泯而又身不由己。这常使他陷入矛盾和迷惘中而不能自拔。有时，他为自己写的那些低级趣味的"垃圾"而不安；有时，他又为自己辩护，"我不写自有别人去写，结果我要被饿死了，'黄祸'也不会因此消失"。但是在更多时候他既"不能用情感去辩护理智，更不能用理智去解释情感"，于是只有向杯中之物寻求精神麻醉，而当酒醒之后更大的痛苦又在等待着他。《酒徒》是他的愤世之作，让我们从中可以感受到一位严肃文学家的艺术良知和强烈的责任感。

刘以鬯的第二类小说是别出心裁的故事新编。他运用现代人的感觉、观念和新的手法去重新剖析、审视那些家喻户晓的古老故事和神话传说，使其顿生新意，十分耐人寻味。

中篇小说《寺内》是对古典名剧《西厢记》的改写。在作品中，作者放弃了对曲折动人的故事情节的追求，着意发掘主要人物的内心世界，把一则凄婉缠绵的爱情故事写成梦幻连绵、意识飘飞的心理小说。我们认为，《寺内》与《西厢记》最大的不同是作者在原来的"情"中掺进了更多的"欲"。古典爱情一般都是纯洁无邪的，好像与"欲"无涉似的，其实"欲"才是爱的深层动因。从这个意义上来说，刘以鬯重写的西厢故事更尊重了心理真实。张君瑞在骚动的春天遇见莺莺，顿时傻了"一对饥饿的大眼睛"。这"香味"别说张君瑞抵挡不住，就连遁入空门的小和尚也抵挡不住，"坐在神龛里的菩萨，抵受不了美丽的引诱，见到一对不能前往西方乐土的年轻男女，双目定，钦羡猎者的幸运。骤然想起远方的红叶子树"。更别出心裁的是，作为道德规矩的象征的老夫人。也怀揣着勃勃的性意识。老夫人得知莺莺"每夜都去西厢狂欢"之后，遂笞红责莺以泄愤恨，然而晚上她却做了一个荒唐之梦。她梦见一个年轻男子走向卧室，仿效相国当时的动作，以床笫为池塘，行"鸳鸯的缠绵"。后来，她发现这年轻人竟然是张君瑞。这样，老夫人阻婚的真正目的就不全是为了维护道德，其中还有几分仇视青春的妒意。刘以鬯对古典名作的大胆"篡改"，并不是为了戏谑古人，而是表明了作者对古典情爱的一种新的理解。

《除夕》写伟大作家曹雪芹之死。显然，作者之意并不是去考证曹雪芹晚年的真实经历，而是通过"虚构和想象"去探求他写《红楼梦》时的凄凉心境："他眼前的景物出现蓦然的转变，荒郊变成梦境：亭台楼阁间有绣花鞋的轻盈。房内传出老人的打嚏。游廊仍有熟悉的笑声。黑猫在屋脊上咪咪叫。风吹花草，清香扑鼻。院径上铺满被风吹落的花瓣。几只蝴蝶飞翔于假山花丛间。荷花池里，大金鱼在水藻中忽隐忽现。他甚至听到鹦鹉在唤他的名字了（不应该喝得那么多，他想）。难道走进了梦境？他常常企图将梦当作一种工具，捕捉失去的欢乐。"这与其说是对一代文豪悲惨晚景的状写，不如说是对《红楼梦》凄凉意境的演绎。这种只尊重想象而不顾历史的写作方法，是对传统历史传记小说的颠覆和超越。刘以鬯笔下的曹雪芹，显然不是"曹学"中的曹雪芹，而是作者心目中的曹雪芹。

《蛇》把《白蛇传》美丽的神话结构完全推翻了。作品中的白素贞不再是一个修炼千年的蛇精，而是一个多情善良的"真正的人"。那蛇精报恩故事，只是一个冒充法海的无名和尚的杜撰而已。许仙幼年曾被蛇咬，并在右腿上留下一个酒盅般大的疤。这并不重要，重要的是许仙心灵上的那块疤。"一朝被蛇咬，十年怕草绳"，许仙被蛇咬后患上"恐蛇症"，"从此，见到粗麻绳或长布带之类的东西，就会吓得魂不附体"。白素贞饮雄黄后并没有变成蛇，床上的蛇只是一根腰带而已。白素贞盗灵芝救许仙的故事也并不存在，它只是许仙吓病后一个荒诞的梦而已。这样，一段神话传说便变成了一则世俗故事。在作者眼里，那个流传千古的爱情故事只是一个别有用心的人，利用人们的恐惧心理而制造出的一出悲剧。如果说《除夕》是化实为虚的话，那么《蛇》正好相反，它是化虚为实。刘以鬯手持艺术魔杖，将历史故事变来化去，当然显露出他的睿智，但更重要的是体现出了他孜孜不倦的创新精神。

刘以鬯虽然热衷于用现代技巧创作小说，但写实手法并没有因此而丢净。在他的创作中，写实性很强的作品还是占有一定比例的。如《一个月薪水》、《龙须糖与热蔗》、《圣水》、《时间》、《一九九七》以及长篇小说《陶瓷》等，都是以写实手法为主的力作。

出版于1979年的《陶瓷》是一部很有影响的小长篇。作者说这部小说的出世得益于自己的生活经验。"有一个时期我喜欢搜集美术陶瓷。因此，写《陶瓷》时，我将实际生活中得到的一些经验写在小说中。"（《刘以鬯谈创作生活》）作品的背景是"文革"的动乱岁月。那时，工艺美陶被视为"四旧"。因此，内地停止了这方面的创作和生产，遂引起香港和海外陶瓷市场的波动，不少人争先抢购、投机倒把，从中获利。主人公丁士甫也像饿狼追逐猎物般地到处收集瓷器。他的着迷达到了难以理喻的地步。他"睡眠情况很坏，熄了灯之后，依旧睁大眼睛望着天花板"。收集工艺陶瓷像集邮一样，本是一种很高雅的活动，但在香港这样一个以金钱为中心的工商社会里，这种活动完全走味了。它不再是对美的追求，而成为一种满足欲望和赚取高价的卑劣手段。作品通过这个故事揭露了香港社会在美丽的外表下隐藏着的龌龊。

短篇小说《一个月薪水》可以说完全是用传统现实主义的手法写成的。68岁的二婆，在马家做了43年女佣后被赶出家门。走时，主人只给她多加了一个月的薪水。二婆在这43年里把自己的青春、爱心、勤劳、善良以及积蓄都给了马家，但临老却落了个这样的下场。她在悲愤交加中一头撞在飞驰的汽车上。说实在话，马家男主人马文滔算得上一个正直善良的人，他对妻子辞掉二婆"心里一百二十个不赞成"，但嘴里却不敢说半个不字，只好含着眼泪看着二婆惨死。马文滔惧怕妻子的原因其实很简单，妻子是商行董事长的女儿，而他只是一个经理。作品通过这个简单的故事揭示了金钱和地位对美好人性的扭曲。作品的主题似乎不是如此简单，从二婆的悲剧里我们似乎感到现代文明对传统生活方式的冲击。"洗衣有洗衣机、洗碗有洗碗机、煮饭有电饭煲。打蜡抹窗有清洁公司"，作为佣人的二婆似乎真的成为一个"多余人"了。这也许是二婆悲剧的更深层原因吧。

《龙须糖与热蔗》从表面上看，像是一个朦胧的爱情故事：亚滔在一座大厦入口处的右边卖龙须糖，珠女在左边卖热蔗。两人虽都有爱慕之情，但始终没有机会吐露钟情。一天，珠女被一长发阿飞调戏，亚滔见义勇为，一顿痛打为珠女解除危机。事后，亚滔送给珠女三个龙须糖，珠女削一条热蔗送给亚滔。但时过不久，亚滔被前来报复的阿飞用刀刺死，珠女泪流满面。作者把少男少女初开的情窦描写得朦胧而美丽，但亚滔的死却在这美好上平添了一抹血腥。从这则小故事里，让人感觉到香港社会危机四伏，一招不慎就有可能遭到杀身之祸。

谈到刘以鬯的写实小说，不能不提他的那篇《一九九七》。这个作品可以说是一篇政治小说。主人公吕世强在十几年前"身上只有几十元港币和一封信"，偷渡到香港。他靠父亲留在香港的一批财产创办了一家工厂，并有一明一暗两个妻子，生活虽比不上富翁但至少也算得上中产阶级。中英声明，宣布香港将于 1997 年回归祖国。这个消息对吕世强来说无异于心中塞进一块无法化解的石头，无论是在妻子身上还是在情人身上都失去了往日的欢乐。郁闷中，他只有借酒浇愁，最后由于醉酒而惨死于车轮之下。这篇小说写于1983 年，它异常及时地反映了"九七风浪"袭来后香港中层阶级的不安心态。小说的结尾表露出作者的倾向性："现在，他不必为香港的前途担忧了。"这句话虽然是对死者而言的，但它也是对世人的一种暗示：关心香港的未来是应该的，但过分的忧虑无异于庸人自扰。

刘以鬯是一个十分注重艺术形式的作家。这首先表现在他对小说结构的探索上。他的小说"几乎一篇有一篇在结构上的创意。使人仿佛觉得他是一个小说结构形式的魔术师，处心积虑地向传统小说的时空构成和情节顺序发起挑战。也许某些作品厚度略欠，但在结构上的花样更新也足以使人赏心悦目了"（杨义《创造东方诗化意识流艺术——刘以鬯的小说艺术论》）。《天堂与地狱》是一个标准的环形结构，这种结构与儿童"击鼓传花"的游戏十分相似。半老徐娘、小白脸、媚媚、大胖子围成了一个圆圈，他们把三千元钱当作一朵花，先由半老徐娘"传"给小白脸，小白脸几乎还未把钱焐热便"传"给了媚媚，媚媚仅拿了十分钟便"传"给了大胖子，大胖子又很快传给半老徐娘。大胖子无意中给他们这场"游戏"做了一个简短精彩的总结："做人本来就是你骗我、我骗你，唯有这种钱，才赚得不作孽！"刘以鬯的这个设计以苍蝇为裁判，以骗人为法则的游戏，把香港的社会层面概括得既形象又贴切。"链"既是小说的题目也是小说的结构。这种结构大概是作者从我国古代诗体中的"顶真格"中获得的灵感：衣着考究的陈可期——身穿"迷你裙"的年轻女人姬莉丝汀娜——商行经理欧阳展明——会计主任霍伟俭——好经纪、坏青年史杏佛——纱厂老板陶爱南——不务正业的扒手孔林——摆香烟摊的高佬李——水果摊主单眼鑫——买金山橙的少女何彩珍……从表面上看，这种结构与《天堂与地狱》的结构有相似之处，其实二者有着很大的不同。《天堂与地狱》的结构是封闭式的，《链》的结构是自由和开放的，作品结尾处的省略号便清楚地告诉了我们这一点。

不过，刘以鬯最善于使用的还是那种平行交错的叙事结构，《对倒》可以说是这种结构形式的典型代表。作者1975 年在《四季》杂志发表此文时所做的"前记"中说："'对倒'是邮学上的名词……指一正一倒双连邮票。1972 年，伦敦吉本斯公司举行华邮拍卖，我写信去竞拍，拍得'慈寿九分银对倒旧票'双连，一再把玩，产生了写作这篇小说的动机。"这段话说明，这种结构无可借鉴，完全是自己的心灵所悟得的。这是作者的"专利"。作品中淳于白和亚杏的行踪是"双线并行"，心迹则是逆向对倒：一个想昨天，一个想明天。作者的妙思佳构令人叫绝。刘以鬯对这种双线结构似乎有着特殊的兴趣，《龙须糖与热蔗》、《蛇》、《寺内》等作品基本上都是双线结构，只不过没有《对倒》那么典型罢了。

刘以鬯曾说："如果小说家不能像诗人那样驾驭文字的话，小说不但会丧失'艺术之王'的地位，而且会缩短小说的生命。"（《小说会不会死亡?》）他是一个具有诗人气质的小说家，他是把小说当成诗来写的，因此他的作品里充满了诗的意象和语言。《酒徒》的开卷便这样写道："生锈的感情又逢落雨天，思想在烟圈里捉迷藏。推开窗，雨滴在窗外的树枝上眨眼。雨，似舞蹈者的脚步，舞蹈者的脚步。从叶瓣上滑落。"在《蛇》中作者这样描写清明时节的西湖："垂柳的指尖轻指舱盖，船在雨的漫漫中划去。于是，简短的谈话开始了。他说：'雨很大。'她说：'雨很大。'舱外是一幅春雨图，图中色彩正在追逐一个意象。风景的色彩原是浓的，一下子给骤雨冲淡了。树木用蓊郁歌颂生机，保俶塔忽然不见。于是，笑声格格，清脆悦耳。风送雨条，雨条在风中跳舞。船老大的兴致忽然高了，放开嗓子唱几句山歌。"这些段落既有诗的神韵和节奏，也有水墨画的清新与飘逸。同是意识流小说，但刘以鬯的小说没有西方意识流作品的重浊和艰涩，显示出的是一种机敏和明净的风格。因此，论者称他的小说是东方诗化意识流作品。

如果说刘以鬯小说的描写语言是"将诗意掺入小说"的话，那么作品中人物的语言则是对戏剧艺术的借鉴。人物对话在刘以鬯的小说中所发挥的作用有以下几点：第一，运用人物对话传达特定时期的人情世态。《一九九七》中的第二章完全是由人物的对话组成。心事重重的吕世强在公共汽车里听到一个胖妇和一个瘦妇在喋喋不休地议论，话题牵涉到家庭问题、赌博和牌局等，而这些问题都与"九七大限"有密切关系。作品借助这两个俗妇之口，道出了中英解决香港问题之初时的社会心态。第二，运用人物对话交代事态发展。笔者认为，刘以鬯小说中人物对话之精彩以《寺内》为最。

也许是因为这篇小说是对一出古典名剧"新编"，所以作者异常重视人物对话的营造。如孙飞虎兵围普救寺后，老夫人和法本长老有这样一段对话：

"丁文雅是个糊涂将军。"法本长老说。

"丁文雅有个部将，名叫孙飞虎。"老夫人说。

"孙飞虎率领五千贼兵，"法本长老说。

"五千贼兵将整个普救寺团团围住了。"老夫人说。

"孙飞虎是个色鬼。"法本长老说。

"他要我的女儿做他的压寨夫人！"老夫人说。

"孙飞虎是个贼！"法本长老说。

"所以不能做他的压寨夫人。"老夫人说。

"不做压寨夫人，普救寺必定片瓦不存。"法本长老说。

"怎么办？怎么办？怎么办？"老夫人说。

这段对话省去了作者对事态发展过程的冗长叙述，而又让人物的不同心态直接表露给读者，收到了一石二鸟的效果。第三，运用人物对话塑造人物性格。这里，我们不妨再看看《寺内》第十卷中老夫人和张君瑞的一段精彩对话：

"你辱没了相国门第！"她说。

"是的，"张君瑞说，"我辱没了相国的门第。"

"你糟蹋了我的女儿!"

"是的,"张君瑞说,"你必须将我送去官府究办。"

"你不应该病倒!"

"是的,"张君瑞说."我不应该病倒。"

"你不应该设下陷阱,让我女儿跌下去。"

"是的,"张君瑞说,"我不应该设下陷阱,让你的女儿跌下去。"

"你是个读书人,就该上京应试去!"

"是的,"张君瑞说,"我应该上京应试。"

"我家不招白衣女婿,你知道吗?"

"是的,"张君瑞说,"崔家三代不招白衣女婿,我知道快去收拾行装!"

"是的,"张君瑞说,"我应该收拾行装。"

在这段"审讯供词"中,老夫人虚伪与专断的个性表露无遗。昨天晚上老夫人还在梦中与张君瑞行云雨之事,今天却又"十分正经"地训斥张君瑞,心与口的不一产生极强的讽刺效果。表面上看,张君瑞似乎唯唯诺诺、怯懦软弱,其实张君瑞的回话柔中带刚。这不卑不亢的语态使老夫人咄咄逼人的训词落地无声且又无可奈何。这是张君瑞的睿智,当然更是刘以鬯的睿智。

刘以鬯在香港经济浪潮铺天盖地的冲击下,始终如一地追求艺术的真谛,并取得了如此辉煌的成果,真是难能可贵。因此,刘以鬯的这种精神无论是在香港还是在大陆都值得作家们去学习和研究。

第二节　西西的小说

西西,原名张彦,祖籍广东中山,1938 年 10 月 7 日生于上海,小学在上海度过。1950 年随父母移居香港。中学就读于香港,初中时在中文部,中四后转入英文部。在香港,早年生活颇艰苦,常常为书本、校服、家政科等费用发愁。初中时已开始投稿香港的报纸杂志,最早的作品发表于 20 世纪 50 年代的《人人文学》,是一首十四行诗。中三时,参加云碧林主编的《学友》征文比赛,越级得高级组首奖。1957 年毕业于协恩中学,进香港葛量洪学院读大学。毕业后曾任小学教师、《大拇指》周刊编委、素叶出版社编辑。现专事文学创作与研究。

西西曾长期为香港的报纸杂志写专栏,曾任《中国学生周报》诗页编辑,并与朋友合办《大拇指周报》和《素叶文学》。素叶出版社是一个出版纯文学作品的非牟利的同人机构,出版过马朗的《焚琴的浪子》等作品,创作有小说、诗、散文、童话及电影剧本。1979 年出版长篇小说《我城》,这部小说是 70 年代体现香港意识的最具典型性的作品。1982 年出版《哨鹿》,1984 年出版小说集《像我这样的一个女子》。西西在文学形式上常常出新,并屡屡获奖,如:小说集《候鸟》曾膺选为《联合文学》评选的 1980 年"十大文学好书"之一;1965 年获《中国学生周报》第十四届征文比赛小说组第一名,作品为《玛利亚》;1984 年,以《像我这样的一个女子》获台湾《联合报》第八届小说奖之联副短篇小说推荐奖 ;1988 年以《致西绪福斯》获《联合报》第十届小说奖之联副小说推荐奖；小说集《手卷》获 1988 年台湾《中国时报》第十一届时报文学奖之小说推荐奖；1990 年获《八方》文艺丛刊之"八方文学创作奖"；1993 年以作品《西西卷》获市政局主办的第二届香港中文文学双年奖小说奖。

2005 年 12 月 17 日，第三届《花踪》文学奖在马来西亚首都吉隆坡揭晓。《花踪》文学奖由马来西亚《星洲日报》集团设立。来自海内外的 18 位终生评委，将这项"华文世界的诺贝尔文学奖"桂冠赠予香港小说家西西。这一在亚洲华人圈颇具影响的文学大奖被著名文学评论家郑树森形容为"办得像奥斯卡奖一样隆重的亚洲文学颁奖典礼"，西西获得分量最重的世界华文文学奖。西西是继中国小说家王安忆和台湾小说家陈映真之后，第三位获得这项殊荣的华文作家。她除了得到这项肯定以外，也获得《花踪》赠予一万美元的奖金。评委之一的著名小说评论家王德威认为，西西无论创作质量或经历，都堪称当代华文世界最重要的作家。他指出，西西的实验风格强烈，文字却清奇可观，许多作品都引领某个时期的议题和风格。尤其值得一提的是《哀悼乳房》一作，将病症与创作、生命和神思融为一谈，为当代女性书写身体立下重要典范。王德威更进一步说，香港原不以文学而闻名，因为西西，文学可以成为香港的骄傲。

西西的主要著作有长篇小说《我城》、《鹿哨》、《飞毡》、《哀悼乳房》，短篇小说集《春望》、《像我这样一个女子》、《手卷》、《美丽大厦》、《东城故事》等 20 多种。

早期的西西曾写过一些"存在主义式的小说"，如《东城故事》、《像个笨蛋》、《草图》等。这些作品格调相当低沉．人物的结局不是发疯便是死亡，通过这些人物的结局，传达出一种生命毫无意义的生存观念。后来作者自我检讨说："那种'存在'，并没有社会的根源……是观念的移植。从书上得来的观念，又反过来否定读书的意义，甚至人生的意义。"（《胡说怎么说》）大约从《我城》开始，西西的创作有了一个大的转变。具体地说，就是由原先对某种观念的演绎，变化成对香港当代社会和人生的关注。人们普遍认为西西是一个现代派作家，她的作品注重"横的移植"，而少有"纵的继承"，但又都承认她与别的现代派作家有所不同。大多数现代派作家对现实和未来均持不满、疑惧的态度，而西西则对现实和未来充满乐观和希望。这一点在她的代表作《我城》中表现得异常突出。

在《我城》这本书的"序"中，西西谈到了此书创作的缘起："刘以鬯先生拨电话叫我来一个小说，我说好。那时我身体健康，心情很愉快，脑子里设计下大纲，提起笔就写。我决定写个活泼的小说，就写年轻的一代，写他们的生活和他们的城。"不错，《我城》的确是一本"活泼的小说"：首先，让我们来看一看作品中一群"活泼"的青年。阿果中学毕后"想找点有趣的事情做"，于是他投考电话公司准备做一名技术工人。应考、填写表格、体格检查这一系列乏味的过程，阿果都能从中发现不同寻常的乐趣。后来终于如愿以偿，进入电话公司工作。在别人看来修理、安装电话的差事也许是单调而机械的，但阿果仍干得津津有味、乐此不疲。与阿果不同，作品的另一个主人公麦快乐进入社会的时间更早些。他是一个工作认真、乐于助人的青年。早先在公园当管理员时，他一而再、再而三地做些"分外"的傻事：他帮助一位女士赶走环绕其头部的蜂群；他为游园的客人免费提供"咖啡或茶"；他拾到一本笔记簿后，为失主忧愁了半天，最后决定自己掏腰包登广告，让失主前来认领。麦快乐因为心肠太好，在生活中老是"犯规"，被公园除了名。他到电话公司上班后，不但对于新的工作热忱一如既往，而且不遗余力地帮助新来的阿果。后来，因为半夜路上遭劫，他愤而改行从事城市警务工作。阿果和麦快乐都不是什么赴汤蹈火、舍生取义的英雄，他们，是城市中极为普通的小人物。然而，他们"活泼，充满朝气，……相当明白事理，有正义感，有深度；他们不肯认同，不肯依循上一辈的法则……不过，我可不想突出其中任何一个，不要忘记，那是反英雄的时代。他们做的不过是卑微的工作：看守公园，修理电话，没什么了不起，生活环境都困难重重，可都努力去做，而且做得快快乐乐"（《胡说怎么说——与西西谈她的作品及其他》）。与这群快乐的青年人物形象相一致，作品的语言也是活泼有趣的。

香港著名青年评论家黄维梁在他的《轻松有趣地载道——评西西的〈我城〉》一文中，对西西机智活泼的语言赞赏不已，对作品关于"搬家"、"体验"、"钉墙钉"的几段描写更是推崇备至。现在，让我们来领略一下这几段美妙的文字：

作者这样来说搬家：

搬家就是：扫出七桶垃圾，三抽屉灰尘。这些灰尘，不免是一团一团的了，里边有十多枚没手没脚的牙签、几只朝天躺着的蟑螂、一把衣夹子、几个五分的硬币、一支很短的铅笔还连着橡皮头的。另有一盒小号的万金油，已经干了，看起来如一幅分省的地图……

以上是上集。

搬家是一本很厚的小说。下集是把一切的物事从他们带来的箩里搬出来，即如抹桌布、漂白水、洗洁粉、穿密实装商标的花露水、剪过了线芯的火水炉、滴露、印着酒店牌子的火柴、一串衣架、圆点子花的玻璃杯和一个菜篮，放在暂时休息的地方。

搬家即是：总有一个柜的一边脸挂上了点彩的一回事，又是，找一瓶墨水或者一个邮票发现原来变更了一个方向的一回事，又是，睡了一晚第二日醒来时不认得门口的一件事。不过，搬家可以减肥，我减了两磅，我的家减了一百五十磅。

作者这样来描写身体检查：

有一个人叫我张开嘴巴。他一定以为我是一匹马。……有一个人扎着我的手臂，用针扎了我一下，我的手臂因此即席生气。我只好给它吃棉花糖。还有一个人最奇怪，背书给我听，他考试的时候一定考第一，参加问答游戏一定可以赢得来回刚果的机票。他背：

天花沙眼白喉霍乱伤寒症疾气管炎肺结核百日咳猩红热大肠热黄疸静脉扩张十二指肠瘘疮盲肠炎关节炎风湿哮喘梦游症黑热病佝偻病软骨炎朵比癣。

其中的好几种炎，我的耳朵没跟上。他问我可曾患过，我摇头。我给他看我脚板上的一颗牛痘疤，我觉得它模样奇怪，像年轮，但他对牛痘疤不感兴趣。

作者这样描写在墙上钉钉子：

我还学会了其他的许多事。譬如说，我认识了墙。因为要把码子钉在墙上，我当然要认识墙。有的墙软，当我把钉子锤进去时，它们就喊，有香烟抽了，大家来抽烟呀。它们因为喜欢抽烟，就把钉子咬在嘴巴里。有的墙硬，模样凶，钉子一见到它们，即害怕起来，只好鞠躬。最不好惹的墙是三合土墙，它们不喜欢和钉做朋友，由于三合墙这样建立小圈子和态度，有人即想出很多方法来，想把圈子打破，希望它不再矜持，多点包容。于是，就出现了一种三合土墙钉。可是有一天，发生了这么的一件事：有一位工程师，正在打钉枪把一枚三合土墙钉撞入墙去的时候，却被墙狠狠一掌，把钉打回来。那钉因此回弹进工程师的心脏，把工程师弹倒了。对于三合土墙如此坚持闭塞自己，许多人到现在还在摇头叹息。

这几段文字轻快活泼、机智幽默、想象丰富且富有哲理，难怪它会受到评论家和读者的欣赏。

西西作为一个作家是非常现代的，但她作为一个女儿又是十分传统的。西西一共有五个兄弟姊妹，父亲早年去世，加上兄姊先后结婚成家，只剩她与妹妹两人服侍年迈而多病的母亲。她提前退休的一个主要原因就是尽女儿的孝道。父亲死后，母亲整日心绪不宁，总以为快要离开尘世，以至足不出户，西西就一直在家陪她。母亲满头白发、体弱多病，西西特地为她购买颖鲜食物和补品。母亲和许多香港人一样，喜欢赌马，西西就为她读马经、买马票，尽量使她精神有所寄托。如此之深刻的生活体验，不能不进入她的作品，于是便有了诸如《春望》、《玫瑰阿娥》、《梦见水蛇的白发阿娥》等一组揭示老人心态的作品。作者笔下的那两位"阿娥"形象，显然是以作者母亲为原型塑造出来的。两位阿娥都与女儿同住，结婚出去的儿子也常来探望，但她们仍感到无法打发漫漫长日。她们没有种花养鱼的爱好，又不想做家务，于是她们每日总是惶惶不安地想："我一定快要死了。"然而，西西并没有让她们绝望到死，而是为她们各自找到了精神寄托：玫瑰阿娥皈依天主，基督把她从不安中解脱出来；白发阿娥解脱困境的办法是买马票、研究马经，一旦迷上赛马，日子便再无空闲，连梦都被赛马所占有。从这些描写老年生活的作品里，我们仍能感到作者对生活所抱有的信心和热情。

西西是一个女作家，因此她对女性的婚姻爱情及诸多问题不会不给予关注，短篇小说《像我这样一个女子》。《感冒》所反映的正是这一问题。《感冒》的女主人公在订婚、结婚的过程中，感冒不好并不断加重。但当她下决心摆脱这桩婚事时，感冒不医而愈。用感冒来比喻不如意的婚姻，真可谓是别出心裁。《像我这样的一个女子》的女主人公"我"，从小便失去父母，是姑母把"我"扶养成人。姑母是殡仪馆的化妆师，她感到没有什么知识的侄女在这个竞争剧烈的社会上难以立足，于是向侄女传授了她的特技，以保侄女有个铁饭碗。给死人化妆这个职业是令人可怕的，很少有人敢于娶这种职业的女人为妻，因此"我"虽然衣食有着，但爱情生活一直曲折不幸。尽管如此，女主人公并没有打算放弃自己的职业，在她看来，凭着自己的技艺，能够创造出一个最安详的死者，是值得欣慰的。不少人认为，这部作品与作者一向所持有的乐观态度不相一致。我们认为这种看法是不够准确的，其实作品仍是表现生活中小人物的敬业精神，只不过作品的基调更沉郁一些罢了。爱情固然是伟大的，但当爱情与事业发生冲突时，作者还是让她的人物选择了后者。西西至今仍未思婚嫁，大概也是出于这样的考虑吧。

西西的小说创作虽是使用现代技巧为主，但也不乏用传统写实手法创作出的佳作。她的第二部长篇小说《哨鹿》便是显例。《哨鹿》是一部很有特色的历史小说，它展示了清朝乾隆年间从宫中到民间的颇为广阔的生活画面，以强烈的对比手法，突出了封建统治者的极度奢华和百姓在水深火热之中的艰难生活。乾隆皇帝为了例行的秋狝狩猎娱乐，不经意间就毁了庄稼人王阿贵一家两代。王阿贵由于皇旗圈地，"连他的田，他住的屋子，都被圈走了"，他为此赔进去了自己的生命；儿子作为侍候皇帝狩猎的"哨鹿"人，结果被皇帝当成真鹿而射杀。作品通过对王阿贵一家悲惨遭遇的描写，表现了作者对劳动人民的深切同情。小说在人物塑造上也很成功。尤其是乾隆这个既有雄才大略又好大喜功的帝王形象，给读者留下了深刻印象。这部作品是以写实取胜的。无论是对宫廷礼仪、皇帝行止的描写，还是对一般百姓生活细节的刻画，基本上接近历史真实。这部作品的出现，显示了作者多方面的艺术才能。

大陆女诗人舒婷在一首叫做"也许"的小诗里这样写道："也许我们的心事/总是没有读者/也许路开始已错/结果还是错⋯⋯也许/由于不可抗拒的召唤/我们没有其他选择。"如果西西读过这首诗的话，相信会引起她强烈的共鸣。在香港，像西西这样一直坚持严肃文学创作的人，获得名利的机会是不多的，甚至连与她同室而居的妹妹都对她的"纯文学"不屑一顾，但这丝毫不影响她在这条路上继续走下去。她曾如此表露过自己的心迹："这样很好，其实不只是家里的人不理你的写作的事，在整个香港也没有人理你写作的事，所以在这里写作与名利无关，而是真正为喜欢写而写。"对于一个真正的作家来说，"喜欢写"的东西无疑是一种"不可抗拒的召唤"。因此，即便"总是没有读者"，她也不会再做其他的选择。

第三节　徐讦、徐速等南来作家的小说

徐讦（1908—1980），字伯讦，曾用徐于、东方既白、迫迁等笔名。浙江慈溪人。1931年毕业于北京大学哲学系。1936年赴法国留学，在巴黎大学沦陷后去重庆，任教于中央大学师范部国文系。1944年至1946年任《扫荡报》驻华盛顿特派员。1950年由沪抵港定居。先后在新加坡南洋大学、香港中文大学等校任教。1980年10月5日因病在香港逝世。

徐讦在赴港定居之前就已经是一位著名作家了，著有《鬼恋》、《荒谬的英法海峡》、《吉布赛的诱惑》、《精神病患者的悲歌》、《风萧萧》等作品。其中，成名作《鬼恋》和长篇小说《风萧萧》等在当初都曾轰动一时。尤其是后者，在1943年发表时曾引起一场不小的震荡，使徐讦的著作在大后方畅销书中名列榜首。徐讦的这些作品大体可划归到浪漫主义之列，作品"思接千载，视通万里，心游八方，常常借助虚幻的遐想，制造一些梦幻般的意境"（潘亚暾《徐讦小说论》）。因这些作品不属香港文学的范畴，故此不多做论述。

徐讦从1950年起到1980年去世止，在香港共生活了30年。在此期间，徐讦创作了大量的小说。这些小说与他的前期作品相比，风格上既有某种继承，又有明显的变化。具体说来，后期作品依然注重心理分析和哲理探索，但作品的浪漫色彩逐渐淡化，现实性逐渐增强。

中篇小说《炉火》是一部典型的心理分析小说。小说一开始，画家叶卧佛被亲友从医院接回家，陷入迷惘状态的他来到自己的画室，寻找死去的儿子的画像。在凌乱的画堆里，一幅幅与他生活有关的画面勾起他对往事的回忆。从他的回忆里，我们看到了他不幸的婚姻与爱情。最后，画家自焚而死，卧佛连同他的艺术一起覆灭。如果说，《炉火》主要是揭示人物心理的话，那么《彼岸》则是对浩瀚宇宙无常人生的哲理探究。作品通过"我"与露莲及斐都之间的爱情纠葛，阐明了人与人之间只有相互了解才能避免冲突，实现人世间的和谐。《彼岸》情节淡化，看不到鲜明的人物个性，内容极为驳杂，呈现了一种多元的艺术境界。

《盲恋》写于1953年，是徐讦创作的一部畅销书。小说以上海为背景，写了一出惊心动魄的爱情故事。徐讦前期作品中的男主人公，大多是谈吐不俗、风流倜傥的人物，女主人公也大多是举止高雅、妙若天仙的美女，真可谓是"郎才女貌"。《盲恋》中的男女主人

公与前大有不同。男主角"我"是个丑陋不堪的人，由于相貌奇丑，"我"整日过着"土拨鼠一样的生活"，自卑、羞涩，喜欢黑暗，喜欢孤独。毕业后，"我"到有钱的张家当家庭教师，暗中爱上盲女微翠。微翠是张家太太收养的孤女，她美丽聪明，且有很高的艺术修养，但由于目盲，同样是自卑和孤独。两人以音乐为纽带，终于走到了一起。在微翠的帮助下，"我"也在文学创作上获得了成就。一年之后，张家少爷从国外留学归来，他为微翠介绍了一位高明的眼科专家替微翠治好了眼睛，使她恢复了光明。从此，"微翠对我已经没有爱情，只是一种道义上的责任在使她愿意牺牲自己的幸福而维持我们家庭的关系了"。后来，微翠服过量的安眠药自杀身亡。作者在一篇题为"从写实主义谈起"的文章里，从美与艺术的高度分析了微翠自杀的原因。他说："美是艺术，它要接近'真'，也要接近'善'，但当它良心的直觉觉醒的时候（微翠复明），发现所信仰的'真'竟是这般丑恶。一切能凭良心直觉体验到的善，竟完全不在它所信仰的真理中，于是美就不知所从，因而再也无法有所表现而自杀了。"由此可见，这篇小说不是一个一般意义上的爱情故事，而是通过这一奇特恋情的描写，揭示真善美之间的关系。这样说使得作品似乎有以形象阐释理念之嫌，其实并非如此，作品中对"我"自卑内向性格的剖析以及对盲人心理的刻画都十分出色。即使是把它当作一般的小说来看待，仍能算得上一部成功之作。

《江湖行》是徐訏小说创作中分量最重的一部作品，它长达60万字，从构思到最后完成，花费了作者将近6年的时光。作品时间跨度长，从20年代中期写起，一直写到40年代抗战胜利，空间极为辽阔，以浙江、上海为中心，扩展至鄂豫皖赣湘川等省的乡村和都市。作品内容牵涉面也相当驳杂，这一时期的政治、经济、军事、道德、宗教、文化乃至人间风土人情等，在作品中都得到不同程度的反映。因此，说这部作品具有史诗的规模和气魄也是当之无愧的。

《江湖行》以野壮子充满传奇色彩的爱情故事为主线，展现了社会各界的生活画面，塑造了一大批各层次各行业的人物形象，如舵伯、野凤凰、容裳、紫裳等都具有鲜明的个性特征。其中，主人公野壮子的形象塑造得更为出色。野壮子本是一个农村青年，与女伶葛衣情相识后走向城市。此后，他经过刻苦努力考上大学，并成为一位颇有成就的作家。但所有这些都未能使他心满意足，相反，社会的动荡与不安，贫民的流离与苦难，上层社会的昏庸与堕落，再加上爱情与事业上的挫折，终于使他心灰意冷，对红尘再无留恋之意，终在峨眉山出家，遁入空门。作品中流露出的是存在主义的人生观，对人生的意义持怀疑和否定的态度，因此格调显得比较低沉。然而，作品精妙的构思、宏伟的结构以及对民族心理的深入剖析都是为人称道的。《江湖行》是一部不可多得的杰作，它显示出徐訏能够驾驭史诗的大家风范。

60年代中期出版的《时与光》是徐訏这一时期的又一部重要作品。这部作品仍以"爱"为主题，不过所不同的是，这部作品中的"爱"不仅是指男女间的情爱，而且是一种意义宽泛的"大爱"。小说主人公郑乃顿是一个宿命论者，他在欧洲留学期间，遭到失恋的打击，带着沉重的心情回到香港。不久，他爱上了一个名叫林明默的女子，但遗憾的是林已是有夫之妇。这对他来说，又是一次沉重的打击。后来，他又与罗素蕾邂逅并相爱，但罗素蕾被一个痴情于她的男子开枪打死。郑乃顿时时都在向人间播撒他的爱，但回报他的却是痛苦和死亡。《时与光》是徐訏唯一涉及香港社会的中篇小说。在港生活几十年，他始终没有"溶入"感，仿佛是一个游离于社会之外的看客。难怪他会有那么浓重的悲观情绪。

徐讦在大学期间和赴法留学期间都是专攻哲学的，他无论是对中国哲学还是对西方哲学都曾有过较为系统的学习和研究。因此，他的小说创作既接受了康德、尼采、叔本华、弗洛伊德等学说的影响，也受到了中国老庄哲学的影响。这样就使得他的那些曲折动人的故事里总是洋溢着哲思和理趣。文学，当然是以达情为主的，但如若在动之以"情"之后再晓之以"理"，则无疑会给作品的思想增加厚度，也会引发读者更多的联想。在徐讦的作品中，"哲理的意蕴像一根链子，将天马行空式的人物、情节与世上人间的生活联接起来了，似虚而实，似远而近，似无而有"（潘亚暾《徐讦小说论》）。这构成了徐讦小说创作的一大特色。

徐讦擅长于将笔触直接探入人物内心世界，深入剖析人物隐秘的内在意识，这使得他的小说与西方的心理小说比较接近。所不同的是，他不像西方心理小说那样排斥情节，尽管有些作品不太追求故事的完整性，但仍不失其动人的情节和细节。另外，徐讦小说的语言清新活泼，具有很强的艺术表现力，即使是一些深奥玄虚的哲思，他也能用浅显明白的文字来加以表达。这大概也是他的作品每每畅销的原因之一吧！

徐速，原名徐斌，字直平，1926 年生于江苏宿迁。小学、中学均在家乡就读。抗日战争爆发后，到后方读大学，未及毕业便投笔从戎。抗战胜利后到北平，在北京大学中文系旁听。1948 年，他和朋友在北平创办了综合性刊物《新大陆》，处女作《春晓》即在该刊发表。1950 年，徐速从四川到香港，任自由出版社编辑，同时辛勤从事创作。短短两三年中，他写出《星星之火》和《星星、月亮、太阳》两部长篇，后者于 1952 年在《自由阵线》杂志发表，一举成名。

1955 年，他创办《海澜》、《少年》两杂志，后又创立高原出版社。1966 年夏，他又创办了《当代文艺》月刊，为香港文学事业的发展和繁荣做出了很大的贡献。1969 年至 1971 年，徐速受聘任珠海学院文学系教授，主讲中国新文学及创作研究。1981 年病逝于香港。徐速一生创作勤奋。几十年中，他先后出版长篇小说《星星之火》、《星星、月亮、太阳》、《清明时节》、《樱子姑娘》等四部，短篇小说集《第一片落叶》、《疑团》、《传令兵》等多部。

《星星、月亮、太阳》是徐速的成名作。小说以抗日战争为背景，以爱情为主线，塑造出三个可爱的女性形象。徐速在这个作品的"自序"里说："我想在我的创作中，将人类崇高无邪的爱情，从三个不同性格的女性中表达出来。没有偏私，没有虚伪，没有鄙俗，像天空中的星星、月亮和太阳，那样高洁、庄严、美丽。"小说的中心人物是徐坚白，阿兰、秋明、亚南这三个美丽的"天体"都是围绕着他而出现和消失的。"星星"阿兰是徐坚白青梅竹马的伴侣，她抑郁、孤高的气质，如夜空中一颗明亮的星星，但由于封建家庭的阻挠，这对有情人未能成为眷属。"月亮"秋明是徐坚白中学时代的恋人。她温柔、恬静，犹如秋后夜空中澄明洁净的月亮，她柔和的光亮抚慰了徐坚白受创伤的心。亚南是徐坚白在大学时代结识的。她感情炽热、性格奔放，一如蓝天上一轮火红的太阳。她似乎比徐坚白更坚强些，特别是战争爆发之后，她对徐坚白的关怀可以说是无微不至。这三个女性无一不是徐坚白所需要的，他既需要太阳的热烈，又需要月亮的温馨，也需要星星的孤高。因此，他在三个女性之间举棋不定，舍不得割断任何一根情丝。然而，让这三者同时出现几乎是不可能的。月明星必稀，而当太阳出来后，星星和月亮都不见了。徐坚白的理想太美妙了，美妙到不能实现的程度，因此这种爱情也只能以悲剧为结局。

徐速曾作为一名军人参加过战争，亲身体验过战争的无情和残酷。因此，他的不少作品都写到了战争年代。徐速的这类作品往往不是直接去描写战争，而是着重考察战争对人性的扭曲和摧毁。《难民花》是徐速到香港后写的第一个短篇小说。作品主人公翠嫩是一个纯洁、美丽而又孝顺的少女，生活在战后的香港难民营中，生活极端困苦，还得照料多病的母亲。于是，她沦落风尘，靠出卖自己的肉体来给母亲治病和维持生活，美好而高贵的人性被战争留下的贫穷所摧毁了。徐速这一方面的作品中影响最大的当数中篇小说《杀妻记》。

《杀妻记》写的是这样一个故事：抗日战争时期，国民党军队某部发生了一件"风化案"，张副官的太太马月娥与勤务兵杨宝英通奸当场被捉。本来，这样的事情在军队里并没有什么了不起，但这次却严重了，该部团长擅自下令处决这对"奸夫淫妇"，并要张副官亲自行刑。对此，新到任的团指导员表示异议，他坚持要做进一步调查，待澄清事实后再做处理。指导员虽经多方努力，但并未产生任何效果，最后马、杨二人还是以扰乱军心、侮辱长官等罪名被执行枪决。最后，该团与日寇展开了一场恶战，虽伤亡惨重但还是取得了胜利。马团长因此而升任独立师师长。指导员本来可以顺理成章地升任师政治部主任。但因他无心于军，坚持转业到一所地方学校去当一名教师。指导员在到校就职的途中意外地发现马月娥和杨宝英并没有死，而且已成为一家小食铺的老板。原来，行刑人在刑场上玩的是一个假枪毙的花招，几经周折才把他们从死神那里救了出来。故事悬念迭生，曲折动人，既引人入胜，又促人深思。

战争扭曲了人性，作品通过马团长对自身经历的回忆，深刻地揭示出这一点。马团长刚当连副时，妻子与营长的勤务兵私通事情败露后，勤务兵史金标竟先下手为强，在战场上打他的黑枪。一个排长发现后，把史金标活活掐死，后来这个排长又死在史金标拜把兄弟的枪下。这种冤冤相报、相互仇杀的事在军队中时有发生，人的生命在战争的魔掌下并不比蚂蚁更有价值。"当军人基本都有残酷的性格，一发作便不可收拾了。一般军人遇到问题只有一个直觉的解决方法，'干掉他！''有机会就干掉他！'"马团长这段语调平静的话，让人不寒而栗。

在作品的结尾处，作者感慨道：这支军队"是浓缩了的人间舞台，也是精彩绝伦的百科全书；我在这里读到在大学里读不到的书本，它是最深奥的哲学，最现实的社会学，别开生面的伦理学，最耐人寻味的人性论，以及从未被人发现的剧本"。事实的确如此。残酷的战争背景下，有人性的泯灭也有人性的昂扬，有残酷、丑恶也有仁慈、善良。在这出人生活剧里，呈现出一种生死互寓、善恶相掺、灵肉共存的状态。马团长给人的印象一直是暴戾的武夫，纵然他有着很深厚的旧学根，能将四书五经背得滚瓜烂熟，但无情的战火毕竟已将他从一团泥烧成一块坚强的砖。他生就一副凶恶的面貌："马脸，羊眼，鼻子长得像根雪条，几乎被胡子掩盖的阔嘴，龇出两根又尖又长的虎牙。"他可以对铁血与死亡视若无睹，从容地走在阴阳两界的边缘。但随着情节的展开，读者又发现他是一个有血有肉的人，在独断凶狠的背后隐藏着仁慈和宽容。妻子偷人被发现后远走他乡，他仍托人捎钱以接济她的生活；部下在枪决马月娥、杨宝英时所玩弄的花招，最终也未能骗过他，但他不但不再追究，还出钱相助，让他们能自食其力。作品写到最后，一个可怕又可亲的形象跃然纸上。

作品中另一个值得一提的人物是班长吴仁和。他在作品中虽着墨不多，却让人难以忘怀。"这家伙五短身材，一脸杀气，满腮横肉，两只冒着凶光的小眼睛，一眨一眨的，在残暴中显得精明干练。"他是土匪出身，嗜血成性，马月娥和杨宝英的悲剧正是由于他的告发才酿成的。但他并非是个良心尽灭的人，正如他自己所言："我喜欢杀人，但我不能昧着良心杀好人。"他也打过马月娥的主意，告发杨宝英也正缘于此，但当他得知马、杨因此将遭处决时，"感到极大的震惊，他的脸色大变，额头上立刻冒出汗珠"。杀人显然不是他的初衷，于是他冒着生命危险在刑场上救出马、杨二人。正是这残存的良心使他立地成佛。后来，他从军中逃出，与马、杨和谐共处。残忍与仁慈、卑鄙与崇高，这些相悖的因素不可思议地集于他一身。这一形象的塑造，使作品在对复杂人性的探讨上又深入一步。

从总体上看，徐速基本上是一个现实主义作家，他的作品虽然情节曲折离奇，但始终没有脱离社会现实。他曾说："如果作品完全脱离社会变成一个纯粹艺术的东西，我认为不论从哪方面来说也是不应该的。"徐速的创作受中国古典文学影响最大。在中外的近现代作家中，他比较推崇的基本上都是现实主义大师。如鲁迅、茅盾、巴金、托尔斯泰、屠格涅夫、巴尔扎克、罗曼·罗兰等，都曾对他产生过影响。像徐速这样一直坚持现实主义的作家，在香港文坛上还是不多见的。

白洛，原名白乐城，广东南海人，1946年1月10日生。少年时代在柬埔寨金边市度过，1961年回国求学，就读于广州华侨补习学校。1964年考入暨南大学中文系，毕业后曾当过一段高中语文教师。1975年移居香港，起初在香港《周末报》当编辑。1979年转到香港《文汇报》工作。白洛从中学时代就开始发表作品，此后，随着学识和生活阅历的丰富，创作日渐成熟。至今已出版长篇小说《暝色入高楼》、《迷惘的钟声》、《新来香港的人力》、《若云的爱》等四部，中短篇小说集《赛马日》、《香港一条街》、《诱惑》等多部。他在香港中青年作家群中是一个重要的角色。

《赛马日》是白洛短篇小说的代表作。作品的主角张泛舟原来在粤北一个乡村学校教书，"文革"时被学校批斗，脑袋受到影响。后来，张泛舟去港定居，在一间餐厅送外卖，学会了赌马。有一天，他接到消息，得知父母要从大陆来港居住。他和妻子莫金兰为了安顿父母而伤透脑筋，妻子想变卖首饰以应付房租，但他认为首饰具有纪念意义，不能轻易卖掉。最后，他只好把手上仅有的几千元钱拿出来赌马，希望能获得大胜，替妻儿父母"购置一间宽敞的楼房，让烦恼彻底的烟消云散"。然而，几场赛事过去，他输了个精光。无奈，他只好依妻子之意，当掉首饰。在金店里，他被警察误以为是没有身份证的非法移民而遭到搜身。他望着警察那令人怵目的警棍一下子昏厥在地上。"读他的作品，总感觉到他是以一个'漂泊者'的眼光和心情在观察和感受香港社会的一切，他对香港社会生活的这种投入又不完全投入的态度，使得作品在表现和描绘那个社会的人情世态上有不同于他人的角度，具有一种属于自己的亮色。"（饶芃子《论白洛的小说创作》）"投入而又不完全投入"，的确体现出了那批"新移民"的典型心态。

长篇小说《暝色入高楼》是白洛的代表作，小说出版之后受到文坛的高度评价。作品以香港70年代末转入80年代这一特定历史时期为背景，以地产商人李志金和何世昭之间的矛盾冲突为主线，展示了这个转折时期五光十色的社会生活。在幽雅清静的花园别墅里，在名流出入的豪华酒会上，在暝色朦胧的高楼大厦中，在闪烁明灭的霓虹灯影下，活动着一群经历不同、志趣各异的人物。他们或奋发向上，或淫靡放荡，或趋炎附势，或傲然独立，上演了一幕幕悲喜交织的人生活剧。

李志金是一个有魄力、有头脑、有抱负的地产商人。15岁上，村里闹灾荒，他与父母一道南下，途中母亡父散，只身漂泊到香港。经过几十年的创业，才有了这样一个具有中等规模的地产公司，由于他是从社会底层一步一步爬上来的，他时时不忘昔日的苦难。在事业上，他追求的是赤忱相待的平等合作；在家庭关系上，他渴望子承父业，一家团聚，过一种温馨和悦的生活。由此可以看出，他的身上还过多地保留着民族传统美德。然而，在竞争激烈的现代商业社会中，他的主观愿望却处处碰壁，甚至使他陷入内外交困的境地。他与地产界巨头何世昭合作开发玉龙潭，结果却被利用和出卖。为重振旗鼓，他不惜高价独资购得三三一三官地。谁料，一向与他作对的FLC又从中作梗，使他在三三一三计划上栽了一个很大的筋斗。家庭的情景也不堪回首：两个儿子相继搬出，或依附他人，或独闯世界，宝贝女儿不辞而别，追随画师戴芬奇远飞他国，就连那只与他终日相随的宠犬"来富"也不知去向。李志金在事业与家庭的双重打击下，再也抑制不住伤感之情，看着"暝色入高楼，有人楼上愁"的诗句，不免感到一阵惆怅。

人称"陆上大鳄"的何世昭，是地产商人中的另一种类型。他是地产界的超级大户，骄横跋扈，盛气凌人。与李志金合作时，他自恃财雄势大，全然不把合作者看在眼里。为了自己的利益，他不惜出卖合作者。在他眼中金钱就是一切。为了把李志金的儿子李嘉明拉到自己的一方，他不惜抛出女儿为诱饵。在李志金独资争夺三三一三官地时，他从中作梗，蓄意漫天叫价，使李吃了大亏。在私人生活上，虽然他遵照亡妻的遗嘱不再续娶别室，但他在暗地里却养着半打以上的女人，过着穷奢极欲的生活。然而，他也不是"诸事顺遂"。他想利用女儿把李嘉明牢牢拴在自己的战车上，但李嘉明却如法炮制，利用婚事夺得一份家产后自立门户，使何世昭落得个赔了女儿又折兵。

作品中，青年一代的形象也各具特色。李志金的大儿子李嘉宏不愿子承父业，立志脱离父辈的羽翼而独创事业。最初，他在一家公司任职，薪水不薄，但他并不满足，一有机会便独立于世，筹办起证券公司。他虽然在事业上有成功也有失败，但他有信心、有毅力。作品的最后，他陪同父亲在清晨的海湾散步，预示着他将有一次新的开始。弟弟李嘉明则是香港社会中另一种类型的青年。他是个工于心计、利欲熏心的人。他本来是父亲的助手，但当他发现何世昭更有油水时，便立刻站在何世昭的一面，并出谋献策，终使父亲大折其本。他处处讨何世昭女儿的欢心，但也不是出于爱情，他更看重的是何家那三分之一的家业。当他与何小姐成为合法夫妻后，立刻抛开何世昭搞自己的公司，使老谋深算的何世昭大呼上当。这些商界新一代虽与老一代有着不同的观念，但仍是良莠共存、鱼龙混杂。作品通过各色人物的塑造，道出了社会的本质。

不少论者指出《暝色入高楼》在不少地方对《子夜》有所借鉴，并指出李志金与何世昭分别是80年代的吴荪甫和赵伯韬。这些说法当然是有一定道理的，但又不完全如此。我们以为，白洛的作品虽对《子夜》有借鉴，但无论从作品的内容还是从作品的人物上看，都呈现出鲜明的时代和个人特色，它是作者在现实生活的基础上，用自己的心血孕育出来的，而绝非是"借鉴"出来的。

第四节　梁羽生的武侠小说

1955 年，受当地武师比武事件启发，在香港《新晚报》副刊部工作的梁羽生，创作了武侠小说《龙虎斗京华》。自此，国内衰微已久的武侠小说创作开始在海外活跃起来。

梁羽生，原名陈文统。1926 年出生，广西蒙山县人。毕业于岭南大学经济系。1949 年在香港《大公报》工作。1962 年辞去副刊编辑之职，闭门造书，从事专业创作。

梁羽生的武侠小说以历史为题材，涉及相当广阔。《塞外奇女传》（1961 年），《七剑下天山》、《江湖三女侠》（1957 年），《冰河洗剑录》、《侠骨丹心》（1965 年），《牧野流星》（1974 年），写的是清初至清中叶历史时期的传奇故事。《白发魔女传》（1958 年），《还剑奇情录》（1963 年），《萍踪侠影录》、《散花女侠》（1960 年），《联剑风云录》则以明代历史为背景。《狂侠天骄魔女》、《鸣镝风云录》、《瀚海雄风》、《风云雷电》（1971 年），《武林天骄》、《飞凤潜龙》（1966 年）写的是辽、金、宋、元时期复杂的民族矛盾及其冲突。《女帝奇英传》（1962 年），《大唐游侠传》（1964 年），《龙凤宝钗缘》、《慧剑心魔》（1966 年）是反映唐代历史风云斗争的作品。

梁羽生同时也将许多历史人物、历史事件作为小说叙事的重要情节，如《白发魔女传》中的李自成，《女帝奇英传》中的武则天、上官婉儿，《大唐游侠传》中的唐玄宗、李白、杨贵妃，《风云雷电》中的梁山后代，《七剑下天山》中的顺治皇帝、康熙皇帝，还有吴三桂。

梁羽生的小说大体上有正面人物和反面人物之分。正面人物大多数是些侠士。他们蔑视权贵，严于律己，艺业惊人，侠骨柔肠，正直坦荡。因为爱憎分明，他们可以心狠手辣，同时又正气凛然。虽然也有少数分不清好坏，或者由好变坏、由坏变好的人物，但梁羽生依然能够让你清楚地感到他们哪些做法是好的，哪些做法是不好的。例如《风云雷电》中的秦龙飞。他虽然同样是梁山好汉的后代，但他好高骛远，不能苦练本家功夫，又嫉妒比他优秀的轰天雷，以至于误入歧途，被敌人所利用，但他知错能改，也就有了好的结局。

武侠小说，归根结底以绿林人物作为叙事主体，它的立足点是绿林人物，写绿林人物的生存状态，以绿林人物的视觉去观照帝皇以及社会。梁羽生的武侠小说也不例外。绿林人物就是与官府相对立的黑道中人，他们是农民中失去土地、靠打家劫舍为生的人，如《白发魔女传》中的练霓裳，《大唐游侠传》中的铁摩勒，《广陵剑》中的陈石星，《风云雷电》中的凌铁威、耿电、风天扬、杨浣青。他们虽然性格各异，但有一点是共通的，就是不畏惧权贵，"威武不能屈，贫贱不能移，富贵不能淫"。

绿林人物也包括贵族中的叛逆者，就是皇亲国戚中的不肖儿女。他们沦落绿林，与出身低微的强盗混在一起，企图实现他们的复国梦、复仇梦，如《白发魔女传》中的卓一航，《七剑下天山》中的冒浣莲、易兰珠，《风云雷电》中的云中燕，《女帝奇英传》中的李逸。这些人物大都身世坎坷，容貌美丽，武功卓绝。这两类人物合在一起大概充当两种角色：一是检察官。谁个贪官贪了多少银子，干了什么坏事，他们都了如指掌，如《白发魔女传》中的练霓裳。二是侠盗。他们劫富济贫，抢贪官污吏的财产，分给穷人。"贼人是偷东西的，这个贼却是给人家送银子的，他进入的那些人家都是穷苦人家，留下银票或其他财物，这就不能说是贼了，即使是贼，也只能说是侠盗。"（《风云雷电》）

在《广陵剑》中，梁羽生借小说人物的口对"侠"的精神进行了阐释："造反也有多种，商汤讨桀，武王伐纣，解民倒悬，是一种；逼上梁山，替天行道，是一种；占山为王，割据称雄，又是一种；争夺江山，想做皇帝，又是一种。""担当武林盟主的人，'侠'字当然是最重要的，不过怎样才算。'侠'也是各有各的看法不同……因此，我看还是沿用江湖上的老规矩为宜。力强者胜，力弱者败。"可见，梁羽生在崇尚"力"之余也主张"官逼民反"、"人民创造历史"的思想。

也是基于这种立场，梁羽生树立了好皇帝的形象。《女帝奇英传》中的武则天，她心胸开阔、雄才大略、聚拢人才、"社稷为重，君为轻"。她因为篡夺了唐朝李家的皇位，四面受敌，加上她对旧贵族不徇私情地实行强权政治，该关的关、该杀的杀，朝廷中到处暗藏着对她的杀机。但上官婉儿，一个被武则天杀父杀祖的人却听到农民对武则天的赞叹："我们村子里有好些读书的先生都在咒骂当今的女皇帝，我们庄稼汉却但愿老天保佑她多活几年。我们老百姓不管谁做皇帝，男的也好，女的也好，但求日子过得稍微好些，就心满意足了。以前收割一石谷子，要纳三斗租税，现在只要一斗半，比以前少了一半哩。最好的是，现在不准富豪之家强买强卖，不论你怎样穷，分田总是有的。只要勤耕善积，日子也就可以对付过去了。""以前的男皇帝除了三宫六院，还有无数宫娥，每三年还要挑选秀女。哈，那时候每逢挑选秀女之期，可把我们害惨啦，做父母的忙着嫁女儿，还得应付官府的勒索。现在女皇帝，纵算她养了几个汉子，总没有挑选秀男呀！""说到乱杀人嘛，听说她杀的都是王孙贵族，或是做大官的人。别处地方我不知道，在咱们这个县里，几年来倒没有听说杀冤枉过一个老百姓，倒是三年前有一个贪官叫作曾剥皮的被她杀了。"现实中的武则天有多好，我们姑且不论，但作者借升华武则天的形象提升了作品的思想内涵却是显而易见的。

相反，在《大唐游侠传》中，作者却刻画了一个腐败的王朝——唐朝。唐玄宗终日寻欢作乐，杨贵妃愚蠢无知，杨国忠恃强凌弱，安禄山凶蛮霸道，李白轻狂落拓。这种终日醉生梦死、不务正业、不懂克制的王朝，在梁羽生眼中必然失败。作者塑造了忠实正派的宫廷卫士铁摩勒，并以他为映照，表达了自己对唐朝的彻底失望。铁摩勒在亡国的惨痛中不顾一己之私，扶危济困，救了唐玄宗。到头来却被阴险的王朝计算了。铁摩勒在顽强斗争之后不得不败，正映衬了朝廷黑暗势力的强大，他虽败犹荣。除了民本思想，梁羽生对汉文化还充满了优越感。唐朝虽然腐败却是懂文明的礼仪之邦，而安禄山只不过是个未开化的胡蛮。

除了文化的优劣，梁羽生也探讨品德的优劣。在《七剑下天山》中，深受汉文化影响的纳兰容若说："按理说我们满洲人入关占领你们的地方，我也很不赞同，只是吴三桂要驱满复明，那却是不配。"原因是不管卖国还是复明，吴三桂根据的都是个人的私欲。纳兰容若说："汉满两族流出的血都是红的，他们原应该是兄弟。满族贵族，自有罪孽，可是不见得在贵族中就没有清醒的人。"在《七剑下天山》中，梁羽生塑造了一个温文尔雅、正直端的外族形象。

在梁羽生的小说中，爱情是一个非理性的破坏因素，它在汉族与外族的争斗中，常常破坏集团利益。云中燕、冒浣莲、易兰珠都为了自己的爱人背叛了自己的族类，出卖机密，仇杀同族，而多铎倒死得像位英雄。他宽恕了自己的妻子纳兰王妃和杨云聪的爱情，以及他们的私生女向他复仇的恶行，死得惨烈却没有一点怨恨。然而，又有多少英雄能化解得了不仅是个人恩怨，更是个人背后的集团利益驱使的血殴呢？

就爱情而言，流行小说，尤其是武侠小说，由于崇尚侠义，情操反而是最好的。小说中的正面男主角从来不抢别人的女朋友，多情的只是女人。不管是多男爱一女，或者是多女爱一男，小说都尽可能地把它写得可歌可泣。不像现实主义小说老是提醒读者，爱情的黑暗面、残酷面。也不像现代主义小说，把爱情写得了无生气，干巴巴的琐碎和艰涩。

梁羽生小说中的武打，都力求忠实于武术，是忠实基础上的夸张，是武术理想主义的完美表现。然而，由于修养不足，加上写得又快又多，梁羽生有些小说的布局并不完美——情节不完整、不丰满，有重复之嫌，未免给人江郎才尽之感。

第五节　金庸的武侠小说

有多少读者，就有多少种阅读品位和兴趣。在香港风格各异的作家中，金庸是文化精英与经济精英结合得最好的典范。批评界推崇他的作品，民众用钞票投他的票，因此在香港武侠小说界，金庸被推崇为一代宗师。

香港文评家林以亮说："凡是有中国人，有唐人街的地方，就有金庸的武侠小说。"这句话并没有夸大。在台湾、香港、东南亚地区及中国内地的华人读者中，无人不知道武侠小说家金庸。民众的审美情趣和眼光我们不能低估，这些贴近生活的读者，能最有效地从作品中寻找出他们心中的诉求。他们由于生活匆匆来不及总结的经验、思想，只要一透过阅读被提醒，他们就会用金钱投这些作家的票，而金庸就是这一类作家的典型。

金庸，1924 年生，浙江海宁人，本名查良镛。抗战爆发后考入重庆国立政治大学外交系。毕业于东吴大学法学院。曾在上海任《大公报》记者。1948 年《大公报》香港版复刊，金庸入香港编报。后与友人创办《明报》，是香港《明报》报刊系列的大股东。1955 年开始创作武侠小说，1972 年"封刀"。接着，又花了十年时间进行增删、修订。共创作 15 部、38 册作品。

金庸说："我还是喜欢古典文学作品多于近代或当代的新文学。"金庸用冲淡雍容的叙事态度，融儒、道、释三家思想于纷繁复杂的生活中，表达出艰险又精彩，不那么乐观却又不能不顽强地活下去的生活态度。

自"五四"新文化运动以来，中国传统文化主流的儒、道、释三家思想开始衰微，西方的哲学思想比较多地占有了中国的思想舞台。虽然金庸的小说在写皇权与侠士中写"侠"的比重很大，儒、道、释三家思想不仅没有被当作垃圾倒掉，还在金庸的作品中保存了下来，并构成了作品的框架。

其中，"儒"家思想表现在扶助国家依然是武林人士应尽的责任。《射雕英雄传》（1958 年）中的郭靖、《神雕侠侣》（1959 年）中的杨过、《天龙八部》（1965 年）中的萧峰、《碧血剑》（1956 年）中的袁承志、《倚天屠龙记》中的张无忌、《书剑恩仇录》（1955 年）中的陈家洛，都把抗击外敌视为自己的分内事，这种民族气节是与苏武、岳飞、文天祥、史可法一脉相承的。

　　"道"家善恶两极互为消长、彼此斗争的思想在金庸的小说里也有所体现。他以宽容的态度刻画邪怪人士，泄露了他人生不止一种活法的思想。《射雕英雄传》中郭靖和黄蓉是被歌颂的人物，到了《神雕侠侣》他们却成了杨过不幸的原因。《倚天屠龙记》中张翠山和殷素素、张无忌和赵敏就构成了正教与邪教纠缠不清的关系。张翠山师出名门，受过良好的教育，有明确的是非观念；殷素素在凶险的江湖中成长，见惯了鲜血淋漓的凶杀场面，是非观念已经模糊。他们一男一女相见，一个初生牛犊、诚实轻信，一个刁蛮任性、直率纯真。他们互相吸引，又互相提防，最后结为夫妻。他们的后代张无忌在江湖上的历险要复杂得多，但他和赵敏基本上也沿用了这种关系。此外，在《射雕英雄传》中，郭靖的大智若愚也是"道"家思想的体现。

　　"释"家的轮回报应思想也被金庸运用到小说的创作中，《天龙八部》表现得尤为淋漓尽致。《天龙八部》有三条线，分别是三个主角段誉、萧峰、虚竹的故事。段誉是皇族的后代，他父亲妻妾成群，段誉后来遇到并爱上的女人木婉清、钟灵都是他同父异母的妹妹。直到他见到王语嫣才放纵感情，只是那样的爱是一场痛苦的追恋，心灵上他是王语嫣的奴隶。段誉恋爱上的坎坷，是他父亲罪孽的报应。萧峰是契丹后裔，汉人误杀了他的母亲，他成了汉人的养子。因为品德优秀，他成为万人之上的丐帮帮主。他父亲回来寻仇，使他从人生的巅峰跌入低谷，萧峰要揭开造成他人生经历的这个谜。最后，萧峰蓦然发现："我苦苦追寻的'大恶人'，却原来竟是我的爹爹。"萧峰的经历表达了善有善报、恶有恶报的朴素观念。虚竹的父亲是遁入空门的大宋亡国之君，虚竹后来便娶得了西夏公主，历史还给了慈悲的人一个美好的结局。

　　当然，中国传统文化中的儒、道、释三家博大精深，金庸虽然充分地利用了这些思想，但是用形象和情节去叙说故事的小说，有着其他方面更精彩的内容。钱穆在他的《中国文化史导论》中说："各地文化精神之不同，穷其根源，最先还是由于自然环境之分别，而影响其生活方式，再由生活方式影响到文化精神。人类文化由源头处看，大别不外三型：一游牧文化，二农耕文化，三商业文化。游牧文化发源在高寒的草原地带，农耕文化发源在河流灌溉的平原，商业文化发源在滨海地带，以及近海之岛屿。三种自然环境决定了三种生活方式，三种生活方式形成了三种文化类型。"金庸的小说对这几种生活方式有着最形象的描述。从代表游牧文化的蒙古大漠到代表农耕文化的中原大地，从白雪皑皑的东北到雨林莽莽的西域，从繁花似锦的桃花岛到荒无人烟的冰火岛，金庸写出了建立在中国幅员广阔的土地上的文化的精妙，在人物性格也有明显的地方特点。萧峰慷慨豪爽，待人宽厚，不近女色，不解风情，是典型的北方好汉形象。欧阳克、段誉坚忍执着，风流好色，是西域人的代表。只不过，欧阳克阴险，是土匪，段誉性格明朗，是皇族的后裔。江南人的代表要数黄药师、黄蓉、王语嫣。他们才艺出众，聪明灵巧，精致文雅，但也工于心计，办事刻薄。

　　金庸的小说布局也体现了阴阳相生的观念。《射雕英雄传》塑造了木讷的郭靖，善周旋的黄蓉；《神雕侠侣》就有聪明的杨过，清高的小龙女；《倚天屠龙记》中的张无忌是一个凡事迁就的角色；《笑傲江湖》中的令狐冲就是一个比较孤傲的角色；《天龙八部》中的段誉是个向女人屈服的男人；《鹿鼎记》（1969—1972年）中的韦小宝就是女人向他屈服的男人。这样的小说布局，避免了流行小说由于写作量大而黔驴技穷的毛病。

　　在传统文化和地域文化的氛围中，金庸写出了不拘一格人物形象。他笔下的人物常常会因为感情冲动、争强好胜，而不是因为侠义做出许多过激行为、伤及无辜。金庸对于人性的理解有一种不偏不倚的求实态度。一般来说，文学作品有教育读者的责任，塑造的应该是理想人物。但金庸在《鹿鼎记》中却以亦庄亦谐、亦邪亦正的韦小宝形象对世态进行了嘲讽。韦小宗出生妓院，不知道自己的爹爹是谁，没有受过良好的教育，武功也很低微，谁想欺负他就可以拉过来打一顿。但他靠着一张油滑的嘴左右逢源，深得各派喜爱，最后还娶了七个老婆，安居乐业。韦小宝虽然是这样一个为正统所不容的人物，金庸依然没有把他写得令人憎厌，相反，金庸的笔墨对他倾注的是更多的同情，以他的命运嘲笑了世道的滑稽。《倚天屠龙记》表达了成长的艰辛。懵懂少年张无忌从世人对武林秘籍的狂抢豪夺中看到了世道的险恶。无数次的皮肉痛苦之后，他终于悟出生活的真谛，成为一代武学大师。对于爱情，他也是从糊涂到清醒。他纠缠在几个女子中间，搞不清楚最爱是谁，经过世事之后，他才确知了自己的真爱。《笑傲江湖》对正统的形象进行了颠倒。即使是名门正派照样有野心、权欲、贪婪、狡诈。他们一方面想独占福州林家辟邪剑谱，另一面想称霸江湖。他们以小人之心度君子之腹，把一个毫无心计的令狐冲排斥在外，致使令狐冲结交了一大批为正教所不容的匪人，成就了英雄豪杰不一定出于正统的故事。《神雕侠侣》是一部爱情的百科全书。主人公杨过出身低微，几乎是个弃婴。只因他相貌堂堂、聪明过人、锋芒毕露，世人便都嫌恶他。孤独中，他与小龙女为伴，由于坚毅，也由于悟性高，他越来越出类拔萃，得到的异性爱也越来越多。他关心同情弱小者、质朴者，多情而不滥情，始终专一地爱着小龙女。他是一个让许多女性伤心的情圣。如果说杨过是女性世界中的胜利者，那么郭靖就是男性世界中的幸运者。《射雕英雄传》是幸运男人的故事，可以给自卑的男性以极大的鼓舞。郭靖天资愚钝，七个教他的师傅都认为他不是学武的人才，对他十分失望，只因有约在先，才勉强为师。就是这样一个郭靖，却有运气成为岳飞一样的英雄。金庸对男性世界的理解不可谓不深。正如曾国藩教导他后来成为外交家的儿子要言语钝讷、英光内敛一样，郭靖是彻头彻尾、如假包换的笨小子。唯其如此，他才能容纳于同性。加上足够的诚实、勇敢，他便能平步青云，达到至尊。

钱穆在《中国文化史导论》中说："孔子墨子以及此下的先秦百家，很少抱狭义的国家观念的。即当时一辈游士，专在国际政治方面活动，他们自结徒党造成一个国际外交阵容，分别在某几个政府里握到政权，而互相联结，另一批集团，则在另几个政府里活动，他们一旦把握到政权，即把那几个国家联结起来。因此，他们的政治地位并不专靠在国内，而多分别靠在国外。往往某一政府任用一个游士，可以立即转换国际阵容之离合。此等游士，当时谓之纵横家。从某一方面看，战国的纵横家，还是沿着春秋时代的霸业运动而来，他们的性质一样是国际性的，是世界性的，并非抱狭义的国家观念者所有。在战国时代的学者中间，真可看为抱狭义国家观念者，似乎只有两人：一是楚国的屈原，一是韩国的韩非。他们都是贵族，因此与同一辈平民游士的态度不同。"生活在国际化都市中金庸对这点不可谓理解不深，这也体现在他的小说创作中。金庸小说的背景多数是汉民族国弱时期：《射雕英雄传》、《神雕侠侣》、《倚天屠龙记》写宋末至明初时事，《天龙八部》写北宋初年事，《鹿鼎记》、《雪山飞狐》（1957 年）、《飞狐外传》（1959 年）写清初事。唯其国弱，更能激起民众的自尊心。

金庸不忌讳写外族的强大。他写纪律严明的蒙古军队，铁木真训练部众，约束严峻，军法如铁，而且不贪钱财。而宋人就在亡国当头还隔江犹唱后庭花。"郭靖、黄蓉去到杭州，两人沿湖信步而行，但见石上树上、亭间壁间到处题满了诗词，若非游春之辞，就是赠妓之诗。郭靖大怒，叹道：'咱俩就是有一双拳头，也是打不完呢。"

为天下谋，先天下之忧而忧的政治也不仅仅为汉人所有。在金庸眼中，政治基本上是险恶的。《雪山飞狐》、《飞狐外传》、《书剑恩仇录》、《鹿鼎记》中的清政府人员都是阴险、残忍、狡诈、无耻之人，只有康熙是金庸作品中统治机构的唯一正面形象。《鹿鼎记》中的康熙具有一个优秀政治家的一切品德。他果敢勇猛，只是一个少年，朝中并无亲信，却能从权倾朝野、不可一世的鳌拜手中夺权。这小小的"书房政变"并没有产生政局的动荡和社会的不安。他勤政，对天下大事洞悉明了，体察民情，了解苛政，对不稳定的政治、军事形势有明确的判断，与沉湎于玩乐、昏昏不问政事的君主截然不同。还有就是他开明。他善待韦小宝，得体地处理与吐蕃、准格尔的关系，不因是"夷物"就一味地排斥……金庸作品中的康熙形象，可算是政治黑幕上划过的一丝光亮。

从艺术特色方面看，金庸的小说是寓言式的。除了引幻想、悬念入小说，以增加情节的吸引力之外，金庸很注重叙事的情趣。他基本上是以调侃、讪笑的态度去写武打的。他从不以惯常的手法去歌颂成功的英雄，他笔下的武林世界人人都自以为是，许多江湖上的大行家竟自误打误杀，弄得个个死伤、大打一场后才明白事情真相，但事态已经无可挽回了。金庸还把这种幽默贯穿到叙事的字里行间。小小年纪、武功低微的郭靖一剑将武功超卓的陈玄风刺倒，理应高兴，但金庸不写他的洋洋得意，却写到"郭靖吓得六神无主，糊里糊涂地站在一旁，张嘴想哭，却又哭不出来"。金庸还引入了"武德"的观念，写了一些重武德的武林高手，如周伯通无意间学会了《九阴真经》后便自缚双手，以示没偷。

金庸也很注重文字的情趣。谢逊在海上与波斯人谈判，谢逊提出两个条件，波斯人说："胡说九道！胡说九道！"谢逊等都是一怔，不知他说些什么。赵敏笑道："此人学中国话，可学得稀松平常。他以为胡说八道多一道，那便更加荒唐了。"谢逊和张无忌一想不错，虽然眼前局势紧迫，却也忍不住哈哈大笑起来。不戒和尚收了淫贼田伯光为徒弟，取名"不可不戒"，金南接着调侃："'不可不戒'将来收了徒弟。法名叫作'当然不可不戒'，'当然不可不戒'的弟子可以叫作'理所当然不可不戒'。"在情节的紧张时分，加入间歇的轻松，享受这种阅读的乐趣，是读金庸作品所特有的。

一、回归寻根之旅——金庸小说的接受与拒绝

金庸武侠小说自 20 世纪 80 年代初正式传入内地便迅速流行，学术界和文化界对其小说的研究亦随之展开。对于崛起于内地文坛的港台新派武侠小说，内地学者的态度是从抗拒排斥至接受，再努力将其纳入中国文学的正统之内。在"接受金庸"和"拒绝金庸"之间，不同学术阵营互相角力，提出自己的文学观点，而在这过程中，金庸小说在内地的"经典化"也通过学术界的重视及讨论发展出来。写入中国文学史的武侠小说"文学史"和"经典"之间有着不可分割的关系，一部文学作品能否被定位为"经典之作"的一个重要指标，便是能否被写入"文学史"。对于很多人来说，文学史有不容置疑的权威性，其中公布的经典名单也自然成为人们心目中的必读经典。内地学者南帆指出：

文学史的写作包含了种种作品的挑选、争议、权衡……文学史的介绍——无论洞见还是短视——构成了人们进入文学的唯一闸门……文学史的叙述即是将一系列的经典连缀为一个体系。这样的体系包括一批作品篇目，包括这些作品的成就判断以及它们相互之间的联系。历史上曾经问世的作品不计其数，人们只能望洋兴叹。这时，经典体系可能被想象

为一张历史的导航图，重重叠叠的出版物化约为寥寥几部……事实上，经典体系的代表性来自作品背后某种不断承传的价值规范。

为一种文类造构历史，其实是文学史编者欲提升此文类地位或肯定其正统性的一贯手法，如胡适用以为"白话文运动"正名而作的《白话文学史》（1928）便是其中代表。胡适是"白话文运动"的倡导者，这部书其实是他的讲义。他在这部文学史的引子中开宗明义地提出讲白话文学者的首要目的是"要大家知道白话文学不是这三四年来几个人凭空捏造出来的……是有很长又很光荣的历史的……乃是一千几百年历史进化的产儿"。为了令"白话文"成为中国文学的"正统"，他提出"白话文学史就是中国文学史的中心部分"，把白话文的源头追溯到汉代，把乐府诗、散文、唐诗等都纳入"白话文"的范围中。欲提升某种文类的地位，把经典文学纳入其范围是最方便的办法，为武侠小说寻根，学者们用的方法和胡适倡导"白话文"如出一辙。

内地在 20 世纪 80 年代末至 90 年代初开始有学者研究武侠小说史，包括王海林的《中国武侠小说史略》、罗立群的《中国武侠小说史》及陈平原的《千古文人侠客梦——武侠小说类型研究》。在研究武侠小说的最初阶段，对"武侠小说史"的研究是一大课题，港台皆有不少有关武侠小说史的文章，如叶洪生《中国武侠小说总论》、余英时《侠与中国文化》等，其中不乏创见之处。内地在这方面成就最卓越的当以陈平原为首。此书虽不以"武侠小说史"命名，但其实是研究武侠小说源流和演变的专书，由春秋时代"侠的观念之形成"开始介绍。1991 年，曹文正所著《中国侠文化史》一书，其实是一部如假包换的"武侠小说史"，其中亦由春秋战国时代开始介绍所谓的"侠文化"，再介绍司马迁《史记》中的《刺客列传》和《游侠列传》，然后唐传奇、宋话本及《水浒传》等都成为武侠小说滥觞。

由于政治上的原因，1949 年后"鸳鸯蝴蝶派"小说及武侠小说等消闲性的文学类型皆被禁止。70 年代末至 80 年代初，港台新派武侠小说以盗版或报纸杂志连载形式进入内地，并迅速流行，内地学术界为之震惊。如何把这一影响力极大且读者人数众多的文类纳入其"正统"的论述中，是内地学者尤其是研究文学史的学者所迫切面对的课题。

中国自在 1979 年开放后，武侠小说一直以一个在官方认可范畴以外的他者身份流行，内地的学者及文化人对以金庸为代表的港台武侠小说普遍而言是认同的。这种认同的论述有两个可能的发展方向。本来，学者们通过接受异质流行文化而质疑既有的文化形式和建制，但是通过分析接受并推崇金庸小说的学者的观点，我们发现了另一个论述方向。学者并不是全心接纳武侠小说本身，而是把这个具有颠覆性的文类融入内地主流的文学价值观中，透过各种论述把它变成在既有的价值观中可以接受的文类。然而，虽然是用融入方式，却并不表示原有的价值观没有变化，因为在接纳的同时，学者必须对原有的价值观重新诠释。

二、学者的重担与妥协

纵观内地对武侠小说这一文类的研究，可以看出这些学者对中国文学及文学史所背负的担子远比香港及台湾重。

1987 年，由香港中文大学主办的"国际中国武侠小说研究会"邀请了四位内地学者参加，论文包括中国红楼梦研究所胡文彬的《论中国武侠小说之出版及其研究》、大众文学研究会冯育楠的《浅谈武侠小说在大陆盛行之因素》、中国社会科学院王春瑜的《论武侠小说里的蒙汗药》及山西大学宫以仁的《略论白羽作品之特色》。其中有两篇都是从宏观的文学史角度做出研究，可见此时期内地学者于"武侠小说"的关注所在。

胡文彬的论文是内地开放后最早出现的一篇关于"武侠小说研究"的学术论文，而这篇短小的文章很能反映当时内地学者的文学史观及对武侠小说流行的态度。胡文彬对武侠小说的研究是建基于一种很传统的线性发展的文学史观。他提出：在中国通俗文学史上，武侠小说一直是通俗文学领域里一个重要的支脉。随着历史的变迁、社会的发展，武侠小说也随之经历过产生和发展、兴盛和衰败的路程……中国文学史、小说史的研究者应当研究它的产生、发展、衰败的演变历史，给它以科学的总结，还它的历史地位。

胡文彬还尝试把 1949 年后的武侠小说创作及发展分为三期：1949 年至 1957 年为缓慢发展期，1957 年至 1980 年是空白期，1980 年后是复苏期。姑勿论这种分法是否有问题，但"分期"实在是一种非常传统的文学史研究方法。

胡文彬非常重视武侠小说的评论及研究，文章中不止一次用几乎是焦虑的语气来呼吁中国学者们参与评论、研究及为其编写文学史。他认为，"今天中国文学史研究家、武侠小说的创作者、当代的文艺批评家们聚集在一堂，共同探讨一下具有悠久历史传统、广泛群众基础的特定题材和文学现象，是极为必要和及时的"。中国新旧武侠小说创作出版的数量很多，但评论和研究文章专著则是凤毛麟角。根据胡文彬的考证，内地自 1956 年始至 80 年代末，武侠小说研究文章不足 20 篇，专著则根本没有。他认为这"在小说评论和研究中是极为不正常的现象，应当尽快地加以改变。轻视武侠小说的创作、出版，不重视它的研究的时代应该结束了"。胡文彬本身作为一位文学研究者，他更进一步认为当时并没有一部有相当学术水平的武侠文学史著作问世，中国文学史专家们有责任完成这一历史重任，而他的论文亦附录了五项关于武侠小说及其研究的目录笺。这亦是内地第一次有系统及详细的研究资料，在各方面条件都有限的情况下，这不可不说是作者花了很大的心力得出的成果。胡文彬更于 1992 年主编了《中国武侠小说辞典》，此书是内地第一部武侠小说辞典。

胡文彬如此重视对武侠小说的评论及研究，是因为"武侠热"成了一种不可忽视的社会现象。这一文类拥有为数不少的读者群，然而在创作上却存在相当严重的缺点，于是"系统地评论和认真的研究工作，可以指导读者分清良莠，选择好书，并能通过阅读注意挖掘出武侠小说中的思想价值和艺术价值、美感作用、认识作用和教育作用，提高欣赏能力"。这种"要对中国文学史负责"的心态，在中国学者中亦是非常传统及有代表性的。此种心态的产生，其实是内地学者们自觉地认为自己拥有比"一般读者"更高的欣赏能力，所以"指导"大众读者，尤其是青少年读者如何阅读是他们不容推卸的社会责任。其中更深一层的信念是，"文学"并不是只供消闲或娱乐的东西，而是有着"教育作用"的，所以不容等闲视之。这一观念可以说是中国传统"文以载道"理论的延续及变奏。这种心态在《金庸梁羽生通俗小说欣赏》一书中更为明显。

《金庸梁羽生通俗小说欣赏》是（1993）是广西教育出版社出版的《中国现代作家作品欣赏》丛书系列的其中一部，该系列曾于 1988 年获得由"中国出版工作者协会教育出版研究会"颁发的"全国第一届优秀教育图书评选一等奖"，所选作家包括鲁迅、郭沫若、胡适、闻一多、朱自清、沈从文、徐志摩、茅盾、巴金、许地山、王蒙等数十名内地公认的文学大家，文类包括小说、散文、诗歌等。金庸及梁羽生是整个系列中唯一的 1949 年后的港台作家，而以"通俗小说"为题的，也是只此一部。这固然反映港台新派武侠小说在内地的风靡程度，更重要的是，作为"通俗文学"作家，金庸及梁羽生的地位已明显提升，并可与内地经常提到的"严肃文学"或"纯文学"作家相提并论。

自80年代初开放以来，大量港台文学及流行文化，如电影、电视、流行曲等流入内地，在内地缺少通俗文化的情况下迅速流行。然而，在众多流行的文类中，新派武侠小说是最历久不衰的，学术界对这方面的研究最多也最有系统，其中对金庸武侠小说的研究多得令人咋舌。这种文类竟然造成这么大的影响，从内地学者对武侠小说和金庸的论述中可窥视出其对整个香港文化，尤其是通俗文化的论述。

内地对武侠小说的研究，始于其流行程度引起学术界的关注。研究者本身出身学院，一贯从事所谓"严肃文学"研究，忽而转为研究"武侠小说"这类通俗文学，总不免受到压力。在他们的论述中，每每会对自己为何研究"武侠小说"做解释。

北京大学教授陈平原在80年代末研究武侠小说时，提到当时"文人学者中嗜读武侠小说者不在少数，可那是作为娱乐消遣，偶尔在文章中捎带几句，也是以俗为雅。至于正儿八经地把它当作学术工作来努力，起码在目前内地学界还不时兴"。所以，当师友知道他进行有关武侠小说的研究时，都表示惊讶，"长辈中有语重心长劝我不要自暴自弃者，朋辈中也有欣赏我什么都敢玩者"，足可见其所受之压力。但是什么令这个曾经"不大阅读武侠小说"的学者开始以此为研究课题呢？其中一个原因是武侠小说的流行程度。"前几年武侠小说走红，小书摊上随处可见金庸等人作品……武侠小说的流行，是八十年代中国重要的文化现象，值得认真研究……"另外的原因是学术上的。作者"一直从事中国小说的研究……我把从类型学角度理解和描述从古到今的中国小说变迁，作为近期的研究课题。之所以在众多小说类型中选中武侠小说作为试点，除了其演变轨迹比较容易把握外，更重要的是我对通俗文学研究的兴趣……因此，武侠小说作为一种小说类型，同时作为一种通俗文学形式，引起了我浓厚的兴趣"。

陈平原对武侠小说的研究，也许是出于知识分子应有的责任感。他本身并不喜欢看武侠小说，他在代序中强调自己"不大阅读武侠小说"，"不是武侠小说迷（也许永远不是）"，他曾细说自己开始研究武侠小说的原因：

去年夏秋之际，整日无事，随意翻阅了好些金庸等人的作品，或许是因为心境不同，居然慢慢品出点味道来。直到今天，我仍然认为现有的武侠小说是一种娱乐色彩很浓的通俗小说，没必要故作惊人之论，把它说得比高雅小说还高雅。只不过对于关心当代中国文化的人来说，武侠小说确实值得一读。

这番着意的剖白，一来可令师友释疑——原来他离经背道只是关心当代中国文化，并非背叛师门；二来也可见其对武侠小说的潜台词——通俗是通俗，高雅是高雅，作为学者，研究通俗小说不是因为其本身的艺术价值（因为根本没有），而是因为这是文化现象，作为知识分子，学者实在有责任研究。然而，吊诡的是，此书附录了一篇名为"类型等级与武侠小说"的论文，主要论点是"作品有好坏但是类型无高低"。但纵观全文，字里行间对武侠小说仍有"不登大雅之堂"的传统思维，令人慨叹在很多评论家心目中，无论多么"力图排除主观情绪的干扰"，心底的传统信仰依然存在。

的确，对很多学者而言，研究武侠小说只是因为其流行程度令他们不得不做出妥协，并不是因为他们真的相信武侠小说具有和"高档文学"一样的价值。徐扬尚虽然研究金庸小说，但认为金庸小说的流行是"文坛悲哀"。他认为，"武侠小说的盛行与成功正是建立在精英文学的失职之上的"，并进一步无奈地慨叹："本不该领一代风骚的金庸及其武侠小说的超常成功，难道不让有心人为当今的中国文学的虚脱而感到悲哀么？"字里行间，对"精英文学"的信仰仍然牢不可破，对研究武侠小说更有"沦落"的不甘及悲怆。

如果说进入学术殿堂，成为学者，尤其是专门从事文学批评的学者的研究对象，是经典化的标志的话，陈平原的参与可以说是"武侠小说"类型的经典化的第一步。作为一位已处身学院的名教授而言，这部评论集无论成功与否都无损其名，成则可开风气之初；作为研究武侠小说的倡导者，败则不过让至交师友调侃一句徒劳无功，便可重投主流研究。然而，对于其他不在建制内的学者而言，从事非主流研究则是一个扬名立万的机会。

在武侠小说评论圈中，或确切一些说，在金庸武侠小说评论圈中，陈墨是鼎鼎大名的人物。从20世纪90年代初至今，他写了十余部武侠小说和金庸评论的专书，以量而言，两岸三地以至海外都无出其右者。从他从事研究武侠小说或者金庸小说的经过便可见从事传统"严肃文学"研究的学者，要"被逼"转投"通俗文学"怀抱的"无奈处境"。

陈墨所著的《海外新武侠小说论》请其友王希华作序，其中披露了陈墨从事武侠小说评论的经过。此文提到被誉为"内地第一位金学家"的陈墨，原先却是一位不大看得起武侠小说的"正宗文艺理论家"。他开始看武侠小说，是1985年"以专业第一名的成绩考取了中国社会科学院文学所的硕士研究生，等待迟到的正式录取通知时借机读闲书"。在学期间，他从事当代文学研究，著有七八十万字的理论专著：《百年浮躁百年忧思》、《当代名作的艺术局限》、《刘心武论》等。可惜的是，他出道稍迟，时运不济，几部大作至今仍在有关出版社或印刷厂里"即将出版"。于是，一气之下，他更弦易辙，"众人雕龙我雕虫"，转向至今仍被一些"正宗文艺理论家"们所不屑一顾的新派武侠小说研究。

岂知陈墨自此开创了一片新天地，江西人民出版社向他约稿出版《金学研究》系列，并将其列入"国家八五重点出版规划"。此系列共5部著作，逾100万字。难怪友人慨叹，"一位在当时还不满三十岁的年青评论家的著述享受如此厚待，这恐怕也是一个创新的纪录吧？况且还是'不登大雅'之堂的武侠小说研究"。

在陈墨"更弦易辙"的过程中，可以看到年轻一代的文学评论家所面对的处境。在传统文学批评文章多如繁星的时代，欲求脱颖而出实在困难，于是只好改而研究一些自己并不认同甚至抗拒的文类。武侠小说既有悠久的历史，又有数量惊人的著作，最重要的是有庞大的读者群，可保障评论性文章有市场和销路，出版商自然乐于出版。

三、武侠小说自金庸绝矣？

金庸小说成为"经典"已是无可逆转的事实。武侠小说作为一个文类，发展到金庸已到了顶峰，而金庸作为一个作家，他的事业也已达到巅峰。然而吊诡的是，伴随而来的不是武侠小说的盛世，反而是无以为继的困境。作家们常有一种意图或野心，便是写最后一部作品以总结自己所有的作品。我们不敢断言金庸有意识地要总结武侠小说这个文类，但金庸小说的"经典化"似乎正是指向武侠小说的衰亡。

1996年2月，香港的《明报月刊》以"武侠小说兴衰新探"为专题，探讨武侠小说的发展前景。编辑以"新武侠小说一代而绝？"为副题，暗示了"武侠小说"的前景堪虞究竟武侠小说是否真的自金庸而绝？

早在"金学研究"刚兴起时，倪匡便称金庸武侠小说是"空前绝后"的。他认为优秀武侠小说作家的出现是要配合环境的，如"社会风气、教育程度和方式，对中国古代文史的认识"等，而"从时代的变迁来看，这种培育的环境正迅速过去……产生金庸这样的伟大的武侠小说家的时代，已经过去了"。这句话虽然武断，却得到不少人支持。

《明报月刊》编辑孙立川认为，金庸小说的产生配合了"天时、地利、人和"，而最重要的是作家本人的原因。金庸是"新旧社会交换期的文人"，有"相当好的古文根底，又接受西方文学的影响"，这是旧派武侠小说家所不及的；另外，金庸"一手创办《明报》，多年间日复一日地亲撰'社评'"，他的"报人经历也使得他的作品闪现政治智慧及他的处世哲学和政治态度"，这也是后来的作家，如古龙者不能比肩的。所以，孙立川对武侠小说的发展并不乐观，"四十岁以下的中国的武侠小说家们，已不具备金、梁（羽生）所具有的中国的人文识见和学识，电子时代又夺去了许多年轻读者的市场"。

对于武侠小说"后金庸"时代的发展，很多人都是悲观的。除了因为后来的作家的素质普遍没有金庸高之外，有些学者进一步分析了武侠小说作为一个文类，其文学特质已开始不合时宜。杭州大学的吴秀明及陈择纲认为，"金庸武侠模式中未曾解决的问题随着时代的发展和文学现代性步伐的加快，暴露得日益明显"。他们分三方面分析：首先是"武侠小说中传统伦理道德，尤其是女性观念如何现代化"；其次是读者甚至作家本身都对"传统人文信仰包括'除暴安良'的功能作用"产生怀疑；最后更质疑"在金庸之后，像金庸那样超长篇的、多重互涉文本的构建"的可能性。这种论调其实是暗示了经典化的过程，当金庸的武侠小说成为经典后，反而限制了这个文类的发展。

情况真是如此严峻吗？金庸的小说无疑有着经典的示范作用，标志着武侠小说可以达到的艺术高度，但"武侠小说"是一个不继被重新界定的文类，金庸那种糅合历史、结合中国传统文化的写法并不是唯一的表达方式。

古龙是金庸之后成就最高的武侠小说作家。他不讳言自己在刚出道时努力学习金庸，他在《谈我看过的武侠小说》（1983）中说：

我本不愿讨论当代的武侠小说作者，但金庸却可以例外。因为他对这一代武侠小说的影响力，是没有人能比得上的。近十八年来的武侠小说，无论是谁的作品，多多少少都难免受到他的影响。他融合了各家各派之长，其中不仅是武侠小说，还融会了中国古典文学和现代西洋文学，才形成了他自己独特的风格……他创造了这一代武侠小说的风格……我自己在开始写武侠小说时，就几乎是在拼命模仿金庸先生，写了十年后，在写《名剑风流》、《绝代双骄》时，还是在模仿金庸先生。我相信武侠小说作家中，和我同样情况的人并不少。

虽然金庸的影响很大，但古龙也意识到学金庸是无法超越金庸的。早在 1967 年，他便认为：

我们这一代的武侠小说，如果真由平江不肖生的《江湖奇侠传》开始，至还珠楼主的《蜀山剑侠传》到达巅峰，至王度庐的《铁骑银瓶》和朱贞木的《七杀碑》为一变，至金庸的《射雕英雄传》又一变，到现在又有十几年了，现在无疑又已到了变的时候了。要求变，就得求新，就得突破那些陈旧的固定形式，尝试去吸收。

纵观古龙的写作风格，的确做到了求新求变的目的。古龙的小说和金庸、梁羽生的有很大的不同。他一方面摒弃了糅合历史的写法，只把小说背景放在虚空的中国古代，另一方面在写作手法上也大大不同。在武功描写方面，他由金庸小说《神雕侠侣》得到启发，创出"无招胜有招"的方式，又受到日本小说及电影的武打美学影响，只重打斗时气氛的描写，一招决生死，摒弃了冗长的武打场面。在语言文字上，除了受到日本小说的影响外，他把海明威（Emits Hemingway，1899—1961）的语言风格、西方侦探小说中的推理及心理分析、好莱坞电影《007》系列及《教父》的故事情节及人物，甚至近代西方的存在主义、行为主义及心理分析的思想内涵，都融会到自己的武侠小说中，创出和金庸截然不同的武侠小说。如果说金庸写的是"武侠历史小说"，那么古龙的小说可以说是"武侠侦探小说"或"武侠推理小说"。

从某个角度看，古龙对后来武侠小说作家的影响比金庸还要大。他之后的武侠小说家模仿古龙的比模仿金庸的多。曾走红一时的黄鹰（代表作有《天蚕变》及《天龙诀》等）被认为"文字风格酷似古龙"。而号称新派武侠小说四大天王的温瑞安，叶洪生认为他早期的作品"颇受古龙影响，如《四大名捕》系列、《神州奇侠》系列、《血河车》系列皆然"。但学古龙却没人学得好，叶洪生提到古龙的求新求变令武侠作家"千篇一律'泛古龙式'文体、分段及逻辑推理，充斥报章，但因彼辈之才学与想象力远逊古龙，乃沦于'画虎不成反类犬'的境地"。"中国首届武侠小说评奖大会"（1995）的评委之一曹正文提到在30多部参选作品中，"不少作品模仿古龙，从结构到布局，都有'古龙味'，但真正能超越古龙的，还没有一本"。

郑树森提到，"文类的规范，照俄国形式主义的看法，不外是表现手段和技法的组合。一个新文类的逐步出现，只不过是旧有文类的重新整合，也就是旧有艺术手段通过个别艺术家做出新组构"。他又提到很多文类都有"反文类"（countergerlre），但作为大众文学的武侠小说却有些不同：

由于其特质是自我重复、互相模仿、竞夺市场，因此"负面影响"而产生对抗性"反文类"作品的情况极难出现。即或有之，如果市场上成功，模仿性作品就会大量出现，成为另一股风潮，原有的抗诘自然也就瓦解。因此，在大众文学领域，即使偶有个别小突破，类似"反文类"之企图瓦解旧文类的条框成规，但圈限于大众文学的性质，并不会完全反旧文类，而只是在原有体系里做些"改革"。

郑树森的观点正好解释了武侠小说创作当今的困境，那便是抄袭模仿的多，创新突破的少。这正是大众文化受人诟病之处：一旦某个作品的形式证明成功，就会被不停地重复，文化工业的运作又不遗余力地利用，直至阿多诺批评流行音乐时说的"标准化"（stand. radiation），这破坏了作品的艺术性，令其成为商品。

近代武侠小说最受欢迎的例子都是一些用新手法写作的，如还珠楼主的"奇幻仙侠派武侠"、金庸的"历史武侠"、古龙的"推理武侠"和近期大受欢迎、创出"科幻武侠小说"的香港作家黄易等。然而，在他们的创作到达顶峰时，也就是他们代表的武侠小说类型到达了顶峰，后来者无以为继，一定要另窥别径才可生存。所以，可见究竟什么才是"武侠小说"，其实并没有一定的准则，金庸小说并不能代表所有武侠小说。

然而，这样的分析并不是说学者们对武侠小说前途的忧虑是杞人忧天。虽然在金庸之后，古龙、温瑞安、黄易等都创出了不同形式的武侠小说，但事实上，这些作家的受欢迎程度始终无法超越金庸。根据1997年至1999年以北京地区为主所进行的社会问卷调查《现阶段文艺审美取向与价值取向》的结果，在93.3%的武侠小说阅读者中，于作者选项（金庸、古龙、梁羽生、温瑞安、萧逸等）中，选择"金庸"的读者占85.7%，选择"古龙"的占7.1%，将"金庸"、"古龙"并列的占10.7%。金庸占了压倒性的胜利。金庸和古龙小说的流行，除了本身可读性强之外，和由他们的小说衍生出的"副产品"大受欢迎也有关。他们二人的小说不断被改编成电影、电视剧、漫画甚至电子游戏，而其中又以改编金庸小说的持久性较强。读者对金庸长久的情有独钟，而相对其他作者一代一代的更替，证明金庸作品具备了成为经典的一个重要条件，即能经受多重层面的长时期反复阅读，在这场"经典化"的淘汰赛中大获全胜。

文类的转变会带来生机，发展成为更成熟的作品，但这个规律似乎在武侠小说的发展上，在金庸之后并不适用。金庸其实也是"武侠小说"的改造者，他做了很多新尝试，如加入了西方的写作技巧及电影镜头运用等，都得到了学者的肯定。他的洗手作《鹿鼎记》更是违反了一般武侠小说的成规，被郑树森赞许为"作为大众文学之武侠小说，最接近'反文类'的一次表现"。然而，在他之后其他武侠作家的创新所得到的却是毁多于誉。古龙还好些，大部分学者都赞赏他能在金庸的巨大阴影下成功开创了一片新天地，其他的便只有批评了。经典作品必定有排他性。金庸小说成功，它的排他性亦即之出现，任何和金庸小说的写作形式不同的作品难免备受质疑，想打开一片新天地，看来似乎不易。

对金庸以后作家的批评所持的论点其实只有一个，便是那些作家写的已不再是武侠小说了。古龙之后，武侠小说的写作方式越来越"现代化"。如以"现代派"自居的温瑞安的作品《杀了你，好吗?》、《请请，请请请》、《没有说过坏话的可以不看》等，这些书名本身已脱离了武侠小说标题的规范，不再指向武侠小说了。温瑞安少年时写现代诗和散文，并致力写评论文章，专门研究"美学"及"诗学"，早在十七八岁时已有论文发表在台湾的"纯文学"杂志里，曾有评论者认为他是"第一位把纯文学融会在武侠小说创作里的人"。然而，叶洪生却认为温瑞安这种写作风格非常不妥当。他认为："'托古言事'的武侠小说必须具备传统中国风味，决不可用'现代'来包装，否则小说文理、神理的一致性势将破坏无遗。"他对这些"不再是中国武侠小说而是'西化武侠'"的"超新派武侠小说"非常不满，认为"这正是今天武侠小说面临的创作危机"，因为这些小说"失去了中国古典之美，与历史文化感情一刀两断！除非它'返璞归真'，从传统再出发，否则'异化'之武侠小说如梦幻泡影，势必与时俱没"。

吴秀明及陈择纲的分析更为精辟，他们认为古龙与温瑞安把现代派的写作手法引入武侠小说，借此改造人们长期形成的阅读心理的努力很难成功，这是因为：

一定的手法总与一定的精神趣味、价值取向相联系。总的看来，武侠小说的精神内涵至今仍然倾向于古典与传统，属于新守成主义文学思潮的范畴。要使它与现代文化形态全面接轨，实在是一个非常艰苦而复杂的改造工作。以为将一些现代派文艺的写作模式引入武侠小说，就完成对武侠小说文本的"现代改造"，这肯定是一场误会。

金庸武侠小说的经典化，除了不可否认的文学价值之外，更重要的是其他因素。在经典化的过程中，内有金庸自己不断为其作品营造"经典"的面貌，外有不同的学术及社会文化环境的抗衡和互动，于是金庸的经典地位从此确定。这绝对是近代文学史上最成功的一次通俗小说经典化的例子。通过对这项经典化的研究，引证了两岸学术界不同的关怀或焦虑：持有不同意见的学者如何利用金庸小说研究推销自己的理念？过去的 20 年间，华人社会无论在政治或社会都经历了巨大转变，各种新的文学价值观正待建立，金庸小说研究在这种环境的配合下，得以昂然驰骋入学术殿堂，成为经典。遗憾的是，其他的武侠小说还没有足够的条件成为经典。

武侠小说流行了这么多年，学术界对金庸以外武侠作家的作品的讨论和金庸相比简直少得可怜，即使有也是贬多于褒。大型的研讨会从 1989 年的"武侠小说研讨会"慢慢变成 1998 年以后的"金庸小说研讨会"，都说明了一个事实——被"经典化"的只是金庸小说，而不是"武侠小说"。

【第三章】

张爱玲——作为上海的"她者"的香港

第一节　张爱玲生平

张爱玲出生于 1920 年 9 月 30 日，祖籍河北丰润，生于上海，原名张瑛。祖父张佩纶是清末的著名大臣，祖母是李鸿章之女，父亲属于遗少型的少爷，母亲是新式女性。3 岁时随父母生活在天津，并开始趴在母亲床上跟着母亲背诵唐诗。父亲娶姨太太后，母亲与姑姑一起出洋。

少年时代：1926 年（6 岁）入私塾，在读诗背经的同时，开始写小说。第一部小说写一个家庭悲剧，第二部小说是关于一个女郎失恋自杀的故事，还写过一篇类似乌托邦的小说，名为"快乐村"。1927 年（7 岁）随家回到上海。不久，母亲回国，跟着母亲学画画、钢琴和英文。她曾说："我是一个古怪的女孩，从小被视为天才，除了发展我的天才外别无生存的目标……九岁时，我踌躇着不知道应当选择音乐或美术做我终身的事业。看了一张描写穷困的画家的影片后，我哭了一场，决定做一个钢琴家，在富丽堂皇的音乐厅里演奏。"（后来，张爱玲笔下的女人都是怕穷的，为了不过穷日子，在当时女性无路可走的情况下，都不约而同地选择了婚姻作为自己的奋斗方式和目标）1929 年（9 岁）入小学，报名时母亲一时踌躇，觉得"张瑛"不够响亮，"胡乱译两个字"，取名"张爱玲"。后来，她在《必也正名乎》一文中说："我自己有一个恶俗不堪的名字，明知其俗而不打算换一个……"其原因就在于对母亲送她上学的珍贵回忆。跟着母亲读老舍发表在《小说月报》上的《二马》，并从此喜欢上老舍的小说。后父母协议离婚，父亲再娶，母亲再次出洋。父亲和后母都吸鸦片，家里总是云雾弥漫。1931 年（11 岁）秋，入上海圣玛利亚女子中学，住校，很少回家。时有习作（包括中文和英文）刊载于学校的校刊《凤藻》上，并不时有读书评论等文章见于校外的《国光》等报纸杂志。1934 年（14 岁），曾以现代社会为背景写过小说《摩登红楼梦》。1937 年（17 岁）夏天毕业，母亲再次回国。向父亲提出留学要求，遭拒绝，后母借此与张爱玲冲突，父亲发威将张爱玲禁闭在家中，病在床上几乎丧命，姑姑来劝也被打伤。后逃到母亲家中，不久弟弟也跟着逃出，被母亲劝回。1938年（18 岁）考取英国伦敦大学，因战事未能前往。

初露头角：1939 年（19 岁）秋，改入香港大学文学系。不久，在《西风》月刊上发表她的处女作《天才梦》（散文）。1942 年（22 岁），因太平洋战争爆发，香港大学停办，未能毕业,与终生好友炎樱同船返回上海。后报考上海圣约翰大学,却因"国文不及格"而未被录取。于是,开始为《泰晤士报》和《20世纪》等英文杂志撰稿。

一鸣惊人:1943年(23岁,与曹禺10年前"一鸣惊人"时同岁),开始在《紫罗兰》、《万象》、《杂志》、《天地》、《古今》等各种类型的刊物上大量发表小说和散文。1943—1944年,是张爱玲一生中最重要的两个年份:1943年,她在周瘦鹃主编的《紫罗兰》上发表了《沉香屑·第一炉香》后,一发而不可收。在这两年的时间里,她创作和发表了她一生中最重要的小说和散文,包括小说《沉香屑·第一炉香》(1943年4月)、《沉香屑·第二炉香》(1943年5月)、《茉莉香片》(1943年6月)、《心经》(1943年7月)、《封锁》(1943年8月)、《倾城之恋》(1943年9月)、《金锁记》(1943年10月)、《琉璃瓦》(1943年10月)、《年青的时候》(1944年1月)、《花凋》(1944年2月)、《鸿鸾禧》(1944年5月)、《红玫瑰与白玫瑰》(1944年6月)、《桂花蒸阿小悲秋》(1944年9月)、《等》(1944年11月),以及散文《到底是上海人》、《洋人看京戏及其他》、《更衣记》、《公寓生活记趣》、《烬余录》、《谈女人》、《论写作》、《有女同车》、《自己的文章》、《私语》、《谈画》、《谈音乐》等。1944年5月,著名翻译家傅雷以"迅雨"的笔名发表了当时最重要的评论文章《论张爱玲的小说》。同年8月,张爱玲出版了她一生中最重要的小说集《传奇》。同年11月,她又出版了她一生中最重要的散文集《流言》。这一年,张爱玲与才子胡兰成举行了婚礼,完成了她的第一次婚姻,由好友炎樱证婚。不幸的是,这次婚姻只维持了两年。

转瞬即逝:1945年2月,张爱玲与苏青这两位当时上海最负盛名的女作家接受记者采访,就"女人、家庭、婚姻"等问题展开的对谈,仿佛成了她的最后辉煌。抗战胜利后,她已经很少有作品问世。1947年,她开始"触电",创作了电影剧本《太太万岁》和《不了情》,但已无"沦陷时期"的风头。上海解放后,她仍然还在创作。1951年以"梁京"的笔名发表的长篇小说《十八春》,被看作是她创作生涯的"回光返照"。

离开大陆:1952年7月,赴香港,供职于香港的美国新闻处。1955年秋,赴美国定居,兴趣主要从创作转向了研究,先住纽约,曾与炎樱一起拜访过胡适。第二年,移居新罕布什尔州,结识美国剧作家赖雅,并于同年8月在纽约结婚。1957年,在台湾的《文学杂志》上发表了她到美国后创作的小说《五四遗事》。1961年,应香港电懋影业公司的邀请,去台湾收集资料后赴香港创作电影剧本《红楼梦》、《南北和》及其续集《南北一家亲》、《小儿女》、《一曲难忘》,回美国后还创作了《南北喜相逢》。1966年,将中篇旧作《金锁记》改写为长篇小说《怨女》在香港《星岛晚报》连载。1967年,赖雅去世后,应雷德克里芙女校的邀请,做驻校作家。1969年,将旧作《十八春》略做改动后,易名为"半生缘"在台湾出版。同年,又应柏克莱加州大学之邀,在中国研究中心任研究员。

最后余晖:1972年,在香港出版中文译作《老人与海》。1973年移居洛杉矶。1977年出版多年"《红楼梦》研究"的成果《红楼梦魇》。1979年,夏志清的《中国现代小说史》译成中文在香港出版并传入大陆,出现第二次"张爱玲热"。1981年出版《〈海上花列传〉评注》,1983年又将人物对话为"苏白"的《海上花列传》译为国语出版,后又译为英文。1994年,出版自传《对照殖民与先锋:中国痛苦记》。从1991年起,台北皇冠出版有限公司开始以"典藏版"形式陆续出版《张爱玲全集》(16卷),包括她最后的《对照记》,是迄今为止最为完整的一套张爱玲作品集。张爱玲在晚年长期闭门谢客,过着寂寞的隐居生活。1995 年 9 月 8 日，被人发现孤独地死于洛杉矶家中。

第二节　香港生活与香港传奇

　　活跃于 20 世纪三四十年代大陆文坛的著名作家张爱玲，是叙写香港的重要一员。中学毕业后，年仅 19 岁的张爱玲来到香港求学，这并非她的本意。她参加英国伦敦大学在上海举行的考试，考取了第一名。但恰在此时，太平洋战争爆发，英国去不成了，她这才改进了香港大学，阴差阳错，她与香港的机缘也就由此生发。三年的香港生活也许是她人生的一个意外，然而这段"意外"却成就了她的"香港佳作"，成就了香港文坛的可喜收获。

　　在香港的三年，用她自己的话说，那时她"真的发愤用功了"，每一样功课都能考第一，并且连得了两个奖学金。有一位教授甚至说，他教了十几年的书，从来没给过张爱玲这样的分数。当然，这一切她也是付出了牺牲与代价的。她放弃了许多的闲暇娱乐及轻松的游玩心境。偶尔与同学出去游山玩水、看人、谈天，她总是被迫着的，心里很不情愿，认为是糟蹋时间。

　　然而，她自己也承认，在香港的三年，与她真正有益的也许还是学业之余的这些与山水、人、与环境、社会的接触。香港对于张爱玲来说，是个全新的天地。这里接近热带的自然地理环境，蓝的海、红土的山崖、长得泼辣妖异的植物，还有殖民地特有的风土人情，无不给她留下新鲜、深刻的印象。在她这个外来者的眼中，这一切都化为一种刺激的、犯冲的、不调和的色彩和情调。这里的人也是令她感到新鲜而又陌生的。她的同学多半来自英国各殖民地国家，印度人、安南人、马来西亚人、南洋华侨的子弟、英国移民的后裔、欧亚混血儿都有，种族文化背景各不相同。她中学的同学与她的背景纵有不同，相去亦不至太远，何况大都是在相同的环境中长大的，而她现在的同学在心理、行为方式对她则都有着几分谜的味道。

　　那时的她恐怕也没想到这块地方、这些人、这里的一切会进入她的小说。她在港大的三年已经使她对这里的一切留下深刻的印象，她于有意无意之间已经捕捉到了一些重要的信息。如她自己所说，"生活空气的浸润感染，往往是在有意无意中的"，不必先有个存心。所以，一旦回到上海，提起笔来写小说，不久前她还生活于其中的那个世界，她在那里见到的、听到的、感到的，都在她的意识中鲜活地蠢动起来，迅即为她的想象力照亮。她最先写出的"传奇"都是香港传奇，最早发表的三篇小说都是以香港为背景的。

　　三年的港大生活，她付出的辛劳不能算是白费，且不提她门门第一的成绩，她对西方文化、西方历史和文学的了解也是在这三年里打下的底子。她的人生观也是在这段时间里成形。她离开香港不久后即走进文坛，而她一出手写出的作品（不论是英文的还是中文的）已经显示出她对人生的独特而稳定的把握（其后很少变化，有变化也不是方向性的转换）——那已经是一种相当成熟的人生态度，而在中学时代她与这样的成熟还相去甚远。

　　只是就她而言，无论是在美学趣味方面，还是在人生观方面，她得自教师的地方很少，多半是自己的揣摩钻研。并且，在香港读大学迷上绘画的一段时间里，她得到了一个教训："想做什么，立刻去做，否则来不及了。'人'是最拿不准的东西了。"

只有她的历史老师佛朗士教授对她的影响较大，这是她在文章中少有提及的。佛朗士教授对那些枯燥乏味的教科书以及四平八稳的历史书显然是不满的，"官样文章被他要着花腔一念，便显得十分滑稽"。张爱玲从中听出了他对历史的"独到的见地"。她曾说："现实这样东西是没有系统的，像七八个话匣子同时开唱，各唱各的，打成一片混沌。"也因此她私下里总希望历史评论家"多说点不相干的话"，而她从佛朗士教授那里听到了自己想听的东西，佛朗士教授的课对她来说某种程度上启迪和支持了她后来的态度："清坚决绝的宇宙观，不论是政治上的还是哲学上的，总未免使人嫌烦。"张爱玲称，学生（当然也包括她自己）从佛朗士那里"得到了一点历史的亲切感和扼要的世界观"，并且说"可以从他那里学到很多很多"。她在文章中很少对人表示出这样的敬意。而值得注意的是，"历史的亲切感"与"扼要的世界观"恰好也点明了张爱玲把握、认识人生的独特方式以及人生观构成上的特点。她厌恶理论，并不追求观念上的自相一致而希望在对历史、人生的"亲切感"与"扼要的世界观"之间求得平衡与统一。所谓"扼要的世界观"，作为对人生、对世界的粗略看法，本身也许分量不够，却因为有对历史、对现实的深切感受做底子而显得丰厚。在粗略的一条条看法之间，直接与间接的经验维持着活跃的演出，貌似矛盾的见解皆消融、调和于深切的感受以及对现实的态度之中。唯其如此，人生观对张爱玲具体而微，几乎是一种可以触到、见到、嗅到的、不失感性生命的存在。

1942 年 12 月，日本人进攻香港，中断了她埋首书本的学生生活。如果说在开始写作生涯之前，张爱玲已经拥有一个相当完整的经验世界，一个稳定、成熟的人生观，那么可以说，港战的经历为其补上了最后的、也是重要的一笔。

香港是英国人的殖民地，香港的抗战是英国人的抗战。开战的消息在这里并没有像在内地那样激起高涨的民族情绪。张爱玲只是个冷眼的旁观和体验者，像她周围的大多数人一样，映现在她眼中的战争不是它的政治色彩、民族色彩，而是它的灾难性质。在这个意义上，战争如同不可抗拒的自然灾害。

英军的一座要塞挨着港大，日军的飞机来轰炸，她和同学们都躲到宿舍最下层黑漆漆的箱子间里，听着外面机关枪响着如同雨打残荷，有说不出的惶恐与恍惚。几天禁闭过后，港大停止了办公，有地方可去的同学都走了，张爱玲随着一大帮同学到防空总部去报名，领了证章参加守城工作。此举是出于不得已，她倒不是要做志愿者，学校已关门大吉，离开学校她便无处可去，吃住都无着落。可是领了证章也不见得就得了保险，战事期间到处都乱作一团，像她这样的防空团员只能分到米和黄豆，没有油，也无燃料。张爱玲原本不善自理，更未对付过这种日子。也许是无从措手，也许是懒得动手，她接连两天什么都没吃，"飘飘然去上工"。

战争，不仅使她有了饥饿的体验，更重要的是她体验到了人生的安稳是何其脆弱。在灾难的背景下，所有的一切都失去了确定性。她回忆围城的感受时，曾如此描述："……什么都是模糊、瑟缩、靠不住。回不了家，等回去了，家也许已经不存在了，房子可以毁掉，钱转眼可以成为废纸，人可以死，自己更是朝不保夕……无牵无挂的空虚与绝望……"仍然是一种不安全感，只是现在已不仅仅是从纯粹个人遭际出发，而是获得了更广阔的视景。同时，由于战争带来的破坏与一己环境中的不和谐相比更是无从捉摸、无从控制的，因此不安全感就来得分外强烈。就在这样的感受中，张爱玲升腾起自己关于个人命运的玄思：社会、历史的运作有如天道无亲，个人是渺小而微不足道的，被拨弄于不可知力量的股掌之间，根本无从掌握自己的命运，自觉的努力、追求"注定了要被打翻的吧"？面对一己人生的沉浮变换，人唯有茫然、惘然。这样的想法成为她下意识的一部分背景。战争、社会性的运动等等非个人的人类行为在她皆表现为惘惘地威胁，无情地侵入个人的世界，不由分说地将个人裹挟而去。所以，她的小说尽管大多不是社会性的，然而超出那些沉醉于封闭世界的浑然不觉的人物的世界之外，读者总能意识到故事后面是一个风雨飘摇的世界。这是在港战中获得的忧患意识。在《倾城之恋》的结尾，她借着对白流苏命运的议论，将她在港战中的感受直白地表达出来：

香港的陷落成全了她。但是在这不可理喻的世界里，谁知道什么是因、什么是果？谁知道呢？也许就为了成全她，一个大都市倾覆了，成千上万的人死去，成千上万的人痛苦着，跟着惊天动地的大改革……流苏并不觉得她在历史上的地位有什么微妙之点。她只是笑吟吟地站起身来，将蚊烟香盘踢到桌子底下去。

同时，香港的都市生活体验还培养出了她特有的都市敏感性。她自己说：

我喜欢听市声。比我有诗意的人在枕上听松涛，听海啸，我是非得听见电车声才睡得着觉的。在香港山上，只有冬季里，北风彻夜吹着常青树，还有一点电车的韵味，常年住在闹市里的人大约非得出了城之后才知道它里边是些什么。城里人的思想，背景是条纹布的慢子，淡淡的白条子便是行驰着的电车——平行的，匀净的，声响的河流，汩汩流入下意识里去。

这显然是现代都市生活浸染出的特有的生活情致与韵味，是与从前的田园生活中的文人墨客的生活情调迥然有异的，也是随着现代都市的发展而产生的新的美学品位。张爱玲这种特有的都市敏感与性情喜好也是她成功叙写香港的一个重要奥妙所在，使她善于捕捉城市的灵性与韵致，徐徐道来，情态尽显，使她成为描写现代都市生活的圣手。

可以说，香港的生活与生命体验直接促成了她的香港题材小说的创作，这是毋庸置疑的。"想做什么，立刻去做，否则来不及了，'人'是最拿不准的东西。"香港生活中得来的教训也被运用到现实生活中来了。"出名要趁早啊！"这种观念支配之下的张爱玲把她最初发表的小说迅速结集出版。1944年9月，张爱玲的第一部小说集《传奇》出版，四个以香港为题材的故事被收录其中，它们是《倾城之恋》、《茉莉香片》、《沉香屑·第一炉香》、《沉香屑·第二炉香》，此外还有《金锁记》、《琉璃瓦》、《心经》、《年轻的时候》、《花凋》、《封锁》等共十部中短篇小说。

这些小说中，张爱玲故意制造出"奇"的效果。张爱玲知道，只要让人物离开日常的心境，他们周围的世界便会变得陌生，而当人物被放置到一个对她来说是新的环境时，他们会有异样的感觉。也因此，她把她的主人公们放到香港来表现，即表现他们自己，也表现了他们所看到的、感受到的、经历过的香港。对于那些香港题材的小说来说，这个"奇"总的来看主要是出自香港这个相异于中国内地的充满异域文化色彩的殖民地生活环境。而在每一作品中，又表现出具体的不同，被赋予了多重的含意。《沉香屑·第一炉香》中的"奇"来自葛薇龙面对的以她姑妈家为中心的中西合璧的带有浓烈殖民色彩的新奇的环境，《沉香屑·第二炉香》中的"奇"来自殖民地洋人的奇特的事件，《茉莉香片》中的"奇"来自聂传庆的被新旧文化折磨着的变态心理，《倾城之恋》中的"奇"来自因港战而引发的突转的结局，看似不同，其实无不涂染着香港殖民地特有的社会、文化色彩。

而"传奇"并非是奇闻轶事，而是发生在香港的普通人物身上的，也就是说，张爱玲是把普遍的人性凝定在普通人的身上。《传奇》初版的扉页上有作者这样的题词："书名叫传奇,目的是在传奇里寻找普通人,在普通人里寻找传奇。"这里的普通人当然便是社会学、经济学意义上的划分——按照贫与富的标准,或按照社会地位的高低,几亿中国百姓眼中的白流苏、葛薇龙等,当然不是那么普通,这里的普通是与英雄、超人相对的一个概念,或者说这里的"普通"是一种品格气质、精神思想上的范畴。之所以普通,是因为他们大都没有脱俗的理想,没有过人的理性,没有超人的毅力,没有超凡的美德。他们只是按照世俗的要求,按照自己的常识处世行事,好与坏都被平庸限制着,干不出惊人的事件,只配领略平淡无奇的生活。唯其普通,体现在这些人身上的人性、人生悲剧在张爱玲看来才更带有普遍的意味,至于把普通人与传奇联系在一起,则是她希望在普通人身上咀嚼出浓稠的人生况味,而又将奇归于不奇,滤去人们一厢情愿掺和在巧合事件中的浪漫成分与对生活的玄思妙想而呈现出生活固有的本真与永恒的轮回。

尽管香港的生活与生命体验直接促成了张爱玲香港题材小说的创作,然而联系她的作品与她个人的人生经历就不难发现,上海才是她创作的"根",香港在她的文本里是作为上海的一个传奇、一个"她者"来叙写的。张爱玲不是上海人,却总是以上海人自居。成长于上海的人生经历,童年就开始了文学创作生涯,使她把文学的根也深深地扎在里面。这不仅表现在她创作叙写香港的作品中都有一个与上海的比较视角,还在于前后内容与人物发展的一个相续、转折的过程。上海经验为她的香港写作提供一个前提,而她的创作也是以上海为指归。她自己说:"我为上海人写了一本香港传奇……写它的时候,无时无刻不想到上海人,因为我是试着用上海人的观点来察看香港的……我喜欢上海人,我希望上海人喜欢我的书。"这从她的文本里也可清晰看出。也就是说,她用来洞视香港的是一双上海人的眼睛。她的那些叙写香港的重要作品《倾城之恋》、《沉香屑·第一炉香》、《茉莉香片》等,都是以移居香港的上海人为主人公。他们在香港的生活背后有的另一个直接的生活背景就是上海,并处处构成两种生活的对照与辉映。另外两篇虽没直接注明是上海来的,但有一个中国背景却也是明确指出的。如《沉香屑·第二炉香》中,故事的讲述者"我"是一个中国人的身份是首先被明确界定了的,并与英国人的讲述者构成对话与挑战。小说中的主人公愫细母女尽管是外国人,可也有一段在中国天津的生活经历,并且有了她姐姐靡丽笙在天津的一段不幸的婚姻。这在某种程度上,就是主人公的即将开始的婚姻悲剧的伏笔与预演。《连环套》中不知家在何处、被他人所买卖的主人公赛姆生太太,文中的第一句话就是"赛姆生太太是中国人",她的中国背景似乎是需要最先明确的。这样,张爱玲五篇叙写香港的作品都有一个中国背景,这是不容置疑的,也是她有意为之的,而她是用她自己作为上海人的文化经验来阐释中国文化的,如她认为"上海人是传统的中国人加上近代高压生活的磨炼。新旧文化种种畸形产物的交流,结果也许是不甚健康的,但是这里有一种奇异的智慧。"因此,她的香港小说某种程度上可看作是中国人在香港的一种传奇经历。香港,这个带有浓厚殖民色彩的殖民地使他们的生活呈现为另一种转机与变换,这是她回到上海叙写香港的小说的出发点。她一回到上海,就开始酝酿咀嚼她的香港生活,并以此为题材着手她的香港传奇的写作。从小说《沉香屑·第一炉香》、《沉香屑·第二炉香》的创作并成功发表,她一鼓作气,先后写下了日后名震文坛的《金锁记》、《倾城之恋》等。因此,她从上海与香港的比较视角出发去叙写香港,就是自然而然的了。主人公本身的上海背景先不提(梁太太、葛薇龙、白流苏、聂传庆都是来自上海),建立在上海视野之上的两个城市的对照性文字更是时时可见，在文中不胜枚举，如"香港城不比上海有作为……香港没有上海有涵养"，"香港社会处处模仿英国习惯，然而总喜欢画蛇添足，弄得全失本来面目……洋气十足，未免有些不伦不类"。可见，这双用来洞视香港的上海人的眼睛是十分尖刻与挑剔的，充满着上海小女人特有的高傲与矜持。

其实，正如著名评论家王德威所说："张的口气不无'上海人'的矜持与高傲，香港的一切也许只宜作为上海人阅读遐想的材料。但另一方面，张也流露一种对香港惺惺相惜的感觉。香港的繁华神秘，哪里是中国多数地方所能体会，也许只有命运雷同的上海还能领略一二吧？"

第三节　华美而悲哀的——张爱玲小说里的香港定位

一、作为一种叙事方式

张爱玲在她的小说《茉莉香片》的开端，似乎是给香港下了一个定义：

我给您沏的这一壶茉莉香片，也许是太苦了一点。我将要说给您听的一段香港传奇，恐怕也是一样的苦——香港是一个华美的但是悲哀的城。

她不仅在《茉莉香片》中是如此点题，而且在《沉香屑·第二炉香》中的开端也特意点明了小说华美而悲哀的基调：

说到淫秽的故事，克荔门婷似乎正有一个要告诉我，但是我知道结果那一定不是淫秽的，而是一个悲哀的故事。人生往往是如此——不彻底。

故事悲哀得连作者本人都有点不忍心了：

我有一种不应当的感觉，仿佛云端里看厮杀似的，有些惨酷。

这种华美与悲哀的基调，不管是张爱玲在小说开端是否明确点明，她的描写香港的小说似乎都贯穿了这一点。

不仅如此，通览她叙写香港的小说还可以发现：华美与悲哀是张爱玲言说香港的主要方式，是她切入香港故事的起点与终点，还以此来架构故事，展开小说的情节，表现人物命运，成为她写作香港小说谋篇布局的一个基本模式。小说中的主人公大都有着一段华美逐渐转化为惨痛与悲哀的人生经历。故事开始时，主人公经常处于一个人生转折的当日，通过一段具体的生活故事，主人公在生活中的情形发生了变化，基本是向悲哀转化：或是被毁灭，或是沦落到比原先更不堪的境地，然后小说也就戛然而止。

这些故事的开端大都是华美的，异常绚丽诱人；故事的最后往往又有一个极其悲惨的结局，令人惨不忍睹。如《沉香屑·第二炉香》中，故事的开端是开着车、带着鲜花、生活优越、即将当新郎的大学教授罗杰去见他的新娘：

对于罗杰，那是个淡色的，高音的世界，到处是光与音乐。他的庞大的快乐，在他的烧热的耳朵里正像夏天正午的蝉一般，无休无歇地叫着："吱……吱……吱……"一阵子清冽的歌声，细，细得要断了；然而震得人发聋……今天，他是一位重要人物，谁都得让他三分，因为今天下午两点钟，他，将和世界上最美丽的女人结婚了。

然而，由于新娘所受教育的缺陷，使他在新婚之夜就陷入了人生的困境当中，并在随之而来的周围人的流言蜚语、冷嘲热讽的世俗环境中走向了生命的终结。

自杀前，也是故事结束的时候，他的感受是：

黑暗，从小屋暗起，一直暗到宇宙的尽头，太古的洪荒——人的幻想，神的影子也没有留过踪迹的地方，浩浩荡荡的和平与寂灭。屋里与屋外打成了一片，宇宙的黑暗进到他屋子里来了。

人生极度华美与悲哀的两个极端都被他短时间的体验到了，他多年来平淡然而安宁的生活也被彻底毁掉了。

再如《茉莉香片》的开端，坐在公交车上的主人公聂传庆是富家子弟，他放学归来坐在红成一片的杜鹃花的后面，在粉霞缎一般的花光的映衬下，很有几分女性美，然后又有美丽的少女言丹朱前来跟他搭讪……然而，实质上他却是被专制的父亲与封建包办婚姻的恶果折磨着的一个精神上的畸零者、心灵上的变态者。他最后求爱不成，发疯样地向女同学言丹朱的施暴行为，其实是他自己的一种自戕行为。在故事的最后，他追求爱情与新生活的愿望全部破灭："传庆的眼泪直淌下来，嘴部掣动了一下，仿佛想笑，可又动弹不得，脸上像冻了一层冰壳子，身上也像冻上了一层冰壳子。"

《沉香屑·第一炉香》中的葛薇龙，开端是纯洁美丽的少女，站在姑妈家中西合璧的豪宅前，暗自决心做事要行得正，立得正……却很快就陷入姑妈设下的豪华奢侈的生活陷阱中，迷失了人生方向，且陷入其中难以自拔。她的每一次希望与挣扎都化作了在现实面前更进一步的让步，最终是步步后退，彻底投降。故事的最后，她成了一个被一大帮水兵调戏、追逐的妓女，只能在黑暗中流泪……对人生盛宴的追求化作了自身沦落为烟花的凄凄惨惨。

作者还调动一切艺术手段，如色彩、气味、周围景物、人物感觉等来营造、渲染这种华美与悲哀的氛围，并形成鲜明的对比：罗杰初登场时周围是一片明亮的、"到处充满光与音乐"世界，而后来则是他"走到哪里，暗到哪里"，最后则是"宇宙的黑暗进到他屋子里来了……"《茉莉香片》中的聂传庆一出现是脸映在一片杜鹃花的后面，"衬着粉霞缎一般的花光，很有几份女性美"，快到家时"他的脸换了一副背景，也似乎是黄了，暗了"，最后则是"家里冷极了，白粉墙也冻得发了青……屋子里闻得见灰尘与头发的油腻的气味"。

香港的人是华美与悲哀的，香港的故事是华美而悲哀的，香港这座城市也是华美而悲哀的。香港的繁华，看在刚到香港的白流苏眼里是：

那是个火辣辣的下午，望过去最触目的便是码头上围列着的巨型广告牌：红的，橘红的，粉红的，倒映在绿油油的海水里，一条条，一抹抹刺激性的反冲的色素，窜上落下，在水底下厮杀的异常热闹。

如此繁华、炫目的香港，很快在遭受战争浩劫之后变成：

一到了晚上，在那死的城市里，没有灯，没有人声，只有那荇荇的寒风，三个不同的音阶，"喔……呵……呜……"无穷无尽地叫唤着……只是三条虚无的气，真空的桥梁，通入黑暗，通入虚空的虚空。这里什么都完了。剩下点断壁颓垣，失去记忆的文明人在黄昏中跌跌绊绊摸来摸去，像是找着点什么，其实是什么都完了。

华美与悲哀的对比是何等强烈，又是何等的令人触目惊心！张爱玲就是如此透过华美与悲哀来演绎她的香港故事的。正如评论家王德威指出的：

张将创作事业中最绚烂也最荒凉的爱情故事留给了香港……张在香港的数月的烽火经验，必曾更让她对城市文明与人情的瞬息劫毁有了刻骨铭心的领悟。从瓦砾堆里回顾刹那喧闹，从"苍凉"里见证"华丽"，张的香港去来竟提前为她日后的上海写作立下基调。

这种对香港的叙写，也许包含着张爱玲对香港与香港人生活的独特理解与省察。张爱玲的这一系列基调、写作模式如此相似的香港故事，似乎都在给香港这座城市定位：华美而悲哀的城。

二、作为一种人生阐释

《倾城之恋》中上海小姐白流苏一到香港就敏锐地感受到，"在这夸张的城里，就是栽个跟头，只怕也比别处痛些，心里不由得七上八下起来"。香港的华美是基于它的浮面，也就是它的物质层面。香港的商业社会特征，与国内遗老遗少携带资产的前来避难，使这座城市有着豪华的、炫目的外观，一如初到香港的白流苏的眼睛所看到的那个各色广告牌林立厮杀的场景。看在初来乍到的白流苏眼里，香港的华美是那样的抢眼、夸张与炫耀，无论是静态的广告牌、山崖，还是流动的汽车、人群，都充满着一种躁动不安的氛围，似乎暗示着这种华美的外表底下掩藏着看不见的波汹浪涌、暗礁险滩。与城市外观相适应，生活于其中的人们，尤其是故事中的主人公，在物质上大都骄奢淫逸，较之平民百姓，过着算得上是很奢侈的生活，如葛薇龙的姑妈梁太太居家的奢华糜烂，聂传庆家仆人成群、房产庞大，大学教授的罗杰，安白登有着丰厚的教学薪金，出入有私人汽车，家务由仆人料理，他要迎娶的新娘是全世界最美的……他们的生活方式与娱乐休闲是高雅浪漫的社交宴会、园会、网球、钢琴曲……然而，这一切并非就是幸福的缘由与保证，却常常潜隐的是无限悲凉的生命情境，一切璀璨光华都不过是过眼云烟。华美如此易失，悲哀则是恒常永久的。他们的悲哀并非根源于物质的匮乏或穷人的生存艰难，而更多是源于精神上的，源于社会、人生的难以预料与不可捉摸，是香港社会世俗风情及文化环境与人自身的人性使然。

张爱玲的这些香港故事中，悲哀的最基本的缘由是香港殖民地特殊的现实社会处境。香港的英属殖民地身份，使生活于其中的华人处于被殖民被统治的悲惨地位。殖民与种族歧视、文化抑制相纠葛，被殖民、被压制的社会现实就成为他（她）们带有宿命意味的悲剧命运的源泉。这是香港被割占时就被决定了的，是他们个人无法逃脱的命运轨道。如葛薇龙与她的姑妈梁太太、白流苏、汤姆生太太等，纵有倾国倾城貌，也只有作为男性的欲望对象时才有所价值。她们注定了只有被染有殖民色彩的男性玩弄的份，得不到精神上的尊重，人格的独立更是她们的一种天真的幻想或自欺欺人的愿望。

悲哀的另一缘由，是积习深重的封建文化传统与腐朽没落的旧式生活方式。作为中国封建产物的遗老遗少们携带资产移居香港，使得他们逃脱了内地革命的冲击，他们身上的种种封建陋习非但没有得到遏制，反而得以保全并依然延续着、戕害着年轻的生命，如《茉莉香片》中聂传庆的终日吸鸦片的父亲对他的精神上的扭曲与伤害。张爱玲自己就是没落世家的后裔，故对旧式生活的腐朽没落有着深切的体验与清醒的省察。正如鲁迅先生所说，这些情形，"非同阶级是不能深知的，加以袭击，撕其面具，当比不熟悉此中情形者更加有力"。张爱玲小说中形形色色的人物凑聚在一起，反映着他们身后的生活方式、文化背景的病态。张爱玲准确地把握了她的人物封闭于其中的那种生活的颓丧、没落的特征。

张爱玲的系列小说也因此成为展现旧式生活奄奄一息、行将就木的一卷褪色的画卷。聂传庆跑不了，葛薇龙跑不了，她小说世界里的大多数人也都跑不了。因为虽然在繁华的香港，他们依然按照老的时钟生活，"他们唱歌唱走了板，跟不上生命的胡琴"，为旧的生活方式封闭着，而这里的一切正在走下坡路。他们如同坐在就要坠落山崖的闷罐子车内，谁也脱不得身，只能像少女郑川嫦临死前感觉到的那样，"硕大无朋的自身和这腐烂美丽的世界，两个尸身背对背拴在一起，你坠着我，我坠着你，往下沉"。这些小说人物与旧文化、旧的生活方式正是这种"你坠着我，我坠着你"的关系，如聂传庆，如白流苏的娘家人等。也许，逃离这种生活还有获得救赎的希望，于是上海人白流苏"赌一把"的冒险，梁太太甘当富人小妾的投机，葛薇龙对姑妈亲情的过于信赖，她们到充满殖民色彩的香港或新生活中来了。

然而，正如葛薇龙、罗杰、聂传庆等所演绎的一曲更大的人生悲剧那样，殖民地华美的生活掩饰着更深的生活陷阱、更大的急流险滩，一个不小心，他们便被裹挟进去，遍体鳞伤且不说，甚至连命也搭进去了，旧的生活方式不仅依旧存在着，而且与殖民地特有的西化生活方式相结合，具有更大的欺骗性与风险性。现实环境对人的制约力量是如此强大，个人的努力只是徒劳挣扎、无力逆转的一个残酷的现实。故事中的人物初登场时，都在不同程度上抱着掌握自己命运的信念，以为自己的处境可以通过个人的努力能够改善，当故事的帐幕徐徐落下时，他们的信念全部夭折，不得不承认现实环境的力量。表现在外部的活动上，便是明知挣扎无益，便不挣扎了，执着也是徒然，便舍弃了——他们都是小人物，没有"知不可为而为之"的勇气。这样的循环往复同时也暴露了人的盲目与无知，那些人物抱有的信念与人生真相之间的巨大反差就是证明。人们的盲目无知还反映在人物对现实的错觉当中。《沉香屑·第二炉香》中的罗杰·安白登教授开着汽车，春风得意，"他深信绝对不会出乱子，他有一种安全的感觉"。其实，他的身边危机四伏，充满不安。张爱玲有意识地强调他的安全感，用以与后面接踵而至的打击形成对比，与四周不安的环境形成对比。他很快就在追找逃跑的新娘愫细的路上感受到"一片征忡的庞大而不彻底的宁静"：安全感变成了恐怖感，他最后就在这恐怖感中自杀。这个结局冷酷地嘲弄了他在登场时的感觉，也显出了个人的无力感。葛薇龙刚出场时更是满怀着对生活的纯真希望，然而作为殖民者一员的罗杰尚且如此，作为一个弱势群体里孤单无助的少女，就更是在劫难逃了，不管她自己的想法多么美好。同时，他们反叛封建家庭所抱有的对香港所预示的"现代"生活的期望的最终失落，显示出以殖民统治为前提的现实的残酷性与欺骗性。

现实的力量一方面衬托出人的渺小、人的无知，映照出现实的不可抗拒，另一方面，也是现实环境催发诱惑之下人性自身的悲剧，这也是张爱玲解读香港的深刻所在。张爱玲不把现实看作外在于人的存在。人就是这样冷酷的肮脏复杂的不可理喻的现实的承载物，也是其中的一部分。或者说，现实不仅是外部世界的真实，也是人性的真实。导致人物失败与挫折的不单是外来的苦难，更是人的与生俱来的人性的弱点与情欲的驱动。外部世界诚然是不可理喻的，人本身就是可以理喻的吗？葛薇龙"明明知道乔琪乔不过是个极普通的浪子，没有什么可怕，可怕的是他引起的她的蛮暴的热情"。其实，也是这种异域色彩的生活引起她蛮暴的热情，使她再也不能回上海过那种平淡朴实然而索然寡味的日子。

人逃脱不了情欲的支配，这就是张爱玲发现的人性的规定。她经常以情欲、以非理性来解释人物的失败与挫折，既非因果报应的迷信，也不是一个坏到极点的恶人，或是偶然的巧合所导致，而是根入人性的深处，在环境的催发、诱惑之下爆发出来，形成悲剧。王国维在《红楼梦评论》中按照叔本华的观念，将悲剧分为三种：第一种是"由恶之人，及其所有之能力以交媾"；第二种是"由于盲目之命运者"；第三种是"由于剧中人物之位置及关系，而不得不然者，非必有蛇蝎之性质与意外之变也"。在王国维看来，这三种悲剧展示了一种必然："但由普通之人物，普通之境遇，逼之不得不如是，彼等明知其害，交施之而交受之，各加以力而各不任其咎……彼示人生最之大不幸，非例外之事，而人生之所固有故也，若前二种之悲剧，吾人对蛇蝎之人物与盲目之命运，未尝不悚然战栗，然以其罕见之故，犹悻吾生之可以免，而不必求息肩之地也。但在第三种则见此非常之势力，足以破坏人生之福祉者，无时而不可坠于吾前，且此等残酷之行，不但时时可受诸己，而或可以加诸人，躬于其酷，而无不平之可鸣，此可谓天下至惨也。"假如说当时旧小说、鸳鸯蝴蝶小说所写之悲剧属于前两种的话，那么张爱玲小说中表现的就是第三种悲剧——无时不在，无所不在，而又无不平之可鸣的"至惨悲剧"，而"不得不然"的人物位置则是不同人物情欲交会作用的结果。每个人都有情欲，悲剧的因素不仅存在于外在的威胁，更在于人的本性之中，因此悲剧不是人们可能会遇到的偶然，而是人人必将面临的必然。情欲与生命相始终，悲剧因此无休无止，不断袭来，一步一步将人引入更加悲惨的境地。人之不幸，诚如老子所说："吾所以有大患者，惟吾有身。"不幸是注定的、与生俱来的，张爱玲的小说中故而迷漫着宿命的气息。

对于张爱玲，对于香港，人性的、人生的悲剧是永恒的、无涯的，因此往远处望，朝透里想，万事皆悲；看看眼前，看看周围，人才感到还有可为，还能找到一点快乐，她的人物都在眼前的欢乐中寻找着避难所。葛薇龙在湾仔旁边看到的是"无边的荒凉，无边的恐怖"，"她的未来也是如此——不能想，想起来只有无边的恐怖，她没有天长地久的计划，只有在这眼前的琐碎的小东西里，她的畏缩不宁的心能够得到暂时的休息"。张爱玲在小说里多次写到人物，突出了人的不敢想、不能想，以说明直面人生给人带来的重压。

人性是盲目的，人生因盲目而残酷。在香港故事中，这一切表现为现实的肮脏、复杂、不可理喻，新与旧、情与欲等等复杂因素交织在一起，假如不是被情欲或是虚荣心所欺瞒，就是被它们所轰毁。人对现实的了解实质上仅限于这一点：生活即痛苦，人生即是永恒的悲剧。这就是人所能达到的最高的，也是真正的认识。

张爱玲曾经这样议论《金瓶梅》、《红楼梦》："只有在物质的细节上，它得到欢悦……仔仔细细开出整桌的菜单，毫无倦意，不为什么，就因为喜欢——细节往往是和美畅快、引人入胜的，而主题永远悲观，一切对于人生的笼统观察都指向虚无。"显然，这些都对她的创作有着重要的影响，也适合对她香港小说的阐释。

王安忆曾如此评议：

"张爱玲笔下的上海，是最易打动人心的图书，但真懂的人其实不多。没有多少人能从她所描写的细节里体会到这城市的虚无。正是因为她是临着虚无之深渊，她才必须要紧紧地用手用身子去贴住这些具有美感的细节，但人们只看见这些细节。"

张爱玲在她早期的获奖散文《天才梦》中，最后一句写道："生命是一袭华美的袍，上面爬满了虱子。"展现"华美的袍"与上面的"虱子"，某种程度上可以理解为张爱玲就她所熟知并表现在小说中对人生、对香港的独特理解与表现方式，也可以说是她从小就从无意识中确立起来的一种对人生的理解与感悟，而香港这座华美而悲哀的城市又恰好在这点上与她所熟知理解的人生相契合，成为了她成功地诠释香港这座城市及生活于其中的人们的人生的主要方式。

第四节　《茉莉香片》：理想父亲"缺失"的焦虑与困境

张爱玲的短篇小说《茉莉香片》讲述了一个香港青年学生聂传庆的悲剧故事。主人公在自己的封建遗少型父亲的折磨下，变成了一个精神的残废与畸零者。这悲剧对主人公而言，是一则缺乏理想父亲认同的悲剧，这固然是他个人的悲剧，但某种意义上，也可看作是一则香港自身的悲剧。

米查里奇的畅销书《无父亲社会》（1963 年）指出，在现代社会，孩子们看不到父亲具体劳动的姿态，与此同时，孩子们丧失了生活方式的样板、规范和传统，结果这一代人形成了不稳定的人格同一性，显示出后退、漠不关心、攻击性等特征。这典型地体现在了小说主人公聂传庆的身上。

聂传庆的主要生活场景就是他的父亲、他的家，还有一个时常附和着父亲，对他冷嘲热讽的继母。他的生母早已离世。他的父亲是个封建遗少型的人物，整天无所事事，家里终日迷漫着鸦片的烟香……尽管这个家只是故事中的一个场景，但是他的家、他的父亲却是他苦恼的真正根源，是他一切不幸的滋生地。

关于他的家中情形，小说是如此交代的："他家是一座大宅。他们刚从上海搬来的时候，满院子的花木，没两三年的工夫，枯的枯，死的死，砍掉的砍掉，太阳晒着，满眼的荒凉。一个打杂的，在草地上拖翻了一张藤椅子，把一壶滚水浇了上去，杀臭虫。"这里，跟当时的中国的情形差不多，原先繁华兴旺的封建清王朝已是腐朽没落、满目凋零，且已招了臭虫——外国侵略者，难以复原了。家业的庞大说明他家的经济实力曾经庞大，而满院凋零的花木则说明他家庭的实力的衰退与萎靡，甚至已经招了臭虫，可见，已是到了内里朽腐的程度了；仆人用开水去烫，只是做着治标不治本的简单清理，而无法从根本上消除它们了。

小说中聂传庆父亲的形象是，"他父亲聂介臣，汗衫外面罩着一件油渍斑斑的雪青软缎小背心，他后母蓬着头．一身黑，面对面地躺在烟铺上"。对终日躺在烟片塌上的父亲，文中一提而过，由此展开的则是他父亲对他的肉体的、精神上的折磨。

聂传庆的一只耳朵聋了，是父亲打的。父亲只要一不顺心，就打他一个重重的嘴巴子。肉体的折磨还不是主要的，父亲对他的折磨更重要的还是精神上的。父亲对他的评价是"跷脚的骡子跟马跑，跑折了腿，也是空的"，"三分像人，七分像鬼"，"贼头鬼脑的"……这种日积月累、天长日久的精神上的折磨，使他的心灵严重扭曲与畸形，思想与行为上有着种种怪异的表现。

"他不爱看见女孩子，尤其是健全美丽的女孩子，因为她们对于自己分外的感到不满意。"这使他寻根究底，终于明白了他是父亲、母亲不幸的封建包办婚姻的牺牲品。

20 多年前，他的母亲当年与言子夜自由恋爱不成，被逼嫁给她不爱的他的父亲聂介臣，无爱的婚姻使母亲抑郁而死，也使他的父亲迁怒于他。

229

　　至于那无名的磨人的忧郁，他现在明白了，那就是爱——二十多年前的，绝望的爱。二十多年后，刀子生锈了，然而还是刀。在他母亲心里的一把刀，又在他心里绞动了。

　　这种种磨折的一个直接后果就是对自己父亲的强烈憎恨与厌恶，因而连带着也憎恶父亲遗传在他自己身上了：他发现他有好些地方酷肖他父亲，不但是面部轮廓与五官四肢，连行走的姿态与种种小动作都像。他深恶痛绝那存在于他自身内的聂介臣。他有方法可以躲避他父亲，但是他自己是永远寸步不离地跟在身边的。

　　然而，这种磨折给他的最强大的驱动力便是去寻找理想的父亲。为此，他把理想父亲的原型锁定在他的国文老师、母亲曾经爱恋的对象——言子夜教授身上。

　　如此终日惶惑不安的心态严重地影响了他的学业，使原本对他很有好感的言子夜教授也大为恼火。尤其是他懦弱的性格、淌眼抹泪的行为，更是无形中触怒了身为他的老师的言子夜教授。言子夜教授公然把他从课堂上轰了出去，这使他悲痛欲绝。这种悲痛是深深的爱的失落，所以理想父亲给予他的也同样是痛苦与折磨。正如文中所说："他父亲骂他为'猪、狗'，再骂得厉害些也不打紧，因为他根本看不起他父亲。可是言子夜轻轻的一句话就使他痛心疾首，死也不能忘记。"然而，他依然对这理想父亲抱有希望，他急切地、热烈地渴望着与言子夜建立一点关系。

　　他不要报复，只要一点爱——尤其是言家人的爱，既然言家与他没有血统关系，那么就是婚姻关系也行。无论如何，他要和言家有一点联系。

　　这驱使着他热烈地追求言教授的女儿、他的同班同学言丹朱。

　　对着言丹朱，他有一段热烈的表白：

　　丹朱，如果你同别人相爱着，对于他，你不过是一个爱人。可是对于我，你不单是一个爱人，你是一个创造者，一个父亲、母亲，一个新的环境、新的天地，你是过去与未来，你是神。

　　这里，言丹朱与言教授父女对他隐喻意味着的理想生活的救赎意义是显而易见的，对自己父亲的憎恶与对理想父亲的祈求是终日折磨着他的心灵炼狱。言丹朱对他的爱的拒绝，是他寻找理想父亲的希望的破灭，也是他对新生活希望的破灭，这由此引发了他身上潜藏着的蛮暴的激情，使他发疯一样残忍地向她施暴，从而导致新一轮、更大的悲剧的产生。

　　对自己的父亲逃避不了，理想的父亲又求之不得，这就是聂传庆的人生困境。这样的人生困境使他处于无所适从的精神焦虑与性格的扭曲异化当中。徘徊在现实父亲与理想父亲中的聂传庆在某种程度上隐喻着当时香港自身的处境。香港的亲生父亲是中国内地，而这个父亲与聂传庆的父亲聂介臣差不多，甚至更糟，尽管有过辉煌的过去，现在却是一个浑浑噩噩的封建残余，在风雨飘摇中自身难保，且被胁迫把自己的亲生儿子香港交给殖民者蹂躏。无论是作为母国还是现实，给予当时香港的，就像聂传庆的父亲给予聂传庆的，都是一种折磨。它的中国特征先天性地烙印在香港人身上，给香港人招来的是被殖民的暴力及种族歧视的现实凭证。就像聂传庆摆脱不了父亲遗传在他身上的因子一样，香港人也摆脱不了作为黄色中国人在他们身上的印记，这是他们逃脱不了的现实梦魇，也是当时香港人苦难的根源。作为专门向殖民地人民施暴的英国殖民者更不是理想的父亲形象，即便是香港人情愿屈服，它也始终未把香港当作亲生儿子来看，更何况它是向香港人具体施暴的殖民者。聂传庆的理想父亲是像言子夜教授那样的，受过高等教育，富有正义感与爱国心的中国现代知识分子。而这样的理想父亲，对于殖民地香港、对于聂传庆都只能是自我安慰的一个幻想，在香港的殖民地身份没有解除之前是不可能拥有的。苦苦寻找理想的父亲而不得，两个所谓的现实的"父亲"又在时时给予它磨难与痛苦，因此它不得不面对一个像聂传庆那样的生存困境，在寻求与失落的过程中，被扭曲、被异化。香港人的认同艰难一直是困扰他们的一个重要现实困境。对母国的这种创伤性记忆，也使他们家国观念淡漠，给他们自己带来的则是种种畸形的异化现象，与聂传庆的悲剧如出一辙。

聂传庆曾希望通过爱情获得救赎，结果换来的是更大的失落与灾难，而香港的众多人也常常是希望通过爱情获得救赎，其实这些人本身就喻指着殖民地香港，其结果也是陷入了更大的悲剧之中。张爱玲叙写的聂传庆的焦虑与认同困境，在那个特定的年代处处契合殖民地香港的认同困境，也就是一个缺乏理想父亲认同的现实困境。

其实，这也是张爱玲自己的人生困境。她的父亲也是一个堕落、腐朽的遗老遗少，对她冷酷无情，还曾在把她毒打一顿之后，关在一间黑房子里达半年之久。这使张爱玲一直处于缺乏理想父亲认同的现实焦虑与困境中。她也曾寄希望于爱情的救赎，她先后找到的理想爱人都是比她年长许多的父亲型的人，遗憾的是这两个人都对她倾注的并非真情，更不是她理想的父亲形象，都给她带来的是更大的痛苦与折磨，令她饱经创伤与失望。对理想父亲的寻找，成为折磨她一生的梦魇，也使她性格变得怪异、孤僻。这种由个人体验出来的焦虑困境，直接地、自觉不自觉地投射到了她小说的主人公身上，投射到香港的身上，因而写得生动自然、入木三分，这种焦虑情结与困境被刻画得淋漓尽致、震撼人心。

父亲的意义有时候并非只是血缘亲情意义上的，在日常生活中，他还意味着一个生活样板、一种行为方式、一种价值观念。没有理想父亲的生活，某种程度上就是缺乏理想生活模式可认同，从而使孩子没有现成的样板可效法，在日常生活中无所适从，常常会导致孩子行为方式的混乱和情绪的盲目冲动。而一个残暴的、冷酷无情的父亲，对孩子则更是悲剧性的。现代教育专家们认为，父亲对孩子的性别角色、性格形成、智慧培养、能力发展等起着重要作用，对孩子的人格发展与社会交往能力的影响都是巨大的。

被称为"法国的弗洛伊德"的雅克·拉康指出：

人类儿童与其他动物的幼崽不同，无法控制自己的行为，于是他就需要一个外在的模本来统一自己的行为。所以，六个月大的儿童看到自己在镜子中的形象或者在模仿他人的同时也就发现了其自身的形象。儿童在模仿这个想象中的对映体的同时，也赋予了他自我本身永远无法获得的个性的统一性、一贯性和整体性。

从心理学的角度，让我们可以看到传统意义上"父亲"对从传统中来的孩子、妇女所具有的重要意义。

然而，对于香港来说还不仅如此。正如著名评论家张旭东在《民族主义与当代中国》中所说：

香港的殖民地、国际城市、华人社会的三重性使她成为一个"证明一般法则的例外"。

香港的殖民地身份，使它除一般常理之外，还有着它的殖民地身份的牵制。

无论是殖民者的英国文化还是中国封建传统文化，都是一种根深蒂固的男权文化。男性的生殖器崇拜，不但根深蒂固存在于殖民者的意识里，也存在于被殖民的、从封建传统中走来的被殖民者的意识里。殖民事业在大英帝国的意识里一向被认为是男人的事业，是男子汉展现其威力与雄风的疆场，是充满冒险和征服欲的抒写英雄传奇的伟大霸业。

殖民作家康拉得的《黑暗的心》中的马洛更是一语中的："她们'在这一切之外'……"

"父亲"在中国传统文化观念"君君臣臣，父父子子"中，排在中国伦理观念的首位，既意味着对国家、对妇女、孩子绝对的权利，也意味着至高的尊严。而作为殖民地的香港，政府的政治、文化等各方面的权利全部都归殖民统治者所有，当地华人没有也不可能有任何参与、保障自己的社会、政治等权利。这种权利的被剥夺，意味着殖民统治者对当地一向以男权为中心的中国男性的集体阉割，意味着"父亲"这一中国传统意义的强有力的符号功能被剥夺，既失去了传统上的尊严感，也不具有现实的强大的指涉功能。殖民地男性成为被剥夺"父亲"身份的去势男人，甚至连性格都如《沉香屑·第一炉香》中交际明星周吉婕所谓"杂种的男孩子们，再好的也是脾气有点阴沉沉的，带点丫头气"，从而导致现实与精神层面上双重意义上的缺失。这对传统观念中一向依附于他们的妇女与孩子来说，就具有了更大的悲剧意义。孩子们无所适从的焦虑与困惑、后退、麻木、攻击性等特征都对他们的生活、性格带来了灾难性的后果。而中国传统女性无论精神还是物质都完全依赖于男性，这对她们而言，就更是带来了毁灭性的灾难。殖民的另一面就是现代性。香港在殖民统治下，中国人强行被逼迫脱离原来的传统轨道，中间没有任何的转化机制与相应引导，就直接被逼上现代路途，而这些女性的观念却没有相应地跟着变化，甚至只有观念的变化也不够，她们缺乏适应现代社会的相应的知识与能力。从小接受封建传统教育的她们，在现代社会就只能导致悲剧的结局，这也是典型的时代过渡者的悲剧。

所以，在殖民地香港，中国女性的集体性沦落也可以从这里找到最终的根源。这还将在后面的章节中详细谈到。后来，中国男性借助于殖民统治的夹缝，依靠经济的才华与能力，重振中国的男性雄风，而女性也最终脱离传统轨道，接受现代观念的培育与训练，进入现代社会，也都能从这里找到出发点。但这是香港 20 世纪六七十年代之后的事了。需要指出的是，这也是造成香港华人过于或只能在经济中寻求出路的重要原因，无论男性、女性都只能从经济中寻求保障与安全感，所以香港后来发展而成极端的经济主义与消费社会现实都能从这里找到根源。而在张爱玲的时代，也就是 20 世纪三四十年代，却正是这种"父亲"权利被集体阉割半个世纪之后所展露出的种种的焦虑与危机的现实困境。然而即便后来，只有经济实力，缺乏政治、社会的根本性保障的男性实力依然是危机重重。但有一点是毋庸置疑的，只要殖民统治存在，殖民者就不可能把社会政治权利全部自动回归华人，这是作为殖民地的被殖民的人们无法摆脱的梦魇。只有结束殖民统治，殖民地人民获得自己主宰命运的权利，这一切才可能最终得以解决。

第五节　主要生活场景："家"的失落与不安全社会

在解读张爱玲小说里的香港主要生活场景之前，也许有必要先把生活场景的定义界定一下。"场景"一词在《现代汉语大词典》中的解释为"指戏剧、电影等艺术作品中的场面"，在《文艺理论词典》中的解释为"也叫场面。是人物与人物之间在一定的时间、地点相互发生关系而构成的生活画面"。那么，具体讲来，生活场景应该是指呈现在作品中提供人物生存活动时的特定景观，包括地域、气候、景致等自然因素，也包括文化、道德、伦理等社会内涵。地域性是其最明显的特点，但这地域必须是在气候、文化等因素笼罩或浸染下的地域。

在这样的界定基础上，张爱玲叙写香港的作品就是一个个香港生活场景的故事，她的故事写作的转换实际上就是从一个生活场景到另一个生活场景的转移，最终都是香港这块独特的殖民地。张爱玲是个场景意识很明确、很自觉的作家。她的作品中一个个场景的营造，无不涂染着香港浓郁的地方色彩，呈现出鲜明的地域、文化特征。她的作品里场景众多，如舞厅、饭店、电影、印度绸缎庄、海滩、咖啡馆等等，都是她曾细致描绘过的人物生活场景。她的人物命运与故事情节也往往借助于这些场景的转移而得以展开。如《倾城之恋》中的白流苏与范柳原就是在舞厅中相遇相识，然后到香港，入住在浅水湾饭店，他们的主要生活内容不外是去海滩游乐、去饭店吃饭、出游散步等，整个故事就是由这些生活场景构成的一幕一幕流动的画面。因场景众多，不能一一展开，因此本文只选取她小说中几个较为重要的、有代表性的场景来分析一下。

"家"的场景，几乎是张爱玲叙写的香港故事中着笔最多、展现人物最得力的舞台。在张爱玲的那个年代香港人的生活依然维持着传统中的"家"的生活模式，女主人公大都是传统的，没有外出工作，留守在家，唯有以婚姻为奋斗目标的"女结婚员"，如白流苏、葛薇龙、梁太太等；男的大都是有钱有闲的遗老遗少或浪荡公子。张爱玲叙写的故事也多是男女情事，因此家庭成为小说人物的主要生活场景，也成为张爱玲叙写人物、讲述故事的一个重要场所。也因此，家庭场景即便不是她小说中最重要的场景，也是她小说中出现频率最高的场景之一。张爱玲叙写的香港故事的家庭场景基本来说大都涂抹着殖民地的鲜明色彩——中西合璧的、传统与现代杂糅的，但侧重点不同，大致又可分为两大类：一类侧重于西化，如葛薇龙姑妈梁太太的家，罗杰、愫细的家等。另一类侧重于中国传统，如聂传庆的家、白流苏上海的家等，他们倾向不同，却殊途同归，在殖民地香港演绎着共同的悲剧命运，反映着光怪陆离的殖民地生活。

张爱玲对"家"的生活场景有着许多精致与详细的描绘。白流苏在上海的家是："白公馆有这么一点像神仙的洞府。这里悠悠忽忽过了一天，世上已经过了一千年，可是这里过了一千年，也同一天差不多，因为每天都是一样的单调与无聊。"停滞便意味着腐朽，封建大家庭的生活就是如此的沉闷、乏味，令人窒息。而几千年的中国封建社会就是在这样封闭、停滞的家庭生活中循环往复的，主人公白流苏就是常年在这样的环境中被囚禁、被压抑着的，使她盼望着越出常规，赢得一种新生活。这是白流苏出走香港的最主要动因。"旧"家的朽腐成为她到香港寻找"新"家的推动力。

聂传庆的家也是一个典型的封建大家庭，即使已搬到香港，整个腐朽的封建生活方式还是维系着：父亲是终日无所事事、只知道抽大烟的遗老遗少，而且性情残暴，因婚姻的不如意，对自己的亲生儿子冷酷无情。这也是聂传庆对理想父亲言子夜教授热烈向往的主要缘由。

对梁太太那个在香港的半山上中西合璧的豪华的家，作者也有着极其细致的描画，如外观类似最摩登的电影院，屋顶却是仿古的琉璃瓦，一派西化布局，却又有着一些中国传统物件点缀。作者由表及里，对每一装饰布局都做了细致入微的描画，显示出这个"家"中西杂糅的特质，并用了许多精彩的意象，如种着艳丽玫瑰的花园像一只金漆托盘，映着灯光的玻璃像薄荷酒里的冰块……透过这些场景，作者展示的是香港五光十色、中西特征混杂并糅的殖民地特征，反映、表现着生活于其中的人们的中西交织的生活方式及由此导致的中西文化冲突中的精神状态与心理特征。

不难看出，白流苏上海的家与聂传庆在香港的家都是中国封建社会弊端在现代社会冲击下的反映。梁太太那个中西合璧的家是殖民地香港的一个缩影。他们共聚香港，正是香港作为殖民地中西混杂、参差对照的特征体现。显然，作者透过这些家庭场景，展示的是那个特定时代香港殖民地藏污纳垢的文化与生活情景，传达着作者对那个社会的理解与洞察。在梁太太的家中，种种封建陋习与西方现代图景硬生生地拼凑在一起，造成一种光怪陆离的殖民地生活景观，为我们管窥那个时代的香港生活提供了一个生动的实例、一个经典的范本。

张爱玲叙写的"家"并不是充满温馨浪漫的所在，反而恰恰是人们尔虞我诈、钩心斗角、互相伤害的战场。一场场厮杀角斗之后，最终有人会牺牲或败下阵来，或落得个七烙八伤……这些彼此的折磨与倾轧不是来自外来的仇人，而是来自骨肉亲人间的，如白流苏的亲哥哥对她的欺压与倾轧，他利用封建家长的身份花光了她的钱，却想把她驱逐出门；折磨聂传庆的是他的亲生父亲；最终迫使葛薇龙沦为妓女的命运，是她姑妈一手导演的一曲好戏；逼得罗杰走向自杀的是他最爱的女人……这些血缘关系相近、本该相亲相依的亲人，却变成了互相利用、互相倾轧、互相厮杀的对象。人与人之间最冷酷、最无情的关系莫过如此，人世间最寻常的伦理亲情被彻底扭曲异化了。

中国传统文化一向讲究"家国同构"，讲究"家"、"国"两个层面的融通。家就是缩小了的"国"，"国"是家的延伸。因此，张爱玲通过对这些家庭场景的描绘，其实是反映着这些"家"背后的"国"的社会生活情景。尤其是其中亲情的陷落、人性的扭曲，也在无情地暴露、揭示出这封建与殖民杂糅的腐朽与没落的生活方式，显示出危机重重的封建帝国与殖民统治。

宴会也是张爱玲的小说中经常出现的一个重要场景，这里是香港殖民地中西合璧生活方式中最富有殖民色彩的一部分。宴会是香港上流社会的重要交际方式，是"家"的延伸部分，是封建家庭溢出"几千年如一日"的沉闷生活的一个意外，因为西方社会文化进入了，这是西方文化打破沉闷的中国传统家庭的一个直接体现。香港的殖民地特色，使小说中有了不少这方面的描写。小说中有时侧写，有时细描，梁太太家举办的那个园会是作者着笔最精细的：

园会这一举，还是英国十九世纪的遗风……香港人的园会，却是青出于蓝。香港社会处处模仿英国习惯，然而总喜欢画蛇添足，弄得全失本来面目。梁太太这园会，便渲染着浓厚的地方色彩。草地上遍植五尺来高福字大灯笼，黄昏时点上了火，影影绰绰的，正像好莱坞拍摄《清宫秘史》时不可少的道具。灯笼丛里却又歪歪斜斜插了几把海滩上用的遮阳伞，洋气十足，未免有些不伦不类。丫头老妈子们，一律拖着油松大辫，用银盘子颤巍巍托着鸡尾酒、果汁、茶点，弯着腰在伞柄林中穿来穿去。

这本是纯粹的模仿西方的生活方式之举，在香港举办，便被添置上电影布景似的中国特色，在不伦不类当中，其哗众取宠的本质暴露无遗，这正是殖民地香港的独特景观。然而，这种宾客云集、浪漫喧哗的交际场合，这种看似快乐、幽雅的消闲生活，上演的却是一幕幕尔虞我诈、人欲物欲横流、情场如战场的精彩把戏。

这里，各种人物粉墨登场，人与人之间错综复杂、各怀心态的精彩表演，正如电影镜头般，一幕一幕展现在人们的眼前。如梁太太一边与青年学生卢兆麟"两个人四颗眼珠子，似乎是用线穿成一串似的，难解难分"，一边的乔琪乔又"把那眼风一五一十地送了过来……他们三个人，眉毛官司打得热闹……"而这卢兆麟本是为着葛薇龙而来的，却被梁太太略施小计就抢了过去，而葛薇龙在替梁太太解围的同时，也与乔琪乔有了个浪漫的开端，开始滑向乔琪乔的陷阱当中……借助这样的社交场合，各种人物有了面对面的直接交锋，既是故事发展的一个高潮，同时也为故事的进一步发展埋下伏笔，是张爱玲演绎香港故事的一个重要生活场景。"宴会"是"家"的扩大与延伸，也可以说是"家"与"几家"或与"他家"关系的展现。而这些场景中，展现的依然是"家人"之间的尔虞我诈的冷酷关系，只是更为复杂、更为多样化。透过场景管窥人生是张爱玲香港故事的重要言说方式。她的作品中一幕一幕的生活场景缤纷多彩，却都暗潮涌动、杀机处处，随着场景的移动，人物一步一步走向悲剧的结局。

大学校园也是张爱玲香港故事中一再出现的重要生活场景，这当然是得自她在香港三年的大学生活体验。这里有香港殖民地特有的地域特征及生活方式。如《沉香屑·第一炉香》中罗杰教授的日常琐碎的生活，就是借助于富有地域特征的动植物而得以多姿多彩地展现出来的：

华南大学的空气是不适于思想的。春天，满山的杜鹃花在缠绵雨里红着，簌簌落落，落不完地落，红不断地红。夏天，你爬过黄土的垄子去上课，夹道开着红而热的木槿花，像许多烧残的小太阳。秋天与冬天，空气脆而甜润，像夹心饼干。山风，海风，呜呜吹着棕绿的，苍银色的树。你只想带着几只狗，呼啸着去爬山，做一些不用脑子的剧烈的运动。时间就这样过去了。

独特的地域特征是和人物的情感、处境紧密联系在一起，尤其是与特定的生活方式联系在一起，反映的正是该地区独特的人文风貌与地域特征。人与景就那么生动自然地结合在一起，诗意盎然，反映的正是罗杰所在的香港华南大学的人文、地域特征及其特有的生活方式。

然而，如此诗意的校园生活，在张爱玲的作品里却并非是独立于肮脏、复杂的社会现实环境的一块乐园、净土，而恰恰是这现实的一部分，或是其延展。这校园之中即隐藏着静静的杀机，如他出事的那天，整个校园都"怔忡不宁"："在这些花木之间，又有无数的昆虫，蠕蠕地爬动，唧唧地叫唤着，再加上银色的小四脚蛇，格格作响的青蛙，造成一片怔忡不宁的庞大而不彻底的寂静"。而更为骚动不安的是那些校园里的好事者与多事者，他们有意或无意中所渲染、传播的流言蜚语，在无情地宰杀着无辜的罗杰，使大学教授罗杰就在这特定的校园场景中，以他婚姻的巨变为引子一步一步被逼上生命的绝路。甚至可以说，罗杰的故事就是校园场景演绎出的一出悲剧故事。可见，这个场景中危机四伏的残酷性。大学教授罗杰就在这样的环境里被逼上绝路。《沉香屑·第一炉香》中周吉婕曾说："这个年头儿，谁是那么个罗曼蒂克的傻子？"而罗杰是，所以他死了。

《茉莉香片》也是发生在以大学校园为主要生活场景的悲剧。大学的名字也是华南大学。故事主要发生在男女两个大学生之间：聂传庆与言丹朱。大学教授言子夜是主人公聂传庆心中的理想父亲形象，他们之间的矛盾冲突也大都是在课堂、教室和学校舞会之后等校园场景展开的，人物之间的关系是同学、老师之间的关系，故事起因则是同学恋爱不成。显然，这是一曲更富于校园特色的悲剧故事，主人公也都更年轻一些。然而，这里校园不再是青年人浪漫的天堂，与复杂的社会背景相结合，就变成了充满不幸与暴力的地狱。青年学生聂传庆那个封建积习深厚的家，与充满新生活气息的校园生活，同时像两把锯，在日日切割着他的心。他渴望新的却得不到，想摆脱旧的又摆脱不了，最终演化成了暴力冲突。这是殖民地香港各种文化、生活方式冲突、演化、综合作用下的一曲青年人的悲剧。

《沉香屑·第二炉香》中也有涉及大学场景的描写：如葛薇龙就是为了能留在香港读书而去求助于姑妈梁太太的，而浪荡公子乔琪乔的劣迹败行就是在他大学生活里露出端倪的，用她妹妹的话说，是出类拔萃的不成材了。这成为理解他在社会上的放荡不羁的生活的一个前提。可见，这里的大学生活是与外面的社会生活紧密联系在一起的，是它的不可分割的一部分。显然，在小说中一再出现的"华南大学"在某种程度上就是张爱玲所在的香港大学的投影。熟悉的校园生活，成为她一再叙写的对象，成为她小说中人物的一个重要的生活场景。

这些本该最亲近、最纯洁的"家庭"和"校园"的生活场景，却是杀机处处、危影幢幢的地方。如果说张爱玲"家"的失落是为她"国"的失落寓言伏笔，那么"纯洁"的校园的沦落，展现的就是殖民地香港是一个人情冷酷、人性扭曲、缺乏安全感的社会环境。

第三编　澳门文学篇

【第一章】

澳门文学概述

　　澳门，与台湾、香港一样，都是中国神圣不可分割的领土；澳门文学，也和台湾文学、香港文学一样，都是中国文学密不可分的部分。随着回归的效应，澳门文学逐渐被广大读者所认识，但澳门文学至今未被作为文学史进入大学讲堂，实属遗憾！但伴着研究的深入，其愈来愈受到重视。笔者认为把澳门文学作为中国文学的一部分，和其他文学一样受到同样礼遇，既显示其多样性，又强调其统一性，不光是政治领土上的统一，也是文化文学上的统一。于是，我们有必要对它在新时期的发展进行一下梳理，以便对其进一步认识。澳门新文学的发展大致可分为三个阶段。

第一节　澳门新文学的分期

一、草创的三四十年代

　　20世纪的中国文学，经历了从旧文学到新文学的巨大变革，其突出的标志就是狂飙突起的"五四"新文学运动。以提倡白话文为先导，由大陆而台港，直接造成新文学一举取代旧文学而主导文坛的大势，且从此不可逆转。由此可见，20世纪新文学在大陆与香港的生成，从一开始就是一场自觉的文学革命。然而澳门则不同，五四新文学运动对澳门几无波及。当时的澳门文坛正是以"雪社"为代表的旧体诗创作活跃的时期。新文学在澳门的出现不是20世纪之初的"五四"时期，而是20年代抗日战争之中，并且是由大陆、香港暂时避居澳门的茅盾、夏衍、张天翼、端木蕻良、秦牧、杜埃等作家带来的创作现象，"属于匆匆来去的'过客'文学"。据李成俊先生回忆，"澳门早期新文学应该是'九一八'救亡运动以后逐步开展起来的，最早是爱国人士陈少俊先生从日本回来，开设第一间供应文艺书刊的'小小书店'。著名学者缪朗山教授组织过多次专题报告会，辅导青年阅读爱国文艺作品。"后又有史良来澳宣传抗日救国，一些救亡团体"起来读书会"、"大众歌咏团"、"前锋剧社"、"晓钟剧社"、"绿光剧社"纷纷成立，演话剧，唱救亡歌曲，写宣传抗日文艺作品，做文艺宣传工作。

太平洋战争期间，先后出现了"艺联剧社"和"中流剧团"，进行半职业性演出。由于当时电影片源中断，故演出上座率颇高。剧作《明末遗恨》鼓舞了人民的爱国民族精神，大获成功。国语班同学会组织"修社"，团结业余青年读文艺书，出版不定期油印文艺刊物。从广州、中山迁来澳门的学校学生成为运动骨干，各校同学通过体育比赛和文艺演出，提高爱国觉悟。不少同学毕业后投身敌后游击纵队，如"东纵"的"东流社团"和"珠纵"的流星队等，以文艺为武器，进行抗日战争。在 1933 年 10 月 15 日，澳门已出版了一种公开发行的新文学杂志。此刊由鲁衡主编，因其双腿瘫痪，实属不易。"《小齿轮》反映出澳门 30 年代中国文学"左"倾思潮和大陆是一致的，可以说是深受当时的文学中心上海的影响。"澳门学者郑炜明还发现："有一份创刊于 1940 年 9 月 15 日，名为'艺峰'（文艺刊）。从其所登的内容上看，为一份纯文学月刊，里面每一位作者当时都居于澳门，以现实主义和爱国主义为创作主流。"1945 年 8 月 9 日，澳门又有一份名为"迅雷"的文艺周刊面世，督印人为邝树森，主编是马行曰。刊内许多篇章皆为通俗的，甚至带点黄色性质的连载，但亦有较为严肃的作品。例如，第八期中就有葛莉的散文《秋天》、萍踪客的剧评《保家乡》和晶晶的喜剧剧本《归来燕》等。三四十年代的澳门文学尽管尚处于萌芽状态，较稚嫩，但毕竟是一种开始、一种转机，是充满爱国爱民精神的，是属于全社会、全民的。它推动了澳门新文学的发展，具有深远的历史和时代意义。

二、沉寂的五十至七十年代

新中国成立后，澳门在政治、经济、文化等方面都受到内地的影响，澳门文学也开始打破 40 年代的沉闷局面，出现富有生机的新景象。1950 年创刊的《新园地》（最初是一份独立的文艺刊物，非卖品），后来在 1958 年 5 月 15 日由《澳门日报》创刊，其综合性副刊继续沿用《新园地》为刊名，至今不辍。副刊首先连载了香港著名作家阮朗的小说《关闸》，同时还注重发表短篇小说，出版有《红豆》期刊 14 期，每月一刊，也是非卖品。这份刊物主要由李艳芳女士（即凌）等一群充满文学热情的青年作者支撑大局，后因缺乏经费和其他社会原因停刊。另外，在 1950 年《澳门学生》（非卖品）这份由澳门学联主办的刊物，也开有创作园地。一些今日澳门文坛上的前辈，如李鹏翥先生、冼为坚先生都是这份刊物的主要作者。这期间，诗人余君慧、李丹、王浩瀚、江思扬都开始崭露头角，他们大部分都已成为今日澳门文学的中坚力量。这也形成了一种特殊的文学现象——"离岸文学"（即到澳门以外地区去发表作品）和"离岸作家"（移居香港或海外但仍与澳门保持密切联系的澳门作家）。70 年代，《澳门日报》、澳门归侨总会、中华总商会都曾举办文学讲座，阮朗就曾来澳做讲演。

本阶段澳门的文学思潮更多地与内地保持密切联系，关注社会人生的写实主义是文学的主导。因而在"文革"时期，澳门文学也不同程度地受到极"左"文艺思潮的影响，吹"样板戏"，搞"三突出"，宣扬个人迷信，致使澳门文学日渐萧条，唯报纸副刊的连载小说和"框框"短文成为澳门作家广泛尝试的文体。这多少显现出澳门都市文学的一点光彩。

三、繁荣的八九十年代

80 年代中期开始，是澳门文学创作的春天，究其原因：第一，是 70 年代末期澳门工业得到发展。结合周围区域政治经济形态和结构的变化，澳门先是纺织业的兴起，继而有建筑业、皮革工业等劳动密集型工业的发展。在这个基础上，澳门经济于 80 年代便随着内地的改革开放以及香港商业经济的飞跃而明显发展，由轻工业起步，依靠博彩业和旅游业的带动，逐渐有了现代经济的架构，因而也促进了现代文学的发展。

第二，是六七十年代以来澳门作家已经逐渐成熟起来。同时，新的社会环境找到立足点，推动文学创作走向开放。一部分作家不满于长期占据文坛主导地位的传统的现实主义流派，有意识地引进西方现实主义艺术手法。不仅有中青年作家，还有一批受过高等教育的年轻写作人以初生牛犊的勇气加入创作行列，在体裁和题材上使澳门文学在多元化的路子上大步前进。

第三，是较有规模的文学座谈会的举办和文学社团的蓬勃成立。70 年代的文学发展，阮朗文学座谈会的推动功不可没。80 年代也有两个重要的文学座谈会。1984 年，澳门举办"中国当代作家书画展"，香港作家原甸、梅子、东瑞、谢雨凝、韩牧、陶然、陈浩泉、慕翼、盛美娣等应邀来澳。澳门日报社及文艺界人士与九位香港作家举行这次座谈会，虽不足 30 人出席，但诗人韩牧热情地呼吁要建立澳门的文学形象却引起很大关注，引发作家们的思考。

韩牧强调，建立澳门文学形象包含发掘和发展两个方面。所谓发掘，就是整理澳门的文学史料，以此总结文学前辈所走过的道路，增强后辈写作的自信心，看清澳门文学应走的道路。所谓发展，就是组织文艺社团，多举办文学交流活动。并且出版周年文选，将本地刊物、副刊上发表的各种体裁的作品进行精选。这样既能鼓励后辈，对文学评论家也是个帮助。

这次座谈会上，提出了建立澳门文学形象和重视文学评论的建议，这对澳门文学的发展无疑具有重要意义。会后，陶里在《"热爆"》一文（刊于《新园地》1984 年 4 月 2 日）中说："这次澳门文坛'热爆'，只是一个开端，希望来一次更大的热潮，冲击文学爱好者们，使这儿的文坛自己'爆热'起来！"

1986 年，由澳门东亚大学中文学会主办、澳门日报社协办举行了规模空前的"澳门文学座谈会"，除本地作家出席外，还邀请了祖国内地、香港以及韩国的作家、学者参加，论题广泛，纵横古今，既有对澳门旧文学的回顾，更侧重对当代创作的探讨。与会者以务实的态度，联系澳门文学的发展实际进行讨论。其中，有鲁茂《谈澳门的散文》，胡培周《澳门的小说》，韩牧《澳门新诗的前路》，周树利、李宇梁各自谈的《澳门的戏剧》，林中英《谈谈我的创作体会》，周桐《我的小说创作历程》，金中子《一九八五年的澳门散文》，以及综合性的论说，如李成俊《香港、澳门、中国现代文学》、李鹏翥《澳门文学的过去、现在及将来》等。韩牧更从理论的角度重提"建立澳门文学形象"，得到热烈反响。会后，这次会议的发言由澳门文化学会（前澳门文化司）、澳门日报出版社辑成《澳门文学论集》出版。

两次座谈会无疑对澳门文学创作起到了重要作用。另一方面，各类文学社团，如澳门笔会、五月诗社写作笔会相继成立。澳门笔会创办文学杂志《澳门笔汇》，五月诗社创办《澳门现代诗刊》，写作学刊出版《写作学刊》，填补了澳门文学史上出版刊物的空白，并且从组织上将作家、诗人们聚集起来，形成了一股自觉的文学创作力量。

在种种因素推动下，80年代中期以后澳门文学进入了繁荣季节。

第二节 澳门新文学的创作概况

一、小 说

很多人认为小说在澳门是个弱态，指的就是在80年代其少有成就，只有鲁茂和周桐。周桐在1988年出版《错爱》差不多十多年后，鲁茂才出版《白狼》，他们都是业余作家。四十多万人口的城市养不起一个专业作家，鲁茂写了二十多部长篇，只有一部可以出单行本，真令人感叹！

直到90年代才出现几个有才气的作家，方欣和寂然是他们中的代表，并率先出版了短篇小说集。

老作家鲁茂有丰富的人生经验。他善于运用写实的手法反映城市中下层市民的生活和心理状态。他重视口语化的语言和市民爱读的流行写法，不刻意求功于艺术手段，作品获得较多读者的喜爱。《白狼》是他把视线转向特权阶级的作品，反映了葡萄牙裔官员和他们的后代的卑劣行径。这原本是华人作家的禁区，鲁茂却突出重围，令人惊讶！

周桐通晓英文，她的触觉遍及世界许多角落，她的小说经常涉及澳门以外的地区。她在澳门小城中长大，深受根深蒂固的中国文化的影响和小城淳美风俗的感染，情怀豁达无邪。像《晚情》那样的"故事"，在别的城市长大的作家也许视为平凡，但在周桐笔下就成为感人的材料。

方旋是大陆移民，寂然是土生土长的澳门青年，他们的小说题材来自澳门社会，各自从不同的角度反映澳门社会，又基于不同的出身而对现实有不同的态度，值得观摩。江道莲是较年长的土生葡人，他的作品被译为汉文，但字里行间可以隐约地看到他的澳门情怀。尽管他有不同的文化背景，但哺育其成长的还是澳门。

在澳门三届文学奖的小说组中涌现不少人才，他们技法多样，只是未有专集出版，只能寄予厚望了。

二、散 文

散文是澳门文学的主流。在被视为文学基地的报纸副刊中，散文阵容鼎盛、人强马壮。澳门散文属于城市散文，以夹叙夹议为主，以写景抒情为辅，着眼点在于社会功能，以市民喜闻乐见的形式和内容为好文章，纯文艺的作品，欣赏者少，报纸上很难读。

李成俊和李鹏翥是澳门散文泰斗，名扬海内外。比二李稍晚出现的坚持散文创作数十载的澳门作家，凌棱是可数的一个。早在60年代，她的作品投到香港的《文艺世纪》，就获得过很高评价。李成俊在《有情天地序》中说她是"从不随波逐流，其有强烈的社会责任感"。她的作品充满女性情怀的温馨，一方面是对亲情、友情、爱情的咏叹，一方面对社会下层人物的遭遇表示同情。她的目光触及澳门的每一个角落，既有写物的素描，也有人士变换的慨叹，尤其对葡裔下层人士的观察和关怀，是别的澳门作家所没有的，表现了她无种族歧视的人道主义精神。她的部分作品含有强烈的抒情和艺术气息，可以说胸怀豁达、情理并蓄，是她的、也是澳门散文的一种特色。

与凌棱作品思想内容协同但笔触不同的另一女作家林中英，她的作品从身边的人物和常事物着眼，落笔细腻，寓意深远，但文字轻淡，寄情而不着痕迹。她的散文从小处开始，止于小处，绝不小题大做，更不哗众取宠，也就是从平淡处含蓄地表现至情至理。李鹏在《人生大学能几回·序》中说："触发起林中英动心的，也许是灯，也许是鸡鸣，也许是台风，也许是风筝，也许是巷里人声，也许是母亲的手。林中英娓娓道来，平凡话语之中自有玉女形象出现，成为中学生的偶像，也是澳门散文的一面旗帜。"饶梵子在《眼色蒙眬序》中也说，"我爱林中英的这些散文，喜欢她笔下这个有'女人味的文学世界'"。

报纸散文，字数限制在五百至一千字之间，超出一千字，编者就比较难处理。丁楠的散文每次只有五百字左右，却能言尽其意，表达了一定的社会功能。论社会分工，丁楠属于学院派，他笔下没有一点学院派的味儿。他着眼现实，下笔平实，不但不玩弄学术词语和概念，为了适应澳门读者的口味，他的文字还运用不少学语词汇和广东语法，有浓厚的地方特色，其中夹杂不少梦想。

穆欣欣在澳门女作家中属于年轻一辈。她学戏剧，其散文中有比较浓的文学气息，文字与情感的配合，浓淡相宜。

唐思是男性作家，他是事实求是的老报人。其文章短小，语言浅白，不是矫饰雕啄，只求达意和符合事实，所著《澳门风扬志》非常畅销。

由于散文是一切文学样式中最自由活泼、最没有拘束的，正如散文家柯灵说："它可以是匕首和投枪，可以是轻妙的事态风俗画，也可以是给人愉快和休息的小夜曲。它可以欢呼，歌颂，呐喊，抨击，可以漫谈，絮语，低吟，也可以嬉笑怒骂，妙语解颐。"

因此，澳门报章的副刊中大量出现的，不管是长达数千字的鸿文，还是短至二三百字的"豆腐干"，或直抒胸臆，或针砭时弊，或谈文论艺，或闲话家常，各具风格，各显风采。

三、诗　歌

在80年代澳门文学的崛起中，诗歌始终扮演着重要角色。它既作为一个主要的文体形式，活跃在澳门文坛上，也在创作实践上代表着澳门文学的艺术水平。较之散文和小说，澳门诗歌堪与大陆、港台和海外华文诗歌相提并论。

五月诗社经过多年努力建立了比较完整的诗艺理念，继承了现代主义反传统、反逻辑、反崇高的艺术理念，并且总结了现代派创作方法的特色。现代派创作方法具有语言无序性、意象跳跃性、逻辑无理性、时空错动性、含义多元等特点，五月诗社成员的作品或全部或局部都存在这些特点。

澳门诗坛以现代诗为主流，但不排斥其他流派。五月诗社创始人之中，还是以传统诗人为多，诗社的副社长也是个传统诗人。现代诗是西方艺术思潮的产物，但它来到中国之后，经过两代人差不多半个世纪的改造，在中华文化强大势力的压力下，它只保存某些形式的东西，其内在基本上是属于中国的。澳门现代诗就是这样一种文学。

四、文学评论

澳门有文学作品，文学评论相应而少，是正常现象，只是说澳门没有文学诗论，那是无稽之谈。

论澳门文学评论，应首数李鹏翥。他被称为澳门文艺界的"杂家"，乃由于他人缘之广，读书之多，阅历之深，文论之博，澳门一地无人可及。他在 1994 年出版的《濠江文坛》总共 30 余万字，450 页，可谓澳门文论空前之举。

《壕江文坛》由钱谷融撰序，书分四辑一百零三篇，有为文人画士而写的序、跋或读后感，有为大型文化文学研讨会开幕而做的致辞，有谈诗、书、画、篆刻的撰文，有记叙文人墨客往来逸事的文章，有名碑名帖考证的论述，书内还印有名家馈赠的墨宝，属于无价之宝。书中论叙结合，洋洋洒洒，全是文学艺术领域内的事，都直接或间接与澳门文学有关。全书所论都是真人真事，实事求是，有的放矢，旨在反映文学文士真实面貌和作者的文艺观，态度敦厚，观点正确，文字平实，不装腔作势。

李观鼎的《顾名思义》是澳门文学助阵之作。它是文论，逻辑性强，文字简约，说理透彻，不存疑点让读者揣摩。《风格整体论》、《风格持证论》和《古典散文概观》是他的学术大作，纵横捭阖，推理深入，说服力强。他博古同今，勤学不倦。

廖字馨是澳门文学的年轻品论家。她对澳门女性文学的研究有一定成效。她的杂文针砭时弊，一针见血。这些作品都收集在《我看澳门文学》（中国文联出版社）。

第四编　海外华人文学篇

【第一章】

概　　述

　　海外华人文学，作为生活在世界各地的华人及华裔后代以文字所进行的对自身独特生存体验和精神历程的记录，从 19 世纪零星出现以后，经过两个世纪漂泊异地的华人的不懈艺术探索和辛勤耕耘，已经形成了一道融世界性、民族性、独特性于一体的蔚然风景。

　　早期华人作家在作品里表现的是切实的家园和对"落叶归根"的渴望，而 20 世纪后半叶以后所出现的大批知识阶层的移民。是有计划有理想的移民。他们不是为了谋生和逃难，而是为了更好地成长，为了丰富生活或者学习技艺。正如著名海外华人作家严歌苓所言："在离开乡土之后，在漂泊的过程中变得更加优秀了。"这个时期的新一代华人作家，他们踏在异族的土地上，虽然也不可避免地要面对华裔移民在异域生存中的文化认同的挑战，包括对中华文化的重新认识，对中外文化冲突和融合的体会、审视与理解，以及移民生存的归宿感，但他们的作品中还常常展现出一种他们特有的中国意识，他们显得更加的自信和稳健。他们的作品不只是对老一代作家的简单重复和继续，而是带着深厚的文化意蕴，用当代意思观照自身，表现在文学精神的觉醒与升华上，乃是从各自的优势积蓄出发，从社会的、心理的、历史的、文化的、风俗的方面做多层次多角度的拓展，从而形成了"新海外文学时代"或者"新移民文学"。这个时期，新一代华人作家创作出了大量的表现海外新移民精神风貌和心路历程的作品，如高行健的《灵山》、刘索拉的《混沌加格里楞》、查建英的《丛林下的冰河》等长篇巨著小说。七八十年代，一批大陆作家，如卢新华、严歌苓等人移居海外后，其协作方式更为灵活，作品中的文化成分更为多彩。欧美澳华人文学的汇合因素也十分明显，其主题和创作手法的多样，表现艺术的成熟，文化交融的方式，不仅在华人圈得到较好的接受，而且使得异域"主流"评论界都不得不认真审视。

　　在科技媒体充分发展的大背景下，北美华文网络文学也出现了一批崭露头角的小说家、散文家和诗人。

　　总之，这些海外华人文学的新的风景线表明：海外华人作家的创作视野已经扩大，其艺术手法更加熟练，心理信心已经更加自信从容，文学作品所表现的不再是落叶归根的渴望，而更多的是失落也生根的繁茂和生机。海外华人文学的局面正向多元化演进。

海外华人文学不是一种简单的中国文学在异域他乡的延伸，而是包含了中国文化传统、移民历史以及华人在海外的各自经历等因素。其最重要的价值之一，在于提供了一种与本土文本样态不同的异质文化语境中的书写。这对于文化中国与文学中国的丰富性和多样性，为文本背后民族精神的探索形式提供了难得的参照。

我们相信，在文化空间进入全球平等共享的趋势中，海外华人文学不再是无根的飘零的落叶，而是具备了生根发芽的能量与活力，必定会以其特殊的地位和独特的优势作为东西方文化的交汇点，以传统文化和异质文化嫁接而孕育出有别于中国文学的文学精品，诞生出伟大的作家，并以这些海外优秀作家具有独特风格的文学精品反哺于中国内地文学。

一、20 世纪初期：乡愁与乡恋是永恒的主题

华人作家成为一个群体大约有 100 年左右。在 20 世纪初期、中期的海外华人作家行列中，曾涌现过林语堂、梁实秋这样的大师级人物，和赵舒侠、林海音、洛天、痖弦、徐讦等知名作家。此外，作家郁达夫、诗人艾青、文史兼长的一代宗师简又文都曾作为海外华人作家，贡献了一批有价值的作品。这些作家大多因那一时代特有的动荡和战乱漂流异域，心中的故土情结强烈，乡愁与乡恋成为他们笔下永恒的主题。这批作家学识渊博，文笔扎实，眼界开阔，且"国家不幸诗家幸"。当年中国积贫积弱和门户洞开的现实既成为他们感时伤世、触发无穷灵感的源泉，也让他们得以在异域和本土文化间较方便、较频繁地往来，他们笔下的世界也因此更为丰富而感性，甚至突破了"海外"这一范畴。

从他们开始，中西文化元素和创作手法的交融，就成为海外华人作家作品最大的特色。如林语堂的《京华烟云》，便是用西方故事的结构，描写了一个典型的中国故事；而赵舒侠的《西窗一夜雨》则以典型中国人的心境，渲染出一幅塞纳河畔的悲剧画面。他们中的许多人已开始用外文创作，如林语堂的英语小说和艾青的大量法语诗歌，都得到所在国读者的好评。然而，这些外文作品的中国情结十分浓重，甚至比他们本人同时期的中文作品更浓重（中文作品中反倒带有明显的异域情调）。可以说，从这一代人开始，海外作家"为异域写中华，为中华写异域"的角色形象便已深深刻画在华人文学史的书页上。

二、20 世纪 60—70 年代：海外文学开始尝试本土化

20 世纪 60—70 年代是海外华人创作的又一个高潮，白先勇的 34 部短篇小说大多数创作于美国，诗人余光中许多脍炙人口的名篇也同样出炉于海外。这一时期，许多作者的远渡重洋，同样系于中国政局的变迁动荡。如成名于越南的作家陈大哲先后流寓中国台湾、美国；在战后海外华文创作中有着承前启后重要地位的女作家陈若曦，足迹更遍及中国台湾、加拿大和美国。这一时期，"乡愁与乡恋"主题仍是创作主流，融汇中西，尤其是借鉴西方小说、诗歌结构手法也仍然是许多作家的不二法门，如聂华苓的《桑青与桃红》、陈若曦的《最后夜戏》等。但一些作家已开始正视融合于所在国的现实，出现了海外文学本土化的先兆，另一些人则逐步摆脱单纯描摹个人身世命运的窠臼，开始用更现实、更犀利的笔锋审视自己所钟爱的中华故土。正如陈若曦所言，海外华人作家已开始尝试"突围"了。

80 年代是海外华文创作的低潮，虽然一些著名人物，如梁羽生、卫斯理等纷纷定居海外，但他们的主要影响仍来自于出洋前的创作。这一时期，老一代作家纷纷步入暮年，而新一代人物却星光黯淡。海外华人后裔逐渐与当地人同化，台港等地经济发展，出国定居者渐少，大陆移民迫于生计不得不远离文学，种种原因迫使海外华人作家群体暂时走入沉寂。

三、90 年代以后：移民文学和留学生文学兴起

90 年代以后，随着移民文学和留学生文学的兴起，海外华文创作重新趋于活跃。这一代的海外华文小说创作更趋生活化、故事化，出现了如阎真的《白雪红尘》、张翎的《上海小姐》等以积极心态看待海外生活的作品，以及苏晓等创作的兼具乡愁文学特性和时代感的离散文学等。一方面，一批原先活跃于本土的作家（如查建英、钟晓阳等）重操旧业，另一方面，一些新生代作家（如张纯如、严歌苓等）开始涌现，一度沉寂的海外华人文坛再度热闹起来。

除了苏晓等特例，这一代海外华人作家大多熟谙当地语言，生活也更加当地化，其创作中更多地糅入了异域的语言特点、表达方式。与前相比，使用当地语言创作的作家也更多，如哈金、程抱一、裘小龙、陈达等都是其中的佼佼者。

第二次世界大战后，海外华文创作出现了许多新特点：一是诗人的活跃，余光中、程步奎、顾诚、非马等响亮的名字不绝于耳，即使最沉寂的 80 年代，诗人们的声音同样清晰可闻；二是媒体成为作家们的温床，一些作者本人就是媒体人甚至媒体主办者，另一些，如严歌苓、蔡素芬等，则通过报刊征文获奖为人所知；三是出现了一些以特殊身份为人瞩目的作家，如陈香梅、包柏漪等。

不可否认，百年来海外华人作家在汉语文坛中的影响呈波浪形下降趋势，个中原因很复杂，但第二次世界大战后，尤其近 20 年来海外移民本土化趋势渐快是相当重要的原因。事实上，乡愁与乡恋几乎是百年海外华文创作共同的主题，但随着波澜壮阔的大时代逐渐为全球一体化的安定所取代，新一代作家笔下的愁与恋也无可奈何地丧失了许多震撼人心的东西。此外，由于地域的隔阂，一些海外优秀作品不为国人所知，而《北京人在纽约》、《娶个澳大利亚女人做太太》、《悲情多伦多》等艺术价值平常却符合国人猎奇心理的作品反倒在国内走俏，也无形中加深了国内文坛对海外华人作家的某些误解。

作为在非汉语圈中挣扎的海外作家，他们即使能熟练使用外语创作，也很难真正成为"本土作家"，而脱离了母语本体的他们，又不可避免地被剪断了从母体汲取创作源泉的脐带，很容易陷入文学缺氧状态。可喜的是，国内和海外文坛的交流互动渐趋频繁，了解也愈益加深，也许来自母体的关注和理解，将给海外华人作家带来急需的"氧与水"，成为他们成功"突围"的一个契机。

【第二章】

主要作家简介

第一节　聂　华　苓

聂华苓，生于武汉。当代著名女作家，著名文学翻译家。1925 年 1 月 11 日生。1939 年在湖北联合中学读书，后考入四川长寿国立第十二中学。毕业后考入迁到重庆的中央大学外文系，1948 年毕业，这时曾用笔名"思远"发表文章。1949 年随母亲、弟弟、妹妹去台湾。曾为《自由中国》编辑委员和文艺主编。1960 年，该杂志被封闭，主持人雷震被捕，她失去台湾法商学院教书工作，同外界隔离。1962 年至 1964 年，应台静农和徐复观教授的邀请，分别在台湾大学和东海大学任中国现代文学副教授，同时进行创作。1964 年被迫离开台湾，旅居美国，应聘至美国爱荷华"作家工作室"工作，在爱荷华大学教书，同时从事写作和翻译，并与丈夫——美国诗人保罗·安格尔（PaulEngle）于 1967 年在爱荷华大学创办"国际写作计划"，每年邀请世界各国作家到爱荷华写作，并进行讨论、旅行，做文化交流。因为她和安格尔的这个创举，在 1977 年她曾被三百多名世界各国作家提名为诺贝尔和平奖候选人。1978 年夏，她与丈夫及女儿一同回国探亲。她现为"国际写作计划"主持人，并主持爱荷华大学的"翻译工作坊"。

自 50 年代起，聂华苓创作了长篇小说《失去的金铃子》、《桑青与桃红》、《千山外，水长流》等，中篇小说《葛藤》等，短篇小说集《翡翠猫》、《一朵小白花》、《聂华苓短篇小说集》、《王大年的几件喜事》、《台湾轶事》等，及散文评论集《梦谷集》、《黑色、黑色、最美丽的颜色》、《三十年后——归人札记》与《沈从文评传》等，部分作品亦翻译成多国文字发表。其代表作品为《桑青与桃红》，被列入亚洲小说一百强之中。新著有回忆录《三生三世》。其中，《亲爱的爸爸妈妈》被选入初中二年级人教版上册语文课本。

《桑青与桃红》记录了女主人公桑青 1945—1970 年间的生活，讲述了一个经历了中国的动乱又遭流放的中国女人精神分裂的悲剧。桑青与桃红其实是同一个人。小说分为四部分，每部分皆由桃红给美国移民局的一封信和桑青的一段日记组成。桃红的信提示主人公当前在美国境内的流浪行踪，桑青的日记则记载桑青半生越界跨国无根漂流的人生经历。日记里的故事发生在四种不同时空：抗战胜利前夕的瞿塘峡、国共内战结束前夕的北平、1950 年代末期白色恐怖笼罩下的台岛阁楼，以及 20 世纪六七十年代相交时的美国独树镇。

最了解小说的仍是作者本人。编者最终决定抛开他人所写的评论，选刊聂华苓为内地版《桑青与桃红》所作的部分前言，以让读者更了解作者对小说的用心。

我是一个安分的作者。《桑青与桃红》是一个"安分"的作者所做的一个"不安分"的尝试。

我所追求的目标是写真实。《桑青与桃红》中的"真实"是外在世界的"真实"和人物内心世界的"真实"融合在一起的客观的"真实"。小说里的事件很重要，但它的重要性只限于它对于人物的影响，以及人物对它的反应，小说中最重要的还是"人"。

我如何在小说中追求客观的"真实"呢？我所尝试的是融合传统小说的叙述手法、戏剧手法、诗的手示和寓言的手法。

我依借传统小说的叙述手法来描摹外在世界的"真实"，也即是细节的"真实"、事件的"真实"。

我试用戏剧的手法来讲故事。我选择了桑青一生中的四个生活片段来加以浓缩、集中、深"挖"。那四个生活片段段自成为一个独立的故事，但在表现主题那个目的上，四个故事又有统一性、连贯性。因此，《桑青与桃红》的故事不是由作者平铺直叙地讲出来的，而是由作者选好一幕幕场景，让人物一个个登上舞台去表演。

我模仿诗的手法来捕捉人物内心世界的"真实"，借用诗人叶维廉在《中国现代作家论》里评论我的小说时所说的话："由外象的经营为开始而求突入内象。"我尝试着用诉诸感官的具体"物"象和"意"象，由外向人物内在放射，而照明人物的内心世界；人物不是平面的速写，而是立体的、透明的雕像，让读者去感受、去认识人物；作者用不着用"残酷的"、"恐惧的"、"寂寞的"那一类空泛的形容词去说明。

我在《桑青与桃红》中对于语言也做了一个"不安分"的尝试。那小说是写一个经历了中国的动乱又遭流放的中国人精神分裂的悲剧。历史在演进，事件在进展，桑青那个人在变化，小说的语言也得变化——那变化不仅表示桑青由一个十六岁的小女孩逐渐变成了一个中年妇人，也得表示桑青精神分裂的过程：不同的精神状态就需要不同的语言来烘托。《桑青与桃红》里的语言从第一部起，张力逐渐加强，到了第三部桑青一家人逃避警察的追踪，躲在台北一阁楼里，他们的语言就不可能是一般人正常的语言了。阁楼里的语言是一字一句，简单，扼要，张力强，甚至连标点符号也成为一律的句点了——那是恐惧的语言。

在《桑青与桃红》中，我在形式上也做了一个"不安分"的尝试。小说写的是一个精神分裂的人物，小说的形式也是分裂的：桑青的故事和桃红的故事，双线并行。

我在《桑青与桃红》的创作中所追求的是两个世界：现实的世界和寓言的世界。读者把它当写实小说读也好，把它当寓言小说读也好——这一点，我不知道是否成功了，但那是我在创作《桑青与桃红》时所做的努力。

小说第一部"瞿塘峡"所写的是抗战胜利之前"困"（整个小说有许多"困"的意象）在一条陈旧木船上的人，那条木船又"困"在险恶的瞿塘峡。正如小说中老先生所说的："咱们就困在古迹里呀！"那不就是那个时代中国人的处境吗？老先生象征旧社会，流亡学生象征新生的力量。小说的第二部所写的是围城（被解放军包围）中旧制度的崩溃：垂死的沈老太太就象征旧制度，真空地带的破庙象征新制度建立之前的荒凉。小说的第三部写的是台北"阁楼人"的内心世界，但也是一则寓言故事：台湾那个孤岛也就是一个阁楼。三个不同的人物"困"在阁楼里就有三种不同的心理反应、不同的心理变化和人格变化。

人物在不同的变化过程中所发生的冲突，就是这一部小说的"戏"。在这一部小说中，我试用具体的外在真实物象来反射人物内心的"真实"。我甚至于利用了台湾报纸上的广告和新闻报道，譬如荒山黄金梦、三峰真传固精术、分尸案、故都风物。那都是"阁楼人"家纲收集的剪报，百看不厌。那些剪报反映了台湾社会，是写实的细节，同时也反映了精神死亡的"阁楼人"对于生命的基本欲望："故都风物"就是他回归故土的欲望。

小说家白先勇在《流浪的中国人——台湾小说的放逐主题》中对于《桑青与桃红》做过如下的分析：

故事开始时桑青是个少女，为了逃避日军而西上，乘着小船在长江峡谷的激流中颠簸，所以故事一开始，就布好了放逐的中国人这意象。

第二部以北平为背景，时为一九四九年，解放军兵临城下。在这部分，作者创造了沈老太太这令人难忘的角色。她是桑青的家姑，头脑封建，全身瘫痪，奄奄一息，在迷乱中不断喃喃地说九龙壁倒坍了。九龙壁是中国皇朝的代表，而沈老太太象征着旧制度垂死的惨痛。

小说的第三部题为"台北一阁楼"。这阁楼摇摇欲坠，尘埃满布，老鼠横行，时钟停顿，很恰当地象征着台湾本身恐惧孤独、暂与外界隔绝的情况。桑青与夫婿沈家纲躲藏在这阁楼上，因为家纲亏空公款，正遭警方通缉。

小说第一、二部分的背景，都是读者所熟悉、可了解的世界，但这第三部分却把人带进一个脱离现实、像梦幻般的世界，相当于超现实主义画家或荒谬文学作者的境界。

故事一直发展下去，愈来愈变成了卡夫卡式的梦魇。桑青逃到了美国，但她被移民局追查通缉。当移民局官员问她若被递解出境会去哪儿时，她的回答正具代表性——"不知道!"这话道破了现代流浪的中国人的悲剧，他们没有地方可去，连祖国也归不得，由北平流徙到台北再到美国，沿途尽是痛苦与折磨。桑青精神分裂，摇身一变成了桃红，这是精神上的自杀。她的传统价值、伦理观念全粉碎了，道德操守转瞬抛诸九霄之外，沉沦到精神上的最低点，陷入半疯癫状态。到故事结尾时，她还在逃避移民局的缉捕，在美国的公路上一次又一次兜搭顺风车，任由路人带着她往别处去……

《桑青与桃红》只是一支浪子的悲歌。

第二节 赵 淑 侠

赵淑侠，旅欧瑞士籍华人作家，原籍黑龙江省肇东市，1931年12月30日生于北京。现居瑞士。毕业于瑞士应用美术学院，曾任美术设计师、电台编辑，现专业写作。自幼喜爱文学艺术，17岁时开始在报刊上发表文章，至今已有小说、散文计约500万字在中国内地、台湾、香港，以及新加坡、美国、德国、瑞士等国出版。其母知书达理，懂音律擅丹青。母亲教子有方，三四岁时就规定她每日描红，写大字，认字背唐诗，如功课做得好，还有奖励，奖品就是母亲的画。抗日战争中，她随父母南下入川。战争、逃难、恐惧、挨饿、不公平，这些成为她童年的回忆。9岁那年，她读到一本《穷儿苦狗记》，受到感染。这本书也开启了她的心智，从此她一本接一本地读起课外书来，抓到什么书都读。10岁以前，她已经读了很多鲁迅、巴金等的小说和剧本。

上小学时，她对文学偏爱，并开始写诗。在中学时，她唯一的快乐是看书，常常看书到深夜两三点，有时通宵不寐。十二三岁时，她已经把《石头记》、《罗密欧与朱丽叶》、《孽海花》以及张恨水的小说统统看了一遍。

抗战胜利后，她随父母到东北、北平，而后去台湾。她在台中女子中学就读高中。高中三年级时，她郑重其事而又神秘地向台中一家报纸的副刊投稿。当第一篇两千字的散文发表的时候，她高兴极了，那种"自我陶醉"成为第一次难忘的鼓励。

高中毕业后，她两次报考大学都失败了。她受到巨大的打击。在绝望中，又是文学——她的好朋友，走出来安慰她，鼓励她。她说，"我不能再认输，我非奋斗出一条生路不可"。

1951 年，她 20 岁时写了一个关于海盗的长篇小说，接着又写了一个 20 万字的长篇小说，但没有成功。她向一位作家求教，作家告诉她，写作应先从短文写起，"只要肯写、多写，一定会写出成绩的"。她受到启示，获取了成功的信心。她自信地说，"我可以写，有一天我会成为作家。"

后来，她在一家广播公司当编辑兼播音员，再到银行当职员，但她不甘心这样干下去。1960 年，她决定异国寻梦，出国留学。她先到巴黎，又到瑞士，考取了瑞士应用美术学院。毕业后，她在一家纺织品设计印刷公司担任美术设计师，设计过 170 多种美术图案，有的获了奖。

1972 年，她带着一双儿女回到台湾省亲。在那里触景生情，她的文学梦又开始苏醒，萌发了写作的念头。回到瑞士后，她便提笔写了 50 万字的长篇小说《韶华不为少年留》，寄给台湾一家杂志，还是没有成功。一盆冷水未能浇灭她的写作热情。长篇不行，她就写短篇。她相继写出了《王博士的巴黎假期》、《塞纳河之王》、《当我们年轻时》等短篇小说。她的这些描写海外形形色色的中国人生活的小说开始见报了，先后在台湾报纸的副刊上发表或连载，很快在台湾文坛及海外华人读者中引起强烈反响。不久，小说集《西窗一夜雨》、《当我们年轻时》，散文集《紫枫园随笔》出版发行。她一举成名，进入作家行列。

随着名声的扩大，她不再满足于短篇小说写作，她的写作长篇小说的心又复燃起来。她动手写作长篇小说《我们的歌》。这部长篇小说描写了在异国生活奋斗的知识分子的痛苦与欢乐、成功与失败。这部小说在报纸上连载后，反映十分强烈。台湾文艺家协会授予她小说创作金奖。1983 年，此书在北京中国友谊出版公司出版发行，在内地受到高度评价。

从那以后，她再也没有放下笔。在阿尔卑斯山麓，在她的家里，当家人熟睡之后，她便坐在房子里挥笔疾书，写她的苦乐，写她对故国的思念。她在写作之路上不住地跑下去。

之后，她把过去失败的稿子《韶华不为少年留》再拿出来，重写一遍后，改名为"落第"，由台湾《文坛》月刊发表。接着，她的散文集、小说集、长篇小说一部接一部地出版发行：《故土与家园》、《翡翠色的梦》、《人的故事》、《塞纳河畔》、《雪峰云影》、《童年·生活·乡愁》、《赛金花》等，出了 17 种，数百万字。

她说："我不是弄文学的科班出身，也不属于任何流派。我写，只因为我有要写的感情，有要说的话，有愿为文学奉献的狂热和忠心。"1985 年，她被英国剑桥大学列入《世界妇女名人录》。

1986 年始，她相继任欧洲西德科隆亚洲太平洋中心特聘会员，瑞士亚洲学会会员、全国作协会员、国际笔会中心会员，德国柏林作协会员，瑞士温特突市作协会员，欧洲 12 国华文作协会长，世界华文作协副会长。

1992 年，她应聘为武汉华中师大客座教授。

1994 年，她应聘为中国人民大学、浙江大学、南昌大学客座教授。

长篇小说《我们的歌》在 1980 年获台湾文艺写作协会"最佳小说创作奖"。

《赛金花》在 1991 年获台湾"中山文艺奖"。

《翡翠戒指》在 1992 年获辽宁《芒种》杂志"文学奖"。

散文《当我万水千山走遍》在 1992 年获中国文联等颁发的"首届华文文学游记徐霞客奖"。

长篇小说《凄情纳兰》于 2009 年底，获得首届"中山杯"优秀小说奖。